金學叢書
第二輯 24

吳 敢
胡衍南 霍現俊
主編

# 張進德《金瓶梅》研究精選集

張進德 著

臺灣學生書局 印行

# 金學叢書第二輯序

　　2013 年 5 月第九屆（五蓮）國際《金瓶梅》學術討論會期間，胡衍南、霍現俊忙裏偷閒，時而小聚，漢書下酒，就中便有本叢書編輯出版一事。當時即擬與吳敢商談，以期盡快成議。只是吳敢當時會務繁多，此議終未提及。2013 年 7 月 3 日，胡衍南到徐州公幹，當晚至吳敢舍下小酌，此事即進入操作程序。此後電郵往來，徐州、臺北、石家莊三方輾轉，叢書編撰框架日漸明朗。2013 年 11 月 23 日，胡衍南再度到徐州公幹，代表臺灣學生書局與吳敢詳盡商談編輯出版事宜，本叢書遂成定案。

　　此「金學叢書」之由來也。

　　中國古代小說研究，重大課題眾多。近代以降，紅學捷足先登。20 世紀 80 年代，金學亦成顯學。明代長篇白話小說《金瓶梅》是中國文學史上一部里程碑式的重要作品，其橫空出世，破天荒打破以帝王將相、英雄豪傑、妖魔神怪為主體的敘事內容，以家庭為社會單元，以百姓為描摹對象，極盡渲染之能事，從平常中見真奇，被譽為明代社會的眾生相、世情圖與百科全書。幾乎在其出現同時，即被馮夢龍連同《三國演義》《水滸傳》《西遊記》一起稱為「四大奇書」。不久，又被張竹坡譽為「第一奇書」。《紅樓夢》庚辰本第十三回脂評：「深得《金瓶》壼奧」。魯迅《中國小說史略》認為「同時說部，無以上之」。

　　自有《金瓶梅》小說，便有《金瓶梅》研究。明清兩代的筆記叢談，便已帶有研究《金瓶梅》的意味。如明代關於《金瓶梅》抄本的記載，雖然大多是隻言片語的傳聞、實錄或點評，但已經涉及到《金瓶梅》研究課題的思想、藝術、成書、版本、作者、傳播等諸多方向，並頗有真知灼見。在《金瓶梅》古代評點史上，繡像本評點者、張竹坡、文龍，前後紹繼，彼此觀照，相互依連，貫穿有清一朝，形成筆架式三座高峰。繡像本評點拈出世情，規理路數，為《金瓶梅》評點高格立標；文龍評點引申發揚，撥亂反正，為《金瓶梅》評點補訂收結；而尤其是張竹坡評點，踵武金聖歎、毛宗崗，承前啟後，成為中國古代小說評點最具成效的代表，開啟了近代小說理論的先聲。明清時期的《金瓶梅》研究，具有發凡起例、啟導引進之功。

　　20 世紀是人類歷史上可足稱道的一個百年。對中國人來說，世紀伊始，產生了驚天動地的兩件大事：1911 年封建王朝的終結，1919 年「五四」新文化運動的興起。中國人

心裏承接有豐富的傳統，中國人肩上也負荷著厚重的擔當。揚棄傳統文化，呼喚當代文明，這一除舊佈新的文化使命，在中國用了大半個世紀的時間。觀念形態的更新、研究方法的轉變、思維體式的超越、科學格局的營設一旦萌發生成，便產生無量的影響，具有劃時代的意義。《金瓶梅》研究即為其中一例。

以 1924 年魯迅《中國小說史略》出版，標誌著《金瓶梅》研究古典階段的結束和現代階段的開始；以 1933 年北京古佚小說刊行會影印發行《金瓶梅詞話》，預示著《金瓶梅》研究現代階段的全面推進；以 30 年代鄭振鐸、吳晗等系列論文的發表，開拓著《金瓶梅》研究的學術層面；以中國大陸、臺港、日韓、歐美（美蘇法英）四大研究圈的形成，顯現著《金瓶梅》研究的強大陣容；以版本、寫作年代、成書過程、作者、思想內容、藝術特色、人物形象、語言風格、文學地位、理論批評、資料彙編、翻譯出版、藝術製作、文化傳播等課題的形成與展開，揭示著《金瓶梅》的研究方向。一門新的顯學——金學，已經赫然出現在世界文壇。

20 世紀 70 年代以來的當代金學，中國的吳曉鈴、王利器、魏子雲、朱星、徐朔方、梅節、孫述宇、蔡國梁、甯宗一、陳詔、盧興基、傅憎享、杜維沫、葉朗、陳遼、劉輝、黃霖、王汝梅、周中明、王啟忠、張遠芬、周鈞韜、孫遜、吳敢、石昌渝、白維國、陳昌恆、葉桂桐、張鴻魁、鮑延毅、馮子禮、田秉鍔、羅德榮、李申、魯歌、馬征、鄭慶山、鄭培凱、卜鍵、李時人、陳東有、徐志平、陳益源、趙興勤、王平、石鐘揚、孟昭連、何香久、許建平、張進德、霍現俊、陳維昭、孫秋克、曾慶雨、胡衍南、李志宏、潘承玉、洪濤、楊國玉、譚楚子等老中青三代，辨章學術，考鏡源流，營造了一座輝煌的金學寶塔。其考證、新證、考論、新探、探索、揭秘、解讀、探秘、溯源、解析、解說、評析、評注、匯釋、新解、索引、發微、解詁、論要、話說、新論等，蘊含宏富，立論精深，使得金學園林花團錦簇，美不勝收，可謂源淵流長，方興未艾。中國的《金瓶梅》研究，經過 80 年漫長的歷程，終於在 20 世紀的最後 20 年登堂入室，當仁不讓也當之無愧地走在了國際金學的前列。

此「金學叢書」之要義也。

本叢書暫分兩輯，第一輯為臺灣學人的金學著述，由魏子雲領銜，包括胡衍南、李志宏、李梁淑、鄭媛元、林偉淑、傅想容、林玉惠、曾鈺婷、李欣倫、李曉萍、張金蘭、沈心潔、鄭淑梅，可說是以老帶青；第二輯為中國大陸 20 世紀 80 年代以來學人的《金瓶梅》研究精選集，計由徐朔方、甯宗一、傅憎享、周中明、王汝梅、劉輝、張遠芬、周鈞韜、魯歌、馮子禮、黃霖、吳敢、葉桂桐、張鴻魁、陳昌恆、石鐘揚、王平、李時人、趙興勤、孟昭連、陳東有、孫秋克、卜鍵、何香久、許建平、張進德、霍現俊、曾慶雨、楊國玉、潘承玉、洪濤諸位先生的大作組成，凡 31 人 30 冊（其中徐朔方、孫秋克，

傳憎享、楊國玉，王平、趙興勤，因字數兩人合裝一冊），每冊25萬字左右。

天津師範學院（今天津師範大學）朱星是中國大陸金學新時期名符其實的一顆啟明星，他在1979年、1980年連續發表多篇論文，並於1980年10月由百花文藝出版社結集出版了中國大陸新時期《金瓶梅》研究的第一部專著《金瓶梅考證》。朱星的研究結論不一定都能經得住學術的檢驗，但朱星繼魯迅、吳晗、鄭振鐸、李長之等人之後，重新點燃並高舉起這一支學術火炬，結束了沉寂15年之久的局面，這一歷史功績，應載入金學史冊。遺憾的是，朱星先生1982年逝世，後人查訪困難，只能闕如。

香港夢梅館主梅節可謂《金瓶梅》校注出版的大家，1988年由香港星海文化出版有限公司出版《全校本金瓶梅詞話》；1993年由梅節校訂，陳詔、黃霖注釋，香港夢梅館出版《重校本金瓶梅詞話》（該本後由臺灣里仁書局2007年11月初版，2009年2月修訂一版，2013年2月修訂一版八刷）；1998年梅節再為校訂，陳少卿抄寫，香港夢梅館出版《夢梅館校定本金瓶梅詞話》。前後三次合共校正詞話原本訛錯衍奪七千多處，成為可讀性較好的一個本子。梅節由校書而研究，關於《金瓶梅》作者、傳播、成書、故事發生地等問題的認識，亦時有新見。可惜的是，梅節先生的論文集《瓶梅閒筆硯——梅節金學文存》2008年2月由北京圖書館出版社出版，版權協商匪易，未能入選。

上海音樂學院蔡國梁20世紀50年代末即開始研習《金瓶梅》，寫下不少筆記，1980年前後即依據筆記整理成文，1981年開始發表金學論文，1984年出版第一部專著[1]，累計出版金學專著3部[2]、編著1部[3]，發表論文多篇，內容涉及《金瓶梅》的思想、源流、人物、作者、評點、文化等諸多研究方向，是早期《金瓶梅》研究的主力成員。無奈聯繫不上，不得已而割愛。

國人研究《金瓶梅》的論著，最早是闞鐸的《紅樓夢抉微》[4]，但其只是一個讀書筆記。天津書局1940年8月出版之姚靈犀《瓶外卮言》，嚴格說也只是一個資料彙編。香港大源書局1961年出版之南宮生著《金瓶梅》簡說，算得上是一個原著導讀。臺北時報文化出版公司1978年2月出版之孫述宇著《金瓶梅的藝術》，可說是第一部文本研究的學術著作。該書全文收入石昌渝、尹恭弘編選的《臺港金瓶梅研究論文選》[5]。2011年3月上海古籍出版社再版，增加了一篇作者自序，更名為《金瓶梅：平凡人的宗教劇》。

---

1　《金瓶梅考證與研究》，西安：陝西人民出版社，1984年。

2　另兩部為：《明清小說探幽——明人、清人、今人評金瓶梅》，杭州：浙江文藝出版社，1985年；《金瓶梅社會風俗》，天津：百花文藝出版社，2002年。

3　《金瓶梅評注》，桂林：灕江出版社，1986年。

4　天津大公報館1925年4月鉛印。

5　南京：江蘇古籍出版社，1986年。

孫述宇先生本已與上海古籍出版社洽商同意編入金學叢書，並授權主編代理，忽中途撤稿，原因還是版權問題。

　　還有其他一些因故未能入選的師友：或已作仙遊[6]，或礙於本輯叢書的體例[7]，或因為版權期限，或失去聯繫等。凡此種種，均為缺憾。

　　儘管如此，第二輯連同第一輯 14 人 16 冊總計所入選的此 45 人 46 冊，已經是中國當代金學隊伍的主力陣容，反映著當代金學的全面風貌，涵蓋了金學的所有課題方向，代表了當代金學的最高水準。

　　此「金學叢書」之大略也。

　　臺灣學生書局高瞻遠矚，運籌帷幄，以戰略家的大眼光，以謀略家的大手筆，決計編撰出版「金學叢書」，實金學之幸，學術之福。主編同仁視本叢書為金學史長編，精心策劃，傾心編審。各位入選師友打造精品，共襄盛舉。《金瓶梅》研究關聯到中國小說批評史、中國小說史、中國文學史、中國文學評點史、中國文學批評史等諸多學科，是一個應該也已經做出大學問的領域。為彌補本叢書因為容量所限有很多師友未能入選的不足，特附設一冊《金學索引》[8]，廣輯金學專著、編著、單篇論文與博碩士論文，臚列學會、學刊與所舉辦之金學會議，立此存照，用供備覽。本叢書的編選，既是對過往的總結，也是對未來的期盼。本叢書諸體皆備，雅俗共賞，可以預測，將為金學做出新的貢獻。

　　此「金學叢書」之宗旨也。

　　金學已經不是一座象牙塔，而是一處公眾遊樂的園林。三百多部論著，四千多篇學術論文，二百多篇博碩士論文，既有挺拔的大樹，也有似錦的繁花，吸引著越來越多的研究者與愛好者探幽尋奇。不容置疑，傳統的金學，加上以文化與傳播為標誌的、以經典現代解讀為旗幟的新金學，必然展示著甯宗一先生的經典命題：說不盡的《金瓶梅》。

　　此「金學叢書」之感言也。

吳敢、胡衍南、霍現俊（吳敢執筆）

2014 年元旦

---

6　如王啟忠、鮑延毅、孔繁華、許志強諸先生等，駕鶴西去的徐朔方先生的精選集由其高足孫秋克代為編選，劉輝先生的精選集由其摯友吳敢代為編選。

7　本輯叢書乃論文精選集，字典、詞典與小塊文章結集便未能入選，《金瓶梅》語言研究的幾位專家如白維國、李申、張惠英、許仰民等因此失選。

8　吳敢編著，分上下兩編。

# 張進德《金瓶梅》研究精選集

# 目　次

## 文化　民俗篇

## 附　錄

## 後　記

# 回顧　展望篇

# 《金瓶梅》作者諸說

　　眾所周知，《金瓶梅》是我國小說史上一部里程碑式的不朽傑作。它上承《水滸傳》的傳統，下開《紅樓夢》的先聲，在中國小說史上寫下了光輝燦爛的一頁。但關於其著作權問題，至今仍是個不解之謎。1986 年，周鈞韜發表了〈關於《金瓶梅》作者的二十三說〉一文[1]，共計得《金瓶梅》作者 23 說。筆者在近年來研讀《金瓶梅》的過程中，翻閱了多種資料，至今搜檢出《金瓶梅》作者共 36 說。除了周文提及的 23 說外，本文將其餘 13 說開列於茲，以期對「金學」的研究有所裨益。

　　第一類，沒指出具體姓名的，共 17 說。周文開列了紹興老儒說、金吾戚里門客說、嘉靖間大名士說、蘭陵笑笑生說、世廟時一巨公說、王世貞門人說、某孝廉說、藝人集體創造說、浙江蘭溪一帶吳儂說、李開先的崇信者等 10 說，其餘 7 說分別是：

　　第一，陸炳仇人說。屠本畯在其《山林經濟籍》中說：「不審古今名飲者，曾見石公所稱『逸典』否？按《金瓶梅》流傳海內甚少，書帙與《水滸傳》相垺。相傳嘉靖時，有人為陸都督炳誣奏，朝廷籍其家。其人沉冤，托之《金瓶梅》。」這是迄今所見提及《金瓶梅》作者的最早資料之一，非常值得重視。其主要觀點是認為《金瓶梅》為嘉靖時的個人洩憤之作。

　　第二，明季浮浪文人說。清王曇在乾隆五十九年十月十日寫的《金瓶梅考證》中說，《金瓶梅》大約是明季浮浪文人假託李卓吾之名而作，這係推測之辭。

　　第三，唐荊川仇人說。蔣瑞藻《小說考證》徵引《闕名筆記》云：「《金瓶梅》為舊說部中四大奇書之一。……或謂係唐荊川事。荊川任江右巡撫時，有所周內。獄成，罹大辟以死。其子百計求報，而不得間。會荊川解職歸，遍閱奇書，漸歡觀止；乃急草

1　《江漢論壇》1986 年第 12 期。

此書，漬砒於紙以進，蓋審知荊川讀書，必逐葉用紙粘舌，以次披覽也。荊川得書後，覽一夜而畢，驀覺舌本強澀，鏡之黑矣，心知被毒。呼其子曰：『人將謀我，我死，非至親不得入吾室。』逾時遂卒。旋有白衣冠者，呼天搶地而至，蒲伏於其子之前，謂曾受大恩於荊川，願及未蓋棺前，一親顏色。鑒其誠，許之入，伏屍而哭甚哀。哭已，再拜而出。及殮，則一臂不知所往。始悟來者即著書之人，因其父受環首之辱，進鴆不足，更殘支體以為報也。」

第四，不得志老名士說。戴不凡在《小說見聞錄·金瓶梅零劄六題》中說：「此書當經一不得志老名士之手。」主要根據是：第七十九回回前「詞曰」一反它回慣例，於評論本回內容之餘，抒出作者本人之遭遇感慨；八十一回回前五律詩，是「作者實已看穿世事，不慕功名而到處流落；彼亦嘗有其山陽故交，分金鮑叔，然均物化，故此白髮老人，無論見玉堂金馬、竹籬茅舍，與夫自家故園，無不觸景傷情，感慨垂淚也。」

第五，梅國楨門客說。美國芝加哥大學教授馬泰來在〈麻城劉家和《金瓶梅》〉[2]一文根據謝肇淛的〈金瓶梅跋〉推測：「所謂『金吾戚里』，可能是指劉承禧父親劉守有的中表和兒女姻梅國楨。」梅國楨，麻城人，萬曆十一年（1583）進士，官至兵部右侍郎，總督宣大山西軍務。他曾游「金吾戚里間」「縱遊狎邪」「調笑青樓」，不能不說和謝肇淛所說「憑怙奢汰，淫縱無度」的「金吾戚里」有相似之處，因而推測《金瓶梅》的作者可能為梅國楨門客。

第六，中下層文人或書會才人說。1985 年第 3 期《上海師範大學學報》上發表了孫遜、陳詔的題為〈《金瓶梅》作者非「大名士」說——從幾個方面「內證」看《金瓶梅》的作者〉一文，對沈德符的「嘉靖間大名士」說提出質疑，認為《金瓶梅》回目淺陋，詩詞粗劣，寫中下層人物、市井場面比寫上層人物、大場面成功，推斷《金瓶梅》「更像是中下層文人，特別是書會才人所寫，而絕非上層「大名士」、大官僚手筆。

第七，生活在嘉靖、隆慶、萬曆時期，在山東官場中混跡過的下層官吏和一般文人說。1987 年第 3 期《學術月刊》上發表了陳詔的〈《金瓶梅》人物考——兼談作者之謎〉一文，對《金瓶梅》中的宋、明歷史人物進行了詳盡的考索和校正，發現書中提到的這些歷史人物有許多舛訛錯亂的情況，這說明作者歷史知識並非淵博。小說中涉及的明代人物，上限在成化年間，下限在隆慶、萬曆年間，多半是嘉靖進士，且山東籍或在山東任過職的官僚特別多。《金瓶梅》的成書過程有兩種可能性：一是某些文人的個人創作經過民間藝人根據說唱的需要加以敷衍而成，一是民間藝人的說唱腳本經過某些文士潤色加工，然後改定。總之，不經過某些文士之手，是很難想像民間藝人會東拉西扯列舉

---

2　《中華文史論叢》1982 年第 1 輯。

出許多歷史人物的。但某些文士，絕不是什麼「大名士」，卻極有可能是生活在嘉靖、隆慶、萬曆時期，在山東官場中混跡過的下層官吏和一般文人。

第二類，指出具體姓名的，共 19 說。除周文開列的王世貞、李笠翁、盧楠、薛方山、趙儕鶴、李卓吾、徐渭、李開先、馮惟敏、沈自邠等人、賈三近、屠隆、劉九等 13 說外，其餘 6 說分別為：

第一，馮夢龍說。趙伯英在〈馮夢龍是《金瓶梅詞話》的補足者〉[3]一文中，根據沈德符《萬曆野獲編》的記載，推斷馮夢龍是《金瓶梅詞話》的補足者。理由是：（一）馮夢龍是《金瓶梅詞話》的積極「慫恿」者，故他會去做補足的工作；（二）從馮夢龍的政治思想、藝術造詣、生活經驗等方面看，他是一個合適的補足者；（三）小說中提到的《掛真兒》即馮氏的《掛枝兒》，露出了馮氏補作的痕跡；（四）馮氏還巧妙地將補足《金瓶梅詞話》的成果在「三言」中陳列出來，這給我們提供了補足者就是馮夢龍的確據。1988年，陳昌恆連續發表了〈《金瓶梅》作者馮夢龍考述〉[4]和〈《金瓶梅》作者馮夢龍續考〉[5]兩篇文章，分別從外考、內考兩個方面，闡明了馮夢龍為《金瓶梅》作者的觀點。在前文中，作者首先認為，《金瓶梅詞話》卷首化名作〈跋〉的廿公實際上是馮夢龍，沈德符《萬曆野獲編》中所謂「嘉靖間大名士」來源於廿公〈跋〉，因此，馮夢龍是「嘉靖間大名士」說的製造者。其次，從《金瓶梅詞話》卷首欣欣子序、東吳弄珠客序、廿公跋的內在統一性，從馮夢龍採取筆名的慣例以及三篇敘文詼諧幽默風格的共同性來看，欣欣子、東吳弄珠客、廿公、蘭陵笑笑生均為馮夢龍。再次，作者認為馮夢龍之所以要採用這些化名，一是吸取了編纂《掛枝兒》遭詆毀的慘痛教訓，二是由他的功名進取心所決定，三是出於要為世情小說開闢道路。最後，陳文又根據《金瓶梅》版本流傳的情況以及馮夢龍的生活經歷，考述了馮夢龍創作《金瓶梅》的三個階段。在〈續考〉中，作者結合小說本身作了三個方面的考述。首先，馮夢龍的生活經歷與《金瓶梅》描寫的相似；其次，馮夢龍的思想意識與《金瓶梅》吻合；再次，馮夢龍的著述與《金瓶梅》的創作一致。最後得出結論：《金瓶梅》的著作權當屬於馮夢龍這個明末文壇怪傑。

第二，陶望齡兄弟說。臺灣學者魏子雲在其〈從金瓶梅的問世演變推論作者是誰〉論文中說：「至於陶望齡兄弟，我可不敢斷言不可能了。按陶望齡萬曆十七年（1589）會元，殿試一甲第三，會稽人，歷官國子祭酒。從明史唐文獻傳看，知陶氏亦性情中人。譬如萬曆卅一年（1602）『妖書』事起，輔臣沈一貫傾尚書郭正域，持之急，唐文獻便偕

---

3　《鹽城師專學報》1988 年第 1 期。

4　《華中師大學報》1988 年第 3 期。

5　《湖北大學學報》1988 年第 6 期。

同僚楊道賓、周如砥、陶望齡往見沈氏，問沈一貫是否有意要殺郭正域？陶氏見另一輔臣朱賡也無意救郭，遂正色責以大義，且願棄官與郭正域同死。可想性情之剛正了。有弟奭齡，亦有文名。皆以講學世知，篤嗜王守仁說。這類性情剛正的人，處於當時那種天子昏於鄭氏宮幃的時期，著小說以諷諫，不無可能。」

第三，丁耀亢、丘志充說。美國芝加哥大學教授馬泰來在〈諸城丘家與《金瓶梅》〉[6]一文中說：「丘志充所藏《金瓶梅》和《玉嬌麗》的來源，值得探討。他和當時文士似乏交往，二書可能俱得自故里。這就對二書同出一人之手，即作者為山東人的說法，有一定的支持作用。」「此外，丘石常（按指丘志充子）和同縣丁耀亢（1599-1869）至交友好，而今人皆以為《續金瓶梅》是丁耀亢所作。《玉嬌麗》和《續金瓶梅》的關係，亦需重新探討。」魏子雲在〈從金瓶梅的問世演變推論作者是誰〉文中又說：「謝肇淛的《小草齋文集》，除了證驗袁中郎當年只得《金瓶梅》十之三，兼且證驗了《玉嬌麗（李）》確有其書。謝氏雖未說明《玉嬌麗》在何處所見或所聞知，卻說曾在『丘諸城』（志充）處得《金瓶梅》十之五，看來與《萬曆野獲編》說到袁中郎提到《金瓶梅》續書《玉嬌李》，他後來竟在丘工部志充處讀到此書，得非兩相呼應乎哉！」並且指出，丘志充是山東諸城人，《金屋夢》（《續金瓶梅》）的作者是山東諸城人丁耀亢，「雖《金屋夢》的內容並不是沈德符口中的《玉嬌李》，可是《金瓶梅》卻因此與山東諸城發生了淵源，難道丘志充也是他們其中的一夥嗎？」

第四，湯顯祖說。1983 年 5 月，美國印第安那大學舉行了《金瓶梅》學術討論會。美國芝加哥大學芮效衛教授提交一篇題為〈湯顯祖著作金瓶梅考〉的論文，主要從兩個方面論證了湯顯祖為《金瓶梅》的作者。（一）列舉了 20 條《金瓶梅》原文中的內證，論述它們與湯顯祖的關係；（二）以現在所知的《金瓶梅》早期流傳情況和湯顯祖的生平加以綜合考察，發現《金瓶梅》刊刻前流傳過程中有關的人物大多都是湯顯祖直接或間接的友人。徐朔方在〈〈湯顯祖著作金瓶梅考〉的簡介和質疑〉中針對芮效衛的觀點提出質疑，而芮效衛在〈對批評湯顯祖著作金瓶梅考的答覆〉一文中仍堅持己說。

第五，李先芳說。1987 年 5 月 2 日山東省《聊城報》和 5 月 15 日《聊城師院報》報導：聊城師院葉桂桐、閻增山認為《金瓶梅詞話》的作者有很大可能是李先芳。1988年 5 月，寧夏人民出版社出版了他們的專著《李先芳與金瓶梅》。他們對以往學術界提出的《金瓶梅》作者諸說進行了分析，認為「李先芳無疑比以往人們推出的作者更具寫作《金瓶梅》的條件與可能」。首先，他們從《金瓶梅》的成書過程入手，證明它是個人創作而非集體創作；確認了學術界考證《金瓶梅詞話》成書時代斷限（1547-1590）的可

---

6　《中華文史論叢》1984 年第 3 輯。

信性；論及了《金瓶梅》作者必備的條件、時代、籍貫；接著，便從李先芳的生平、名聲、思想、音樂才能、經商情況、醫學造詣、宗教思想、官場經歷、家庭生活、廣泛閱歷以及性格、交遊等十幾個方面與《金瓶梅》對照起來加以考索，認為《金瓶梅》的作者是李先芳。

第六，謝榛、鄭若庸說。這是王螢在其〈《金瓶梅》作者之謎〉一文中提出的。此文首先認為：「從一些跡象看來，《金瓶梅》的寫作並非出於一人之手。其作者最低應有二人，亦間或有第三者的插筆。全書之主體部分係由主作者所寫，餘則由另外一人輔助分工合寫，或最後續作敷衍而成書。」其次，提出《金瓶梅》作者所應具備的 7 個條件，並逐一與謝榛進行對照，認為他具備創作《金瓶梅》的條件。再次，文章推測，寫作《金瓶梅》除掌握臨清方言的主作者「大名士」謝榛外，還有一位掌握吳語的「紹興老儒」或稱「金吾戚里門客」與其合作，在小說成書的過程中，起到了助手作用，這個副作者是鄭若庸。最後，從趙康王朱厚煜的政治思想、個性特徵、曲藝、醫學才長以及在康王府形成的文學、戲曲陣容諸方面，分析了他組織著書的動機與條件，同時從《金瓶梅》中引述了在議論朝政、科舉制度、敘述醫道、劉戚故事等方面與趙康王完全吻合的內證，從而認定趙康王是《金瓶梅》成書的發起人與組織者。

關於《金瓶梅》作者諸說，雖然至今仍沒有哪一說為學術界所普遍接受，但我們絕不能因此而否定其意義與價值。學術界對《金瓶梅》作者問題的探討、考索，不僅使作者問題日趨明朗，而且也推動了關於《金瓶梅》其他方面的研究。比如，多數人認為《金瓶梅》的創作是有感而發，作者有其現實用意，且小說人物有生活原型等，涉及了小說的創作主旨；在討論作者問題時，基本澄清了《金瓶梅》最初的保存、傳抄以及流傳等情況，這對《金瓶梅》版本的研究有著不可忽視的意義；多有人指出《金瓶梅》所描寫的是明代嘉靖、萬曆時代，這對我們認識、研究這個特定時代的社會生活、文學狀況等，同樣具有重要意義。至於從方言俗語入手去考證《金瓶梅》的作者，其意義更是涉及語言學的領域了。

然而，也不可否認，研究中也確實存在著一些偏頗。由於論者都沒有找到直接佐證，或出於推測，或囿於傳聞，或主觀想當然地孤立印證，為立己論而不惜排斥其他並非沒有道理的意見，或是破密碼猜謎語式地想入非非，以致於在《金瓶梅》的作者問題上產生了針鋒相對、截然相反的看法。諸如南方人與北方人的對立，上層官僚、大名士與下層文人、藝人的對立，個人創作與集體創作的矛盾等等。看來，如果不總覽全局，從整體出發對小說、資料加以統籌考察，就無法使意見趨於統一，得出真理性的結論。

筆者認為，《金瓶梅》的作者是一個充滿矛盾的極為複雜的人物。一方面，他具有較濃的封建綱常思想，在小說中通過詩、詞、俗諺等不厭其煩地進行封建道德的說教；

另一方面,他又悖棄名理,讓小說中的人物淫濫無度,對性生活場面進行赤裸裸的千篇一律的鋪敘,將理學大忌視若糞土。一方面,他對宗教崇信不疑,給小說人物安排了輪回的結局,讓他們都在「定數」、命運的規定下行動;另一方面,他又對宗教教義、佛道僧尼極盡調侃嘲諷。從小說的描寫可以看出,他既熟悉官場又洞曉市井;既有較高層次的文藝修養,又有民間藝術的豐富積累;既有一定的歷史知識,以致使小說中出現了數以百計的歷史人物,但其歷史知識似乎說不上豐厚精深,結果出現了許多錯誤。總之,他的經歷、思想肯定是複雜的、多色彩的,這才決定了他筆下一部複雜而偉大的長篇小說——《金瓶梅》的誕生。

# 明清人解讀《金瓶梅》

　　《金瓶梅》剛一問世，就驚動了當時的文壇，在士大夫中傳閱抄寫。先睹者們見仁見智，對這部曠世奇書發表了各自不同的見解。這個時期的評論雖然只是出現在文人們的筆記、書信以及有關序、跋中，但涉及的範圍已相當廣泛。歸納起來，大致表現為以下幾個方面。

　　充分肯定這部奇書的成就及地位。袁中道《遊居柿錄》卷九曰：「往晤董太史思白，共說諸小說之佳者，思白曰：『近有一小說，名《金瓶梅》，極佳。』予私識之。」稱讚《金瓶梅》「瑣碎中有無限煙波」[1]。公安派盟主袁宏道在《觴政》中以《金瓶梅》配《水滸傳》為「外典」，讀後感覺「甚奇快」[2]，認為它「雲霞滿紙，勝於枚生〈七發〉多矣」[3]。〈七發〉乃西漢文學家枚乘所作的辭賦名篇，旨在對楚太子進行勸諫，有開漢大賦先路之功。袁氏說《金瓶梅》超過〈七發〉，大約意在說明，《金瓶梅》的勸諫主旨與其藝術上的創新突破，都具有開風氣之先的作用。後來隨著《金瓶梅》的付梓印行，文人士大夫更是推崇備至，甚至認為它的成就在《水滸傳》之上。如欣欣子認為《金瓶梅》「語句新奇，膾炙人口」，將其與《剪燈新話》《鶯鶯傳》《效顰集》《水滸傳》《鍾情麗集》《懷春雅集》《秉燭清談》《如意傳》《于湖記》等作品進行比較，說這些作品「讀者往往不能暢懷，不至篇終而掩棄之」，唯《金瓶梅》能使讀者「如飫天漿而拔鯨牙，洞洞然易曉」[4]。謝肇淛在《金瓶梅·跋》中也認為《金瓶梅》作者是「稗官之上乘，爐錘之妙手也」[5]。

　　對於《金瓶梅》內容的評價，以謝肇淛《金瓶梅·跋》中的概括最具代表性。其文

---

1　　《遊居柿錄》，青島：青島出版社 2005 年，第 193 頁。

2　　沈德符《萬曆野獲編》卷二十五《詞曲·金瓶梅》，《元明史料筆記叢刊》，北京：中華書局 1959 年，第 652 頁。

3　　袁宏道〈董思白〉，《袁宏道集箋校》卷六《錦帆集之四——尺牘》，上海：上海古籍出版社 1981 年，第 289 頁。

4　　欣欣子〈金瓶梅詞話序〉，《新刻金瓶梅詞話》卷首，北京：人民文學出版社 1985 年。本文所引原文均出自該版本。

5　　謝肇淛《小草齋文集》，見《四庫全書存目叢書》集部第 176 冊，濟南：齊魯書社 1997 年，第 276 頁。

· 7 ·

曰：「《金瓶梅》……書凡數百萬言，為卷二十，始末不過數年事耳。其中朝野之政務，官私之晉接，閨闥之媟語，市里之猥談，與夫勢交利合之態，心輸背笑之局，桑中濮上之期，尊罍枕席之語，駔儈之機械意智，粉黛之自媚爭妍，狎客之從諛逢迎，奴怡之稽唇淬語，窮極境象，駴意快心。」[6]可以說是鞭辟入裡，言簡意賅。

關於小說的作者、時代以及創作意旨，當時就眾說紛紜，莫衷一是，足見作者隱名埋姓之深，以及小說作者寓於其中的意旨、涵容之廣。明人談及《金瓶梅》作者的有六家，多認為此書的作者為嘉靖時人。但究竟坐實為誰屬，則說法不一。與作者緊密相關的問題便是作品的主旨、立意所在。屠本畯在其《山林經濟籍》中說：

> 不審古今名飲者，曾見石公所稱「逸典」否？按《金瓶梅》流傳海內甚少，書帙與《水滸傳》相埒。相傳嘉靖時，有人為陸都督炳誣奏，朝廷籍其家。其人沉冤，托之《金瓶梅》。[7]

這是迄今所見提及《金瓶梅》作者的最早的資料之一，它包含的意思是：《金瓶梅》的書帙、篇幅大體等同於《水滸傳》，為嘉靖時的個人創作，並且是有感而發的洩憤之作。

袁中道在明神宗萬曆四十二年甲寅（1614）八月的日記中追憶他在萬曆二十五年丁酉（1597）的見聞時提出《金瓶梅》是「紹興老儒」影射其主人「西門千戶」的「淫蕩風月之事」[8]：

> 往晤董太史思白，共說諸小說之佳者。思白曰：「近有一小說，名《金瓶梅》，極佳。」予私識之。後從中郎（按指袁中道之兄袁宏道）真州，見此書之半，大約模寫兒女情態具備。……舊時京師，有一西門千戶，延一紹興老儒於家。老儒無事，逐日記其家淫蕩風月之事，以西門慶影其主人，以餘影其諸姬。

這裡透露出以下消息值得注意：其一，《金瓶梅》的成就極高，在當時就為封建文人們所推崇；其二，小說是以兒女私情為描寫對象，並夾雜有「淫蕩風月」之類描寫；其三，小說的作者是一位不甚有名的封建儒士，且為南方人；其四，《金瓶梅》所描寫的故事，是有生活原型的。因為這是較早談及《金瓶梅》這部小說的文獻，所以對後世的研究有著極為重要的參考價值。

---

6　謝肇淛《小草齋文集》，見《四庫全書存目叢書》集部第176冊，濟南：齊魯書社1997年，第276頁。
7　屠本畯《山林經濟籍》，北京圖書館古籍珍本叢刊（64），北京：書目文獻出版社1996年影印本。
8　《遊居柿錄》，青島：青島出版社2005年，第193頁。

明萬曆四十四年（1616），謝肇淛在《小草齋文集》卷二十四〈金瓶梅跋〉中說：「《金瓶梅》一書，不著作者名代。相傳永陵中有金吾戚里，憑怙奢汰，淫縱無度，而其門客病之，采摭日逐行事，匯以成編，而托之西門慶也。」此處的「永陵」，即是明世宗嘉靖朱厚熜的陵墓；這裡所說的「永陵中」，指的是嘉靖時（1522-1566）。「金吾戚里」究係誰屬，仍是個不解之謎。這裡指出作者為達官貴族的門客即一般儒士，《金瓶梅》所寫乃「憑怙奢汰，淫縱無度」之風流淫蕩之事，且有生活原型等，與袁中道的「紹興老儒」說大致相同。

沈德符《萬曆野獲編》卷二十五〈詞曲·金瓶梅〉條云：

> 袁中郎《觴政》以《金瓶梅》配《水滸傳》為外典，予恨未得見。丙午（按指萬曆三十四年即西元1606年），遇中郎京邸，問：「曾有全帙否？」曰：「第睹數卷，甚奇快。今惟麻城劉涎白承禧家有全本，蓋從其妻家徐文貞錄得者。」又三年，小修上公車，已攜有其書，因與借抄挈歸。吳友馮猶龍見之驚喜，慫恿書坊以重價購刻。馬仲良時榷吳關，亦勸予應梓人之求，可以療饑。予曰：「此等書必遂有人板行，但一刻則家傳戶到，壞人心術。他日閻羅究詰始禍，何辭置對？吾豈以刀錐博泥犁哉？」仲良大以為然，遂固篋之。未幾時，而吳中懸之國門矣。然原本實少五十三回至五十七回，遍覓不得，有陋儒補以入刻，無論膚淺鄙俚，時作吳語，即前後血脈，亦絕不貫穿，一見知其贗作矣。聞此為嘉靖間大名士手筆，指斥時事。如蔡京父子則指分宜，林靈素則指陶仲文，朱勔則指陸炳，其他各有所屬云。[9]

這是沈德符在《金瓶梅》蘇州刻本問世（萬曆四十五年即西元1617年）後對往事的回憶。袁中郎《觴政》中的原話是：「凡《六經》《語》《孟》所言飲式，皆酒經也。其下則汝陽王《甘露經》《酒譜》、王績《酒經》、劉炫《酒孝經》《貞元飲略》、竇子野《酒譜》、朱翼中《酒經》、李保續《北山酒經》、胡氏《醉鄉小略》、皇甫崧《醉鄉日月》、侯白《酒律》諸飲流所著記傳賦誦等為內典。《蒙莊》《離騷》《史》《漢》《南北史》《古今逸史》《世說》《顏氏家訓》，陶靖節、李、杜、白香山、蘇玉局、陸放翁諸集為外典。詩餘則柳舍人、辛稼軒等，樂府則董解元、王實甫、馬東籬、高則誠等，傳奇則《水滸傳》《金瓶梅》等為逸典。不熟此典者，保面甕腸，非飲徒也。」[10]袁宏道在此借

---

9　沈德符《萬曆野獲編》卷二十五〈詞曲·金瓶梅〉，北京：中華書局1959年，第652頁。

10　袁宏道《觴政·十之掌故》，《袁宏道集箋校》卷四十八，上海：上海古籍出版社1981年，第1419頁。

用佛家將佛教典籍視為「內典」、把其他典籍稱為「外典」的說法，談到「飲徒」的三類必讀之書，如果不熟悉《水滸傳》《金瓶梅》等小說「逸典」，只是「保面甕腸」的飯囊酒袋，而非真正的高雅「飲徒」，流露出對新興的通俗小說的激賞。而沈德符的這段話，談到了《金瓶梅》最初的傳抄、保存者等情況，為後人的研究提供了寶貴的資料。但這裡提出《金瓶梅》「指斥時事」，小說中人物各有所指，則開了後世《金瓶梅》研究中索隱派的先河。另外，這裡指出有一陋儒補作了原書缺損的第五十三至五十七回，回答了今人研讀《金瓶梅》時提出的這五回所寫人物、事件、語言以及細節等方面明顯與全書血脈不相貫穿、不盡一致的疑問。

欣欣子在萬曆丁巳（萬曆四十五年即西元1617年）《新刻金瓶梅詞話·序》說：「竊謂蘭陵笑笑生作《金瓶梅傳》，寄意於時俗，蓋有謂也。」「吾友笑笑生為此，爰罄平日所蘊者，著斯傳，凡一百回。」欣欣子與笑笑生均係化名，又據欣欣、子與笑笑、生相對，故欣欣子與笑笑生很可能為同一人。這裡提供了一個極為重要的信息，那就是指出作者為蘭陵人。江蘇武進與山東嶧縣在古代都稱蘭陵，故作者的籍貫究係誰屬，尚難確定。不過，小說中大量運用山東方言，書中故事又是設置在山東，所以作者為山東人的可能性自然要大一些。需要指出的是，「蘭陵笑笑生」五字可能為吳中刻本所沒有，所以袁中郎、沈德符等人均未提及。

同樣刊在萬曆丁巳年《新刻金瓶梅詞話》卷首的廿公在〈金瓶梅跋〉中指出：「《金瓶梅傳》，為世廟時一鉅（巨）公寓言，蓋有所刺也。」[11]「鉅（巨）公」無疑指大官僚，「世廟」是指明世宗嘉靖皇帝。廿公同係化名，故「鉅（巨）公」之確指無法考知。鄭振鐸在《插圖本中國文學史》中認為「廿公」是袁中郎，但並未展開論證，不足以使人信服。

以上這些說法都距《金瓶梅》成書時代較近，況且有的還與作者為「友」，但究係什麼原因，他們都不願意點破《金瓶梅》作者的真實姓名，恐怕不能簡單地認為是當時小說尚不能登大雅之堂，其作者為封建正統文人所瞧不起，也不僅僅是因為小說中存在大量的淫穢描寫。也許還有政治上的考慮，以及其他不便明言的原因。

如何看待《金瓶梅》中有關男女私情、兩性關係的描寫？由於對這一問題存在著截然對立的意見，因此相應而來的便是對《金瓶梅》所應採取的取捨態度問題。作為思想趨於保守的正統儒者，董思白一方面歡賞其「極佳」，另一方面又基於小說中的兩性描寫，認為「決當焚之」[12]。薛岡更是大聲疾呼：「天地間豈容有此一種穢書！當急投秦

---

11　《新刻金瓶梅詞話》卷首，北京：人民文學出版社1985年。
12　《遊居柿錄》卷九，青島：青島出版社2005年，第194頁。

火。」[13]與其針鋒相對，著名的通俗文學家、進步文人馮夢龍卻「見之驚喜，慫恿書坊以重價購刻」[14]。欣欣子《金瓶梅詞話·序》中對「語涉俚俗，氣含脂粉」的描寫進行辯護，廿公公然讚賞「今後流行此書，功德無量矣」，「不知者」之所以「目為淫書」，是因其沒有真正把握作者言「有所刺」，不瞭解作者「曲盡人間醜態，其亦先師不刪鄭衛之旨」，結果冤屈了作者和「流行者」，故在〈金瓶梅跋〉中「特為白之」。

在評價《金瓶梅》的社會功用及其與封建名教的關係時，由於對小說審視角度的不同，又為評論者世界觀的制約，所以也得出了截然相反的結論。袁中道說「此書誨淫」，有礙「名教」[15]，沈德符也認為此書「壞人心術」[16]。這種論調主要是立足於《金瓶梅》中的兩性生活描寫而言。與此相反，袁宏道認為此書的勸誡旨意「勝於枚生〈七發〉多矣」[17]，欣欣子《金瓶梅詞話·序》謂此書「無非明人倫，戒淫奔，分淑慝，化善惡，知盛衰消長之機，取報應輪回之事，如在目前，始終如脈絡貫通，如萬系迎風而不亂也，使觀者庶幾可以一哂而忘憂也」。

與小說批評領域的人物批評理論同步，《金瓶梅》的人物塑造也受到了人們的廣泛關注。有的評論者已注意到小說中人物的典型性問題，認為《金瓶梅》是「借西門慶以描畫世之大淨，應伯爵以描畫世之小丑，諸淫婦以描畫世之丑婆淨婆」[18]。謝肇淛的〈金瓶梅跋〉還涉及到了小說在塑造人物方面的突出成就：「譬之範工摶泥，妍媸老少，人鬼萬殊，不徒肖其貌，且並其神傳之。」[19]肯定小說中的人物各有個性，達到了神形兼備的藝術境界。

總的來說，明人的評論雖多為片言隻語，零碎而不系統，但已涉及了諸多方面的問題。後人正是在此基礎上，來建構「金學」的基本框架，研究中也往往把明人的有關闡說作為自己立論的依據，從而推動「金學」的縱深發展。

有清 200 多年間，《金瓶梅》的研究取得了進一步的發展。這一階段的評論形式，雖然還是局限於文人的序、跋、筆記、劄記之中，但無論是廣度還是深度，都較明人有

---

13  薛岡《天爵堂筆餘》卷二，中國社會科學院歷史研究所明史研究室編：《明史研究論叢》第五輯，南京：江蘇古籍出版社 1991 年，第 341 頁。

14  沈德符《萬曆野獲編》卷二十五〈詞曲·金瓶梅〉，北京：中華書局 1959 年，第 652 頁。

15  袁中道《遊居柿錄》卷九，青島：青島出版社 2005 年，第 194 頁。

16  沈德符《萬曆野獲編》卷二十五〈詞曲·金瓶梅〉，北京：中華書局 1959 年，第 652 頁。

17  袁宏道〈董思白〉，《袁宏道集箋校》卷六《錦帆集之四──尺牘》，上海：上海古籍出版社 1981 年，第 289 頁。

18  東吳弄珠客〈金瓶梅序〉，《新刻金瓶梅詞話》卷首，北京：人民文學出版社 1985 年。

19  謝肇淛《小草齋文集》，見《四庫全書存目叢書》集部第 176 冊，濟南：齊魯書社 1997 年，第 276 頁。

長足的進展。

　　清人對《金瓶梅》的作者提出了種種推測，大致有王世貞、李漁（《皋鶴堂批評第一奇書金瓶梅》本書名「李笠翁先生著」）、盧楠（《滿文譯本金瓶梅序》）、薛應旂（清宮偉鏐《春雨草堂別集》卷七〈續庭聞州世說〉）、趙南星（清宮偉鏐《春雨草堂別集》卷七〈續庭聞州世說〉）、李卓吾（王曇〈金瓶梅考證〉）、王世貞門人（清康熙乙亥謝頤《皋鶴堂批評第一奇書金瓶梅·序》）、明季浮浪文人（王曇〈金瓶梅考證〉）、唐荊川（順之）仇人（蔣瑞藻《小說考證》微引《闕名筆記》）、某孝廉（徐謙《桂宮梯》卷四引《勸誡類鈔》）、觀海道人（《古本金瓶梅·觀海道人序》）等等說法，但或是出於推測，或是囿於傳聞。

　　清康熙乙亥（康熙三十四年即西元 1695 年）謝頤在〈第一奇書《金瓶梅》序〉中說：「《金瓶》一書，傳為鳳洲（按：王世貞號）門人之作也，或云即鳳洲手。」可見，王世貞與王世貞門人作《金瓶梅》說在當時是並行相傳的。不過該序在讚賞了小說的「細針密線」之後，認為它「的是渾《豔異》舊手而出之者，信乎為鳳洲作無疑也。」[20]《豔異》是否為王世貞所作，今已不可考知。謝頤係化名，即「解頤而謝」之意[21]。有人推測，此人「很可能就是張潮」[22]。

　　徐謙在《桂宮梯》卷四引《勸誡類鈔》云：「《金瓶梅》一書，原一時遊戲之筆，不意落稿盛行，流毒無窮。孝廉負盛名，卒不第。己丑南宮已定會元矣，主司攜卷寢室，挑燈朗誦，自喜得人。至晨，將填榜，則卷上點點血痕，蓋鼠交其上而汙之也，遂斥落。止一子，在江寧開茶室，後流為丐死。」[23]這裡指明小說為嫉權貴之淫放而作，但也包含著濃重的因果報應成分。

　　王曇在乾隆五十九年（1794）十月十四日寫的〈金瓶梅考證〉中否定了《金瓶梅》為李卓吾作之後接著說：「大約明季浮浪文人之作偽。」意即《金瓶梅》為明末浮浪文人假託李卓吾之名而作。這係推測之辭。

　　不過，王世貞說在此期具有相當的勢力與影響。如王曇的〈古本金瓶梅考證〉[24]、宋起鳳《稗說》、顧公燮《銷夏閑記摘抄》等均倡此說，提出創作意圖是王世貞為報父

---

20　〈第一奇書序〉，《張竹坡批評第一奇書金瓶梅》卷首，濟南：齊魯書社 1987 年。

21　〈第一奇書《金瓶梅》序〉。

22　顧國瑞等〈《尺牘偶存》、《友聲》及其中的戲曲史料〉，《文史》第十五輯，1982 年。

23　徐謙《桂宮梯》卷四引《勸誡類鈔》，道光戊戌陳氏刻本。見黃霖《金瓶梅資料彙編》，北京：中華書局 1987 年，第 271 頁。

24　鄭振鐸在〈談金瓶梅詞話〉中認為此〈考證〉「一望而知其為偽作，也許便是出於蔣敦艮筆之手」。黃霖《金瓶梅資料彙編》在此〈考證〉後加了按語，認為此文係廢物即王文濡輩「偽造後不斷加以潤色」。

仇。但究竟其仇人是誰，因何事構仇，則說法不一。其中王曇〈古本金瓶梅考證〉說是報嚴嵩、嚴世蕃害父之仇：「《金瓶梅》一書，相傳明王元美所撰。元美父忬，以灤河失事，為奸嵩構死，其子東樓，實贊成之。東樓喜觀小說，元美撰此，以毒傳紙，冀使傳染入口而斃。東樓燭其計，令家人洗去其藥，而後翻閱，此書遂以外傳。」[25]康熙十二年（1673），宋起鳳在《稗說》卷三中說是報陸炳譖父之仇：「世知《四部稿》為弇洲先生平生著作，而不知《金瓶梅》一書，亦先生中年筆也，即有知之，又惑於傳聞，謂其門客所為書，門客詎能才力若是耶？弇洲痛父為嚴相嵩父子所排陷，中間錦衣衛陸炳陰謀孽之，置於法。弇洲憤懣懟廢，乃成此書。陸居雲間郡之西門，所謂西門慶者，指陸也。以蔡京父子比相嵩父子，諸狎昵比相嵩羽翼。陸當日蓄群妾，多不檢，故書中借諸婦一一刺之。所事與人皆寄託山左，其聲容舉止，飲食服用，以至雜俳戲媟之細，無一非京師人語。書雖極意通俗，而其才開闔排蕩，變化神奇，於平常日用機巧百出，晚代第一種文字也。」[26]此說顯然是承屠本畯《山林經濟籍》而來，且比前者更具體，更駭人聽聞。此外，清代多種筆記、雜記中，也認為《金瓶梅》的作者是王世貞。如顧公燮《銷夏閑記摘抄》卷上〈作金瓶梅緣起王鳳洲報父仇〉條說：「太倉王忬家藏《清明上河圖》，化工之筆也。嚴世蕃強索之，忬不忍捨，乃覓名手摹贗者以獻。先是，忬巡撫兩浙，遇裱工湯姓，流落不偶，攜之歸，裝潢書畫，旋薦於世蕃。當獻畫時，湯在側，謂世蕃曰：『此圖某所目睹，是卷非真者。試觀麻雀，小腳而踏二瓦角，即此便知其偽矣。』世蕃恚甚，而亦鄙湯之為人，不復重用。會俺答入寇大同，忬方總督薊遼，鄢懋卿嗾御史方輅劾忬禦邊無術，遂見殺。後范長白公（允臨）作《一捧雪》傳奇，改名莫懷古，蓋戒人勿懷古董也。忬子鳳洲（世貞）痛父冤死，圖報無由。一日偶謁世蕃，世蕃問：『坊間有好看小說否？』答曰：『有。』又問：『何名？』倉促之間，鳳洲見金瓶中供梅，遂以『金瓶梅』答之。但字跡漫滅，容鈔正送覽。退而構思數日，借《水滸傳》西門慶故事為藍本，緣世蕃居西門，乳名慶，暗譏其閨門淫放。而世蕃不知，觀之大悅，把玩不置。相傳世蕃最喜修腳，鳳洲重賂修工，乘世蕃專心閱書，故意微傷腳跡，陰搽爛藥，後漸潰腐，不能入直。獨其父嵩在閣，年衰遲鈍，票本擬批，不稱上旨。上浸厭之，寵日以衰。御史鄒應龍等乘機劾奏，以至於敗。噫！怨毒之於人，甚矣哉！」[27]到了後來，佚名的《筆記》亦謂：「《金瓶梅》為舊說部中『四大奇書』之一，相傳出王世貞手，

---

25 王曇〈古本金瓶梅考證〉，《繪圖真本金瓶梅》卷首，上海：上海存寶齋1916年。

26 《稗說》卷三〈王弇洲著作〉，《明史資料叢刊》第二輯，南京：江蘇人民出版社1982年，第103頁。

27 顧公燮《銷夏閑記摘抄》卷上，涵芬樓秘笈本，上海：上海商務印書館民國13年（1924）。

為報復嚴氏之《督亢圖》。或謂係唐荊川事。荊川任江右巡撫時，有所周內，獄成，罹大辟以死。其子百計求報，而不得間。會荊川解職歸，遍閱奇書，漸歎觀止，乃急草此書，漬砒於紙以進。蓋審知荊川讀書，必逐頁用紙粘舌，以次披覽也。荊川得書後，覽一夜而畢。驀覺舌本強澀，鏡之黑矣。心知被毒，呼謂其子曰：『人將謀我。我死，非至親不得入吾室。』逾時遂卒。旋有白衣冠者，呼天搶地而至，蒲伏於其子之前，謂曾受大恩於荊川，願及未蓋棺前，一親顏色。鑒其誠，許之入。伏屍而哭甚哀。哭已，再拜而出。及殮，則一臂不知所往。始悟來者即著書之人。因其父受縲首之辱，進鴆不足，更殘支體以為報也。」[28]佚名的《寒花盦隨筆》則說是王世貞報唐荊川譖父之仇：

> 世傳《金瓶梅》一書，為王弇州先生手筆，用以譏嚴世蕃者。書中西門慶，即世蕃之化身。世蕃小名慶，西門亦名慶；世蕃號東樓，此書即以西門對之。或又謂此書為一孝子所作，用以復其父仇者。蓋孝子所識一巨公，實殺孝子父，圖報累累，皆不濟。後忽偵知巨公觀書時，必以指染沫，翻其書頁。孝子乃以三年之力，經營此書。書成，粘毒藥於紙角。覘巨公出時，使人持書叫賣於市曰：「天下第一奇書！」巨公於車中聞之，即索觀。車行及其第，書已觀訖，嘖嘖歎賞，呼賣者問其值，賣者竟不見。巨公頓悟為人所算，急自營救，已不及，毒發遂死。今按二說皆是，孝子即鳳洲也，巨公為唐荊川。鳳洲之父忬，死於嚴氏，實荊川譖之也。姚平仲《綱鑒挈要》載殺巡撫王忬事。注謂：「忬有古畫，嚴嵩索之，忬不與，易以摹本。有識畫者，為辨其贗。嵩怒，誣以失誤軍機，殺之。」但未記識畫人姓名。有知其事者，謂識畫人即荊川。古畫者，《清明上河圖》也。鳳洲既抱終天之恨，誓有以報荊川，數遣人往刺之，荊川防護甚備。一夜，讀書靜室，有客自後握其髮，將加刃，荊川曰：「余不逃死，然須留遺書囑家人。」其人立以俟。荊川書數行，筆頭脫落，以管就燭，佯為治筆。管即毒弩，火熱機發，鏃貫刺客喉而斃。鳳洲大失望。後遇於朝房，荊川曰：「不見鳳洲久，必有所著。」答以《金瓶梅》。其實鳳洲無所撰，姑以誑語應爾。荊川索之切，鳳洲歸，廣召梓工，旋撰旋刊，以毒水濡墨刷印，奉之荊川。荊川閱書甚急，墨濃粘，卒不可揭，乃屢以指潤口津揭書。書盡，毒發而死。或傳此書為毒死東樓者，不知東樓自正法，毒死者實荊川也。彼謂「以三年之力成書」，及「巨公索觀於車中」云云，又傳聞異詞者爾。不解荊川以一代巨儒，何渠甘為嚴氏助虐，而卒至身食其報也。[29]

---

28　見《小說月報》1910 年第 1 卷第 1 期。

29　見蔣瑞藻《小說考證》，上海：上海古籍出版社 1984 年，第 71-72 頁。

後來魯迅在《小說舊聞鈔》中針對清代文人編造的王世貞作《金瓶梅》的離奇故事說：
「鳳洲復仇之說，極不近情理可笑噱，而世人往往信而傳之。」[30]吳晗又先後撰〈《清明
上河圖》與《金瓶梅》的故事及其衍變〉〈《金瓶梅》的著作時代及其社會背景〉等文，
闡明了《清明上河圖》的沿革軌跡是由宜興許氏→西涯李氏→陳湖陸氏→昆山顧氏→袁
州嚴氏→內府，顯然與王忬、王世貞父子無關。值得注意的是，這些說法雖然未免有荒
唐之處，但卻大多都指出了《金瓶梅》中所反映的故事與明代史實的某種程度的聯繫，
以及小說中人物與明史人物的某種程度的關聯，這就為後世研究《金瓶梅》所反映的時
代、《金瓶梅》的創作原委等提供了尋覓、梳理的線索。

　　此外，〈滿文譯本金瓶梅序〉云：「或曰是書乃明時逸儒盧楠所作，以譏刺嚴嵩、
嚴世蕃父子者，不識然否？」[31]宮偉鏐《春雨草堂別集》卷七〈續庭聞州世說〉曰：「《金
瓶梅》相傳為薛方山先生筆，蓋為楚學政時以此維風俗，正人心。」「又云趙儕鶴公所
為。」王曇〈金瓶梅考證〉否定了《金瓶梅》為王世貞作後又說：「或云李卓吾所作，
卓吾即無行，何致留此穢言？」對這種傳聞也持懷疑態度。

　　如何看待《金瓶梅》中的兩性生活描寫，這是解讀中爭論最大的問題，也是評價這
部巨著時首先碰到的最為敏感的問題。由於對此問題持論的差異導致了對待這部小說態
度上的迥然不同。首先，是一批正統封建士大夫們看到了《金瓶梅》中的兩性生活赤裸
裸的渲染對封建名教的衝擊，指斥《金瓶梅》是一部誨淫之作，應對其嚴加禁毀，有的
甚至編造出荒誕不經的果報故事來詆毀《金瓶梅》及其作者。如申涵光《荊園小語》曰：
「世傳作《水滸傳》者三世啞。近世（時）淫穢之書如《金瓶梅》等，喪心敗德，果報當
不止此。每怪友輩極贊此書，謂其摹畫人情，有似《史記》。果爾，何不直讀《史記》，
反悅其似耶？至家有幼學者，尤不可不慎。」[32]李綠園在〈歧路燈自序〉中宣稱：「若
夫《金瓶梅》，誨淫之書也。亡友張揖東曰，此不過道其事之所曾經，與其意之所欲試
者耳。而三家村冬烘學究，動曰此《左》《國》、史遷之文也。余謂不通《左》、史，
何能讀此；既通《左》、史，何必讀此？老子云：童子無知而脧舉。此不過驅幼學於夭
劄，而速之以蒿里歌耳。」[33]這裡透露出當時人們對《金瓶梅》有相去天淵之判。方濬
《蕉軒隨錄》說：「《水滸》《金瓶梅》二書倡盜誨淫，有害於世道人心者不小。」[34]意

30　魯迅校錄《小說舊聞鈔》，濟南：齊魯書社1997年，第52頁。

31　康熙四十七年滿文本《金瓶梅》卷首，佚名譯，黃潤華、王小虹校訂並標點，見《文獻》第十六輯，
　　1983年。

32　申涵光《荊園小語》，北京：中華書局1985年，第4頁。

33　樂星《歧路燈研究資料》，鄭州：中州書畫社1982年，第94頁。

34　方濬《蕉軒隨錄·續錄》卷二〈武松〉，北京：中華書局1995年，第85頁。

識到了《金瓶梅》對封建名教的妨害。林昌彝《硯耕緒錄》則高喊「人見此書，當即焚毀。否則昏迷失性，疾病傷生，竊玉偷香，由此而起，身心瓦裂，視禽獸又何擇哉！」[35]甚至連狐鬼巨豪蒲松齡也以淫書目之：

> 異史氏曰：世風之變也，下者益諂，上者益驕。……若縉紳之妻呼太太，裁數年耳。昔惟縉紳之母，始有此稱；以妻而得此稱者，惟淫史中有林、喬耳，他未之見也。……[36]

這裡的「淫史」，即指《金瓶梅》；林、喬指的是《金瓶梅》中的林太太和喬五太太。

在清代，《金瓶梅》還遭到統治者的再再禁毀。鄭光祖《醒世一斑錄·雜述》載：

> 偶於書攤見有書賈記數一冊云，是歲所銷之書，《致富奇書》若干，《紅樓夢》《金瓶梅》《水滸》《西廂》等書稱是，其餘名目甚多，均不至前數。切歎風俗繫乎人心，而人心重賴激勸。乃此等惡劣小說盈天下，以逢人之情欲，誘為不軌，所以棄禮滅義，相習成風，載胥難挽也。幸近歲稍嚴書禁，漏巵或可塞乎？[37]

此外，佚名《勸毀淫書徵信錄·禁毀書目》、余治《得一錄》中，都有關於銷禁《金瓶梅》的記載。更有甚者，有的封建文人為了詆毀《金瓶梅》的流傳與影響，竟然不擇手段，編造出《金瓶梅》的作者、售者、刊行者如何遭到果報、懲罰的離奇謊言：

> 孝廉某，嫉嚴世蕃之淫放，著《金瓶梅》一書，原一時遊戲之筆，不意落稿盛行，流毒無窮。孝廉負盛名，卒不第。己丑南宮，已定會元矣，主司攜卷寢室，挑燈朗誦，自喜得人，至晨，將填榜，則卷上點點血痕，蓋鼠交其上而汙之也，遂斥落。止一子，在江寧開茶室，後流為丐死。[38]

並呼籲要將此書「盡投水火而後已，不得隨眾稱揚其文筆之美」（同前）；而聚者、看者、說者、借者與作者、買者一樣，都是罪不可恕的：

---

35 林昌彝《硯耕緒錄》卷十二，同治五年廣州刊本。見黃霖《金瓶梅資料彙編》，北京：中華書局1987年，第288頁。

36 蒲松齡《聊齋志異》卷十五〈夏雪〉，《詳注聊齋志異圖詠》（下），濟南：山東畫報出版社2002年，第1030頁。

37 鄭光祖《醒世一斑錄·雜述卷四》，《續修四庫全書》一一四〇「子部·雜家類」，上海：上海古籍出版社1996年，第151-152頁。

38 徐謙《桂宮梯》卷四引《勸誡類鈔》，道光戊戌陳氏刻本。見黃霖《金瓶梅資料彙編》，北京：中華書局1987年，第271頁。

李卓吾極贊《西廂》《水滸》《金瓶梅》為天下奇書。不知鑿淫竇，開殺機，如釀鴆酒然，酒味愈甘，毒人愈深矣。有聚此等書、看此等書、說此等書、借貰此等書者，罪與造者買者同科。[39]

由此可以看出，衛道者們對《金瓶梅》的仇視、恐懼已經到了無以復加的程度。

在貶《金瓶梅》為淫詞豔科的同時，也有一部分封建士大夫認識到了《金瓶梅》的價值所在以及淫穢描寫所可能帶來的不良後果，提出讀《金瓶梅》必須謹慎，必須具備一定的鑒別能力。不然的話，將會貽害無窮。如滿文本〈金瓶梅序〉認為，「《三國演義》《水滸傳》《西遊記》《金瓶梅》四種，固小說中之四大奇也，而《金瓶梅》於此為尤奇焉。」然而，「倘於情濃處銷然動意，不堪者略為效法，大則至於家亡身敗，小則亦不免搆疾而見惡於人也。可不慎歟！可不慎歟！至若厭其污穢而不觀，乃以觀是書為釋悶，無識之人者，何足道哉！」[40]劉廷璣《在園雜誌》亦云：「若深切人情世務，無如《金瓶梅》，真稱奇書。欲要止淫，以淫說法；欲要破迷，引迷入悟。」[41]然而，「欲讀《金瓶梅》，先須體認前序內云：『讀此書而生憐憫心者，菩薩也；讀此書而生效法心者，禽獸也。』」紫髯狂客《豆棚閒話總評》中認為，不善讀《金瓶梅》，「乃誤風流而為淫。其間警戒世人處，或在反面，或在夾縫，或極快極豔，而悲傷零落寓乎其間，世人一時不解者也。」[42]戲筆主人在〈繡像忠烈全傳序〉中道：

> 文字無關風教者，雖炳耀藝林，膾炙人口，皆為苟作，立說之要道也。凡傳志之文，或艱涉獵，及動於齒頰，托於言談，反令目者悶之。若古來忠臣孝子賢姦在目，則作者足資勸懲矣。小說原多，每限於句繁語贅，節目混牽。若《三國》語句深摯質樸，無有倫比；至《西遊》《金瓶梅》專工虛妄，且妖豔靡曼之語，聒人耳目。在賢者知探其用意，用筆不肖者，只看其妖仙冶蕩。是醒世之書，反為酣嬉之具矣。[43]

在評價《金瓶梅》的思想價值時，大多數文人根據小說中人物生前死後的遭際，將

---

39 徐謙《桂宮梯》卷四引《最樂篇》，道光戊戌陳氏刻本。見黃霖《金瓶梅資料彙編》，北京：中華書局 1987 年，第 271 頁。

40 康熙四十七年滿文本《金瓶梅》卷首，佚名譯，黃潤華、王小虹校訂並標點，見《文獻》第十六輯，1983 年。

41 劉廷璣《在園雜誌》卷二，北京：中華書局 2005 年，第 84 頁。

42 聖水艾衲居士編《豆棚閒話》，北京：人民文學出版社 1984 年，第 142 頁。

43 戲筆主人〈繡像忠烈傳序〉，《忠烈全傳》卷首，《古本小說集成》，上海：上海古籍出版社 1994 年影印本。

《金瓶梅》視為誡世之書，以因果報應來涵括其思想內容。「這《金瓶梅》一部小說，原是替世人說法，畫出那貪色圖財、縱欲喪身、宣淫現報的一幅行樂圖。」[44]劉廷璣《在園雜誌》認為《金瓶梅》中「家常日用，應酬世務，奸詐貪狡，諸惡皆作，果報昭然。」[45]用這種果報迷信的觀點來解釋這部博大精深的煌煌巨著，顯然不足為訓。倒是滿文譯本〈金瓶梅序〉對《金瓶梅》所描寫的內容作了比較全面的概括：

> 歷觀編撰古詞者，或勸善懲惡，以歸禍福；或快志逞才，以著詩文；或明理言性，以喻他物；或好正惡邪，以辨忠奸。其書雖稗官古詞，而莫不各有一善。如《三國演義》《水滸傳》《西遊記》《金瓶梅》四種，固小說中之四大奇也，而《金瓶梅》於此為尤奇焉。凡百回中以為百戒，每回無過結交朋黨、鑽營勾串、流連會飲、淫賭通姦、貪婪索取、強橫欺凌、巧計誆騙、忿怒行凶、作樂無休、訛賴誣害、挑唆離間而已，其於修身齊家、裨益於國之事一無所有。至西門慶以計力藥殺武大，猶為武大之妻潘金蓮服以春藥而死，潘金蓮以藥毒二夫，又被武松白刃碎屍。如西門慶通姦於各人之妻，其婦婢於伊在時即被其婿與家童玷污。吳月娘背其夫，寵其婿使入內室，姦淫西門慶之婢，不特為亂於內室。吳月娘並無婦人精細之態，竟至殷天錫強欲逼姦，來保有意調戲。至蔡京之徒，有負君王信任，圖行自私，二十年間，身罹子誅，朋黨皆罹於罪。西門慶處遂謀中，逞一時之巧，其勢及至省垣，而死後屍未及寒，竊者竊，離者離，亡者亡，詐者詐，出者出，無不如燈消火滅之爐也。其附炎趨勢之徒，亦皆陸續無不如花殘木落之敗也。其報應輕重之稱，猶戥秤毫無高低之差池焉。且西門慶之為樂，不過五六年耳。其餘攛掇諂媚、乞討鑽營、行強凶亂之徒，亦揭示於二十年之內。將陋習編為萬世之戒，自常人之夫婦，以及僧道尼番、醫巫星相、卜術樂人、歌妓雜耍之徒，自買賣以及水陸諸物，自服用器皿以及諢浪笑談，於僻隅瑣屑毫無遺漏，其周詳備全，如親身眼前熟視歷經之彰也。誠可謂是書於四奇書之尤奇者矣。……觀是書者，將此百回以為百戒，爰然慄，愨然思，知反諸己而恐有如是者，斯可謂不負是書之意也。……[46]

《金瓶梅》的藝術成就，受到了此期評論者的高度評價。或謂小說「閨闥諧謔，市井

---

44　紫陽道人《續金瓶梅》第一回，《金瓶梅續書三種（上）》，濟南：齊魯書社1988年，第2頁。

45　劉廷璣《在園雜誌》卷二，北京：中華書局2005年，第84頁。

46　康熙四十七年滿文本《金瓶梅》卷首。佚名譯，黃潤華、王小虹校訂並標點，見《文獻》第十六輯，1983年。

俚詞，鄙俗之言，殊異之俗，乃能收諸筆下，載諸篇章，口吻逼真，維妙維肖。……才人文筆，不同凡響，信乎人之欽企弗衰也。」[47]或謂其「文心細如牛毛繭絲，凡寫一人，始終口吻酷肖到底，掩卷讀之，但道數語，便能默會為何人。結構鋪張，針線縝密，一字不漏……」[48]靜庵《金屋夢識語》曰：

> ……如《紅樓》《水滸》《金瓶》之文字，雖雅俚不倫，然不屑屑於尋章摘句，效老生常談，其描摹人物，莫不鬚眉畢現，間發議論，又別出蹊徑，獨抒胸臆，暢所欲言，大有曼倩笑傲，東坡怒罵之概。點染世態人情，悲歡離合，寫來件件逼真，而不落尋常小說家窠臼。閱之不覺狂喜咋舌，真千載難遇之妙文也。[49]

這些評論雖是片言隻語，說不上系統、全面，但其中不乏獨到的見解，自有其值得重視的價值。

《金瓶梅》在文學史上應享有什麼樣的地位？人們大多通過與其他作品的比較來闡述這一問題。有的將其與《三國演義》《水滸傳》《西遊記》並列，認為《金瓶梅》為「四大奇書」中之「尤奇者」[50]，《金瓶梅》與「別家迥異，非尋常小說之可比」[51]；有的將其與《左》《國》《史》《漢》並列，認為「四大奇書，各臻絕頂，堪與《左》《國》《史》《漢》並傳，厥後罕有繼此」[52]。也有的看到了《金瓶梅》對《紅樓夢》的巨大影響，認為「前人謂《石頭記》脫胎此書（按指《金瓶梅》），亦非虛語。所不同者，一個寫才子佳人，一個寫姦夫淫婦；一個寫一紈袴少年，一個寫一市井小人耳。至於筆墨之佳，二者無可軒輕」[53]；《紅樓夢》「大略規仿吾家鳳洲先生所撰《金瓶梅》，而較有含蓄，不甚著跡，足饜讀者之目」[54]。諸聯《紅樓夢評》認為《紅樓夢》「脫胎於《金

---

47　〈原本金瓶梅跋〉，《古本金瓶梅》卷首，上海：卿雲圖書公司 1926 年。原署名袁枚，黃霖認為此係後人偽託。見《金瓶梅資料彙編》，北京：中華書局 1987 年，第 13 頁。

48　劉廷璣《在園雜誌》卷二，北京：中華書局 2005 年，第 84 頁。

49　《鶯花雜誌》1915 年 2 月第 1 期。見黃霖《金瓶梅資料彙編》，北京：中華書局 1987 年，第 18 頁。

50　康熙四十七年滿文本《金瓶梅》卷首。佚名譯，黃潤華、王小虹校訂並標點，見《文獻》第十六輯，1983 年。

51　閒雲山人〈第一奇書鍾情傳序〉，《第一奇書鍾情傳》卷首，光緒乙巳年（1905）仿西法石印本。按《鍾情傳》即《金瓶梅》。

52　周永保〈瑤華傳跋〉，丁秉仁《瑤華傳》卷首，《古本小說集成》本，上海：上海古籍出版社 1994 年影印。

53　〈金屋夢識語〉，《金瓶梅續書三種（下）》，濟南：齊魯書社 1988 年，第 1 頁。

54　蘭皋居士〈綺樓重夢楔子〉，《綺樓重夢》卷首。《古本小說集成》本，上海：上海古籍出版社 1994 年影印。

瓶梅》，而褻嫚之詞，淘汰至盡。中間寫情寫景，無些點牙後慧。非特青出於藍，直是蟬蛻於穢。」[55]張新之〈紅樓夢讀法〉認為《紅樓夢》「借逕在《金瓶梅》」，「《紅樓夢》是暗《金瓶梅》」，指出「《金瓶》有『苦孝說』，因明以孝字結，此則暗以孝字結。至其隱痛，較作《金瓶梅》者尤深。《金瓶》演冷熱，此書亦演冷熱；《金瓶》演財色，此書亦演財色。」[56]這裡雖包含有封建士大夫的迂腐之見，但卻指出了《紅樓夢》在創作上對《金瓶梅》的藝術借鑒。此外，脂硯齋、哈斯寶等人還就《金瓶梅》《紅樓夢》兩書某些細節、場面描寫的相似入手，評論了《金瓶梅》對於《紅樓夢》創作的深刻影響。

尤其值得我們重視的，是康熙年間張竹坡和光緒年間文龍對《金瓶梅》的比較系統而又全面的評論，這在《金瓶梅》研究的歷史上具有開拓性的功績，開創了《金瓶梅》研究的新階段。

張竹坡（1670-1698），名道深，字自得，竹坡為其號。徐州銅山人。曾奮鬥科場，但所遇不遂，終於潦倒窮愁，齎志以歿。竹坡於康熙年間評點、刊刻了《第一奇書金瓶梅》。他的評論包括總評（計有〈第一奇書凡例〉〈雜錄〉〈竹坡閒話〉〈冷熱金針〉〈金瓶梅寓意說〉〈苦孝說〉〈第一奇書非淫書論〉〈第一奇書金瓶梅趣談〉〈批評第一奇書金瓶梅讀法〉108 則）、回評、眉批、夾批等，總計十萬餘言。

繼張竹坡之後，光緒年間，文龍對《金瓶梅》又作了一次較為全面而詳盡的評論。文龍字禹門，本姓趙，漢軍正藍旗人，曾做過南陵知縣、蕪湖知縣等。為官清正，頗受百姓擁戴。他在光緒五年（1879）、六年、八年三次於在茲堂刊《第一奇書》本上對《金瓶梅》從思想內容到藝術成就、人物塑造作了比較全面的評論。其評論包括回評、眉批、旁批等，大約六萬餘言。

他們指出，《金瓶梅》是一部暴露世情之惡、嫉世病俗、指斥時事的洩憤之作。張竹坡認為，《金瓶梅》作者既然不願意留名，是因為小說有其寓意，有其針對性。「總之，作者無感慨，亦不必著書。」[57]「作《金瓶梅》者，必曾於患難窮愁，人情世故，一一經歷過，入世最深。」[58]在第七十回「老太監引酌朝房　二提刑庭參太尉」的回評中，張氏評道：「甚矣，夫作書者必大不得於時勢，方作寓言以垂世。今止言一家，不

55　道光元年刻本。見黃霖《金瓶梅資料彙編》，北京：中華書局 1987 年，第 268 頁。

56　曹雪芹、高鶚著，張新之評《妙復軒評石頭記》，北京：北京圖書館出版社 2002 年，第 63 頁。

57　〈批評第一奇書《金瓶梅》讀法〉三六，《張竹坡批評第一奇書金瓶梅》，濟南：齊魯書社 1987 年，第 36 頁。

58　〈批評第一奇書《金瓶梅》讀法〉五九，《張竹坡批評第一奇書金瓶梅》，濟南：齊魯書社 1987 年，第 42 頁。

及天下國家，何以見怨之深，而不能忘哉！故此回歷敘運艮峰之賞，無謂諸奸臣之貪位慕祿，以一發胸中之恨也。」[59]他認為，《金瓶梅》作者生活於黑暗的社會，歷經憂患，不遇於時，痛恨奸臣當道，深感世事險惡，飽嘗世態炎涼，「悲憤嗚唈」，因而作小說以「瀉其憤」[60]，抒發胸中的鬱鬱不平之氣。文龍提出「是殆嫉世病俗之心，意有所激、有所觸而為此書也」[61]。在第三十六回「翟管家寄書尋女子　蔡狀元留飲借盤纏」的回評中，文龍也說道：「此一回概影時事也。宰相與狀元，固俗世以為榮而俗人所共羨者也。然必有其位，兼有其德，始無慚為真宰相；有其才，並有其度，乃不愧為名狀元。茲則以大蔡、小蔡當之，天下時事可知矣。蔡京受賄，以職為酬，前已約略言之，舉一以例百也。若再詳述，恐有更僕難盡者，即以其僕之聲勢赫炎代之，此曰雲峰先生，彼曰雲峰先生，雲峰直可奔走天下士，而號令天下財東也。若曰：其奴如此，其主可知，此追一層落筆也。」「蔡蘊告幫，秋風一路。觀其言談舉止，令人欲嘔。」張竹坡和文龍都看到了小說中所蘊涵的社會生活內容以及作者對險惡世俗、污穢官場的批判。不同的是，張竹坡側重於從作者「患難窮愁」的個人遭際來評論，而文龍則更多地著眼於作者對整個黑暗社會的憤激。

張竹坡和文龍還極力為《金瓶梅》「淫書」之「惡諡」正名。如何評價《金瓶梅》中的淫詞穢語？《金瓶梅》究竟是不是一部「淫書」？張竹坡在〈第一奇書非淫書論〉的專論裡，全力為之辯解。他指出：「《金瓶》一書，作者亦是將〈褰裳〉〈風雨〉〈籜兮〉〈子衿〉諸詩細為模仿耳。夫微言之，而文人知儆；顯言之，而流俗皆知。」[62]恰恰相反，它是一部懲淫誡世之書。「所以目為淫書，不知淫者自見其為淫耳」，「我的《金瓶梅》上洗淫亂而存孝悌」。他將《金瓶梅》與《詩經》相比，感歎世上不善讀書者，將《金瓶梅》目為淫書，並不無過激地說：「凡人謂《金瓶》是淫書者，想必伊只知看其淫處也。若我看此書，純是一部史公文字。」[63]當然，對於小說中有關兩性生活的赤裸裸的渲染，張竹坡有時也批有「不堪」等字樣，也提出了批評的意見。總之，張竹坡強調的是從整體上、宏觀上去評價《金瓶梅》所取得的成就，而不能專注於它對兩性生

---

59　張竹坡《張竹坡批評第一奇書金瓶梅》第七十回回評，濟南：齊魯書社 1987 年，第 1069 頁。

60　〈竹坡閒話〉，《張竹坡批評第一奇書金瓶梅》，濟南：齊魯書社 1987 年，第 10 頁。

61　文龍《金瓶梅》七十一回回評。見劉輝《金瓶梅成書與版本研究》，瀋陽：遼寧人民出版社 1986 年，第 248 頁。

62　〈批評第一奇書非淫書論〉，《張竹坡批評第一奇書金瓶梅》，濟南：齊魯書社 1987 年，第 20 頁。

63　〈批評第一奇書《金瓶梅》讀法〉五三，《張竹坡批評第一奇書金瓶梅》，濟南：齊魯書社 1987 年，第 42 頁。

活的描寫而扼殺其價值,提出「《金瓶梅》不可零星看,如零星,便止看其淫處也。故必盡數日之間,一氣看完,方知作者起伏層次,貫通氣脈,為一線穿下來也」[64]。同時,也是更重要的,張竹坡提出這種淫筆是直接服務於人物塑造、並有深意寓焉。他論述道:

> 《金瓶梅》說淫話,止是金蓮與王六兒處多,其次則瓶兒,他如月娘、玉樓止一見,而春梅則惟於點染處描寫之。何也?寫月娘,惟「掃雪」前一夜,所以醜月娘、醜西門也。寫玉樓,惟於「含酸」一夜,所以表玉樓之屈,而亦以醜西門也。是皆非寫其淫蕩之本意也。至於春梅,欲留之為炎涼翻案,故不得不留其身分,而止用影寫也。至於百般無恥,十分不堪,有桂姐、月兒不能出之於口者,皆自金蓮、六兒口中出之。其難堪為何如?此作者深罪西門,見得如此狗彘,乃偏喜之,真不是人也。故王六兒、潘金蓮有日一齊動手,西門死矣。此作者之深意也。至於瓶兒,雖能忍耐,乃自討苦吃,不關人事,而氣死子虛,迎姦轉嫁,亦去金蓮不遠,故亦不妨為之弛張醜態。但瓶兒弱而金蓮狠,故寫瓶兒之淫,略較金蓮可些。而亦早自喪其命於試藥之時,甚言女人貪色,不害人即自害也。吁!可畏哉!若金蓮、如意輩,有何品行?故不妨唐突。而王招宣府內林太太者,我固云為金蓮波及,則欲報應之人,又何妨唐突哉?[65]

這種看法是獨到的,也是值得我們今天研究中重視的。

文龍則更強調讀者的主觀方面,認為「《金瓶梅》,淫書也,亦戒淫書也」。之所以說是「淫書」,因「觀其筆墨,無非淫語淫事」,但「究其根源,實戒淫書也……是是在會看不會看而已」[66]。他認為,關鍵的問題在於讀者是從什麼角度來看這些描寫,它會因讀者欣賞與憎惡、羨慕與畏戒的不同態度而得出不同的結論。因此他論述道:

> 皆謂此書為淫書,誠然,而又不然也。但觀其事,只「男女苟合」四字而已。此等事處處有之,時時有之。彼花街柳巷中,個個皆潘金蓮也,人人皆西門慶也。不為說破,各人心裡明白,一經指出,閱歷深者曰:果有此事;見識淺者曰:竟有此事!是書概充量而言之耳,謂之非淫不可也。若能高一層著眼,深一層存心,

---

64 〈批評第一奇書《金瓶梅》讀法〉五二,《張竹坡批評第一奇書金瓶梅》,濟南:齊魯書社 1987 年,第 42 頁。

65 〈批評第一奇書《金瓶梅》讀法〉五一,《張竹坡批評第一奇書金瓶梅》,濟南:齊魯書社 1987 年,第 42 頁。

66 《金瓶梅》第一回回評。見劉輝《金瓶梅成書與版本研究》,瀋陽:遼寧人民出版社 1986 年,第 185 頁。

遠一層設想，世果有西門慶其人乎？方且痛恨之不暇，深惡之不暇，陽世之官府，將以斬立決待其人；陰間之閻羅，將以十八層置其人。世並無西門慶其人乎？舉凡富貴有類乎西門，清閒有類乎西門，遭逢有類乎西門，皆當恐懼之不暇，防閑之不暇。一失足則殺其身，一縱意則絕其後。夫淫生於逸豫，不生於畏戒，是在讀此書者之聰明與糊塗耳。生性淫，不觀此書亦淫；性不淫，觀此書可以止淫。然則書不淫，人自淫也；人不淫，書又何嘗淫乎？[67]

是書若但以淫字目之，其人必真淫者也。其事為必有之事，其人為實有之人，絕非若《駐春園》《好逑傳》《玉嬌梨》《平山冷豔》以及七才子、八才子等書之信口開河，無情無理，令人欲嘔而自以為得意者也。何以謂之不淫也？凡有妻妾者，家庭之間，勢必現此醜態，以至家敗人亡，後事直有不不可問，見不賢而內省，其不善者而改之，庶幾不負此書也。[68]

或謂《金瓶梅》淫書也，非也。淫者見之謂之淫；不淫者不謂之淫，但睹一群鳥獸摯尾而已。或謂《金瓶梅》善書也，非也。善者見善謂之善；不善者謂之不善，但覺一生快活隨心而已。然則《金瓶梅》果奇書乎？曰：不奇也。人為世間常有之人，事為世間常有之事，且自古及今，普天之下，為處處時時常有之人事。既不同於《封神榜》之變化迷離，又不似《西遊記》之妖魔鬼怪，夫何奇之有？故善讀書者，當置身於書中，而是非羞惡之心不可泯，斯好惡得其真矣。又當置身於書外，而彰癉勸懲之心不可紊，斯見解超於眾矣。又須於未看之前，先將作者之意，體貼一番；更須於看書之際，總將作者之語，思索幾遍。看第一回，眼光已射到百回上；看到百回，心思復憶到第一回先。書自為我運化，我不為書捆縛，此可謂能看書者矣。曰淫書也可，曰善書也可，曰奇書也亦無不可。[69]

在這些論述中，文龍並沒有回避小說中的淫穢筆墨，但他更強調的是讀者在接收作品信息過程中的主觀能動作用，認為讀者對《金瓶梅》的褒貶好惡，會因各自的個性愛好、欣賞角度、藝術情趣、道德品性等等的差異而存在巨大的不同，這即是接受美學所說的

---

[67] 《金瓶梅》第十三回回評。見劉輝《金瓶梅成書與版本研究》，瀋陽：遼寧人民出版社 1986 年，第 194 頁。

[68] 《金瓶梅》第七十五回回評。見劉輝《金瓶梅成書與版本研究》，瀋陽：遼寧人民出版社 1986 年，第 252 頁。

[69] 《金瓶梅》第一百回回評，劉輝《金瓶梅成書與版本研究》，瀋陽：遼寧人民出版社 1986 年，第 275 頁。

「共時接收」的差異性。此外，張、文二人還對小說中的人物塑造、針線細密、語言藝術等方面提出了不少很有見地的看法。

隨著西方列強鴉片和大炮的交替進攻，鎖閉了幾千年的中國國門終於被打開。封建勢力與外來敵寇的結合，使中國一步步地淪為一個半封建半殖民地的社會。面臨種族滅絕的危險，一切有識的封建士大夫都不得不投身到救亡圖存的洪流之中。革除社會弊端，重振中華之威，促進民族富強，已成為此期文學創作乃至文學批評的主旋律。對於《金瓶梅》小說的評價，也發生了新的變化。

維新派的宣傳活動家狄平子（葆賢）論及《金瓶梅》的創作動機時說：「《金瓶梅》一書，作者抱無窮冤抑，無限深痛，而又處黑暗之時代，無可與言，無從發洩，不得已借小說以鳴之。」[70]認為《金瓶梅》是不平之鳴、發憤之作，是作者在黑暗時代對「無窮冤抑」的抒泄。顯然，這是對明代屠本畯《山林經濟籍》中所提及的「沉冤」說以及張竹坡窮愁著書說的發展。

關於《金瓶梅》所反映的內容及其社會價值，資產階級改良派及諸評論者大都能將其與社會、政治聯繫起來加以考察，強調、肯定《金瓶梅》的社會批判功用，使得《金瓶梅》評論與他們所倡揚的社會改良掛起鉤來。平子（狄葆賢）指出，《金瓶梅》乃「真正一社會小說，不得以淫書目之」，其「描寫當時之社會情狀，略見一斑」[71]。天僇生（王鐘麟）認為《金瓶梅》是「極端厭世觀之小說也」[72]。作者「痛社會之渾濁」而作是書，「描寫社會之污穢濁亂貪酷淫媒諸現狀，而以刻毒之筆出之」，「血透紙背而成者也」[73]。王鐘麟又進一步指出，《金瓶梅》通過各種典型形象的塑造，對社會上的各種醜形惡俗進行解剖，「記西門慶，則言富人之淫惡也；記潘金蓮，則傷女界之穢亂也；記花子虛、李瓶兒，則悲友道之衰微也；記宋惠蓮，則哀讒佞之為禍也；記蔡太師，則痛仕途黑暗、賄賂公行也」。他發出感歎：「嗟乎！嗟乎！天下有過人之才人，遭際濁世，把彌天之怨，不得不流而為厭世主義，又從而摹繪之，使並世者之惡德，不能少自諱匿者，則王氏著書之苦心也。」[74]夢生提出「《金瓶梅》乃一懲勸世人、針砭惡俗之書」[75]，鄧狂

70　〈小說叢話〉，《新小說》1903 年第八號。

71　〈小說叢話〉，《新小說》1903 年第八號。

72　〈論小說與改良社會之關係〉，《月月小說》1907 年第一卷第九期。

73　〈中國歷代小說史論〉，《月月小說》1907 年第一卷第十一期。

74　〈中國三大家小說論贊〉，《月月小說》1908 年第二卷第二期。按：王鐘麒持《金瓶梅》作者為王世貞的觀點。

75　1914 年《雅言》第一卷第七期〈小說叢話〉。見黃霖《金瓶梅資料彙編》，北京：中華書局 1987年，第 336 頁。

言《紅樓夢釋真》則直言點明《金瓶梅》是「政治小說而寄託深遠」。總之，這些評論都涉及到《金瓶梅》是明代社會現實、社會政治的反映這個本質性問題。

評論者對《金瓶梅》的藝術成就也從各個方面加以闡述，給予充分的肯定。首先，多數論者認為，《金瓶梅》開拓了中國古典小說的題材領域。從描寫的生活來看，它獨闢蹊徑，已將筆觸由古代歷史的興衰、英雄豪傑的業績、神魔仙怪的神通轉向了一向為士大夫們所不注意、不熟悉、但每個人物都生活其間的「情事尤為複雜，描寫更難著筆」的「下等社會情事」方面來[76]，它已由《水滸傳》的「大刀闊斧，氣象萬千」「一變而為細筆，狀閭閻市井難狀之形，故為雋上」[77]，「描寫惡社會，真如禹鼎鑄奸，無微不至」[78]，這在中國小說史上是一次劃時代的變革，它可以與英國的狄更斯、美國的馬克·吐溫、法國的查拉、俄國的杜瑾納夫等人的作品相頡頏[79]。

與作品描寫的內容緊密相關的，是人物形象塑造問題。曼殊認為，《金瓶梅》「是描寫下等婦人社會之書也。試觀書中之人物，一啟口，則下等婦人之言論也；一舉足，則下等婦人之行動也。雖裝束模仿上流，其下等如故也；供給擬貴族，其下等如故也。」[80]充分肯定了《金瓶梅》在塑造下層婦女形象方面的突出成就。錢靜方雖然指責《金瓶梅》「淫褻鄙陋」，但卻稱讚「其描摹小人口吻，無不逼真」[81]。夢生在這方面對《金瓶梅》更是倍加推崇，認為「《金瓶梅》乃一最佳最美之小說，以其筆墨寫下等社會、下等人物，無一不酷似故。……蓋《金瓶梅》專寫姦夫淫婦，貪官惡僕，幫閒娼妓，即無不可為普天下姦夫淫婦、貪官惡僕、幫閒娼妓一齊寫照也」[82]。可以說，《金瓶梅》所塑造的下層市民群像，豐富了我國古典長篇小說的人物畫廊，是對中國小說史的突出貢獻，這得到了此期評論者的一致稱讚。

有的評論者還注意到，《金瓶梅》描寫人物的手段較以前的說部有所變化。它不同於在中國小說發展史上形成強大陣容的歷史演義、英雄傳奇以及神魔小說的作者在塑造人物時褒貶分明、揚抑判然的常規，而是在寫人時「並不下一前提語」，作者不作或少

76 廢物（王文濡）〈小說談·金瓶梅〉，1915 年《香豔雜誌》第九期。

77 鵷雛（姚錫鈞）〈稗乘譚雋〉，上海：上海文明書局 1916 年《春聲》第一集。

78 陳獨秀〈答胡適〉，《新青年》第三卷第四號，上海：上海群益書社民國六年（1917）。

79 廢物（王文濡）〈廢物贅語〉，1917 年文明書局《臨時增刊南社小說集》。見黃霖《金瓶梅資料彙編》，北京：中華書局 1987 年，第 327 頁。

80 曼殊〈小說叢話〉，1904 年《新小說》第八期。見黃霖《金瓶梅資料彙編》，北京：中華書局 1987 年，第 305 頁。

81 錢靜方《小說叢考·金瓶梅演義考》，上海：上海古典文學出版社 1957 年，第 101 頁。

82 夢生〈小說叢話〉，1914 年《雅言》第一卷第七期。見黃霖《金瓶梅資料彙編》，北京：中華書局 1987 年，第 336-337 頁。

作主觀的褒貶、評判,而是讓人物通過自己的言行,使「其人之性質、身分,若優若劣,雖婦孺亦能辨之,真如對鏡者之無遁形也」[83]。這種變化,也正是中國古典長篇小說在塑造人物的手段上由幼稚逐漸走向成熟的顯著標誌。平子在評論《金瓶梅》時,將它與《水滸傳》進行比較,認為二者在諸多方面都呈現著不同的風貌,「《水滸》多正筆,《金瓶》多側筆;《水滸》多明寫,《金瓶》多暗刺;《水滸》多快語,《金瓶》多痛語;《水滸》明白暢快,《金瓶》隱抑淒惻;《水滸》抱奇憤,《金瓶》抱奇冤」[84]。

在語言運用方面,平子指出,《金瓶梅》已由《水滸傳》的「文字兼語言之小說」變為「純乎語言之小說」,在《金瓶梅》中,「文字積習,蕩除淨盡,讀其文者,如觀其人,如聆其語」,使人「不知此時為看小說,幾疑身入其中矣」[85]。也就是說,《金瓶梅》的語言,已經被歷來受人稱道的《水滸傳》的語言更提高了一步,並且人物的語言已經達到了一個新的高度,即人物語言的高度個性化。這不僅是中國古典小說的長足進步,而且也是小說發展的必然。

此外,有人還注意到小說中的陪襯、穿插等手法的妙用。如夢生曾指出,《金瓶梅》「於武二兄弟會見時,百忙中插入武大往事、金蓮出身一大段文字。敘王昭宣府一節,詳金蓮惡之所從出也。敘張大戶一節,原金蓮之得嫁武大也」[86]。這裡雖然在一定程度上承襲了張竹坡的說法,但更多注意的是社會之腐敗對人物墮落的惡劣影響,以及時代在人物身上所打下的深刻烙印,顯然比張竹坡更進一步。

如何看待《金瓶梅》中的寫淫之筆,仍是這個時期評論者關注較多的一個問題。歸納起來,主要有四種觀點:

一種認為《金瓶梅》是淫書,應全盤否定。如胡適就曾說《金瓶梅》引不起人們的「美感」,沒有什麼價值可言[87]。葉小鳳認為《金瓶梅》「實淫書也」,如果流傳開來,將貽害無窮[88]。箬超(蔣子勝)曰:「《金瓶梅》則淫書之尤者耳。」[89]銘飛(張燾號)由否定《金瓶梅》的淫穢描寫進而否定整個小說的價值。他說:「《金瓶梅》一書,醜穢

---

83　黃人〈小說小話〉,《小說林》1907 年第一期。

84　〈小說叢話〉,《新小說》1903 年第八號。

85　平子〈小說新語〉,《小說時報》1911 年第九號。

86　1914 年《雅言》第一卷第七期〈小說叢話〉。見黃霖《金瓶梅資料彙編》,北京:中華書局 1987 年,第 339 頁。

87　胡適〈答錢玄同〉,《新青年》第四卷第一號,上海:上海群益書社民國七年(1918)。

88　葉小鳳:《小鳳雜著·小說雜論》,新民圖書館 1919 年 5 月排印本。見黃霖《金瓶梅資料彙編》,北京:中華書局 1987 年,第 356 頁。

89　《古今小說評林》,1919 年 5 月上海民權出版部。見黃霖《金瓶梅資料彙編》,北京:中華書局 1987 年,第 361 頁。

不可言狀。其命意，其佈局，其措辭，毫無可取。」「統觀《金瓶梅》全部，直是毫無意識。其佈局之支離牽強，又無章法可言。至其措辭，則全是山東土話，可厭已極。獨其寫男女之事，勤勤懇懇，有如孝子慈孫之稱述祖訓者然；使人翻閱一過，有如春日行街市中，處處見有野狗覓偶也。」[90]

與前一種觀點相對，吳趼人、黃小配、解弢等人認為《金瓶梅》是以淫懲淫，是一部「懲淫之作」。吳趼人指出：「《金瓶梅》《肉蒲團》，此皆著名之淫書也，然其實皆懲淫之作。」「淫者見之謂之淫。」[91]之所以得出「淫書」的結論，是「不善讀書」的緣故。解弢《小說話》說「《金瓶梅》等書意在懲戒」，黃世仲（小配）則聯繫社會現實，肯定了《金瓶梅》在懲淫方面的社會功用，指出「有《金瓶梅》出，而西北淫澆之風漸知畏忌，蓋其感人者深耳」！[92]

與前兩種態度不同，有的評論者在評價《金瓶梅》時，對其成就大加讚賞，但對小說的淫筆卻避而不論。如曼殊就曾說過：「吾固不能謂（《金瓶梅》）為非淫書，然其奧妙，絕非在寫淫之筆。」[93]

倒是錢玄同在給胡適的信中，對《金瓶梅》中的淫穢描寫作了比較中肯的、客觀的分析與評價。他說：「《金瓶梅》一書，斷不可與一切專談淫猥之書同日而語。此書為一種驕奢淫佚、不知禮義廉恥之腐敗社會寫照。觀其書中所敘之人，無論官紳男女，面子上是老爺、太太、小姐，而一開口，一動作，無一非極下作極無恥之語言之行事。」但由於「描寫淫藝太甚，終不免有『淫書』之目」，用辯證的觀點評價這些描寫的實質。「若拋棄一切世俗見解，專用文學的眼光去觀察，則《金瓶梅》之位置，固亦在第一流也。」[94]這裡並不否認《金瓶梅》中有淫詞穢語，但明確指出它絕非「專談淫猥之書」，而是對腐敗社會的真實反映，不足在於作者對猥藝淫態渲染過度，容易產生負面效應。這種評論是比較公允的，也是符合《金瓶梅》的實際的。

關於《金瓶梅》的成就、地位，評論者的觀點比較一致。一是認為《金瓶梅》與《水滸傳》《紅樓夢》同為中國小說史上的不朽傑作，一是認為《紅樓夢》繼承了《金瓶梅》的創作傳統，從《金瓶梅》脫胎而來。平子在論述中國小說時，曾將《金瓶梅》與《水

90 《古今小說評林》，1919年5月上海民權出版部。見黃霖《金瓶梅資料彙編》，北京：中華書局1987年，第359-360頁。
91 〈雜說〉，《月月小說》1907年第一卷。
92 棣〈改良劇本與改良小說關係於社會之重輕〉，1908年2月21日《中外小說林》第二卷第二期。
93 曼殊〈小說叢話〉，1904年《新小說》第八期。見黃霖《金瓶梅資料彙編》，北京：中華書局1987年，第305頁。
94 錢玄同〈寄胡適之〉，《新青年》第三卷第六號，上海：上海群益書社民國六年（1917）。

滸傳》《紅樓夢》並列[95]，曼殊指出，「《金瓶梅》之聲價，當不下於《水滸》《紅樓》」，認為「論者謂《紅樓夢》全脫胎《金瓶梅》，乃《金瓶梅》之倒影云，當是的論」[96]。天僇生說《水滸傳》《金瓶梅》《紅樓夢》同為小說中「好而能至者」，「此三書，真有觀止之歎」[97]。夢生也論道：「中國小說最佳者，曰《金瓶梅》，曰《水滸傳》，曰《紅樓夢》」[98]。陳獨秀認為《金瓶梅》成就在《紅樓夢》之上，「《紅樓夢》全脫胎於《金瓶梅》，而文章清健自然，遠不及也」[99]。鶹雛（姚錫鈞）也說《紅樓夢》「無一不自《金瓶》一書脫胎換骨而來」[100]。而包柚斧在《遊戲雜誌·答友索說部書》中則比較公允地指出，《紅樓夢》脫胎於《金瓶梅》是「善脫胎而已，幾於神化者也」，認為《紅樓夢》在繼承《金瓶梅》創作傳統的基礎上又達到了一個新的高度。

　　總之，此期的評論者高度評價並充分肯定了《金瓶梅》在中國小說史上應享有的地位，以及它所取得的巨大成就，看到了長篇小說由《水滸傳》而《金瓶梅》、再由《金瓶梅》而《紅樓夢》在描寫生活、塑造人物等方面的發展軌跡，以及後者對前者的繼承與提高，這都是值得肯定的。不過需要指出的是，如果說《紅樓夢》的產生是受到《金瓶梅》的巨大影響之說是比較公允的話，那麼，《紅樓夢》是《金瓶梅》的倒影、《紅樓夢》全從《金瓶梅》脫胎而來，甚至《金瓶梅》的成就在《紅樓夢》之上云云，則是值得商榷的。

---

95　平子〈小說新語〉，《小說時報》1911 年第九號。

96　1904 年《新小說》第八期〈小說叢話〉。見黃霖《金瓶梅資料彙編》，北京：中華書局 1987 年，第 305 頁。

97　天僇生〈中國三大家小說論贊〉，《月月小說》1908 年第二卷第二期。

98　夢生〈小說叢話〉，1914 年《雅言》第一卷第七期。見黃霖《金瓶梅資料彙編》，北京：中華書局 1987 年，第 335 頁。

99　陳獨秀〈答胡適〉，《新青年》第三卷第四號，上海：上海群益書社民國六年（1917）。

100　鶹雛（姚錫鈞）〈稗乘譚雋〉，上海：上海文明書局 1916 年《春聲》第一集。

# 20 世紀後半葉的《金瓶梅》評論

　　1949 年中華人民共和國成立到 20 世紀末的 50 年，由於大陸政治風雲的幾度變幻，使《金瓶梅》的研究在各個不同的歷史時期呈現出不同的風貌。如果我們打個比方的話，倒頗具「啞鈴形」的特點。

　　從 1954 年到 1964 年這十年間，《金瓶梅》的研究取得了一系列重大突破。這時期發表的論文主要有：潘開沛的〈《金瓶梅》的產生和作者〉[1]、徐夢湘的〈關於《金瓶梅》的作者〉[2]、李西成的〈《金瓶梅》的社會意義及其藝術成就〉[3]、李長之的〈現實主義和中國現實主義的形成〉[4]、李希凡的〈《水滸》和《金瓶梅》在我國現實主義文學發展中的地位〉[5]、張鴻勳的〈試談《金瓶梅》的作者、時代、取材〉[6]、任訪秋的〈略論《金瓶梅》中的人物形象及其藝術成就〉[7]、龍傳仕的〈《金瓶梅》創作時代考索——兼與吳晗同志商榷《金瓶梅》著作時代問題〉[8]等。除此之外，這個時期出版的幾部影響較大的文學史著作如中國科學院文學研究所編寫的《中國文學史》、劉大杰的《中國文學發展史》、游國恩等主編的《中國文學史》等，也都對《金瓶梅》設置專門章節加以論述。

　　此期研究者所關注的問題，主要體現在以下諸方面。

　　第一，關於《金瓶梅》的作者問題。論者沒有具體指出作者為誰，主要論爭是《金瓶梅》究係個人創作還是集體創作。1954 年 8 月 29 日，潘開沛在《光明日報》上撰寫〈《金瓶梅》的產生和作者〉一文提出：《金瓶梅》「不是像《紅樓夢》那樣由一個作家來寫的書，而是像《水滸傳》那樣先有傳說故事、短篇文章，然後才成長篇小說的。這就是說，它不是哪一個『大名士』、大文學家獨立在書齋裡創作出來的，而是在同一時

---

1　《光明日報》1954 年 8 月 29 日。

2　《光明日報》1955 年 4 月 17 日。

3　《山西師院學報》1957 年 1 月號。

4　《文藝報》1957 年第 3 期。

5　《文藝報》1957 年第 38 期。

6　《文學遺產增刊》1958 年第 6 輯。

7　《開封師院學報》1962 年第 2 期。

8　《湖南師範學院學報》1962 年第 4 期。

間或不同時間裡的許多藝人集體創造出來的，是一部集體的創作，只不過最後經過了文人的潤色和加工而已。」其根據有五：其一，《金瓶梅》是一部平話（《茶香室叢鈔》十七：「《平妖傳》《禪真逸史》《金瓶梅》，皆平話也」），而不是像我們現在的小說家所寫的小說。《金瓶梅》平話（以講演為主），原來就是說書人自己編的，並不是某一個文學家寫給普通人看的。這在《金瓶梅》裡，幾乎處處都可以看到說書人自己的語調，可以證明這一點。其二，全書每一回都穿插著詞曲、快板、說唱。很顯然地都是說書人為了說書時的演唱而引用或編撰的。其三，《金瓶梅》在寫作上存在著許多問題，如內容重複，穿插著無頭無腦的事，與原作旨意矛盾，前後不一致，不連貫，不合理以及詞話本的回目不講對仗、平仄，字數多少不一等等，認為這是許多說書人在不同的時間和相同的時間內個人編撰和互相傳抄，不斷地修改、補充、擴大、演繹的結果。其四，從全書的結構、故事和技巧來看，也可以看出是經過許多人編撰續成的。文章從第一回作者表白的「虎中美女」的一段話推斷《金瓶梅》最初的編撰意圖，是打算把《水滸傳》裡武松殺嫂故事加以擴展而已，原書名不一定就是《金瓶梅》，因第八十七回以前春梅的地位並不重要。進而推測：從第八十八回起以春梅為主角的以下各回，當是後來別人續作。從整個故事來看，在第八十八回以後，春梅和陳經濟認為姑表兄妹之事，不合情理。第八十七回前孝哥兒、春梅、經濟、雪娥、玉樓等人還沒有結局，因此續作者要續寫。其五，從作者的直接描繪和一些淫詞穢語中，也可以看出是說書人的創作。而徐夢湘、張鴻勳則不同意此說。徐夢湘對潘開沛所持藝人集體創作說的五條論據一一予以反駁，張鴻勳也認為《金瓶梅》「全是作者一個人的規劃，一個人的創作」。

1962 年人民文學出版社出版的中國科學院文學研究所編寫的《中國文學史》第三冊第七章第三節寫到：「《金瓶梅》作者的真實姓名和生平事蹟都無可考查。不過，從《金瓶梅》裡可以看出：作者十分熟練地運用山東方言，有是山東人的極大可能，蘭陵正是山東嶧縣的古稱；作者異常熟悉北京的風物人情，許多描寫很像是以北京為背景，作者不僅具有相當程度的文學素養和寫作才能，而且詳知當時流行在城市中的各種文藝樣式和作品，如戲劇、小說、寶卷和民間歌曲之類。」在同一頁下又注曰：「《金瓶梅詞話》本欣欣子所載序文說作者是蘭陵笑笑生。實際上欣欣子很可能也是笑笑生的化名。另外，有人曾經推測作者是李開先（1501-1569），或王世貞（1526-1590），或趙南星（1550-1627），或薛應旂（1550 年前後），但是都沒有能夠舉出直接證據，李開先的可能性較大。」[9]據說這是吳曉鈴的意見。後來，徐朔方在〈《金瓶梅》的寫定者是李開先〉[10]一文中確認

---

9　中國科學院文學研究所編：《中國文學史》（三），北京：人民文學出版社 1962 年，第 949 頁。
10　《杭州大學學報》1980 年第 1 期。

「《金瓶梅》的寫定者是李開先」。其根據是：一、李開先為嘉靖八年進士，曾先後任戶部主事、吏部考功司主事、稽勳司員外、文選司郎中、太常寺少卿提督四夷館。長期閱歷使他對官場內幕有深刻的瞭解。同時他又有很深的文學修養，尤其對詞曲等市井文學有極深的愛好和修養。這與《中國文學史》的推測相吻合。李開先被稱為「嘉靖八才子」之一，他與「嘉靖間大名士手筆」的說法不謀而合。二、作品本身證明它與李開先的關係密切。如小說第七十回俳優在朱太尉府唱〈正宮‧端正好〉套曲，原是李開先《寶劍記》傳奇第五十齣的原文。《金瓶梅》第四十一回、七十一回分別全文引錄元人雜劇《兩世姻緣》《風雲會》各一折，而這兩套在一般人看了算不上元曲的最佳作品。但恰恰這兩折戲是李開先《詞謔》中全折選錄的不加貶語的元人雜劇十餘套中的其中兩套。《金瓶梅》襲用前人曲文很多，但如《寶劍記》中的套曲，一不是古代名家作品，二本身不見佳，同一般的模擬、引用不同。三、《金瓶梅》與《寶劍記》有許多相同之處。如它們都係《水滸傳》改編，並都添加了因果報應及封建道德說教，等等。

第二，關於《金瓶梅》的成書時代。20 世紀 30 年代吳晗提出了「萬曆中期說」，在學術界影響很大，也很少有人對此提出質疑，似乎成了不刊之論。但 1962 年第 4 期《湖南師範學院學報》上，刊登了龍傳仕的題為〈《金瓶梅》創作時代考索——兼與吳晗同志商榷《金瓶梅》著作時代問題〉的文章，從九個方面立論，否定吳晗的「萬曆中期說」而提出「嘉靖說」。文章認為：歷來有關《金瓶梅》的創作時代的記述，都確認《金瓶梅》產生於嘉靖時代，「這些記述是可以相信的」；從《金瓶梅》的刻本與抄本流傳情況來看（如屠本畯《山林經濟籍》說王世貞家藏有《金瓶梅》全書，而王世貞卒於萬曆十八年），「《金瓶梅》產生於萬曆中期是不可能的」；根據各種資料記載可知，《金瓶梅》的續書《玉嬌李》流傳於萬曆中期，「《玉嬌李》在萬曆中期是抄本流傳之時，這以前是《玉嬌李》的創作時期。《玉嬌李》創作之前，有《金瓶梅》的抄本流傳過程，或者才是《金瓶梅》的創作時期。因此，《金瓶梅》的創作時期應在萬曆前代。根據袁、沈的記述，《金瓶梅》產生在嘉靖年間是可能的」；《金瓶梅》中的清唱、散曲和演劇描寫，大都和嘉靖年間的情況相符；吳晗對蘭陵笑笑生、嘉靖間大名士的考證，「都不能說明《金瓶梅》是萬曆中期的作品」；關於「太僕寺馬價銀」的考證，吳文有失實之處，實際上，「貯馬價銀早已有之，非萬曆時創作先例」，嘉靖時就屢有支借，隆慶間也有支借，因此，「『太僕寺馬價銀』一語不能說明《金瓶梅》的創作時代」；針對吳文從「佛教的盛衰」與「小令」來推測《金瓶梅》的成書時代，指出：「『佛教的盛衰』不能決定《金瓶梅》的創作時期，也不可能以某一歷史階段教派的盛衰來具體區分作品的創作年代」，吳文對《金瓶梅》中有關佛、道二教的描寫作了不準確的估計，「以『小令』來推測其最晚的成書年代是不恰當的，因為『小令』根本不能證明《金瓶梅》是萬曆時代的作品」，

《金瓶梅》中的小令大部分為萬曆以前的，而萬曆時流行的《打棗竿》《掛枝兒》恰恰沒有，「這正好說明《金瓶梅》有可能不產生於萬曆年間」；吳文「企圖從宦官聲勢煊赫的描寫中看出萬曆年間『宦官極得勢時代的情景』，這很難使人心服」，「因為文學作品不一定都直接反映當時的現實，作者可能根據生活經驗和歷史知識進行虛構」，吳文「關於《金瓶梅》中衛使和宦官的考慮也是不精確的。《金瓶梅》描述的顯然是宦官失勢、衛使當權的情況」，「番子」是否放肆一說不能說明《金瓶梅》的創作時代；從「皇木」「皇莊」等描寫來看，「采皇木事由來已久，非萬曆一代創始」，關於皇木之事，「吳文的考據也與史實不合」。「『皇莊』之名，也是由來已久」，《金瓶梅》的作者完全有可能襲用皇莊之名。最後龍傳仕指出：

> 吳晗同志企圖利用古刻本來論證「《金瓶梅》是萬曆中期的作品」，又忽視了時代的變遷對於作品的影響，加之徵引史料失實，以致在研究中產生了偏頗之見。至於論證的方法也缺乏科學性，那就是先有一個「《金瓶梅》是萬曆中期的作品」的立論點，然後把一切有關的材料都看成是萬曆年間所獨有的史實。「太僕寺馬價銀」「佛教的盛衰」「小令」「太監」「皇木」「皇莊」「番子」等就是缺乏科學性的論據。總之，所有這些例證都缺乏說服力，不足以推翻《金瓶梅》「為嘉靖間大名士手筆」之說。

第三，《金瓶梅》的創作方法問題。《金瓶梅》的創作方法究竟是現實主義的，還是自然主義的，這也是此期爭論的主要問題。李西成、李長之、任訪秋等認為《金瓶梅》是現實主義文學巨著。李西成說：「《金瓶梅》是我國古典文學中一部現實主義的藝術巨制，它以生動細膩的白描手法，塑造了明代市井社會各色各樣的人物典型，通過他們的活動，揭露了封建統治階級荒淫無恥的罪惡生活以及豪門權貴為非作惡的事實，從而反映了整個封建社會制度的腐朽本質和它必然崩潰的前景。」李長之指出：嚴格的現實主義「是帶有鮮明的、近代的，亦即具有在資本主義社會中才可能產生的觀察方法和描寫方法的產物」，這也即是說，嚴格的現實主義作品只能產生在資本主義萌芽時期，而中國資本主義萌芽時期恰恰是在明代中葉，《金瓶梅》正產生於明代中葉，因此，只有《金瓶梅》，「才開始寫出了在那樣腐爛的封建社會典型環境下一些人物的必然活動（惡霸西門慶和腐敗政權的血肉關係，西門慶在那樣社會步步高陞以及被金錢勢力和享樂思想所支配的、供惡霸踐踏的可憐婦女群像，還有幫閒者的嘴臉等），才開始寫出了細緻而不是粗枝大葉的人物性格（如潘金蓮和李瓶兒）的差別性，才開始有那末大的氣魄去暴露封建社會的罪惡整體（從地方惡霸一直到皇帝），才開始觸及了那末廣闊的社會面，才開始從一個人的創造經營而不是憑藉民間傳說的積累而寫出了一部統一風格的巨著，才開始有了鮮明的不同於

浪漫主義作風的踏踏實實的力透紙背的現實主義作品。在這部長篇巨著中對現實不存在任何幻想，不加任何粉飾，而是忠實、大膽地在揭露現實。所有這些，都是從前的作品裡所不能達到的新東西。當然，在這裡，我不是說這部作品沒有缺點……然而它的現實主義成就還是主要的，而且在揭露現實的深刻性上和描寫規模的宏大上遠遠超過了以前的現實主義作品。」而李希凡、張炯等認為《金瓶梅》是一部自然主義的作品。李希凡撰文對李長之進行質疑，提出了自己的觀點：「與其說從《金瓶梅》開始，是嚴格的現實主義的標幟，不如說，中國古典小說發展到《金瓶梅》時代，正在經歷著深刻的分化過程。」「這個分化是沿著兩條道路在發展著：一條道路是傳統的光輝的現實主義道路，在它的現實主義藝術裡，滲透著崇高的人道主義和深刻的人民性，到了《紅樓夢》《儒林外史》，是標幟著它的光輝的頂點；一條道路是沿著客觀主義地描寫腐爛的封建社會生活，也反映著封建階級的色情趣味而蔓延開去，這就是充斥在明代中葉以後出版物裡的所謂『穢書』。……而《金瓶梅》恰恰是融合著這兩種傾向的代表作品。一方面，是使現實主義向前發展了，在藝術描寫上更趨向於細膩和逼真，為現實主義文學出現像《紅樓夢》那樣的偉大傑作作了準備；一方面是作家的主觀在腐爛的生活現象裡迷失了方向，墜入了色情趣味的泥坑，失去了愛恨分明的理想的熱力，失去了現實主義者的詩的生命。」「《金瓶梅》雖然在藝術描寫上自有其不可抹殺的成就，卻在文學的基本傾向上，離開了現實主義，走向了客觀主義。」1961 年，李希凡在《新建設》第 5 期上發表了〈古典小說藝術創作方法初探〉，張炯在《新建設》第 6 期上發表了〈我國古典小說的藝術創作方法〉，這兩篇文章雖非專論《金瓶梅》的創作方法，但明確提出《金瓶梅》是一部自然主義的作品。

第四，關於《金瓶梅》中兩性生活的描寫。這是歷來評論者必然涉及的一個問題。指責以及否定《金瓶梅》者，大都將小說中的淫穢筆墨作為《金瓶梅》的主要罪狀之一。對此，李希凡在〈《金瓶梅》的社會意義及其藝術成就〉中提出了截然不同的觀點。他說：「其實，《金瓶梅》作者敢於對性生活作大膽描寫，正是具有反封建表現的說明，因作者所處的時代就是充滿淫靡風氣的晚明社會，而這種風氣也正是當時封建統治階級的真實生活，反映這種真實就是對他們醜惡社會的無情揭露。」顯然，他認為《金瓶梅》中的寫淫之筆不應一概加以否定，它同樣有其社會的根源，有其深刻的揭露意義。

第五，關於《金瓶梅》的藝術成就。李西成、任訪秋在文章中對《金瓶梅》的藝術成就進行了比較全面的評價。他們充分肯定了《金瓶梅》在刻畫人物形象方面所取得的突出成就，比較詳細地論述了《金瓶梅》情節事件、環境描寫、人物形象的典型性，結構的獨特性以及藝術描寫、語言運用、對比和諷刺等方面的特點。這些都是前人未曾涉及或很少涉及的問題，說明《金瓶梅》的研究正在逐步走向全面，走向深入。

　　除了以上五個方面之外，李西成的文章還涉及到《金瓶梅》的創作立意及社會意義。他否定了苦孝說、寓意說後提出：「事實上，《金瓶梅》既不是因個人報仇所寫，也不是所謂『色即是空，空即是色』的立意，而是作者以鮮明的反封建傾向，向我們揭示了晚明時代骯髒黑暗的社會現實。」《金瓶梅》反映的「當是正德以後到萬曆中期這一段的歷史現實」，諸如土地問題、資本主義經濟的萌芽、商人階級和封建勢力的結合以及他們對勞動人民的殘酷剝削、社會上的荒淫無恥、閹宦擅權、豪紳惡棍橫行不法、掠奪財富等等。「《金瓶梅》的巨大社會意義，在於揭露晚明時期基於剝削制度上的封建統治階級的腐化生活，使人看到他們腐朽墮落的本質，實質上就是對這一階級的否定」[11]。任訪秋在文章中還高度評價了《金瓶梅》在中國小說史上繼往開來的意義，指出：「我們就中國小說的發展來看，不論從創作方法上，作品的題材上，以及藝術手法上，《金瓶梅》實為上承《水滸》與宋元評話，而下開清初小說中諸名作的一部偉大作品。拋開了它，則中國小說的發展史，就缺少重要的一頁，不容易說明它的來龍與去脈。」[12]

　　此期幾種文學史對《金瓶梅》的評論，都是在肯定其廣泛暴露明末黑暗社會、暴露封建制度及統治階級醜惡生活的同時，指出其嚴重缺陷。概括起來，其缺陷主要表現在：(1)小說沒有表現出理想和希望，全書呈現出絕望的情調。(2)取材方面的精蕪不分。(3)作者的愛憎不明朗。(4)對性生活的恣意描寫。總之，「《金瓶梅》這部書在思想內容方面有著嚴重的缺點」[13]，「從總的精神來說，它是一部自然主義的小說」[14]，「就總的傾向看，作者對黑暗現實描繪的態度是冷漠的」[15]。

　　十年「文革」期間，《金瓶梅》是當然的禁書之一，中國大陸對《金瓶梅》的研究呈現空白局面。

　　1978 年中共十一屆三中全會的召開，使中國大陸的學術研究重新走上了健康的軌道，煥發出勃勃生機。隨著學術禁區的被打破，學術研究迎來了百家爭鳴的新的春天，《金瓶梅》的研究也呈現出前所未有的繁榮景象，並逐漸綻放為學術研究百花園中的一朵奇葩，成為被公認的一門顯學。新時期「金學」繁榮的主要標誌是：一、原著的出版熱。儘管在原著的出版方面尚存在諸多顧慮，但《金瓶梅》已經從過去高校圖書館、科研機構資料室的特藏走進了千家萬戶，這已是不爭的事實。這 20 年間，中國大陸各家出

11　李西成〈《金瓶梅》的社會意義及其藝術成就〉，《山西師院學報》1957 年第 1 期。
12　任訪秋〈略論《金瓶梅》中的人物形象及其藝術成就〉，《開封師院學報》1962 年第 2 期。
13　中國科學院文學研究所：《中國文學史》（三），北京：人民文學出版社 1962 年，第 952 頁。
14　劉大杰《中國文學發展史》，上海：中華書局上海編輯所 1958 年，第 226 頁。
15　游國恩等主編：《中國文學史》（四），北京：人民文學出版社 1963 年，第 113 頁。

版社所出版的《金瓶梅》原著至少在 10 種以上。如《金瓶梅詞話》[16]、《張竹坡批評第一奇書金瓶梅》[17]、《金瓶梅詞話》[18]、《新刻繡像批評金瓶梅》[19]、《新刻繡像批評金瓶梅》[20]、《新刻繡像批評金瓶梅》[21]、《皋鶴堂批評第一奇書金瓶梅》[22]、《金瓶梅詞話校注》[23]、《新刻繡像批評金瓶梅》[24]、《金瓶梅會評會校本》[25]等。二、形成了一支龐大的金學研究隊伍，出現了老中青三代學人聯袂研究的可喜局面。「中國《金瓶梅》研究會（籌）」的會員已達 200 人以上，而發表有關《金瓶梅》論文的研究者更達 500 人以上。三、1989 年成立了「中國《金瓶梅》學會」，後改稱「中國《金瓶梅》研究會」，並定期出版學會刊物——《金瓶梅研究》（原名《金瓶梅學刊》），為學術討論提供了專門的陣地，大大推動了金學的發展。四、定期召開《金瓶梅》學術討論會。1985 年 6 月與 1989 年 6 月，首屆全國《金瓶梅》學術討論會與首屆國際《金瓶梅》學術討論會均在江蘇省徐州市召開。而後，《金瓶梅》學術討論會幾乎是每年召開一次，為研究者提供了交流討論的機會，促進了金學的繁榮。五、大量研究成果的問世。據統計，在 20 世紀末短短的二十年間，出版的「金學」專著就達 200 部左右，發表的論文更在 2000 篇以上。大凡資料彙編、作者考證、思想闡釋、藝術評價、人物分析、文化解讀、語言考釋、素材來源乃至於對其時代精神、社會風俗等等方面的論述均有大量成果問世。在繼承傳統的研究方法、學術思路的基礎上，《金瓶梅》的研究全面鋪開，無論是研究的廣度，還是某些領域的深度，都有諸多方面的創新深化與突破。除了對前代比較集中的幾個問題諸如作者的考索、成書的年代、創作的主旨、性描寫等研究繼續深入，成績斐然外，還在《金瓶梅》寫定者及評點者、人物個案研究、語言研究、版本研究、比較研究、資料的發現甄別、彙集等等方面都取得了新的突破。這裡結合《金瓶梅》研究中出現的幾個熱點問題，進行概括性的介紹論析。

　　關於《金瓶梅》的作者問題的討論，仍是研究的一個熱點問題，被人稱作是「金學」中的「哥德巴赫猜想」。這個問題之所以引起人們經久不息的探索熱情，一是因為自明

---

16　人民文學出版社 1985 年。

17　齊魯書社 1987 年。

18　文學古籍刊行社影印本 1988 年。

19　北京大學出版社影印本 1988 年。

20　齊魯書社 1989 年。

21　浙江古籍出版社 1992 年。

22　吉林大學出版社 1994 年。

23　嶽麓書社 1995 年。

24　光明日報出版社 1997 年。

25　中華書局 1998 年。

以來說法就撲朔迷離，莫衷一是；二是搞清作者問題是《金瓶梅》研究的基礎工程之一。只有這個問題得到徹底的解決，其他諸多相關的問題才能得到更為完滿的闡釋。正是基於這兩點，學界發表了一系列考證、論述作者問題的專論。

　　如果把有關《金瓶梅》作者考索的文章作一大致歸納的話，可將其分作兩大類。一類認為是個人創作，這裡既有對前人成說的重新論證，又有新提出的一串作者名單。另一類是認為它與《三國演義》《水滸傳》等小說一樣，是集體創作的作品，只不過最後經過了某個文人的加工整理而已，但加工整理者是誰，人們的見解卻相左頗多。

　　先談第一類。新提出的作者名單有：賈三近[26]、屠隆[27]、馮惟敏[28]、沈自邠、沈德符、袁中郎[29]、馮夢龍[30]、陶望齡兄弟[31]、丁耀亢、丘志充、丘石常[32]、劉九[33]、湯顯祖[34]、王穉登[35]、李先芳[36]、謝榛、鄭若庸[37]、田藝蘅[38]、臧晉叔[39]、金聖歎[40]、丁惟寧[41]、賈夢龍[42]、王宷[43]、唐寅[44]、屠大年[45]、李攀龍[46]、蕭鳴鳳[47]、胡忠[48]等有具體姓名與無具體姓

26　張遠芬〈金瓶梅作者新證〉，《徐州師範大學學報》1982 年第 3 期。

27　黃霖〈金瓶梅作者屠隆考〉，《復旦學報》1983 年第 3 期。

28　朱星《金瓶梅考證》稱聞於孫楷第，天津：百花文藝出版社 1980 年。

29　魏子雲《金瓶梅的問世與演變》，臺北：臺灣時報文化出版有限公司 1981 年。

30　陳昌恆〈《金瓶梅》作者馮夢龍考述〉，《華中師範大學學報》1988 年第 3 期；〈《金瓶梅》作者馮夢龍續考〉，《湖北大學學報》1988 年第 6 期。

31　魏子雲《金瓶梅的問世與演變》，臺北：臺灣時報文化出版有限公司 1981 年。

32　馬泰來〈諸城丘家與《金瓶梅》〉，《中華文史論叢》1984 年第 3 輯。

33　戴鴻森〈我心目中《金瓶梅詞話》的作者〉，《讀書》1985 年第 4 期。

34　芮效衛〈湯顯祖著作《金瓶梅》考〉。徐朔方編選校閱，沈亨壽等翻譯：《金瓶梅西方論文集》，上海：上海古籍出版社 1987 年。

35　魯歌、馬征《金瓶梅及其作者探秘》，西安：華嶽文藝出版社 1989 年。

36　葉桂桐、閻增山〈李先芳與《金瓶梅》〉，聊城《水滸》《金瓶梅》研究學會編：《金瓶梅考論》（第二輯），銀川：寧夏人民出版社 1988 年。

37　王瑩、王連洲〈《金瓶梅》作者之謎〉，聊城《水滸》《金瓶梅》研究學會編：《金瓶梅作者之謎》（《金瓶梅考論》第一輯），銀川：寧夏人民出版社 1988 年。

38　周維衍〈關於《金瓶梅》的幾個問題〉，《復旦學報》1990 年第 2 期。

39　張惠英〈《金瓶梅詞話》的語言和作者〉，1989 年 6 月首屆國際《金瓶梅》學術討論會提交論文。

40　高明誠《金瓶梅與金聖歎》，臺北：臺灣水牛出版社 1988 年。

41　張清吉〈《金瓶梅》作者丁惟寧考〉，《東嶽論叢》1998 年第 6 期。

42　許志強〈《金瓶梅》作者是賈夢龍〉，《棗莊日報》1990 年 12 月 8、15、22、29 日；李芳元：〈《金瓶梅》作者之謎——《金瓶梅》作者為賈夢龍〉，《棗莊學院學報》1991 年第 1 期。

43　洪城、董明〈《金瓶梅》作者特徵與王宷〉，《文教資料》1991 年第 1 期。

44　朱恒夫〈《金瓶梅》作者唐寅初考〉，《江蘇教育學院學報》1991 年第 3 期。

45　鄭閏〈欣欣子屠本畯考釋〉，《社會科學戰線》1992 年第 1 期。

名的不得志老名士[49]、浙江、蘭溪一帶吳儂[50]、梅國楨門客[51]、李開先的崇信者[52]、中下層文人或書會才人[53]、生活在嘉靖、隆慶、萬曆時期、在山東官場中混跡過的下層官吏和一般文人[54]、熟悉魯方音的「市井氣」的說話人[55]、南人北宦者[56]、東魯落落平生[57]、羅汝芳周圍的落魄文士[58]、淮間人或生活於淮間之人[59]、長期生活於北京之人[60]以及劉巽達、馮沛齡在《金瓶梅外傳》中所提到的劉承禧門客、河北某張公子、清河縣某人等等近 40 人。舊說重提的有王世貞、李開先、徐渭等。在新提出的作者名單中，賈三近說、屠隆說、王穉登說在學術界有較大影響。

從 1981 年開始，張遠芬先後發表了〈也談《金瓶梅》的作者的籍貫——對戴不凡「金華說」的考辨〉〈《金瓶梅》的作者是山東嶧縣人——再與朱星先生商榷〉〈《金瓶梅》作者新證〉〈蘭陵笑笑生即賈三近〉等文，後來將這些論文匯為專著《金瓶梅新證》，於 1984 年由齊魯書社出版。這是新時期也是大陸出版的第一部考論《金瓶梅》作者的專著，論定《金瓶梅》的作者是賈三近。理由是：一、從蘭陵即嶧縣、欣欣子序文中的「明賢里」亦指嶧縣、《金瓶梅》中的「金華酒」即蘭陵酒、《金瓶梅》中的方言大部分來自嶧縣等四個方面論證了《金瓶梅》作者笑笑生是山東嶧縣人。二、從賈三近的家世生平情況中找到了十條理由推斷賈三近就是《金瓶梅》的作者。(1)《金瓶梅》的作者肯定是嶧縣人，賈三近符合這一最重要的條件。(2)賈三近在嘉靖一朝生活了三十二年，而且在後八年中是「文聲大起」的山東省第一名舉人，故他完全有資格被稱為「嘉靖間大名

46  姬乃軍〈關於《金瓶梅》作者問題的重新思考〉，《延安大學學報》1995 年第 2 期。

47  盛鴻郎〈試解《金瓶梅》諸謎〉，《紹興文理學院學報》1996 年第 4 期。

48  毛德彪〈《金瓶梅》作者應是胡忠〉，《臨沂師範學院學報》1997 年第 4 期。

49  戴不凡《小說見聞錄·《金瓶梅》零箚六題》，杭州：浙江人民出版社 1980 年。

50  戴不凡《小說見聞錄·《金瓶梅》零箚六題》，杭州：浙江人民出版社 1980 年。

51  馬泰來〈諸城丘家與《金瓶梅》〉，《中華文史論叢》1984 年第 3 輯。

52  徐朔方〈《金瓶梅》成書新探〉，《中華文史論叢》1984 年第 3 輯。

53  孫遜、陳詔〈《金瓶梅》作者非「大名士」說——從幾個方面「內證」看《金瓶梅》的作者〉，《上海師範大學學報》1985 年第 3 期。

54  陳詔〈《金瓶梅》人物考——兼談作者之謎〉，《學術月刊》1987 年第 3 期。

55  傅憎享〈《金瓶梅》隱語揭秘〉，《社會科學輯刊》1990 年第 5 期。

56  東郭先生（劉師古）《閒話金瓶梅》，太原：北嶽文藝出版社 1990 年。

57  劉輝〈《金瓶梅》與《玉閨紅》〉，《金瓶梅研究》第 4 輯，南京：江蘇古籍出版社 1993 年。

58  趙興勤〈考察《金瓶梅》作者的新途徑——《金瓶梅》作者與羅汝芳的哲學思想〉，《金瓶梅藝術世界》，長春：吉林大學出版社 1991 年。

59  靳青萬〈《金瓶梅》作者新探〉，《許昌高等師範專科學校學報》1990 年第 1 期。

60  丁朗〈《金瓶梅》作者在北京考〉，《明清小說研究》1994 年第 2 期。

士」。(3)把《金瓶梅》的成書期限，定在隆慶二年到萬曆二十年間比較合適，賈三近恰恰是隆慶二年進士，並於萬曆二十年去世，這正處在賈三近三十四歲至五十九歲的當口。事實上，也只有這樣年齡的人，才能寫出《金瓶梅》來。(4)賈三近是皇帝近臣，官至兵部右侍郎，為正三品，他的閱歷、見識與經驗，無疑足能寫出《金瓶梅》中的各種官場大場面。而在當時的嶧縣，再也找不出第二個人有如此經歷。(5)賈三近身為諫官，幾乎是以「指斥時事」為業（沈德符說《金瓶梅》是「指斥時事」之作）。(6)《金瓶梅》運用了大量的嶧縣方言、北京方言和華北方言，並異常熟悉北京的風土人情，而賈三近在北京和華北生活了十五年，其餘時間在嶧縣度過，他必然能運用上述三種方言，並對北京的風土人情異常熟悉。(7)《金瓶梅》中有幾篇文字水準極高的奏章，說明笑笑生是精於此道的大手筆。而賈三近不但自己寫過許多奏章，還編印過《皇明兩朝疏鈔》。他的部分奏摺與《金瓶梅》用具體形象所描繪出的明代社會是完全一致的。(8)《金瓶梅》中只有兩個正面官僚形象，即宇給事（宇文虛中）和曾御史（曾孝序），而賈三近既做過吏科給事中和戶部都給事中，又做過都察院右僉都御史。而在賈氏的《滑耀編》中，正好收錄了一篇〈石虛中傳〉。因而可以說，宇文虛中就是賈三近的自我形象。另外，《金瓶梅》第四十八回曾御史駁斥蔡京務陳的關於更鹽鈔法等七件事的情節，又和賈三近駁中官溫泰請盡輸關稅、鹽課於內庫的事件，十分相似。(9)笑笑生十分熟悉元明戲曲，而賈三近在1586 年請告家居之後，向父母「日進醴酏珍異，多置園亭花竹，征樂佐酒，以娛侍其意」（〈賈三近墓誌銘〉）。(10)賈三近從入京做官到他死去，前後三次共十年時間在家中閒居，物質生活和時間條件，都有充分的保證讓他來寫出《金瓶梅》。三、賈三近是一個文學家，他具備寫作《金瓶梅》所應有的文學素養。他還寫過小說，他的《左掖漫錄》（不傳）很可能就是《金瓶梅》的最原始的初稿。四、賈三近具有寫作《金瓶梅》的精神氣質。他具有否定封建正統觀念、離經叛道的思想。這從《四庫全書總目》卷一九二「集部」對賈三近所編《滑耀編》的評價以及賈三近寫的《滑耀編》可以得到證明。五、推斷蘭陵笑笑生就是賈三近的筆名。

　　總之，張遠芬從家世生平、文學修養、精神氣質、筆名以及與《金瓶梅》相照應的各種資料，證明了《金瓶梅》的作者就是賈三近。本書共由六大部分組成。一、《金瓶梅》概說。包括對小說主要內容和認識價值、藝術成就和世界影響的評析和探討。二、蘭陵笑笑生是山東嶧縣人。從「蘭陵」「明賢里」「金華酒」「方言」等四個方面加以考辨。三、《金瓶梅》的作者是賈三近。四、賈三近與《金瓶梅》中的明代史實。從太僕寺馬價銀的被借用、佛道兩教的軒輊、小令的興盛、太監的煊赫、皇莊和皇木對人民的危害以及鹽稅的使用、香蠟的供應及漕運的治理等明代史實入手，說明它們都與賈三近關係密切，乃賈三近為官過程中親身經歷過的重大事件。五、《金瓶梅》的付印人劉

承禧。考察了當時唯一藏有《金瓶梅》手抄稿全書之人劉承禧的有關情況，推斷《金瓶梅》的最早版本是 1609 年交稿付印，1613 年正式面世，付印者為劉承禧。但賈三近寫的《金瓶梅》如何輾轉傳抄到劉承禧的手裡，卻不得而知。六、《金瓶梅》詞語選釋。進一步證明《金瓶梅》作者是嶧縣人。針對張遠芬的觀點，學術界也有不少商榷的文章發表。如李時人的〈《金瓶梅》中金華酒非蘭陵酒考辨〉〈賈三近作《金瓶梅》說不能成立——兼談我們應該注意考證的態度和方法問題〉、李錦山的〈《金瓶梅》最早付刻人淺談——兼與張遠芬同志商榷〉〈賈三近不是《金瓶梅》作者〉等。

「屠隆說」是由黃霖提出並在學術界影響較大的又一新說。黃霖自 1983 年以來先後發表了〈《金瓶梅》作者屠隆考〉〈《金瓶梅》作者屠隆考續〉〈《金瓶梅》作者屠隆考答疑〉〈《開卷一笑》與《金瓶梅》作者問題——從答〈笑笑先生何許人也〉說起〉〈再談笑笑生是屠隆〉等文，主要從以下七個方面來論證《金瓶梅》的作者是屠隆。一、《金瓶梅》第五十六回的〈哀頭巾詩〉〈祭頭巾文〉均出自笑話集《開卷一笑》（後稱《山中一夕話》）。這很能表達作者思想的一詩一文，在《山中一夕話》中恰恰被標明作者即是屠隆。它們既和屠隆的思想特點一致，又與《金瓶梅》所反映的思想合拍。《山中一夕話》卷一題「卓吾先生編次，笑笑先生增訂，哈哈道士校閱」，卷三題作「卓吾先生編次，一衲道人屠隆參閱」，又一卷只題「一衲道人屠隆考閱」。從而推論笑笑先生、哈哈道士、一衲道人、屠隆都是一人，而笑笑先生即欣欣子〈金瓶梅序〉中所說的「笑笑生」。二、《金瓶梅》雖以山東為背景，但流露了不少南方、特別是浙江的方言和習尚，可見作者是浙江人。而屠隆即是浙江鄞縣人。至於在「笑笑生」前加「蘭陵」二字，是因屠隆的祖先曾居句吳，而蘭陵正屬句吳（蘭陵即武進縣）。武進古有婆羅巷，屠隆曾將自己的書齋名為「婆羅館」，其間恐怕也有某種聯繫。所以，屠隆在「笑笑生」前加「蘭陵」二字，並非是沒有原因的。三、從萬曆三十年前後屠隆的處境和心情來看：萬曆十二年十月他被罷官，這使他看到了世態的險惡；同時因窮困潦倒而飽嘗了人世的炎涼，他對整個社會感到失望，企圖在佛道中找到出路，更加縱情於詩酒聲色。這種思想都與《金瓶梅》的創作宗旨十分一致。四、從屠隆的情欲觀來考察：屠隆為人「佻蕩不檢」，「放誕風流」（張應文〈鴻苞居士傳〉），以「縱淫」事罷官。他認為文學作品為了達到「示勸懲、備觀省」的目的，是可以「善惡並采，淫雅雜陳」，而不必對「淫」的描寫躲躲閃閃（《鴻苞·詩選》）。這些也應該說是產生《金瓶梅》的一個特殊的思想基礎。五、屠隆具備創作《金瓶梅》的生活基礎。如他由貧賤到發跡再陷困頓的經歷，父親曾「業商賈」的家世，「往以月奉佐黔首，資窮交」的性格，知識面極廣等等。屠隆與西寧侯的交往並最後以「縱淫」罷官的經歷，成為他塑造西門慶等形象的一個重要的素材來源。六、屠隆不僅善寫正統的詩文辭賦，而且也熟悉戲曲、小說乃至如《開卷一笑》之類民

間遊戲文字。從文學修養來看，屠隆完全是具備條件來創作這一部「文備眾體」的小說《金瓶梅》的。七、屠隆與《金瓶梅》的最初流傳有關係。據《野獲編》《山林經濟籍》及謝肇淛〈跋〉等記載，萬曆年間有《金瓶梅》「全本」者只有兩家：一為劉承禧，一為王世貞，而這二人與屠隆恰恰都有非同一般的關係。〈哀頭巾詩〉〈祭頭巾文〉為屠隆所作，屠隆又用過「笑笑先生」的化名，是黃霖持說有說服力的關鍵。此說一出，立即在學術界引起了較大反響。極力贊同此說的有臺灣的魏子雲、大陸的鄭閏等。這方面的文章如魏子雲的〈《金瓶梅》作者是屠隆說〉[61]、〈《金瓶梅》作者屠隆考補證〉[62]、〈為《金瓶梅》作者畫句點〉[63]、〈蘭陵笑笑生屠隆考論〉[64]等。然而，由於笑笑先生畢竟不是笑笑生，作為一部輾轉相抄、刊刻年代不詳的笑話、遊戲彙集，《開卷一笑》能否作為可靠資料加以引證，《金瓶梅》第五十六回又是沈德符《萬曆野獲編》中所說的原缺而後來「陋儒補以入刻」的部分，這些問題得不到根本的解決，所以有不少研究者撰文發表商榷意見。這方面的文章如徐朔方的〈〈金瓶梅作者屠隆考〉質疑〉[65]、〈〈別頭巾文〉不能證明《金瓶梅》作者是屠隆〉[66]、張慶善的〈「蘭陵笑笑生」與「笑笑先生」：〈金瓶梅作者屠隆考〉存疑〉[67]等。劉輝在他的《金瓶梅成書與版本研究》[68]一書中說：「認為《金瓶梅》係屠隆所著，這就與屠本畯編次的這部《山林經濟籍》以及他所寫的這則跋語直接有關了，……屠本畯與屠隆同里同宗，屠隆與屠本畯及其父屠大山關係又相當密切，《山林經濟籍》中也輯有屠隆的《婆蘿園清語》，屠隆為屠本畯的《霞爽閣空言》所寫序亦收在本書卷二十四中，更何況屠隆兒子屠一衡還為《山林經濟籍》寫了序言。設若《金瓶梅》係屠隆之大作，屠本畯絕不會不知道，他更不必跑到金壇王宇泰那裡，看他收藏的二帙抄本，亦斷然不會寫出『相傳為嘉靖時，有人為陸都督炳誣奏，朝廷籍其家，其人沉冤，托之《金瓶梅》』這樣的話來。僅此一點，屠隆之作《金瓶梅》一說，就難以站得住腳了。」

「王穉登說」由魯歌、馬征提出。其文〈《金瓶梅》作者王穉登考〉刊於《社會科學

61 魏子雲〈《金瓶梅》作者是屠隆說〉，《臺港《金瓶梅》研究論文選》，南京：江蘇古籍出版社1986 年。

62 魏子雲〈《金瓶梅》作者屠隆考補證〉，《吉林大學社會科學學報》1991 年第 6 期。

63 魏子雲〈為《金瓶梅》作者畫句點〉，《寧波師範學院學報》1992 年第 2 期。

64 魏子雲〈蘭陵笑笑生屠隆考論〉，《復旦學報》1992 年第 2 期。

65 徐朔方〈〈金瓶梅作者屠隆考〉質疑〉，《杭州大學學報》1984 年第 3 期。

66 徐朔方〈〈別頭巾文〉不能證明《金瓶梅》作者是屠隆〉，《社會科學戰線》1987 年第 1 期。

67 張慶善〈「蘭陵笑笑生」與「笑笑先生」：〈金瓶梅作者屠隆考〉存疑〉，《大慶師專學報》1987年第 2 期。

68 劉輝《金瓶梅成書與版本研究》，瀋陽：遼寧人民出版社 1986 年，第 55 頁。

研究》1988 年第四期。1989 年 6 月中旬在徐州召開的國際《金瓶梅》學術研討會上，他們又提交了題為〈《金瓶梅》作者王穉登考辨〉的論文，重申《金瓶梅》作者是嘉靖間一巨公和大名士、王世貞門客、「蘭陵」人王穉登。其主要論據是：一、王穉登最先有《金瓶梅》抄本，而且是有抄本的十二人中唯一具備作者資格的人。二、王穉登是古稱蘭陵的武進人，這與欣欣子在《金瓶梅詞話》序中所說的該書作者是「吾友蘭陵笑笑生」正相契合。三、王穉登初與屠隆友善，後對屠隆之人品不滿，因此他在《金瓶梅》中引用了屠隆所作的〈哀頭巾〉詩與〈祭頭巾〉文，諷刺這一詩一文的低劣及其作者的「才學」「人品」甚至「渾家」均甚低下（小說中寫此一詩一文的為幫閒文人水秀才，而屠隆號赤水，正好用以影射）。「笑笑先生」與《金瓶梅》作者「笑笑生」、王穉登係同為一人，「一衲道人」則指屠隆。四、《金瓶梅》中的詩、詞、曲等，有大量語句與王穉登所輯《吳騷集》中語句雷同，意境相似。五、王穉登的《全德記》中某些內容、用語以及其他詩文和《金瓶梅》的內容和寫法相似或相同。六、王穉登祖籍是山西太原，客籍是江蘇武進（蘭陵），後移居吳門（今蘇州），也到過北京、山東等地。這與《金瓶梅》兼用吳語、北京、山西、山東方言、反映吳地、北京、山東等地的內容均相符合。作品中好多人物並非山西人，故事也並非安排在山西，但卻出現了許多山西話和山西方言，這只能說明《金瓶梅》作者為祖籍山西的王穉登。七、王穉登與《金瓶梅》作者均卑視南方人，具有中原正統觀念，因此兩者實係一人。八、王穉登是嘉靖、萬曆間名士，這與世傳《金瓶梅》係「嘉靖間大名士」「世廟時一巨公」所作正好相符。九、王穉登是王世貞門客，這與世傳《金瓶梅》有寓意、「指斥時事」、影射嚴嵩父子等權奸為王世貞之父子報仇的情況相符。十、《金瓶梅》三次引用「侯門一入深似海，從此蕭郎是路人」兩句詩，而王穉登恰恰對這兩句詩感觸甚深。十一、王穉登年輕時生活放蕩，晚年對自己的縱欲行為有追悔之意，這與《金瓶梅》所反映的作者真面相符。由此認定《金瓶梅》作者非王穉登莫屬。後來他們又發表了一系列文章對此說加以補充。

舊說重提的作者中，「王世貞說」影響較大。「王世貞說」是清康熙以來頗有影響的一種說法，後來吳晗撰文否定此說，但由於當時吳晗所見的材料有限，所以《金瓶梅》非王世貞作這一學術界幾成定讞的問題又重被提了出來。先是朱星在 1979 年第 2、3、4 期《社會科學戰線》上連續發表三篇文章[69]，考證後認為《金瓶梅》的作者是王世貞。朱文將《金瓶梅》所反映的內容與王世貞的各種情況一一對照，認為二者「很對口徑」，因此，「王世貞是最有條件寫此書的作者」。但徐朔方、趙景深等著文反駁朱星文章的

---

69　〈《金瓶梅》考證〉〈《金瓶梅》的作者究竟是誰——《金瓶梅》考證（二）〉〈《金瓶梅》的作者究竟是誰——《金瓶梅》考證（三）〉。

「論據」。徐朔方在〈《金瓶梅》的寫定者是李開先〉[70]一文中指出：「《金瓶梅考證》所舉王世貞作《金瓶梅》的十條理由，大都是泛泛的推論，沒有一條直接有力的證明。」趙景深在〈評朱星同志《金瓶梅》三考〉[71]一文中，對王世貞的文藝思想作了考察，斷言：「《金瓶梅》絕對不是王世貞寫的。」同時指出：「朱星同志對於《金瓶梅》作者的方言問題說得不科學，大多出於想像，」「蘭陵絕對是山東嶧縣，而不是武進古地名的蘭陵。」後來周鈞韜撰〈吳晗對《金瓶梅》作者「王世貞說」的否定不能成立〉[72]一文，指出吳晗文章沒有徹底解決三個根本的問題：一是徹底否定王世貞作《金瓶梅》的種種傳說，二是徹底否定王世貞有作《金瓶梅》的種種可能性，三是考出《金瓶梅》的真正作者。所以，「王世貞說」仍有其存在的可能性。

再談第二類。早在 1954 年 8 月 29 日，潘開沛就在《光明日報》上撰寫〈《金瓶梅》的產生和作者〉一文，提出《金瓶梅》並非「大名士」、大文學家獨自創作，而是在同一時間或不同時間裡許多藝人集體創作出來的，只不過最後經過了文人的潤色和加工。至於這個最後的加工者何許人，卻不得而知。1962 年出版的中國科學院文學研究所《中國文學史》編寫組編寫的《中國文學史》第三冊第七章第三節的一個注釋中，認為《金瓶梅》的作者諸說中，「李開先的可能性比較大」。1980 年，徐朔方發表了〈《金瓶梅》的寫定者是李開先〉一文，提出《金瓶梅》「不是作家的個人創作」，但並不否認它是某一個作家創造性地加工整理的結果。《金瓶梅》的寫定，不是吳敬梓創作《儒林外史》的那種情況，而大體相當於施耐庵之於《水滸傳》，羅貫中之於《三國演義》，吳承恩之於《西遊記》。元明二代的長篇小說都是在說唱藝人長期流傳的基礎上由某一作者加以寫定。《金瓶梅》並不例外。在寫定者著手整理之前，《金瓶梅》至少在藝人口頭上已經存在了。《金瓶梅》的寫定者是李開先，理由是：一、《金瓶梅》每一回前都有韻文唱詞，帶有鮮明的說唱藝術的特色；二、大部分回目以韻語作結束，分明也是說唱藝術詞語的殘餘；三、小說正文中有若干處保留著當時詞話說唱者的語氣，喚起聽眾注意，和作家個人創作顯然不同；四、第八十九回吳月娘、孟玉樓上墳，哭亡夫西門慶，各唱〈山坡羊〉帶〈步步嬌〉曲，春梅、孟玉樓哭潘金蓮也各唱〈山坡羊〉一支。第九十一回李衙內打玉簪兒，玉簪兒唱〈山坡羊〉訴苦。作為作家個人創作，這就難以理解；五、小說幾乎沒有一回不插入幾首詩、詞或散曲，尤以後者為多。有時故事說到演唱戲文、

[70] 徐朔方〈《金瓶梅》的寫定者是李開先〉，《杭州大學學報》1980 年第 1 期。

[71] 趙景深〈評朱星同志《金瓶梅》三考〉，《上海師範大學學報》1980 年第 4 期。

[72] 周鈞韜〈吳晗對《金瓶梅》作者「王世貞說」的否定不能成立〉，《江蘇社會科學》1991 年第 1 期。

雜劇，就把整出整折曲文寫上去，而這些曲文同小說的故事情節發展並無關係，這是說唱藝人用多種藝術形式娛樂觀眾的一種手法；六、《金瓶梅》有不少地方同宋元小說、戲曲雷同，這是《金瓶梅》在長期說唱中同別的傳說相互吸收、滲透的結果；七、全書對勾闌用語、市井流行的歇後語、諺語的熟練運用，有的由於在一般戲曲、小說中罕見，現在很難精確的解釋，它對當時流行的民歌、說唱以及戲曲的隨心所欲的採錄，使得本書成為研究明代說唱和戲曲的重要資料書。如果不是一度同說唱藝術發生過血緣關係，那也是難以說明的；八、從風格來看，行文的粗疏、重複也不像是作家個人的作品。在〈《金瓶梅》成書補正〉[73]中，徐朔方將《水滸傳》〈志誠張主管〉與《金瓶梅》中相關的描寫加以比較，推斷：「《金瓶梅》與《水滸傳》都採用它們未寫定的祖本即話本或詞話系列的原文，因而產生兩書重疊部分相同的一面。後來既然發展為兩部各自獨立的小說，它們勢必分道揚鑣，因而產生兩書重疊部分的相異一面。」〈志誠張主管〉和《金瓶梅》「兩者來源都很早，難以分清先後。〈志誠張主管〉成書比《金瓶梅》早，《金瓶梅》中的王招宣故事卻比〈志誠張主管〉多保存了足供進一步查證的線索。這就從另一個角度反映出《金瓶梅》不是個人創作，它的故事幾經流傳、變異，淵源很早」。徐朔方認定李開先是《金瓶梅詞話》的寫定者這一說，得到了學術界部分學者的首肯。1988年寧夏人民出版社出版了卜鍵所著的《金瓶梅作者李開先考》一書，從李開先的生平、家世、宦跡、遊蹤、創作思想、《金瓶梅詞話》內容與《寶劍記》等作品的比較以及對「蘭陵笑笑生」的考辨諸方面加以詳細的考索，論定李開先是《金瓶梅》的作者而非寫定者。劉輝在他的〈《金瓶梅》研究十年〉[74]中稱這是「李開先說的集大成者」。

周鈞韜既不同意《金瓶梅》是藝人集體創作而成的觀點，也不同意它是一部完全意義上的文人獨立創作的觀點。他在〈《金瓶梅》：我國第一部擬話本長篇小說〉[75]中對《金瓶梅》移植、借抄話本、戲曲的種種情況進行了認真的分析，並將其與《水滸傳》的成書過程加以對比，認為「《水滸傳》與《金瓶梅》的成書具有質的區別。前者屬於藝人的集體創作，後者屬於文人創作」。「在我國古代長篇小說創作的發展史上，由藝人集體創作後經文人整理寫定，這是長篇小說創作的第一階段。著名的長篇小說《三國演義》《水滸傳》《西遊記》，都是這一階段的產物。《金瓶梅》則開文人創作風氣之先，它的誕生標誌著整理加工式的創作的終結，和文人直接面對社會生活的開始。」但它「既是一部劃時代的文人的開山之作，同時還不是一部完全獨立的無所依傍的文人創作，它

---

73　徐朔方〈《金瓶梅》成書補正〉，《杭州大學學報》1981 年第 1 期。

74　劉輝〈《金瓶梅》研究十年〉，《中國社會科學》1990 年第 1 期。

75　周鈞韜〈《金瓶梅》：我國第一部擬話本長篇小說〉，《社會科學輯刊》1991 年第 6 期。

依然移植借用了許多文字。它還沒有能夠徹底擺脫傳統的小說創作觀念和創作方法的束縛和影響」。「《金瓶梅》還帶有過渡性，它是一部從藝人集體創作向完全獨立的文人創作發展的過渡型作品，它是我國第一部文人創作的擬話本長篇小說。」

陳遼認為，《金瓶梅》的成書實際上經過了三個階段。他在《東嶽論叢》1989 年第 4 期上撰寫〈《金瓶梅》成書三階段說——兼論《金瓶梅》的作者問題〉一文，提出《金瓶梅》的成書過程是：「原來是評話，到了『蘭陵笑笑生』手裡，寫出了《金瓶梅詞話》，再由《新刻繡像批評金瓶梅》的作者改寫成不朽名著。」文章共分三部分：一、《金瓶梅》原是評話，創作者是評書藝人。從《金瓶梅詞話》三十回的「評話捷說」等語，武松殺嫂部分沿襲《水滸傳》，小說對某一動作的不厭其煩的重複，回目對仗不工，行文所流露的「評話」的痕跡，大量插入其他文藝樣式，「書外書」出現的頻繁，情節、典故、人名的漏洞、前後不一，對性生活的大量淫穢描寫等九個方面的「內證」來論述。二、《金瓶梅詞話》是《金瓶梅》成書的第二階段，作者是「蘭陵笑笑生」。認為「蘭陵笑笑生」對原評話的整理、加工、再創造體現在以下幾點：1、明確了《金瓶梅詞話》的主題；2、增加了對朝廷禮儀的描寫；3、增加了奏章、奏本的具體內容；4、增加了有關佛、道兩教知識的文字；5、增寫或改寫了富有文采的駢文。三、《金瓶梅》成書的第三階段：《新刻繡像批評金瓶梅》，作者是有很高文學修養的作家。他的貢獻在：1、盡力抹去評話的痕跡，改了書名；2、把因襲《水滸傳》的評話部分刪去不少，重新改寫；3、對《金瓶梅詞話》不對仗的回目徹底予以改變；4、把《金瓶梅詞話》每回開始的「定場詩」幾乎全部換了藝術水準較高的詩詞；5、刪去了《金瓶梅詞話》中的「書外書」；6、刪除了《金瓶梅詞話》中的大量唱曲；7、把原來的「插科打諢」部分刪去很多；8、對《金瓶梅詞話》中評話藝人作為看家本事的如「風」詩、「山」賦等老套刪去；9、改寫《金瓶梅詞話》的五十三、五十四兩回。他認為：「《金瓶梅詞話》和《新刻繡像批評金瓶梅》應該是兩種文學，前者未脫離評話的窠臼，而後者則是一部完整的藝術作品。《新刻繡像批評金瓶梅》的作者究竟是誰，……至今還是眾說紛紜。」

如果說徐朔方認定李開先是《金瓶梅詞話》的寫定者，學術界大多數人對《金瓶梅》作者的考索集中在「詞話本」上的話，劉輝則認為《新刻繡像批評金瓶梅》才是《金瓶梅》的寫定本，這個寫定作評者，乃是清代戲曲家兼小說家的李漁。劉輝 1985 年在首都圖書館查閱館藏此本時，發現圖後正文前有一頁題記，署名「回道人題」，這「無疑於告訴人們：回道人即是此書之寫定作評者。」「而李漁原名仙呂，字謫凡，化名回道人，正相合。」況且，所有張竹坡批評的《第一奇書》早期刻本，扉頁右上端都署為「李笠翁先生著」，此本又恰恰來自《新刻繡像批評金瓶梅》。李漁是張竹坡的父執，過從甚密，「斯言當屬可靠無疑」。另外，劉輝還從三個方面論證了李漁是《新刻繡像批評金

瓶梅》的寫定者：1、作為長期生活於吳語區的李漁對個別的北方方言不知底裡，作評寫定時又常常用自己熟悉的南方方言詞彙，這兩種情況都頻頻出現在李漁寫定的正文和評語中；2、第三十八回的一段眉評聲稱「予書」，第八十回評語中也留下了李漁寫定、作評的痕跡；3、《新刻繡像批評金瓶梅》中的評語與李漁在〈三國志演義序〉中對《金瓶梅》的評價的觀點完全吻合。

關於《新刻繡像批評金瓶梅》的作者，學術界也有不同看法。如有人認為李漁只是作評者而非寫定者，也有人認為評改者是通俗文學家馮夢龍而非李漁。

《金瓶梅》作者考索的熱鬧氣象，固然證明了《金瓶梅》這部名著越來越吸引研究者的學術興趣，反映出學術爭鳴的寬鬆氛圍，但在這同時也確實暴露出不少問題。大部分學者的學術態度是嚴肅的，以解決問題為目的，通過扎實的史料鉤稽與縝密的文本內證來探討問題，提供作為學術界參考的一家之言，但也有部分文章立論輕率，急功近利，不顧事實，盲目假設，拼湊論據，只是為了提出新說而在論證中只取有利於己說的片鱗隻爪的史料，輒稱自己解決了《金瓶梅》作者這個千古之謎。這不僅無助於問題的解決，反而增加了研究中的混亂狀況，等於給《金瓶梅》作者的研究工作多罩上了一層迷霧。針對這種情況，陳大康在〈論《金瓶梅》作者考證熱〉[76]一文中，綜合了各家的考證文章，從中抽象歸納出「取交集法」「詩文印證法」「猜想法」「破譯法」「索隱法」「順昌逆亡法」等十種方法，認為「前五種本身無錯，但可靠資料的匱乏使它們無力承擔明確考出作者的重任。至於後五種則是隨心所欲，主觀猜測，毫無科學性可言」。「這部名著成書過程不明，作者蹤跡難尋，有關的原始材料不僅寡薄，且又相互矛盾，目前實際上並不存在確定作者的條件，過熱的考證只會誘發不良學風的蔓延。」因此，他主張作者考證緩行，呼籲人們把精力投於亟待加強的《金瓶梅》的本體研究。文章發表後，《金瓶梅》作者的考證熱有所降溫，雖然還有個別新說出籠，但由於不能提供超越前人的論據，拿不出不可動搖的硬證，無助於問題研究的進展與深入，所以已引不起人們的關注。

關於《金瓶梅》的創作時代，也有數量眾多的論文進行探討，但主要是嘉靖說、萬曆說以及調和的嘉靖與萬曆之間說。持嘉靖說觀點者，源於明人的有關記載，認為明人的說法不能輕易否定，另外從小說所描寫的佛道的盛衰、說唱藝術的流行、小令的興盛以及小說中所涉及的嘉靖一朝的有關史料，認定《金瓶梅》作於嘉靖間無疑。而承 30 年代鄭振鐸、吳晗的餘波，也有不少學者力主萬曆說。如黃霖在其〈《金瓶梅》成書問

---

76　陳大康〈論《金瓶梅》作者考證熱〉，《華東師範大學學報》1992 年第 3 期。

題三考〉[77]中分別從作品第三十五回所引李日華〈殘紅水上飄〉等曲流行於萬曆年間；小說所引屠隆〈別頭巾文〉見於《開卷一笑》，而《開卷一笑》問世於萬曆年間；小說中出現了陳四箴這個人物，恰好在萬曆十七年大理寺左評事雒于仁上〈酒色財氣四箴〉勸說皇帝；小說第六十五回所寫及的人物凌雲翼死於萬曆十五年以後；小說多次寫到海鹽子弟搬演戲曲，此乃萬曆習俗等方面，重新論證《金瓶梅》成書於萬曆時期。至於究竟成書於萬曆時期的年限，則有萬曆十七年至二十四年、五年至十年、十一年以前、二十一年至三十二年之間、六年至十一年之間等等分歧。調和二說者認為小說中既有嘉靖朝的史實，也有萬曆朝史實，所以《金瓶梅》實際上的創作經歷了從嘉靖到萬曆前期這樣一個漫長的過程。

在《金瓶梅》的版本史上，「第一奇書本」是有清一代影響最大的一種版本。而對其評點者張竹坡的有關情況，卻一直撲朔迷離，莫衷一是。30年代初期，馬廉、孫楷第等曾對張竹坡的生平、籍貫、家世等有關問題進行過探討，但資料的匱乏使得他們的研究難以深入。進入80年代，劉輝、黃霖、吳敢等人在這一領域辛勤耕耘，取得了很大的突破。尤其是身處張竹坡故鄉的吳敢利用地利之便，遍訪張氏後裔，終於在1984年訪到了刊刻於乾隆四十二年的《張氏族譜》、康熙六十年刊本《張氏族譜》、道光五年刊本《彭城張氏族譜》以及光緒十六年抄本《曙三張公志》等大量珍貴的史料。1987年，吳敢將先後發表的20餘篇文章結集為《金瓶梅評點家張竹坡年譜》[78]、《張竹坡與金瓶梅》[79]兩部專著。經過吳敢等人的努力，張竹坡的家世生平、著述思想終於大白於世。劉輝在〈《金瓶梅》研究十年〉[80]中高度評價道：「如果說國內學者在《金瓶梅》研究中，不少問題還處於探索階段，只是取得一些進展的話，那麼，在《金瓶梅》重要批評家張竹坡的家世生平研究上，則有了一個明顯的突破，完全處於領先地位。吳敢新著《金瓶梅評點家張竹坡年譜》《張竹坡與金瓶梅》對張竹坡家世生平的詳實考證，尤其是他發現的乾隆四十二年刊本《張氏族譜》和其中的〈仲兄竹坡傳〉，一經刊佈，即成定讞，為國內外學者所首肯。」

關於張竹坡小說美學思想的研究，也是80年代以來「金學」界的一個熱點問題。葉朗在《中國小說美學》中列出專章，用了近四萬字的篇幅，首次對張竹坡的小說理論進行全面的論述，並將他與金聖歎、毛宗崗、脂硯齋等一流批評家並列，高度評價了他在

77 黃霖〈《金瓶梅》成書問題三考〉，《復旦學報》1985年第4期。
78 吳敢《金瓶梅評點家張竹坡年譜》，瀋陽：遼寧人民出版社1987年。
79 吳敢《張竹坡與金瓶梅》，天津：百花文藝出版社1987年。
80 劉輝〈《金瓶梅》研究十年〉，《中國社會科學》1990年第1期。

《金瓶梅》的評點中所表現出來的精到的理論見解，認為「就像《金瓶梅》這部小說要比《三國演義》《水滸傳》等小說更接近於近代小說的概念一樣，張竹坡的小說美學也要比金聖歎、毛宗崗等人的小說美學更接近於近代美學的概念」[81]，「無論在中國小說美學的發展史上或在中國文學批評史上，張竹坡都應占有一席重要的地位」[82]。這方面發表的文章數量也相當可觀，學者們圍繞張竹坡對《金瓶梅》的評點，專就某一方面的理論問題發表了見仁見智的看法。

《金瓶梅》版本問題的研究，是《金瓶梅》研究的基礎工程之一。新時期的「金學」圍繞這一問題展開了全面的討論，取得了新的突破。這裡既有對有關文獻的認真梳理，又有在新發現資料基礎上的新觀點的闡發。具體來講，主要涉及以下問題：

一是對抄本問題的梳理以及抄本問世時間的探討。根據明代的有關文獻記載，《金瓶梅》在付梓之前主要是在中上層官吏以及在野的但具有一定知名度的封建士大夫中流傳。這些人大多具有較高的文學素養，慧眼獨具，認識到了這部小說的價值所在。《金瓶梅》在傳抄階段共有 12 人擁有全部或部分《金瓶梅》抄本，擁有全本的有王世貞、徐階、劉承禧、袁中道、沈德符，其中王世貞、徐階藏有抄本全帙，來源不明，而劉承禧、袁中道之抄本源於徐階，沈德符抄本來自袁中道。另外 7 家擁有部分抄本，即王肯堂（二帙）、王穉登（二帙）、董其昌（前段）、袁宏道（前段）、丘志充（「十五」即一半）、謝肇淛（十之八）、文在茲（「抄本不全」）。其中袁宏道抄自董其昌，謝肇淛抄自袁宏道和丘志充。這樣，可以把擁有抄本的簡化為 7 家，除了王世貞的抄本無人見過外，其他 6 種都曾在文人中流傳抄寫[83]。至於抄本問世的最早時間，臺灣的魏子雲等人根據袁宏道《錦帆集·董思白》寫於萬曆二十四年十月（有人認為寫於萬曆二十三年深秋），認為抄本從萬曆二十四年開始傳世，而黃霖、葉桂桐等人不同意這種說話，其中葉桂桐認定王肯堂擁有抄本的時間可能早於萬曆十七年至萬曆二十年。這樣，如果把萬曆丁巳（四十五年）本《金瓶梅詞話》看作是初刻本的話，那麼這部小說付梓前至少傳抄了 28 年。

二是對詞話本有關問題的討論。關於《金瓶梅》最早刻本問世的時間，由於魯迅對《萬曆野獲編》的有關資料理解有誤，曾在《中國小說史略》中提出「萬曆庚戌（1610），吳中始有刻本」，後來許多學者都從此說。魏子雲在其《金瓶梅的問世與演變》[84]中對明代的有關文獻進行了認真的分析，認為萬曆四十三年李日華在沈德符處所見的還是抄

81　葉朗《中國小說美學》，北京：北京大學出版社 1982 年，第 198 頁。
82　葉朗《中國小說美學》，北京：北京大學出版社 1982 年，第 199 頁。
83　參見葉桂桐〈《金瓶梅》抄本考〉，載《金瓶梅作者之謎》，銀川：寧夏人民出版社 1988 年，第 1-21 頁。
84　魏子雲《金瓶梅的問世與演變》，臺北：臺灣時報文化出版有限公司 1981 年，第 48 頁。

本《金瓶梅》，萬曆庚戌（三十八年）不可能有刻本，而推測《金瓶梅詞話》初刻於萬曆四十三年。但大多數學者認為《金瓶梅詞話》初刻於萬曆四十五年，今傳卷首有「萬曆丁巳季冬東吳弄珠客漫書於金昌道中」的〈金瓶梅序〉的《新刻金瓶梅詞話》不是原本，而是後刻本，劉輝根據明代有關史料推斷此書的刊刻時間最早不超過萬曆四十八年[85]。沈德符在《萬曆野獲編》中曾說過，《金瓶梅》「原本實少五十三至五十七回，遍覓不得，有陋儒補以入刻，無論膚淺鄙俚，時作吳語，即前後血脈，亦絕不貫串，一見知其贗作矣」。多數人認為沈德符的話是可信的，王利器在其〈《金瓶梅詞話》成書新論〉中認為補作者是袁無涯。另外，關於《新刻金瓶梅詞話》究竟刻過幾版，論者也爭執不下，有一刻、二刻、三刻諸說。圍繞今存《新刻金瓶梅詞話》卷首的三篇序、跋及其版本的有關問題，也發表了大量的文章予以探討。

三是對繡像批評本的探討。包括它與詞話本的關係、寫定者、作評者、刊刻時間等。《新刻繡像批評金瓶梅》的作者究竟是誰，至今還是眾說紛紜。劉輝認為《新刻繡像批評金瓶梅》才是《金瓶梅》的寫定本，這個寫定作評者，乃是清代戲曲家兼小說家的李漁。但也有人認為李漁只是作評者而非寫定者，黃霖〈關於《金瓶梅》崇禎本的若干問題〉對劉輝的觀點提出質疑，認為評改者是通俗文學家馮夢龍而非李漁。

《新刻繡像批評金瓶梅》刊刻於何時，也是爭議比較大的一個問題。孫楷第《通俗小說書目》、鄭振鐸〈談《金瓶梅詞話》〉都認為刊刻於明崇禎年間，而劉輝在其《金瓶梅成書與版本研究·金瓶梅版本考》中認為「李漁正是說散本《金瓶梅》的寫定者、作評者、刊刻者」，並根據李漁短篇小說《十二樓》有杜濬寫於順治十五年的序進而推斷：「如果說李漁之回道人化名，係由《十二樓》及《合錦回文傳》裡的回道人而來，那麼，此書絕不可能刊刻於崇禎年間，而應當是清初，最早不能超過順治十五年」[86]，故以「崇禎本」來稱謂有欠妥當。此外還有天啟說、清初說、天崇年間說等。而「繡像批評本」與「詞話本」的關係，大多數人認為前者根據後者改寫而成，但也有人認為二者是平行關係，它們之間並無直接聯繫。

四是第一奇書本的有關問題。第一奇書本是清代康熙年間彭城（今江蘇徐州）人張竹坡以繡像批評本為底本評點的本子，也是詞話本未發現之前流行最廣、影響最大的一種版本，目前存世數目達幾十種。人們就存世之本，大致將其劃分為無回評與有回評兩個系統。前者分冊不分卷（但冊數不完全一樣），沒有附圖與回評，有眉批、旁批、夾批，

---

85　劉輝《金瓶梅之謎》，北京：書目文獻出版社 1989 年，第 74 頁。

86　劉輝《金瓶梅成書與版本研究·金瓶梅版本考》，瀋陽：遼寧人民出版社 1986 年，第 75 頁、第 77 頁。

卷首有謝頤序，都有附錄（但不盡一致）；後者分卷不分冊（但冊數不等），有附圖 200 幅，都有眉批、旁批、夾批，卷首有謝頤序，都有附錄（但排列次序不同），增加了回評。第一奇書本的原刻本問題，或認為今已不傳，或認為是在茲堂本，或認為是皋鶴堂本。此本卷首「序」的作者謝頤究係誰屬，有人認為是張潮，有人認為就是張竹坡本人化名所為。

1985 年，劉輝在柏林寺北京圖書館瀏覽《金瓶梅》的版本時，發現了直接寫於「第一奇書」在茲堂刻本上的文龍所寫的六萬言的評語，由於此本並未付刻，所以從未見諸著錄。這個發現，無疑是《金瓶梅》研究中的一個新收穫。

關於《金瓶梅》的文本研究，雖然不像諸如作者、版本、成書時代等問題爭論得那樣熱鬧，但 80 年代以來，有大批成果就小說本體的一系列問題深入探討，無論其廣度還是深度，都取得了前人不可比擬的成就。茲就其主要問題，分述如下。

關於《金瓶梅》的創作主旨問題，是 80 年代以來圍繞文本展開的一個熱烈討論的問題。早在明清時期，人們已就此問題發表了見仁見智的看法，曾出現了政治寓意說、諷勸說、復仇說、苦孝說等不同說法，進入 20 世紀後，這個問題仍然成為「金學」領域的熱門話題。20 年代，魯迅、鄭振鐸等聯繫小說所反映的明代現實社會的內容，分別提出了世情說與寫實說，嗣後至今，尤其是 80 年代以來，諸說並起，爭鳴熱烈。計有：影射說，勸善說，封建說，性惡說，暴露說，變形說，新興商人悲劇說，人生欲望說，憤世嫉俗說，警飭世俗說，精神危機說，黑色小說說，人性復歸說，性自由悲劇說，人欲張揚說，人格自由說，探討人生說，文化悲涼說等等。既有社會、倫理、道德層面的分析，也有美學、文化人類學、心理學意義上的探討，更有立足於哲學、宗教學視點的關注。總之，《金瓶梅》的豐富內涵得到了多重挖掘與全方位的揭示。

對於《金瓶梅》床笫描寫的評價，歷來觀點判若冰炭。80 年代以來，有關這一問題的觀點大致可以分為三類。一是認同：或從哲學的角度，肯定這些描寫有張揚人性的價值；或從文學的視角，認為這些描寫大多有助於人物的塑造與情節的展開，有助於作品主題的深化。與這種觀點相左，另一種觀點認為，這些文字從社會道德的角度來說，有誘人墮落之嫌，是作者低級趣味的反映；從文學角度來看，它那種千篇一律、毫無必要的渲染，絲毫也引不起人們的美感，應該加以剔除。第三種觀點調和了肯定與否定派，認為《金瓶梅》中出現這些文字儘管是時代的反映，具有一定程度的反叛理學、張揚人性的意義，但那種對西門慶、潘金蓮等毫無節制的放縱生活的赤裸裸的鋪敘，畢竟是玉中瑕疵，是一種藝術敗筆。

《金瓶梅》的藝術成就與藝術價值，已受到越來越多的研究者的廣泛關注，人們從各種角度對其進行深入的探討，取得了可喜的成果。這方面的專著如孫述宇的《金瓶梅的

藝術》、周中明的《金瓶梅藝術論》、張業敏的《金瓶梅的藝術美》等。而圍繞某一方面進行探討的論文更是汗牛充棟，不勝枚舉。比如關於《金瓶梅》人物形象方面的研究成果，除去單篇論文，光是專著就有 15 部之多。[87]許建平〈新時期《金瓶梅》研究述評〉[88]將新時期有關《金瓶梅》藝術價值研究所涉及的問題概括為九大方面：其一，由寫生活之美變為寫生活之醜、寫人性之善美變為寫人性之惡醜的美學觀念的轉變。其二，選材上由寫非現實轉入寫現實、有寫英雄轉入寫凡人、由寫政治環境轉入寫家庭環境，開創了小說創作的新紀元。其三，由情節小說變為性格小說。其四，由單線縱向曲線結構變為多線縱橫網狀立體結構。其五，情節敘述從傳奇到情感化，從誇張的粗略的細節描寫轉變為逼真的瑣屑的細節鋪展。其六，語言由粗略化、理性化、書面化發展為細密化、感性化、口語化，語意由單一化發展為多意並蓄化，人物對話由單一魚貫式發展為交叉立體式。其七，由單調偶用的諷刺手法發展為現實主義諷刺小說。其八，由重視人物的行動發展為重視人物的心理刻畫。其九，空間描寫藝術由以縱向推進為主質變為縱向橫向並重的縱橫組合式，由無中心的散漫跳躍式發展為有固定空間的放射回攏式。總之，《金瓶梅》將中國古典小說藝術提升到了一個新的高度。當然，在肯定其藝術價值的共識中也出現過不和諧之音。如包遵信在〈色情的溫床與愛情的土壤〉[89]中說：「我翻閱了近年一些《金瓶梅》論文，大都肯定它在文學史上的地位，對它的藝術成就褒揚很多。最近讀到美籍學者夏志清〈金瓶梅新論〉，對它的結構的凌亂、思想上的混亂以及引用詩詞的不協調，均有論列。」判定《金瓶梅》在藝術上「恐怕只能歸入三流」。此論一出，馬上招致學術界的一致反駁。甯宗一在〈《金瓶梅》時空觀的美學貢獻〉[90]中批評道：「在對《金瓶梅》的藝術未作任何具體分析的情況下就輕率地把它打入『三流』，也頗難使人信服。」我們承認《金瓶梅》在藝術上有這樣那樣的不足，但它在小說史上所體現的新的美學觀念卻標誌著中國小說的長足進步。這不是量的變化，而是質的飛躍。正如劉輝所說的：「從整體來說，瑕不掩瑜，《金瓶梅》在藝術上絕非三流之作，而是中國小說史上的上品。」[91]

隨著近些年文學研究領域出現的「文化熱」現象，從文化學的角度對《金瓶梅》進行全方位的審視，構成了「金學」園林的一道新的景觀。人們突破了傳統的、單一的研

---

87  此據吳敢在 2000 年山東（五蓮）第四屆國際《金瓶梅》學術討論會所提交的論文〈20 世紀《金瓶梅》研究的回顧與思考〉的統計。

88  許建平〈新時期《金瓶梅》研究述評〉，《河北師院學報》1996 年第 3 期。

89  包遵信〈色情的溫床與愛情的土壤〉，《讀書》1985 年第 10 期。

90  甯宗一〈《金瓶梅》時空觀的美學貢獻〉，《天津社會學科》1985 年第 6 期。

91  劉輝〈《金瓶梅》研究十年〉，《中國社會科學》1990 年第 1 期。

究模式，將研究的視閾擴展到整個中國文化的大背景中，由《金瓶梅》文本所涉及的各種現象入手，從歷史、地理、飲食、節令、婚喪、禮儀、宗教、哲學、經濟、服飾、科技、商賈之道、民風世俗、人性人情乃至語言現象等等方面全方位探討《金瓶梅》的價值意蘊。另外有關《金瓶梅》的素材源流、對後世世情小說尤其是《紅樓夢》的巨大影響，也都發表有大量的論文和專著。

　　總之，新中國的《金瓶梅》研究取得了巨大的成就，尤其是 80 年代以來，隨著思想的解放，文化政策的寬鬆，「金學」領域得到了前所未有的開拓。當然這並不是說「金學」研究已經盡善盡美了，相反，研究中還存在著許多這樣那樣的不足。比如小說中所寫及的許多現象至今仍然得不到完滿確切的解釋，諸多問題仍然歧見迭出，作者、時代等問題仍然糾纏不清等等，這都有待於在新的世紀繼續探討。

# 十年「金學」的回顧與展望

　　21 世紀十多年來，在中國《金瓶梅》研究會的領導下，在全體金學同人的共同努力下，金學又煥發出勃勃生機。學術界在《金瓶梅》的文獻、文本、文化研究等方面均取得了一定突破，但同時也存在亟待克服和解決的問題。對 10 多年來的「金學」成就給予回顧與總結，開拓「金學」新局面，是擺在「金學」同仁面前的迫切任務。

　　20 世紀的古代文學研究領域，《金瓶梅》的研究是與「紅學」相頡頏的「顯學」之一，有「金學」之稱。如果從明萬曆年間袁宏道等人在《金瓶梅》傳抄階段於親朋間書信往來中對它的褒貶算起，「金學」已經走過了四個世紀的歷程，但取得全面突破則是在 20 世紀的後 20 年。跨入新世紀的 10 年來，「金學」既在一些問題上走向了全面深入，也存在著亟待克服與解決的問題。

　　關於《金瓶梅》的作者，是爭論到今天尚未解決的一樁懸案。20 世紀提出了 60 多種說法，儘管在方法論上存在這樣那樣的不足，但學界對這些觀點基本能夠包容並冷靜、客觀地對待。進入新世紀以後，情況發生了變化，表現在兩個方面：一是仍有學者繼續就這一問題探賾索隱，二是對這種探討本身意義與價值的褒貶臧否。

　　關於前者，承續個人獨立創作說與世代累積創作說兩大陣營的爭論，學界在進一步探討時仍然各執一詞。其中傅承洲〈《金瓶梅》文人集體創作說〉[1]提出，《金瓶梅》是從嘉靖末至崇禎初六、七十年間眾多文人集體創作的，其創作過程分四個階段：嘉靖末某個下層文人寫出了大約六十回的原本；萬曆二十四年到萬曆四十三年間文人傳抄過程中謝肇淛等人將其增補到八十回左右；萬曆四十五年東吳弄珠客將抄本增補到一百回刊刻，這就是《金瓶梅詞話》初刻本；崇禎初年又有人對詞話本作評改，這就是《新刻繡像批評金瓶梅》。顯然是聯繫《金瓶梅》的傳抄及刊印情況，強調文人所起的關鍵作用，與此前學界強調積累過程中藝人所起作用的觀點有別。付善明〈《金瓶梅》與「隱性累積」——兼論其講唱性〉[2]提出，《金瓶梅》並非世代累積型小說，也不是如有的研究者

---

1　傅承洲〈《金瓶梅》文人集體創作說〉，《明清小說研究》2005 年第 1 期。

2　付善明〈《金瓶梅》與「隱性累積」——兼論其講唱性〉，《阿壩師範高等專科學校學報》2009 年第 3 期。

所說是累積程度不是很明顯的「隱性累積」小說，而是世代累積型向文人獨創型過渡的由文人獨立創作的小說，是不能被說書人在說書場上講唱的案頭閱讀作品。倡個人創作說者既有新說的提出，也有對舊說的重新論證。盛鴻郎〈試解金瓶梅諸謎〉[3]認為，《金瓶梅詞話》完成於明嘉靖二十七年，作者為山陰人蕭鳴鳳，蘭陵係蕭氏祖籍。後來他出版了《蕭鳴鳳與金瓶梅》一書，稱譽者謂此書「大體上搞清了《金瓶梅》研究中的許多重大問題，在此應該為古典小說的研究稱慶」[4]，而潘承玉〈匪夷所思的想像探戈──評盛鴻郎《蕭鳴鳳與金瓶梅》〉則對其提出批評，認為「《金瓶梅》的作者問題值得繼續探討，但若沉湎於想像遊戲和文字泡沫之中，那不僅會造成金學研究的停滯不前甚至倒退，還會影響整個中國古典小說研究的聲名。」[5]胡令毅在〈論西門慶的原型──《金瓶梅》作者徐渭說新論〉[6]中論證西門慶的原型就是徐渭的幕主、兵部尚書胡宗憲，以修正潘承玉的《金瓶梅》作者徐渭說的不足；又在〈論徐渭和《金瓶梅》〉[7]中提出《金瓶梅》中的溫秀才是徐渭的化身，徐渭是《金瓶梅》的作者。邢慧玲在兩次徽州實地考察後寫成〈《金瓶梅》與明代徽州府〉[8]一文，從七個方面論證了《金瓶梅》故事的背景地點在古徽州歙縣，為《金瓶梅》作者徐渭說提供了一定支援。楊國玉在 2008 年第六屆國際《金瓶梅》學術討論會上提交〈《金瓶梅》的謎底在諸城丁家──丁純、丁惟寧父子創作《金瓶梅》考〉[9]一文，重申並系統闡述了「《金瓶梅》是一部父作子續的小說，原作者是丁純，續作者則為丁惟寧」的觀點。此外，尚有陳仁達提出的蔡榮名說、徐永明提出的白悅說及張同勝提出的陳繼儒手下編書的老儒說等[10]。

關於後者，即出現了《金瓶梅》作者問題研究中的否定派，不僅叫停《金瓶梅》作者問題的探討，而且否定其意義與價值，並由此引發了肯定派與否定派之爭。陳大康〈關於古典文學研究中一些現象的思考〉[11]對《金瓶梅》的作者考證研究提出了尖銳批評，

---

3　盛鴻郎〈試解《金瓶梅》諸謎〉，《紹興文理學院學報》1996 年第 4 期。

4　盛鴻郎〈蕭鳴鳳與《金瓶梅》序〉，《蕭鳴鳳與金瓶梅》，天津：百花文藝出版社 2005 年，第 2 頁。

5　潘承玉〈匪夷所思的想像探戈──評盛鴻郎《蕭鳴鳳與金瓶梅》〉，《文藝研究》2006 年第 8 期。

6　胡令毅〈論西門慶的原型──《金瓶梅》作者徐渭說新論〉，《河南大學學報》2006 年第 1 期。

7　胡令毅〈論徐渭和《金瓶梅》〉，《河南大學學報》2007 年第 6 期。

8　邢慧玲〈《金瓶梅》與明代徽州府〉，《河南大學學報》2007 年第 6 期。

9　楊國玉〈《金瓶梅》的謎底在諸城丁家──丁純、丁惟寧父子創作《金瓶梅》考〉，見《金瓶梅與臨清──第六屆國際金瓶梅學術討論會論文集》，濟南：齊魯書社 2008 年。

10　相關文章參見《金瓶梅與清河──第七屆國際金瓶梅學術討論會論文集》，長春：吉林大學出版社 2010 年。

11　陳大康〈關於古典文學研究中一些現象的思考〉，《文學遺產》2004 年第 1 期。

又在〈作者非蘭陵笑笑生?——《金瓶梅》考證疑點多〉[12]中提出「《金瓶梅》作者考證本身恰是一個甚可存疑的課題」。劉世德在中國現代文學館演講〈《金瓶梅》作者之謎〉[13]時說:「我有一句開玩笑的話,研究蘭陵笑笑生是誰,我們不妨稱之為『笑學』。……笑學,首先是非常可笑的,其次,是不科學的。……我不能不直率地指出來,他們的說法其實是屬於偽科學一類,是屬於偽科學!」對此,吳敢、任淑紅〈與陳大康先生討論《金瓶梅》作者說〉[14]從《金瓶梅》作者是否要考證、古代名著的作者如何認定、《金瓶梅》作者為何人以及「蘭陵笑笑生」是不是《金瓶梅》的作者等角度提出了商榷。黃霖〈「笑學」可笑嗎——關於《金瓶梅》作者研究問題的看法〉[15]指出,《金瓶梅》作者研究目前的確存在不少問題。但是,無論從考證「前提」還是考證方法來看,其研究工作都不是一條死胡同。《金瓶梅》作者研究的意義不僅限於作者本身,還在於以此推動了一系列相關領域、相關問題研究的深入。孫秋克〈批評的態度與態度的批評:讀劉世德先生的〈金瓶梅作者之謎〉有感〉[16]也針對劉世德嘲弄學界關於《金瓶梅》作者探討的問題提出了不同意見,肯定了討論的價值以及圍繞《金瓶梅》作者問題探討對學術研究的促進。

　　關於《金瓶梅》版本的研究,是金學文獻研究中與作者研究同樣重要的問題。《金瓶梅》早期抄本今已不存,傳世的詞話本、繡像本(或曰崇禎本)及第一奇書本(或曰張評本)之間的相互關係,一直受到學人的關注。一般認為,詞話本早於繡像本,且後者是在前者的基礎上修改加工而成,二者應該是「父子關係」,但持不同見解者也在在有人。如在 1934 年,吳晗就推斷詞話本不是《金瓶梅》的第一次刻本,在它之前已經有過幾個蘇州刻本或杭州刻本行世。韓南在 20 世紀 70 年代也提出崇禎本系統並非源自詞話本系統,80 年代以後則相繼出現了《新刻金瓶梅詞話》不是初刻,而是二刻、三刻甚至是清初所刻諸多觀點。梅節〈《新刻金瓶梅詞話》後出考〉[17]甚至提出文人說散本即繡像本先出,詞話本後出,崇禎本和詞話本關係雖異常密切,但並非改編自後者。它們源自一個共同的祖本,是「兄弟」關係或「叔侄」關係,並不是「父子」關係。針對這樁學術

---

12　陳大康〈作者非蘭陵笑笑生?——《金瓶梅》考證疑點多〉,《文匯報》2004 年 2 月 12 日。

13　劉世德〈金瓶梅作者之謎〉,中國現代文學館 2007 年 2 月 9 日演講。

14　吳敢、任淑紅〈與陳大康先生討論《金瓶梅》作者說〉,《金瓶梅研究》(第八輯),北京:中國文史出版社 2005 年。

15　黃霖〈「笑學」可笑嗎——關於《金瓶梅》作者研究問題的看法〉,《內江師範學院學報》2007 年第 3 期。

16　孫秋克〈批評的態度與態度的批評:讀劉世德先生的〈金瓶梅作者之謎〉有感〉,《徐州工程學院學報》2007 年第 7 期。

17　梅挺秀〈《新刻金瓶梅詞話》後出考〉,《燕京學報》新十五期,北京:北京大學出版社 2003 年。

懸案,黃霖〈再論《金瓶梅》崇禎本各本之間的關係〉[18]對各崇禎本的關係進行了詳盡的梳理與論證,重申崇禎本是詞話本的評改本。又在〈《金瓶梅》詞話本與崇禎本刊印的幾個問題〉[19]中,通過對「新刻」一詞的辨析,結合明人的有關記載重申,這部《新刻金瓶梅詞話》即是初刻本,刊成於天啟年間;又結合文本的避諱與卷題情況指出,目前所見的崇禎本必據目前所見的《新刻金瓶梅詞話》修改後成書,二者應是「父子關係」。

與版本研究密切相關的是對《金瓶梅》題材淵源的研究,在上個世紀已經取得了很大的成績,如許固生〈《金瓶梅》本事考略〉、馮沅君〈《金瓶梅詞話》中的文學史料〉、韓南〈《金瓶梅》探源〉、蔡敦勇〈金瓶梅劇曲品探〉、周鈞韜〈金瓶梅素材來源〉等。21 世紀 10 年來,學界一方面就這一問題繼續深入探討,另一方面是對以往學人論述的失誤或不足予以修正或補充。如楊緒容〈從素材來源看《金瓶梅》的成書〉[20]針對韓南〈《金瓶梅》探源〉提出《百家公案》中的〈港口漁翁〉(即第五十回的〈琴童代主人伸冤〉)是《金瓶梅詞話》第四十七回〈王六兒說事圖財　西門慶受贓枉法〉和第四十八回〈曾御史參劾提刑官　蔡太師奏行七件事〉的來源的觀點,將《百家公案》與《金瓶梅》中的同一故事進行比勘,認為《百家公案》並非《金瓶梅》的直接來源,進一步論證詞話本和崇禎本確為「父子關係」。談蓓芳〈從《金瓶梅詞話》與《水滸》版本的關係看其成書時間〉[21]認為《金瓶梅詞話》中雖然有的內容出於繁本《水滸傳》,如潘金蓮毒殺武大的部分,但有的部分如武松打虎等顯然只可能來自《水滸》簡本,由此推測《金瓶梅詞話》作者在寫作時所依據的應該是殘缺不全的繁本《水滸傳》,其不足的部分則據簡本《水滸》改寫。又結合胡應麟《少室山房筆叢》的有關記載,推論《金瓶梅詞話》的寫作時間當為萬曆初年至萬曆十七年。

文本探討的細化,是 21 世紀 10 年來金學的亮點。因為對《金瓶梅》文本的解讀既是「金學」的重頭戲,也是研究的終極指歸。學界普遍認為,在外圍研究很難取得突破的情況下,研究應當回歸文本。21 世紀 10 年來,文本研究的成果突出體現在對作品主題意蘊、人物形象及文化內涵的論述與發掘方面。

《金瓶梅》的創作主旨與主題意蘊,上個世紀學界曾給予了多維度的解讀。針對政治寓意說、孝子復仇說、苦孝說、世情說、諷勸說、暴露說、憤世嫉俗說、影射說、性惡說、精神危機說、商人悲劇說、性自由悲劇說、人欲張揚說、文化悲涼說等觀點,張進

18　黃霖〈再論《金瓶梅》崇禎本各本之間的關係〉,《上海師範大學學報》2001 年第 5 期。
19　黃霖〈《金瓶梅》詞話本與崇禎本刊印的幾個問題〉,《河南大學學報》2006 年第 1 期。
20　楊緒容〈從素材來源看《金瓶梅》的成書〉,《河南大學學報》2006 年第 1 期。
21　談蓓芳〈從《金瓶梅詞話》與《水滸》版本的關係看其成書時間〉,《復旦學報》2009 年第 3 期。

德〈《金瓶梅》創作主旨新探〉[22]提出，「四貪詞」是打開《金瓶梅》創作深奧主旨的
鑰匙，「警世」、勸誡是蘭陵笑笑生的根本立意所在。其〈理性的皈依與感性的超越
——論《金瓶梅》的二元文化指向〉[23]進一步指出，《金瓶梅》是世俗價值觀念與宗法
傳統道德觀念的特殊渾融。作者的理性指向表現為對宗法傳統價值觀念的皈依，而藝術
描寫的感性指向則表現為對作者理性思維定勢的超越。這種情況最突出地體現在小說的
婦女觀、宗教觀以及對新崛起的商品經濟和社會意識的評判諸方面。之所以會出現這種
互不包容的二元價值指向，既與中國封建城市市民本身的素質有關，又和中國封建知識
分子的本質屬性相聯，同時也決定於明代中葉這個多元文化並存、競爭的特殊時代。21
世紀以來，學界繼續就這一問題展開更加深入的探討，將研究由原來的社會、歷史、道
德、心理等層面擴展到人類、人性、自然、哲學、宗教等層面。如陳東有〈《金瓶梅詞
話》道德說教中的哲學命題〉[24]認為，《金瓶梅詞話》中的反酒色財氣的節欲觀是作者
道德說教的主要內容，這使得作品向人們提出了一個永恆的哲學命題：人應處理好表現
在人自己身上的人與自然的關係，社會的人與自然的人應和諧生存。李漢舉〈欲海迷失
的批判：《金瓶梅》的審美選擇與文化反思〉[25]認為，《金瓶梅》通過對人欲放縱的冷
峻解剖，作出了放縱必將導致毀滅的悲劇性觀照。它以生動的形象和深刻的藝術表現告
訴人們：禮崩樂壞，在沒有足夠的思想和理論準備的情況下只能造成巨大的社會災難；
隨商品經濟而來的人欲的膨脹，使人陷入縱欲主義的漩渦，也只能造成現存社會制度和
文化形態的迅速惡化，而不可能創造出新的健全的文化和文化心理。蕭揚碚〈人類自我
反視的一面鏡子：《金瓶梅》文學主題的開拓性價值〉[26]認為，《金瓶梅》多層次多角
度地透視出了人類的本性、人性的弱點以及由這種弱點而產生的人性異化的種種狀況，
在中國小說史上具有開拓性意義，對現實人生也有一定警示作用。這些文章都能透過《金
瓶梅》描寫的文化現象發掘其深邃的文化精神，並給予形而上的文化哲學思考，既標誌
著金學本身文化研究的深入，同時也從一個側面折射出文化研究在古典文學研究領域的
深化與開拓。

　　《金瓶梅》成功地塑造出了一大批具有典型性格的人物形象，上自帝王權臣，下至市

22 張進德〈《金瓶梅》創作主旨新探〉，《河南大學學報》1994 年第 4 期。
23 張進德〈理性的皈依與感性的超越——論《金瓶梅》的二元文化指向〉，《河南大學學報》1997
　 年第 6 期。
24 陳東有〈《金瓶梅詞話》道德說教中的哲學命題〉，《南昌大學學報》2001 年第 3 期。
25 李漢舉〈欲海迷失的批判：《金瓶梅》的審美選擇與文化反思〉，《東嶽論叢》2001 年第 5 期。
26 蕭揚碚〈人類自我反視的一面鏡子：《金瓶梅》文學主題的開拓性價值〉，《柳州師專學報》2003
　 年第 1 期。

井平民,三教九流無所不包,給人留下深刻印象的就有數十人,極大地豐富了中國古典文學人物畫廊,這些人物大都納入了研究者的視野。然而,儘管在這方面有大量文章及專著發表,總體上深度的開掘還有所欠缺。21世紀以來,學界就《金瓶梅》中的人物形象繼續展開探討,從社會學、心理學乃至於經濟學、哲學、宗教等多維度來解讀人物形象,其中對西門慶、潘金蓮形象的研究尤其突出。

關於西門慶形象的研究,在20世紀主要是圍繞西門慶究竟是封建官僚還是新興商人而展開論爭。盧興基於1987年發表了〈論《金瓶梅》——16世紀一個新興商人的悲劇〉[27],認為西門慶是「新興商人」,由此引發了對西門慶商人身份的爭論。如高培華、楊清蓮〈《金瓶梅》:一個特權商人的惡性膨脹史——與「新興商人悲劇」說商榷〉[28]指出,西門慶不是「新興商人」,也不是從事古老商業的普通商人,而是一個特權商人。曹炳建〈明代資本主義萌芽時期封建商人的典型——《金瓶梅》西門慶形象新論〉[29]則認為,不論是從財產來源還是經營模式看,西門慶都不具備新興商人的性質,而更多地帶有封建商人的特徵。他雖然褻瀆封建政治,破壞封建秩序,但他破壞和褻瀆的卻正是封建政治、封建秩序中最符合民眾利益的部分。他固守封建等級制度和封建婚姻制度,以殘害女性為樂,和明代後期新興市民以及啟蒙思潮中的思想家們並無共同之處。他放縱的性生活,非但不具備絲毫的人文主義精神,反而是對人性的踐踏和背叛。他在商業經營中表現出一些新經濟的因素,但這並不足以撐起一個「新興商人」的形象。他作為一個封建商人,是新興商人的遠祖,但卻不是新興商人本身。董文成〈怎樣把握西門慶其人的社會階級本質:讀《金瓶梅》劄記二則〉[30]認為,西門慶是從封建母體中剛剛分娩出來的新興市民階級的人物,是大膽進行資本原始積累的新興市民中的激進分子,是從城市市民中孕育出的早期資產階級的胚胎。李雙華〈西門慶——專制政體下商業資本的縮影〉[31]認為,封建的專制政體是商業資本的絕境,西門慶的縱欲尋歡直到最終暴死,正是明代商業資本找不到出路的生動寫照。它預示著明代的商業資本只能與封建體制一同腐爛下去,而進不了近代社會的大門。許建中〈從市井到官場的角色轉換:西門慶形

---

27 盧興基〈論《金瓶梅》——16世紀一個新興商人的悲劇〉,《中國社會科學》1987年第3期。

28 高培華、楊清蓮〈《金瓶梅》:一個特權商人的惡性膨脹史——與「新興商人悲劇」說商榷〉,《河南大學學報》1992年第5期。

29 曹炳建〈明代資本主義萌芽時期封建商人的典型——《金瓶梅》西門慶形象新論〉,《河南大學學報》2006年第1期。

30 董文成〈怎樣把握西門慶其人的社會階級本質:讀《金瓶梅》劄記二則〉,《保定師範專科學校學報》2002年第1期。

31 李雙華〈西門慶——專制政體下商業資本的縮影〉,《明清小說研究》2004年第1期。

象再論〉[32]指出，《金瓶梅》中的西門慶是一個極具時代特色和認識價值的人物形象。他在短時間內由一個闃然無名的「市井棍徒」，搖身變為手眼通天、聲勢顯赫的掌刑千戶，金銀賄賂自然是其官運亨通的主因。同時，西門慶進入官場之後，有意識地在生活方式和言行舉止上向仕宦階層靠攏，以求獲得官僚集團的認同，最終完成了由市井到官場的角色轉換。楊虹〈西門慶形象的文化啟示〉[33]認為，在明清小說中，《金瓶梅》敏感地抓住特殊時代非主流的商業文化精神，在形象刻畫商人西門慶「若猛獸鷙鳥之發」的經商謀略、「結交官府即暴富」的從商信仰及其「占有與自毀逆向互動」的人生軌跡的同時，深刻展現了商業文化與封建正統文化之間的對立和衝突，人物形象塑造具有深刻的「社會文化啟示錄」意義。胡金望、張則桐〈從西門慶形象看晚明官商文化的特徵〉[34]提出，西門慶形象具有豐富的文化內涵，從他的發跡變泰的歷程可以看出，中國古代社會到了明代中葉出現了具有新的時代特徵的官商文化，16 世紀末 17 世紀初的中國沒有融入世界的經濟、文化體系，官商文化應該是強大的阻礙力量，《金瓶梅》重要的認識意義在這裡突顯出來。霍現俊〈西門慶原型明武宗考〉[35]提出，《金瓶梅詞話》的作者採用多種藝術手段在作品中多處暗示，西門慶形象的原型是明武宗。從這些論述可見，對西門慶形象的認知已經由單純的形象本質認同深化擴展為文化意義的廣泛探討，這也從一個側面折射出新世紀整個古代文學研究領域文化研究的深化。

潘金蓮被人指為「千古第一淫婦」，張竹坡在評點中更是痛加貶斥「金蓮不是人」[36]。20 世紀中前期，研究者對潘金蓮有簡單定性、一筆抹殺的傾向，以道德評價取代了審美探索，以階級定性代替了藝術分析。20 世紀後期，對潘金蓮形象的研究則逐漸深入全面，注重對其多重性格成因的全面考察以及對其審美意蘊的深入挖掘。張進德〈畸形時代造就的畸形性格——談《金瓶梅》中潘金蓮形象的社會蘊涵〉[37]指出，潘金蓮的悲劇是由她所處的病態社會造成的。她為私欲而爭鬥，又終於被湮沒在私欲的海洋中；她既是值得詛咒的人物，又是一個不幸的殉葬品。羅德榮〈潘金蓮命運的軌跡〉[38]認為，潘金蓮在遭受性壓抑後曾飽嘗了「半個人的孤獨」，因而執著地「尋找自己的另一半」，但追

---

32　許建中〈從市井到官場的角色轉換：西門慶形象再論〉，《揚州大學學報》2006 年第 2 期。

33　楊虹〈西門慶形象的文化啟示〉，《求索》2007 年第 8 期。

34　胡金望、張則桐〈從西門慶形象看晚明官商文化的特徵〉，《徐州工程學院學報》2008 年第 1 期。

35　霍現俊〈西門慶原型明武宗考〉，《河北師範大學學報》2001 年第 3 期。

36　張竹坡〈批評第一奇書金瓶梅讀法〉三二，《張竹坡批評第一奇書金瓶梅》，濟南：齊魯書社 1987 年，第 35 頁。

37　張進德〈畸形時代造就的畸形性格——談《金瓶梅》中潘金蓮形象的社會蘊涵〉，《河南大學學報》1987 年第 2 期。

38　羅德榮〈《金瓶梅》三女性透視〉，天津：天津大學出版社 1992 年，第 47 頁。

求和失落同步，她墮落成「可悲的殺人犯」，進入西門府的潘金蓮，雖然興風作浪，嫉妒爭寵，但在這一心理的背後，又充滿「百年苦樂由他人」的悲哀和無奈。從比較的角度進行探討的文章，一種是將潘金蓮與中國古代其他小說人物比較。如姜超〈論潘金蓮〉[39]把王熙鳳與潘金蓮作比，認為王熙鳳和潘金蓮都注重在能量耗散中取得滿足。但「王熙鳳的精力不僅有向權力方位耗散的條件，也有向金錢方位耗散的機會，更有向性方位耗散的方便」。而潘金蓮「所有的精力只能耗散在性欲上」，這就註定了她的悲劇命運。另一種情況是將潘金蓮與域外文學中的女性形象作比較。如潘金蓮與查泰萊夫人、莎樂美等的比較。21 世紀以來，針對潘金蓮形象，又有大量文章發表。袁國興〈「潘金蓮母題」發展及其當代命運〉[40]認為，潘金蓮的「美」與道德失範兩種對立的情感因素被熔鑄在「潘金蓮母題」的具體意象上，象徵性地顯現了人的倫理意識和自然情感衝突。這種衝突人類的過去、現在、將來都會遇到，都在想辦法解決，又永遠處在妥協的狀態中，母題原型便在這一過程中不斷發展演化著。黃霖〈晚明女性主體意識的萌動及其悲劇命運——以《金瓶梅》為中心〉[41]指出，晚明作家所表現的女性主體意識有所覺醒的主題，往往集中地反映在人欲與天理的衝突中。《金瓶梅》中的潘金蓮主體意識的萌發，畢竟超越不了那個社會的規範，不能不以一種扭曲、甚至是變態的形式出現，最後只能以悲劇告終。劉傳霞〈論潘金蓮形象及其敘事功能在新文學中的演變〉[42]認為，潘金蓮作為中國古代文人創造出來的文學人物，在幾百年的傳承與重複中已經成為一種文學母題被不斷地重寫或再敘。但是，在封建意識形態的掌控之下，潘金蓮故事巨大的闡釋空間被壓抑和束縛，人們的讀解系統仍然局限在封建的倫理道德觀之上，潘金蓮形象只是朝著程式化的方向向前滋長。一直到 20 世紀的現代中國，在西風的滌蕩之下，潘金蓮才從一個舞臺、民間話語中的符號化的人物中走出，以一個有血有肉、有情有愛的人的形象走向人間，參與不同時代社會話語的構建。史小軍〈論潘金蓮形象的悲劇意蘊〉[43]提出：「如果說缺乏人身自由和婚姻自由使潘金蓮走向墮落的話，那麼，推行性自由卻使她直接走向毀滅。前者屬於社會悲劇，而後者屬於人性悲劇。」作者通過這一形象，「揭示了人生與社會、道德與人性之間的存在的巨大張力和潛在危機，對晚明社會提出了深

---

39 姜超〈論潘金蓮〉，《學術界》1988 年第 3 期。

40 袁國興〈「潘金蓮母題」發展及其當代命運〉，《中山大學學報》2004 年第 2 期。

41 黃霖〈晚明女性主體意識的萌動及其悲劇命運——以《金瓶梅》為中心〉，《明清文學與思想中之主體意識與社會》，臺北：臺灣中央研究院中國文哲研究所 2004 年。

42 劉傳霞〈論潘金蓮形象及其敘事功能在新文學中的演變〉，《貴州社會科學》2005 年第 3 期。

43 史小軍〈論潘金蓮形象的悲劇意蘊〉，《金瓶梅文化研究》（第五輯），北京：群言出版社 2007 年。

刻而又形象的反思。……這一形象不僅真實地暴露了黑暗的社會，而且深刻地暴露了人性的弱點，在文學史上將永遠占據著獨特的地位。」這些探討文章已將潘金蓮形象的研究上升到文化人類學、社會歷史學以及文學史學的高度給予觀照，頗具哲理色彩，令人耳目一新。此外，西門慶的其他妻妾吳月娘、李瓶兒、孟玉樓，婢女龐春梅、奴僕宋惠蓮、幫閒應伯爵，以及妓女、相士、官僚等形象也都有相關的文章給予探討，標誌著《金瓶梅》人物形象研究的全面開花。

《金瓶梅》孕育於 16 世紀複雜的文化背景之中。此期中國商業文明高度發達，故其融合著濃郁的商業文化因子。21 世紀的學者們也圍繞這一問題展開廣泛探討，如邱紹雄〈論《金瓶梅》中的商業老闆與夥計關係〉[44]、王偉〈商人文化與《金瓶梅》〉[45]、許建平〈《金瓶梅》中貨幣現象與審美價值的邏輯走向〉[46]、馮成略〈《金瓶梅》中的管理哲學〉[47]等等。這種研究視角的選擇，取決於中國大陸改革開放以後商業文明高度發達的時代背景，也在一定意義上標誌著古代文學研究與當代社會問題的接軌，彼此之間的雙向互動相互發明，凸顯出古代文學研究的時代氣息與當下意義。

從民俗文化方面來研究《金瓶梅》是 21 世紀 10 年來金學領域的大宗。如郭孟良〈《金瓶梅》與明代的飲茶風尚〉[48]、章國超〈飲食場面描寫在《金瓶梅》中的作用〉[49]、辛銀美〈《金瓶梅》中婚嫁禮俗的考察〉[50]等分別就飲茶、飲食、婚嫁描寫探討了《金瓶梅》的豐富內涵。詹丹、張瑞〈城市娛樂和《金瓶梅》中的元宵節慶〉[51]認為，元宵節慶的娛樂活動在小說《金瓶梅》中有相當多的篇幅。通過描寫主要人物在城裡觀燈等一系列娛樂活動，揭示了人物之間的複雜關係和他們的個性，並以花燈的脆弱和節慶的短暫，暗示了人物和家庭的命運。張進德、張翠麗〈論《金瓶梅詞話》的酒宴描寫〉[52]認為，《金瓶梅詞話》的作者用大量的筆墨，描寫了許多酒宴場面。這些酒宴描寫暗伏著家族的盛衰史，隱約透露出王朝興亡的信息；凸顯了人物個性，並藉以刻畫出人物群像；

44 邱紹雄〈論《金瓶梅》中的商業老闆與夥計關係〉，《長沙電力學院學報》2003 年第 2 期。
45 王偉〈商人文化與《金瓶梅》〉，《泰山學院學報》2003 年第 2 期。
46 許建平〈《金瓶梅》中貨幣現象與審美價值的邏輯走向〉，《金瓶梅研究》（第八輯），北京：中國文史出版社 2005 年。
47 馮成略〈《金瓶梅》中的管理哲學〉，《金瓶梅文化研究》（第五輯），北京：群言出版社 2007 年。
48 郭孟良〈《金瓶梅》與明代的飲茶風尚〉，《明清小說研究》2002 年第 2 期。
49 章國超〈飲食場面描寫在《金瓶梅》中的作用〉，《明清小說研究》2002 年第 2 期。
50 辛銀美〈《金瓶梅》中婚嫁禮俗的考察〉，《明清小說研究》2005 年第 1 期。
51 詹丹、張瑞〈城市娛樂和《金瓶梅》中的元宵節慶〉，《上海師範大學學報》2008 年第 5 期。
52 張進德、張翠麗〈論《金瓶梅詞話》的酒宴描寫〉，《河南大學學報》2009 年第 1 期。

在衍生情節、組織結構等方面也發揮了不可替代的作用。此外，張豔萍〈試論王陽明「良知」論對《金瓶梅》的影響〉[53]、成曉輝〈《金瓶梅》的佛教精神〉[54]等文從某個側面對《金瓶梅》的文化意蘊給予了解讀。

此外，21 世紀的頭 10 年還發表了若干從比較的角度來研究《金瓶梅》的文章。大致可分為兩類：第一類是與外國作品的比較，如趙連元〈《九雲夢》與《金瓶梅》之審美比較〉[55]將朝鮮古典小說《九雲夢》與《金瓶梅》相比較。第二類是與中國其他古典小說的比較，又分三種情況。一是《金瓶梅》與《水滸傳》的比較。如張莉莉〈論《金瓶梅》對《水滸傳》女性觀的揚棄與超越〉[56]以《水滸傳》和《金瓶梅》兩部作品塑造的女性形象的內在精神脈絡為軸線，從女性貞節觀念、婚姻自由、尊重情欲三個方面出發，對兩部作品的女性觀進行比較，說明《金瓶梅》正逐步揚棄《水滸傳》所頌揚的傳統的女性觀念而不斷向弘揚女性人性解放的女性觀發展。許菁頻〈從《水滸傳》到《金瓶梅》：論潘金蓮形象的改寫〉[57]認為，從《水滸傳》到《金瓶梅》，潘金蓮的出身來歷、與武松的關係、與西門慶的關係以及作者的評論都作了改寫。《金瓶梅》作者進行這些改寫的主要原因是：《水滸傳》中潘金蓮形象的前後不一致和形象的類型化，兩部小說作者女性觀的改變和作者所處時代背景的變化。潘金蓮形象的改寫具有不可忽視的現實意義。日本學者川島優子〈《金瓶梅》的構思——從《水滸傳》到《金瓶梅》〉[58]認為，《金瓶梅》故意模仿《水滸傳》的結構，並在內容上顛覆了《水滸傳》。《水滸傳》描寫「英雄」們接二連三地上梁山，《金瓶梅》卻描寫本來在《水滸傳》中不容分說就被「英雄」殺死的「淫婦」們接二連三地嫁進西門府。從這種手法中，我們可以看出《金瓶梅》對《水滸傳》的嘲笑和諷刺。《金瓶梅》的作者為什麼不另起爐灶，而是舊瓶裝新酒，在《水滸傳》的基礎上進行再創作呢？張進德〈《金瓶梅》借徑《水滸傳》的文化淵源〉[59]認為，《金瓶梅》在《水滸傳》「武松殺嫂」故事基礎上創作而成，不具所謂的「原創性」。笑笑生之所以要借徑《水滸傳》，主要是基於題材的特定性質和要求；看到了「武松殺嫂」中英雄、侏儒、潑皮與一個美人故事的潛在審美效應，迎合了人們

---

53　張豔萍〈試論王陽明「良知」論對《金瓶梅》的影響〉，《重慶工商大學學報》2003 年第 5 期。

54　成曉輝〈《金瓶梅》的佛教精神〉，《甘肅社會科學》2005 年第 2 期。

55　趙連元〈《九雲夢》與《金瓶梅》之審美比較〉，《學習與探索》2001 年第 5 期。

56　張莉莉〈論《金瓶梅》對《水滸傳》女性觀的揚棄與超越〉，《湛江師範學院學報》2004 年第 5 期。

57　許菁頻〈從《水滸傳》到《金瓶梅》：論潘金蓮形象的改寫〉，《名作欣賞》2008 年第 24 期。

58　川島優子〈《金瓶梅》的構思——從《水滸傳》到《金瓶梅》〉，《金瓶梅研究》（第八輯），北京：中國文史出版社 2005 年。

59　張進德〈《金瓶梅》借徑《水滸傳》的文化淵源〉，《求是學刊》2009 年第 2 期。

崇拜英雄的心理；體悟到「武松殺嫂」故事本身所具有的與自己創作主旨相合的深刻蘊含，以及與施耐庵在《水滸傳》中表達的某些思想觀念的合榫。二是《金瓶梅》與《紅樓夢》的比較。如張軍、沈怡〈《金瓶梅》與《紅樓夢》時空敘事藝術比較〉[60]主要分析《金瓶梅》與《紅樓夢》建構敘事時空及其對敘事時空進行藝術處理的方式；張軍〈《金瓶梅》與《紅樓夢》預言敘事藝術比較〉[61]分析了《金瓶梅》與《紅樓夢》的預言敘事所存在的滯後與多元之差別。徐天河〈淫雖一理，意則有別：西門慶與賈寶玉之「淫」的比較研究〉[62]分析比較了西門慶與賈寶玉在思想與行為表現上的本質區別；郭妍〈《金瓶梅》與《紅樓夢》讖語探析〉[63]對比分析了《金瓶梅》與《紅樓夢》中讖語的異同，指出其共同的價值所在以及《紅樓夢》對《金瓶梅》的繼承與發展；趙興勤〈從《金瓶梅詞話》到《紅樓夢》——世情小說文化品格的躍升與小說創作的跨越式發展〉[64]提出，《金瓶梅詞話》與《紅樓夢》均是我國古典小說長廊中的耀眼奇葩。前者在小說世界所構築的英雄夢幻、神魔鬥法的虛幻圖景中異軍突起，將筆墨重點放在對離合悲歡、世態炎涼諸最接近世人生活之本真樣態的塗抹之上，為人們認識生活之真相、為後世小說家如何表現生活開闢了一條切實可行的綠色通道；後者努力在借鑒別人創作經驗的基礎上，熔鑄個人之風格，「寫個個皆知，全無安逸之筆，深得《金瓶》壼奧」，最終登上中國古典小說的巔峰。杜貴晨〈論西門慶與林黛玉之死——兼及《紅樓夢》對《金瓶梅》的反模仿〉[65]認為，《金瓶梅》寫西門慶之死與《紅樓夢》寫林黛玉之死，同在章回的「七」「九」之數，情節皆「三而一成」，皆因自戕和遭遇對象突然打擊，有同一人生哲學的況味。這些基於兩書中男女主人公分別一死一生和一生一死之生死錯位的極相近似之處，溯源：(1)兩部書的命意、中心不同；(2)西門慶與林黛玉在各自書中地位角色的不同；(3)寫人敘事藝術上意足神圓的要求。其後先相反而實極相近似之跡，可見「《紅樓夢》深得《金瓶》壼奧」之一大法門，是其大處每與《金瓶梅》適得其反，所謂「反彈琵琶」，可稱為「反模仿」。三是《金瓶梅》與其他作品的比較。如常金蓮〈世情與狐鬼：從《金

60　張軍、沈怡〈《金瓶梅》與《紅樓夢》時空敘事藝術比較〉，《重慶大學學報》2002年第3期。

61　張軍〈《金瓶梅》與《紅樓夢》預言敘事藝術比較〉，《漳州師範學院學報》2004年第1期。

62　徐天河〈淫雖一理，意則有別：西門慶與賈寶玉之「淫」的比較研究〉，《學術交流》2002年第3期。

63　郭妍〈《金瓶梅》與《紅樓夢》讖語探析〉，《太原師範學院學報》2005年第2期。

64　趙興勤〈從《金瓶梅詞話》到《紅樓夢》——世情小說文化品格的躍升與小說創作的跨越式發展〉，《河池學院學報》2009年第4期。

65　杜貴晨〈論西門慶與林黛玉之死——兼及《紅樓夢》對《金瓶梅》的反模仿〉，《山東師範大學學報》2009年第5期。

瓶梅》到《聊齋志異》〉[66]分析了《金瓶梅》在人物、情節以及敘事手法等方面對《聊齋志異》的影響；趙興勤、陳俠〈《金瓶梅》與《白雪樓二種曲》的創作傾向〉[67]分析了《白雪樓二種曲》與《金瓶梅》在創作傾向、表現角度、寫人藝術以及審美價值等方面對以往作品的超越與突破。這類文章視角各異，將《金瓶梅》放在中國文學乃至於世界文學發展的鏈條上給予「史」的觀照，肯定《金瓶梅》的地位與價值，儘管深度和廣度都有待開掘，但無疑是金學深化與發展的一個明顯標誌。

關於《金瓶梅》的藝術成就，20 世紀學界已就其敘事模式、美學貢獻、語言藝術、人物塑造等方面做了廣泛的探討。21 世紀 10 年來，除了繼續就以上問題深入討論外，還延伸到未曾涉及的問題，藝術研究呈現全面鋪開之勢，從另一個側面體現著《金瓶梅》文本研究的實績。

在對其結構藝術的探討方面，張錦池〈論《金瓶梅》的結構方式與思想層面〉[68]指出，《金瓶梅》是以西門氏的盛衰為明線、以權奸們的榮辱為暗線，西門慶和蔡京是一明一暗的兩個中心主人公，「宇給事劾倒楊提督」一案實乃一部大書深層意蘊的總綱。宋培憲〈論「金瓶梅世界」的藝術建構〉[69]提出，蘭陵笑笑生在小說中建構的是一個以家庭婚姻生活圈、社會經濟生活圈和官場政治生活圈相糾結的「三位一體」的藝術世界。這一藝術世界的價值和意義既體現在能夠淨化人的心靈，昇華完善人性，又體現在對個體與群體生存情態及其意向的創造性發現與開拓上。這些論述相對於「多線條發展」「立體結構」等泛泛之說顯得具體詳盡，更便於讀者對小說藝術結構的整體把握。與結構藝術緊密關聯的是小說的敘事模式。閻秀平、許建平〈《金瓶梅》對小說敘事模式的創新〉[70]認為，《金瓶梅》創造了一種大不同於前的新的小說敘述模式範本：敘事順序與結構由單線縱向式演變為多線縱橫交叉式。敘事的空間與時間展示由平面線性的跳躍式，演變為立體展放式。敘事意象結構在做縱向敘述的同時，更注重意象間的橫向聯繫，敘事焦點則是由事向人再向人的本質的個性化的轉換。王平〈《金瓶梅》敘事的「時間倒錯」及其意義〉[71]運用敘事學理論分析了《金瓶梅》在「時間倒錯」上的基本特徵及其功能意義在時距、預敘、頻率三個方面的具體體現。王建科〈論《金瓶梅》中西門家族的社

66　常金蓮〈世情與狐鬼：從《金瓶梅》到《聊齋志異》〉，《蒲松齡研究》2002 年第 4 期。
67　趙興勤、陳俠〈《金瓶梅》與《白雪樓二種曲》的創作傾向〉，《明清小說研究》2003 年第 4 期。
68　張錦池〈論《金瓶梅》的結構方式與思想層面〉，《求是學刊》2001 年第 1 期。
69　宋培憲〈論「金瓶梅世界」的藝術建構〉，《泰山學院學報》2004 年第 2 期。
70　閻秀平、許建平〈《金瓶梅》對小說敘事模式的創新〉，《河北學刊》2002 年第 4 期。
71　王平〈《金瓶梅》敘事的「時間倒錯」及其意義〉，《北方論叢》2002 年第 4 期。

交圈及其敘事張力〉[72]認為，《金瓶梅》中西門慶家族的社交圈基本為七個，中心是家庭、親屬交際圈，家庭網與社會網相連接，就構成較為複雜的網狀敘事結構。此外，范正聲〈巧合情節的敘事功能：《金瓶梅》敘事藝術初探〉[73]、常金蓮〈《金瓶梅》意象的敘事意義〉[74]、魏遠征〈歲時節日在《金瓶梅》中的敘事意義〉[75]、牛志威〈《金瓶梅》生日敘事淺議〉[76]分別分析了巧合情節、意象運用、歲時節日、生辰壽誕等在人物塑造、情節發展中的敘事意義。這些或宏觀或微觀的論述，皆能從一個獨特的視角揭櫫小說某個方面的藝術特色。

　　《金瓶梅》的美學貢獻，自明以來就受到大多數人的充分肯定。在 20 世紀，甯宗一等學者撰文就此問題給予論述，遂引發了學界的探討熱情。如張進德〈小說觀念的巨大變革——論《金瓶梅》的貢獻〉[77]提出，如果說《三國演義》《水滸傳》代表著歷史演義、英雄傳奇的最高成就，《西遊記》代表著神魔小說的實績，《儒林外史》代表著諷刺小說的高峰，《紅樓夢》代表著古典小說的終結的話，那麼可以說，《金瓶梅》標誌著小說意識的真正覺醒。它所萌發的小說新觀念在中國小說史上無疑是一次巨大的變革。在中國小說史上，它主要體現在三個方面的根本轉變，即從對歷史政治的單向輻射到對家庭社會的全方位透視，從對天下興亡的關注到對平凡人生的體察，從「文以載道」到文學對人本位的復歸。進入 21 世紀，人們繼續就這一話題展開討論。如羅德榮〈從傳奇到寫實：《金瓶梅》小說觀念的歷史性突破〉[78]認為，《金瓶梅》將生活醜昇華為藝術美，使性格形態由傳奇化典型向生活化典型邁進，採用「家庭－社會」型敘事模式拓展了小說描繪空間，從而引發了小說觀念的深刻變革。陳文新〈人情小說審美範式的確立：《金瓶梅》人物譜系歸屬研究〉[79]認為，《金瓶梅詞話》的問世標誌著人情小說審美範式的確立。它成功地將故事主角由明代部分傳奇小說中的才子置換為市井浪子，從而使主角的人物定位與人物言行取得統一。將《金瓶梅》放在中國古代小說發展的鏈條上來肯定其貢獻，從而使這一問題的討論走向深化。

72　王建科〈論《金瓶梅》中西門家族的社交圈及其敘事張力〉，《明清小說研究》2002 年第 4 期。

73　范正聲〈巧合情節的敘事功能：《金瓶梅》敘事藝術初探〉，《東嶽論叢》2003 年第 2 期。

74　常金蓮〈《金瓶梅》意象的敘事意義〉，《固原師專學報》2003 年第 5 期。

75　魏遠征〈歲時節日在《金瓶梅》中的敘事意義〉，《安慶師範學院學報》2004 年第 6 期。

76　牛志威〈《金瓶梅》生日敘事淺議〉，《金瓶梅與清河——第七屆國際金瓶梅學術討論會論文集》，長春：吉林大學出版社 2010 年。

77　張進德〈小說觀念的巨大變革——論《金瓶梅》的貢獻〉，《河南大學學報》1992 年第 2 期。

78　羅德榮〈從傳奇到寫實：《金瓶梅》小說觀念的歷史性突破〉，《湖北大學學報》2001 年第 4 期。

79　陳文新〈人情小說審美範式的確立：《金瓶梅》人物譜系歸屬研究〉，《學術研究》2003 年第 5 期。

　　此外，隨著吳敢對清初《金瓶梅》評點家張竹坡家世生平的翔實考證、劉輝對清末
文龍手評的整理公佈，學界展開了對張竹坡、文龍評點的研究，但許多問題的探討尚待
深入。21世紀以來，人們繼續對張竹坡、文龍的《金瓶梅》評點及其理論貢獻給予深入
探討。如金宰民〈從理論上探討世情、人情、情理：談張竹坡《金瓶梅》的世情小說觀〉
[80]從時俗觀、人情觀、情理觀的角度，來評價張竹坡的世情小說觀；石海光〈寓言垂世，
摭事摹神：論張竹坡《金瓶梅》評點的藝術虛構論〉[81]認為，張竹坡充分肯定《金瓶梅》
藝術虛構的價值，對小說創作中的情感取向與價值取向提出了明確的要求，又探討了虛
構中的藝術真實性問題，所論已初步涉及文學的典型化問題。趙民〈論張竹坡小說的美
學觀〉[82]認為，張竹坡對《金瓶梅》的評點，把古典小說美學理論向前推進了一步，他
繼承並發展了漢代「發憤著書」的學說，認為《金瓶梅》是一部洩憤之作。從創作的原
動力是淵源於作者在現實生活中的強烈感受「憤」，這種感受化為不得不發的激情「泄」，
到如何「泄」，即藝術表達方式要用「史公文字」，批判整個社會黑暗與人倫道德。他
深刻總結了市井小說的創作經驗，形成自己獨特的小說美學觀。賀根民〈文體自覺：張
竹坡、文龍《金瓶梅》人物評點差異溯因〉[83]認為，張竹坡與文龍就吳月娘、孟玉樓、
龐春梅三個人物形象的駁難，寄寓彼此對時世的慨歎，灌注各自的主體精神。在小說評
點學史上，張竹坡、文龍都自覺探討小說評點的內在規律，促進小說評點學的自我發展。
考究張竹坡、文龍二人小說評點話語的歧異，他們所處的小說評點學的不同發展階段，
以及各自對評點學內在規律的參透程度當為決定二人評點話語差異的一個重要原因。其
〈實踐精神：張竹坡、文龍《金瓶梅》人物評點平行論〉[84]認為，文龍借對人物形象的打
量，痛詆萬家逐末的社會現實，相對於張竹坡對家庭的屬意，文龍的批評筆觸更是伸向
廣闊的社會。張竹坡認可「禮」的救世效用，視為鞭撻黑暗、抒發心志的武器和寄託，
文龍以「禮」為參照，客觀地評價了世情眾生相。經世思潮、求真風尚和禮治理念，這
些實踐精神對張竹坡和文龍的影響強弱之別，制約著兩者人物批評話語的抉擇，折射出

80　金宰民〈從理論上探討世情、人情、情理：談張竹坡《金瓶梅》的世情小說觀〉，《山西高等學校社會科學學報》2001年第10期。
81　石海光〈寓言垂世，摭事摹神：論張竹坡《金瓶梅》評點的藝術虛構論〉，《內蒙古師範大學學報》2004年第3期。
82　趙民〈論張竹坡小說的美學觀〉，《臨沂師範學院學報》2009年第2期。
83　賀根民〈文體自覺：張竹坡、文龍《金瓶梅》人物評點差異溯因〉，《貴州文史叢刊》2006年第3期。
84　賀根民〈實踐精神：張竹坡、文龍《金瓶梅》人物評點平行論〉，《中國石油大學學報》2007年第2期。

彼此所處時代及社會的變革。他的〈文龍《金瓶梅》批評的現實指寓〉[85]認為，文龍接續小說評點傳統，形成了飽具自我特色的人物評點話語。文龍對人物批評標準客觀性的努力，表露出強烈的批判理性精神。文龍推動小說批評文體的形成與演變，為現代人物批評夯實了牢固的理論基礎。立足於讀者維度，進行生命與智慧的交流，文龍強調讀者對作品的加工改造，凸現讀者的主體意識，自覺地從讀者維度探求小說評點的內在規律。顧宇、錢成在〈論張批《金瓶梅》對八股文法的借鑒與運用〉[86]中提出，明清之際，由於長篇小說創作的昌盛，出現了小說評點的高潮。其時，作為科舉考試專用文體的八股文，對當時的文學創作和批評都產生了深遠影響。張竹坡批點《金瓶梅》，通過對八股文理論的借鑒與運用，對《金瓶梅》思想與藝術進行了評點，大大地豐富了中國古代小說的評點理論，對後世的小說創作和文學批評影響深遠。

綜觀 21 世紀 10 年來的「金學」領域，取得的成績有目共睹，研究的視閾日益擴大，對一些問題的探討也日漸深入。但就整體而言，還存在一些需要克服與亟待解決的問題。

首先，作者考證問題引發的反思。孟子曰：「誦其詩，讀其書，不知其人，可乎？」[87]對一部文學作品價值意義的客觀評判，離不開對作者的全面瞭解。上個世紀胡適等人對《紅樓夢》作者問題的尋覓考證，不僅僅是澄清了作者問題，更深遠的意義在於對《紅樓夢》這部偉大作品價值以及相關問題的深刻理解。同理，金學界對《金瓶梅》作者孜孜矻矻的考索是很有必要的，一旦弄清了這個問題，必將有利於對小說思想內容與藝術價值的深刻全面把握；作者問題的研究也相應促進並深化了有關《金瓶梅》其他問題乃至於中國小說史、中國文化史等相關問題的探討。討論中，大部分學者是以解決問題為目的，提供有參考價值的一家之言，這是不容抹殺的。然而，截止目前之所以還未得出令人信服的結論，固然在於直接文獻依據的缺失，但考證的公式化、思維的單一化、論證的主觀化也是問題的癥結所在。根據明人的傳聞假想一個符合這個條件的作者，然後搜羅堆砌與這個假定作者相符的材料，最後論定他就是《金瓶梅》的作者。都是從明人的有關記載作為思考的切入點，臆想的對象有別，但推測的方法如出一轍，自然是公說公有理婆說婆有理，導致作者的人選越來越多。不僅無助於問題的解決，相反給研究工作多設置了一重障礙。急功近利、立論草率、拼湊論據、以比附推測代替實證之類情況在金學領域頻頻出現，固然與當下浮躁的學風不無關係，但也充分暴露出研究者自身學養

85 賀根民〈文龍《金瓶梅》批評的現實指寓〉，《石油大學學報》2007 年第 2 期。
86 顧宇、錢成〈論張批《金瓶梅》對八股文法的借鑒與運用〉，《懷化學院學報》2009 年第 9 期。
87 《孟子·萬章下》。

的嚴重匱乏。因此，否定派的叫停之音儘管阻擋不住學界探討的熱情，但從某種程度上說並非沒有借鑒意義。一方面，在肯定派與否定派的論爭中可以披沙揀金，使那些有價值的說法的意義更加彰顯，另一方面也可以引發金學界乃至整個學術研究界針對相關問題給予學理上的反思。

其次，文本討論的細化並不等於學術研究的深化。雖然金學研究全面開花，但選題重複、論述平庸、粗製濫造的文章也大量存在，造成了研究中的泡沫現象。就事論事的淺層次體悟，陳陳相因的論述理路，方法論上的一無創新，狹隘單一的思維方式，使研究徘徊在較低的層面。當然，《金瓶梅》涉及的每一個問題都有探討的必要，但細緻解讀的目的在於更深刻地理解文本；在研究文章數量激增、研究視閾日見擴展的情況下，保證研究成果的品質，才能帶來金學的真正繁榮。要解決這個問題，必然要求學界的視野進一步開闊、理論素養的全面提升與方法論的更新突破。這不僅僅是金學領域的問題，也是古代文學研究領域普遍存在的問題。

第三，宏通研究的薄弱。這包括兩個層面：一是本土文化層面。比如，要使《金瓶梅》的成就與價值得以凸顯，只有將其放在整個小說史乃至於文學發展史的鏈條上，在與其他作品的比較中，考察其在承前的基礎上提供了什麼新的東西，再從啟後的角度探討其對後世產生了哪些借鑒啟發，從而揭示其貢獻的獨特、地位的不可取代。而恰恰在這方面，宏觀研究且有重大突破的成果鳳毛麟角。二是跨文化層面，將《金瓶梅》放在世界文學的大背景下，探討其人文精神與藝術價值，這方面都存在相當大的研究空間。儘管目前《金瓶梅》的研究全面開花，但更需要有重大突破的成果支撐起金學的大廈。開拓新的局面，將研究引向深入，是擺在每一位金學同仁面前的迫切任務。

# 溯源　影響篇

## 《金瓶梅》借徑《水滸傳》的文化淵源

　　雖然大多數研究者都把《金瓶梅》視為中國小說史上文人獨立創作長篇小說的開始，但這種讚譽卻往往表現得底氣不足，原因就在於所謂「獨立」在一定程度上打有折扣，即《金瓶梅》借徑於《水滸傳》而成書，作為故事主角的西門慶與潘金蓮均來自於後者，不具所謂的「原創性」。《金瓶梅》是蘭陵笑笑生在承襲《水滸傳》的基礎上創作的一部長篇小說，又是一個不爭的事實，且成為古今研究者的共識。如看到抄本的明人大多將它們二者並提，眾口一詞指出它「模寫兒女情態具備，乃從《水滸傳》潘金蓮演出一支」[1]。沈德符《萬曆野獲編》亦稱「袁中郎《觴政》以《金瓶梅》配《水滸傳》為外典」[2]。清人也同樣如是看，如張竹坡就指出「《金瓶》一部，有名人物不下百數，為之尋端竟委，大半皆屬寓言。庶因物有名，託名摭事，以成此一百回曲曲折折之書，如西門慶、潘金蓮、王婆、武大、武二，《水滸傳》中原有之人，《金瓶》因之者無論」[3]。當代學者更是在相關著述中對此問題進行過全方位的探討，研究成果不勝枚舉。如大內田三郎的〈《水滸傳》與《金瓶梅》〉、韓南〈《金瓶梅》所採用的資料〉、魏子雲〈《水滸傳》與《金瓶梅詞話》〉、黃霖〈《忠義水滸傳》與《金瓶梅詞話》〉、周鈞韜〈《金瓶梅》抄引《水滸傳》考探〉等等。黃霖在〈《忠義水滸傳》與《金瓶梅詞話》〉一文統計《金瓶梅》中有 27 個人物與《水滸傳》同名，又將《金瓶梅詞話》和百回本《忠義水滸傳》對勘，找出兩書相同或相似的描述 12 處，《金瓶梅》抄襲（或基本上抄襲）《水

---

1　袁中道《遊居柿錄》卷九，青島：青島出版社 2005 年，第 193 頁。

2　沈德符《萬曆野獲編》卷二十五〈詞曲·金瓶梅〉，《元明史料筆記叢刊》，北京：中華書局 1959 年，第 652 頁。

3　張竹坡〈金瓶梅寓意說〉，《張竹坡批評第一奇書金瓶梅》卷首，濟南：齊魯書社 1987 年。

滸傳》的韻文 54 處，認為《金瓶梅》抄襲的是天都外臣序本《忠義水滸傳》。而劉世德
通過對《金瓶梅》與《水滸傳》比勘，則認為「《金瓶梅》作者襲用《水滸傳》文字時，
既參考了天本（天都外臣序本）又參考了容本（容與堂本）」[4]。

本文擬在先賢時彥研究成果的基礎上，要探討的問題是，是什麼決定了笑笑生沒有
另起爐灶，創造出一部具有「原創」意義的小說，而要借徑於《水滸傳》？兩部小說究
竟有哪些相通之處？

# 一、市井題材的性質特點

《水滸傳》的成書經歷了漫長的歷史過程。它的故事產生於北宋，醞釀、豐富、流傳
於宋金元一直到明初。而這個時期乃是中國歷史上的多事之秋。首先是金人對北宋的覬
覦顛覆，接著是蒙元的鐵蹄搗碎了南宋王朝的偏安之夢，建立了中國歷史上第一個大一
統的異族政權。向來鄙夷戎狄、以正統自居的漢家王朝最終敗落在他們向來不屑一顧的
少數民族之手。王朝覆滅給知識界的震撼，是自秦始皇統一以來從未有過的。「洙泗上，
弦歌地，亦膻腥」。中原陷落，民族尊嚴蕩然無存，大漢族的神話頃刻間灰飛煙滅。國
柄何以移主，國土何以淪陷，民族何以蒙受奇恥大辱，成了作為社會脊樑的知識分子包
括羅貫中、施耐庵們必須追問的現實問題。羅貫中通過對三國歷史興衰的描寫來探討統
一之道，通過西蜀君臣的風雲際會來褒揚忠義，喚回被元蒙貴族糟蹋的儒家倫理。不約
而同，施耐庵另闢蹊徑，通過早就在民間流傳的宋江故事來呼喚忠義。從《水滸傳》的
描寫看出，在施耐庵看來，漢家一統的難以為繼，正在於忠義的不在朝廷，按照李卓吾
的說法，就是「大賢處下，不肖處上」，那些「有忠有義」的「大力大賢」之人，不願
「束手就縛而不辭」，才聚集水滸的。「施、羅二公，身在元，心在宋；雖生元日，實憤
宋事」。忠義不在朝廷而在水泊，朝廷不行忠義而草野英傑替而代之。然而，奸臣當道
時身在草莽不為國用、民族危亡時接受招安為國出力的英雄們的理想歸宿在哪裡，這也
是《水滸傳》的作者試圖通過宋江的故事來追問的問題。總之，大倡忠義的《三國》《水
滸》的出現是時代使然，為中國歷史的發展進程及時代條件所決定。

而《金瓶梅》的產生有著不同的歷史文化背景。雖然朱家江山不時受到來自北方瓦
剌等異族的騷擾威脅，但從總體上來說，大明王朝的國家機器還是在蹣跚的步履中運行
了 270 多年，並且不乏「仁宣之治」、嘉萬經濟繁榮的輝煌。笑笑生面臨的是一種表象
下的繁華盛世。經過百餘年休養生息，社會經濟相對繁榮。在思想文化領域，從明初大

---

4　劉世德〈《金瓶梅》與《水滸傳》：文字的比勘〉，《上海師範大學學報》2001 年第 5 期。

倡的理學到後來已經發展到了僵化的地步，其對人性的戕害與異化登峰造極。人的生理屬性完全被湮沒在「顛撲不破」的理學的「神聖」光環之下，程朱理學扼殺人性的本質越來越受到有識之士及日益壯大的市民社會的質疑。而物極必反的事物運動規律，又導致了明代中葉以後人欲的氾濫與肆虐。笑笑生要追問的是應該如何對待人生的各種欲望的問題。他清楚地認識到，嚴酷束縛人性的理學的枷鎖固然應該打碎，但人欲的氾濫同樣不是一個健康社會的標誌，而是人類社會的災難。他要用西門慶與潘金蓮等人的故事來表達自己對這個現實問題的嚴肅而深刻的思考。

作為一個市井典型，西門慶乃人生各種欲望的象徵，笑笑生要借其生命軌跡來表達對世俗社會人欲問題的思考自不必說；潘金蓮這個普通女子，身上也鮮明地體現了理欲之辯。在她的家庭中，儘管武大郎模樣猥瑣，手無縛雞之力，但男權社會的本質屬性給了他一家之主的權威，理學賦予他決定潘金蓮命運的權利。雖然他在生活上乃至於生理方面無法滿足老婆的基本要求，但這種今天看來的不人道在當時卻受到律例與社會輿論、社會道德無可置疑的保護。難怪潘金蓮對武大郎的安排俯首聽命，百無聊賴時也無非是發幾句牢騷，借彈曲來打發寂寞。也難怪武大郎明知道自己不是西門慶的對手，但在捉姦時也會氣壯如牛，破門而入。這是一種潛意識，是一種理學道德賦予他的權利。從潘金蓮與武大郎婚配的痛苦聲中，我們看到理學禁錮的反人性本質。從這個角度來說，理學理應受到社會的唾棄。然而，潘金蓮的不幸遭遇及人生基本權利被褫奪固然值得同情，但她用毒殺親夫的畸形、罪惡方式去掙脫理學的羈絆，使自己變成了一個縱欲狂時，其對人生與社會造成的危害絕不亞於腐朽反動的理學，同樣表現出反人類的面目。總之，從潘金蓮身上我們看到，不管是理學的禁欲還是市井的縱欲，都是違反人類社會道德的，都不可能使人健全地發展。作者在孟玉樓身上，似乎嘗試著一定程度的調和。

如果說《水滸傳》是一部歌頌封建社會被逼上梁山的英雄豪傑的詩史、對忠義英雄歸宿的探尋的話，那麼《金瓶梅》則是一座市井平民文學的不朽豐碑。所謂豐碑，至少應該作如下理解：一是它描寫的對象應該是以市民為主，大凡帝王將相、朝臣僚屬、文人墨客、衙役胥吏，都為市井人物而設，他們的出現只是由於表現市井主角的需要；從反映的生活來看，上自朝廷，下至各級官場，一切都應該服務於市井生活，也即作為市民生活的陪襯而非表現的重心。換句話說，以往文學作品中的主角與主流生活，統統讓位於市井百姓。同時，它還必須生動地展現生活於市井社會各類人物的生活、心理、追求、失落、痛苦等命運歷程，對每一個生命個體做全景式的掃描；而捨棄市井人物在其他小說如《水滸傳》中的偶一露面、點綴或只是截取他們的某一生活片段的描述方式，從而讓每一個市井人物都有屬於自己的特定生活舞臺。二是這些不同的市井人物所代表的「點」的相互連接，共同組成了一個整體的「面」，建構為市民社會的全景圖。

　　正是這種題材的特定性質，決定了笑笑生必須為自己的故事選定恰當的人物來做主角。這樣，作為市井代表且有很高知名度的西門慶與潘金蓮，便非常幸運且非常自然地被笑笑生選定為故事的主角了。首先，看看西門慶的市井本質。他的身份是「清河縣一個破落戶財主，就縣門前開著個生藥鋪」。由財主的破落而到縣城去做生意，是個典型的「新」市民，這在明代社會具有相當的代表性。而潘金蓮本來就出身於一個小市民（裁縫）家庭，以後在招宣府、張大戶家的使女身份，乃至後來嫁與小市民武大郎，終生都打上了市民的鮮明印記。因此，笑笑生選取這兩個人物作為自己故事的主角，除了《水滸傳》的巨大影響之外，西門慶與潘金蓮的身份特質不能不說也是至關重要的因素。同時，在傳統的中國社會，民眾一向有崇拜英雄、憎惡貪淫的心理。武松是個頂天立地、威風凜凜的知名度很高的英雄，而潘金蓮則是個十惡不赦的淫婦。前者恪守悌道，視兄如父；後者不遵婦道，淫令智昏。所以這兩個人物的名字在後世就演變為一種文化符號，這個故事幾乎成了一種文學母體。中國是一個倫理型社會，儘管潘金蓮的追求在今天看來不無合理及讓人理解與同情的因素，但為中國民眾的倫理價值取向所決定，她是在世人唾罵中成就其名聲的。

## 二、「武松殺嫂」故事的潛在審美效應

　　喜歡獵奇是人類的天性，重視故事的生動有趣是古今中外小說家創作時考慮的重要問題。不要說「話本」在宋元勾欄講述時需要吸引人的故事情節，就連《金瓶梅》在 19、20 世紀被翻譯到西方時，那些翻譯家們還在書名問題上煞費苦心，極力突出其故事性、趣味性。如 1853 年法國巴黎出版的 A. P. 巴贊所譯的《武松與潘金蓮的故事》，1927 年紐約出版的《金瓶梅：西門慶的故事》，1930 年出版弗朗茨·庫恩所譯的《金瓶梅：西門慶與他的六妻妾之豔史》，巴黎出版公司 1949 年出版的讓·皮埃爾·波雷所翻譯的《金瓶梅：西門慶與其妻妾奇情史》[5]等等。可見，笑笑生借徑於《水滸傳》中武松殺嫂故事，在很大程度上也是看到了它本身英雄、侏儒、潑皮與一個美人糾葛的潛在審美效應。

　　在《金瓶梅》產生以前，「水滸」故事已經在知識界與平民社會流傳了幾個世紀，人們對其中各位英雄的不凡經歷耳熟能詳。其中武松故事經過長時間的醞釀豐富，到了南宋，成了「說話人」講說的重要素材（如羅燁《醉翁談錄》就著錄有〈武行者〉等「說話」名目），在市井百姓中廣為流傳，因武氏兄弟而揚名的潘金蓮也必然家喻戶曉。三個男人

---

5　參見胡文彬《金瓶梅書錄》，瀋陽：遼寧人民出版社 1986 年，第 95 頁。

與一個女人的故事本身就具有匪夷所思的吸引力,更何況在《水滸傳》中出現的潘金蓮,聰明伶俐,美麗有加,一方面讓接觸到她的男人(除武松外)心性蕩漾,意亂神迷;另一方面她又是給男人帶來禍患的災星,讓與她有關的兩個男人送了性命,另一個男人也因為她有家難歸,被逼上了梁山。所以,笑笑生將其作為自己小說人物與故事的主幹,其潛在的審美效應與誘人的「賣點」自然為一般的虛構難以企及。

潘金蓮的真正婚嫁生活應該說是從嫁與武大郎算起,但這椿婚姻從本質上來說是對她的戲弄與懲罰。張大戶是在自己意欲得到但卻遭到拒絕而忌恨的情況下將潘金蓮「倒陪些房奩,不要武大一文錢,白白地嫁與」武大郎的。而武大郎「身不滿五尺,面目醜陋,頭腦可笑。清河縣人見他生得短矮,起他一個諢名,叫做三寸丁谷樹皮」。且不說潘金蓮自己如何覺得命運不公,就連清河縣裡的一幫浮浪子弟們,都產生強烈的不平,覺得「好一塊羊肉,倒落在狗口裡」,為金蓮的命運與婚姻遭遇叫屈。如果這是一個宗法傳統型的家庭,閉塞於人們「老死不相往來」的偏僻一隅,潘金蓮也可能會在孤寂無奈中消磨自己的一生,但它偏偏處在相對繁華、交通便利、成員龐雜的城鎮。武、潘的錯配本身就容易鬧出紅杏出牆的事件,加上武大懦弱的性格,因此只要有了合適的土壤,婚變只是遲早的事情。《水滸傳》中為她安排了一個情人——市井之徒西門慶,這本身也在情理之中。因為正統書生雖然也可能為潘金蓮的美貌意亂神迷,甚至不惜性命去追逐,就像後來蒲松齡在《聊齋志異》中構思出來的那些癡情的書生一樣,但如果讓他們為著心儀的女子去殺人害命,恐怕一般書生難以做到。從這個角度來講,施耐庵找到了一個具有合適身份的人物,那就是作為市井無賴、又有錢財、傳統道德觀念缺失的好色之徒西門慶。一切都順理成章,天衣無縫,笑笑生也省得費神勞心,輕鬆自然地借助「名人」「名事」去編織自己的故事了。

潘金蓮與武松的關係也顯得別致。俗話說,英雄難過美人關。他們故事的炒作點在於打虎英雄壓根就是一個宗法傳統道德的恪守者,根本不為女色所動,遑論亂倫!而英雄本人又是侏儒哥哥養大,哥哥的妻子竟然要挑逗視兄如父的恪守宗法道德的弟弟,不成後竟然冒天下之大不韙與別人私通,最後竟然親手殺害了自己懦弱的丈夫。這樣,殺死姦夫淫婦為兄報仇就成了武松的必有行動。一般的英雄美人故事,即使沒有演繹出一段風流佳話,也會用旖旎纏綿、生死離合的感情波瀾,博取受眾一掬同情之淚。但《水滸傳》的作者卻反其道而行之,讓他們雙雙遭到殘酷的報應。這種處理怎麼會不格外吸引人們好奇的眼球呢?在笑笑生看來,只要襲用人物就能收事半功倍之效,於是就根據自己反映生活的需要,在原故事的基礎上進行了新的創作。

潘金蓮與西門慶只是《水滸傳》中武松殺嫂故事的中心人物,被《金瓶梅》作者借來升格為整部作品的主人公。然而,在《水滸傳》中,姦夫淫婦雙雙被殺,痛快則痛快,

但故事卻缺少了必要的懸念。因此，笑笑生別致地讓故事改變了走向，即讓姦夫淫婦如願以償地走到一起，組成了家庭，並讓他們沉迷於淫縱的生活，最後讓其雙雙為色付出生命的代價，既增強了故事的吸引力，又為自己懲戒的主旨做了最好的注腳。其深刻之處還在於，潘金蓮遭到武松手刃，罪有應得，而西門慶則死於他快樂無比的縱欲生活，死於他對女色的快意追逐。似乎在說明這樣一個道理：如果沉溺於無節制的縱欲，即使不受報於陽世，也逃脫不了陰司的懲罰。總之，作者始終是圍繞創作主旨來安排故事走向及人物命運的。

# 三、英雄、美人崇拜情結

崇拜英雄、膜拜名人似乎是人類的共同天性。世界上多數民族早期神話傳說中各色英雄充分亮相，其宏業偉績的萬古流傳，應該視為這種英雄崇拜心理的折射。而人類愛屋及烏的天性，又決定了人們對與英雄關涉尤其是直接影響英雄人物舉手投足的人物或事件投以更多的關注。從這個角度來說，作為英雄的武松是幸運的，他的事蹟為人喜聞樂道，而作為製造武松走上反抗道路契機的西門慶與潘金蓮以及他們的故事，也同樣是幸運的，自然在社會上廣為流傳。因此，西門慶儘管不是施耐庵筆下的造反英雄，但他在客觀上卻促成了一個造反英雄的誕生，使其最終義無反顧地上了梁山。可以說，西門慶、潘金蓮這對「姦夫淫婦」因附驥於英雄武松的盛名，從而享有不亞於武松的知名度。

在《金瓶梅》成書以前，「水滸」故事已經家喻戶曉，武松、西門慶、潘金蓮的糾葛膾炙人口。南宋羅燁《醉翁談錄》所列舉 11 種「杆棒」類作品中有〈武行者〉，周密《癸辛雜識續集》所載龔聖與〈宋江三十六人贊〉中「行者武松」的贊辭為「汝優婆塞，五戒在身。酒色財氣，更要殺人」，無名氏《大宋宣和遺事》中的三十六將中「行者武松」赫然在列，元雜劇中高文秀有〈雙獻頭武松大報仇〉[6]，明代郎瑛《七修類稿》中提到宋江在揚子、濟寧等地「皆為立廟」，武松亦被列入三十六人之中。從這些文獻記載推測，武松故事從宋元直到明代，一直是人們津津樂道的話題。笑笑生借其名字來構織新作，為作品能夠引人入勝與產生轟動奠定了基礎。

比《水滸傳》有別且深刻之處在於，《金瓶梅》中的武松雖有打死大蟲的能耐，但奈何不了靠金錢開路、有著官府庇護的無賴；而殺死潘金蓮這個弱女子，還是在西門慶縱欲暴亡、潘氏失去庇佑、靠欺騙才得的手，之後連自己的親侄女都顧不得，席捲銀兩

---

6　此劇已佚，《也是園書目》《曲錄》著錄，但各本《錄鬼簿》不載。見鄧紹基主編《中國古代戲曲文學辭典》，北京：人民文學出版社 2004 年，第 661 頁。

倉皇投奔梁山而去，完全沒有了《水滸傳》中那種大仇得報後的快感，以及作為赫赫英雄走上造反之路的風采。西門慶不僅將潘金蓮順利娶到家中，而且在此後生意蒸蒸日上，豔遇接二連三，家道日益興隆，官運亨通有加。如果不是他荒唐地縱欲喪命，武松為兄報仇簡直不可想像。潘金蓮，自然因毒殺親夫而十惡不赦，但在《水滸傳》中惟有淫蕩狠毒的她，到了《金瓶梅》中則顯得命途多舛，屢遭不幸，受盡齷齪社會的摧殘，生理、心理、社會等綜合原因使她的性格發生了嚴重的扭曲。她在抗爭命運的過程中迷失了自我，誤入了歧途，在毀滅別人的同時也毀滅了自己。這世道，弱者危殆，英雄失路，美女墮落，無賴逍遙，權錢肆虐，公理不存，這難道不是笑笑生在施耐庵認識的基礎上，對自己所處時代社會本質的概括，要通過三男一女故事呈現給我們的結論？

英雄美人故事向來為人津津樂道，他們的風流韻事往往是人們茶餘飯後最感興趣的談資。提起女人，在男人的心目中，一方面象徵著美，是美的代名詞；但另一方面，在中國的傳統文化觀念中，女人是禍水的思維定式又牢牢地盤踞在操持話語權的男人們的潛意識中，始終左右著他們對女性的客觀定位。所以，在作為男權社會主宰的男人心目中，女人，往往具有兩重性，即一方面是生活中必不可少的尤物；但另一方面，她們又具有令男人畏懼的一面，被認為是給男性帶來災難的禍根。在中國歷史上，那些身份特殊的女子，不管是代表了美還是醜，善或者惡，她們往往成為男權世界或賞識或戒懼的對象，更不用說兩者兼而有之或善惡備於一身的女性了。這樣，不管故事中的女性能夠或事實上給欣賞她的男子帶來了什麼命運，他們往往能夠雙雙垂炳史冊，流芳或遺臭千古，這方面的例子不勝枚舉。像商紂王與妲己，周幽王與褒姒，范蠡與西施，石崇與綠珠，李隆基與楊玉環，宋徽宗與李師師等等。總之，就其名聲來說，男人的功業與女人的美色相互成就，他們的名字與故事凝結為特定的文化符號，具有了特定的文化意義。

從這個意義上說，武松與潘金蓮幫了笑笑生的大忙。因為他構築的西門慶故事，是靠潘金蓮映帶出的；而潘金蓮則是在武氏兄弟相見時亮相的。所以張竹坡在《第一奇書金瓶梅》第三回評道：「……《金瓶梅》內之西門，不是《水滸》之西門。且將半日敘金蓮之筆，武大、武二之筆，皆放入客位內，依舊現出西門慶是正經香火，不是《水滸》中為武松寫出金蓮，為金蓮寫出西門；卻明明是為西門方寫金蓮，為金蓮方寫武松。」總之是武松帶出潘金蓮，潘金蓮帶出西門慶。等到西門慶一登場，英雄武松的藝術使命已經完成，自然退居二線，笑笑生便馳騁自己的想像，讓故事順著西門慶一支自然而然、有條不紊地展開了。

# 四、創作主旨的相通

　　《金瓶梅》的創作主旨是什麼，學界言人人殊。我一直認為，懲戒酒、色、財、氣「四貪」，是笑笑生創作的主要指歸所在，筆者將另文予以闡述。在《水滸傳》中，西門慶與潘金蓮故事只是為武松而設，其本身的含蘊及對整個小說主題的表達似乎沒有特別重要的作用與意義，所以在武松走上梁山之前，必須將他們雙雙殺掉，他們完成了自己成就英雄的使命，便自然退場了。但這個故事本身已經包孕有對色（通過西門慶與潘金蓮形象來體現）與財（通過王婆形象來體現）懲戒的警示。因此，這個故事在社會上廣為人知，與其本身對人生的警示意義不無關係。笑笑生生活的時代，酒、色、財、氣肆虐社會，宗法道德被棄若敝履，世風日下，人情澆薄。在深入思考人生欲望及歸宿問題上，笑笑生似乎受到了施耐庵的啟發，醒悟到《水滸傳》中西門慶與潘金蓮故事的潛在內涵，發現了它與自己思考並欲通過故事來回答的問題的銜接點，在《金瓶梅》中將其發揚光大，當作了自己的中心立意來加以表現。

　　《金瓶梅》第一回，作者首先敘述了劉邦、項羽故事，從正面說明貪色的禍患。在故事敘述完以後，作者發議論說：

> 說話的，如今只愛說這情色二字做甚？故士矜才則德薄，女炫色則情放。若乃持盈慎滿，則為端士淑女，豈有殺身之禍。今古皆然，貴賤一般。如今這一部書，乃虎中美女，後引出一個風情故事來。一個好色的婦女，因與了破落戶相通，日日追歡，朝朝迷戀，後不免屍橫刀下，命染黃泉，永不得著綺穿羅，再不能施朱傅粉。靜而思之，著甚來由？況這婦人，他死有甚事？貪他的，斷送了堂堂六尺之軀；愛他的，丟了潑天哄產業，驚了東平府，大鬧了清河縣。

如果說作者是借劉、項事蹟映帶創作主旨，相當於話本中的入話故事，那麼接下來所講的西門慶、潘金蓮故事則是對劉、項故事勸誡內涵的延伸與深化，相當於話本的正文。所以有人認為《金瓶梅》是一部「從藝人集體創作向完全獨立的文人創作發展的過渡型作品」，是「我國第一部文人創作的擬話本長篇小說」[7]，自有其道理所在。

　　我們從西門慶與武松對待女色的不同態度導致的不同結局，同樣可以看出作者的勸誡意圖。在《水滸傳》中，打虎英雄武松能夠殺掉仇人為兄報仇，關鍵在於他遵守人倫，不為潘金蓮的美色與調戲所動。而《金瓶梅》中的西門慶沒有武松的膂力，反而能夠借助自己的錢財向官府行賄輕鬆地發配打死大蟲的武松，但卻因貪戀美色而死於一個弱女

7　周鈞韜〈《金瓶梅》：我國第一部擬話本長篇小說〉，《社會科學輯刊》1991 年第 6 期。

子之手。前者殺死潘金蓮，後者被潘金蓮所殺。這就是貪戀美色與否得到的不同下場。作者正是通過對武松與西門慶不同下場的設置，達到了深化小說主旨的目的。

# 五、思想觀念的合榫

儘管《水滸傳》與《金瓶梅》是兩部性質完全不同的小說，但並不排除兩部小說在思想觀念上的相通一致，這也是《金瓶梅》之所以借徑《水滸傳》的一個重要原因。

多有研究者指出，《水滸傳》是排斥女性的，最突出的表現就是幾乎所有的英雄都不近女色，否則便會遭到江湖好漢的恥笑。而像宋江、盧俊義、楊雄、林沖等有了女人的人物，被逼上梁山的起因都與女人有著或直接或間接的關係。這說明施耐庵的女性觀是保守的、正統的。笑笑生在繼承《水滸傳》女性觀的基礎上走得更遠，乾脆將「色戒」「昇華」為自己小說的重要立意。這從作者在小說中的大量議論以及對潘金蓮、西門慶、李瓶兒、龐春梅等主要人物的描寫與結局的安排，可以明顯地看得出來。第七十九回西門慶縱淫脫陽而亡，笑笑生用一首「二八佳人體似酥」議論女色的可怕，此詩在《水滸傳》中用來形容潘巧雲。作者操持著男性的話語權，對女色的亡國敗家危害給予譴責，雖然意在強調潘金蓮給西門慶帶來的災難，但其承襲《水滸傳》所表達的腐朽論調卻是不足為訓的。

主張禮儀謙讓，反對相爭相鬥，對恃強逞氣的勸誡，是《金瓶梅》表達的主旨之一。如第一回在敘述了武大郎為人懦弱受人欺負後議論：「看官聽說：世上惟有人心最歹，軟的又欺，惡的又怕；太剛則折，太柔則廢。古人有幾句格言說的好：柔軟立身之本，剛強惹禍之胎。無爭無競是賢才，虧我些兒何礙。青史幾場春夢，紅塵多少奇才。不須計較巧安排，守分而今見在。」其中格言來自《水滸傳》第七十九回的引詩[8]。既然以格言的形式出現，說明兩書的作者在這一觀念上何其相似乃爾！

痛惡世道黑暗，揭露官場腐朽，《水滸傳》與《金瓶梅》兩部小說殊途同歸。如第十回「武二充配孟州道　妻妾宴賞芙蓉亭」將《水滸傳》第二十七回中審理武松殺死西門慶一案中尚存仁義之心的知縣改寫成受了西門慶賄賂而對武松絲毫不加體恤，動用酷刑、毫無仁義的貪官，藉以揭露明代官場的齷齪。而《水滸傳》中尚能秉公審斷此案的清官陳文昭在這裡也被改塑成奸相蔡京的門生，在蔡太師、楊提督的人情面前，竟然違心地將武松杖責後充軍，讓殺人犯西門慶逍遙法外。同時在對這一形象的改塑中，讓西

---

8　《水滸傳》版本複雜，但學界多數人認為《金瓶梅》移植《水滸傳》文字時所依據的是天都外臣序本《忠義水滸傳》（如黃霖、周鈞韜等均持此說），或參考了天都外臣序本。這裡從其說。

門慶一案上勾下聯，從而將批判的鋒芒指向了統治機構的上上下下。相比之下，笑笑生繼承了施耐庵的批判精神，對黑暗社會的批判與揭露更加深刻。

　　有感於世道的黑暗，施耐庵與笑笑生在對其進行揭露與譴責的同時，對現實人生產生了極大的迷茫。宋江們造反固然轟動一時，後來也如願地當上了朝廷的命官，但最後反而以悲劇告終。西門慶無論官場、情場還是商場，都是一個成功者，但最後落了個家敗財散的悲劇。人生的真諦究竟何在？身處這個骯髒的世間，面對生存的種種威脅，怎樣度過短暫的人生？他們都在其作品中或隱或顯地給予追問與探討。我們在對兩部小說的對讀中，發現二者有相當程度的相通之處。如《金瓶梅》第二十回「孟玉樓義勸吳月娘　西門慶大鬧麗春院」回首詩「在世為人保七旬」表達的是聽天由命、莫太計較貧富得失、及時行樂的思想，它來源於《水滸傳》第七回；第五回「鄆哥幫捉罵王婆　淫婦藥鴆武大郎」回首詩「參透風流二字禪」表達了安貧守拙的思想，出於《水滸傳》第二十六回；第四十六回「元夜遊行遇雪雨　妻妾笑卜龜兒卦」回末詩「甘羅發早子牙遲」與作者「萬事不由人計較，一生都是命安排」的議論一樣，表達了富貴不由人、一切命註定的宿命論思想，本自《水滸傳》第六十一回「吳用智賺玉麒麟　張順野鬧金沙渡」，吳用扮作算命先生，與李逵到北京去賺盧俊義到梁山入夥時所念；第九十二回「陳經濟被陷嚴州府　吳月娘大鬧授官廳」回首詩「暑往寒來春復秋」慨歎時光短暫，富貴由命不由人，「事遇機關須進步，人逢得意早回頭」，表達的仍是勸誡意圖，抄自於《水滸傳》第三回「史大郎夜走華陰縣　魯提轄拳打鎮關西」；第九十七回「經濟守御府用事　薛嫂賣花說姻親」回首詩「在世為人保七旬」出自《水滸傳》第七回「花和尚倒拔垂楊柳　豹子頭誤入白虎堂」，宣揚的是貧富由命、窮通在天的宿命論思想和及時行樂的傾向，它在第二十回曾被引用過，這裡重複出現，可見笑笑生對其內涵的心領神會。第九十九回「劉二醉罵王六兒　張勝忿殺陳經濟」「一切諸煩惱」出自於《水滸傳》第三十回「施恩三入死囚牢　武松大鬧飛雲浦」之回首詩[9]。其表達的與世無爭的思想與本回劉二、張勝、陳經濟等人因「不忍」、爭氣而招致殺身之禍形成對比，從而深化了作品的主旨。總之，如果不是他們創作思想與立身處世觀的靈犀相通，很難想像笑笑生會屢屢將施耐庵在《水滸傳》中的格言議論類的語言不厭其煩地照搬到自己的小說中來。此外，果報觀念、對待僧道的態度等，《金瓶梅》對《水滸傳》也有明顯承襲的痕跡，讀者一見即明，這裡就不再贅述了。

---

9　　參見周鈞韜《金瓶梅素材來源》，鄭州：中州古籍出版社1991年，第459頁。

# 論《金瓶梅》對戲曲的援用及其價值

據粗略統計，在《金瓶梅》一百回的篇幅裡，涉及戲劇的就有三十三回，總數多達四十餘次，這在中國古典小說創作中頗為罕見。《金瓶梅》的作者為什麼在小說創作中熱衷此道？這些戲劇材料的援用對小說本身具有哪些意義？這些戲劇材料除了文學上的作用外，還有哪些值得重視的價值？本文旨在通過對《金瓶梅》涉及戲劇的不同情況的定量分析，對這一問題作一初步的探討。

## 一、《金瓶梅》援用戲曲回目

《金瓶梅》涉及戲曲的情況如下：

1. 第十一回：妓女李桂姐唱的〈駐雲飛〉「舉止從容」源自明代無名氏的《玉環記》第六齣〈韋皋嫖院〉。

2. 第二十回：西門慶娶李瓶兒唱的「喜得功名遂」，來自明人根據元雜劇《破窯記》改寫而成的傳奇《彩樓記》。

3. 第二十一回：西門慶與眾妻妾猜枚行令，關合《西廂記》語句。

4. 第二十三回：宋惠蓮向西門慶詢問潘金蓮的情況時有「秋胡戲」之語，關涉元雜劇《秋胡戲妻》。

5. 第二十四回：李瓶兒說看門的馮媽媽是「石佛寺長老」，關涉元雜劇《張生煮海》。

6. 第二十七回：西門慶等彈唱的〈梁州序〉「向晚來雨過南軒」，抄錄自高明的南戲《琵琶記》第二十二齣〈琴訴荷池〉。

7. 第三十一回：西門慶擺喜筵慶賀官哥兒滿月，席間搬演笑樂院本「請王勃」。

8. 第三十一回：劉太監點唱「雖不是八位中紫綬臣，管領的六宮中金釵女」，源自元代無名氏雜劇《金水橋陳琳抱妝盒》第二折。

9. 第三十二回：薛內相點唱明初無名氏傳奇《韓湘子升仙記》。

10.第三十二回：妓女鄭愛月、韓玉釧唱的〈八聲甘州〉「花遮翠擁」，見於賈仲明《鐵拐李度金童玉女》雜劇第一折。

11.第三十六回：西門慶迎請蔡狀元、安進士，席間讓蘇州戲子唱了邵燦《香囊記》

傳奇，蔡狀元讓唱〈朝元歌〉「花邊柳邊」「十載青燈」及〈錦堂月〉「紅入仙桃」。前者源自《香囊記》第六齣〈途敘〉；後者源自第二齣〈慶壽〉。

12.第三十六回：安進士點唱《玉環記》中〈畫眉序〉「恩德浩無邊」及「弱質始笄年」。

13.第三十七回：王六兒臥房「掛著四扇各樣顏色綾段剪貼的張生遇鶯鶯蜂花香的吊屏兒」，她與西門慶通姦是「君瑞追陪崔氏女」，李瓶兒說馮媽媽「你做了石佛寺裡長老」。關涉元雜劇《西廂記》《張生煮海》。

14.第四十回：西門慶與吳月娘商議回請喬親家，說到時讓「王皇親家一起扮戲的小廝每來扮《西廂記》」。

15.第四十一回：妓女唱的〈鬥鵪鶉〉「翡翠窗紗」，來自元雜劇《兩世姻緣》第三折。

16.第四十二回：吳月娘回請喬家等眾堂客，「王皇親家樂扮的是《西廂記》」。

17.第四十三回：吳月娘宴請皇親喬五太太，喬五太太吩咐唱《王月英元夜留鞋記》。

18.第四十六回：應伯爵說：「粉頭、小優兒如同鮮花兒，……你但折銼他，敢就〈八聲甘州〉『懨懨欲損』，難以存活。」化用《西廂記》中第二本第一折崔鶯鶯見張生後的感傷之曲。

19.第五十四回：李銘、吳惠唱的〈水仙子〉「據著俺老母情」曲，來源於元雜劇《倩女離魂》第四折。

20.第五十八回：劉太監與薛太監祝賀西門慶生日，點唱《韓湘子度陳半街升仙會》雜劇。

21.第六十一回：趙太醫為李瓶兒疹病時的自報家門與胡猜亂道及開出的藥方，源自李開先《寶劍記》傳奇第二十八齣。

22.第六十一回：申二姐唱的「半萬賊兵」源自《西廂記》第二本第二折〈中呂·粉蝶兒〉。

23.第六十三回：李瓶兒首七期間，海鹽子弟搬演「韋皋、玉簫女兩世姻緣」《玉環記》。

24.第六十四回：薛太監與劉太監來祭奠李瓶兒，點了《劉智遠紅袍記》及《韓文公雪擁藍關》。他們走了以後，西門慶讓搬演《玉環記》。

25.第六十五回：兩司八府官員借西門慶宅宴請六黃太尉，當筵搬演《裴晉公還帶記》。

26.第六十七回：春鴻唱的南曲〈駐馬聽〉「寒夜無茶」與「四野彤霞」，出自李開先《寶劍記》第三十三齣。

27.第六十八回：四個妓女唱「遊藝中原」和「半萬賊兵」二曲。

28.第七十回：形容朱太尉富貴的一段韻文抄改自《寶劍記》第三齣。

29.第七十回：俳優所唱〈正宮・端正好〉「享富貴」套，抄改自《寶劍記》第五十齣。

30.第七十一回：何太監家樂唱的〈正宮・端正好〉「水晶宮」，出自羅貫中《宋太祖龍虎風雲會》雜劇第三折。

31.第七十二回：王招宣府宴請西門慶，席前唱的〈新水令〉「翠簾深護小房櫳」，源自明初劉東生的《月下老定世間配偶》雜劇第四折。

32.第七十四回：安郎中讓唱〈宜春令〉，源自《南西廂記》第十七齣〈東閣延賓〉。

33.第七十四回：蔡九知府讓戲子演《雙忠記》。

34.第七十四回：宋御史令小優兒唱的〈新水令〉「玉驄驕馬出皇都」，源自《西廂記》第五本第四折。

35.第七十六回：巡撫侯蒙吩咐搬演《裴晉公還帶記》。

36.第七十六回：西門慶讓海鹽子弟唱《四節記》——冬景韓熙載夜宴陶學士。據呂天成《曲品・舊傳奇》著錄，此劇為明初沈采所作，但國內已無傳本。徐扶明撰文披露西班牙愛斯高里亞聖勞倫佐圖書館所藏孤本《風月金囊》中收錄此劇全本[1]。這裡演出的是《四節記》中的最後一個短劇〈陶穀學士遊郵亭記〉的片段。

37.第七十八回：西門慶家中請各官堂客飲酒，「戲文扮的是《小天香半夜朝元記》」，此乃明初朱有燉所作雜劇。

38.第七十九回：吳月娘與吳神仙的對話抄改自李開先《寶劍記》第十齣。

39.第八十回：西門慶二七，演了木偶戲「孫榮、孫華殺狗勸夫」戲文。

40.第九十二回：西門大姐上吊後丫鬟的對話源自《寶劍記》第四十五齣高朋家人發現新娘自盡後的對白。

## 二、《金瓶梅》援用戲曲的定量分析

由以上排列得知，《金瓶梅》涉及的戲劇品種有雜劇、傳奇、木偶戲和院本。其中雜劇有：《西廂記》《秋胡戲妻》《張生煮海》《抱妝盒》《鐵拐李》《兩世姻緣》《留鞋記》《倩女離魂》《風雲會》《世間配偶》和《半夜朝元》等 11 種；傳奇（或南戲）有：《玉環記》《彩樓記》《琵琶記》《升仙記》《香囊記》《升仙會》《寶劍記》《白兔記》《雪擁藍關》《還帶記》《雙忠記》《四節記》以及《殺狗記》等 13 種，另外有

---

1    徐扶明〈《金瓶梅》與明代戲曲〉，《戲曲藝術》1987 年第 2 期。

1 個敷衍「請王勃」故事的院本。

各劇出現的頻率為：《西廂記》9 次，《寶劍記》6 次，《玉環記》4 次，《還帶記》2 次，其餘各 1 次。

如果按題材來衡量，出現比較頻繁的題材依次是：愛情婚姻劇、神仙道化劇、斥奸罵讒劇、倫理教化劇。

通過排列可知，戲劇演出已經十分廣泛地應用於當時社會生活的方方面面。涉及戲劇的具體場景有：

1. 重大嚴肅的政治場合：如第七十回「群僚庭參朱太尉」。

2. 官場交結：如第三十二回西門慶請本縣四宅官員吃酒，第三十六回西門慶迎請歸鄉省親的蔡狀元、安進士，第六十五回兩司八府官員借西門慶宅宴請六黃太尉，第七十一回何太監宴請西門慶，第七十四回宋御史、安郎中借西門府請蔡九知府，第七十六回巡按宋喬年等借西門慶府宴請巡撫侯蒙等。

3. 朋友聚會：如第五十四回西門慶與應伯爵等到劉太監園上郊遊，第六十七回西門慶與應伯爵、溫秀才賞雪，第七十六回西門慶請應伯爵等等。

4. 家庭娛樂：如第二十七回西門慶與潘金蓮、孟玉樓、李瓶兒等飲酒消暑。

5. 世俗交往：如第四十二回吳月娘回請喬家等堂客，第四十三回吳月娘宴請皇親喬五太太，第六十一回韓道國兩口兒宴請西門慶，第七十二回王招宣府宴請西門慶，第七十八回西門慶家中請各官堂客飲酒，第六十八回黃四在妓院置酒請西門慶等。

6. 喜慶場合：如第二十回西門慶娶李瓶兒吃會親酒，第二十一回孟玉樓壽日，第三十一回官哥兒滿月，第四十一回西門慶與喬家聯姻，第五十八回西門慶生日等。

7. 男女苟合場面：如第十一回西門慶欲梳籠妓女李桂姐，第二十三回宋惠蓮與西門慶通姦，第三十七回西門慶與王六兒通姦等。

8. 喪葬事宜：如第六十三回李瓶兒首七，第六十四回薛太監與劉太監祭奠李瓶兒，第八十回西門慶二七等。

9. 日常生活中的運用：如第二十四回李瓶兒說看門的馮媽媽是「石佛寺長老」，第四十六回應伯爵說粉頭、小優兒的話巧用《西廂記》中語言，第六十一回趙太醫為李瓶兒疹病時的自報家門與胡猜亂道及開出的藥方，第七十九回吳月娘請吳神仙打算西門慶八字並為自己圓夢等。

10.其他：如第九十二回陳經濟逼得西門大姐上吊後，丫鬟的對話源自《寶劍記》第四十五齣高朋家人發現新娘自盡後的對白。這裡沒有什麼深刻的用意，純屬戲謔性的文字。

# 三、《金瓶梅》援用戲曲的類型

《金瓶梅》對戲曲引用的情況可分為五種類型:

其一,整個片段的引用。如第三十一回搬演的笑樂院本「請王勃」。

其二,單支曲子的引用。如第十一回李桂姐歌唱的〈駐雲飛〉「舉止從容」;第二十七回西門慶等彈唱的〈梁州序〉「向晚來雨過南軒」;第三十六回唱的〈朝元歌〉「花邊柳邊」「十載青燈」、〈錦堂月〉「紅入仙桃」、〈畫眉序〉「恩德浩無邊」及「弱質始笄年」;第四十一回妓女唱的〈鬥鵪鶉〉「翡翠窗紗」;第五十四回唱〈水仙子〉「據著俺老母情」曲等。

其三,引用某曲的個別句子。如第二十回西門慶娶李瓶兒請客吃會親酒,席間唱的「喜得功名遂」,並沒有引用全文,而是通過潘金蓮、孟玉樓等人的聽覺敘出其中的數句;第三十一回西門慶生子加官,劉太監點唱「雖不是八位中紫綬臣,管領的六宮中金釵女」;第六十三回李瓶兒首七期間,海鹽子弟搬演「韋皋、玉簫女兩世姻緣」《玉環記》,只是斷斷續續敘述了情節,接著引用原作第十一齣〈寄真容〉中的一句「今生難會,因此上寄丹青」。

其四,只提劇、曲名,一帶而過。如第三十二回西門慶請本縣四宅官員吃酒,薛內相點了明初無名氏傳奇《韓湘子升仙記》。第三十二回妓女李桂姐拜吳月娘為乾娘,要妓女鄭愛月、韓玉釧唱了〈八聲甘州〉「花遮翠擁」。第四十回西門慶與吳月娘商議回請喬親家,說到時讓「王皇親家一起扮戲的小廝每來扮《西廂記》」。第四十三回,吳月娘宴請皇親喬五太太,喬五太太吩咐唱《王月英元夜留鞋記》。第五十八回西門慶生日,劉太監與薛太監前去祝賀,席間點唱《韓湘子度陳半街升仙會》雜劇。第六十一回韓道國兩口兒宴請西門慶,申二姐唱了「半萬賊兵」。

其五,日常生活中的暗用。如第二十一回西門慶與眾妻妾給孟玉樓過生日,擲骰猜枚行令,關合《西廂》一句。第二十三回宋惠蓮與西門慶通姦,向西門慶詢問潘金蓮的情況時有「秋胡戲」之語,歇後成為「妻」的隱語。第二十四回元宵節孟玉樓、李瓶兒、潘金蓮等上街走百病兒,到獅子街李瓶兒房院,李瓶兒說看門的馮媽媽是「石佛寺長老」,來自元雜劇《張生煮海》。第三十七回西門慶與王六兒通姦,王六兒臥房「掛著四扇各樣顏色綾段剪貼的張生遇鶯鶯蜂花香的吊屏兒」,二人通姦說是「君瑞追陪崔氏女」,李瓶兒說馮媽媽「你做了石佛寺裡長老」。第四十六回應伯爵說「粉頭、小優兒如同鮮花兒,你憐惜他,越發有精神;你但折銼他,敢就〈八聲甘州〉『懨懨欲損』,難以存活」。巧用《西廂記》中第二本第一折崔鶯鶯見張生後的感傷情思,使意思的表達顯得形象具體。第六十一回趙太醫為李瓶兒疹病時的自報家門與胡猜亂道及開出的藥方,源

自李開先《寶劍記》傳奇第二十八齣。

# 四、《金瓶梅》援用戲曲的價值與意義

《金瓶梅》援用戲曲的價值與意義主要表現在以下方面：

第一，塑造人物，表現人物心理，推動情節發展。如第十一回西門慶欲梳籠妓女李桂姐，李桂姐歌唱了〈駐雲飛〉「舉止從容」，本是《玉環記》第六齣〈韋皋嫖院〉通過韋皋之口稱讚妓女玉簫的貌藝雙全，這裡稍作改動，讓李桂姐自我誇耀，吊起西門慶的胃口。果然，西門慶聽罷，「喜歡的沒入腳處」，當即下定了梳籠李桂姐的決心。此曲暗合了西門慶的心理，這裡的引用無論是對人物塑造，還是情節的發展，都起到了積極的作用。第二十回西門慶娶李瓶兒請客吃會親酒，席間唱的「喜得功名遂」，來自據元雜劇《破窯記》改寫而成的傳奇《彩樓記》，通過潘金蓮、孟玉樓等人的聽覺敘出其中的數句，金蓮便依據劇情在吳月娘面前挑撥「小老婆今日不該唱這一套」，並說了具體的理由，從而引起了吳月娘極大的醋意，潘金蓮的嫉妒性格也表露無遺。這裡並沒交代是否為西門慶點的曲子，如果是的話，見出他對李瓶兒的鍾愛；如果是唱曲者自唱的話，表現其趨附之心。這裡的唱詞不僅與當時的喜慶場面十分貼切，而且對西門家族的幾個主要人物的個性表現都有幫助。同時通過吳月娘的表現，埋下了日後妻妾矛盾的伏線，預示了以後的情節發展。第二十一回西門慶與眾妻妾給孟玉樓上壽，大家擲骰猜枚行令，關合《西廂》一句，各人的酒令暗合自己的個性或歸宿。第三十二回妓女李桂姐拜吳月娘為乾娘，要妓女鄭愛月、韓玉釧唱了一套〈八聲甘州〉「花遮翠擁」，突出李桂姐賣弄自己攀上了吳月娘，就得意忘形地指使別人，以及妓女之間的勾心鬥角。第三十六回西門慶迎請歸鄉省親的蔡狀元、安進士，席間讓蘇州戲子唱了邵燦《香囊記》傳奇，蔡狀元讓唱〈朝元歌〉「花邊柳邊」「十載青燈」及〈錦堂月〉「紅入仙桃」。無論是曲中表達的旅途感慨，還是對姓揚名顯的期盼，都與蔡氏此時的處境與得意心情相吻合。安進士席間點唱《玉環記》中〈畫眉序〉「恩德浩無邊」及「弱質始笄年」，亦與安氏此時的處境及心情吻合，因為前文交代他「因家貧未續親，東也不成，西也不就，辭朝還家續親」，此曲之意境與安氏心境恰好合拍。第三十七回西門慶與王六兒通姦，王六兒臥房「掛著四扇各樣顏色綾段剪貼的張生遇鶯鶯蜂花香的吊屏兒」，二人通姦說是「君瑞追陪崔氏女」，李瓶兒說馮媽媽「你做了石佛寺裡長老」。這一方面襯托出王六兒淫蕩的性格（當然作者對《西廂記》的理解不正確），另一方面也說明作者非常熟悉《西廂記》，可以隨時加以點染，為自己所用。第五十四回西門慶與應伯爵等到劉太監園上郊遊，李銘、吳惠唱〈水仙子〉「據著俺老母情」曲，來源於元雜劇《倩女離魂》第四

折。此曲表達了女主人公張倩女魂靈私奔王文舉、婚姻如願之後還家時對老夫人間阻自己婚姻、逼迫王文舉赴京應考、拆散自己與王文舉的埋怨情緒，乍看似作者的隨意引用，但結合後文金釧唱的〈荼蘼香〉「記得初相守」以及李瓶兒病重請醫疹病的情節，可見作者是在借此暗伏西門慶與李瓶兒終難廝守的線索，為以後的情節作照應。第五十八回西門慶生日，劉太監與薛太監前去祝賀，席間點唱《韓湘子度陳半街升仙會》雜劇。此劇敷演度脫故事，屬神仙道化劇，今已亡佚，僅存殘曲。生日演唱這種否定塵世的作品，顯得不合時宜。從中既可看出太監的人生觀，也反映出太監的不諳世情，昏聵糊塗。第六十三回李瓶兒首七期間，海鹽子弟搬演「韋皋、玉簫女兩世姻緣」《玉環記》，斷斷續續敘述了情節。所敘情節為原作第六齣幫閒包知水陪韋皋嫖院，引出應伯爵與李桂姐的互罵；接著引用原作第十一齣〈寄真容〉中的一句「今生難會，因此上寄丹青」，引起西門慶的無限傷感，而西門慶落淚又被潘金蓮瞧見，引起她的極大醋意。這兩處引用，巧妙地將所演劇作與小說情節及人物的心理融為一體，既顯得合情合理，又成為小說情節展示、人物塑造的有機組成部分。

第二，渲染氣氛，烘托環境，構成諷刺。如第二十七回西門慶與潘金蓮、孟玉樓、李瓶兒等飲酒消暑，大家彈唱的〈梁州序〉「向晚來雨過南軒」，抄錄自高明的南戲《琵琶記》第二十二齣〈琴訴荷池〉。此處引用該曲，一方面因二者的情景基本相似，都是面對盛夏雨過天晴的清涼雅景，唱此顯得比較貼切，但這裡的引用似乎又有意構成反諷，因接下去便是《金瓶梅》中最為淫蕩的情節「潘金蓮醉鬧葡萄架」，與前文所唱曲子的雅情雅意形成極大反差，構成強烈的諷刺效果。第三十一回西門慶生子加官，劉太監點唱「歎浮生有如一夢裡」和「雖不是八位中紫綬臣，管領的六宮中金釵女」，後者源自元代無名氏雜劇《金水橋陳琳抱妝盒》第二折，文字上出入較大（《元曲選》此處作「雖不比三台中玉佩臣，現掌些六院裡金釵客」）。劉太監點表彰太監的戲當然可以理解，但問題是劇中太子的命運多舛，與今日西門慶的「弄璋之喜」相抵牾，所以周守備阻止說「今日慶賀，唱不的」。不過，作者似乎別有用意，即預示官哥兒不幸的命運。不同的是劇中的太子最後即了皇帝位，而官哥兒最後卻死於非命。第三十二回西門慶請本縣四宅官員吃酒，薛內相點了明初無名氏傳奇《韓湘子升仙記》。本是慶賀生子，薛內相卻點這種神仙道化之作，表現其不諳時事及消極的人生觀。第四十一回吳月娘等到喬大戶家吃酒，兩家割了衫襟，妓女唱了一套〈鬥鵪鶉〉「翡翠窗紗」，此套來自元雜劇《兩世姻緣》第三折。劇中故事與此時的兩家結親非常協調。第六十一回韓道國兩口兒宴請西門慶，申二姐唱了「半萬賊兵」，為《西廂記》第二本第二折〈中呂·粉蝶兒〉的首句，是紅娘去請張生赴宴時所唱。此曲關涉男女之事，同時又都是請男方赴宴，所以二者有關合之處。

　　第三，戲曲引用的史料價值與民俗價值。如第二十一回西門慶與眾妻妾給孟玉樓上壽，大家擲骰猜枚行令，關合《西廂》一句。通過這個場面，使我們看到《西廂記》在市民社會已經家喻戶曉，以及行令飲酒的風俗；第二十三回宋惠蓮與西門慶通姦，向西門慶詢問潘金蓮的情況時有「秋胡戲」之語，來源於元雜劇《秋胡戲妻》，這裡省略「妻」字，歇後成為「妻」的隱語，可見雜劇藝術在當時的市民社會有廣泛的影響。第二十四回元宵節孟玉樓、李瓶兒、潘金蓮等上街走百病兒，到獅子街李瓶兒房院，李瓶兒說看門的馮媽媽是「石佛寺長老」，來自元雜劇《張生煮海》，可見元雜劇故事已為市民社會所熟知。第三十一回官哥兒滿月，西門慶大擺喜筵，席間搬演笑樂院本「請王勃」，小說對這個場面作了完整的抄錄。引用該劇，寓有祝賀的意思，即企望官哥兒將來能有王勃一樣的才運，所以顯得恰倒好處。但更值得重視的是其史料價值，因為院本作為金代行院藝人演出的腳本，雖然陶宗儀在《南村輟耕錄》中記載了 690 種名目，以及分類與演出角色，但具體作品卻沒能流傳下來，這歷來被學術界視為戲曲史上的一大憾事。而《金瓶梅》第二十回、第三十一回與第五十八回三次提到「笑樂院本」，並且在第三十一回保存了這方面的具體材料，這就顯得極為珍貴。其中第二十回道：

> 樂人撮撮弄雜耍回數，就是笑樂院本。下去，李銘、吳惠兩個小優上來彈唱，間著清吹。下去，四個唱的出來筵外遞酒。

第三十一回寫道：「教坊司俳官跪呈上大紅紙手本，下邊簇擁一段笑樂的院本。」引用了「請王勃」院本後說：「筵前遞酒，席上眾官都笑了。薛內相大喜，叫上來，賞了一兩銀子，磕頭謝了。須臾，李銘、吳惠兩個小優兒上來彈唱了。」

　　第五十八回道：

> 先是雜耍百戲，吹打彈唱。隊舞吊罷，做了個笑樂院本。……四個唱的彈著樂器，在旁唱了一套壽詞。

據《南村輟耕錄》卷二十五〈院本名目〉所記，「院本則五人：一曰副淨，古謂之參軍；一曰副末，古謂之蒼鶻；……一曰引戲；一曰末泥；一曰孤裝。」又說「院本、雜劇，其實一也，國朝，院本、雜劇，始釐而二之」，此處出現的角色有外、付末、淨，與陶宗儀所記略有出入，這也許說明院本藝術到了明代的發展演變。另外，從中我們可見院本的演出以逗人笑樂為目的，開場詩具有格言性質，中間敷衍情節，最後的下場詩「舞罷錦纏頭」似有向觀眾討賞之意，可與《南村輟耕錄》有關記載相互參證。第四十回西門慶與吳月娘商議回請喬親家，說到時讓「王皇親家一起扮戲的小廝每來扮《西廂記》」。可見請客觀劇，已經成為當時世俗交往的常見手段。

　　第四，其他。如第四十三回因與喬家結親，吳月娘宴請皇親喬五太太，喬五太太吩咐唱《王月英元夜留鞋記》。此劇本為元代雜劇，但小說中卻稱：「戲子呈上戲文手本，喬五太太分付下來，教做《王月英元夜留鞋記》。……戲文四折下來，天色已晚。」這裡並未徵引原文，也未敘述該劇的情節，使我們在目前只能根據見到的有關文獻推測出演唱的為雜劇。如果這個推測無誤的話，我們有理由作出這樣的推斷：在《金瓶梅》產生的時代，雜劇與戲文為二而一的概念，也即這兩個概念是互通的。第六十一回趙太醫為李瓶兒疹病時的自報家門與胡猜亂道及開出的藥方，源自李開先《寶劍記》傳奇第二十八齣。見不出它與小說情節與人物的契合處，作者錄引原文，完全是追求一種喜劇效果。從此也可見出長篇小說起步階段與其他藝術之間的聯繫以及娛樂聽眾的特點。

　　另外，從我們對《金瓶梅》援用戲曲情況的整體觀照中，發現作者並非隨意抄錄，而是有著比較精心的考慮，並與小說的藝術要求相吻合。什麼場合演什麼戲，什麼人點什麼曲，都是頗有講究的。不少人認為《金瓶梅》亦如《三國演義》《水滸傳》《西遊記》等作品，是由下層文人甚至藝人根據前人的創作加工而成，是一部世代累積型的作品。我們通過對其援用戲曲情況的考察，也會發現此說的難以成立。

# 簡論《金瓶梅》中的散曲

　　《金瓶梅詞話》中全文移植及作者創作的散曲達到一百餘首,多用於各色人物在各種場合的詠唱。透過這些描寫我們看出,散曲藝術在明代已經滲透到了市民社會的各個角落,在生活中起著越來越重要的作用:它是一種攀高結貴的手段,是現實生活中不可或缺的實用工具,還可以用它來褒貶人物,彰顯好惡。散曲在《金瓶梅詞話》中也具有重要的文學功能:成功地表現人物的內心幽隱,推動情節的發展,暗寓人物關係、人物命運以及烘托氣氛等等。《金瓶梅詞話》對散曲的大量移植,不僅增加了小說本身的可讀性,而且大大增加了它的史料價值與民俗價值。

## 一、對《金瓶梅詞話》中散曲的整體考察

　　《金瓶梅》是產生於中國十六世紀的一部百科全書式的小說,這已成為金學同仁的共識。這種評價在很大程度上是就其反映當時社會生活的廣泛性、豐富性而言。而《金瓶梅》作為一部通俗的市民藝術作品,其中又涵容了諸多其他藝術的因子。《金瓶梅詞話》中所包容的各種市民文藝形式以及它們相互間的關係問題,也即《金瓶梅》對當時流行的各種為市民大眾喜聞樂見、在市民社會影響甚巨的其他文藝樣式的吸納借鑒,學術界的研究還遠遠不夠。有鑑於此,本文以《金瓶梅詞話》中所援用的散曲為切入點,對這一問題進行初步的探討。

　　據粗略統計,《金瓶梅詞話》中全文抄引及作者創作的散曲達到一百餘首,涉及的回目在五十回以上。散曲在小說各回中出現的情況不一,少則出現一次,多則如小說第八十三回達到七首,第八回達到八首,從而使散曲成為這部小說不可缺少的重要組成部分。

　　《金瓶梅詞話》中的散曲,一部分屬於抄引他書的,大多來自於《詞林摘豔》《雍熙樂府》等曲選曲集,個別抄自《太和正音譜》《南九宮十三調譜》等曲論曲譜著作中,但作者卻並非一字不動地原文照搬,而是或多或少地進行了改動加工;另一部分是作者根據小說情節發展或人物形象塑造的需要,在某些場合為小說人物安排的唱詞,屬於作者的自度曲子。

在《金瓶梅詞話》中，散曲大多是用於人物吟唱。從吟唱者的身份來看，其階層十分廣泛。其中有如西門慶這樣的官僚，如小說第二十回他曾於李家妓院用一支〈滿庭芳〉大罵老鴇背地裡讓自己包占的李桂姐接待其他嫖客，發洩心中的怨怒；第七十九回他在彌留之際，用一支〈駐馬聽〉給妻子吳月娘等交代遺囑。大多則是小說中出現的幾個妓女如李桂姐、鄭愛月、吳銀兒、金釧兒等在各種場合給各色人等所唱的專供其娛樂消遣的曲子，往往能夠與特定場景特定氣氛融為一體，起到娛賓助興的作用。還有一部分曲子，是西門慶的家人，包括其妻妾如潘金蓮、吳月娘、孟玉樓、李瓶兒、孫雪娥等人的唱詞。在西門慶身邊趨奉的幫閒，如應伯爵、謝希大等也有少許唱詞；作者運用散曲來褒貶人物，或用於評價事件，在小說中也多次出現；陳經濟作為西門慶的女婿，不管是在西門慶生前身為貴婿，還是西門慶死後與潘金蓮偷情、後被吳月娘逐出家門淪為乞丐，都曾用散曲表達情懷；另外，那些靠賣唱為生的俳優伶人，妓院鴇母，西門慶的家樂，西門慶蓄養的舞女歌童，官身小優兒，靠行醫為生的醫生等等，都有多少不等的唱詞。

從吟唱的方式來看，有獨唱，這種形式最為普遍；有合唱，如第二十一回春梅等四個家樂為西門慶及其妻妾所唱，第二十七回西門慶與眾妻妾所唱，第四十三回四個妓女在西門慶府邸為李瓶兒祝壽時所唱之〈金索桂梧桐〉等；從伴奏的情況來看，有時用琵琶、箏等樂器伴奏，有時則拍手為節。

至於吟唱地點，一是官僚顯宦的深宅大院，如第四十一回在喬大戶宅院，第七十回在朝廷重臣朱太尉府上，第七十一回在何太監住宅，第七十二回在王招宣府邸，第五十三回、五十四回在劉太監莊上，當然西門慶作為小說的主人公，在他的宅第詠唱的很多；二是一般平民院落，如第四十六回在吳大舅家，第六十一回在韓道國家，第八十一回在胡太醫家；三是在青樓妓院，因為這裡是西門慶等人的主要活動場所，所以安排的詠唱最多。另外，還有諸如第八十九回吳月娘等人在西門慶墓前所唱，龐春梅等在潘金蓮墳前所唱，第九十三回陳經濟在冷鋪所唱等。總之，凡是有人活動的地方，都會有散曲的吟唱娛樂。

從所吟唱的散曲的體制來看，大多是單支的小令，也有少量帶過曲，還有部分套數被整篇地搬用，涵蓋了散曲的各類體裁。另外，也有部分劇曲在作品中被用於清唱，如第二十七回西門慶與眾妻妾們所唱的〈梁州序〉來自《琵琶記》第二十二齣，第三十六回優伶苟子孝在西門慶府上為蔡狀元及安進士所唱的〈朝元歌〉〈錦堂月〉等來自《香囊記》，書童為安進士所唱〈畫眉序〉來自《玉環記》，第六十七回春鴻在西門慶府上所唱〈駐馬聽〉來源於《寶劍記》等等。

另外，《金瓶梅詞話》中，大多數場合唱曲，吟唱者都是按照主人點的曲名來唱，說明主人對這曲子相當熟悉，與當今歌舞廳、電臺、電視臺以及其他各種娛樂場合的點

歌活動頗為類似。

# 二、明代散曲的盛行及其現實功能

一種文藝形式尤其是通俗文藝形式的興衰，在很大程度上取決於它的社會需求，也即其接受對象、消費群體。詞之由繁榮走向衰落，除了它本身的種種自我否定因素外，市井俗民對它的取捨態度也起著不可忽視的作用。正是由於它的日益雅化，由於它與市井細民的生活愈來愈遠，最後不得不逐漸消歇，退出了文壇的霸主地位，而讓位於同樣滋生於市民社會的散曲。藝術儘管從本質上來說是一種高雅的精神消費品，但它是否與人們的現實生活貼近、它的實用價值往往對其興衰具有至關重要的作用。而散曲的勃興，首先在於它在很大程度上將自己滲透到了市民社會的各個角落，這在有關文獻中不乏記載：

> 憂而詞哀，樂而詞褻，此今古同情也。正德初尚〈山坡羊〉，嘉靖初尚〈鎖南枝〉，……二詞嘩於市井，雖兒女子初學言者，亦知歌之。……語意則直出肺肝，不加雕刻，俱男女相與之情，雖君臣友朋，亦多有托此者，以其情尤足感人也。[1]

> 有學詩文於李崆峒者，自旁郡而之汴省。崆峒教以：「若似得傳唱〈鎖南枝〉，則詩文無以加也矣。」請問其詳，崆峒告以：「不能悉記也。只在街市上閑行，必有唱之者。」越數日，果聞之，喜躍如獲重寶，即至崆峒處謝曰：「誠如尊教！」何大復繼至汴省，亦酷愛之，曰：「時詞中狀元也。如十五〈國風〉，出諸里巷婦女之口者，情詞婉曲，有非後世詩人墨客操觚染翰，刻骨流血所能及者，以其真也。」[2]

> ……且夫天下之物，孤行則必不可無；必不可無，雖欲廢焉而不能。雷同則可以不有；可以不有，則雖欲存焉而不能。故吾今之詩文不傳矣。其萬一傳者，或今閭閻婦人孺子所唱〈擘破玉〉〈打棗竿〉之類，猶是無聞無識真人所作，故多真聲。不效顰於漢、魏，不學步於盛唐，任性而發，尚能通於人之喜怒哀樂、嗜好

---

1　《李開先集》上冊〈閑居集〉之六，北京：中華書局 1959 年，第 320-321 頁。
2　《中國古典戲曲論著集成》（三）《詞謔·時調》，北京：中國戲劇出版社 1959 年，第 286 頁。

情欲，是可喜也。……[3]

從這個角度來說，散曲在元代勃興，至明銳氣不減，正在於它把握住了市民階層追求享樂的脈搏，從而為自己的發展繁榮創造了空前難得的機遇。

據有關文獻記載，宣德年間，皇帝恩准都御史顧佐整頓吏風，嚴禁官妓，結果「縉紳無以為娛，於是小唱盛行」[4]。到了明代中葉，講唱藝術發展迅速，說唱藝人遍佈全國各地。「世之瞽者，或男或女，有學彈琵琶，演說古今小說，以覓衣食。北方最多，京師特盛，南京、杭州亦有之。」[5]弘治、正德年間的陶輔曾對當時詞曲氾濫於世的現象進行尖刻的批評：

> 往者瞽者緣衣食故，多習為稗官小說，演唱古今，愚者以為高談，賢者亦可課睡。此瞽者瞻身之良法，亦古人令瞽誦詩之義也。今茲特異，不分男女，專習弦管，作豔麗之音，唱淫放之曲，出入人家，頻年集月，而使大小長幼耳貫心通，化成俗然。他時欲望其子女為節義之人，得乎？況其居宿不界，尤有不可勝言者。[6]

正德、嘉靖時的田汝成亦道：「杭州男女瞽者，多學琵琶，唱古今小說、平話，以覓衣食，謂之『陶真』。」[7]其子田藝蘅則留下了有關說書藝人活動的情形：「曰瞎先生者，乃雙目盲女，即宋陌頭盲女之流。自幼學習小說、辭曲，彈琵琶為生，多有美色，精伎藝，善笑謔，可動人者。大家婦女驕奢之極，無以度日，必招致此輩，養之深院靜室，晝夜狎集飲宴，稱之曰先生，若南唐女冠耿先生者。」並批評她們演唱的「淫詞穢語，汙人閨耳，引動春心，多致敗壞門風」[8]。可見聽小說聽詞曲已經成了人們日常生活中主要的娛樂消遣形式。如果說以上記載還只是反映了達官貴人們對詞曲熱衷的話，那麼自幼生活在湖北農村的公安派主將之一袁中道在〈壽大姐五十序〉中則追述了萬曆時農村說唱的盛行：

> 姐於經史百家及稗史小說，少時多所記憶。曾與中郎及余至廳堂後聽一瞽者唱〈四

---

3　袁宏道〈敘小修詩〉，《袁宏道集箋校》卷四《錦帆集之二──遊記　雜著》，上海：上海古籍出版社1981年，第188頁。

4　沈德符《萬曆野獲編》卷二十四「小唱」。《元明史料筆記叢刊》，北京：中華書局1959年，第621頁。

5　姜南《抽硯新錄・演小說》。《抽硯新錄　瓠里子筆談　蓉塘記聞　投瓺隨筆　抱璞簡記》，北京：中華書局1991年，第2頁。

6　陶輔《花影集》卷四〈瞿吉瞿善歌〉，長春：吉林大學出版社1995年，第85頁。

7　田汝成《西湖遊覽志餘》卷二十「熙朝樂事」，上海：上海古籍出版社1958年，第368頁。

8　田藝蘅《留青日札》卷二十一「瞎先生」，上海：上海古籍出版社1985年，第702頁。

時採茶歌〉，皆小說瑣事，可數百句，姐入耳即記其全，予等各半。[9]

通過這些記載不難看出，從繁華的城邑到偏僻的鄉野，散曲幾乎成了一種與人們生活形影不離的娛樂形式。散曲在社會生活中起著愈來愈重要的作用，我們可以從《金瓶梅詞話》的有關描寫中窺見一斑。

作為一部世情小說尤其是以反映市民日常生活為主要內容的長篇通俗小說，必然要花費大量的篇幅涉及人們日常的交往，而在明代中葉市民社會的日常生活、人際交往中，散曲具有其他藝術無法替代的作用。首先，散曲是人們日常生活中重要的交際手段、攀高結貴的工具。在《金瓶梅詞話》第四十九回，西門慶迎請新任兩淮巡鹽御史蔡蘊及新任山東巡按御史宋喬年，酒席間西門慶命海鹽子弟上來遞酒唱曲助興，他們唱了〈漁家傲〉〈下山虎〉等套數；晚上西門慶叫了妓女董嬌兒陪蔡御史過夜，書童又連唱四支〈玉芙蓉〉，博得蔡御史滿心歡喜，對西門慶感激無比，向西門慶表示：「倘我後日有一步寸進，斷不敢有辜盛德。」臨別，西門慶托蔡蘊到任後早掣取自己的三萬鹽引，蔡御史一口答應，許諾要比別的商人早掣鹽一個月。第五十三回，劉太監宴請西門慶，酒席間歌童唱了〈錦橙梅〉〈降黃龍袞〉等曲子。第六十五回，山東巡按宋喬年等借西門慶府邸迎接欽差六黃太尉，兩司八府官員都來奉承，伶官當筵唱了一套〈南呂·一枝花〉「官居八輔臣」，與當時的場面、氣氛非常協調。官場如此，平民百姓的日常生活也是如此。如第四十一回，吳月娘率眾姊妹到喬大戶家做客，因李瓶兒之子官哥兒與喬大戶娘子之女長姐在炕上互相戲耍，在眾人的攛掇之下兩家割了衫襟，席前兩個妓女便見景生情，唱了一套關涉兩家聯姻結親的〈鬥鵪鶉〉。此外，如第四十三回喬五太太到西門慶府邸拜會吳月娘等人，第六十一回韓道國兩口宴請答謝西門慶，第六十八回李智、黃四為答謝西門慶而在妓女鄭愛月家擺酒，第七十一回在京都何太監宅上何太監宴請西門慶，第七十二回在王招宣府林太太宴請西門慶等等，都曾請妓吟唱散曲，來活躍氣氛、侑酒助興。由此可見，吟唱散曲已經成為一種人際交往的時尚，親朋聚會的必有項目。而就散曲的欣賞者來看，不僅有如西門慶及其結拜弟兄、官場官僚等男性人物，而且大多數情況下欣賞者都是女眷。這說明，詠唱散曲已不單純是追求聲色之娛，更是一種正常的文化消費，精神享樂。

散曲作為一種市民文學樣式，與市井平民有著形影不離的親密關係，是現實生活中不可缺少的實用工具，高興得意時就用它來遣興抒懷，痛苦失意時也可以用它來解悶消愁。從藝術產生的規律來講，它最初起源於民間，勞動人民才是藝術的真正創作者。然

---

9　袁宗道等著，熊禮匯選注《公安三袁》，長沙：嶽麓書社 2000 年，第 307 頁。

而，中國文學史上出現的一種比較常見的現象卻是藝術在經過了文人的雅化以後，往往成了士大夫遣興抒懷的專利，而與大眾的距離越來越遠。而散曲藝術的服務對象在明代卻發生了巨大的變化，也即隨著歌詞逐漸走向僵化，散曲代之而起並且重新回歸到了民間。在《金瓶梅詞話》中，散曲已不再去單純地發抒修齊治平、經國安邦的文士情懷，關注更多的則是芸芸眾生的日常生活。它可以用來抒泄怨憤：如第一回潘金蓮所吟之〈山坡羊〉，以鸞鳳、靈芝、金磚等自比，對錯配給猶如烏鴉、糞土、泥土的武大郎表示了不滿，表達要求婚姻「相配」的朦朧意識。另外，她對西門慶的相思與怨懟，對陳經濟的深切思念，對吳月娘的滿腔怨恨，對西門慶丟自己於腦後的內心痛苦，對李瓶兒的嫉妒憤懣等等，都通過一支支散曲表達得淋漓盡致。此外，如第十一回妓女李桂姐借一首〈駐雲飛〉自我誇耀，第二十回西門慶與李家鴇母用一首〈滿庭芳〉相互指責，第五十二回幫閒應伯爵用一支〈南枝兒〉對妓女李桂姐的打趣，第五十九回李瓶兒借〈山坡羊〉表達喪子之痛，第七十九回西門慶臨終與吳月娘借一支〈駐馬聽〉互表心意，第八十二回潘金蓮與陳經濟借〈寄生草〉與〈水仙子〉表達的桑間之約，第八十五回胡太醫借〈西江月〉為潘金蓮開的藥方，第八十九回吳月娘、孟玉樓以〈山坡羊〉哭奠西門慶，孟玉樓、龐春梅以〈山坡羊〉哭奠潘金蓮，第九十一回玉簪兒借〈山坡羊〉向李衙內訴說往昔與李衙內的情意、今日對李衙內的怨懟以及要求嫁人的願望，第九十三回陳經濟流落冷鋪，向眾叫花子們訴說自己的家世、遭遇及當前處境的淒慘等等，都在說明：散曲在生活的各個角落都派上了用場，藝術已經與人們的日常生活緊密掛起了鉤。

散曲的實用價值，散曲與人們生活的密切聯繫，還體現在《金瓶梅詞話》的作者在很多情況下，是用散曲來表達對人物或事件的態度與評價。也就是說，散曲又是人們用來褒貶人物、彰顯好惡的重要工具。在小說中，以作者口吻出現的散曲有八首，即第四回用〈沉醉東風〉極贊潘金蓮之美貌，第八回借〈山坡羊〉表現潘金蓮對西門慶的思念，第十一回借〈水仙子〉諷刺妓院坑人，第十五回用兩首〈朝天子〉分別嘲諷「架兒」「圓社」的行藏，第五十二回借〈折桂令〉表現陳經濟與潘金蓮偷情未果後的鬱悶心情，第八十二回用〈紅繡鞋〉對陳經濟與潘金蓮、龐春梅偷情的評議，用〈醉扶歸〉對陳經濟酒後與潘金蓮失約、遭到潘金蓮冷遇後心理的描述。總之，在作者那裡，散曲又被作為一種創作手段純熟地運用於小說中。

# 三、散曲的文學功用

小說與散曲是兩種不同的文學樣式，而將大量散曲鑲嵌於小說作品，被當作一種文學手段來運用，這在《金瓶梅詞話》產生以前的章回小說中還從來未有過，在整個古代

通俗小說中也極為罕見。《金瓶梅》作者之所以樂此不疲，大概首先是為這部小說所描寫的內容和性質所決定，因為它以市民生活作為主要的表現對象，必然要忠實於市民的生活實際。正由於散曲在社會生活中起著日益重要的作用，散曲的影響日益廣泛，才逐漸引起了士大夫們的注意。他們除了對散曲作品加以輯刻外，進而模仿這種新的歌詞形式進行創作，或者在操觚弄翰時對散曲藝術進行移植，從而使散曲出現了蒙元以後的再度輝煌。不管《金瓶梅詞話》的作者是大官僚還是下層文人，也不管他是北方人還是南方人，從小說描寫的內容看出，他無疑是一個詞曲高手，非常熟悉散曲藝術的多種功能，所以便不惜篇幅，在創作中隨手將自己熟悉的演唱材料拿來，為小說的藝術描寫服務，因而也使這部小說成了考察明代中葉市民社會生活的活化石。

從小說藝術的特性來講，它是一種綜合性極強的市民通俗文學，從其產生的那一天起，就與城市市民結下了不解之緣。而市民的娛樂需求又非單一的，而是豐富多彩的。除了小說之外，戲曲、散曲等藝術也深得他們的青睞，這就啟迪藝術家在進行藝術生產時，往往採用多種藝術手段去迎合讀者的欣賞口味。而恰恰在這一點上，《金瓶梅詞話》的作者找到了這兩種藝術的結合部。因為儘管它們體裁不同，但它們從本質上來說都是市民藝術。

我們肯定《金瓶梅詞話》對散曲的運用，絕非僅僅基於一種藝術對另一種藝術的移植吸納，因為蹩腳的生搬硬套是文藝創作中的大忌。衡量的唯一標準，要看它在套用其他藝術時，那些被套用的藝術對其本身的藝術質素起到了什麼樣的作用。就《金瓶梅詞話》來講，關鍵在於被套用的散曲對小說的情節發展、人物塑造起到了什麼作用，以及是否增強了作品的可讀性、娛樂性、感染力、吸引力等等。在這一點上，《金瓶梅詞話》既有成功的經驗，也有值得深思的教訓。

從成功的一面來說，《金瓶梅詞話》的作者對散曲並非隨心所欲地引用，在大多數場合讓散曲起到了其他藝術無法替代的作用。這主要表現在以下幾個方面：

首先，運用散曲成功生動地表現了人物的心理、內心的幽隱。塑造成功的人物形象，是小說藝術的終極追求。就明代四大奇書來說，如果說《三國演義》《水滸傳》和《西遊記》主要是靠驚天動地的事件、英雄人物的赫赫功業或引人入勝的故事而讓自己的人物站立起來的話，那麼《金瓶梅》作為第一部以家庭日常生活為主要描寫對象的長篇小說，作者則主要是通過大量生活瑣事、細節描寫與心理描寫讓自己的主人公栩栩如生的。而散曲作為一種廣為市民熟悉並廣泛運用於實際生活的抒情文學樣式，作者非常自然地讓其在小說中擔負起了塑造人物的任務。具體說來，就是作者充分發揮了散曲藝術表情達意的優勢，巧妙地運用散曲來表現人物的各種內心幽隱。這既可以看作是小說對散曲藝術的移植，又可以看作是作者對生活的忠實。因為生活於小說第一主人公西門慶周圍

的所有女子，包括他的妻妾（她們或為市民社會的普通女子，或為來自於聲色歌舞之地的秦樓楚館），與他有性關係的市民女子，乃至於妓院的粉頭，無一不是生活在歌繞舞伴的環境。如第八回連用八支散曲，表現潘金蓮複雜的心情。本回寫潘金蓮與西門慶、王婆合謀害死武大郎後，西門慶卻將潘金蓮置於腦後，先娶了擁有大量錢財的孟玉樓，約一個月不理睬潘金蓮，打發王婆去請也無結果。潘金蓮望眼欲穿，心煩意亂，心情沉悶，作者連用散曲幾支表現潘金蓮的情緒變化：首先是潘金蓮試打相思卦，看西門慶是否會來，這裡借用兩首〈山坡羊〉描寫潘氏打卦時的神態與心理活動：

> 凌波羅襪，天然生下。紅雲染就相思卦。似藕生芽，如蓮卸花。怎生纏得些娘大？柳條兒比來剛半扠。他，不念咱；咱，想念他。
>
> 想著門兒私下，簾兒悄呀。空教奴被兒裡叫著他那名兒罵。你怎戀煙花，不來我家。奴眉兒淡淡教誰畫？何處綠楊拴繫馬。他，辜負咱；咱，念戀他。

將潘金蓮的思念、寂寥、埋怨、惱恨、指責、猜測等心理寫得入情入理，絲絲入扣。從藝術的角度看，也顯得自然貼切，毫不牽強。接著是她無意中看到從門首經過的西門慶的貼身小廝玳安，瞭解到西門慶之所以不來是因為新娶了孟玉樓，於是以一曲〈山坡羊〉代言，向玳安訴說心事：

> 喬才心邪，不來一月。奴繡駕衾曠了三十夜。他俏心兒別，俺癡心兒呆。不合將人十分熱。常言道容易得來容易捨。興，過也；緣，分也。

然後是寫一首〈寄生草〉讓玳安轉交西門慶：

> 將奴這知心話，付花箋寄與他。想當初結下青絲髮，門兒倚遍簾兒下，受了些沒打弄的耽驚怕。你今果是負了奴心，不來還我香羅帕。

在西門慶仍無音信的情況下，不得不安排酒肉與王婆吃，並送上一根金頭銀簪子，求她去請西門慶。王婆走後，她寂寞難耐，自彈琵琶，連唱四首〈綿搭絮〉訴說心理：

> 當初奴愛你風流，共你剪髮燃香，雨態雲蹤兩意投。背親夫，和你情偷。怕甚麼傍人講論，覆水難收。你若負了奴真情，正是緣木求魚空自守。
>
> 誰想你另有了裙釵，氣的奴似醉如癡，斜傍定幃屏故意兒猜。不明白，怎生丟開。傳書寄柬，你又不來。你若負了奴的恩情，人不為仇天降災。
>
> 奴家又不曾愛你錢財，只愛你可意的冤家，知重知輕性兒乖。奴本是朵好花兒，園內初開。蝴蝶餐破，再也不來。我和你那樣的恩情，前世裡前緣今世裡該。

心中猶豫輾轉成憂，常言婦女癡心，惟有情人意不周。是我迎頭，和你把情偷。
鮮花付與，怎肯干休。你如今另有知心，海神廟裡和你把狀投！

　　潘金蓮自彈自唱的這四首曲子，移植於《雍熙樂府》，但又根據故事情節要求和人
物心理發展的需要作了很大的改動。從自己背棄親夫、不顧世人議論、捨棄一切與西門
慶偷情，說到西門慶負恩絕情，另尋新歡，必遭報應；再講自己不為錢財，只重兩情相
悅，你我緣分；最後由自身遭遇說明男女對待感情的不同態度，從而揭示出這種不公的
現實，聲言不肯甘休，要折辯到底的決心。有敘有議，有情有怨，有軟有硬，有理有據，
層層遞進，將複雜的心思和盤托出。如果用散文的語言來讓作者描述，很難達到這樣的
效果。同時說明，《金瓶梅詞話》的作者對當時流行的散曲非常熟悉，並能夠在自己的
創作中信手拈來為自己所用，並進行恰倒好處的改動，這恐怕不能簡單理解為作者缺乏
創造的才情，而應視作對散曲藝術合乎藝術邏輯的移植。這種情況在小說中屢見不鮮。
又如第十二回西門慶在妓院貪戀李桂姐姿色，半月不曾回家。吳月娘派小廝玳安去接西
門慶，潘金蓮托玳安捎去一封束帖道：「黃昏想，白日思，盼殺人多情不至。因他為他
憔悴死，可憐也繡衾獨自。　燈將殘，人睡也，空留得半窗明月。孤眠心硬渾似鐵，這
淒涼怎捱今夜？」這首〈落梅風〉，係將《雍熙樂府》中的兩首〈落梅風〉合二為一移
植過來，稍作改動，作為書信的形式表達潘金蓮的內心世界，顯得十分貼切，絲毫不見
牽強。他如第十九回陳經濟與潘金蓮調情被孟玉樓攪散，陳經濟歸房後用一首〈折桂令〉
遣發鬱悶；第二十回通過孟玉樓、潘金蓮、李嬌兒等「聽見唱」的〈合笙〉「喜得功名
遂」中的數句，生動地表現出優人的趨奉、西門慶對新娶過門的李瓶兒的寵愛、潘金蓮
的嫉妒以及吳月娘的醋意等等；第三十八回用了幾乎半回的篇幅，讓潘金蓮連唱四首〈二
犯江兒水〉，內容與人物情感的起落、發展水乳交融，並且根據人物情感發展的需要增
加了不少內心獨白性的文字，細膩地表現出潘金蓮複雜隱微的情感世界，從而成為人物
形象的有機組成部分；第五十回妓女金兒為玳安、書童所唱的〈山坡羊〉，對自己不幸
的賣笑生活的感歎；第五十九回李瓶兒所唱的三支〈山坡羊〉，表達喪子之痛；第六十
五回西門慶吩咐小優兒唱〈普天樂〉「洛陽花，梁園月」，既表現出他對亡故的李瓶兒
的思念，也同時通過潘金蓮聽曲後與吳月娘的對話，表現出潘氏的妒意與吳月娘的惱恨，
可謂一石三鳥，別具匠心；第七十三回吳月娘讓鬱大姐唱的套曲〈玉交枝〉，隱約流露
出她對西門慶冷落自己、讓自己孤守空房的怨懟以及希望夫妻恩愛的心曲；第七十四回
吳月娘又讓妓女李桂姐唱〈月中花〉「更深靜悄」，曲折地表達對西門慶薄情的惱怨；
第八十三回連用〈寄生草〉〈雁兒落〉〈河西六娘子〉〈四換頭〉〈紅繡鞋〉等曲表現
陳經濟、潘金蓮的心理等等。可以毫不誇張地說，如果不是這些散曲的成功移植，《金

瓶梅》的人物畫廊就要黯淡失色，中國小說史上就會缺少這一大群鮮活的人物。

　　散曲大多用於表現人物心理，這是由散曲抒情的性質所決定的，但散曲又具有一定的敘事功能。《金瓶梅詞話》中的散曲在很多情況下又起到了推動情節發展的作用，或者與情節的發展融為一體。情節是人物性格成長的歷史，在世情小說中，它主要由諸多反映人物之間、人物與環境之間相互關係的具體的瑣碎的事件構成，它以現實生活為基礎，以表現、深化主題以及塑造生動典型的人物形象為指歸。一方面，人物性格在情節的發展中得到充分的揭示；但另一方面，人物的性格又在很大程度上決定著情節發展的基本走向。西門慶與其妻妾的情感故事是《金瓶梅》所描寫的主要內容之一，而在這個家庭中，各個人物都是衣食無憂，整天無所事事，生命力旺盛，充滿激情，他們生活的環境淫風熾盛、聲色充斥，酒足飯飽之餘聽曲逗樂是他們的必有功課。瑣碎的日常生活場景又是世情小說表現的主要對象，現實中無處不唱的散曲也自然被作者借用來作為編織故事的重要手段。拿陳經濟與潘金蓮兩個人物來說，第七十九回西門慶死後，小說花了大量篇幅以他們為中心來展開情節，如第八十回「陳經濟竊玉偷香」，第八十二回「陳經濟畫樓雙美」，第八十三回「春梅寄柬諧佳會」，第八十五回「月娘識破金蓮姦情」，第八十六回「雪娥唆打陳經濟」等等，而陳經濟與潘金蓮的交往，在很多場合下是通過互寄散曲來淫邀豔約、偷香竊玉，而以後潘金蓮之死，春梅被賣，孟玉樓嫁與李衙內後陳經濟前去敲詐，以及陳經濟後來以表弟的名義被春梅招到周守備府通姦等等情節，無不在潘金蓮與陳經濟散曲的唱和中作了暗示與埋伏。從這個意義上說，散曲又是小說情節發展的重要契機。

　　再次，散曲還有重要的寓意、預示功能。作者並非單純地將散曲鑲嵌、移植於小說中，有時這些曲子與小說情節或人物命運接榫，起到預示情節發展、暗寓人物命運的作用。如第六十一回「韓道國筵請西門慶　李瓶兒苦痛宴重陽」，西門慶合家宅眷飲酒慶賞重陽佳節，請來申二姐唱曲。李瓶兒在兒子官哥兒死後抑鬱成疾，大家都為其寬心。西門慶點了一支〈羅江怨〉「四夢八空」。此曲表面上表達的是男女情思，但將李瓶兒的病情與曲中「懨懨病轉濃，甚日消融？……恩多也是個空，情多也是個空，都做了南柯夢」，「伊西我在東，何日再逢？……思量他也是空，埋怨他也是空，都做了巫山夢」，「恩情逐曉風，心意懶慵。……虧心也是空，癡心也是空，都做了蝴蝶夢」，「惺惺似懵懂，落伊套中。……得便宜也是空，失便宜也是空，都做了陽臺夢」等參照來看，實際上是在暗寓李瓶兒與西門慶的恩愛難以長久。又如第七十二回「王三官拜西門為義父　應伯爵替李銘釋冤」，寫王招宣府設宴答謝西門慶，西門慶給林太太祝壽，王三官拜西門慶為義父，席間小優彈唱一套包含十多支曲子的〈新水令〉「翠簾深小」，係據明代劉東生《月下老定世間配偶》第四折改寫而成。劉東生原作今不存，但從劇名可推知所敷

演的無非兩情相悅、婚姻匹配之內容。席間彈唱此曲，顯然暗寓林太太與西門慶的曖昧關係。

最後，借散曲來烘托氣氛。散曲承詞而來，而詞從根本上說是緣於酒宴間烘托氣氛、勸酒助興的需要而產生。那麼，從詞演變而來的散曲在很大程度上也必然承擔起烘托氣氛、添樂助興的任務。前文說過，散曲是明代市民社會日常生活的精神消費品，根源就在於它能滿足人們的享樂需要。試想，親朋聚會，官場宴飲，或家庭小酌，面對歌兒舞女的款款舞姿，傾聽妓女優伶的圓潤歌喉，那種陶醉愜意是無法用言語說透的。這種聲色世界，也只有官場或衣食無憂的市民暴發戶們才會想望，而對於那些食不果腹的一般百姓來說，是不敢有此奢望的。這就是《金瓶梅》中為什麼散曲的詠唱多在西門府邸、煙花妓院或官場宴飲場合的原因。詠唱什麼曲子，有時是主人或客人要求優人唱的，有時則是優伶自己根據特定場合的需要而自己選擇的。但不管處出於什麼情況，所唱曲子往往與特定場合的氣氛要求相吻合。如小說第二十一回「吳月娘掃雪烹茶　應伯爵替花勾使」提到兩支散曲：一是西門慶與吳月娘言歸於好，眾妻妾舉家慶賀，西門慶的四個家樂彈唱〈南石榴花〉「佳期重會」，與當時的情景完全吻合；一是應伯爵、謝希大受妓院李桂姐家所托，邀請西門慶到妓院，李家置酒賠禮，席間李銘唱了一套〈冬景·絳都春〉「寒風布野」，與當時的風雪天氣相一致。其他如第二十七回三伏天氣酷暑難當，西門慶與妻妾四人在涼亭上飲酒，孟玉樓與潘金蓮唱〈雁過聲〉「赤帝當權耀太虛」，一陣雷雨過後大家又唱〈梁州序〉「向晚來雨過南軒」；第三十回西門慶與諸妻妾夏日在家賞荷飲酒，西門慶吩咐春梅等唱的「人皆畏夏日」；第六十一回韓道國宴請西門慶，申二姐所唱的表現男女相悅、閨人相思的〈山坡羊〉；第六十五回山東巡撫都御史侯蒙、巡按監察御史宋喬年等兩司八府官員借西門慶府邸宴請六黃太尉，伶官唱的一套〈南呂·一枝花〉「官居八輔臣」等等，無不與時情時景相融合，起到了極好的烘托氣氛的作用。

當然，《金瓶梅詞話》移植或創作的散曲也有其失誤之處。比如在有的場合，只提曲名即可，對小說情節的展開、主題的表達以及人物的塑造毫無影響，而不必將整套曲子搬用過來，但作者還是不惜篇幅，對整支曲子作了移植，顯然有蛇足之嫌，藝術上亦顯得累贅。但總的來說，絕大部分場合中的散曲在藝術上還是起了重要作用的。同時也是因為這些散曲的嵌入，才大大增加了小說的史料價值與民俗價值。

# 《金瓶梅》《紅樓夢》對讀

就目前所見的資料，最早把《紅樓夢》與《金瓶梅》作比附，認為《金瓶梅》的藝術描寫對《紅樓夢》發生了直接影響的是《脂硯齋重評石頭記》中的三條批語。其中第十三回「秦可卿死封龍禁尉　王熙鳳協理寧國府」寫到賈珍為兒媳婦秦可卿買棺材板，在「賈珍笑問：『價值幾何』」一段，甲戌本（1754）眉批道：

> 寫個個皆知（庚辰本作「到」），全無安逸之筆，深得《金瓶》（庚辰本無「瓶」字）壺（壼）奧。

第二十八回「蔣玉菡情贈茜香羅　薛寶釵羞籠紅麝串」寫薛蟠、馮紫英、賈寶玉、蔣玉菡等人說酒令，在薛蟠說酒令一段，甲戌本眉批：

> 此段與《金瓶梅》內西門慶、應伯爵等在李桂姐家飲酒一回對看，未知孰家生動活潑（潑）？

最後一則是在第六十六回「情小妹恥情歸地府　冷二郎一冷入空門」，柳湘蓮懷疑尤三姐的品行，而後悔倉促與其訂婚，對寶玉罵寧國府道：「你們東府裡除了那兩個石頭獅子乾淨，只怕連貓兒、狗兒都不乾淨。我不做這剩王八。」己卯本（1759）夾批云：

> 極奇（庚辰本作「奇極」）之文，極趣之文。《金瓶梅》中有云「把忘八的臉打綠了」，已奇之至，此云「剩王八」，豈不更奇？

這幾則批語，實際上已指出《紅樓夢》在場面描寫、人物塑造及語言運用等方面無不受到《金瓶梅》的啟迪。作為與曹雪芹關係極為密切的脂硯齋，親口道出曹雪芹創作《石頭記》時曾借鑒了《金瓶梅》，使我們完全有理由作出這樣的推測：曹雪芹和脂硯齋等均閱讀並深研過《金瓶梅》，同樣作為通過對一個家庭的解剖來廣泛反映現實社會生活的《石頭記》，寫作中受到了《金瓶梅》創作藝術的有益啟發。

之後，清代張新之、張其信、張文虎等人在將《紅樓夢》與《金瓶梅》的對讀中，發現了兩書的許多相似之處。張新之在其《妙復軒評石頭記》卷首〈紅樓夢讀法〉中認為「《紅樓夢》……借徑在《金瓶梅》」：

《紅樓夢》是暗《金瓶梅》，故曰意淫。《金瓶梅》有「苦孝說」，因明以孝字結；此則暗以孝字結。至其隱痛，較作《金瓶》者為尤深。《金瓶》演冷熱，此書亦演冷熱；《金瓶》演財色，此書亦演財色。

張其信在〈紅樓夢偶評〉中亦曰：「意淫。此書從《金瓶梅》脫胎，妙在割頭換像而出之。彼以話淫，此以意淫也。」天目山樵張文虎更迂腐地認為《紅樓夢》寫淫之危害較《金瓶梅》為甚：「《紅樓夢》實出《金瓶梅》，其陷溺人心則有過之。」

這幾則評語都指出《紅樓夢》是借鑒《金瓶梅》而創作出來的寫男女之情的小說，其成就又在《金瓶梅》之上。其中所謂的「苦孝說」、演冷熱、罪財色等看法，顯然是受到張竹坡觀點的影響。當然，認為兩書旨在寫淫，貽害世道人心，則屬封建文人的夫子之道，不足為訓。

靜庵、蘭皋居士、諸聯的持論與上述說法有別。靜庵曰：「前人謂《石頭記》脫胎此書（按指《金瓶梅》），亦非虛語。所不同者，一個寫才子佳人，一個寫姦夫淫婦；一個寫一紈袴少年，一個寫一市井小人耳。至於筆墨之佳，二者無可軒輊。」[1]蘭皋居士指出《紅樓夢》「大略規仿吾家鳳洲先生所撰《金瓶梅》，而較有含蓄，不甚著跡，足饜讀者之目」[2]。諸聯認為《紅樓夢》「脫胎於《金瓶梅》，而褻嫚之詞，淘汰至盡。中間寫情寫景，無些點牙後慧。非特青出於蘭，直是蟬蛻於穢」[3]。意為《紅樓夢》借鑒了《金瓶梅》的創作經驗，但一洗後者的淫詞穢語，將男女之情的描寫昇華到了一個新的境界，寫景摹情的筆墨也別出機杼。包柚斧亦有相同的看法。他在〈答友索說部書〉中談到：

> 語有之：取法乎上，僅得乎中；取法乎中，僅得乎下。斯說亦不儘然。善學不善學，惟視作者眼光筆力與其平日之學問經驗淺深遠近如何耳。是故《青樓夢》之脫胎《紅樓》，不善脫胎者也；《花月痕》之脫胎《紅樓》，善脫胎而猶不免跡象者也。《覺後傳》《牡丹緣》《癡婆傳》《奇僧緣》等書之脫胎《金瓶梅》，不善脫胎者也；《紅樓夢》之脫胎《金瓶梅》，善脫胎而已幾於神化者也。[4]

這是就宏觀上指出《紅樓夢》汲取了《金瓶梅》的創作經驗但又遠遠高出《金瓶梅》之上，達到了出神入化的境界。蒙古族紅學家哈斯寶則從微觀上也即兩部小說的具體情節方面指出《紅樓夢》對《金瓶梅》的超越。如他在《新譯紅樓夢回評》第九回「西廂

---

1　靜庵〈金屋夢識語〉，《金瓶梅續書三種（下）》，濟南：齊魯書社1988年，第1頁。
2　蘭皋居士〈綺樓重夢楔子〉，《綺樓重夢》卷首，北京：北京大學出版社1990年。
3　諸聯〈紅樓評夢〉，見黃霖《金瓶梅資料彙編》，北京：中華書局1987年，第268頁。
4　《遊戲雜誌》1914年第5期。

記妙詞通戲語　牡丹亭豔曲警芳心」的回評中說：

> 我讀《金瓶梅》，讀到給眾人相面，鑒定終生的那一回，總是讚賞不已。現在一讀本回，才知道那種讚賞委實過分了。《金瓶梅》中預言結局，是一人歷數眾人，而《紅樓夢》中則是各道出自己的結局。教他人道出，哪如自己說出？《金瓶梅》中的預言浮淺，《紅樓夢》中的預言深邃，所以此工彼拙。

顯然，這些見解一反前說的道學氣，從宏觀到微觀，從情的細描到景的渲染，客觀地評價了《紅樓夢》與《金瓶梅》的創作得失，是比較符合作品實際的。

姚錫鈞在 1916 年《春聲》第一集上署名鵷雛發表了〈稗乘譚雋〉一文，論及了《金瓶梅》《紅樓夢》的不同藝術風格及後者對前者的借鑒：

> 《金瓶梅》如急湍峻嶺，殊少迴旋；《石頭記》如萬壑爭鳴，千岩競秀。《金瓶梅》如布帛粟食，僅資飽暖；《石頭記》如瓊裾玉佩，儀態萬方。此皆以文論也。
> 詞家北宋得美成，南宋得夢窗，而白石峙其中，為蜂腰焉。以我所見，說部中《水滸》《金瓶梅》《石頭記》殆亦相似。《水滸傳》大刀闊斧，氣象萬千，為之初祖。《金瓶》一變而為細筆，狀閭閻市井難狀之形，故為雋上。《石頭記》則直為工筆矣。然細跡之，蓋無一不自《金瓶》一書脫胎換骨而來。《金瓶梅》第一回「武大郎冷遇武二郎　西門慶熱結十兄弟」，「冷熱」二字於篇首揭出，即為全書之幹。熱處有冷，熱即為冷之端；冷處應熱，冷即為熱之果。映帶生發，不出二者，令讀者時有臘月三十夜聞樓子和尚高唱之感。《石頭記》首題「真假」，已更勘進一層，然「冷熱」為「真假」之現象，「真假」即「冷熱」所由來。花落子盈，初無二致，闡發天人之際，激揚清濁之中，無餘蘊矣。《石頭記》一部大書，線索卻在甄士隱發端。佛火蒲團，霜鐘清磬中，吐露出浮華草露之感。與《金瓶梅》發端一詞所謂玉堂金馬、竹籬茅舍，一例都無據；翻雲覆雨，橫顛豎倒，世事都如許者，蓋有同感焉。
> 《石頭》多詞曲，《金瓶》多小曲；《石頭記》繪閥閱大家，《金瓶梅》寫井市編戶；各有所當也。然《石頭記》詞曲，恰未臻上乘。
> 絳珠魂返後之大觀園，與春梅遣嫁後之紫石街，宏深闃闠，蔓草荒煙，同寫出盛衰不常之感，蓋石既空頑，而梅魂不返矣。

姚氏在此道出以下幾層意思：一、《金瓶梅》與《紅樓夢》在文學風格上的區別在於前者描寫直率，內涵明瞭，讓讀者一覽無餘；後者筆法隱曲，意蘊豐厚，讓讀者回味無窮。它們有著「下里巴人」與「陽春白雪」、粗率與精微的區別。二、《紅樓夢》變

《金瓶梅》的「細筆」為「工筆」，但卻是在後者基礎上的提高。三、兩部書的詞曲運用各臻其妙，與各自所表現的題材十分吻合。四、《金瓶梅》在氣氛渲染、環境描寫等方面都影響了《紅樓夢》。

眾所周知，《水滸傳》《金瓶梅》《紅樓夢》是中國小說史上的三座光輝里程碑，標誌著中國長篇小說從產生到發展成熟、最後達到峰巔的演變軌跡，在文學史上都占據著不可替代的地位，所以評論者大都將這三書並提，如平子在《小說時報·小說新語》中就將它們並列，曼殊指出「《金瓶梅》之聲價，當不下於《水滸》《紅樓》」[5]，天僇生提出《水滸傳》《金瓶梅》《紅樓夢》同為說部中「好而能至者」，均有「觀止之歎」[6]，陳獨秀甚至提出了《紅樓夢》的「清健自然，遠不及」《金瓶梅》的有失公允的觀點[7]。

以上這些論述，儘管是隨筆式的片鱗隻爪，很難說得上系統，但已從各個方面或詳或略地指出了《紅樓夢》與《金瓶梅》的密切關係以及前者對後者的繼承與提高。這些都給後世的《金瓶梅》與《紅樓夢》對比研究提供了有益的借鑒。

中華人民共和國成立以後，《紅樓夢》的研究一直是古典文學研究領域的「顯學」。儘管在一段時間裡人們對《金瓶梅》諱莫如深，但在探討《紅樓夢》的成就時卻又無法割斷中國古典小說的發展歷史而不得不涉及《金瓶梅》。著名紅學家俞平伯在其《紅樓夢研究》中指出：「《紅樓夢》之脫胎於《金瓶梅》，自無庸諱言。」給《紅樓夢》「以最直接的影響的，則為明代的白話長篇《金瓶梅》」[8]。毛澤東更是稱讚「《金瓶梅》是《紅樓夢》的祖宗，沒有《金瓶梅》就寫不出《紅樓夢》」[9]。這些看法既是前人觀點的承續，又代表著當代學者的學術共識。

以上我們通過對清人、今人的評論的簡單回顧可以看出：《紅樓夢》的結撰在多方面借鑒了《金瓶梅》的藝術創作經驗，或者說曹雪芹在編織他的皇皇巨著《石頭記》時，深受明代中葉的蘭陵笑笑生《金瓶梅》的啟發，這已成為不刊之論。本文我們擬從藝術結構、情節編織、細節場面描摹、寫人藝術等方面探討《紅樓夢》對《金瓶梅》的借鑒與繼承，以及在其基礎上的創新與提高。

---

5　〈小說叢話〉，《新小說》1904 年第 8 期。見黃霖《金瓶梅資料彙編》，北京：中華書局 1987 年，第 305 頁。

6　〈中國三大家小說論贊〉，《月月小說》1908 年第二卷第二期。

7　陳獨秀〈答胡適〉，《新青年》第三卷第四號，上海：上海群益書社民國六年。

8　俞平伯《點評紅樓夢》，北京：團結出版社 2004 年，第 233 頁、第 336 頁。

9　龔育之等《毛澤東的讀書生活》，上海：生活·讀書·新知三聯書店 2005 年，第 235 頁。

# 一、藝術結構

## (一)「因一家而及社會」

　　清人楊懋建說：「《金瓶梅》極力摹繪市井小人，《紅樓夢》反其意而師之，極力摹繪閥閱大家，如積薪然，後來居上矣。」[10]說二書有描寫對象上「市井小人」與「閥閱大家」的不同，只是看到了問題的表面意蘊。我們說，蘭陵笑笑生與曹雪芹的意圖並非只是去摹寫一個家庭的興衰際遇，更是要通過家庭這一社會的基本細胞去展示整個時代、整個社會的方方面面。而這也正是人們之所以把《金瓶梅》與《紅樓夢》譽為 16 世紀與 18 世紀中國社會百科全書式的不朽傑作的原因所在。

　　在中國小說史上，不同於《三國演義》《水滸傳》《西遊記》的對帝王將相、綠林好漢、神佛仙道的拳拳關注，而將筆觸從往古渺遠的戰場廝殺、英雄豪傑的逞狠鬥武以及仙魔佛道的上天入地，拉回到現實世界、平凡人生的是蘭陵笑笑生。他通過對一個家庭的細緻解剖，深刻地揭示了 16 世紀中國社會的時代本質。《金瓶梅》出現在中國資本主義生產關係萌芽的明代後期，它描繪了由破落戶地主而從事商業經營的西門慶在社會急劇變革、經濟新質萌生的時代重新作出的理性選擇：要在這個宗法強權政治尚且穩固的社會獲得發展，就必須不擇手段地拼命賺錢，之後再用金錢去打通能讓自己賺取更多財富的各個關節。於是，他採用各種手段，貪婪地攫取錢財。娶寡婦，納名妓，放高利貸，欺行霸市，驟然暴富。錢袋膨脹後，便大膽地去向阻礙他攫取錢財的封建機構索取通行證，肆無忌憚地侵蝕業已千瘡百孔的封建肌體。西門慶所走的是一條獨特的由破落戶而暴富，由暴富而顯貴，再由顯貴到更加暴富的發家之路。《金瓶梅》揭示的是中國 16 世紀一介奸商在封建肌體內部的產生、發展以及要取得發展又不得不投靠既孕育自己又為自己異己的專制政權，以及封建肌體既孕育出自己的異己力量又飽受這種異己力量侵蝕的社會現實。西門慶如果不是荒唐地因為縱欲而暴亡，他的發展前景很可能就是官僚資本家。資本主義經濟為何在中國社會姍姍來遲而又發展緩慢，一部《金瓶梅》，一個西門慶，就是明白的答案。商與官沆瀣一氣，商人力圖衝開封建宗法社會套在自己脖子上的枷鎖，且在一定程度上對其表現出相當的輕蔑，但終究逃脫不了這個龐大肌體的鉗制，這就是《金瓶梅》的形象世界所昭示的中國 16 世紀經濟的本質。

　　如果說《金瓶梅》主要是從物質的、經濟的層面揭示出了封建肌體的異己力量在吞

---

10　《京塵雜錄》，清光緒同文書局石印本。見黃霖《金瓶梅資料彙編》，北京：中華書局 1987 年，
　　第 276 頁。

噬這個肌體本身，來加速其腐爛的話，那麼《紅樓夢》則借取《金瓶梅》這種由一家而及社會的寫作創意，筆觸由外而內，從物質與精神的雙重層面揭露這個肌體內部是如何的糜爛以及它的上層建築內部異己力量的涵育與發展：政老爺、王夫人、鳳姐們苦心支撐的榮國府，物質生活的揮霍靡費，入不敷出，坐吃山空，不思改革；珍、璉、蓉大爺們的精神空虛，吃喝嫖賭，得過且過，坐視封建家族的敗落而無動於衷；更別說在意識形態領域幾乎與封建家長意志發生全面衝突的寶二爺的叛逆了。《金瓶梅》借助一個具有濃厚封建性質的奸商家庭的發跡史，反映出封建宗法政權的必然滅亡；《紅樓夢》則青出於藍，作了進一步的開拓，通過對一個鐘鳴鼎食、詩禮簪纓的百年望族的沒落過程的仔細描摹，預示了封建社會「忽喇喇似大廈傾」的歷史命運。

我們認為，《金瓶梅》借一個家庭去全方位透視 16 世紀的中國社會，主要是通過三個層面進行：一是封建社會的最高層——朝廷重臣，諸如朝中四奸之一、崇政殿大學士兼吏部尚書蔡京輩的招權納賄，結黨營私，賣官鬻爵，禍國殃民；資政殿大學士兼禮部尚書李邦彥輩的貪贓枉法，褻瀆律例，以及皇帝的欽差六黃太尉的目中無人，飛揚跋扈等等。二是封建機構的方面大員及統治者擢拔的所謂優秀人才，諸如宋御史、蔡狀元、安進士之流的貪婪勒索，假公濟私，濫用權柄，胡作非為。這些官僚們的行事，已經遠遠偏離了封建統治者銓選人才的初衷，不僅沒能為這個業已凋零的政權輸入新鮮血液，他們反而成了這座封建大廈的蛀蟲。三是地方基層貪官污吏們的徇私賣法，為害一方，諸如清河縣知縣李達天，鈔關主事錢龍野，山東提刑所掌刑金吾衛正千戶夏延齡等。西門慶的金錢上而買轉朝廷，中而驅動官僚，下而役使地方。而在這種買轉、驅動與役使中，西門慶一次次如願以償，用錢財換來了所需的一切。然而可悲的是，西門慶並沒有像歐洲資產階級那樣力圖擺脫封建意識形態的種種束縛，去獲取自己獨立的發展，在政治上、經濟上以一種嶄新的面目出現在歷史的舞臺，而是走上了與封建階級同流合污的歧途。這就是 16 世紀中國封建經濟內部孕育出的畸形兒的實質。它在發展中開始是腐蝕然而最終卻逃脫不了與它的對立面同流合污的命運，最後終於在強大的封建宗法政治的鉗制下喪失了自我。在作者看來，封建統治階級不可挽回地走向滅亡，這已是大勢所趨，但加速其肌體腐爛的奸商也是唯知肉體享樂的精神白癡，同樣不配有更好的命運。《金瓶梅》深刻的思想意蘊，在這裡得到了發人深省的昭示。

《紅樓夢》借徑在《金瓶梅》卻又不同於、進而高於《金瓶梅》。與後者相似，它在結構方面也是借一家而及社會，通過對一個封建貴族家庭的描寫而勾連當時的整個社會，上自宮廷，下至農村。但與《金瓶梅》不同的是，曹翁不僅揭露了官場的齷齪、社會的腐朽，預示了這個社會必然走向滅亡的歷史趨勢，而且寫出了生活中美的存在以及封建勢力對美的殘酷吞噬。大觀園這個充滿生機的女兒國，正是作者對生活中美的發掘，

表現出作者內心深處對美的無限憧憬;而這一群充滿青春活力的女子的煙消雲散,歸於毀滅,又飽含著作者對戕害美的一切醜惡的痛惡之情。它從更深的層次向人們昭示,這個社會之所以腐朽,不僅僅在於它本身的千瘡百孔,無可療救,更在於它容不得任何積極的、健康的、光明的東西存在於世。美儘管毀滅、夭折了,但那種「有價值的東西」的毀滅,不僅引發讀者對封建黑暗勢力的痛恨與詛咒,而且啟迪人們對光明終究戰勝黑暗的明天的堅定希冀。二者相比,《金瓶梅》對社會原生態的真實展示有餘,而在對生活本質的挖掘方面則失之不足。《紅樓夢》不少情節、場面看似原生態的社會存在,但它妙在對這些原生態的社會生活場景作了不著痕跡的提煉與加工,而且在反映生活本質的同時創造出了撼人心扉的崇高的理想境界,對原生態的生活場景作了理性的、合乎客觀實際的、極富有詩意的昇華。

## (二)情節線索

關於《金瓶梅》與《紅樓夢》的結構線索,目前學術界尚有多說。我認為,《金瓶梅》主要有兩條線索,一條是西門慶的家庭婚姻線,一條是西門慶的發跡變泰線也即商、官合流線。統攝這兩條線索的,是對金錢無饜索取的商賈意識。西門慶所聯結的婚姻,是說不上愛更談不上情、只是以錢欲與淫欲為內容的男女媾合。他發跡過程中娶名妓李嬌兒,納富孀孟玉樓,通有夫之婦李瓶兒,除了色欲的因素,更大程度上是為了物欲財欲的滿足,這從他勾搭上潘金蓮並與王婆合謀指使潘金蓮毒死武大郎後,正欲納潘金蓮為妾時,聽到媒婆薛嫂介紹孟玉樓手中有一份好錢財,便馬上將潘金蓮置於腦後,迫不及待地先納孟玉樓為妾一事就可得到印證。

西門府這個具有封建與市井雙重特色的家庭,是 16 世紀中葉中國社會的特有產物。就整部小說的情節看,連接在這條家庭婚姻線上的有:第一至第六回西門慶與潘金蓮的故事（包括潘金蓮憎夫、王婆牽線、西門慶潘金蓮通姦、鄆哥大鬧、武大捉姦、受傷、被毒死等）,楊姑娘與張四舅之罵、孟玉樓嫁西門慶（第七回）,西門慶娶潘金蓮（第九回）,潘金蓮、龐春梅結怨孫雪娥（第十一回）,西門慶梳籠李桂姐（第十一回）,潘金蓮私通小廝遭打受辱（第十二回）,劉理星為潘金蓮回背（第十二回）,西門慶與李瓶兒通姦（第十三回）,花子虛吃官司、因氣喪身（第十四回）,李瓶兒招贅蔣竹山（第十七回）,草裡蛇邏打蔣竹山（第十九回）,西門慶大鬧麗春院（第二十回）,吳月娘與西門慶慪氣、和好（第二十一回）,西門慶私通宋惠蓮（第二十二回）,惠祥與惠蓮大打出手（第二十四回）,西門慶遞解來旺兒（第二十五回）,宋惠蓮自縊身亡（第二十五回、第二十六回）,西門慶包占王六兒（第三十三回至三十七回）,李瓶兒生子受寵（第四十回）,西門慶與喬大戶結親、潘金蓮與李瓶兒鬥氣（第四十一回）,節日遊樂嬉戲（第四十二回、第四十六回）,李桂姐躲禍西門之宅（第

五十一回），官哥兒遭潘金蓮暗算、夭折（第五十九回），李瓶兒之死（第五十九回至六十七回），西門慶姦通林太太（第六十八回、第六十九回、第七十二回、第七十八回），西門慶姦通鄭愛月、賁四嫂（第七十七回），西門慶貪欲暴亡（第七十九回），陳經濟私通潘金蓮、龐春梅（第八十回、第八十二回、第八十三回），李嬌兒盜財歸院（第八十回），吳月娘發賣龐春梅（第八十五回），陳經濟、潘金蓮被吳月娘驅逐出門（第八十六回），潘金蓮、王婆被殺（第八十七回），來旺兒盜拐孫雪娥、孫雪娥被發賣（第九十回），孟玉樓改嫁李衙內（第九十一回），陳經濟淪落街頭（第九十二回至九十四回），陳經濟與春梅的私通、被殺、春梅之死（第九十六回至九十九回）等等。對這個家庭生活瑣事及其相關事件的細膩描寫，占據著小說的大量篇幅。

同時，《金瓶梅》所寫的家庭生活屬於 16 世紀中國社會這個特定的時代，主人公西門慶又是一個亦官亦商的人物，那麼要達到更加深刻而廣泛地反映出生活本質的目的，勢必要涉及當時的政治、經濟、法律、道德等上層建築。於是，作品圍繞著西門慶的發跡變泰，又安排了一系列富有深刻意義的情節。如：西門慶用金錢買得武松充配孟州（第十回），宇文虛中參劾提督楊戩（第十七回），西門慶派來保到東京行賄免禍（第十八回），西門慶賄買夏提刑、李知縣等遞解來旺兒、處置宋仁（第二十六回），西門慶派來保帶厚禮到東京為蔡京祝壽，從而躋身官列（第三十回），西門慶與翟謙的勾結，與蔡狀元的結交、相互利用（第三十六回），西門慶貪贓枉法，私放殺人犯苗青（第四十七回），曾御史參劾西門慶與夏延齡，蔡京奏行七件事媚上誤國（第四十八回），西門慶結交宋巡按（第四十九回），西門慶到東京為蔡京祝壽，拜為乾爹（第五十五回），眾官員借西門慶宅宴請六黃太尉（第六十五回），西門慶升為提刑正千戶，參拜朱太尉（第七十回、第七十一回），西門慶斥逐溫秀才（第七十六回）等等。這兩條線索相輔相成，交錯展開；附著其上的情節也互為因果，相互推動，從而將中國 16 世紀社會生活的全貌展示給讀者。

《紅樓夢》的結構借鑒了《金瓶梅》但卻反其意而用之。它實際上也存在著兩條明顯的情節線索，即愛情婚姻線與賈府衰落線。作者就是圍繞這兩條線去描寫大大小小事件的發展和方方面面的人物活動，從而全面而深刻地揭示出 18 世紀中國封建社會的本質。就愛情婚姻這條線索而言，不同於《金瓶梅》中以西門慶與他周圍女性的淫靡縱欲的市井粗俗匹夫的生活為中心，《紅樓夢》則是以深受儒家傳統思想道德的教養並呼吸著新的時代氣息的賈寶玉與他身邊的一大批純潔無瑕、充滿青春活力的女子的高雅而富有詩意的精神生活為描寫對象，將《金瓶梅》中男女之間的肉體淫濫昇華為青春男女的心靈相通，這是曹翁對生活中的美加以深入發掘的結果。在這業已腐朽的社會，代表人類未來的美好東西在發展，在與這個壓抑人性的社會進行著寧死不屈的較量。它讓人看到的不是《金瓶梅》所寫婚姻生活中那種肉欲的展示，而是對代表人類最美好的永恆的東西

——真情的謳歌禮贊。這種美到最後儘管夭折了，但《紅樓夢》激發人們的不僅僅是對這種摧折美的黑暗社會的詛咒痛惡，更是對代表歷史發展未來的美的堅定不疑的希冀與始終不渝的憧憬。

就另一條線索來看，正與《金瓶梅》所描寫的由小到大、由微弱到壯盛的商業經濟的發展狀況相反，《紅樓夢》所寫的是封建貴族經濟的由盛而衰，由烈火烹油到一蹶不振；而賈府這個上鉤下聯的貴族家庭的急劇衰落，正是整個封建社會的一個縮影。在《金瓶梅》中，西門慶以一介商人的特有的精明，開闢了多種聚錢斂財的途徑：搞長途販運賺取差價，打通官府提前支取貨物搶先占領市場，開了經營多種商品的店鋪大賺其錢，採取不正當的競爭手段擠垮對手，以及在娶妻納妾時不娶大姑娘而專娶手中握有大宗錢財的富孀名妓，屢屢宴請政府要員造成廣告轟動效應，換得商業經營方面的永遠立於不敗之地等等。當然，由於中國封建經濟結構的超穩定性，使西門慶這個孕育於封建母體的奸商儘管事業上顯示出勃勃生機，其商業經營是那樣轟轟烈烈，驟然成為擁有十萬金銀的巨富，但他要想獲取更大的發展，還必須有封建官府這把保護傘的庇護，所以最後走上了一定程度上與封建勢力同流合污的道路，在發展中誤入歧途而失去了自我的獨立。但就其在經濟生活中曇花一現這種事實，足以顯示出了商品經濟的強大生命力。如果西門慶不是死於荒唐的縱欲，很可能會發展成為官僚資本家。

而《紅樓夢》所寫的則是封建經濟的急劇沒落。在賈府這個貴族家庭裡，正統如賈政，根本沒有理財齊家的才能；精明如鳳姐，唯知貪婪索取，千方百計地搜羅梯己錢；能幹如探春，隔靴搔癢式的興利除弊也於事無補；淫濫如賈璉、賈珍、賈蓉，唯知縱欲享樂，根本不關心家族經濟的興衰榮枯；至於說賈府對佃農敲骨吸髓式的剝削，毫無必要地花錢買官裝飾體面，勾結官府作惡多端，極盡奢侈坐吃山空等，無疑加劇了社會矛盾，加速了封建經濟的全面崩潰，必然導致這座封建大廈的最終傾覆。

## (三)對人物命運、情節的預示

為了使結構顯得前呼後應，讓讀者對故事的來龍去脈、人物的性格行跡有一個總體、清晰的把握，蘭陵笑笑生在小說中純熟地運用了相面、卜卦、酒令等暗示人物一生遭際、貫串關目的結構手法。這在《金瓶梅》中凡四見：

第二十一回，寫潘金蓮、孟玉樓、李瓶兒等出銀設宴，賀西門慶與吳月娘言歸於好，之後吳月娘置酒回席，兼為孟玉樓做生日。在席間，大家擲骨猜枚行令。吳月娘行令：「照依牌譜上飲酒：一個牌兒名，兩個骨牌，合《西廂》一句。」據傅憎享分解，這是依譜拆牌道出《西廂》與牌關合之文字。吳月娘所擲「六娘子」，末句「遊絲兒抓住荼蘼架」，暗示其歸宿如「遊絲兒」；西門慶所擲「虞美人」牌式，暗示其必亡之結局；李

嬌兒的「水仙子」，「只做了落紅滿地胭脂冷」，關合《西廂》「落紅滿地胭脂冷，休辜負良辰媚景」，是譏諷李嬌兒在西門慶死後重操妓業；潘金蓮所擲「鮑老兒」，「臨老入花叢，壞了三綱五常，問他個非奸做賊拿」，關合《西廂》「誰著你貪夜入人家，非奸做賊拿」，譏諷其殺夫通婿敗壞綱常的亂倫行為；李瓶兒所擲「端正好」，關合《西廂記》「為一個不酸不醋風流漢，隔牆兒險化做了望夫山」，隱譏其「隔牆密約」、氣死花子虛、思念西門慶、逐去蔣竹山的所作所為；孫雪娥的「麻郎兒」，「見群鴉打鳳，絆住了折腳雁，好教我兩下裡做人難」，所謂「折腳雁」「兩下裡做人難」，正是自己地位卑微、處境尷尬的形象寫照；孟玉樓以「念奴嬌」完令，「醉扶定四紅沉，拖著錦裙襴，得多少春風夜月銷金帳」，化用《西廂記》「鴛鴦夜月銷金帳，孔雀春風軟玉屏」，暗指孟玉樓初適富商楊宗錫，再醮官商西門慶，後嫁衙內李拱壁的婚姻際遇。[11]作者的這種安排並非隨心所欲，而是有其結構上的用意。因為在前二十回，仔細描寫了西門慶計娶孟玉樓，私通並納潘金蓮為妾，私通李瓶兒，李瓶兒招贅蔣竹山之後又將其逐出家門、嫁於西門慶等紛繁的事件，於是在此來一個小小的縮結，在結構上很有必要。

如果說第二十一回是通過人物自己的酒令各自道出自己的主要經歷遭際的話，那麼第二十九回則是借吳爽之相面看命，概括各人的性格，預示人物的命運。「財旺生官福轉來，……後來定掌威權之職，一生盛旺，快樂安然，發福遷官，主生貴子。為人一生耿直，幹事無二，喜則和氣春風，怒則迅雷烈火。一生多得妻財，不少紗帽戴。臨死有二子送老，今歲……必主平地登雲之喜，添官進祿之榮。」「不出六六之年，主有嘔血流膿之災，骨瘦形衰之病。」「兩目雌雄，必主富而多詐；……根由三紋，中歲必然多耗散；姦門紅紫，一生廣得妻財。」這段相面之詞，至少具有四個方面的作用：一是概括了西門慶的性格，二是總述西門慶一生的作為，三是預示了情節的發展，四是暗寫西門慶的結局。其他如吳月娘「衣食豐足，必得貴而生子，」「淚堂黑痣，若無宿疾必刑夫；眼下皺紋，亦主六親若冰炭」；李嬌兒「必三嫁其夫」；孟玉樓「一生衣祿無虧」，「晚歲榮華定取」，「平生少疾，到老無災」，「威媚兼全財命有，終主刑夫兩有餘」；潘金蓮「光斜視以多淫；……面上黑痣，必主刑夫；人中短促，終須壽夭」，「舉止輕浮惟好淫，眼如點漆壞人倫」；李瓶兒「眼光如醉，主桑中之約；眉壓漸生，月下之期難定。觀臥蠶明潤而紫色，必產貴兒；體白肩圓，必受夫之寵愛。……山根青黑，三九前後定見哭聲」；孫雪娥「不為婢妾必風塵」；西門大姐「聲若破鑼，家私消散；面皮太急，雖溝洫長而壽亦夭；行如雀躍，處家室而衣食缺乏；不過三九，當受折磨」；龐春梅「山根不斷，必得貴夫而生子；兩額朝拱，主早年必戴珠冠」，「三九定然封贈」，

---

11　傅憎享〈《金瓶梅》隱語揭秘〉，《社會科學輯刊》1990 年第 5 期。

「一生受夫敬愛」,「倉庫豐盈財祿厚,一生常得貴人憐」等等,這些都與人物的性格特徵及一生的行跡相吻合,比第二十一回的牌式具體得多。同時借西門慶與吳月娘在送走吳神仙後的對話,吳月娘不信西門大姐將來「受折磨」及春梅將來戴珠冠,西門慶不相信自己「有平地登雲之喜,添官進祿之榮」,為情節的發展設下了懸念。它既對前面的故事作了總結,又為事件的進程埋下了伏筆。所以張竹坡在本回回評中說:「此回乃一部大關鍵也。上文二十八回一一寫出來之人,至此回方一一為之遙斷結果。蓋作者恐後文順手寫去,或致錯亂,故一一定其規模,下文皆照此結果此數人也。此數人之結果完,而書亦完矣。直謂此書至此結亦可。」

《金瓶梅》第四十六回,寫吳月娘、孟玉樓、李瓶兒三人卜龜兒卦。吳月娘的卦帖是:「上面畫著一個官人和一位娘子在上面坐,其餘多是侍從人,也有坐的,也有立的,守著一庫金銀財寶。」卜卦的老婆子據此及生辰道出吳月娘的性格及結局:「為人一生有仁義,性格寬洪,心慈好善,看經佈施,廣行方便。……往後有七十歲活哩。」當孟玉樓問及是否有子嗣時,婆子道:「往後只好招個出家的兒子送老罷了。隨你多少也存不的。」孟玉樓的卦帖是:「上面畫著一個女人配著三個男人:頭一個小帽商旅打扮,第二個穿紅官衣,第三個是秀才。也守著一座金銀,有左右侍從人伏侍。」老婆子除了說出孟玉樓的性格外,還推斷她老而無子,倒享高壽。李瓶兒的卦帖為:「上面畫著一個娘子,三個官人:頭個官人穿紅,第二個官人穿綠,第三個穿青。懷著個孩兒,守著一庫金銀財寶,傍邊立著個青眼獠牙紅髮的鬼。」預言李瓶兒「今年計都星照命,主有血光之災」。這三張卦帖,是三人一生婚姻經歷的形象展示,不僅是對她們此前生活的縮結,而且也為她們以後的婚姻變故埋下了伏筆。與第二十九回的相面不同,這裡寫她們剛打發走龜卦婆子,潘金蓮和西門大姐來到。當吳月娘對潘金蓮說「你早來一步,也教他與你卜卜也罷了」時,潘金蓮卻搖頭兒道:「我是不卜他。常言:算的著命,算不著行。想著前日道士打看,說我短命哩,怎的哩,說的人心裡影影的。隨他,明日街死街埋,路死路埋,倒在洋溝裡就是棺材!」不僅章法上與第二十九回的相面有了變化,而且通過孟玉樓與吳月娘的問話,將女子一生最關心的子嗣問題和盤托出。而潘金蓮的言語,則使其性格再次得到皴染強化。對此,清初張竹坡在本回回評前總評曰:

> 卜卦兒,止月娘、玉樓、瓶兒三人,而金蓮之結果,卻用自己說出,明明是其後事,一毫不差。……至於春梅,乃用迎春等三人同時一覷。其獨出之致,前程若龜鑒,文字變動之法如此。否則,一齊卜龜,不與神仙之相重複刺眼乎?

兩相比較,吳的判詞言辭犀利,無遮無攔,將人物品行的優劣高下直言托出,而卜卦婆子的話則顯得委曲婉轉,並且以諛詞為主,有諂媚之嫌;吳相面時因月娘等女眷不

便於直接發問，所以主要是用吳神仙的語言來概括其性格；而這裡的卜卦者乃一老嫗，故這些女眷們可以直接詢問自己關心的問題，所以人物的性格、心理通過她們自己的語言見出。這種不同的描寫方法，表現出作者高超的創作技巧。在第二十一回、第二十九回、第四十六回，或通過人物自己的酒令，或通過吳神仙的相面，或通過賣卦婆子卜龜兒卦道出各個主要人物的性格、行徑及結局後，小說便按照這種設計來安排情節，展開故事，到第七十九回西門慶暴亡形成高潮，接著從第八十回到第九十四回交代了西門慶各個妻妾及主要僕婦、夥計的歸宿，同時也寫了陳經濟的淫亂、被逐、潦倒、流落等。但作為主要人物之一，陳經濟在前幾次的家宴行令、相面、卜龜卦中無由露面，同時作者又要借他來縋結春梅、韓愛姐等人，所以在第九十六回，作者又安排了葉頭陀給陳經濟看麻衣神像的情節。葉頭陀說陳經濟「印堂太窄，子喪妻亡；懸壁昏暗，人亡家破；唇下蓋齒，一生惹是招非；鼻若灶門，家私傾喪」。「早年父祖丟下家產，不拘多少，到你手裡都了當了。你上停短兮下停長，主多成多敗。錢財使盡又還來，總然你久後營得成家計，猶如烈日照冰霜。」並說他「初主好而晚景貧窮；……賣盡田園而走他鄉，一生不守祖業」，往後「有三妻之命」，「三十上小人有些不足」。這完全吻合陳經濟的性格與一生行徑，同時也預示了以後情節的發展，在小說的結構上起到了關合情節、前後呼應的作用。

《紅樓夢》對《金瓶梅》這種結構手法的借鑒，在小說中凡三見：

第一回「甄士隱夢幻識通靈　賈雨村風塵懷閨秀」通過僧、道有關赤瑕宮神瑛侍者與三生石畔絳珠仙草之間的恩怨、還淚之交談，將整部小說寶、黛愛情的框架確立下來，並為黛玉的性格張了目。而癩頭和尚對甄士隱所念「嬌生慣養笑你癡，菱花空對雪澌澌。好防佳節元宵後，便是煙消火滅時」四句詩，不僅暗示了英蓮被呆霸王薛蟠強占作妾的不幸遭遇，而且暗示出甄家後來被燒成一片瓦礫的結局。

第五回「遊幻境指迷十二釵　飲仙醪曲演紅樓夢」，寶玉隨警幻仙姑夢游太虛幻境，翻閱「薄命司」中「金陵十二釵正冊」「副冊」「又副冊」，冊子上的圖畫及所配「霽月難逢」「枉自溫柔和順」「根並荷花一莖香」「可歎停機德」「二十年來辨是非」「才自精明志自高」「富貴又何為」「欲潔何曾潔」「子係中山狼」「堪破三春景不長」「凡鳥偏從末世來」「勢敗休云貴」「桃李春風結子完」「情天情海幻情身」等詩，分別寫出了晴雯的美麗聰明、人品高潔、遭遇險惡、處境齷齪，因受讒謗而夭亡；襲人的溫順奴性，終歸優伶蔣玉菡；香菱（英蓮）被拐賣而淪為奴婢的遭際，以及遭受夏金桂的虐待折磨；寶釵的溫順賢淑，及結局之凄苦、寂寥；黛玉的滿腹才氣，及不幸的命運；元春的入宮為妃，中年夭亡；探春的才大、志高、遠嫁；湘雲自幼父母雙亡，寄人籬下，婚後丈夫旋即亡故；妙玉身在空門卻塵緣未斷，最終遭劫，陷入汙淖；迎春的所嫁非人，

被虐致死;惜春的堪破紅塵,將來獨伴青燈古佛;王熙鳳最終被休,哭向金陵;巧姐在賈府運歇勢衰後為劉姥姥所救,終為村婦;李紈青春喪偶,晚年因子得貴,但榮華剛至,旋即死去,徒為世人笑談;秦可卿的荒淫放蕩,自縊身亡。而《紅樓夢》十二支曲中的〔終身誤〕暗寓薛寶釵結婚後,賈寶玉終不忘死去的林黛玉,這椿婚姻誤了她的終身;〔枉凝眉〕暗寓寶玉和黛玉雖然心心相印,但終不得結為秦晉之好,徒然增添悲苦;〔恨無常〕暗寓元春榮華短暫,中年暴亡;〔分骨肉〕暗寓探春遠嫁海隅,骨肉分離;〔樂中悲〕暗寓史湘雲雖生於宦門,但自幼孤苦,婚後丈夫中路夭亡;〔世難容〕暗寓妙玉不為世所容,終落風塵,陷於泥淖;〔喜冤家〕暗寓迎春嫁給冤家對頭,婚後屢遭作踐,悲慘死去;〔虛花悟〕暗寓惜春堪破塵世良辰美景的虛幻難恃,最終遁入佛門;〔聰明累〕暗寓王熙鳳聰明反被聰明誤,機關算盡,但這座封建大廈卻不可挽回地走向傾頹,終於家亡人散;〔留餘慶〕暗寓巧姐在賈府勢敗後骨肉相殘時被劉姥姥所救;〔晚韶華〕暗寓李紈青春喪偶,韶華虛度,晚年因子榮華,但死期已至;〔好事終〕暗寓秦可卿的荒淫、自縊,揭露了賈府的亂倫行徑、綱常不存。〔收尾·飛鳥各投林〕總寫金陵十二釵及寶玉的悲劇結局和賈府最終「落了片白茫茫大地真乾淨」的下場。這些曲子與前面的判詞相互補充,相互照應,預示了小說中主要人物的命運與結局,為故事的發展、情節的展開定下了基本的框架。

　　《紅樓夢》第二十二回「聽曲文寶玉悟禪機　制燈謎賈政悲讖語」,正是元妃省親、賈府處於烈火烹油的巔峰,作者卻通過各人所制的燈謎,及賈政猜謎時的心理活動,預示各人的不幸結局以及賈府必然衰敗的趨勢。賈母的「荔枝」謎面,庚辰本夾批曰:「所謂『樹倒猢猻散』是也。」暗寓賈府的結局。賈政的硯臺謎面,寓眾人所制燈謎的讖言必將應驗(硯諧驗)。其他如元春的爆竹謎,迎春的算盤謎(庚辰本夾批:「此迎春一生遭際,惜不得其夫何!」),探春的風箏謎(庚辰本夾批:「此探春遠適之讖也。」),惜春的佛前海燈謎(庚辰本夾批:「此惜春為尼之讖也。」)等,均是各人結局的暗示。難怪賈政沉思道:「娘娘所做爆竹,此乃一響而散之物。迎春所作算盤,是打動亂如麻。探春所作風箏,乃飄飄浮蕩之物。惜春所作海燈,一發清靜孤獨。今乃上元佳節,如何皆作此不祥之物為戲耶?」心內愈思愈悶,大有悲戚之狀。蒙古族文學批評家哈斯寶在此處批曰:「我讀《金瓶梅》,讀到給眾人相面,鑒定終生那一回,總是讚賞不已。現在一讀本回,才知道那種讚賞委實過分了。《金瓶梅》中預言結局,是一人歷數眾人,而《紅樓夢》中則是各自道出自己的結局。教他人道出,哪如自己說出?《金瓶梅》中的預言浮淺,《紅樓夢》中的預言深邃,所以此工彼拙。」當然,「自己道出」與「他人道出」的浮淺、深邃,誰工誰拙是另外一個問題,但《紅樓夢》在這方面借鑒了《金瓶梅》的藝術經驗,則是不爭的事實。

## (四)借小物件生發大波瀾、轉換情節

出於結構上的需要，《金瓶梅》寫了許多小物件，比如第二十八回潘金蓮的繡鞋，第三十一回琴童所藏的酒壺，第四十三回丟失的金錠等。作者所寫這些小物件，在連貫情節、貫穿關目方面起著十分重要的作用。拿第二十八回來說，潘金蓮與西門慶在葡萄架下淫樂，丟失了鞋子；問春梅，春梅推在秋菊身上；潘金蓮讓春梅押著秋菊到處找鞋；找到藏春塢雪洞內，發現了西門慶藏在書篋裡宋惠蓮的鞋，引起了潘金蓮的極大的醋意，於是拿秋菊出氣，讓她頂著石頭跪在院子裡；而目睹西門慶與潘金蓮淫樂、撿到了鞋子的小鐵棍兒把鞋子給了早就覬覦潘金蓮、而潘金蓮也意有所屬的陳經濟；陳經濟去送鞋，以鞋相要脅，與潘金蓮調情。潘金蓮把小鐵棍兒拾鞋之事告訴了西門慶，西門慶大怒，把小鐵棍兒打得「躺在地上，死了半日」。潘金蓮又當著西門慶的面，用刀把宋惠蓮的鞋剁成了幾截，邊剁邊罵。而小鐵棍兒的父母來昭夫婦救醒孩子後，大罵挑唆西門慶的人。吳月娘知道事情的原委後對潘金蓮極為不滿，妻妾矛盾加深，潘金蓮又調唆西門慶撑走來昭三口。圍繞一隻繡鞋，上鉤下聯起夫妻矛盾、妻妾矛盾、主僕矛盾、僕俾矛盾，貫穿了主僕通姦、婿母調情等情節。張竹坡在第二十八回回評中說：「細數凡二十八個『鞋』字，加一線穿去，卻斷斷續續，遮遮掩掩。」真是曲折跌宕，匠心獨運。

《紅樓夢》也寫了諸多的小玩意兒、小物件，如薔薇硝、茉莉粉、玫瑰露、茯苓霜、繡春囊、蝦鬚鐲、孔雀裘、石榴裙、九龍佩、金麒麟等等。它們對小說故事的銜接連貫，同樣起著不可替代的作用，有時甚至是借這些小物件把一系列重大的事件貫穿起來，生發開去，編織出波瀾迭生、引人入勝、意蘊豐富的情節來。拿繡春囊這一物件來說，因傻大姐撿到了潘又安與司棋遺失的繡春囊，邢夫人見到後馬上借機向王夫人和王熙鳳發難，暴露出妯娌之間、婆媳之間、掌權派與非掌權派之間的矛盾。由於主子之間的矛盾，引發了抄檢大觀園事件。圍繞抄檢事件，王善保家的與周瑞家的等僕婦之間的矛盾、王夫人與晴雯等主僕之間的矛盾也都暴露了出來。並由此生發出司棋被逐事件、惜春「杜絕寧國府」事件、晴雯被逐後含恨而亡事件、芳官等優伶被迫出家事件、潘又安與司棋難遂心願而雙雙自盡事件等。

## (五)結尾的酷似

《紅樓夢》與《金瓶梅》有著酷似的結尾。

《金瓶梅》第一百回，寫金人攻至清河縣，吳月娘打點金銀寶玩，帶著吳二舅、玳安兒、小玉和十五歲的孝哥兒逃難，到濟南府去投奔親家雲離守，路遇普靜禪師，晚上宿於永福寺。夜靜時分，普靜誦經施法，薦拔幽魂，解釋宿冤，並讓吳月娘在夢中領略投

奔雲離守後的結局，吳月娘隨之大悟。普靜進而告訴月娘，孝哥兒乃是作惡多端的西門慶所托生，他「本要蕩散其財本，傾覆其產業，臨死還當身首異處」，但因吳月娘平時吃齋禮佛，「一點善根所種」，所以才得以度脫出家，為西門慶解釋冤愆。在這之前的第八十四回，吳月娘到泰山進香還願，受到殷天錫調戲追逐，在岱嶽東峰的雪澗洞遇普靜搭救。當時孝哥兒尚未滿周歲，普靜要吳月娘許下十五年後化其一子出家作為酬謝。這裡照應、安排孝哥兒出家的情節，似乎有兩個方面的用意：一是要為「四戒」的創作主旨張目，勸人遠離酒、色、財、氣，說明「西門豪橫難存嗣」；另一方面，是出於結構上照應前文的需要。而作為當事人的孝哥兒，卻無一言半語，見不出任何性格，似乎只是服務於結構上的照應與作者創作意圖的闡發。下文便寫吳月娘同意孝哥兒出家。孝哥兒於佛前剃度摩頂受記。但臨到辭別時，吳月娘卻又拉住不放，放聲痛哭，於是普靜以言相哄，與孝哥兒化陣清風而去。作為以真實的市井生活為描寫對象的小說，這種處理不免落入神魔小說的窠臼，顯得荒誕突兀，不合情理。

《紅樓夢》也寫了主人公賈寶玉出家的結局，也寫了賈政的不捨，也寫了賈寶玉的「倏忽不見」，這顯然有模仿《金瓶梅》的痕跡，但它至少在以下兩個方面比《金瓶梅》顯得略勝一籌。其一，賈寶玉出家是人物性格發展的必然結果。因為在寶玉這個人物的塑造中，從其奇特的來歷到他的托生為人後的言行，始終滲透著一定程度的佛道意識。他在大觀園一遇到什麼不順心的事，甚或在日常言談中，往往出以「出家」「當和尚」之言，這些都為寶玉的最終歸宿埋下了伏筆。所以在遭受了家庭和婚姻的變故之後，他的這種意識必然愈來愈濃，這樣他的出家就成了勢所必然。其二，就結構而言，儘管整部小說描寫的是現實中中國 18 世紀封建貴族家庭的衰亡，叛逆者愛情、理想的夭折，但故事的框架卻是建立在虛無縹緲的絳珠仙草與神瑛侍者之間「木石前盟」的基礎之上。神秘莫測的一僧一道出現在小說的開頭和結尾，這種處理本身就給人亦真亦幻之感，所以寶玉最終被一僧一道夾住，「飄然登岸而去」，「轉過一小坡，倏忽不見」，並不讓人覺得突兀。它在結構上照應了開頭，使故事顯得首尾完整，前後呼應。

# 二、情節編織

情節是小說的基本要素。真實而典型的情節設置，不僅有助於塑造栩栩如生、富有典型意義的人物形象，而且對開掘作品的思想深度，深化作品的主題意蘊乃至於強化作品的藝術感染力，都有著極為重要的作用。《金瓶梅》與《紅樓夢》儘管描寫的主要內容有世俗生活和貴族生活的差異，藝術風格有下里巴人與陽春白雪的不同，但它們都注重情節的真實性、典型性，在情節的編織方面有著諸多的相似，這裡僅舉數例，以見一斑。

## (一)宋惠蓮的上吊與鮑二家的自縊

　　第二十六回宋惠蓮的自縊事件是《金瓶梅》中描寫的人命案之一。宋惠蓮的丈夫來旺兒是西門慶家的奴僕，宋惠蓮生性輕浮放蕩，虛榮心極強。來旺兒哄騙吳月娘出錢將她娶過來時間不長，由於官僚家庭中（蔡通判）做過使女的生活經歷的薰染，使她不甘於自己貧賤的地位，一心想攀高枝兒，故意打扮得妖妖嬈嬈，很快「被西門慶睃在眼裡」。於是，西門慶便把來旺兒派往杭州置辦為蔡太師祝壽的禮物，在家以錢物相誘惑，終於與其勾搭成姦。當來旺兒從杭州歸來聽說此事，在酒後大罵西門慶及其幫凶潘金蓮。潘金蓮聞知後，調唆西門慶設計陷害來旺兒，並把他遞解徐州。宋惠蓮欲救來旺兒而不得，又被潘金蓮調唆孫雪娥和她慪氣，宋惠蓮終於在李嬌兒生日這天懸樑自盡。

　　《紅樓夢》第四十四回同樣寫了一件女僕因和主子通姦，事敗遭受屈辱後上吊自縊的人命案。賈璉趁賈府眾人忙著給鳳姐過生日之機，以銀子、緞子之類東西相誘惑，和寧國府的女奴鮑二家的勾搭成姦。鳳姐醋性大發，對鮑二家的大打出手，並逼平兒打鮑二家的。鮑二家的羞愧難當，受盡屈辱，上吊自縊。

　　如果把這兩件人命案的有關情況逐一對比，會發現它們有諸多相似之處。其一，當事人都是男主人與女僕。不同僅在於宋惠蓮是西門慶自己的女奴，而鮑二家的則是寧國府的女奴；其二，西門慶和賈璉都是靠小恩小惠打動對方，用銀子、緞子之類對女方加以誘惑，並且都是派丫鬟（《金瓶梅》中為玉簫，《紅樓夢》中為小丫鬟）去通款曲；其三，通姦時女方都說了男主子妻妾、也是她們最為害怕和忌恨之人的壞話，而恰巧都被當事人聽去。宋惠蓮說了潘金蓮的壞話，鮑二家的說了鳳姐的壞話。不同的是王熙鳳有恃無恐，當場大鬧，怒打鮑二家的；而潘金蓮則沒敢當場發作，只能暗恨在心；其四，案發的時間都與生日有關。《金瓶梅》當值李嬌兒生日，《紅樓夢》則是王熙鳳生日；其五，女僕上吊的原因還涉及到其他人物。《金瓶梅》中是潘金蓮調唆孫雪娥和宋惠蓮廝打，《紅樓夢》則是鳳姐逼平兒打鮑二家的；其六，兩書都寫到人命案發生後，男方請仵作驗屍時遮掩幫忙。所不同的是西門慶當時尚未躍身官列，送給李知縣三十兩銀子，李知縣便草草了結此案。而賈璉則依恃官府，派人去和王子騰打了招呼；其七，兩案都寫到女方的戚屬揚言要告狀，但結果有別。《金瓶梅》中宋惠蓮之父宋仁攔住屍首，不許燒化，西門慶馬上寫帖子給李知縣，「隨即差了兩個公人，一條索子把宋仁拿到縣裡，反問他打網詐財，倚屍圖賴，當廳一夾二十大板，打的順腿淋漓鮮血。……歸家著了重氣，害了一場時疫，不上幾日，嗚呼哀哉死了。」典型地表現出官僚的市儈化、官府的商賈化，法律被金錢所腐蝕。《紅樓夢》中賈璉則安慰鮑二，並給了他二百多兩銀子。「鮑二又有體面，又有銀子，有何不可？便仍然趨奉賈璉。」後來賈璉偷娶尤二姐，鮑二與續妻

又被賈珍派去伺候尤二姐，奴性十足，沒有任何反抗的表示。《金瓶梅》反映了明代中後期資本主義經濟萌芽、商品經濟的發展對封建官僚機構的腐蝕，金錢在社會生活中的無孔不入及其對人間一切的操縱；《紅樓夢》則反映出清王朝建國初期對資本主義經濟的打擊以及封建官僚自身的極端腐朽。「百足之蟲，死而不僵」，便是對這種現實的典型概括。

## (二)來旺兒之罵與焦大之罵

《金瓶梅》與《紅樓夢》都寫有奴才酒後大罵主子的事件。《金瓶梅》第二十五回寫來旺兒醉酒後，大罵西門慶打發他遠離家鄉，姦耍自己的老婆宋惠蓮，潘金蓮為虎作倀當窩主。「由他，只休要撞到我手裡，我教他白刀子進去，紅刀子出來。」並歷數自己對潘金蓮的恩情，即潘金蓮與王婆、西門慶合夥毒死武大郎，武松告狀，西門慶派來旺兒上東京打點楊提督與蔡太師，下書與東平府府尹陳文昭，草草了結此案。今天西門慶與潘金蓮反倒恩將仇報。罵的結果是西門慶打通官府，將其遞解到徐州原籍。

《紅樓夢》第七回焦大也是在吃醉酒後大罵主子，也是歷數自己對賈府的恩情：「不是焦大一個人，你們就做官兒享榮華受富貴？你祖宗九死一生掙下這家業，到如今了，不報我的恩，反和我充起主子來了。不和我說別的還可，若再說別的，咱們紅刀子進去，白刀子出來！」「我要往祠堂裡哭太爺去。那裡承望到如今生下這些畜生來！每日家偷狗戲雞，爬灰的爬灰，養小叔子的養小叔子，我什麼不知道？」罵的結果是被捆送馬圈，塞了一嘴馬糞。

兩書的情節有諸多的相似：諸如都是醉後罵主子，都說自己對主子有恩，都罵主子對自己恩將仇報，最後都受到了嚴厲的懲罰。但《紅樓夢》卻能突破《金瓶梅》中來旺兒僅從個人的恩怨出發、瀉一己之恨的拘圍，讓焦大從局外人的視角，對整個賈府子弟荒淫墮落的行徑進行痛快淋漓的揭露，從而使事件的思想意蘊昇華到了一個新的高度。另外，「紅刀子進去，白刀子出來」一句，僅一字之改，就把焦大的醉態表現得淋漓盡致，使焦大的形象躍然紙上。甲戌本於此夾批曰：「是醉人口中文法。一段借醉奴口角閑閑補出寧、榮往事近故，特為天下世家一笑。」靖藏本眉批曰：「焦大之醉，伏可卿死。」則指出了這段醉罵在結構上所起到的伏線作用。

## (三)春梅被逐與晴雯被攆

春梅被逐與晴雯被攆分別發生在《金瓶梅》第八十五回與《紅樓夢》第七十七回。這兩則情節既相似又有不同。

其一，都是奴婢不為主婦所容。吳月娘與王夫人都是面慈心狠的當家主婦，而被逐

者春梅與晴雯皆為花錢買來的丫鬟，性格高傲，脾氣倔強，因聰明伶俐、生得漂亮而受到主子寵愛。但春梅是因色受寵，恃寵而淫，和潘金蓮沆瀣一氣，助紂為虐，傲上凌下，是個不怎麼值得肯定與同情的人物。而晴雯則是賈府女奴中最富有反抗意識、敢愛敢恨、鋒芒畢露、不屑於諂媚主子的有骨氣的女奴，也是賈府黑暗勢力最為不容的女子。與春梅截然不同，這是個值得肯定、同情、謳歌的丫頭。

其二，兩人被攆的原因都是與男女之事有關涉。春梅被攆出西門府，是因為她在西門慶死後與潘金蓮串通一氣，和女婿陳經濟通姦，事情敗露，罪有應得。作者這樣處理，除了在一定程度上強化人物性格外，主要是考慮結構上的需要，即讓春梅被周守備買去，為小說後十多回的結構服務。而《紅樓夢》中的晴雯被逐，只是因為她「生得好」，眉眼有點像林黛玉，王夫人擔心她「勾引」壞了寶玉，便以莫須有的罪名，將她趕出大觀園。這顯然主要是出於內容上的考慮。這個情節揭露了王夫人為代表的賈府主子們的殘暴與罪惡，也深蘊著作者對女奴命運的同情。正是晴雯的被逐，加劇了賈寶玉與家長之間的那種不可調和的深刻矛盾，增強了他的叛逆意識，林黛玉的婚姻悲劇也於此埋下了伏筆。如果說春梅被攆事件是蘭陵笑笑生對 16 世紀中國世俗社會生活的寫生的話，那麼晴雯被逐則是曹雪芹在借鑒《金瓶梅》的基礎上對 18 世紀的中國社會封建統治者容不得任何美好事物的現實的真實寫照。

## (四)潘金蓮暗算李瓶兒與王熙鳳害死尤二姐

李瓶兒與尤二姐之死，分別是發生在西門慶府邸與榮國府的重要事件之一。《紅樓夢》的描寫借鑒《金瓶梅》的痕跡十分明顯。

其一，矛盾雙方的女子均為男子的妻妾，且害人者均為男子又愛又恨又怕的人物，矛盾都屬於家庭內部妻與妾或妾與妾之間的矛盾。賈璉之於王熙鳳類似於西門慶之於潘金蓮，賈璉對尤二姐的寵愛類似於西門慶對李瓶兒的寵愛。

其二，人物在家庭中的地位多有仿佛。賈璉與西門慶均為家庭中的男主角，他們都十分喜愛被害死的小妾，都不瞭解其真正的死因。尤二姐與李瓶兒都受丈夫寵愛，且開始都誤以為算計她們的人為極為關心體貼自己之人。潘金蓮儘管亦為西門慶妾，但她在西門慶宅中也算得上像王熙鳳在榮國府一樣說話相當算數的人物。潘金蓮與王熙鳳開始都騙得了對手的好感。

其三，事件中涉及的人物雙雙相仿。賈璉的荒淫昏聵類似於西門慶的淫爛庸迷，王熙鳳的兩面三刀發展自潘金蓮的恩威並施，尤二姐的懦弱、蒙昧更有甚於李瓶兒的面對摧殘打擊而忍氣吞聲。

其四，矛盾的根源與性質相仿。兩個事件都包孕著反封建婚姻制度及財產繼承權不

合理的重要內涵。王熙鳳害死尤二姐與潘金蓮暗算李瓶兒，都是出於嫉妒，出於對自己失寵的憂慮，從此可見封建妻妾制度的罪惡。李瓶兒生子也好，尤二姐懷孕也罷，危及到了潘金蓮與王熙鳳在各自大家庭的地位及將來的財產繼承權，所以自然為她們各自的對手所不容。

其五，結局相似。兒子官哥兒死去以後，李瓶兒暗氣惹身，病情加重，旋即死去。尤二姐胎兒被打掉後，忍氣吞聲，吞金自盡。

但兩書的描寫又有比較明顯的區別。其一，潘金蓮在暗害李瓶兒的過程中表現得赤裸裸的，作者的敘述也多用直筆，無遮無攔地加以描寫。而王熙鳳加害尤二姐的過程則寫得委曲迂回，作者敘寫的筆法也極盡騰挪，引人入勝，較《金瓶梅》更加生動，富有情致。其二，潘金蓮加害李瓶兒，完全是市井潑婦式的，人們一眼就能看出其凶狠的面孔。而王熙鳳的作為則讓人捉摸不透，變幻莫測，留給人更多想像的空間與思索的餘地。其三，就其情節所包孕的思想容量而言，《紅樓夢》比《金瓶梅》顯得厚重。《金瓶梅》反映的是一個暴發戶家庭妾與妾之間因爭風吃醋而釀成的人命案，而《紅樓夢》則通過這個事件把封建官僚實際上是豪門貴族的看家狗、封建官府實際上是為保護豪門貴族的利益而設這個本質問題揭示了出來。

## (五)馬道婆做法與劉瞎子回背

《金瓶梅》與《紅樓夢》都寫有魘魔事件。潘金蓮因西門慶梳籠李桂姐，整日在妓院中不歸；又因與李桂姐之姑李嬌兒有隙，於是雙方矛盾日深。李桂姐調唆西門慶剪下潘金蓮一縷頭髮，「絮在鞋底，每日躂踏」。從此潘金蓮便「心中不快」「茶飯慵食」。後來讓劉理星為其「回背」。劉理星云：

> 用柳木一塊，刻兩個男女人形像，書著娘子與夫主生時八字。用七七四十九根紅線，紮在一處。上用紅紗一片，蒙在男子眼中，用艾塞其心，用釘釘其手，下用膠粘其足，暗暗埋在睡的枕頭內。又朱砂書符一道，燒火灰，暗暗攪在釅茶內。若得夫主吃了茶，到晚夕睡了枕頭，不過三日，自然有驗。……用紗蒙眼，使夫主見你一似西施一般嬌豔；用艾塞心，使他心愛到你；用針釘手，隨你怎的不是，使他再不敢動手打你，著緊還跪著你；用膠粘足者，使他再不往那裡胡行。[12]

潘金蓮如法行事，果然西門慶對她恩愛有加，「變嗔怒而為寵愛，化幽辱而為歡娛，再不敢制他」。

---

12　蘭陵笑笑生《金瓶梅詞話》第十二回，北京：人民文學出版社 1985 年。

《紅樓夢》第二十五回，也同樣寫了類似的情節。趙姨娘忌恨王熙鳳和賈寶玉，為了替兒子賈環謀取家私，便和馬道婆勾結，用魘魔法加害鳳姐和寶玉。小說寫道：

> （馬道婆）向褲腰裡掏了半晌，掏出十個紙鉸的清面白髮的鬼來，並兩個紙人，遞與趙姨娘，又悄悄的教他道：「把他兩個的年庚八字寫在這兩個紙人身上，一併五個鬼都掖在他們各人的床上就完了。我只在家裡作法，自有效驗。」

後來果然應驗，害得二人差點兒送了性命。

儘管二書的魔法有別，但後者受前者的啟發、對前者的借鑒卻自不待言。更有意思的是，《金瓶梅》的作者在該情節之後議論道：

> 看官聽說：但凡大小人家，師尼僧道，乳母牙婆，切記休招惹他，背地甚麼事不幹出來。古人有四句格言說得好：堂前切莫走三婆，後門常鎖莫通和，院內有井防小口，便是禍少福星多。

《紅樓夢》甲戌本在該情節處眉批曰：

> 三姑六婆之為害如此。即賈母之神明，在所不免，其他只知吃齋念佛之夫人太君，豈能防悔得來？此作者一片婆心，不避嫌疑，特為寫出。看官再四著眼，吾家兒孫慎之戒之。

這兩段話意思接近，口氣相似。由此我們可以作出並非臆測的推論：不僅曹雪芹創作《石頭記》借鑒了《金瓶梅》，脂硯齋重評《石頭記》時，照樣受到了《金瓶梅》的影響。

## (六)春梅大鬧廚房與司棋大鬧廚房

《金瓶梅》第十一回和《紅樓夢》第六十一回，都寫了發生在廚房的一個不大不小的事件。

《金瓶梅》寫的是：西門慶早上起來要吃荷花餅、銀絲鮓湯，讓潘金蓮的丫頭春梅往廚房要。潘金蓮因為自己和春梅都與掌廚的孫雪娥有矛盾，便讓西門慶派丫鬟秋菊去。秋菊去了好長時間不回來，潘金蓮便打發春梅去催。孫雪娥本來預備了粥兒之類的早餐，又見春梅責罵秋菊，便和春梅罵了起來，並指桑罵槐地牽扯到主子潘金蓮。春梅擰著秋菊的耳朵，回來對潘金蓮和西門慶添油加醋地敘述了事情的經過。西門慶聽後大怒，走到廚房不由分說地將孫雪娥打罵了一頓。孫雪娥忍氣吞聲地伺候西門慶吃完早點，來向吳月娘告狀，不巧又被潘金蓮潛聽了去，於是二人又在吳月娘面前吵罵起來。晚上西門慶歸來，潘金蓮又哭訴了事情的原委，於是孫雪娥又遭到了西門慶更為嚴厲的棍棒拷打。

這為後來西門慶死後孫雪娥調唆吳月娘發賣姦通女婿陳經濟的潘金蓮、春梅等情節埋下了伏筆。

《紅樓夢》也寫了類似的事件：賈府二小姐迎春的丫頭司棋要吃燉的嫩雞蛋，派小丫頭蓮花兒去廚房要。掌廚柳家的不滿這些二層主子細米白飯、肥雞大鴨地吃膩了膈，又要雞蛋、豆腐、麵筋、醬蘿蔔炸兒地換口味，便言稱雞蛋缺，不給做。蓮花兒卻在菜箱裡翻出了雞蛋，並當面揭穿柳家的對人厚彼薄此。司棋又打發人來催蓮花兒，蓮花兒賭氣回去，添枝加葉地搬弄了一通是非。司棋聽了心頭火起，伺候迎春飯罷，帶了小丫頭們來到廚房，喝命動手，「幾箱櫃所有的菜蔬，只管丟出來喂狗，大家賺不成」。後來在眾人的勸說央告之下，司棋的怒氣才漸漸平息，小丫頭們才住了手。柳家的忍氣吞聲，蒸了一碗雞蛋令人送去，司棋全都潑在了地上。而素日和柳家母女不和的那些人，又乘玫瑰露事件與柳家的有牽連之機，巴不得立時攆她們出去，便悄悄來買轉平兒，說了柳家的許多壞話。與柳家的有矛盾的林之孝家的迫不及待地讓司棋的嬸娘——秦顯的女人頂了柳家的缺。平兒不屑於介入這場丫頭奴才輩的糾葛之中，也不願意被別人當槍使，於是在請示了鳳姐之後，將大事化小，小事化無，讓柳家的仍供原職，而秦顯的女人好不容易得到這個缺，並送了厚禮給林之孝家的，結果「只興頭上半天」，司棋等人也只是「空興頭了一陣」。

比較起來，兩個事件的相似之處表現在：一、事件的直接起因都是為了索要食物而引起衝突。二、事件當事人的身份、地位相似。《金瓶梅》中有秋菊、春梅、孫雪娥，《紅樓夢》中有小丫頭、蓮花兒、司棋、柳家的等。三、事件的發展過程相似。《金瓶梅》中先是秋菊去廚房索要，接著是派春梅去催，衝突暴發，春梅歸來學舌，矛盾步步升級。《紅樓夢》中則先是蓮花兒去索，接著又派一個丫頭去催，蓮花兒歸來學舌，引起司棋與柳家的衝突。四、人物的語態、口氣相似。

但它們又有明顯的區別。一是《紅樓夢》借此事件暴露的矛盾較《金瓶梅》複雜。《金瓶梅》所寫事件僅限於當事人之間的矛盾，就事寫事，缺乏故事應有的張力；而《紅樓夢》所寫事件除了表現當事人司棋等幾個丫頭與柳家的矛盾之外，還表現了僕人之間的矛盾，林之孝家的與柳家的矛盾，僕人與主子的複雜關係等等。二是作者從各自所描寫的生活的不同特點出發，忠實於生活，讓讀者從中看出豪門貴族與市井暴發戶生活的不同特質。作為市井暴發戶的西門慶，因為一頓早餐會親自去大打出手，幾個主子都捲了進去，是典型的小家子氣的作風；而《紅樓夢》的矛盾則在下人之間展開，甚至連平兒這樣的三等主子都不屑參與，至於說主子，絕對不會因為一餐這些雞毛蒜皮之事而鬧得天翻地覆，失去應有的體統與尊重。三是衝突解決的方式各具匠心，《紅樓夢》顯得更高一籌。《金瓶梅》中市井暴發戶家的矛盾，靠主子的一頓拳腳得以平息；而《紅樓

夢》中由於貴族家庭人際關係的盤根錯節，奴才丫鬟各有各的靠山，所以平兒在處理該事件時就會有頗多顧慮，不會把是非斷得截然分明。因此在這場衝突中司棋並非全勝，柳家的也並非全敗。勝中有敗，敗中有勝。司棋儘管威風施足，但只是空興頭了一陣，其嬸娘白白賠上了許多禮物；柳家的儘管忍氣吞聲，但依舊當自己的差，並沒有因此而丟掉飯碗。可見《紅樓夢》更反映出了生活的豐富多彩，搖曳多姿。四是在事件的思想內涵方面，《紅樓夢》較《金瓶梅》顯得厚重。《金瓶梅》反映的是為了一頓早點而產生的矛盾，矛盾隨著西門慶的一頓打罵而結束；而《紅樓夢》的這段描寫，讓讀者透過事件的表層，看到了賈府生活的奢侈之極，內政管理上的極端混亂，奴才借權賺取私利，奴才對主子的厚薄有別，奴才的三六九等等級森嚴，奴才之間關係的錯綜複雜，以至於平兒、鳳姐、司棋、柳家的等人的性格，都得到了淋漓盡致的表現。

## (七)李瓶兒材板與秦可卿壽木

李瓶兒之死與秦可卿之死，分別是《金瓶梅》與《紅樓夢》描寫的重大事件之一。兩書都有一段關於她們棺材板的情節。這裡將兩者相似的地方摘出對照，足見出它們的繼承關係：

| | 《金瓶梅》第六十二回 | 《紅樓夢》第十三回 |
|---|---|---|
| 1 | 到陳千戶家，看了幾副板，都中等，又價錢不合。 | 看板時，幾副杉木板皆不中用。 |
| 2 | 回家到路上，撞見喬親家爹，說尚舉人家有一副好板。 | 可巧薛蟠來吊問，因見賈珍尋好板，便說道：「我們木店裡有一副板。」 |
| 3 | 原是尚舉人父親在四川成都府做推官時帶來的。 | 這還是當年先父帶來的。 |
| 4 | 預備他老夫人的。 | 原係義忠親王老千歲的。 |
| 5 | （西門慶）……看了，滿心歡喜。 | 賈珍聽說，喜之不盡。 |
| 6 | 隨即叫匠人來鋸開，裡面噴香，每塊五寸厚，二尺五寸寬，七尺五寸長。 | 只見幫底皆厚八寸，紋若檳榔，味若檀麝。 |
| 7 | 伯爵口不住只顧喝彩不已。 | 大家都奇異稱讚。 |
| 8 | 只要做的好，你老爹賞你五兩銀子。 | 什麼價不價的，賞他們幾兩工錢就是了。 |

不僅事件的發展進程相同，板的來歷、質地相似，人們的反映諸如語言、口氣、神態相仿，而且敘述時所用的語彙也多有模仿。脂硯齋在此眉批道：「寫個個皆知，全無安逸之筆，深得《金瓶》壼（壺）奧。」正是在做了認真的比較之後才得出的結論。

如果我們仔細甄辨曹雪芹在詞彙上的些微變化，就會發現他並非簡單地搬用《金瓶梅》的描寫，而是從豪門貴族的生活實際出發，通過一言半語的更動，寫出貴族生活與市井暴發戶的差異。其一，《金瓶梅》寫「看了幾副板，都中等，又價錢不合」，可見

價錢是西門慶家考慮的重要因素，符合這個商人的性格。如果價錢合適，恐怕很可能會成交；而《紅樓夢》只是寫「幾副杉木板皆不中用」，強調的是質地，這裡寫出了大家的氣派。其二，對板主的交代富有深意。《金瓶梅》寫出了舉人之家在新的經濟因素勃興時代的沒落，已撐不起舊日的門面，經濟上捉襟見肘，而西門慶這個奸商正在利用他手中的金錢去買得他想得到的一切。《紅樓夢》則借此事暗示了官僚貴族內部的互相傾軋。其三，《金瓶梅》將板的長、寬、厚的尺寸寫得一清二楚，《紅樓夢》只寫了板的厚度，足以讓人想見其品質，言簡義豐，不事繁瑣。其四，應伯爵與薛蟠有關賞匠人工錢的話，前者具體，後者籠統。具體，正表現了市民的心態；籠統，正是貴族公子心理的寫真。

## (八)秦可卿殯事與李瓶兒喪儀

　　《紅樓夢》第十三回至第十五回，寫秦可卿的喪儀。作者之所以花了長達三回的篇幅來鋪排賈府一個孫媳輩的喪事，最深刻的用意在於極力渲染出這個貴族家庭的豪奢靡費，與將來賈府衰敗後賈母、王熙鳳等主要人物的喪事作個盛衰對比。就這種用意而言，顯然是借鑒了《金瓶梅》第六十三回至第六十五回對李瓶兒喪事的鋪敘，來襯托第七十九回西門慶喪事的簡單草率。不僅如此，《紅樓夢》對喪儀過程的敘述，也多有模仿《金瓶梅》之處。對此闞鐸已有詳細的論述。為了說明問題，這裡不避繁瑣，稱引如下：

> 《紅》十三回之敘可卿喪事，極力鋪排，不但突過鳳姐等人，且較賈母為闊綽詳盡。若按輩分支派言之，無論如何，不應將此事如此敘法。然則作者深意可想而知。此數回之所本，全在《金》書六十三、四等回之敘瓶兒喪事。今姑舉其例如下：《紅》書歷敘侯伯世交之吊奠，《金》書歷敘喬皇親、宋御史、黃主事、安主事、兩司八府官員，及吳道官、本縣知縣等十餘起之祭禮。其證一。《紅》書秦氏丫鬟名喚瑞珠者，見秦氏死了，觸柱而亡，賈珍以孫女之禮殮殯。小丫鬟名喚寶珠者，願為義女，誓任摔喪駕靈之任，從此皆呼寶珠為小姐。那寶珠按未嫁女之喪，在靈前哀哀欲絕。於是合族人丁，並家下諸人，各遵舊制行事，自然不得索亂云云。《金》六十三回，瓶兒死了，強陳敬濟做孝子。又云闔家大小都披麻戴孝，陳敬濟穿重孝絰巾。又云西門慶與陳敬濟穿孝衣，在靈前還禮。其證二。蓋寶珠自充義女便取得小姐資格；敬濟自做孝子，便在西門家當家也。這四十九日，單請一百單八眾禪僧，在大廳上拜大悲懺，超度前亡後化，以免亡者之罪。另設一壇於天香樓上，是九十九位全真道士，打四十九日解冤洗孽醮云云。可卿既是大家塚媳，又有何等冤孽？賈門世祿之家，前亡後化，又有何罪？《金》書於瓶兒

臨終，夢見花子虛索命；六十二回潘道士遣將拘神之後，說為宿世冤恩，訴於陰曹，非邪祟也；又二十七盞本命燈盡皆刮減云云，借指冤孽而言。瓶兒喪事之中，請報恩寺十一眾僧人，下念倒頭經；又玉皇廟吳道官受齋，請了十六個道眾，在家中揚幡修建齋壇；又門外永福寺道堅長老，領十六眾上堂僧念經云云皆是。其證三。《紅》書鋪排喪儀，題銜捐官，與《金》書如出一手。《紅》書之誥授賈門秦氏宜人之靈位，即《金》書之誥封錦衣西門室人李氏柩也。其證四。《紅》十三回王熙鳳協理寧國府，固以見鳳姐理事之才，亦以見東府辦事之鄭重。《金》書之敘瓶兒喪事，與應伯爵定管喪禮簿籍，先兌了五百兩銀子一百吊錢，來委付韓夥計管帳，並派各項執事人等，與《紅》書所敘大同小異。其證五。《紅》十三回秦可卿死封龍禁尉，賈蓉捐官，專作喪事風光，此中具有深意。賈家因是世祿，然秦氏不過一塚孫婦，必須兒夫官銜，方是切身榮顯。殊不知此全從《金》書之題作錦衣云云內化出。蓋西門暴發，而妻妾中之得用頭銜，只此一次；賈家世胄，而婦女之得用頭銜，亦只此一次。錦衣與龍禁尉同一性質，更不待言。《紅》之回目，竟謂秦可卿受封，可稱史筆。其證六。《紅》十四回北靜王路祭一段，按《金》六十五回，瓶兒之殯，走出東街口，西門慶具禮，請玉皇廟吳道官來懸真，身穿大紅五彩鶴氅，頭戴九陽雷巾，腳登丹舄，手執牙笏，坐在四人肩輿上，迎殯而來，將李瓶兒大影捧於手內，陳敬濟跪在面前，那殯停住了。有云吳道官念畢，端坐轎上，那轎卷坐退下去了，這裡鼓樂喧天，哀聲動地，殯才起身云云。試以吳道官作為北靜王，閉眼揣想，當日情形，如出一轍。其證七。[13]

# 三、細節、場面描寫

細節描寫與場面描寫是小說塑造人物、深化主題的重要手段。所謂細節描寫，是指作者對作品中的人物的細微神態動作的細緻描寫。它包括人物的肖像、語言、心理、動作等諸多方面，以及與人物活動有密切關聯的生活瑣事。所謂場面描寫，是指對一定時間和地點的人物及其所處環境的綜合畫面的描寫。它們都服務於表現豐富多彩的人物個性、開掘作品的主題意蘊。一部成功的小說作品，必然包蘊著大量成功的細節描寫與場面描寫。正由於《金瓶梅》與《紅樓夢》都取材於一個家庭的日常故事，加上《紅樓夢》對《金瓶梅》有意識的借鑒，所以二者有諸多相似的細節描寫與場面描寫。這裡舉其大

---

13 　《紅樓夢抉微》，民國十三年無冰閣校印本。

要，有以下數端：

## (一)「群僚庭參」與「元妃歸省」的儀仗鋪排

《金瓶梅》第七十回「群僚庭參朱太尉」，寫朱太尉（勔）新加太保，各級官僚「饋送賀禮，伺候參見。官吏人等黑壓壓在門首，等的鐵桶相似。何千戶同西門慶下了馬，在左近一相識家坐的，差人打聽老爺道子響，就來通報。一等等到午後時分，忽見一人飛馬而來，傳報導：『老爺視牲回來，進南熏門了，分付閒雜人打開。』不一時，騎報回來，傳：『老爺過天漢橋了。』頭一廚役跟隨茶盒攢盒到了。半日才遠遠牌兒馬到了，眾官都頭帶勇字鎖鐵盔，身穿摟漆紫花甲，青紵絲團花窄袖衲襖，紅綃裹肚，綠麂皮挑線海獸戰裙，腳下四縫著腿黑靴，弓彎雀畫，箭插雕翎，金袋肩上橫擔銷金令字藍旗。端的人如猛虎，馬賽飛龍。須臾一對藍旗過來，夾著一對青衣節級上，一個個長長大大，搦搦搜搜，頭帶黑青巾，身穿皂直裰，腳上乾黃皮底靴，腰間懸繫虎頭牌，騎在馬上。端的威風凜凜，相貌堂堂。須臾，三隊牌兒馬過畢，只聞一片喝聲傳來。……頭道過畢，又是二道摔手。摔手過後，兩邊雁翎排列二十名青衣緝捕，……十對青衣後面，轎是八抬八簇肩輿明轎。轎上坐著朱太尉，……」

《紅樓夢》第十七回至第十八回，寫賈元春歸省榮國府，也有一段儀仗場面的鋪排。文中寫道：

> 至十五日五鼓，自賈母等有爵者，皆按品服大妝。……賈赦等在西街門外，賈母等在榮府大門外。街頭巷口，俱係圍棋幙擋嚴。正等的不耐煩，忽一太監坐大馬而來，賈母忙接入，問其消息。太監道：「早多著呢！……只怕戌初才起身呢。」……於是賈母等暫且自便，園中悉賴鳳姐照理。……忽聽外邊馬跑之聲。一時，有十來個太監都喘吁吁跑來拍手兒。這些太監會意，都知道是「來了，來了」，各按方向站住。賈赦領合族子侄在西街門外，賈母領合族女眷在大門外迎接。半日靜悄悄的。忽見一對紅衣太監騎馬緩緩的走來，至西街門下了馬，將馬趕出圍幙之外，便垂手面西站住。半日又是一對，亦是如此。少時便來了十來對，方聞得隱隱細樂之聲。一對對龍旌鳳翣，雉羽夔頭，又有銷金提爐焚著御香；然後一把曲柄七鳳黃金傘過來，便是冠袍帶履。又有值事太監捧著香珠、繡帕、漱盂、拂塵等類。一隊隊過完，後面方是八個太監抬著一頂金頂金黃繡鳳版輿，緩緩行來。

由於主人公的身份及所處時代的不同，其儀仗當然也有不小的差異。前者重在寫其威嚴，因此不惜筆墨對執事人員穿戴之整齊、身體之魁梧、表情之冷峻進行描寫；後者重在表現其尊貴，故不避繁瑣地描寫佈置之周密、執事之隆重。可以說二者的描寫都是

真實的、成功的，但後者對前者的借鑒也是明顯的，尤其是對其過程的描寫，都是先寫參見者或迎接者一大早就去恭候，後來得知為時尚早，便暫且自便，留人打探，到時通報。然後是儀仗的詳細鋪排，最後是儀仗主人的轎子出現，敘述有著驚人的相似。

## (二)瓶兒病死眾人之哭與寶玉挨打眾人之哭

李瓶兒病死與寶玉挨打分別是《金瓶梅》與《紅樓夢》描寫的大事件。

《金瓶梅》第六十二回，李瓶兒病死。作者圍繞西門慶及其家人的不同哭相，細緻入微地表現出各自的性格及其不同的心理。

由於李瓶兒為西門慶帶來了大宗的錢財，李之病源與西門慶在其經期強行與之同房有關，加上李瓶兒在西門慶的妻妾中又是性格最為溫順、仁義謙讓的人，所以他十分悲痛。「這西門慶也不顧的甚麼身底下血漬，兩隻手抱著他香腮親著，口口聲聲只叫：『我的沒救的姐姐，有仁義好性兒的姐姐！你怎的閃了我去了，寧可教我西門慶死了罷。我也不久活於世了，平白活著做甚麼！』在房裡離地跳的有三尺高，大放聲號哭。」吳月娘雖「搵淚哭涕不止」，但「因見西門慶搭伏在他身上，摀臉兒那等哭，只叫：『天殺了我西門慶了！姐姐，你在我家三年光景，一日好日子沒過，都是我坑陷了你了！』月娘聽了，心中就有些不耐煩了，說道：『你看韶刀！哭兩聲兒，丟開手罷了。一個死人身上，也沒個忌諱，就臉摀著臉兒哭，倘忽口裡惡氣撲著你是的。他沒過好日子，誰過好日子來？』」接著便吩咐眾人給李瓶兒穿衣服，鎖李瓶兒的房門，埋怨西門慶幾夜沒顧上睡，頭也沒梳，臉也還沒洗，什麼也沒嘗。如果說西門慶的哭號是痛苦、內疚、悔恨的話，那麼吳月娘的哭則更多含有應景、應付的虛假成分，她真正關心的是李瓶兒遺留的錢財及西門慶的身體。

孟玉樓對李瓶兒之死則比較冷淡，她首先提醒吳月娘趁李瓶兒屍體尚溫為其穿衣，後來見西門慶如此悲痛，月娘又說出內心的不滿時，才知道西門慶「原來還沒梳頭洗臉哩」。並說道：「李大姐倒也罷了，沒甚麼。倒吃了他爹恁三等九格的。」可見，她不僅對李瓶兒之死冷淡，對西門慶的悲痛也視而不見。這正是由她在西門慶家錢財比不上李瓶兒、地位比不上吳月娘、風流比不上潘金蓮、社會關係比不上李嬌兒而不被寵愛的尷尬地位所決定的。

潘金蓮由於少了一個爭漢子的對手，所以當然說不上什麼悲痛，惟有以身體為重之類話來勸說、討好西門慶，但萬萬沒有想到西門慶不僅不買她的賬，還將她臭罵一頓，所以她在吳月娘面前憤憤地說：「你還沒見，頭裡進他屋裡尋衣裳，教我是不是，倒好意說他：都相恁一個死了，你恁般起來，把骨禿肉兒也沒了。你在屋裡吃些甚麼兒，出去再亂也不遲。他倒把眼睛紅了的，罵我：狗攘的淫婦，管你甚麼事！……恁不合理的

行貨子,只說人和他合氣。」

由上可見,《金瓶梅》此處借助李瓶兒之死,將各個主要人物的性格都進行了深化。張竹坡在此回回前評價說:「西門是痛,月娘是假,玉樓是淡,金蓮是快。故西門之言,月娘便惱;西門之哭,玉樓不見;金蓮之言,西門發怒也。情事如畫。」

《紅樓夢》第三十三回寶玉挨打事件,也同樣借助眾人的不同反應,將各人的性格表現得活靈活現。

賈政由於寶玉私交唱小旦的蔣玉菡,又聽信了賈環對寶玉逼死金釧兒的誣告,所以對寶玉動以大刑。儘管他也「淚如雨下」,但這淚水中寓有恨也寓有疼,且恨多於疼。王夫人的失聲痛哭,一是心疼寶玉被打得如此厲害,更是恨寶玉不爭氣,但疼多於恨。賈母的「哭個不了」,一是心疼寶玉,二是生賈政的氣。鳳姐罵上來攙扶寶玉的丫鬟媳婦,命用藤屜子春凳抬寶玉,固然表現其管家少奶奶的威嚴厲害,但這裡含有不少討好賈母、王夫人的成分。

襲人在眾人忙亂時插不上手,便想到去弄清事件的起因,表現出襲人心細、慮事周到的特點,在眾人走後她看到寶玉的遍體傷痕,「咬著牙說道:『……你但凡聽我一句話,也不得到這步地位。幸而沒動筋骨,倘或打出個殘疾來,可叫人怎麼樣呢!』」流露出細微複雜的內心隱曲。而寶釵則「手裡托著一丸藥走進來」,囑咐襲人為其敷上。「寶釵見他睜開眼說話,不像先時,心中也寬慰了好些,便點頭歎道:『早聽人一句話,也不至今日。別說老太太、太太心疼,就是我們看著,心裡也疼。』剛說了半句又忙咽住,自悔說的話急了,不覺的就紅了臉,低下頭來。」表達的意思與襲人相似,但作為貴族小姐,其語意較襲人之言又多了不少含蓄。

此處對林黛玉描寫的筆墨尤為奇絕:寶玉「忽又覺有人推他,恍恍忽忽聽得有人悲戚之聲。寶玉從夢中驚醒,睜眼一看,不是別人,卻是林黛玉。寶玉猶恐是夢,忙又將身子欠起來,向臉上細細一認,只見兩個眼睛腫的桃兒一般,滿面淚光。……」作者忍不住插話道:「此時林黛玉雖不是嚎啕大哭,然越是這等無聲之泣,氣噎喉堵,更覺得利害。」當她看到寶玉反倒過來安慰自己,「心中雖然有萬句言詞,只是不能說得,半日,方抽抽噎噎的說道:『你從此可都改了罷!』」真是曲折隱微,把二人的心照不宣、互相信任、志同道合以及內心的相敬相愛、彼此體貼,揭示得淋漓盡致。

就事件本身的性質、特點而言,二者沒有多少相似之處。但借眾人對該事件的不同反應、即眾人之哭相的不同,來表現不同人物的不同性格及他們與死者或挨打者的不同關係,兩書的筆法多有相似之處,有異曲同工之妙。

## (三)金蓮撲蝶與寶釵撲蝶

《金瓶梅》第五十二回，寫潘金蓮趁西門慶往劉太監莊上赴宴，約吳月娘等人與西門大姐兩口在花園裡吃酒。酒後大家下棋的下棋，賞花的賞花。「惟有金蓮，在山子後那芭蕉叢深處，將手中白紗團扇兒且去撲蝴蝶為戲。」不料陳經濟驀地走來，取出汗巾兒與其調情。「不想李瓶兒抱著官哥兒，並奶子如意兒跟著，從松牆那邊走來。見金蓮和經濟兩個在那裡嬉戲、撲蝴蝶，李瓶兒這裡趕眼不見，兩三步就鑽進去山子裡邊，猛叫道：『你兩個撲個蝴蝶兒，與官哥兒耍子！』」故意提高嗓門，讓二人聽見，避免了尷尬的局面。

《紅樓夢》第二十七回，也寫了一個相似的細節。四月二十六日芒種節，大觀園的女孩兒們在園內遊樂。寶釵到瀟湘館尋找林黛玉，因見寶玉進去，便抽身退回。「剛要尋別的姊妹去，忽見前面一雙玉色蝴蝶，大如團扇，一上一下迎風翩躚，十分有趣。寶釵意欲撲了來玩耍，遂向袖中取出扇子來，向草地下來撲，只見那一雙蝴蝶忽起忽落，來來往往，穿花度柳，將欲過河去了。倒引的寶釵躡手躡腳的，一直跟到池中滴翠亭上。」聽到亭子裡面紅玉和墜兒在私下裡談論賈芸撿到紅玉手帕要求感謝的私情。寶釵聽了，暗自吃驚，又怕羞了她們，對自己不利，「寶釵便故意放重了腳步，笑著叫道：『顰兒，我看你往那裡藏！』一面說，一面故意往前趕。」金蟬脫殼，嫁禍與林黛玉。

這兩個細節都表現出人物的富於心機，環境均為山洞亭榭，均涉及男女私情，都寫了撲蝶的場面，相愛的男女都以手帕、汗巾之類傳情，有諸多相似的地方。但比較而言，《紅樓夢》借此細節寫出了薛寶釵內心奸詐的一面，並借紅玉和墜兒的擔心、議論進一步表現出林黛玉的刻薄，一石二鳥，其意蘊較《金瓶梅》的描寫更顯得厚重。

## (四)酒宴彈唱時的打趣

《紅樓夢》第二十八回，馮紫英請薛蟠、寶玉等人到宅中飲酒，席上還有唱小旦的蔣玉菡、錦香院的妓女雲兒等。大家行令飲酒，當雲兒行令時，薛蟠從中插話打岔。小說寫道：

> 雲兒便說道：「女兒悲，將來終身指靠誰？」薛蟠歎道：「我的兒，有你薛大爺在，你怕什麼！」眾人都道：「別混他，別混他！」雲兒又道：「女兒愁，媽媽打罵何時休！」薛蟠道：「前兒我見你媽，還吩咐他不叫他打你呢。」眾人都道：「再多言者罰酒十杯。」薛蟠連忙自己打了一個嘴巴子，說道：「沒耳性，再不許說了。」

大家行完令，寶玉離席小解，蔣玉菡隨即跟了出來。二人在廊簷下私語，並交換汗巾子。兩人剛束好，只聽一聲大叫：「我可拿住了！」只見薛蟠跳了出來，打兩個人的趣。

這段描寫顯然是受到了《金瓶梅》第五十二回的啟發。

《金瓶梅》第五十二回寫應伯爵、謝希大、李桂姐等在西門慶宅中飲酒，席間李桂姐彈琵琶唱〈伊州三台令〉曲，應伯爵不時從中打岔，西門慶和謝希大從旁加以阻止。謝希大道：「應二哥，你好沒趣！……你再言語，口上生個大疔瘡。」唱完後西門慶遞眼色與李桂姐，二人到藏春塢雪洞兒裡正在淫樂，應伯爵躡手躡足潛蹤，推門進去，猛然大叫一聲，使二人大吃一驚，打趣逗樂。

脂硯齋在《石頭記》甲戌本「薛蟠說酒令」一段眉批曰：「此段與《金瓶梅》內西門慶、應伯爵在李桂姐家飲酒一回對看，未知孰家生動活發（潑）。」飲酒地點的錯誤可能是脂硯齋誤記所致，但二者描寫的相似卻是有目共睹。儘管脂批說得非常籠統，但我們完全有理由得出《紅樓夢》的描寫借鑒了《金瓶梅》的結論。其一，同是在私人宅第飲酒的場面，都有妓女相陪。其二，都是在妓女彈唱時，有人從中打趣逗樂，並有別人加以勸說阻止。其三，都有飲酒中間逃席敘私情的描寫。其四，都有某人對敘私情者的吆喝逗趣。

但《紅樓夢》的描寫比《金瓶梅》又有高明之處。一是《金瓶梅》在描寫應伯爵插嘴時，儘管極盡表現這個幫閒的嘴臉，但他的插言有故事，有唱曲，有笑話，有打諢，顯得繁瑣冗雜；而《紅樓夢》中薛蟠兩次只插了兩句話，就馬上被人制止，不僅避免了冗濫，而且也更見出薛蟠的性格。二是《金瓶梅》中的西門慶與李桂姐淫樂，只是他淫縱生活的再一次展示，見不出有其他方面的深刻用意；而《紅樓夢》中賈寶玉、蔣玉菡互贈汗巾，為後來襲人嫁給蔣玉菡埋下了伏筆，在結構上起到了一定作用。

## (五)如意兒怕金蓮與趙姨娘怕鳳姐

《金瓶梅》中李瓶兒因為官哥兒被潘金蓮所馴養的貓驚嚇而死，又天天受潘金蓮的氣，再加上西門慶在其經期強行與其行房，終於釀成重病，服藥百般，醫治無效；求神問卜，有凶無吉，眼看不久於人世。第六十二回寫觀音庵的王姑子帶了吃的來探望。當她揭開被子，見李瓶兒身上肌體都瘦得沒了，唬了一跳，問起緣由：

> 奶子道：「王爺，你不知道，誰氣著他……」因使繡春：「外邊瞧瞧，看關著門不曾。路上說話，草裡有人不備。——俺娘都因為著了那邊五娘一口氣。」

接著便把潘金蓮如何與李瓶兒鬥氣、如何用貓驚嚇官哥兒，官哥兒夭亡後她又如何指桑罵槐、百般稱快等等敘述了一遍。李瓶兒許給王姑子一些銀子，等將來自己死了，讓其

在家請幾位師父誦《血盆經》，懺自己的罪業。

《紅樓夢》第二十五回，寫了一個類似的細節：道姑馬道婆到榮國府請安。當她來到趙姨娘房內，趙姨娘向她訴說自己對王熙鳳的怨恨：

> 「罷，罷，再別說起。……我只不伏這個主兒。」一面說，一面伸出兩個指頭兒來。馬道婆會意，便問道：「可是璉二奶奶？」趙姨娘唬的忙搖手兒，走到門前，掀簾子向外看看無人，方進來向馬道婆悄悄說道：「了不得，了不得！提起這個主兒，這一分家私要不都叫他搬到娘家去，我也不是個人。」

以下便寫趙姨娘重金酬謝，與馬道婆設計用五鬼魔法暗害鳳姐和寶玉。

這兩個細節的相似之處表現在：其一，都反映了家族內部的深刻矛盾。潘金蓮與李瓶兒的矛盾，是《金瓶梅》所寫矛盾中最突出者之一；王熙鳳與趙姨娘的矛盾，也同樣是《紅樓夢》中最為尖銳的矛盾之一。其二，訴說心事的對象一是王姑子，一是道姑，均為出家人，但她們的六根並不清淨，撒謊行騙、貪婪無比是她們的共同特點。作者對她們均持否定態度。其三，如意兒與趙姨娘敘述時的神態酷似，她們對所貶人物都是又恨又怕，但比較起來，趙姨娘的怕鳳姐遠較如意兒的怕潘金蓮為甚。如意兒尚且敢親口說出「五娘」二字，而趙姨娘只敢伸出兩個指頭暗示，當馬道婆說出「璉二奶奶」時，她簡直嚇得魂都掉了，連忙搖手制止，到門前掀簾子看看有沒有人。這種筆法的稍許變化，把趙姨娘的害怕心理表現得活靈活現，栩栩如生。另外，如意兒的話只是對潘金蓮所作所為的平淡敘述，而趙姨娘的動作言語，把鳳姐在趙姨娘心目中的威嚴也渲染了出來，收到了一擊二鳴的效果。其四，李瓶兒與趙姨娘都以銀子相許，酬謝對方。但李瓶兒是出於自我懺悔，也並沒有立即拿出銀子，只是籠統許諾；而趙姨娘不僅拿出了自己省吃儉用的積蓄，還迫不及待地寫下五百兩銀子的欠契，更見其對王熙鳳恨之入骨、盼其早死的心理。

# 四、寫人藝術

《金瓶梅》與《紅樓夢》都成功地塑造了大批栩栩如生的人物形象，極大地豐富了中國古典文學的人物畫廊。作為以家庭日常生活為題材的長篇小說，它們都善於通過日常生活的場景、富有典型意義的細節來刻畫人物性格，積累了豐富的藝術經驗。就其寫人藝術而言，《紅樓夢》對《金瓶梅》多有借鑒，這裡僅作粗略的敘述。

## (一)人物的命名

首先，是兩書同名的人物。計有：來旺（《金瓶梅》中為西門慶之僕，《紅樓夢》中為王熙鳳陪房來的「來旺家的」之夫），金釧兒、玉釧兒（《金瓶梅》中為妓女，《紅樓夢》中為王夫人之丫頭），來興（《金瓶梅》中為西門慶的男僕，《紅樓夢》中為賈政之男僕），李貴（《金瓶梅》中為山東好漢，《紅樓夢》中為寶玉奶母之子、照料寶玉出門的僕人），大姐兒（《金瓶梅》中為西門慶之女，《紅樓夢》中為賈璉之女），迎春（《金瓶梅》中為李瓶兒的丫頭，《紅樓夢》中為賈府的二小姐），喜兒（《金瓶梅》中為周秀家的小廝，《紅樓夢》中為賈珍的小廝）等等。

其次，給人物命名時以諧音寓於作者的褒貶。《金瓶梅》中的人物如：卜志道（不知道），車淡（扯淡），管世寬（管事寬），游守（游手），郝賢（好閒），白汝謊（白謊汝），白來創（白來搶），雲離守（雲裡手），吳典恩（無點恩），陰騭，賈仁清（假人情），伊面慈（一面慈），應伯爵（應白嚼），錢勞（錢撈），錢晴川（錢情串），錢痰火，常時節（長時借），溫必古（溫屁股）等。《紅樓夢》中的人物如：卜世仁（不是人），卜固修（不顧羞），吳新登（無星戥），錢華（錢花），詹光（沾光），單聘仁（善騙人）等。

## (二)借一人之眼描寫其他人物

《金瓶梅》第九回，寫西門慶唆使潘金蓮害死武大郎，燒了武大郎靈牌後將潘金蓮娶到家中做了第五妾。第二天，潘金蓮與西門慶的其他妻妾相見。作者先借吳月娘的觀察將潘金蓮的風流標緻作了再一次的渲染：

> 月娘在坐上，仔細定睛觀看這婦人，年紀不上二十五六，生的這樣標緻，但見：眉似初春柳葉，常含著雨恨雲愁；臉如三月桃花，暗帶著風情月意。纖腰嫋娜，拘束的燕懶鶯慵；檀口輕盈，勾引得峰狂蝶亂。玉貌妖嬈花解語，芳容窈窕玉生香。吳月娘從頭看到腳，風流往下跑；從腳看到頭，風流往上流。論風流，如水晶盤內走明珠；語態度，似紅杏枝頭籠曉日。看了一回，口中不言，心內暗道：「小廝每家來，只說武大怎樣一個老婆，不曾看見，今日果然生的標緻，怪不的俺那強人愛他。」

這裡通過吳月娘的眼睛和感受，把一個風流漂亮的女性形象展現在讀者面前。如果說這裡的敘述是一種「限知」視角也即就吳月娘的所見所聞來客觀介紹的話，那麼接下來通過潘金蓮之眼來介紹吳月娘等人時，筆法則起了變化：

> 這婦人坐在傍邊，不轉睛把眼兒只看吳月娘：約三九年紀。——因是八月十五日生的，故小字叫做月娘。——生的面若銀盆，眼如杏子，舉止溫柔，持重寡言。

第二個李嬌兒，乃院中唱的。生的肌膚豐肥，身體沉重，在人前多咳嗽一聲，上床懶追陪解數，名妓者之稱，而風月多不及金蓮也。第三個就是新娶的孟玉樓，約三十年紀。生的貌若梨花，腰如楊柳，長挑身材，瓜子臉兒，稀稀多幾點微麻，自是天然俏麗。惟裙下雙灣，與金蓮無大小之分。第四個孫雪娥，乃房裡出身。五短身材，輕盈體態，能造五鮮湯水，善舞翠盤之妙。這婦人一抹兒多看到在心裡。

這裡對吳月娘的介紹，是一種「全知」視角的敘述。對人物出身、性格、特點等介紹，顯然是敘述者的口氣；而對人物外貌的介紹，則是潘金蓮的觀察。這裡通過一個場面對人物進行集中描寫，在刻畫人物性格、塑造人物形象方面起了重要作用，遺憾的是後一段通過潘金蓮的眼睛介紹眾人時，插入了作者的敘述，顯然不倫不類，有失合理。

與《金瓶梅》相似，《紅樓夢》第三回也是通過林黛玉初進賈府，使幾個主要女性集中亮相：

不一時，只見三個奶嬤嬤並五六個丫鬟，簇擁著三個姊妹來了。第一個肌膚微豐，合中身材，腮凝新荔，鼻膩鵝脂，溫柔沉默，觀之可親。第二個削肩細腰，長挑身材，鴨蛋臉兒，俊眼修眉，顧盼神飛，文彩精華，見之忘俗。第三個身量未足，形容尚小。其釵環裙襖，三人皆是一樣的妝飾。

又通過眾人之眼介紹黛玉：

眾人見黛玉年貌雖小，其舉止言談不俗，身體面龐雖怯弱不勝，卻有一段自然風流的態度，便知他有不足之症。

這段描寫與上文《金瓶梅》的描寫有許多相似之處，表現在：

其一，一是林黛玉初進賈府與眾人相見，一是潘金蓮初進西門府與眾人相見。

其二，兩書不僅通過黛玉、金蓮之眼寫眾人，而且也通過眾人之眼來寫黛玉與金蓮。

其三，語言風格相似，都多用四字句；用詞有接近之處，如「肌膚微豐」與「肌膚豐肥」，「溫柔沉默」與「舉止溫柔，持重寡言」，「削肩細腰」「長挑身材」與「腰如楊柳，長挑身材」等等。

其四，《紅樓夢》對迎春、探春、惜春描寫的順序基本上與《金瓶梅》中描寫吳月娘、孟玉樓、孫雪娥的順序一一對應，且人物的相貌及性格也逐一相仿。如迎春的「肌膚微豐」「鼻膩鵝脂」「溫柔沉默」對應吳月娘的「面若盈盆」「舉止溫柔」「持重寡言」；探春的「削肩細腰，長挑身材，鴨蛋臉兒，俊眼修眉，顧盼神飛」對應孟玉樓的

「腰如楊柳,長挑身材,瓜子臉兒,……自是天然俏麗」;惜春的「身量未足,形容尚小」對應孫雪娥的「五短身材,輕盈體態」。

其五,兩書介紹人物時都注意筆法的變化,各有側重地寫出人物性格的差異。《金瓶梅》分別寫出吳月娘的穩重、寡言,李嬌兒的豐肥,孟玉樓的俏麗,孫雪娥的矮短;《紅樓夢》則分別寫出迎春的溫柔,探春的精明,惜春的年幼。甲戌本在「第三個身量未足,形容尚小」一句眉批道:「渾寫一個更妙!必個個寫去則板矣。可笑近之小說中有一百個女子,皆是如花似玉一副臉面。」高度評價了這種善變的筆法。

但《紅樓夢》這段描寫之所以高出《金瓶梅》一籌,首先在於它汰去了《金瓶梅》中本是以作者敘述的口吻出現的有關人物出身及特點等那些潘金蓮眼中看不見的東西,它甚至連介紹的是賈府的哪位小姐都不曾點明,這就顯得更加合理,完全吻合初來乍到的林黛玉的觀察視角,完全洗去了由說話到文人創作這種過渡期的不成熟的描寫的痕跡。其次在於它僅用「觀之可親」「見之忘俗」八個字就寫出了迎春與探春性格的分野,以及林黛玉的內心感受,從而在《金瓶梅》靜態觀察的基礎上發展為能動的反應,平添了更多的感情色彩。

## (三)借一人之口品評其他人物

《三國演義》第二十一回曹操煮酒論英雄,與劉備一問一答,談論天下英雄,通過曹操之口將淮南袁術、河北袁紹、荊州劉表、江東孫策、益州劉璋等人的性格作了一次總描,給人留下了十分難忘的印象。《金瓶梅》在繼承這種手法的基礎上又作了進一步的開拓,用來介紹現實生活中平凡的小人物,典型的例子如第六十四回玳安向傅夥計對西門慶妻妾們所作的介紹:

> 「……說起俺這過世的六娘性格兒,這一家子都不如他,又有謙讓,又和氣,見了人只是一面兒笑。俺每下人,自來也不曾呵俺每一呵,並沒失口罵俺每一句奴才,要的誓也沒賭一個。使俺每買東西,只拈塊兒。……俺大娘和俺三娘使錢也好。只是五娘和二娘慳吝些,他當家俺每就遭瘟來,會把腿磨細了。會勝買東西,也不與你個足數,綁著鬼,一錢銀子拿出來只稱九分半,著緊只九分,俺每莫不賠出來?」傅夥計道:「就是你大娘還好些。」玳安道:「雖故俺大娘好,毛司火性兒。一回家好,娘兒每親親噠噠說話兒。你只休惱狠著他,不論誰,他也罵你幾句兒。總不如六娘,萬人無怨,又常在爹根前替俺們說方便兒。……只是五娘快戳無路兒,行動就說:『你看我對你爹說』,把這打只題在口裡。如今春梅姐,又是個合氣星,天生的都出在他一屋裡。」

如果說《三國演義》中曹操對各路軍閥的性格是一種純客觀的概括的話，那麼《金瓶梅》中玳安對諸人的評價則帶有更多的主觀色彩，也即從自己的切身感受出發，包含較多的恩怨成分，且主要是根據所評人物對待下人的態度來褒貶。《紅樓夢》在借鑒前人的基礎上又有了新的發展，這在第六十五回興兒對尤二姐評價賈府的幾位主要女性時體現得最為明顯：

> ……提起我們奶奶來，心裡歹毒，口裡尖快。我們二爺也算是個好的，那裡見得他。倒是跟前的平姑娘為人很好，雖然和奶奶一氣，他倒背著奶奶常作些個好事。小的們凡有了不是，奶奶是容不過的，只求求他去就完了。如今闔家大小除了老太太、太太兩個人，沒有不恨他的，……他說一是一，說二是二，沒人敢攔他。又恨不得把銀子錢省下來堆成山，好叫老太太、太太說他會過日子，殊不知苦了下人，他討好兒。……我告訴奶奶，一輩子別見他才好。嘴甜心苦，兩面三刀；上頭一臉笑，腳下使絆子；明是一盆火，暗是一把刀；都占全了。……人家是醋罐子，他是醋缸醋甕。

接著又介紹了「大菩薩」李紈，「二木頭」迎春，「玫瑰花」探春，不管事的惜春以及林黛玉、薛寶釵等人的性格相貌。既有切身的主觀感受，又有作為旁觀者的客觀介紹，可以說是將《三國演義》與《金瓶梅》的優長糅合為一，青出於藍而勝於藍。因此在戚蓼生序本第六十五回回前脂批曰：

> 文有雙管齊下法，此文是也。事在寧府，卻把鳳姐之尖酸刻薄，平兒之任俠直鯁，李紈之號菩薩，探春之號玫瑰，林姑娘之怕倒，薛姑娘之怕化，一時齊現，是何等妙文。

## (四)人物對話

通過大量的人物對話來推動情節的發展，凸現人物性格，是中國古典小說創作的優秀傳統。作為以日常生活場景為描寫對象的《金瓶梅》與《紅樓夢》，自然也會大量地運用人物對話。儘管它們所表現的生活與所描寫的人物有諸多的差異，但某些人物對話語態的酷似，很容易使人在閱讀時產生由此及彼的聯想。請看下面兩段對話：

> 翠縷道：「……難道那些蚊子、虼蚤、蟣蟲兒、花兒、草兒、瓦片兒、磚頭兒，也有陰陽不成？」湘雲道：「怎麼沒有陰陽呢？比如那一個樹葉兒還分陰陽呢。那邊向上朝陽的便是陽，這邊背陰覆下的便是陰。」……翠縷道：「這也罷了，

怎麼東西都有陰陽，咱們人倒沒有陰陽呢？」湘雲照臉啐了一口道：「下流東西，好生走罷！越問越問出好的來了！」（《紅樓夢》第三十一回）

小玉道：「奶奶，他是佛爺兒子，誰是佛爺女兒？」月娘道：「相這比丘尼姑僧，是佛的女兒。」小玉道：「譬若說，相薛姑子、王姑子、大師父，都是佛爺女兒，誰是佛爺女婿？」月娘忍不住笑罵道：「這賊小淫婦，學的油嘴滑舌，見見就說下道兒去了！」（《金瓶梅詞話》第八十八回）

　　兩段都是主僕對話，最後都將話題扯向男女問題，並且都以女僕的挨罵收場。不僅如此，甚至連對話雙方的語態、神情也都十分相似，這絕對不能說是偶然的巧合。只不過《紅樓夢》並非盲目地照搬《金瓶梅》，曹雪芹根據人物身份的不同對《金瓶梅》作了成功的借鑒與化用。比如有著較高文化素養、作為貴族小姐的史湘雲絕對說不出市井暴發戶之婦吳月娘口中那些「賊小淫婦兒」之類的話來；而充役於鐘鳴鼎食之家、世代簪纓之族的翠縷的不解而問也與奔走於粗俗淫亂、驟然暴富的市井之家的小玉的故意逗主子有很大的區別。

　　除此之外，《紅樓夢》和《金瓶梅》還有若干對性格酷似或某一方面接近的人物。如賈璉的荒唐淫亂與西門慶的縱欲無度，王夫人的吃齋念佛、面善心狠與吳月娘的看經好善、表面寬厚、內心妒忌，王熙鳳的詭譎狠毒、言語犀利幽默與潘金蓮的乖滑陰狠、談吐尖刻、嘴不饒人，尤二姐的忍辱吞聲與李瓶兒嫁與西門慶之後的逆來順受，賈雨村的忘恩負義與吳典恩的恩將仇報，薛寶釵的裝愚守拙與孟玉樓的含蓄行藏等等，不僅形似，而且神肖，借鑒、繼承的痕跡也都十分明顯。

　　除了以上所述，《紅樓夢》的語言也深受《金瓶梅》的影響，諸如俗語的提煉，韻語的運用，仿詞，旁敲側擊等等，前輩與時賢多有論述，這裡就不再贅及了。

# 探賾　抉隱篇

# 《金瓶梅》創作主旨新探

　　馬克思主義文藝理論認為，任何一部文藝作品，都是作家的主觀心靈與客觀世界的特殊遇合，是作家對生活理性的認知、感受和體驗的結果，是一種能動的創造工程。就小說的創作來說，一部作品的醞釀，首先關涉的就是作品的立意也即創作主旨問題。儘管從接受美學的角度來講，在文學作品的接收過程中，同一作品、同一問題存在差異性，但作家的創作初衷卻有它的恒定性。

　　關於《金瓶梅》的創作主旨問題，自明末以來就莫衷一是，官司一直打到今天。諸如政治寓意說、孝子復仇說、苦孝說、諷勸說、暴露說、憤世嫉俗說等等。這種異說迭見的情況，固然是文學評論中的正常現象，但研究中的溢美傾向卻不值得提倡。比如說，我們在探討問題時，需要運用馬克思主義的文藝理論，去挖掘《金瓶梅》深刻的思想意義，但《金瓶梅》的作者絕對不是在這種理論的指導下進行寫作的，明代中葉的封建文人絕不會對封建制度的歷史命運有著本質的把握，通過作品去揭示歷史發展的必然規律。如果把「作者實際上提供的東西和只是他認為提供的東西」（馬克思語）混淆一談，那顯然不是唯物主義的態度。

　　《金瓶梅》的創作主旨究竟是什麼？明代中葉的中國社會為什麼能夠孕育出一部《金瓶梅》的誕生？我們在資料匱乏的情況下，只有聯繫小說產生的時代環境、文化思潮、社會風俗習尚等，尤其是作品本身所提供的材料，對作品進行全面地、客觀地審視，才可能對這一問題有接近正確的把握。

## 一、功利意識的文學滲透

　　兩千多年的儒家思想統治，中國歷代封建政治下積澱而成的傳統思想，使得中國的

傳統文化（當然包括文學創作）往往與政治、與社會的功利性目的緊密連為一體。功利原則，成了人們處世立身的根本準則。「達則兼濟天下，窮則獨善其身」，就是這種原則的典型注腳。反映在文學領域，儒家明道致用的傳統精神，文以載道、倫理教化、明道立教、輔俗化民等原則是漢唐以來作家自覺遵循的原則，也是人們普遍接受的文學觀念，它也就往往成為騷人墨客操觚織文的主要動因。興、觀、群、怨，經夫婦，成孝敬，厚人倫，美教化，移風俗等社會政治觀照是作家首要考量的遠比作品藝術觀照重要得多的因素。傳統詩論中那種社會道德式的批評始終在中國文論史上占據著主宰地位，指導著中國古典文學的發展航程。

任何一部文學作品，都毫不例外地蘊涵著作家的道德評判、人生評判、社會評判，體現著作者的善惡是非觀念，從而反映著作者的創作立意；所不同的，只不過是不同作家的不同作品有著直與曲、明與暗、顯與晦的不同表現形式而已。早在中國小說發展史上的第一個黃金時期——唐傳奇繁榮的時期，沈既濟、李公佐、陳鴻等傳奇大家就在其作品中對傳奇這種文藝形式的創作主旨、社會功用等問題進行了初步的闡發。隨著通俗文學的躋身文壇，作家直接表露創作立意更是司空見慣。

魯迅曾說：「以意度之，則俗文之興，當由二端：一為娛心，一為勸善，而尤以勸善為大宗。」[1]就古典文學領域來考察，在作品卷首用詩詞、小引、小識、題詞之類直接表露作者的創作主旨，是敘事文學尤其是小說、戲曲的慣用手法。宋初太平興國年間，李昉等編撰的小說總集《太平廣記》問世，他在〈太平廣記表〉中道：「伏以六籍既分，九流並起，皆得聖人之道，以盡萬物之情。足以啟迪聰明，鑒照今古。」[2]後來曾慥在〈類說序〉中對小說的社會功用作了「資治體，助名教，供談笑，廣見聞」[3]的發揮。明清小說家們對小說創作的認知無不是對曾慥觀點的繼承、發揮、具體化。如馮夢龍編輯創作的「三言」，除了在具體作品中直截了當地闡發其創作目的外，還借書前的序文來表明他「醒世」「警世」的立意。即空觀主人在〈二刻拍案驚奇小引〉中自謂其創作意旨是：「其間說鬼說夢，亦真亦誕，然意存勸戒，不為風雅罪人，後先一指也。」[4]甚至如《西遊記》之類神魔小說，竟也有人認為作者的創作初衷是在勸誡：「《西遊》又名《釋厄傳》者，何也？誠見夫世人，逐日奔波，徒事無益，竭盡心力，虛度浮生，甚至傷風敗俗，滅理犯法，以致深陷罪孽，豈非大厄耶？作者悲鳴於此，委曲開明，多方點化，必

---

1　魯迅《中國小說史略》第十二篇〈宋之話本〉，上海：上海古籍出版社 1998 年，第 71 頁。

2　李昉《太平廣記》卷首，北京：中華書局 1961 年。

3　曾慥《類說》卷首，北京圖書館古籍珍本叢刊，北京：書目文獻出版社 1988 年。

4　凌濛初《二刻拍案驚奇》卷首，上海：上海古籍出版社 1992 年。

欲其盡歸於正道，不使之復蹈於前愆，非釋厄而何？」[5]明末出現的短篇小說諸如《石點頭》《醒醒石》等等，僅就其書名來看，是不難理解其道德勸誡的創作動機的。《儒林外史》要抨擊功名富貴毒害下封建士大夫的醜惡靈魂，卷首曰：「功名富貴無憑據，費盡心情，總把流光誤」，「人生富貴功名，是身外之物；但世人一見了功名，便捨著性命去求他，及至到手之後，味同嚼蠟。自古及今，那一個是看得破的。」[6]曹雪芹要通過作品譜寫一曲頌揚女性之美的讚歌，在《紅樓夢》開卷第一回就道出：「今風塵碌碌，一事無成，忽念及當日所有之女子，一一細考較去，覺其行止見識，皆出於我之上。」並不無激憤地說：「自欲將已往所賴天恩祖德，錦衣紈褲之時，飫甘饜肥之日，背父兄教育之恩，負師友規談之德，以至今日一技無成、半生潦倒之罪，編述一集，以告天下人：我之罪固不免，然閨閣中本自歷歷有人，萬不可因我之不肖，自護己短，一併使其泯滅也。」[7]而小說批評家們也往往特別重視作品的勸懲教化功能，並且把作品的這種道德功用視為衡判作品得失的重要準繩。如《儒林外史》第三十九回「臥評」曰：「大凡學者操觚有所著作，第一要有功於世道人心為主，此聖人所謂『修辭立其誠也』。」清代白叟山人道：「竊嘗讀稗官野史之流，其言雖不甚雅馴，然觀其旨趣，所以表揚忠孝，激勸節義，儆貪懲暴，厚風俗，正人心，未嘗殊於正史列傳之義也。」[8]王希廉〈紅樓夢評序〉云：「《紅樓夢》雖小說，而善惡報施，勸懲垂誠，通其說者，且與神聖同功。」[9]明戲筆主人說得更絕：「文字無關風雅者，雖柄耀藝林，膾炙人口，皆為苟作，立說之要道也。」[10]就戲劇而論，元末明初南戲代表作《琵琶記》，宣揚「風化」的主旨是借第一齣副末之口明白道出；湯顯祖於萬曆二十六年（1598）結撰的著名傳奇《牡丹亭》，乃是借卷首「題詞」，申明作品對「一往而深」「生者可以死，死可以生」的「情至」的歌頌，表明他要揭示「理之所必無」，而「情之所必有」的「情」與「理」的根本對立[11]；清代傳奇的雙璧——《長生殿》《桃花扇》，或借「自序」表明「樂極哀來，垂戒來世」的寓意[12]，或借「小引」提醒，作品是要讓觀眾「知三百年之基業，隳於何人？

5　〈新說西遊記總評〉，見朱一玄、劉毓忱《西遊記資料彙編》，鄭州：中州書畫社1983年，第222頁。

6　吳敬梓《儒林外史》第一回，北京：人民文學出版社1977年，第1頁。

7　曹雪芹、高鶚《紅樓夢》第一回，北京：人民文學出版社1982年，第1頁。

8　〈離合劍蓮子瓶序〉，《離合劍蓮子瓶》卷首，《古本小說集成》本，上海：上海古籍出版社1994年影印本。

9　丁錫根《中國歷代小說序跋集》，北京：人民文學出版社1996年，第1162頁。

10　丁錫根《中國歷代小說序跋集》，北京：人民文學出版社1996年，第1300頁。

11　湯顯祖〈牡丹亭題詞〉，《牡丹亭》卷首，北京：人民文學出版社1963年。

12　洪昇〈長生殿自序〉，《長生殿》卷首，北京：人民文學出版社1983年。

敗於何事？消於何年？歇於何地？」從而「懲創人心，為末世之一救」[13]。

明清小說的發展繁榮擺脫不了它賴以產生的臍帶——民間「說話」藝術。受民間「說話」藝術的影響，無論長篇還是短制，作者往往借一個「入話」故事，來映照作品中所敘事件，表明作者的創作意旨。短篇小說如《清平山堂話本》、「三言」「二拍」中的作品如此，長篇小說最典型的要數《儒林外史》的第一回，吳敬梓用一個「楔子」以「敷陳大義」，「借名流」以「隱括全文」。

與這種通則不謀而合，《金瓶梅詞話》在第一回正文之前，刊有四首〈四季詞〉和四首〈四貪詞〉。〈四季詞〉宣揚了無榮無辱無憂、聽天由命、優遊隨分、與世無爭的閒適思想，〈四貪詞〉吟詠酒、色、財、氣乃賈禍害身之源，表達了勸誡諷喻之意。接著在第一回「入話」部分，作者又特意引用了歷史上著名的因色致禍的項羽、劉邦故事。這些絕非等閒之筆，它正是小說創作主旨——勸誡世人莫要蹈入書中幾個主要人物的覆轍（沉溺酒、色、財、氣而賈禍喪身）的思想的表露。整部小說就是圍繞這四字去構思、編織、鋪排的，立足點在於暴露「四貪」之病和酒、色、財、氣給人生造成的痛苦和危害。因此可以說，〈四貪詞〉是打開《金瓶梅》創作深奧主旨的鑰匙，警世、勸誡是蘭陵笑笑生的根本立意所在。

# 二、「四貪」的肆虐與明代社會

普列漢諾夫說過：「任何文學作品都是它的時代的表現，它的內容和它的形式是由這個時代的趣味、習慣、憧憬決定的。」[14]馬克思說：「人們自己創造自己的歷史，但是他們並不是隨心所欲地創造，並不是在他們自己選定的條件下創造，而是在直接碰到的、既定的、從過去承繼下來的條件下創造。」[15]十九世紀中期，法國著名的文論家、史學家丹納說：「要瞭解一件藝術品，一個藝術家，一群藝術家，必須正確的設想他們所屬的時代的精神和風俗概況。這是藝術品最後的解釋，也是決定一切的基本原因。這一點已經由經驗證實；只要翻一下藝術史上各個重要的時代，就可以看到某種藝術是和某些時代精神與風俗情況同時出現，同時消滅的。」[16]根據文藝反映生活的一般原理，文學創作中出現的這種特有的文化現象，必然有其歷史的、社會的、文化的淵源。

---

13  孔尚任〈桃花扇小引〉，《桃花扇》卷首，北京：人民文學出版社 1959 年。
14  普列漢諾夫《論西歐文學》，北京：人民出版社 1957 年，第 121 頁。
15  馬克思〈路易波拿巴的霧月十八日〉，《馬克思恩格斯選集》第一卷，北京：人民出版社 1972 年，第 603 頁。
16  丹納《藝術哲學》，合肥：安徽文藝出版社 1998 年，第 46-47 頁。

　　從中國歷史上看，酒、色、財、氣「四貪」不僅是歷代封建統治者易犯的「流行病」，而且也是世人容易耽於其中的人生難關。有元一代，由於元蒙貴族鐵蹄的踏入，伴隨而來的是中原的淪陷與民族的災難。一些身懷民族之痛的漢族士大夫們懼於新朝的政治壓力，位又列於第九等「賤民」，在無可奈何的痛楚中，幻想在求仙崇道的境界中尋找精神的慰藉，擺脫塵世無盡的煩惱。他們一方面隱遁逃匿，一方面向世人發出與世無爭、莫貪戀世俗酒色財氣享樂的規勸，這便直接導致了「度脫」一類雜劇的產生和以酒色財氣為諷誡的散曲的大量出現。到了明代，情況發生了根本的變化。由於社會經濟的發展繁榮，使得中國的封建社會結構在明中葉以後出現了新的裂變，即資本主義經濟自發地潛生於封建經濟結構的軀殼之中。尤其是在東南沿海一帶，自給自足的小農經濟受到了新興的城鎮商業、手工業經濟的巨大衝擊。如果我們對明王朝歷代的皇帝稍作回顧就會發現，朱家帝王面對即將傾覆的封建大廈已經回天無術，他們不思復興，整日沉溺於酒色歌舞中得過且過。重用宦豎，荒淫享樂，醉生夢死，成了他們的共同特徵，其墮落、腐朽實在令人瞠目。自從英宗（正統）重用太監王振、曹吉祥，開了明代宦官專權之端，而後明王朝的統治似乎就與太監宦官相伴始終。英宗當政，王振賣官鬻爵，收受財賄，弄得國政不修，邊防渙散，終於導致了「土木之變」。後來「南宮復辟」，英宗復奪皇位後，不僅不汲取以前重用宦官導致「北狩」的教訓，反而變本加厲，對在「奪門之變」中立下功勞的徐有貞、石亨、太監曹吉祥等人加官晉俸。成化時，年僅 18 歲的憲宗卻寵愛一個年已 35 歲的萬貴妃，當時中涓太監、方士妖僧皆以結歡萬氏為進身之階，弄得朝政烏七八糟。孝宗雖然頗有「仁、宣」遺風，但無奈大勢已去，「弘治中興」只是曇花一現。孝宗死後，其獨子武宗（正德）即位，又崇任太監，親近佞臣，沉溺於聲色狗馬之中。臭名昭著的宦官劉瑾權擅天下，對武宗獻美女、進聲色，蠱惑其縱情淫樂，對異己、廉能、忠良之士則排斥打擊，陷害殺戮；同時也加緊了對勞動人民的大肆搜刮。這種情況發展到了嘉靖、萬曆時期，統治者的荒淫更遠遠超過其前任。世宗拜仙崇道，祈求長生，許多無恥之徒皆以獻青詞致貴。而道士們則利用世宗這種希求長生不老、成仙得道心理，施展種種騙術，以博得世宗的歡心，進而竊取高位。如道士邵元節、陶仲文皆平步青雲，官至禮部尚書，食一品服俸。大量的禱祀活動，大大增加了朝廷的經濟負擔，而這種揮霍的物質基礎，則是建立在對勞動人民永無止境的搜刮之上。世宗不僅聚財斂貨，而且荒淫好色，頻頻派官到民間徵選美女。據沈德符所記，嘉靖、隆慶兩代皇帝都曾服春藥以恣淫，「隆慶窯酒杯茗碗，俱繪男女私褻之狀」[17]。而對一些諫阻的大臣，輕則罷免官職，重則投獄致死。如言官海瑞在嘉靖四十五年（1566）二月上疏對世宗的一

---

17　沈德符《萬曆野獲編》卷二十六「玩具·瓷器」，北京：中華書局 1959 年，第 654 頁。

意修玄、竭民膏脂、濫興土木、二十餘年不視朝等荒淫腐朽的生活勸諫指斥，被問成死罪，關進獄中。深得世宗寵信的奸臣嚴嵩嚴世蕃父子，更是招財納賄，荒淫無度，不肖之徒奔趣其門下，送禮的筐篚相望於道。嘉靖以降，商品經濟進一步發展，這更刺激了封建統治者貪婪的欲望。萬曆皇帝貪財好貨成癖，生活奢侈靡爛。他信任太監張誠，又寵愛鄭貴妃，在宮中日夜飲酒縱淫，醉生夢死。萬曆十七年（1589），太理寺左評事雒于仁上〈酒色財氣四箴〉，勸他不要耽迷酒色，貪財尚氣，神宗不但拒不納諫，盛怒之下，反將雒于仁削職為民，而他自己依然荒淫如前。他不僅貪圖生前快活，而且妄求死後逸樂，在萬曆十二年（1584）開始建造定陵，歷時六年，驅使無數的工匠、軍民日夜勞作，其浪費更是無法計算。神宗皇帝還深居簡出，執政時竟有二十多年不召對臣僚共議朝政。為了滿足其窮奢極侈的生活，他從萬曆二十四年（1596）開始，派出大批親信寵臣，分赴各地充當礦監稅吏，肆意掠取民脂民膏，弄得國政日頹，民不聊生。

封建政權的最上層如此，其統治下的各級地方機構的黑暗腐朽顯而易見。在這同時，新興商人階層雖然在經濟上富有實力，但在政治上還不得不投靠封建勢力。兩者沆瀣一氣，相互薰染。這樣上行下效的結果，使整個社會急劇墮落，荒淫靡爛，社會風氣自然是每況愈下。據《博平縣誌》載：

> 由嘉靖中葉以抵於今，流風愈趨愈下，慣習驕吝，互尚荒佚，以歡宴放飲為豁達，以珍味豔色為盛禮。其流至於市井販鬻廝隸走卒，亦多纓帽緗鞋，紗裙細袴，酒廬茶肆，異調新聲，汩汩浸淫，靡焉弗振。甚至嬌聲充溢於鄉曲，別號下延於乞丐，濫觴至此極矣。然且務本者日消，逐末者日盛，遊食者不事生產，呼盧者相率成風，樂放肆而寡積蓄，營目前而忘身後。是以溫飽之戶，產無百金；奇羨之家，延不再世，此民生之所以日困而風俗之所以日偷也。[18]

范濂云：

> 風俗自淳而趨於薄也，猶江河之走下而不可返也，自古慨之矣。吾松素稱奢淫黠傲之俗，已無還淳挽樸之機。兼以嘉、隆以來，豪門貴室，導奢導淫，博帶儒冠，長奸長傲。日有奇聞疊出，歲有新事百端。牧豎村翁，竟為碩鼠；田姑野媼，悉戀妖狐，倫教蕩然，綱常已矣。居間捉筆，且嚛且嘆。[19]

---

18　《博平縣誌》卷五〈人道·民風解〉，《中國地方誌集成·山東府縣誌輯 86》，南京：鳳凰出版社 2004 年，第 503 頁。

19　范濂《雲間據目抄》卷之二〈風俗〉，民國戊辰五月奉賢褚氏重刻本。

黃人也談道:

> 明時無藩鎮之分斂,及金繪之歲輸,故物力稍紓於唐宋,而侈風起焉。宮廷倡之,上行下效,一命以上中人之家,必有園林聲伎之奉,縉紳無論矣。一土豪,一游士,以至胥吏僕御,亦器用飾金銀,家人曳紈綺。消耗既巨,立致窮困,則設法取足,於是上婪賄下中飽,弱者用詐,強者肆力,而宵人之獵食常遍於江湖,娛徒之御人不絕於都市……[20]

社會的變動,世風日下,引起了一些士大夫的喟歎惋悵。他們驚詫於這種巨變,困惑於世道的裂變與人心的不古,而將這一切歸因於人們對酒色財氣的貪求,認為「四貪」乃萬惡的淵藪,於是就希冀通過小說、戲劇這些為世人樂見的文學樣式去警飭世人,以挽救儒家倫常在新的經濟因素面前、社會變動的時代所發生的危機。

　　《金瓶梅》正是產生在這樣一個特殊的歷史時代。它名義上是以北宋末年為背景,實際上反映的是明代中葉的社會現實。在小說中,作者將北宋末年朝中蔡京等「六賊」寫為「四個奸臣」,正是有意與明嘉靖間嚴嵩等朝中「四凶」暗合;而嚴嵩行事與蔡京行事的頗多相似之處,也可以明顯看出作者是在借題發揮;西門慶拜蔡京為「乾爺」,西門慶等官僚為蔡京送慶壽的生辰扛,西門慶的官職稱謂等,無不吻合明代中期的史實;統治機構從上到下的腐敗墮落,尤其是西門慶的貪婪肆欲,正是明代統治者腐化生活的真實寫照。總之,《金瓶梅》描寫的是明代中葉欲海橫流的世界。在這裡,不僅各級官僚竟奢比侈,互尚荒淫,追求物質生活和感官的享樂,就是一般市井細民,也往往表現出一種不同於小農經濟制約下的風俗習尚和道德評判。他們追求的是今世的享樂,傳統的禮儀、秩序、名譽、貞節等觀念,統統被置於不屑一顧的地位。無怪乎西門慶及其妻妾的穿戴都明目張膽地「越制」,韓道國支持老婆獻身西門慶而甘做「明王八」,孟玉樓不嫁尚舉人而寧嫁給西門慶做妾,常時節一借到十二兩銀子馬上就去為老婆孩子置辦青絹綠綢衣料。總之,今日有酒今日醉,追求感官的享樂是生活的全部內容和唯一準則。蘭陵笑笑生在描寫這些現象時儘管表現出困惑不解,但他卻如實地反映出了明代資本主義經濟萌芽所帶來的社會生活、社會意識形態的變動。沈德符在《萬曆野獲編》中明確指出《金瓶梅》是「指斥時事」[21],魯迅、吳晗、鄭振鐸等在二三十年代也論證了《金

---

20　黃人〈明代章回小說〉,見侯忠義、王汝梅《金瓶梅資料彙編》,北京:北京大學出版社1985年,第478-479頁。

21　見《萬曆野獲編》卷二十五〈詞曲·金瓶梅〉,北京:中華書局1959年,第652頁。

瓶梅》反映的是明代的社會生活[22]。可以說，《金瓶梅》向世人發出「四貪」的勸誡，正是作者針對明代中葉的社會實際有感而發的。

# 三、「四戒」與文學創作傳統

現實社會生活是小說尤其是世情小說所要表現的主要對象。一部文學作品，只要稱得上是「世情書」，那麼其中必然要攝入大量的現實生活事件，體現作品所屬時代的生活氣息。中國古代文學的發展，是在儒家思想的濃重影響下，在「匡時」「救世」的原則指導下，代代相因，繼承、發展、繁榮的。不同文學體裁相互間的影響，不僅表現為藝術上的取長補短、兼收並蓄，而且體現在內容上的相互滲透，這是文藝發展的普遍規律。

在我國文學發展史上，以酒、色、財、氣為描寫對象，作警世之篇者不乏其例。清代梁章鉅曾說：「今人率以酒、色、財、氣為四戒，莫知其始。按《後漢書》楊秉嘗從容言曰：『我有三不惑，酒財色也。』王襃云：『財者陷身之阱，色者戕身之斧，酒者毒腸之藥。人能於斯三者致戒焉，災禍其或寡矣。』是古原止有三戒，不知何時添一氣字，殆始於明人。」[23]可見，以酒、色、財、氣作為世誡，有漢已露端倪。在元明通俗文學大發展大豐收時期，它又被拿來當作勸誡世人的題材，以達到「警世」「喻世」的目的。於是，元明時期出現了許多吟詠酒、色、財、氣的作品，如元散曲中滕斌的〈中呂·普天樂〉、范康的〈仙呂·寄生草〉、湯式的〈黃鐘·出隊子〉等。元雜劇中尤其是敷衍「度脫」一類故事的劇目，涉及酒、色、財、氣的也很多，馬致遠的《岳陽樓》《黃粱夢》《任風子》等雜劇，都是勸人超塵脫俗，不要沉溺於酒、色、財、氣之中。到了明代，無論是民間「說話」、俗曲歌謠，還是文人創作，對酒、色、財、氣的吟詠幾乎成了一種時髦的題材。從一定意義上說，《金瓶梅》以酒、色、財、氣四戒為創作主旨，是對元明以來通俗文學傳統題材的繼承與發展。

就明代文學來看，以酒、色、財、氣為題材的創作曾風行一時。如成化七年（1471）北京魯氏輯刻的《四季五更駐雲飛》收錄的明代77支俗曲中，吟詠酒、色、財、氣的小曲就達近 20 支[24]；正德十二年（1517）問世的《盛世新聲》中，也有不少涉及酒、色、

---

22  參見魯迅《中國小說史略》、吳晗〈《金瓶梅》的著作時代及其社會背景〉、鄭振鐸〈談《金瓶梅詞話》〉。
23  梁章鉅《浪跡叢談 續談 三談》，北京：中華書局1981年，第395頁。
24  參見鄭培凱〈酒色財氣與《金瓶梅詞話》的開頭〉，《中外文學》1983年9月號。

財、氣的散曲。如〈南曲西河柳〉：

> 酒　潋灩觴，滑辣香。三杯五斗入醉鄉，性亂神昏沒主張。謫仙捫月光，劉伶大放狂。看來不管身飄蕩，倒巷拖街，父母何曾養。將這酒再休嘗，酒誤了高人智量。　〔又〕　色　紅粉肌，白玉體。美孜孜年紀恰一十，剔透玲瓏心性喜。驪山歡笑期，後庭歌舞時。看來不管芳名墜，費盡心機，落得氣憔悴。將這色再休迷，色誤了高人志氣。　〔又〕財　寶貨盈，錢物亨。青□堆到北斗平，尚自愁窮心不寧。董公郿塢城，石崇金谷亭。看來不管身和命，捨生忘生，趲下金銀錠。將這財再休珍，財誤了高人令名。　〔又〕　氣　膽志矜，勇力憑。虹霓氣吐貫日星，不肯絲毫心讓人。漢陵芳草生，楚江空月明。看來總是閒奔競。勝負如何，枉使剛強性。將這氣再休爭，氣誤了高人性命。[25]

〈快活年〉：

> 酒　醉後神昏眼睛花，我其實怕他怕他。休道忘憂飲流霞，酒膽天來大。失禮傷風化，不是耍。　〔又〕　色　好色荒淫不成家，我其實怕他怕他。休道紅妝美如花，色膽天來大。傾國傾城價，不是耍。　〔又〕　財　百萬青蚨怨根芽，我其實怕他怕他。休道通神作生涯，財膽天來大。少把心牽掛，不是耍。　〔又〕　氣　志氣昂昂逞豪家，我其實怕他怕他。休道剛強敢矜誇，膽氣天來大。禮法難容納，不是耍。[26]

嘉靖年間郭勛編選的《雍熙樂府》，也有諸如〈駐馬聽〉〈殿前歡〉〈快活年〉等吟詠酒、色、財、氣「四貪」的曲子。此外，在民間說話、文人創作中，也有很多涉及酒、色、財、氣「四貪」的。如嘉靖時錢塘文人洪楩編輯的《清平山堂話本》中的〈錯認屍〉裡，有「只因酒色財和氣，斷送了堂堂六尺軀」的詞句；馮夢龍在《古今小說·蔣興哥重會珍珠衫》中，借〈西江月〉詞，「勸人安分守己，隨緣作樂，莫為酒色財氣四字，損卻精神，虧了行止」「敗俗傷風」；而《警世通言·蘇和縣羅衫再合》的入話，更是以生動具體的故事寓言般地告誡世人莫要落入「四貪」殼中。《金瓶梅》就是孕育在這樣的文化氛圍之中。如果我們將這種特有的文化現象與前述的明代社會實際聯繫起來加

---

[25] 無名氏《盛世新聲》，北京：文學古籍刊行社 1955 年據北京圖書館所藏明正德十二年（1517 年）刊本影印，第 635-636 頁。

[26] 無名氏《盛世新聲》，北京：文學古籍刊行社 1955 年據北京圖書館所藏明正德十二年（1517 年）刊本影印，第 636-637 頁。

以綜合考察就不難得出結論：文學創作中所大量出現的吟詠酒、色、財、氣的作品，正是明代現實的折射，是作者針對世俗社會向世人發出的忠告和規勸。

# 四、「四戒」與《金瓶梅》

話本藝術的興起，是和市民階層的壯大有著直接關係的。為投合市民的心理好尚、審美情趣，有裨世道，是大多數話本小說的創作目的。既注重小說的道德勸懲意義，又追求情節的曲折動人，達到娛樂觀眾的目的，這是白話小說一以承之的創作傳統。由於「說話」人和聽眾之間關係的直接性，因此「說話」者往往在講完一段故事之後或在敘說故事之前，要表明自己所講故事的意旨，對是非善惡作出評論，從而溝通和聽者之間的情感交流。這樣，由「說話」藝術發展而來的中國長篇小說，就形成了不同於西方小說的一個明顯特徵——作者往往忍不住要站出來評判人物，闡發議論。

借助於詩詞、格言，甚至直接議論，來表明愛憎，闡明立意，這也被處於小說由加工到獨創轉捩點上的《金瓶梅》的作者所襲用。據筆者統計，在《金瓶梅詞話》中，作者通過詩、詞、格言、「看官聽說」之類不厭其煩地發出對「四貪」的勸誡、表明創作意旨的地方，達 30 多處。如對「酒」的吟詠：

> 酒損精神破喪家，語言無狀鬧喧嘩。疏親慢友多由你，背義忘恩盡是他。　切須戒，飲流霞，若能依此實無差。失卻萬事皆因此，今後逢賓只待茶。[27]

對「色」的吟詠如：

> 休愛綠鬢美朱顏，少貪紅粉翠花鈿。損身害命多嬌態，傾國傾城色更鮮。　莫戀此，養丹田，人能寡欲壽長年。從今罷卻閒風月，紙帳梅花獨自眠。[28]

小說第十四回，西門慶與李瓶兒通姦，作者議論：

> 功業若將智力求，當年盜蹠卻封侯。行藏有義真堪羨，好色無仁豈不羞？

第二十二回，西門慶與宋惠蓮通姦，作者又道：

> 西門貪色失尊卑，群妾爭妍竟莫疑。何事月娘欺不在，暗通僕婦亂倫彝。

---

27　《金瓶梅詞話》卷首〈四貪詞〉，《金瓶梅詞話》，北京：人民文學出版社 1985 年，第 5 頁。
28　《金瓶梅詞話》卷首〈四貪詞〉，《金瓶梅詞話》，北京：人民文學出版社 1985 年，第 6 頁。

第三十四回回首詩曰：

> 自恃官豪放意為，休將喜怒作公私。貪財不顧綱常壞，好色全忘義理虧。

第七十九回「西門慶貪欲得病」，作者道：「原來這女色坑陷得人有成時必有敗。古人有幾句格言道得好：『花面金剛，玉體魔王，綺羅妝做豺狼。法場斗帳，獄牢牙床，柳眉刀，星眼劍，絳唇槍。口美舌香，蛇蠍心腸，共他者無不遭殃。纖塵入水，片雪投湯。秦楚強，吳越壯，為他亡。早知色是傷人劍，殺盡世人人不防。』二八佳人體似酥，腰間仗劍斬愚夫。雖然不見人頭落，暗裡教君骨髓枯。」對「財」的吟詠如：

> 錢帛金珠籠內收，若非公道少貪求。親朋道義因財失，父子懷情為利休。　急縮手，且抽頭，免使身心晝夜愁。兒孫自有兒孫福，莫與兒孫作遠憂。[29]

第三十四回回首詩，斥責西門慶「貪財不顧綱常壞，好色全忘義理虧」。第五十六回借西門慶與應伯爵的對話，道出「積下財寶，極有罪的」，緊接著是「有詩為證」：

> 積玉堆金始稱懷，誰知財寶禍根荄。一文愛惜如膏血，仗義翻將笑作呆。親友人人同陌路，存形心死定堪哀。料他也有無常日，空手馮伶到夜台。

第七十九回「西門慶貪欲得病」，小說寫道：「過了兩日，月娘癡心只指望西門慶還好，誰知天數造定，三十三歲而去。……古人有幾句格言說得好：『為人多積善，不可多積財。積善成好人，積財惹禍胎。石崇當日富，難免殺身災。鄧通饑餓死，錢山何用哉！今日非古比，心地不明白。日說積財好，反笑積善呆。多少有錢者，臨了沒棺材！』原來西門慶一倒頭，棺材尚未曾預備。」第九十一回回首詩有「富貴繁華身上孽，功名事蹟目中魆」句，都可以說是貪財者誠。對「氣」的吟詠如：

> 莫使強梁逞技能，揮拳揳袖弄精神。一時怒發無明穴，到後憂煎禍及身。　莫太過，免災迍，勸君凡事放寬情。合撒手時須撒手，得饒人處且饒人。[30]

第一回寫一幫浮浪子弟欺侮武大郎，作者勸誡道：「古人有幾句格言說的好：『柔軟立身之本，剛強惹禍之胎。無爭無競是賢才，虧我些兒何礙？青史幾場春夢，紅塵多少奇才？不須計較巧安排，守分而今見在。』」第三十五回寫街坊幾個浮浪子弟捉王六兒通小叔韓二之奸，反被韓道國衙門尋情，西門慶為其開脫，重責了這幾人，作者議論道：

29　《金瓶梅詞話》卷首〈四貪詞〉，北京：人民文學出版社 1985 年，第 5-6 頁。

30　《金瓶梅詞話》卷首〈四貪詞〉，北京：人民文學出版社 1985 年，第 5-6 頁。

「禍患每從勉強得，煩惱皆因不忍生。」第八十六回回首詩道：「人生雖未有十全，處事規模要放寬」；第八十七回回首詩曰：「平生作善天加福，若是剛強定禍殃；舌為柔和終不損，齒因堅硬必遭傷。」第八十八回回首詩有「忠直可存於心，喜怒戒之在氣」句。第九十九回回首「格言」曰：

> 一切諸煩惱，皆從不忍生；見機而耐性，妙悟生光明。佛語戒無偷，儒書貴莫爭。好個快活路，只是少人行。

總之，從作品的議論不難看出，作者確實是把勸誡世人莫蹈入「四貪」覆轍作為創作主旨的。

佛家講求「五戒六度」，宣揚生死輪回、因果報應，目的無非是規勸人們安於現世生活，放棄世俗的欲求。在漫長的中國封建社會，這種宗教教義直接起到維護封建上層建築、加固封建統治的作用。從《金瓶梅詞話》的議論推測，蘭陵笑笑生是一個正統觀念頗濃的封建文人，他自然也會意識到釋家教義的勸化作用。我們從他對小說結構的設置，可以明顯地看出他是借用了佛教觀念，向世人發出「四貪」的警誡，勸人安於現狀，莫作非分之想。

在蘭陵笑笑生看來，社會的頹敗，人性的墮落，世風的澆薄，道德的淪喪以及生命的毀滅，無不根源於「四貪」的氾濫。他要借助小說人物生前死後的遭際，勸誡人們持戒懼之心，棄惡向善。為了達到這種勸誡目的，他借助於已經深入人心的釋家的因果輪回和道家的神鬼迷信思想來結構這部皇皇巨著，在宗教的框架下去描寫芸芸眾生的生命遭際。

《金瓶梅詞話》共一百回，前七十九回，顯然是熱熱鬧鬧地敷演西門慶的發跡史，詳細鋪敘了他由一介鄉民而扶搖直上的過程，而他的暴發史也正是貪財好色嗜酒逞氣的歷史。然而好景不長，樂極哀來，終於為貪喪身。他一倒頭，眾叛親離，家道敗落，報應現眼。後二十回對他家境急劇敗落的冷冷清清甚至不乏淒慘的描寫，用意恰恰在於勸誡人們莫要蹈入「四貪」的西門慶的覆轍。

作為小說的第一主角西門慶可謂「四貪」的化身。他整日花天酒地，就是平日吞服的春藥，也無一例外地用燒酒送服。毒死武大郎，氣死花子虛，痛打蔣竹山，遞解來旺兒，都是為了色欲的滿足。除了一妻五妾之外，他還包占王六兒，姦通林太太，梳籠李桂姐，嫖姦鄭愛月，家裡的丫鬟、使女、奶媽以及夥計妻女，只要有幾分姿色，無不遭其蹂躪。他對財的貪婪追求，更是不擇手段。他娶孟玉樓，吞併了布商楊家的財產；誘姦李瓶兒，霸占了這個昔日梁中書妾、後為太監侄媳擁有的價值上萬兩的金銀珠寶；他開當鋪、綢絹鋪、絨線鋪等，囤積居奇，賤買貴賣；放高利貸，牟取巨額暴利；他依靠

衙門這個護身符,貪贓枉法,收受賄賂,大發橫財。他殘酷暴虐,誰違拗了他的旨意,輕則拳打腳踢,重則杖楚鞭打。除了西門慶之外,潘金蓮、李嬌兒、李瓶兒、陳經濟、龐春梅等,也在不同程度上各有側重地體現出對酒、色、財、氣的貪求。

西門慶生前淫人妻女,殺人越貨,死後家財失散,妻妾們「嫁人的嫁人,拐帶的拐帶,養漢的養漢,做賊的做賊,都野雞毛零撏了」。潘金蓮死於武松刀下,李瓶兒、陳經濟、龐春梅都死於對欲的貪求。正所謂「淫人妻者妻必被淫」,作惡多端,貪欲無窮,必然遭殃受報。小說最後以一首七律作結:「閑閱遺書思惘然,誰知天道有循環?西門豪橫難存嗣,經濟顛狂定被殲。樓月善良終有壽,瓶梅淫佚早歸泉。可怪金蓮遭惡報,遺臭千年作話傳。」顯然是借佛家的果報觀念抒發感慨,其勸懲警世的意圖是十分明顯的。

《金瓶梅詞話》問世後,人們從不同的側面給予了褒貶不一的評價。欣欣子〈金瓶梅序〉云:「竊謂蘭陵笑笑生作《金瓶梅傳》,寄意於時俗,蓋有謂也。……吾友笑笑生為此,爰罄平日所蘊者,著斯傳,凡一百回。其中語句新奇,膾炙人口,無非明人倫,戒淫奔,分淑慝,化善惡,知盛衰消長之機,取報應輪回之事,如在目前」,《金瓶梅》「關係世道風化,懲戒善惡,滌濾洗心,無不小補」。不少人認為,欣欣子乃笑笑生託名;從他將蘭陵笑笑生稱為「吾友」可知,即使二者不是一人,至少可以說他們的關係非同一般,因此對於笑笑生的創作意旨,欣欣子當是深有瞭解的。欣欣子明確指出《金瓶梅》是針對世俗有感而發,目的在於懲惡勸善,警誡世人。廿公也看到了小說的警世用意,認為《金瓶梅》「蓋有所刺」,「今後流行此書,功德無量」[31]。弄珠客也指出《金瓶梅》「作者亦自有意,蓋為世戒,非為世勸」,認為讀《金瓶梅》而「生畏懼心者,君子也」[32]。欣欣子、弄珠客、廿公的評論皆列於《金瓶梅詞話》卷首,他們均為作者同時代的人,其看法是非常值得重視的。他們的評論儘管側重點有所不同,但都認為小說意圖在於矯正時俗,作為世人之鑒。

到了清初,彭城張竹坡在評點《金瓶梅》時,一再申明此書「獨罪財色」[33],「單重財色」[34],小說的創作目的是「微言之而文人知儆,顯言之而流俗知懼」[35],「《金

---

31　廿公〈金瓶梅跋〉,《金瓶梅詞話》卷首,北京:人民文學出版社 1985 年,第 3 頁。

32　弄珠客〈金瓶梅序〉,《金瓶梅詞話》卷首,北京:人民文學出版社 1985 年,第 4 頁。

33　張竹坡〈竹坡閒話〉,《張竹坡批評第一奇書金瓶梅》卷首,濟南:齊魯書社 1987 年,第 3 頁。

34　張竹坡《金瓶梅》第一回回評,《張竹坡批評第一奇書金瓶梅》,濟南:齊魯書社 1987 年,第 1 頁。

35　張竹坡〈第一奇書非淫書論〉,《張竹坡批評第一奇書金瓶梅》卷首,濟南:齊魯書社 1987 年,第 20 頁。

瓶梅》是部懲人的書，故謂之戒律亦可」[36]。在張評本第一回，首先是「酒色財氣」「四箴」，接著道：

> 說話的為何說此一段酒色財氣的緣故？只為當時有一個人家，先前怎地富貴，到後來煞甚淒涼，權謀術智，一毫也用不著，親友兄弟，一個也靠不著，享不過幾年的榮華，倒做了許多的話靶。內中又有幾個鬥寵爭強、迎姦賣俏的，起先好不妖嬈嫵媚，到後來也免不得屍橫燈影，血染空房。

張氏在此夾批曰：「此一段是一部小《金瓶》，如世所云總綱也。」他在第一回回評中也說：「開講處幾句話頭，乃一百回的主意。一部書總不出此幾句」，並說「上文一律、一絕、三成語，末復煞四句成語，見得癡人不悟，作孽於酒色財氣中，而天自處高聽卑，報應不爽也。」顯而易見，張竹坡認為作者是在敷演一齣貪財好色嗜酒尚氣的悲劇，達到勸誡、警世的目的。

滿文本〈金瓶梅序〉指出，《金瓶梅》「凡百回中以為百戒，每回中無過結交明黨、鑽營勾串、流連會飲、淫黷通姦、貪婪索取、強橫欺凌、巧計誆騙、忿怒行凶、作樂無休、訛賴誣害、挑唆離間而已，其於修身、齊家、裨益於國之事者一無所有」，作者是「將陋習編為萬世之戒」「立意為戒昭明」，使「觀是書者，將此百回以為百戒，夔然慄，愨然思，知反諸己而恐有如是者，斯可謂不負是書之意也」。

到了近代，資產階級改良主義者也多看到了小說的勸懲之意，認為「《金瓶梅》開卷以酒色財氣作起，下卻分四段以冷熱分疏財色二字，而以酒氣穿插其中，文字又工整，又疏宕，提綱挈領，為一書之發脈處，真是絕奇絕妙章法」。「寫『財』之勢利處，足令讀者傷心，寫『色』之利害處，足令讀者猛省；寫看破財色一段，痛極快極，真乃作者一片婆心婆口。讀《金瓶梅》者，宜先書萬遍，讀萬遍，方足以盡懲勸，方不走入迷途。」「《金瓶梅》乃一懲勸世人、針貶惡俗之書」[37]。

不僅如此，《金瓶梅》在後世刊印及文人作續書時，也往往借小說書名突出其勸懲、警世意旨。如臺灣文友書局 1958 年 12 月排印的卷首有清乾隆四十六年 (1781) 袁枚〈跋〉文的精裝本，就以《警世奇書金瓶梅》名之；另一個年代不詳的蘇州刻本，則以《多妻鑒》命名[38]。明末清初丁耀亢所著的《續金瓶梅》，封面題曰「醒世奇書續編」。這些

---

36　張竹坡〈批評第一奇書金瓶梅讀法〉一〇五，《張竹坡批評第一奇書金瓶梅》，濟南：齊魯書社 1987 年，第 49 頁。

37　夢生〈小說叢話〉，1914 年《雅言》第一卷第七期。見黃霖《金瓶梅資料彙編》，北京：中華書局 1987 年，第 337、336 頁。

38　參見胡文彬《金瓶梅書錄》，瀋陽：遼寧人民出版社 1986 年。

不謀而合的看法，是符合作品的實際描寫的。

以上我們分別從幾個方面探討了《金瓶梅》的創作主旨。當然，笑笑生為了暴露「四貪」之害，達到警世醒俗的目的，從廣泛聯繫的角度對世俗的日常生活作了多側面的描寫，這就勢必涉及 16 世紀社會生活的各個領域，對社會政治、社會經濟、社會道德、社會精神等方面作出總的描畫。因此，《金瓶梅》的客觀意義遠遠不是用「四戒」能夠涵括的，這也正印證了文藝理論的「形象大於思想」的命題。馬克思曾說過：「把某個作家實際上提供的東西和只是他自己認為提供的東西區別開來是十分必要的。」[39]我們研究中絕不能以今代古，把作品的客觀意義與作者的主觀意圖混為一談。否則，就難以給予《金瓶梅》及其作者以歷史的、客觀的、公允的評價。

---

[39] 《馬克思恩格斯全集》第三卷，北京：人民出版社 1972 年，第 43 頁。

# 小說觀念的巨大變革
## ——論《金瓶梅》的美學貢獻

　　明清兩代是我國小說發展史上的黃金時期，《三國演義》《水滸傳》《西遊記》《金瓶梅》《儒林外史》《紅樓夢》是其重要的標誌。它們各以其獨特的風貌、精湛的造詣，稱著於小說之林。如果說《三國演義》《水滸傳》代表著歷史演義、英雄傳奇的最高成就，《西遊記》代表著神魔小說的實績，《儒林外史》代表著諷刺小說的高峰，《紅樓夢》代表著古典小說的終結的話，那麼可以說，《金瓶梅》標誌著小說意識的真正覺醒。它所萌發的小說新觀念在中國小說史上無疑是一次巨大的變革。本文圍繞《金瓶梅》所萌發的小說創作的新觀念，來探討它的美學貢獻。

## 一、從對歷史政治的單向輻射到對家庭社會的全方位透視

　　中國古典小說的發展，經歷了先秦兩漢的孕育、魏晉南北朝的發展、唐宋的成熟、明清的繁榮等幾個不同的歷史發展時期。由於種種條件的限制，中國先秦神話始終沒有形成如希臘神話那樣的鴻篇巨制。如果我們從整體上對先秦時期的神話加以觀照就不難發現，「神奇性」是這些原始神話中的英雄千古流傳的性格基礎。如開天闢地的盤古，衛石填海的精衛，生前於民除害、死後為人造福的夸父，不惜生命、制伏洪水的鯀，降伏蚩尤、為民除暴的黃帝，煉石補天、拯救人類的女媧，上射九日、下殺猰貐的后羿等等，他們遠離世俗生活，以絕倫的勇武，無比的膂力，超凡的智慧，忘我的精神為人類造福。這些可望而不可及的神話英雄，孕育和促發了後世小說中神話或半神話的英雄系列的出現。這些神話傳說，也成了我們今天追溯中華民族起源的重要資料。

　　周秦兩漢，史學成了幾乎無所不包的綜合性極強的學科，司馬遷的《史記》更是開闢了史學與文學融會的廣闊天地。它不僅成了後世史學家所遵奉的圭臬，而且也成了文人記人寫事效法的楷模。就其對後世文學的影響來說，它不僅對我國古典小說描繪人物的藝術發生了重大的影響，而且也成了歷代文人從事文學創作取之不盡的題材寶庫。這種意識的歷代積澱，逐漸形成了文人墨客濃重的歷史意識，人們也往往以「稗史」「野

史」「遺史」「異史」等來稱謂小說。

從小說創作與沿革的歷史來考察，這種發達的歷史意識，不僅使歷代的小說家們在創作小說時對歷史題材分外偏愛，在諸類題材的小說中歷史小說往往格外受到接受主體的青睞，而且在我國的古典文論中，早期的小說評論家大都是史學家。正如魯迅所說：「自來論斷藝文，本亦史官之職也。」[1]對一部小說的考量，也往往是以是否符合「信史」作為重要的價值準繩，甚至在作史書時，往往從小說、傳說、故事中吸取素材。如司馬遷《史記》中的〈五帝本紀〉，顯然是把神話傳說當成了歷史。

漢代小說雖已散佚，但從《漢書·藝文志》所錄的十五家 1390 篇作品的篇目及班固的記述來看，或為史官記事的實錄，或荒誕近乎神怪，或為深奧哲理的闡發，或為風俗遺聞的記述，或為野史雜記，或講養生之術。尤其是在「《周考》七十六篇」下班固注曰：「考周事也。」在《青史子》五十七篇下注曰：「古史官記事也。」由此可見小說與史的密切關係。魯迅在《中國小說史略》中對漢代小說作了為多數人所接受的如下推測：「據班固注，則諸書大抵或托古人，或記古事；托人者似子而淺薄，記事者近史而悠謬者也。」至於陸賈的《楚漢春秋》，趙曄的《吳越春秋》，劉向的《列士傳》〈東方朔傳〉等等，雖然異聞迭見，有時甚至語涉不經，但始終沒能擺脫對史實的依託。

六朝時期是中國小說發展的重要時期，出現了大量的志人志怪小說，雖多「張惶鬼神，稱道靈異」之作，但並未形成自覺的小說意識。「當時以為幽冥雖殊途，而人鬼乃皆實有，故其敘述異事，與記載人間常事，自視固無誠妄之別矣。」[2]況有許多小說都被列入史部。在某種意義上說，六朝小說正是時人心目中的「信史」「史實」。當時對一部小說的取捨，也往往以是否真實為準繩。如晉隆和（362）中，裴啟撰《語林》，記載漢魏至晉的「言語應對之可稱者」，因為有關謝安的記載有失實之處，為謝安所斥，此書便馬上由盛行轉遭被廢棄的厄運。[3]劉惔稱讚干寶《搜神記》的傑出成就，只是將干寶與良史董狐並列。葛洪將自己託名劉歆所作的《西京雜記》等同於班固的《漢書》，在〈西京雜記跋〉中提出《西京雜記》可以「裨《漢書》之闕」。優秀的史家、史著成了衡

---

1　魯迅《中國小說史略》第一篇〈史家對於小說之著錄及論述〉，上海：上海古籍出版社 1998 年，第 1 頁。

2　魯迅《中國小說史略》第五篇〈六朝之鬼神志怪書（上）〉，上海：上海古籍出版社 1998 年，第 24 頁。

3　《世說新語·文學》：「裴郎作《語林》，始出，大為遠近所傳。時流年少，無不傳寫，各有一通。」但庾道季以《語林》中所記有關謝安的兩句話問謝安，「謝公云：『都無此二語，裴自為此辭耳。』……於此《語林》遂廢。」（《世說新語·輕詆》）徐震堮《世說新語校箋》，北京：中華書局 1984 年，第 145、451 頁。

量「小說家」「小說」的重要參照系，這足資說明六朝人歷史意識的濃重。

　　唐代是中國小說發展史上的第一個黃金時代。魯迅在《中國小說史略》中曾說：「小說亦如詩，至唐代而一變。雖尚不離於搜奇記逸，然敘述宛轉，文辭華豔，與六朝之粗陳梗概者較，演進之跡甚明，而尤顯者乃在是時則始有意為小說。」與六朝小說相比，儘管唐傳奇有體制上的闊大、情節波瀾的曲折多致、人物性格的鮮明完整等優長，但在內容上卻遠遠沒有詩歌所反映的生活面宏闊。或者搜奇獵異（如無名氏的〈補江總白猿傳〉），或者宣揚迷信、天命思想（如王度〈古鏡記〉），即使中唐時期出現的優秀之作如〈枕中記〉〈南柯太守傳〉〈任氏傳〉〈柳毅傳〉〈霍小玉傳〉等，主人公多局限於落地才子、風塵佳人、貴族男女。至於直接取材於歷史人物事蹟的作品如〈高力士傳〉〈安祿山事蹟〉〈李林甫外傳〉等，更是表現出歷史事實與神怪狐鬼的合流。總之，由於小說的發展尚處於幼稚階段，缺乏必要的藝術積累，唐傳奇遠遠沒有反映出當時豐富多彩的社會生活，描寫的深度也存在著比較明顯的缺陷。就人們對小說這種藝術的態度來講，還遠遠談不上理性的認知，如著名史學家劉知幾在《史通》的〈采撰〉〈雜錄〉諸篇仍將小說視為史書，這比《隋書·經籍志》將大量小說收入史部毫無二致。

　　宋元時代，是小說由典雅（文言）向通俗（白話）轉變的重要時代。據《都城紀勝·瓦舍眾伎》《夢粱錄·小說講經史》《西湖老人繁勝錄·瓦市》《東京夢華錄·京瓦伎藝》《武林舊事·諸色伎藝人》等的記載，當時「說話」藝術相當成熟。在「說話」諸科目中，「小說」和「講史」尤為聽眾所喜愛。講史藝人「諸史俱通」[4]，出現了專說三國故事的霍四究、專說五代故事的尹常賣[5]。從現存的《新編五代史平話》《大宋宣和遺事》《全相平話五種》等講史話本來看，儘管裡邊夾雜著不少野史雜傳、民間傳說故事，但它們最終總以不乖信史為其指歸。即是當時影響至大的「小說」一家，也多從史實中尋求素材，「蓋小說者，能以一朝一代故事，頃刻間提破」[6]。朝代興廢的歷史往事，仍是其重要的題材來源；講述人及聽眾的興趣仍是歷朝的政事成敗、興衰更替。因此，較之唐傳奇，宋元話本中雖然出現了個別取材於現實生活的篇什，但這些作品還遠遠沒有形成強大的陣勢，與歷史小說相抗衡；作品裡現實生活中的人物也遠遠沒有歷史英雄更能吸引人，芸芸眾生的喜怒哀樂在作品中還只是作為一種點綴；人們的審美情感還表現著對歷史政事的傾斜，欣賞情趣還體現出對歷史英雄的偏愛。

　　明初小說並未沿著宋元話本所萌發的描寫現世生活的新觀念發展下去，而是出現了

---

4　　吳自牧《夢粱錄》卷二十〈小說講經史〉，北京：中國商業出版社 1982 年，第 181 頁。
5　　孟元老《東京夢華錄》卷之五〈京瓦伎藝〉，北京：中國商業出版社 1982 年，第 32 頁。
6　　耐得翁《都城紀勝·瓦舍眾伎》，北京：中國商業出版社 1982 年，第 11 頁。

依據信史而鋪敍成的《三國演義》《水滸傳》的雙峰並峙。《三國演義》圍繞魏、蜀、吳的鼎立紛爭，提出了以什麼樣的手段、讓具備何種德能的人來統一天下的問題。對政治治亂的再現，對賢明君主的憧憬，對忠義品格的禮贊，對傳統文化的深刻反思構成了全書的基調。作者的理想在「擁劉反曹」的具體描寫中表露無遺，但小說結尾作者卻在無可奈何的筆墨中把統一天下的大業歸之於他一再鞭撻的奸邪一方，封建倫理與現實社會的矛盾突出了出來。《水滸傳》描寫綠林與朝廷的對立，表現宋江等人的「替天行道」。在這裡，朝廷的昏庸腐敗與綠林的開明美好形成了鮮明的對比，主宰天下的當政者遠遠不如占山為王的草寇流賊，人們看到的是「無惡不歸朝廷，無美不歸綠林」。封建機構喪失了治理社會的行政職能，這就是《水滸傳》所體現的矛盾性——正統與正義的不一致性。然而宋江等人最後還是在節節勝利的凱歌聲中走上了招安之路，「非正統」終於被納入了「正統」的軌道。至於宋江等最後的終歸毀滅，不過是對歷史上奸佞殘害忠良的涵括，留給人們的是深沉的歷史思考。至於說到對小說的評價，人們當然多從信史的角度來加以衡定。如庸愚子（蔣大器）指出《三國演義》是「事紀其實，亦庶幾乎史」[7]，修髯子（張尚德）也認為羅氏此作「可謂羽翼信史而不違者矣」[8]。其後林瀚在〈隋唐志傳通俗演義序〉中認為羅貫中的《隋唐志傳》「尚多闕略」，「遍閱隋唐諸書」後以羅著為基礎增訂編輯成《隋唐志傳通俗演義》，使「後之君子……以是編為正史之補，勿第以稗官野乘目之」。余邵魚也提出小說創作要「一據實錄」[9]、謹按經史的主張，余象斗、陳繼儒等遙相呼應，胡應麟更是以正統史家的口吻，以考據的眼光，斥責唐傳奇、《水滸傳》等小說的「鄙誕不根」「鑿空無據」「事實詭誕」、乖悖正史[10]。就連極力推崇小說、並以編撰大量反映世俗人情的短篇小說享譽後世的馮夢龍，也聲稱自己編撰的小說可以作為「六經國史之輔」[11]。

從以上簡略的回顧可見，中國小說從萌芽、發展到成熟、繁榮，歷史朝代的興衰更替，政治鬥爭的風雲變幻，民族英雄的赫赫功業，始終是中國小說主要的表現對象。浩繁的歷史典籍為小說提供了取之不盡、用之不竭的創作素材；對歷史興衰的重現，對政治得失的反思，形成了一股強大的小說創作傳統，從而使中國小說呈現出一種獨特的風

---

7　庸愚子〈三國志通俗演義序〉，羅貫中：《三國志通俗演義》卷首，上海：上海古籍出版社 1980 年。

8　修髯子〈三國志通俗演義引〉，羅貫中：《三國志通俗演義》卷首，上海：上海古籍出版社 1980 年。

9　余邵魚〈題全相列國志傳引〉，陳繼儒：《春秋列國傳》卷首，上海：上海古籍出版社 1994 年。

10　胡應麟《少室山房筆叢·莊嶽委談》，上海：上海書店出版社 2009 年，第 411-439 頁。

11　可一居室〈醒世恒言序〉，見馮夢龍《醒世恒言》，北京：人民文學出版社 1956 年，第 895 頁。

貌——歷史文學化而卓立於世界小說之林。然而就其對審美領域的開拓來說,它提供給欣賞主體的,往往是較低層次的滿足,缺乏較高層次的愉悅;儘管有的作品在描敘歷史事件的同時表現出一定的時代色彩,但在對歷史的重現中畢竟見不出時代生活的豐富多姿。因此,在某種程度上說,歷史小說容易激發人們的崇拜之情,難以引起人們的親切之感。

文學是人生的反映,又反過來給人生以啟迪,指導人生的航程。我們不否認文學再現歷史的重要意義,但僅此遠遠不夠。只有將筆觸伸向活生生的現實,去發掘生活的意義所在,去描寫現實中的美和醜,才能更直接地給人生以啟迪,才能更強烈地感染生活中的人。小說史上這種由對歷史政治的單向的輻射、淺層次的表現到對社會人生的全方位透視、較深度的開掘的轉折,便是以《金瓶梅》為其標誌。

鄭振鐸說,《金瓶梅》「是一部很偉大的寫實小說」,「在《金瓶梅》裡所反映的是一個真實的中國的社會」,「表現真實的中國社會的形形色色者,捨《金瓶梅》恐怕找不到更重要的一部小說了」[12]。《金瓶梅》所寫的是一個名不見經傳的商人西門慶的一生及其紛繁錯雜的家庭生活。它以西門慶發跡暴亡的興衰過程作為全書的結構線索,上達朝廷,中結各級官僚機構,下連市井社會,編織出一幅五光十色的社會生活的鳥瞰圖,提供給我們一幅對社會進行全方位透視的立體畫面。它一改此前小說對史傳的謹從慎依,揚棄過去小說所注重表現的天下大事以及才子佳人的悲歡離合,而將藝術的觸角伸向區區清河縣的西門府邸,著力描摹的是這個家庭內部的種種腐朽和罪惡以及千姿百態的市井生活畫面。小說對封建社會官僚制度、剝削制度、奴婢制度、宗法制度、財產私有制度、婚姻制度的無情揭露不是靠對歷史政治事件的簡單複製而達到,而是靠對一個活生生的家庭的看似極為平凡的日常生活的細緻描寫去實現。鄭振鐸在《插圖本中國文學史》中說,《金瓶梅》「寫的乃是在宋元話本裡曾經略略的曇花一現過的真實的民間社會的日常的故事」,「她不是一部傳奇,實是一部名不愧實的最合於現代意義的小說」,是「一部可詫異的偉大的寫實小說」,並認為「《金瓶梅》實較《水滸傳》《西遊記》《封神傳》為尤偉大」,說它標誌著「中國小說的發展的極峰」。這種評價無疑是立足於小說對生活反映的真實程度和廣度上,以及對生活本質特徵挖掘的深度上。

的確,在《金瓶梅》中,朝廷臣僚的文治武功,達官貴人的窮通得失,佳人才子的恩恩怨怨,各級官僚的榮辱進退,都已退居次要地位,作者的審視焦點凝聚於新興商人的野蠻征服、橫行無忌;幫閒蔑片的吹牛拍馬、無德無行;僧尼道士的無心禮經、迷亂

---

12  鄭振鐸〈談《金瓶梅詞話》〉,見徐朔方、劉輝《金瓶梅論集》,北京:人民文學出版社 1986 年,
　　第 3 頁、第 2 頁。

心性；三姑六婆的坑蒙拐騙；娼妓優伶的打情賣俏；家庭生活的複雜多端、爾虞我詐；妻妾之間的互相傾軋、明爭暗鬥，……通過這個市井社會生活畫面，我們窺見了當時的政治生活、經濟狀況、官場結交、社會意識、社會道德、風俗習尚、人情世態……從此，中國小說創作才真正走上了社會化、人生化的軌道，並且成為小說創作的主流。

《金瓶梅》對家庭社會全方位描寫的價值並不僅僅局限於它本身對小說審美領域的開拓，更在於在它的影響下一大批以家庭日常生活為描寫對象、由一家而及社會的優秀小說的誕生，最突出的表現是它對代表我國古典小說高峰的《紅樓夢》的影響。儘管時代生活的變遷決定了《紅樓夢》的描寫主要集中在大觀園，而不能再像《金瓶梅》那樣反映出廣闊的市井社會生活，但《紅樓夢》的結構、人物、寫法甚至細節描寫，都無不從《金瓶梅》中得到借鑒。因此脂硯齋說《紅樓夢》「深得《金瓶》壺奧」（庚辰本十三回眉批），俞平伯說「《紅樓夢》之脫胎於《金瓶梅》，自無庸諱言」，尤其給《紅樓夢》直接影響的，「為明代的白話長篇小說《金瓶梅》」[13]，毛澤東稱讚「《金瓶梅》是《紅樓夢》的祖宗，沒有《金瓶梅》就寫不出《紅樓夢》」[14]。總之，《金瓶梅》所萌發的小說創作的新觀念是小說史上的一次偉大革命，是近代現實主義小說意識的嚆矢。

## 二、從對天下興亡的關注到對平凡人生的體察

中國封建社會的文化，說到底是一種儒家文化。儘管道釋曾在一定的歷史時期對社會、人生發生過某種程度的影響，但最後無不是與作為中國本土文化基礎的儒家文化妥協、靠攏，才找到了自己的立存之地。由於儒家傳統文化的長期積澱和歷代薰染，形成了中華民族以「天下為己任」的義務本位精神和積極入世、建功立業的嚴肅的人生態度。「天下興亡，匹夫有責」成為一種普遍的人生追求；名標青史、萬世流芳，成為實現人生價值的終極目標。

除了傳統文化的影響之外，中國歷史興衰更替頻繁的特點，也對這種「以天下為己任」式的人生追求起到了推波助瀾的作用；亂世紛釀的動亂社會背景，決定了歷代文人對天下興亡、建功立業的經久不絕的吟詠。就中國長篇小說的發展來考察，「三國」「水滸」故事經歷了幾個世紀的流傳豐富，而宋、金、元又是邊事繁多、戰亂頻仍的多事之世，統治集團你爭我奪，統治殿堂屢易其主。誰能稱霸中原？採取什麼樣的治理模式？如何對付奸佞的肆虐？在有志之士屈沉下僚的嚴峻現實面前應作何種選擇？……這一系

13　俞平伯《點評紅樓夢》，北京：團結出版社 2004 年，第 223 頁、第 336 頁。
14　《毛澤東文藝論集》，北京：中央文獻出版社 2004 年，第 206-207 頁。

列的問題都擺在世人面前。時代提供了一個思考天下治理問題的背景，歷史提出了社會治亂的任務。羅貫中、施耐庵正是處於這樣的選擇君主、選擇政治、選擇治理模式的歷史轉捩點上。他們加工、創作《三國演義》《水滸傳》時固然汲取了歷代滲透於此類故事中的封建正統思想，反映了廣大民眾的審美情感，但他們對各種傳說故事、史傳雜記的爬剔搜掘，無疑凝聚著他們的愛憎與褒貶，在加工組合的過程中更多地傾注有他們自己的喜怒好惡情感，摻進了他們自己的理想，其主要表現便是《三國演義》對劉備忠厚仁義的讚頌，對曹操奸詐殘暴的鞭撻和《水滸傳》中所反映的「身在江湖」而「心懸魏闕」的人生觀念。結合保存下來的有關施、羅二公的史料，羅貫中曾「有志圖王」[15]，似曾與元末農民起義領袖張士誠有關係[16]；施耐庵曾為官錢塘，因與當道不合而棄官歸里；再聯繫他們一生所撰多為朝更代移之事、豪傑馳騁之功，從而見出，《三國演義》《水滸傳》實際上也表現出他們在亂世之時「沉鬱下僚」的那種強烈的憂患意識與積極入世的熱切參與願望，以及對社會治亂的強烈責任感。

《金瓶梅》的產生卻有著完全不同的時代特徵。大一統帝國的建立，百餘年的休養生息，區域性的經濟繁榮，使整個社會相對安定。歷史沒有向人們提出統一天下的問題，朱氏王朝也在努力杜絕著動亂事件的發生。他們統治權術的顯著特點，便是政治思想上的嚴密防範，用程朱理學去規範人們的思想、言論，排斥異己，鎮壓異端，李贄的被迫害致死就是證明。不可否認，此期也出現了相當數量的歷史演義、英雄傳奇諸作，但它們大多是對歷史事件的演繹，對英雄事蹟的再現，側重的是對遠古往事的回顧而較少時代的寄託。當時人們面臨的問題，是社會對人性的扭曲，正常的人性欲望受到壓抑乃至扼殺；而「物極必反」的邏輯運動結果，卻導致了社會的糜爛，欲望的橫流。它迫使人們不能再拳拳於對歷史興衰、英雄業績的陶醉，而轉向對人生底蘊的體察。蘭陵笑笑生正是把握住了時代的脈搏，用他的如椽巨筆，以百萬字的巨制去體味人間情趣和紛繁的社會人生，從而使《金瓶梅》取得了《三國演義》《水滸傳》《西遊記》都不可比擬的成就，難怪欣欣子稱它為「寄意於時俗」之作[17]，魯迅稱其為「世情書」[18]了。

《金瓶梅》第五十七回，西門慶對吳月娘說了一段駭人聽聞的話：

　　……天地尚有陰陽，男女自然配合。今生偷情的，苟合的，都是前生分定，姻緣

---

15　王圻〈稗史彙編〉，見馬蹄疾《水滸資料彙編》，北京：中華書局 1980 年，第 503 頁。

16　顧苓〈跋《水滸圖》〉，見馬蹄疾《水滸資料彙編》，北京：中華書局 1980 年，第 85 頁。

17　欣欣子〈金瓶梅詞話序〉，《金瓶梅詞話》卷首，北京：人民文學出版社 1985 年。

18　魯迅《中國小說史略》第十九篇〈明之人情小說（上）〉，上海：上海古籍出版社 1998 年，第 125 頁。

簿上注名，今生了還……咱聞那佛祖西天，也止不過要黃金鋪地；陰司十殿，也要些楮鏹營求。咱只消盡這家私，廣為善事，就使強姦了嫦娥，和姦了織女，拐了許飛瓊，盜了西王母的女兒，也不減我潑天富貴。

可以說，這是西門慶的處世準則，也是他的人生宣言。作為中國十六世紀的一個商人，他對金錢的價值有著獨特而深刻的認識；而對金錢的認可，正意味著他對自身價值的肯定。他追求金錢不擇手段，開闢了多種聚斂錢財的途徑，包括放月利高達五分的高利貸，在商業投機中牟取暴利，不娶大姑娘而專娶擁有錢財的富孀寡婦，假公濟私，貪贓枉法等等。同時，他更是認識到了金錢的價值不在金錢本身而在於用它換取物質享樂和官能的愉悅。當然，這種人生價值觀呈現著腐朽、反動、墮落，但這卻是中國十六世紀商人心理的真實再現，對我們從事明代歷史的、政治的、社會的、經濟的以及文學的研究，都具有不可忽視的重要意義。

在《金瓶梅》中，西門慶貪婪攫取，野蠻征服，極盡享樂，最後喪生於他苦心構築的安樂窩裡；潘金蓮追求沒有理性節制的官能滿足，沒有道德約束的恣意放縱，終於斃命於道德的審判臺上；李瓶兒背夫迎姦，淫蕩歹毒，終遭對手暗算；龐春梅助紂為虐，不悔前非，死於淫欲；宋惠蓮輕浮淫蕩，虛榮貪財，終於招來家庭的悲劇和自我的毀滅；陳經濟貪花戀色，偷香竊玉，終於做了刀下之鬼；西門慶生前那些情同手足、形影不離的把兄弟們在他屍骨未寒時，就一個個改換門庭，甚至忘恩負義……這種結局的安排旨在說明：為富不仁，淫縱無節，必然招致禍敗與毀滅；沒有情的維繫，以金錢財富作交易的兩性關係，結局只能是財罄義絕；建立在吃喝、金錢基礎上的友情，最後必然終結於財的枯竭……這，大概就是笑笑生對十六世紀中國社會平凡人生思考後得出的結論，也是他留給後人的頗堪回味的人生昭示。

總之，《金瓶梅》重點表現的已不是歷史的興衰、政事的得失，而是世俗的真實、人性的回歸。需要說明的是，《金瓶梅》的時代是一個新舊交替的時代，自然人格在掙脫理性人格的枷鎖後猝然覺醒，這便使剛從蒙昧中覺醒的人性在發展的航程中失去了控制的航標，結果便由現實規範、封建道德對人性異化的極端（社會人格的極端）導向自然人格氾濫的極端；猝醒的人性沒有精神的依託，缺乏合理道德的約束，走向了無所顧忌的放縱，肆意妄為的滿足。這也導致了《金瓶梅》在描寫中沒有邁上對人性美進行昇華的健康軌道，而是誤入了展示人的原始本能的歧途。但是，我們只要堅持歷史唯物主義的觀點，用歷史發展的眼光而不是用道德的標尺去衡量這一切，就不得不承認，它在一定程度上具有人性解放的意義，具有鮮明的人本色彩。可以說，它是對理學摧殘人性、壓抑人格、窒息人欲的一種反撥，是對文明禁錮的一種非理性抗拒，是對封建道德、傳

統觀念的一種示威與叛逆，也是對人的生存價值的肯定。當然，這裡的意思絕非是為《金瓶梅》中千篇一律的肉的展示及消極、庸俗情趣作辯護，但對其價值與意義的一味抹煞，絕然不是客觀的態度。

## 三、從「文以載道」到文學對人本位的復歸

文學是表現社會人生的藝術，反映社會人生是文學的根本任務。中國文學的萌芽、產生，本來就是源於對個體情志的抒發，也即從人本的意義上肇端的。比如早在《尚書·堯典》中就有「詩言志，歌永言，聲依永，律和聲，八音克諧，無相奪倫，神人以和」的說法，《樂記》也認為「凡音者，生人心者也。情動於中，故形於聲，聲成文謂之音」。

文學創作究竟應該是「道」本位還是人本位？這本應是沒有懸念的問題，在中國文論史及文學創作史上卻屢經反復，持論難一。自從孔子將詩歌與政教、禮樂制度合二為一，提出「興、觀、群、怨」說，對文學的功用作了社會政教理倫的釐定與規範之後，荀子更是把明道、徵聖、宗經作為文學表現的內核。漢武帝「罷黜百家，獨尊儒術」，儒學成為封建統治的思想基礎；〈毛詩序〉更是將文學視為諷上化下的封建治世工具。「經夫婦，成孝敬，厚人倫，美教化，移風俗」成為文學創作的根本目的。本來是以人為中心的文學藝術逐漸被依附於封建倫理、封建統治的「道」所取代。

由於儒家文化所具有的鮮明的輔政作用，因而被法定為一種官方文化，在兩千多年的漫長歷程中一直是封建大廈的精神支柱，塑造了中華民族理性觀念極強的民族性格，成為民族精神的主導。就其對文學的影響來看，便表現為重倫理而輕個體意志，重功利而輕人生情趣。《莊子》所注重的隨情適性，魏晉文人對自我價值的重視與抒寫，李商隱作品中偶爾表現出的人性的閃光，始終沒能形成足以與「道」本位文學的強大陣勢相抗衡的力量。就是在明中葉個性解放的浪漫思潮中喊出時代最強音的湯顯祖的《牡丹亭》，也還在「情」與「理」的鋪排中，在劇終拖上一條「理」的「光明」的尾巴。從這裡，我們足能感覺到文學史上「道」本位勢力的強大與頑固。

按照儒家的「詩教」傳統和創作規範，文學的核心所在，應該是政治、倫理觀念。君君臣臣父父子子，是世俗必須遵奉的圭臬，而且被規定為文學乃至一切藝術所必須履行的社會責任；正心、修身、齊家、治國、平天下，不僅成了人生追求的目標，而且也是文學創作必須闡發、詮釋的「神聖」內容。凡是不合乎這種規範的文學，統統被斥為歪門邪道，永遠沒有登上大雅之堂的資格。山水詩的受冷落，宮體詩的被斥逐，反映人情、人性的作品長期以來爭論不休，就是典型的說明。

由於這種觀念的長期影響，使得中國古典文學的創作往往不去審視人的自身價值，

不注重表現人的個人欲望，不去關心人生的多重欲求，形成了與西方文學注重個體迥然有別的東方特色。反映在說部，便使得中國古代小說創作及評論往往過於注重政治教化而淡薄對審美的追求，過於注重小說的輔政作用而忽視對人生價值的探索，過多注重歷史的真實而忽視了小說的真趣所在。說穿了，就是道本位對人本位的取代。

在「道」本位文學觀念的支配下，小說中本應表現的豐富多彩的人生往往被主要人物躬行某一道德觀念的模式所取代，人物形象的單一化、臉譜化，成了小說創作的致命傷。《三國演義》《水滸傳》儘管在一定程度上流露出對儒家倫理道德反思的意圖，但在總的傾向上仍然為儒理所拘囿。順應歷史趨勢但不合正統的曹操成了唾罵的對象和奸惡的化身，不具什麼才能唯有忠厚仁義、代表正統的劉備成了作者謳歌的理想君主；奸臣高俅、童貫、蔡京成了昏庸的宋徽宗的替罪羊，宋江等人之所以心存忠義而報國無門，不在於皇帝的昏聵而在於奸佞的當道；儘管作者在描寫中唱出了一曲起義軍受招安必然招致毀滅的哀歌，但結果還是強行把宋江這夥草寇納入封建正統的國家機構之中，讓其「護國順民」，剷除敢於自立為王、對抗正統的方臘。至於《好逑傳》《歧路燈》等作品，更是充滿著赤裸裸的封建說教了，小說中的人物簡直成了封建倫理觀念的化身。從這裡，我們可以明顯看出道德倫理本位、詩教傳統給文學創作帶來的嚴重弊端，給作品內容和藝術上所帶來的缺憾和失敗。

明代社會是中國歷史上的一個特殊時代，道德與欲望激烈衝撞，理性與人性劇烈衝突。一方面，程朱理學對人性的扼殺達到了登峰造極的地步，人本應享有的自身權利遭到理學的桎梏與禁閉；另一方面，躁動著的市民意識日益咄咄逼人，在枯死的社會壓抑下透露出一縷清新的氣息。一批敏銳的思想家們覺觸到了這種新的思想氣息，便衝破傳統偏見，起而為之吶喊。折射在文學領域，便表現為徐渭的不被禮法所拘，豪放不羈地抒寫著人性的讚歌；湯顯祖對「情」的大膽謳歌肯定；吳承恩《西遊記》中所表現出的擺脫一切束縛，衝破一切枷鎖的反叛精神；「三言」「二拍」中對世俗社會物欲情欲的禮讚；李卓吾對「吃飯」「穿衣」「好貨」「好色」的肯定以及公安派對「性靈」的推崇等。這種帶有一定人本主義色彩的進步文學潮流，無疑是對「明理」「載道」的文學傳統的一次清算，標誌著文學對人本位的復歸。《金瓶梅》，就處在小說由載道明理而復歸人生的重要轉捩點上。

在中國小說史上，像虬髯翁、昆崙奴、紅線女乃至於《三國演義》《水滸傳》《楊家將》《說唐》《說岳》等作品中的主人公，大多是某種倫理道德的躬行踐履者。他們作為人們理想的英雄，足能引起讀者的崇高之感，滿足於欣賞主體英雄崇拜的心理層次。然而，作為一個「人」，他們卻是超凡脫俗，可望而不可企及，距離人們的現實生活畢竟遙遠，很難引起讀者的親切之情。《金瓶梅》則破天荒地打破了從唐到明中葉將近一

千年獨霸說部的這種倫理詮釋式的創作格局，驚世駭俗地第一次在長篇小說中大寫特寫人的世俗欲望，真實表現人的七情六欲。

對世俗欲望的深刻體味，成為《金瓶梅》區別於此前小說的根本標誌。在《金瓶梅》的描寫中，我們已看不到儒家理性規範對人生的約束效用，相反則是芸芸眾生在新的時代條件下對宗法政治、等級秩序、封建倫理以及程朱理學的褻瀆與叛逆，看到的是傳統價值觀念在市民社會的貶值，是人生在世的享樂生活以及對現世享樂的孜孜追求。當然，其中包含有原始的野蠻和野性，但在這千姿百態的世相背後，卻蘊有深沉的歷史內涵，反映著作者在懷疑和否定舊有傳統標準和信仰觀念、價值取向基礎上對人生的重新思索。拿西門慶和潘金蓮這兩個主要人物來說，西門慶雖然只活到 33 歲，但在這不長的人生旅途上，他從沒有放棄自己那種野性的生活信念與追求，並且充滿著自信與強悍。他的葬身欲海，對他來說算得上是壽終正寢。潘金蓮雖有千古「淫婦」的惡諡，但只要聯繫她的出身、經歷（裁縫之女、幾度被賣、婚姻不幸、無錢財家世靠山等）對她的所作所為進行全面考察，就不難悟出，其行為包含著一定程度上的反抗命運安排、反抗封建婚姻制度、等級制度的合理因素。這樣，我們大概就不會對其行為一味加以指責了。

需要指出，《金瓶梅》的作者未能像湯顯祖等人那樣反映出「情」的合理舒展、欲望的正常滿足，相反寫出了「欲」對「理」的畸形抗拒，這突出地表現在小說人物性欲的放縱，從而使本應以感情、平等和自由為紐帶的兩性之間的聖潔關係及人生的合理欲望與要求，變成了金錢與貞操的交易、動物式的發洩以及為滿足一己私欲而不擇手段，在對人本位的倡導中不去尊重人的自身價值與完善人格而導向了對生物化和野性化的渲染，在這個意義上我們不能不說，《金瓶梅》在文學復歸人生的嘗試中又在一定程度上表現出人性向獸性的倒退。

明中葉新的社會意識、價值觀念的萌生，啟發了人們對程朱理學的深刻反思，喚醒了儒理道德異化了千百年的人性。蘭陵笑笑生順應了這種進步潮流，在中國小說史上寫下了光輝燦爛的一頁。雖然新思潮賴以產生的經濟因素伴隨著異族鐵蹄的踏入而遭到了摧折的厄運，但滋生在這種土壤中的新的意識給社會注入的生機卻感召著後人。清代黃宗羲、顧炎武、王夫之等思想家們勇敢地繼承晚明進步思想傳統，進一步把批判的鋒芒指向封建道學；受《金瓶梅》啟發而產生的《紅樓夢》，更是在對黑暗社會的鞭撻、對腐朽道德的抨擊中，唱出了一曲個性解放的讚歌。我們承認《紅樓夢》在思想內容的深刻和藝術造詣的精湛方面都比《金瓶梅》大大提高了一步，但《金瓶梅》所架起的通向小說藝術成熟的橋樑卻永遠不能抽斷。否則，中國小說發展的鏈條就要斷裂，中國小說的發展歷史就無法撰寫。

# 《金瓶梅》的世俗品格
## ——簡論《金瓶梅》的文學史地位

在古代長篇小說研究領域，歷來把《三國演義》《水滸傳》《西遊記》《儒林外史》《紅樓夢》並提，認為它們代表著明清小說創作的實績。由於眾所周知的原因，人們對《金瓶梅》這部「偉大的寫實小說」一直諱莫如深。二十世紀八十年代以後，學術禁區被打破，《金瓶梅》的研究出現了空前繁榮的局面。它在中國文學史上享有與以上五部名著毫不遜色的地位，這已成為學術界的共識。我認為，這不僅取決於它在藝術上具有承前啟後的通向小說藝術成熟的橋樑的作用，更在於它對中國長篇小說題材領域的偉大開拓。如果我們立足於描寫題材來評價這幾部名著的地位，可以如是說：《三國演義》在歷史演義小說領域獨占鰲頭，《水滸傳》是英雄傳奇的典型代表，《西遊記》標誌著神魔小說的頂峰，《儒林外史》是士人文學的奇葩，《紅樓夢》是末世貴族生活的寫真，那麼，《金瓶梅》則是一座市民文學的不朽豐碑。它在中國文學史上之所以享有不可替代的地位，重要的原因之一，就在於它的「世俗」品格，也即它對世俗社會所作的具體、細膩、全面而又深刻的描寫。從這個意義上說，它在中國古代文學史上不僅前無古人，而且後無來者。本文將圍繞《金瓶梅》的「世俗」品格，來探討它在中國小說史上的重要地位。

## 一、警飭世俗的主旨

從本質上來講，文學的任務在於反映人生，表現人生的真諦。但在儒家文化長期抑制下，中國文學發展的航程卻與文學的本質特徵發生了某種程度的偏離。由於儒家正統思想始終占據著中國文化的主導地位，絕大多數中國文人都有著極強的義務本位質素。維護封建政權的長治久安，不僅是文臣武僚的無可旁貸之責，而且也往往外化為「身在江湖」的中國封建文人的一種自覺追求。反映到創作領域，表現為首先要求作品宣揚「王道」、政教倫理，有助於宗法政治的穩固。「文以載道」的創作原則始終主宰著中國古典文學漫長的發展歷程。追求隨情適性、「非湯武而薄周孔」的篇什，真正充分表現人

情、人性而不帶政治功利的作品，其命運往往不是被斥逐、禁毀，就是遭冷落、非議，這業已為中國文學的發展歷史所證明。

產生於明代中葉的《金瓶梅詞話》已在努力擺脫這種僵化的模式。它的創作意旨已不是出於像《三國演義》《水滸傳》等作品宣揚儒家正統觀念的倫理自覺，也不是以「載道」「明理」為指歸，而是源於世俗生活的激蕩與感發。蘭陵笑笑生已沒有以往作家對「君君臣臣父父子子」、忠孝節義等封建宗法道德觀念的那種拳拳熱情，他所直面的是活生生的市井社會、世俗人生，針對芸芸眾生的生活現實而發出了對酒、色、財、氣「四貪」的懲戒。小說的立意在於警飭世俗，暴露「四貪」之病，讓世俗社會看到嗜酒好色貪財逞氣給人生造成的痛苦與危害。這裡儘管尚有儒家功利觀念的藕斷絲連的些微保留，但它已跳出了以往作品唯政治功利是尚的傳統窠臼，而表現為對世俗社會的現實思考。

為了讓人瞭解自己的創作主旨，蘭陵笑笑生在《金瓶梅詞話》正文之前，特意寫了〈四季詞〉和〈四貪詞〉，表明自己對世俗社會酒、色、財、氣「四貪」的勸誡。前者宣揚了無榮無辱無憂、優遊隨分、聽天由命、與世無爭的閒適思想，〈四貪詞〉則曰：

酒　酒損精神破喪家，語言無狀鬧喧嘩。疏親慢友多由你，背義忘恩盡是他。　切須戒，飲流霞，若能依此實無差。失卻萬事皆因此，今後逢賓只待茶。

色　休愛綠鬢美朱顏，少貪紅粉翠花鈿。損身害命多嬌態，傾國傾城色更鮮。　莫戀此，養丹田，人能寡欲壽長年。從今罷卻閒風月，紙帳梅花獨自眠。

財　錢帛金珠籠內收，若非公道少貪求。親朋道義因財失，父子懷情為利休。　急縮手，且抽頭，免使身心晝夜愁。兒孫自有兒孫福，莫與兒孫作遠憂。

氣　莫使強梁逞技能，揮拳裸袖弄精神。一時怒發無明穴，到後憂煎禍及身。　莫太過，免災迍，勸君凡事放寬情。合撒手時須撒手，得饒人處且饒人。

實際上，這種創作主旨的確立，絕非作者憑空想像的產物，而是源於明代社會現實。

從明代最高統治集團來看，自英宗開始，就逐漸丟掉了明初幾代帝王勵精圖治、與民休息的傳統，而變得荒於政事，耽於淫樂，至武宗、世宗而登峰造極。他們沉溺酒色，荒淫靡費，崇佛敬道。這樣上行下效的結果，導致了整個社會風氣的急劇墮落，虛詐、刁悍、享樂、奢侈之風大盛。

在當時，世俗社會「慣習驕吝，互尚荒佚，以歡宴放飲為豁達，以珍味豔色為盛禮。其流至於市井販鬻廝隸走卒，亦多纓帽緗鞋，紗裙細袴，酒廬茶肆，異調新聲，泊泊浸

淫,靡焉弗振。甚至嬌聲充溢於鄉曲,別號下延於乞丐,濫觴至此極矣。然且務本者日消,逐末者日盛,遊食者不事生產,呼盧者相率成風,樂放肆而寡積蓄,營目前而忘身後」[1]。「夫官貴民富,爭侈競巧,轉移風尚,澆淳散樸。」[2]黃人也說:「明時無藩鎮之分斂,及金繒之歲輸,故物力稍紓於唐宋,而侈風起焉。宮廷倡之,上行下效,一命以上中人之家,必有園林聲伎之奉,縉紳無論矣。一土豪,一游士,以至胥吏僕御,亦器用飾金銀,家人曳紈綺。」[3]追求現世的享樂與官能的滿足,已成為一種社會時尚,成為世俗社會至高無上的生活準則。而這種時尚的具體表現,就是貪財好色嗜酒逞氣。

反映在文學領域,直接產生於市井社會的俗曲歌謠中,吟詠酒、色、財、氣的篇什曾風行一時(如〈四季五更駐雲飛〉中就有 20 多支);話本小說中也把「四貪」招致禍敗的故事作為自己的表現對象。《金瓶梅詞話》就是孕育在這樣的時代條件和時代氛圍之中。蘭陵笑笑生用長篇小說來對世俗社會的「四貪」發出警飭,自在情理之中。它集中揭示的正是「四貪」的氾濫給人生帶來的危害,招致的人性的墮落、世風的澆薄、道德的淪喪、生命的消耗與毀滅以及整個社會的急劇頹敗。

我們看作者的議論:

原來這女色坑陷得人有成時必有敗。古人有幾句格言道得好:「花面金剛,玉體魔王,綺羅妝做豺狼。法場斗帳,獄牢牙床,柳眉刀,星眼劍,絳唇槍。口美舌香,蛇蠍心腸,共他者無不遭殃。纖塵入水,片雪投湯。秦楚強,吳越壯,為他亡。早知色是傷人劍,殺盡世人人不防。」二八佳人體似酥,腰間仗劍斬愚夫。雖然不見人頭落,暗裡教君骨髓枯。(第七十九回)

積玉堆金始稱懷,誰知財寶惹禍荄。一文愛惜如膏血,仗義翻將笑作呆。親友人人同陌路,存形心死定堪哀。料他也有無常日,空手伶仃到夜台。(第五十六回)

為人多積善,不可多積財。積善成好人,積財惹禍胎。石崇當日富,難免殺身災。鄧通饑餓死,錢山何用哉!今日非古比,心地不明白。日說積財好,反笑積善呆。多少有錢者,臨了沒棺材!(第七十九回)

富貴繁華身上孽,功名事蹟目中魈。(第九十一回)

---

1  《博平縣誌》卷五〈人道·民風解〉,《中國地方誌集成·山東府縣誌輯 86》,南京:鳳凰出版社 2004 年,第 503 頁。
2  崔銑〈政議十要〉,見陳子龍等《明經世文編》卷一五三,北京:中華書局 1962 年,第 1531 頁。
3  黃人〈明代章回小說〉,見侯忠義、王汝梅《金瓶梅資料彙編》,北京:北京大學出版社 1985 年,第 478 頁。

　　　禍患每從勉強得，煩惱皆因不忍生。（第三十五回）

　　　平生作善天加福，若是剛強定遭殃。舌為柔和終不損，齒因堅硬必遭傷。（第八十
　　　七回）

從這些直接的議論中，讀者完全可以體察到作者警飭世俗的良苦用心。

　　不僅如此，《金瓶梅詞話》的整體框架，也明顯地體現出蘭陵笑笑生的警世主旨。
他借助於明代深得統治者寵信和一般人青睞的釋家的因果輪回和道家神鬼報應思想，在
宗教的框架下去描寫芸芸眾生的喜怒哀樂，借小說人物生前死後的遭際，提醒世人持戒
懼之心。小說前七十回，敷衍了西門家族熱熱鬧鬧的發跡史，詳細鋪敘了他由一介無賴
而扶搖直上的過程，而他的暴發史也正是貪財好色嗜酒逞氣的歷史。然而好景不長，樂
極哀來，終於葬身欲壑之中。他一倒頭，眾叛親離，家庭急劇敗落。讓世人引西門慶「四
貪」之果為戒，正是作者譜寫的由極盛而極衰的興衰變化的用意所在。就書中人物來說，
西門慶是「四貪」的典型固不必說，其他如潘金蓮、李嬌兒、李瓶兒、陳經濟、龐春梅
等，也都在不同程度上各有側重地體現出對酒、色、財、氣的貪求。

　　刊於《金瓶梅詞話》卷首的欣欣子〈金瓶梅詞話序〉、廿公的〈跋〉、弄珠客的〈金
瓶梅序〉，為歷來的研究者所重視。其中欣欣子明確指出「蘭陵笑笑生作《金瓶梅傳》，
寄意於時俗，蓋有謂也」。廿公也看到了小說的警飭世俗的用意，認為它「蓋有所刺」，
「今後流行此書，功德無量」。弄珠客說小說「作者亦自有意，蓋為世戒，非為世勸」，
認為讀《金瓶梅》而「生畏懼心者，君子也」。他們的評價儘管各有側重，但都認為小
說意圖在於矯正時俗，為世俗提供借鑒。到了清初張竹坡在評點《金瓶梅》時，更是再
再申明此書「獨罪財色」[4]，「微言之而文人知儆，顯言之而流俗知懼」[5]，認為作者是
在敷演一齣貪財好色嗜酒逞氣的人生悲劇，達到勸誡、警世的目的。滿文本〈金瓶梅序〉
指出《金瓶梅》「凡百回中以為百戒」，作者是「將陋習編為萬世之戒」，「立意為戒
昭明」，使「觀是書者，將此百回為百戒，夔然慄，愍然思，知反諸己而恐有如是者，
斯可謂不負是書之意也」。到了近代，人們也看到了小說的勸懲意旨，如夢生在〈小說
叢話〉中就認為小說「寫『財』之勢利處，足令讀者傷心；寫『色』之利害處，足令讀
者猛省；寫看破財色一段，痛極快極，真乃作者一片婆口婆心」，「《金瓶梅》乃一部
懲勸世人、針砭惡俗之書」。這些看法，都是符合作者的創作初衷和作品實際的。

---

4　張竹坡〈竹坡閒話〉，《張竹坡批評第一奇書金瓶梅》卷首，濟南：齊魯書社 1987 年，第 3 頁。
5　張竹坡〈第一奇書非淫書論〉，《張竹坡批評第一奇書金瓶梅》卷首，濟南：齊魯書社 1987 年，
　　第 20 頁。

# 二、認同世俗的傾向

　　就整個朱明王朝來考察，從明初到明中葉，經歷了政局由穩定到動盪、吏治由清肅到渾濁、經濟由孱弱到繁榮、思想由禁錮到活躍、習俗由淳厚到奢靡的歷史轉變。明初被朱家帝王所極力提倡的封建綱紀的虛偽性及其對人生個體的極度異化，已經被明中後葉世俗社會的芸芸眾生所認識。那種漠視人的個體存在、強求個體對不合理的群體規範絕對服從的說教受到世俗社會的斥逐與挑戰。人們已不再迷信、膜拜封建綱常統攝萬物的威嚴，而是立足於自我，將自身放在主體的地位。儘管這種個體意識的覺醒有其狹隘的負面，但它在「存理滅欲」的沉悶氛圍中，無疑具有呼喚人性解放的客觀意義。

　　首先是思想家們拍案而起。他們針對被統治者再再強化的、嚴酷扼殺世俗感性的理性規範，發出了振聾發聵的吶喊，從理論上還世俗以真實、本來的面目，力圖將世俗人性從理學政教的桎梏中解脫出來，將人應擁有的權利擺到了至關重要的地位，肯定了被理學異化了的作為社會個體所固有的人的生物的存在。被視為異端之尤的李贄一針見血地指出了理學禁錮下個性主體的泯滅：「今之人皆受庇於人者也，初不知有庇人事也。居家則庇蔭於父母，居官則庇蔭於官長，立朝則求庇蔭於宰臣，為邊帥則求庇蔭於中官，為聖賢則求庇蔭於孔、孟，為文章則求庇蔭於班、馬，種種自視，莫不皆自以為男兒，而其實則皆孩子而不知也。」[6]他推倒了歷代儒家先哲們強加給世俗人生的倫理砝碼，視世俗常情為天理聖道，視飲食男女的自然本性為第一要義：「穿衣吃飯，即是人倫物理；除卻穿衣吃飯，無倫物矣。世間種種皆衣與飯類耳，故舉衣與飯而世間種種自然在其中，非衣飯之外更有所謂種種絕與百姓不相同者也。」[7]並公然為人的私欲張目：「夫私心者，人之心也。人必有私，而後其心乃見。若無私，則無心也。」[8]

　　與這種世俗哲學思潮相呼應，整個晚明文壇形成了一股充分表現個性、追求自由人格、回歸世俗真實的創作趨勢。徐渭的雜劇，湯顯祖的傳奇，馮夢龍、凌濛初的短篇白話小說，袁宏道的散文等，都不同程度、各有側重地表現著人性對理性的反駁，而蘭陵笑笑生則更以其博大精深的皇皇巨制，去如實地再現世俗社會的價值取向，表現世俗社會對宗法傳統的悖逆。

　　《金瓶梅》首先表現出世俗社會對宗法政治的褻瀆。作為山東清河的一個奸商，西門慶憑他的金錢操縱著封建機構的上上下下，為所欲為。為報李瓶兒招贅蔣竹山開生藥鋪

---

6　李贄《焚書》卷二〈別劉肖川書〉，《焚書　續焚書》，北京：中華書局1975年，第58頁。
7　李贄《焚書》卷一〈答鄧石陽〉，《焚書　續焚書》，北京：中華書局1975年，第4頁。
8　李贄《藏書》卷三十二〈德業儒臣論〉，北京：中華書局1974年，第1827頁。

撐自己買賣之恨，他指使流氓對蔣大打出手，並用金錢的魔杖指使山東提刑所將蔣竹山「痛責三十大板」，強迫他賠出流氓訛詐的三十兩銀子（第十八回）。為姦占宋惠蓮，並報來旺醉中謗訕之恨，他用「白米一百石」買得夏提刑將來旺遞解徐州（第二十六回）。朝中楊戩倒臺，在被治罪的親黨名單中有他西門慶的名字，他又用五百兩白銀，使當朝右相、資政殿大學士兼禮部尚書李邦彥筆下的西門慶變成了「賈慶」，一場由朝廷直接授理的重大案件，終於在一介商人的金錢面前流產。封建法律的尊嚴，至高無上的皇權，統統遭到了金錢的嘲弄。

《金瓶梅》中描寫了眾多的封建官員，諸如新科狀元蔡一泉、進士安忱、陝西巡按御史宋盤、工部黃主事以及山東上上下下的文臣武僚，他們大多以結交「西門大官人」為榮耀，從他那裡得到了金銀財帛的饋贈。而這種交易的另一面，則是這些官員給西門慶的恣意橫行、貪婪攫取大開方便之門。如第四十九回寫西門慶結交蔡、宋二御史，擺筵席花去上千兩銀子，二御史臨走，他又以金銀器皿相贈，西門慶提出讓蔡御史來日早掣淮鹽三萬引，結果蔡御史一口答應，使西門慶比別的商人早掣取鹽一個月，在這筆生意中牟得巨額利潤。更重要的，則是西門慶身價的提高，表現出西門慶對上下尊卑等級制度的褻瀆和僭越。因此光緒年間文龍在評論至此時認為：「宋、蔡二御史，屈體丟人，西門慶沾光不少矣。」小說第六十五回，寫到宋御史等借西門府結豪宴請欽差六黃太尉，山東全省的官員都出入於小小清河縣的西門府邸，在那裡顛倒奉承，這更使西門慶身價百倍。透過這些描寫可以看出，作為封建大廈支柱的各級官員，在西門慶這個握有巨額錢財的世俗奸商面前，再也不能昂起高貴的頭顱，他們在金錢面前已失去了傳統的威儀，有時甚至是充當了西門慶的鷹犬。這些事件的深層底蘊，正表現著世俗社會對宗法政治的無情褻瀆與巨大衝擊。

《金瓶梅》所反映的世俗價值標準、思想觀念，又表現為對宗法傳統「秩序」、封建倫理觀念的悖逆。有明一代，作為封建政權精神支柱、並被封建統治者極度強化的倫理意識、宗法道德、程朱理學，對世俗人生的束縛達到了登峰造極的地步。尊卑觀念、等級秩序，滲透於人們的衣食住行等日常生活之中。所謂「衣服有制，宮室有度，人徒有數，喪祭器用，皆有等宜」[9]的古訓，被朱家帝王大加提倡，並作為束縛人們思想行為的圭臬。然而，客觀外在世界的變化，新的經濟因素的萌生，使緊閉的小農經濟結構發生了某種程度的裂變，而隨之萌發的迥異於傳統的世俗觀念，卻具有旺盛的生命力。

明代中葉的世俗社會似乎已將儒家先哲的聖訓拋到了九霄雲外。據《見聞雜記》《雲

---

9　《荀子·王制》，見王先謙《荀子集解》，《諸子集成》（2），上海：上海書店出版社1986年，第101頁。

間據目抄》《客座贅語》《萬曆野獲編》等資料記載可見，在當時的世俗社會，從衣著服飾到飲食起居，從婚喪嫁娶到節令遊樂，無不表現為迥異於傳統的情狀。《金瓶梅詞話》就反映出了這種「僭越」的時尚與意識。

在小說中，作為山東理刑所千戶的五品官西門慶，竟然罩著二品以上大官才有資格穿著的青緞五彩飛魚蟒衣，難怪應伯爵見狀「諕了一跳」。西門慶的妻妾們或穿大紅襖，或衣大紅袍，而大紅恰恰是《大明律例》《大明會典》中明載的民婦禁用服色。西門慶府邸之豪華，更使封建官員望而興歎，以至於從京師而來的蔡狀元觀賞西門慶的園亭台榭、豪奢建築之後而發出「誠乃勝蓬瀛也」的感慨。西門慶還蓄養歌兒，擁有家樂，極盡聲色之樂，處處顯示出世俗暴發戶的特質。光緒年間文龍在小說第四十六回評語中說道：

> 西門慶家中規矩禮節，總帶暴發戶氣象。遞酒平常下跪，出門歸去磕頭；嫡庶姐妹相稱，舅嫂妹夫回避；娼婦亦可作女，主母皆可呼娘；財東夥計相懸，女婿家奴無別。……不解此皆是何規矩禮節也。

總之，這些行為在客觀上無疑是對封建等級制度、封建倫理道德的一種反撥，是一種悖逆於宗法傳統的世俗反叛品格的鮮明體現。

《金瓶梅》的世界是一個欲海橫流的世界。它所極力鋪排的，是世俗人生各種欲念的追求與滿足。作者除了描寫西門慶難填的欲壑、貪婪的追求和奢華糜爛的享樂外，還花費了大量的篇幅，描寫了西門慶周圍所有人的享樂生活以及他們的心態。王六兒以身趨奉西門慶，是為了銀子、房屋、丫鬟、美味、豔服，如她在夥同西門慶處理殺人犯苗青一案中得到一百兩贓銀，就「白日不閑，一夜沒的睡，計較著要打頭面，治簪環，喚裁縫來裁衣服，從新抽銀絲鬏髻」。應伯爵等的幫閒是為了錢，女子的獻身是為了錢，僧尼道士的念經誦懺、設醮祈禱，無不是為了金錢財帛等私欲的滿足。總之，統治者高喊、力倡的「天理」，在世俗社會已沒有一絲神聖之感，它已喪失了統攝人心的力量。當然，這種人欲本身不無原始的野蠻和野性的成分，但它在客觀上卻標識著對程朱理學的悖逆與反動！

# 三、涵蓋世俗的畫面

《金瓶梅》是中國小說史上第一部以世俗日常生活為主要描寫對象的長篇小說。在古典文學領域，它對千姿百態的駁雜的世俗社會無所不包的描寫，可謂空前絕後。

首先，它涵蓋了世俗社會生活的各個領域，織成了一幅五光十色的世俗生活的真實

畫面。在這幅畫面上,有賣炊餅的武大郎,賣棗糕的徐三夫婦,賣餶飿的李三夫婦,賣水果的喬鄆哥,開酒店的丁蠻子、劉二、陸秉義,賣蒸餅的薛姑子之夫,開茶館的王婆,兼行商與坐賈於一身的西門慶,開紙鋪的白四哥,開棺材鋪的宋仁,開緞鋪的葛員外,販鹽的王四峰,販綢的丁相公,販布的楊宗錫,走街串巷的貨郎兒來旺兒,開妓院的李三媽,開旅店的陳二郎,畫像的韓先生,從事縫紉的潘裁縫、趙裁縫,為人做首飾的顧銀匠,為人理髮篦頭的小周兒,雜技教師李貴,說唱教師李銘,抬轎的張川兒、魏聰兒,船工陳三、翁八,打手魯華、張勝,接生婆蔡老娘、鄧老娘,媒婆文嫂、薛嫂、孔嫂、王婆等,官媒陶媽媽,婦科醫生、太醫院院判趙龍崗,兒科大夫鮑太醫,醫官任後溪以及行醫的胡老人、胡鬼嘴、胡太醫、何老人父子、蔣竹山等,踢氣球的圓社白禿子、小張閑、羅回子,說唱藝人吳惠、韓畢、鬱大姐、鄭金、申二姐、周采、鄭春、左順、王相,蘇州戲子周順、苟子孝、袁琰、胡慥,海鹽子弟張美、徐順,賣身為生的妓女李桂姐、鄭愛月、董嬌兒、吳銀兒等,以巫術迷信騙人為生的算命的劉理星、相面的吳神仙、陰陽先生徐先生、卜龜兒卦的婆子、給人跳神治病的師婆以及錢痰火等,此外尚有商業經紀人如樂三、王伯儒,乞丐飛天鬼、侯林兒,城市遊民陳三兒、何三、于寬、車淡、管世寬、游守、郝賢,幫閒應伯爵、白賚光、常時節等,坐館先生溫必古,奶媽如意兒,商業夥計傅銘、賁地傳、韓道國、胡秀、甘潤、王顯等,廚師劉包……總之,世俗社會的三百六十行,無不得到真實的描繪。

當然,小說在描寫世俗生活時,還廣泛涉及了當時朝廷重臣、皇親國戚、文武百官、舉人進士以及各級官僚的行止舉措,但這完全是圍繞西門慶的活動而展開,作者的用意在於為西門慶的活動提供一個廣闊的背景,襯托西門慶的性格,也可以說,作者對封建官場的描寫服從於反映世俗生活的需要,前者是為後者而設,這在中國長篇小說史上是破天荒的。

其次,小說為我們描繪了世俗社會芸芸眾生的群像。據統計,《金瓶梅》寫了八百多個人物,但作者濃墨重彩且刻畫得惟妙惟肖的,基本上全是市井人物。諸如集惡霸、無賴、奸商、淫棍、官僚於一身的西門慶;助紂為虐、恃寵使性、倔強暴烈、心高氣大、刻毒淫縱而又具仁義善良、恩怨分明的龐春梅;宗法婚姻制度下的犧牲品,淫狠妒毒俱全,不屈從命運而畸形反抗,最終身首異處的潘金蓮;集癡情與淫欲、軟弱與陰狠、歹毒與厚道於一身,在爾虞我詐中喪身的李瓶兒;表面守分大度、恪守婦道,內心忌妒、自私的吳月娘;與西門慶同床異夢、貌合神離的李嬌兒;不得夫寵,八面玲瓏,無人不愛的孟玉樓;秉性蠢笨,一生失意,不平而鳴,屢遭迫害的孫雪娥;虛榮墮落,麻木沉淪,為攀高枝而以色奉主,又未失理性,頗有夫妻恩義且不乏剛烈的宋惠蓮;為生存而不得不獻出肉體的如意兒;淫欲難遏,人格喪盡,生性淫蕩,寡廉鮮恥的王六兒;沾花

惹草，輕狂浪蕩，花天酒地，揮霍敗家，窘困時安分，得意時忘形，巧於應對，狡詐多變的陳經濟；幫閒有道，搖尾乞憐，喪盡人格，集「哈巴狗」與中山狼於一身的應伯爵；忘恩負義，以怨報德的吳典恩；言過其實，善騙人財，讓妻獻女，甘做明王八的韓道國；善於察言觀色，揣摩人意，狐假虎威，欺裡瞞外，會獻殷勤，被稱為西門慶肚裡蛔蟲的小廝玳安；趨炎附勢，靠打情罵俏為生的李桂姐；性情直率，不知討好主子，不會奉承，告狀饒舌，吃盡苦頭，做了潘金蓮出氣筒的秋菊；得鈔傲妻兒的常時節；輕浮狂詐，乘虛而入，討好女人而無本事，敗於西門慶之手的蔣竹山；淫蕩揮霍，散漫使錢，冒充光棍，終於丟了老婆與性命的紈絝子弟花子虛；巧使連環計，工於心計，狡點伶俐的鄭愛月；儒弱、本分、善良、屈辱的武大郎；心靈扭曲，貪婪成性的馬泊六王婆；孤寂悲慘，無人疼愛，受盡折磨，以死抗爭的西門大姐；善於應付，多方討好，伶牙俐齒的媒婆文嫂、薛嫂；為了錢財而百般辱罵，甚至大打出手的楊姑娘與張四；安分守己，膽小怕事的買賣經紀人傅自新；辦事幹練，經營有道，欺主背恩的湯來保；見錢眼開的鴇兒李三媽；倚強凌弱，舉放私債，行凶作惡的坐地虎劉二；流氓無賴魯華、張勝；出入於青樓貴宅，打著說佛講經的幌子而哄騙錢財的王姑子、薛姑子；誇誇其談，貌似謙恭的庸醫任後溪；貪財好色，為虎作倀的道士石伯才；騙人錢財，放債收利的鐵指甲楊大郎等等。無論是作者濃墨重彩所極力描摹的主要人物，還是三言兩語勾勒的次要人物，無不做到形神畢肖，栩栩如生。這個龐大的人物群體，體現出了明中葉政治生活、經濟生活、精神生活、人情世俗的方方面面，組成了一幅十六世紀中葉的世俗風情畫。魯迅評價它說：「作者之於世情，蓋誠極洞達」，「就文辭與意象以觀《金瓶梅》，則不外描寫世情」，多次提到「世情」，即是世俗之情，也即世俗生活。吳晗說《金瓶梅》是一部現實主義作品，所集中描寫的是作者所處時代的市井社會的侈靡淫蕩的生活。前賢對它「世俗」品格的充分肯定，正說明了它在文學史上的獨樹一幟。

再次，小說還對世俗社會的人生價值觀念、心理、習尚做了如實、逼真的描繪。人們注重的是自我的權利，追求的是個人的口體之奉、聲色之樂，那種於家於國的義務本位精神已蕩然不存。就愛情婚姻來說，「門當戶對」的傳統觀念受到挑戰。潘金蓮拼命反抗沒有安全保障、甚至連生理欲望都不能滿足的不道德婚姻，孟玉樓不嫁尚舉人而嫁西門慶，不做正室夫人而作第三房小妾，李瓶兒自招夫婿、不滿意又將其逐出家門……這些描寫儘管不乏對赤裸裸的肉欲的迷戀，甚至伴隨著弱小者的血淚與生命，但個人意願在婚姻中所起的決定性作用卻是不可忽視的。

世俗社會對女性貞節的漠視也與宗法傳統觀念大異其趣。西門慶不僅娶了寡婦孟玉樓、李瓶兒，甚至公然納妓為妾。寡婦再嫁在世俗社會已習以為常。亙古以降的傳統的商末觀念也發生了動搖。商人的地位為世俗所重，皇親喬大戶與西門慶聯姻、朝廷命官

以交結西門慶為榮都足以說明這個問題。對財對利趨之若鶩，也是《金瓶梅》中世俗社會紅男綠女們的典型心理特徵。而衣食住行等生活上追求奢華、鄙棄簡樸、僭越禮制的描寫更是俯拾皆是，這無不反映出金錢肆虐下的世俗的真實。我們不否認這些描寫本身所包含的一定程度的負面效應，但它卻是中國十六世紀世俗社會的典型寫真，其意義與價值絕不可低估！

# 四、契合世俗的局限

《金瓶梅》有其局限性，這是有目共睹的。除了充斥於小說中的赤裸裸的床第之事的鋪敘宣洩外，它所反映的世俗意識、世俗觀念，也帶有嚴重的病態特徵，甚至有的在某種程度上很難與統治階級的腐朽思想和迷信思想從本質上嚴格區分開來。我們承認這種世俗觀念確實在客觀上衝擊了宗法傳統、程朱理學對人們思想和行為的嚴酷束縛，然而這種抗拒傳統、還原人性的方式卻是病態的、扭曲的、畸形的。它既包含具有某種啟蒙品格的新時代的因子，又明顯打著舊時代的印記，呈現出一種新舊雜糅的過渡性特徵。我認為，這不能僅僅歸咎於作者創作思想的局限，恰恰相反，它與世俗社會的真實狀況完全吻合，表現著作者對生活的忠實。因為「沒有人能真正超出他的時代，正如沒有人能超出他的皮膚」。[10]

黑格爾說：「每種藝術作品都屬於它的時代和它的民族，各有特殊的環境，依存於特殊的歷史和其他的觀念和目的。」[11]我們說，《金瓶梅》中所存在的缺憾正是由它產生的特殊時代以及當時的幼稚觀念等因素共同促成的。

16世紀的中國社會，已步入了封建社會的桑榆之年。伴隨著資本主義經濟的萌芽，上層建築也發生了微妙的變化。在意識形態領域，「自萬曆以後，心學橫流，儒風大壞」[12]，釋道昌熾，王學勃興。「隆、萬以後，運趨末造，風氣日偷。道學侈稱卓老，務講禪宗；山人競述眉公，矯言幽尚。」[13]在物質生活方面，從上到下，以追求窮奢極侈為時尚。崇禎《鄆城縣誌》所記當時山東鄆城的世俗現狀是：

---

10  黑格爾《哲學史講演錄》第一卷，北京：商務印書館 1978 年，第 57 頁。
11  黑格爾著，朱光潛譯《美學》第一卷，北京：人民文學出版社 1958 年，第 17 頁。
12  《四庫全書總目》卷一二三「雜家類七」《少室山房筆叢》，北京：中華書局 1965 年，第 1064 頁。
13  《四庫全書總目》卷一三二「雜家類存目九」《續說郛》，北京：中華書局 1965 年，第 1124 頁。

> 競尚奢靡，齊民而士人之服，士人而大夫之官，飲食器用及婚喪遊宴，盡改舊意。
> 貧者亦椎牛擊鮮，合饗群祀，與富者鬥豪華，至傾囊不計焉。若賦役施濟，則無
> 毫釐動心。里中無論老少，輒習浮薄。見敦厚儉樸者，窘且笑之。逐末營利，填
> 衢溢巷，貨雜水陸，淫巧姿異……胥吏之徒，亦華侈相高。日用服食，擬於仕宦。

顧炎武在《天下郡國利病書》中對當時社會現狀的概括是：

> 商賈既多，土田不重；操貲交接，起落不常；能者方成，拙者已毀；東家已富，
> 西家自貧；高下失均，錙銖共競；互相凌奪，各自張皇。於是作偽萌矣，扞爭起
> 矣，紛華染矣，靡汰臻矣……迨至嘉靖末、隆慶間則尤異矣。末富居多，本富居
> 少；富者愈富，貧者愈貧；起者獨雄，落者辟易……金令司天，錢神卓地；貪婪
> 罔極，骨肉相殘；受享於身，不堪暴殄。

即使知識階層，竟然也猶如屠隆在《鴻苞節錄》卷二中所說：「聞一道德方正之事，則
以為無味而置之不道；聞一淫縱破義之事，則投袂而起，喜談傳誦不已。」

　　總之，世俗社會根本不屑於對傳統理想人格的追求，也不注重於彼岸世界無量幸福
的渴盼，而是專注於此岸世界或者說是對眼前享樂的瘋狂迷戀。在這種情況下，主體欲
望追求與理性規範束縛撞擊而產生的痛苦在世俗社會逐漸消退了，取而代之的是欲的放
縱，性的氾濫。猝醒的自然人格雖然擺脫了理性人格的枷鎖，但在掙脫中卻連傳統中不
乏合理的因素也一併拋棄了。作為社會個體的人的本質屬性——社會屬性被人們忽視
了。這種由禁欲而縱欲的畸變，對世俗社會來說，仍然是一種不幸。《金瓶梅》所描寫
的正是這種畸變的、不幸的現實。

　　常常為人忽略的是，明代中葉個性解放思潮本身存在很大的幼稚性。它只是摧垮了
舊道德的藩籬，而沒有建立起合理的道德體系、約束機制；只是轟毀了宗法傳統的大廈，
卻沒有完成對傳統的超越與新的機制的構建。顏鈞提倡「率性而行，純任自然」，王艮
提出「百姓日用即道」，李贄強調人的「自然之性」，袁宏道宣稱「性之所安，殆不可
強，率性而為，是謂真人」，這些理論的根基具有明顯的自然人性論特徵。思想家們在
沖刷程朱等儒家聖賢強加給人性的宗法道德內容的同時，把人的自然本質、生物屬性當
做了人的本質屬性，甚至將人的生物屬性與道德觀念混為一談。這種理論上的偏頗，在
世俗眾生突破理學桎梏過程中無疑起了不可低估的荒謬輿論導向作用。馬克思指出：
「吃、喝、性行為等等，固然也是真正的人的機能，但是如果使這些機能脫離了人的其他
活動，並使它們成為最後的和唯一的終極目的，那麼，在這種抽象中，它們就是動物的

機能。」[14]《金瓶梅》中所存在的不盡如人意的描寫與意識，留給我們的不僅僅是對文學創作得失的思考，而且也有構建新的社會文明的啟迪。

---

14　馬克思《1844 年經濟學哲學手稿》，北京：人民出版社 1985 年，第 51 頁。

# 略論《金瓶梅》的教化傾向

　　《金瓶梅》的創作意圖究竟是「誨淫」還是「教化」？在金學史上，兩派各執一詞，仁智所見各有其依據，但雙方的偏頗也不言自明。《金瓶梅》所流露出的濃厚的教化傾向並非文學史上的孤立現象，而是中國古典小說的共同特徵，有著深刻、複雜的思想文化背景。教化意識給小說帶來的成功是客觀存在的：《金瓶梅》的思想價值與其教化主旨相依相附，教化傾向的客觀存在使得《金瓶梅》的流傳有了堂而皇之的理由，使作品的創作意圖更加彰顯，對《金瓶梅》地位的確立亦起到了不可忽視的作用。然而，《金瓶梅》中的教化意識也給小說藝術上帶來了很大的缺憾，有些教化文字幾乎成了藝術上的贅疣。受其影響，在後世的小說創作中出現了「教化變異」的情況，即借教化之名行宣淫之實，使作品的實際描寫與作者的自我標榜南轅北轍。這也從一個側面反映出教化以及教化與藝術描寫的關係之於小說創作的重要意義。

## 一、「誨淫」與「教化」之爭

　　從《金瓶梅》問世的 16 世紀初到改革開放、思想解放的當今，對其「誨淫」的惡諡不絕於耳。當時見到抄本的董思白在歡賞其藝術上「極佳」的同時又認為它會貽害無窮，呼籲「決當焚之」[1]；薛岡疾呼：「天地間豈容有此一種穢書！當急投秦火。」[2]袁中道也覺得「此書誨淫」，有礙「名教」[3]；沈德符認為它會「壞人心術」[4]；申涵光則不無刻毒地說：「世傳作《水滸傳》者三世啞。近世淫穢之書如《金瓶梅》等，喪心敗德，果報當不止此。」[5]李綠園在〈歧路燈自序〉中稱：「若夫《金瓶梅》，誨淫之書也。」

---

1　　袁中道《遊居柿錄》卷九，青島：青島出版社 2005 年，第 164 頁。

2　　薛岡《天爵堂筆餘》卷二，明崇禎刊本。見黃霖《金瓶梅資料彙編》，北京：中華書局 1987 年，
　　　第 235 頁。

3　　《遊居柿錄》卷九，青島：青島出版社 2005 年，第 164 頁。

4　　沈德符《萬曆野獲編》卷二十五〈詞曲·金瓶梅〉，北京：中華書局 1959 年，第 652 頁。

5　　申涵光《荊園小語》，北京：中華書局 1985 年，第 4 頁。

方濬說：「《水滸》《金瓶梅》二書倡盜誨淫，有害於世道人心者不小。」[6]鄭光祖《一斑錄雜述》載：

> 偶於書攤見有書賈記數一冊云，是歲所銷之書，《致富奇書》若干，《紅樓夢》《金瓶梅》《水滸》《西廂》等書稱是，其餘名目甚多，均不至前數。切歎風俗繫乎人心，而人心重賴激勸。乃此等惡劣小說盈天下，以逢人之情欲，誘為不軌，所以棄禮滅義，相習成風，載胥難挽也。幸近歲稍嚴書禁，漏卮或可塞乎？[7]

當今《金瓶梅》的全帙仍不能像其他小說那樣堂而皇之地在書店公開露面或在閱覽室供人借閱，而只能以刪節的形式面向一般讀者。種種由對《金瓶梅》兩性生活描寫的禁忌而導致在對其價值定位時缺乏客觀公正的做法，雖然不像「誨淫」說那麼赤裸裸，但對其有傷風化的價值評判昭然若揭。這裡公然談《金瓶梅》的教化傾向，豈非故作驚人之語，聳人聽聞？

然而，為學術界熟知但卻往往不甚在意的是，不管出於什麼動機，歷代都有學者從教化的角度對《金瓶梅》擊節激賞，對其中蘊涵的教化宗旨給予多方面的闡釋。於是，與「誨淫」說針鋒相對，即對《金瓶梅》也具教化功能的認知，也始終不絕如縷。如欣欣子在《金瓶梅詞話》付梓之初就借為其作「序」之機，聲明此書「無非明人倫，戒淫奔，分淑慝，化善惡，知盛衰消長之機，取報應輪回之事，如在目前，始終如脈絡貫通，如萬系迎風而不亂也，使觀者庶幾可以一哂而忘憂也」。廿公公然讚賞「今後流行此書，功德無量」，「不知者」之所以「目為淫書」，是因其沒有真正把握作者言「有所刺」，不瞭解作者「曲盡人間醜態，其亦先師不刪鄭衛之旨」，結果冤屈了作者和「流行者」，故在〈金瓶梅跋〉中「特為白之」。公安主將袁宏道認為它「雲霞滿紙，勝於枚生〈七發〉多矣」[8]。〈七發〉乃西漢文學家枚乘所作的辭賦名篇，旨在對楚太子進行勸諫，有開漢大賦先路之功。袁氏說《金瓶梅》勝於〈七發〉，大約意在說明，《金瓶梅》的勸諫主旨與其藝術上的創新突破，都具有開風氣之先的作用。劉廷璣《在園雜誌》亦云：「若深切人情世務，無如《金瓶梅》，真稱奇書。欲要止淫，以淫說法；欲要破迷，引迷

---

6　方濬《蕉軒隨錄·續錄》卷二〈武松〉，北京：中華書局 1995 年，第 58 頁。

7　鄭光祖《醒世一斑錄·雜述卷四》，《續修四庫全書》一一四〇「子部·雜家類」，上海：上海古籍出版社 1996 年，第 151-152 頁。

8　袁宏道〈董思白〉，《袁宏道集箋校》卷六《錦帆集之四——尺牘》，上海：上海古籍出版社 1981 年，第 289 頁。

入悟。」[9]紫髯狂客《豆棚閒話總評》中認為，不善讀《金瓶梅》，「乃誤風流而為淫。其間警戒世人之處，或在反面，或在夾縫，或極快，或極豔，而悲傷零落，寓乎其間，世人一時不解者也」[10]。張竹坡和文龍極力為《金瓶梅》「淫書」之「惡諡」正名。張竹坡在〈第一奇書非淫書論〉的專論裡，極力為其辯解。他指出：「《金瓶》一書，作者亦是將〈褰裳〉〈風雨〉〈籜兮〉〈子衿〉諸詩細為模仿耳。夫微言之，而文人知儆；顯言之，而流俗皆知。」恰恰相反，它是一部懲淫誡世之書。「所以目為淫書，不知淫者自見其為淫耳」，「我的《金瓶梅》上洗淫亂而存孝悌」。他將《金瓶梅》與《詩經》相比，感慨世上不善讀書者將《金瓶梅》目為淫書，並不無過激地說：「凡人謂《金瓶》是淫書者，想必伊只知看其淫處也。若我看此書，純是一部史公文字。」[11]文龍則更強調讀者的主觀方面，認為「《金瓶梅》淫書也，亦戒淫書也」。之所以說是「淫書」，因「觀其筆墨，無非淫語淫事」，但「究其根源，實戒淫書也……是是在會看不會看而已」[12]。他認為，關鍵的問題在於讀者是從什麼角度來看待這些描寫，也即它會因讀者欣賞與憎惡、羨慕與畏戒的不同態度而得出不同的結論。

兩派各執一詞，針鋒相對，孰是孰非，應如何評價？

# 二、「教化」意旨臆解

如果說「誨淫」派的觀點主要是基於《金瓶梅》中有關兩性生活描寫的文字的話，那麼「教化」派對於《金瓶梅》懲戒效用的在在強調，既非激憤偏激之語，亦非駭人聽聞之辭，同樣有其文本依據，即主要緣於作品本身無所不在的說教傾向與懲戒意蘊。

從發生學的角度來講，中國通俗小說是在「說話」藝術的基礎上誕生的，而「說話」藝術的發展繁榮又是和市民階層的壯大有著直接的關係。為投合市民的心理好尚、審美情趣，為迎合市井聽眾的道德好惡並有裨世道，面對文化知識水準極低的接受者，小說作者往往要像當年的「說話」人那樣，明確表達自己的創作意圖，交代自己所編織的故事的宗旨所在。

由於「說話」人和聽眾之間是面對面的關係，因此「說話」者往往在講完一段故事

9　劉廷璣《在園雜誌》。見黃霖、韓同文《中國歷代小說論著選》，南昌：江西人民出版社 2000 年，第 389 頁。

10　聖水艾衲居士編《豆棚閒話》卷末，北京：人民文學出版社 1984 年，第 142 頁。

11　張竹坡〈張竹坡批評第一奇書金瓶梅·讀法〉五三，濟南：齊魯書社 1987 年，第 42 頁。

12　文龍《金瓶梅》第一回回評。見劉輝《金瓶梅成書與版本研究》，瀋陽：遼寧人民出版社 1986 年，第 185 頁。

之後或敘說故事之前要交代自己所講故事的意旨，對是非善惡作出評論，從而溝通和聽者之間的情感交流。這樣，由「說話」藝術發展而來的長篇通俗小說，就形成了不同於西方小說的一個明顯特徵——作者往往忍不住要在故事進行的當口或結尾站出來評判人物，闡發議論，表明自己的愛憎立場與所講故事的意圖所在。借助於詩詞、格言或者直接議論，來表明愛憎，闡明立意，這也被處於小說由加工到獨創轉捩點上的《金瓶梅》的作者所襲用。不同的是，作為一部以市井生活為主要描寫對象的長篇小說，沒有像其他諸多的小說作品那樣把儒家倫理的宣揚作為創作的主要指歸，而是將這種教化意圖移植到世情小說的創作領域，把對困擾市民社會的現實問題作為自己的關注焦點，以發生在市民社會活生生的故事來進行人生的勸誡。具體來說，主要表現為對世俗社會貪戀酒色財氣的在在勸導。據筆者統計，在《金瓶梅詞話》中，作者通過詩、詞、格言、「看官聽說」之類不厭其煩地發出對「四貪」的勸誡，表明創作意圖的地方，達 30 多處。如對酒的吟詠：

> 酒損精神破喪家，語言無狀鬧喧嘩。疏親慢友多由你，背義忘恩盡是它。 切須戒，飲流霞，若能依此實無差。失卻萬事皆因此，今後逢賓只待茶。

對「色」的勸誡如：

> 休愛綠鬢美朱顏，少貪紅粉翠花鈿。損身害命多嬌態，傾國傾城色更鮮。 莫戀此，養丹田，人能寡欲壽長年。從今罷卻閒風月，紙帳梅花獨自眠。

小說第十四回，西門慶與李瓶兒通姦，作者議論：

> 功業若將智力求，當年盜蹠卻封侯。行藏有義真堪羨，好色無仁豈不羞？

第七十九回「西門慶貪欲得病」，作者道：「原來這女色坑陷得人有成時必有敗，古人有幾句格言道得好：『花面金剛，玉體魔王，綺羅妝做豺狼。法場斗帳，獄牢牙床。柳眉刀，星眼劍，絳唇槍。口美舌香，蛇蠍心腸，共他者無不遭殃。纖塵入水，片雪投湯，秦楚強，吳越壯，為他亡。早知色是傷人劍，殺盡世人人不防。』二八佳人體似酥，腰間仗劍斬愚夫。雖然不見人頭落，暗裡教君骨髓枯。」對「財」的懲戒如：

> 錢帛金珠籠內收，若非公道少貪求。親朋道義因財失，父子懷情為利休。 急縮手，且抽頭，免使身心晝夜愁。兒孫自有兒孫福，莫與兒孫作遠憂。

第七十九回「西門慶貪欲得病」，小說寫道：「過了兩日，月娘癡心只指望西門慶還好，誰知天數造定，三十三歲而去。……古人有幾句格言說得好：『為人多積善，不可多積

財。積善成好人，積財惹禍胎。石崇當日富，難免殺身災。鄧通饑餓死，錢山何用哉！今日非古比，心地不明白。日說積財好，反笑積善呆。多少有錢者，臨了沒棺材！』原來西門慶一倒頭，棺材尚未曾預備。」第九十一回回首詩有「富貴繁華身上孽，功名事蹟目中魑」句，都可以說是貪財者戒。對「氣」的吟詠如：

> 莫使強梁逞技能，揮拳捵袖弄精神。一時怒發無明穴，到後憂煎禍及身。　莫太過，免災迍，勸君凡事放寬情。合撒手時須撒手，得饒人處且饒人。

第八十六回回首詩道：「人生雖未有十全，處事規模要放寬」，第八十七回回首詩曰：「平生作善天加福，若是剛強定禍殃；舌為柔和終不損，齒因堅硬必遭傷。」如此等等。總之，從作品的議論不難看出，作者是把勸誡世人莫蹈入「四貪」覆轍作為創作主旨的。

　　為了達到飭戒世人的目的，除了在作品中的直接議論，笑笑生在結構這部皇皇巨著時，更是煞費心思。他借助於當時深得統治者崇信和世俗青睞的釋家的因果輪回和道家的神鬼迷信思想，在宗教的框架下去描寫芸芸眾生的生命歷程。小說前七十九回，顯然是熱熱鬧鬧地敷演西門慶的發跡史，詳細鋪敘了他由一介鄉民而扶搖直上的過程，而他的暴發史也正是貪財好色嗜酒逞氣的歷史。然而好景不長，樂極哀來，終於為貪喪身。他一倒頭，眾叛親離，家道敗落，報應現眼。後二十回對他家境急劇敗落的冷冷清清甚至不乏凄慘的描寫，用意恰恰在於勸誡人們莫要蹈入「四貪」的西門慶的覆轍。除了西門慶之外，潘金蓮、李嬌兒、李瓶兒、陳經濟、龐春梅等，也在不同程度上各有側重地體現出對酒色財氣的貪求。西門慶生前淫人妻女，殺人越貨，死後家財失散，妻妾們「嫁人的嫁人，拐帶的拐帶，養漢的養漢，做賊的做賊，都野雞毛零撏了」。潘金蓮死於武松刀下，瓶兒、經濟、春梅都死於對欲的貪求。正所謂「淫人妻者，妻必被淫」，作惡多端，貪欲無窮，必然遭殃受報。小說最後以一首七律作結：「閑閱遺書思惘然，誰知天道有循環？西門豪橫難存嗣，經濟顛狂定被殲。樓月善良終有壽，瓶梅淫佚早歸泉。可怪金蓮遭惡報，遺臭千年作話傳。」顯然是借宗教的果報觀念抒發感慨，其勸懲警世的意圖是十分明顯的。

　　《金瓶梅詞話》問世後，人們從不同的角度給予了褒貶不一的評價。欣欣子〈金瓶梅序〉云：「竊謂蘭陵笑笑生作《金瓶梅傳》，寄意於時俗，蓋有謂也。」明確指出《金瓶梅》是針對世俗有感而發，目的在於懲惡勸善，警戒世人。廿公也看到了小說的警世用意，認為《金瓶梅》「蓋有所刺」「今後流行此書，功德無量」。弄珠客也指出《金瓶梅》「作者亦自有意，蓋為世戒，非為世勸」，認為讀《金瓶梅》而「生畏懼心者，君子也」。欣欣子、弄珠客、廿公的評論皆刊於《金瓶梅詞話》卷首，儘管側重點有所不同，但都認為小說意圖在於矯正時俗，作為世人之鑒。並且，他們均為作者同時代且

與作者關係非同一般的人，應該十分瞭解作者的創作用意，故其看法深中肯綮，非常值得重視。到了清初，彭城張竹坡在評點《金瓶梅》時，一再申明此書「獨罪財色」[13]，創作目的是「微言之而文人知儆，顯言之而流俗知懼」[14]，「《金瓶梅》是部懲人的書，故謂之戒律亦可」[15]。滿文本〈金瓶梅序〉指出《金瓶梅》「凡百回中以為百戒，每回無過結交朋黨、鑽營勾串、流連會飲、淫孌通姦、貪婪索取、強橫欺凌、巧計誆騙、忿怒行凶、作樂無休、訛賴誣害、挑唆離間而已，其於修身、齊家、裨益於國之事者一無所有」，作者是「將陋習編為萬世之戒」「立意為戒昭明」，使「觀是書者，將此百回為百戒，夔然慄，慤然思，知反諸己而恐有如是者，斯可謂不負是書之意也」。[16]近代改良主義者也多看到了小說的勸懲之意，認為「《金瓶梅》開卷以酒色財氣作起，下卻分四段以冷熱分疏財色二字，而以酒氣穿插其中，文字又工整，又疏宕，提綱挈領，為一書之發脈處，真是絕奇絕妙章法」。「寫『財』之勢利處，足令讀者傷心；寫『色』之利害處，足令讀者猛省；寫看破財色一段，痛極快極，真乃作者一片婆心婆口。讀《金瓶梅》者，宜先書萬遍，讀萬遍，方足以盡懲勸，方不走入迷途。」「《金瓶梅》乃一懲勸世人、針砭惡俗之書」[17]。不僅如此，《金瓶梅》在後世刊印及文人作續時，也往往借小說書名突出其勸懲、警世意旨。如臺灣文友書局 1958 年 12 月排印的卷首有清乾隆四十六年（1777）袁枚〈跋〉文的精裝本，就以《警世奇書金瓶梅》名之；另一個年代不詳的蘇州刻本，則以《多妻鑒》命名[18]。明末清初丁耀亢所著的《續金瓶梅》，封面題曰「醒世奇書續編」。這些不謀而合的看法，無不出於對《金瓶梅》教化意蘊的共同認知。

# 三、「教化」的創作傳統

《金瓶梅》所流露出的濃厚的教化傾向並非文學史上的孤立現象，而是中國古典小說

13 張竹坡〈竹坡閒話〉，《張竹坡批評第一奇書金瓶梅》卷首，濟南：齊魯書社 1987 年，第 8 頁。
14 張竹坡〈第一奇書非淫書論〉，《張竹坡批評第一奇書金瓶梅》卷首，濟南：齊魯書社 1987 年，第 21 頁。
15 張竹坡〈批評第一奇書金瓶梅讀法〉一○五，《張竹坡批評第一奇書金瓶梅》，濟南：齊魯書社 1987 年，第 49 頁。
16 〈滿文本〈金瓶梅序〉〉，康熙四十七年滿文本《金瓶梅》卷首，佚名譯，黃潤華、王小虹校訂並標點，見《文獻》第十六輯，1983 年。
17 夢生〈小說叢話〉，1914 年《雅言》第一卷第七期。見黃霖《金瓶梅資料彙編》，北京：中華書局 1987 年，第 337 頁、第 336 頁。
18 參見胡文彬《金瓶梅書錄》，瀋陽：遼寧人民出版社 1986 年，第 81 頁。

的共同特性，有著深刻、複雜的思想文化背景。

從中國文學發展史的實際來考察，通過文學作品實施倫理道德的教化是封建社會知識分子從事創作時的普遍行為與自覺追求。任何一個封建王朝，在經歷了血與火的洗禮建立起來之後，為了基業的鞏固和社會的長治久安，必然要建立與之相應的、有利於自己政權穩固的意識形態。而在諸家的思維成果中，儒家思想又在最大程度上滿足了封建王朝根基穩固的需要，所以忠孝節義等倫理道德觀念一直成為中國兩千年封建社會的主流意識，被天下的帝王們在在強化。天長日久，歷代積澱，自然形成一種集體無意識，成了世人尤其是知識者立身處世的基本準則，自覺遵循的道德規範，衡量與約束人們思想行為的價值準繩。另一方面，仁義禮智信行忠良孝悌貞節等倫理觀念之所以有廣闊的接受市場，關鍵在於它本身所包容有諸多積極的、合理的、進步的因素，與注重親情、立足人事的中國民眾有著內在感情的天然契合，並且在維持社會秩序的穩定方面發揮了不可替代的作用。作為自幼學儒、任何時候都擺脫不了對皇權依附的封建知識分子，即使身處黑暗的強權政治之下，也不可能設想去推翻這個政權取而代之。他們的最高理想無非是「致君堯舜上，再使風俗淳」（杜甫語），「寰區大定，海縣清一」（李白語），「平生五色線，願補舜衣裳」（杜牧語），「從今後將金牌勢劍從頭擺，濫官汙吏都殺壞，與天子分憂，萬民除害」（關漢卿《竇娥冤》語），修身齊家治國平天下是他們追求的終極目標。而這種理想與目標的實現，除了物質生活方面的基本保障以外，意識形態方面的保障也至關重要。作為一個舞文弄墨、「勞心」的「治人」者，他們不屑於也不可能在物質生產方面對社會起多大作用，但在意識形態的建構方面則找到了自己施展身手的廣闊的舞臺。他們非常清楚儒家倫理道德觀念對於這個社會根基穩固所具有的無可替代的作用，於是在操觚弄翰時，便不由自主、自然而然地把教化眾生當作了自己責無旁貸的神聖義務。

在封建知識分子的觀念中，與「文以載道」的詩文創作傳統相對應，小說的創作也必須「言寓勸戒，事關名教，有嚴正之風，無淫放之失」[19]。從中國小說批評史上考察，同詩文教化傳統相一致，教化問題歷來受到小說批評家的格外關注。漢代桓譚在其《新論》中首次論證小說時，就指出小說有「治身理家」的作用。唐魏徵云：「《易》曰：『天下同歸而殊塗，一致而百慮。』儒、道、小說，聖人之教也，而有所偏。……折之中道，亦可以興化致治者矣。」[20]儘管這裡的「小說」之內涵與我們今天的指稱不盡相同，但這種釐定對後世小說的創作卻影響甚巨。

---

19　高儒《百川書志》卷六「效顰集」條，上海：上海古籍出版社 2005 年，第 89 頁。
20　魏徵等《隋書》卷三十四〈志〉第二十九〈經籍三〉，北京：中華書局 1973 年，第 1051 頁。

在筆記小說創作方面，明初瞿佑創作《剪燈新話》時聲稱：「今余此編，雖於世教民彝，莫之或補，而勸善懲惡，哀窮悼屈，其亦庶乎言者無罪，聞者足以戒之一義云爾。」[21]凌雲翰為此書作序，也認為它「雖稗官之流，而勸善懲惡，動存鑒戒，不可謂無補於世」[22]。永樂間李昌祺尚覺《剪燈新話》「措詞美而風教少關」而著《剪燈餘話》，使「其善可法，惡可戒，表節義，礪風俗，敦尚人倫之事多有之，未必無補於世也」[23]。從而借作品「感發人之善心」與「懲創人之佚志」[24]。嘉靖初陶輔的文言小說集《花影集》刊印時，卷首有張夢敬所作的序，同樣聲稱：「夫文詞必須關世教、正人心、扶綱常，斯得理氣之正者矣。不然，雖風雲其態，月露其形，擲地而金玉其聲，猶昔人所謂虛車無庸也。」

通俗小說的創作同樣受制於此種規則。作為我國長篇章回小說的兩部開山之作，《三國演義》與《水滸傳》的教化功能在刊印之初就受到了空前的關注：

> 史氏所志，事詳而文古，義微而旨深，非通儒夙學，展卷間鮮不便思困睡。故好事者以俗近語隱括成編，欲天下之人入耳而通其事，因事而悟其義，因義而興乎感。不待研精覃思，知正統必當扶，竊位必當誅；忠孝節義必當師，奸貪諛佞必當去，是是非非，了然於心目之下，裨益風教，廣且大焉。[25]

> 百年樹人，匪伊朝夕。急則治標，莫若用俗以易俗，反經以正經。……《水滸》惟以招安為心，而名始傳，其人忠義也。施、羅惟以人情為辭，而書始傳，其言忠義也。所殺奸貪淫穢，皆不忠不義者也。道揆法守，詎不相因哉？故能大法小廉，不拂民性，使好勇疾貧之輩，無以為口實，則盜弭矣。[26]

甚至將施耐庵作《水滸傳》的目的解釋為「所以誅前人既死之心者，所以防後人未然之心者」[27]。這種「著書立言，無論大小，必有關於人心世道者為貴」[28]的創作原則，一直左右著小說前進的方向。演義小說與英雄傳奇中，將「篡逆亂臣賊子，忠貞賢明節孝，

---

21 瞿佑〈剪燈新話序〉，上海：上海古籍出版社 1981 年，第 3 頁。
22 凌雲翰〈剪燈新話序〉，上海：上海古籍出版社 1981 年，第 3-4 頁。
23 張光啟〈剪燈餘話序〉，上海：上海古籍出版社 1981 年，第 4 頁。
24 劉敬〈剪燈餘話序〉，上海：上海古籍出版社 1981 年，第 5 頁。
25 修髯子〈三國志通俗演義引〉，北京：人民文學出版社 1975 年影印明嘉靖本。
26 大滌餘人〈刻忠義水滸傳緣起〉，明末芥子園刻本。見丁錫根《中國歷代小說序跋集》，北京：人民文學出版社 1996 年，第 1472 頁。
27 金聖歎〈第五才子書施耐庵水滸傳序二〉，北京：中華書局 1975 年影印明崇禎十四年貫華堂刻本。
28 〈豔史凡例〉，齊東野人《隋煬帝豔史》，鄭州：中州古籍出版社 1988 年，第 461 頁。

悉采載之傳中。今人得而觀之，豈無爽心而有浩然之氣者，誠美矣！」[29]創作的目的是「嚴華裔之防，尊君臣之分，標統系之正閏，聲猾夏之罪愆」[30]。「讀其詞，繹其旨，令人忠義勃勃」[31]。甚至在神魔小說領域，也要「窮人天水陸之幻境，闡道德性命之奧旨」[32]，使「觀者有感，願為忠良，願為孝友，莫謂人道人倫不孚」[33]，「於世道人心，不無喚醒耳」[34]。反映在時事小說領域，吳越草莽臣在〈魏忠賢小說斥奸書序〉中明確指出，自己「立言之意」，乃在於歌頌「諸臣工之忠鯁，勇於擊奸」，懲戒「奸諛之徒縮舌，知奸之不可為」[35]；無競氏聲稱自己編寫《剿闖通俗小說》之目的在於「懲創叛逆，其於天理人心，大有關係」[36]。綠天館主人在〈古今小說敘〉中聲稱：「雖日誦《孝經》《論語》，其感人未必如是之捷且深也。」即空觀主人在〈拍案驚奇自序〉中談到：「宋元時有小說家一種，多采閭巷新事為宮闈承應談資，語多俚近，意存勸諷，雖非博雅之派，要亦小道可觀。」並對當時流行的「得罪名教，種業來生」的「輕薄惡少」的作品進行了嚴厲的批評。天花才子〈快心編凡例〉稱小說「勸善懲惡，動存鑒戒，不可謂無補於世」[37]。恬靜主人在〈金石緣序〉中表示：「小說何為而作也？曰：以勸善也，以懲惡也。夫書之足以勸懲者，莫過於經史，而義理艱深，難令家喻而戶曉，反不若稗官野乘富善禍淫之理悉備，忠佞貞邪之報昭然，能使人觸目儆心，如聽晨鐘，如聞因果，其於世道人心不為無補也。」[38]焦循認為，小說是把「忠孝節義之訓，寓於談諧之中」，要求小說家將「忠孝節義之訓，寓於詼諧鬼怪之中」[39]。惺園退士〈儒林外史序〉云：「惟稗官野乘，往往愛不釋手。其結構之佳者，忠孝節義，聲情激越，可師可敬，可歌可

---

29　王黌〈開闢衍繹・敘〉，周遊《開闢衍繹通俗志傳》卷首，成都：巴蜀書社 1999 年。

30　雉衡山人〈東西兩晉演義序〉，夷白堂主人《東西兩晉演義》卷首，長春：時代文藝出版社 1987 年。

31　陳繼儒〈敘列國傳〉，《春秋列國志傳》卷首，《古本小說集成》，上海：上海古籍出版社 1994 年影印本。

32　煙霞外史〈韓湘子敘〉，楊爾曾編《韓湘子全傳》卷首，《古本小說集成》，上海：上海古籍出版社 1994 年影印本。

33　世裕堂主人〈續證道書東遊記序〉，方汝浩《東遊記》卷首，杭州：浙江古籍出版社 1988 年。

34　李雲翔〈鍾伯敬評封神演義序〉，許仲琳、李雲翔《封神演義》卷首，南京：鳳凰出版社 2007 年。

35　吳越草莽臣〈魏忠賢小說斥奸書自敘〉，吳越草莽臣《魏忠賢小說斥奸書》卷首，《古本小說集成》，上海：上海古籍出版社 1991 年影印本。

36　無競氏〈剿闖小說序〉，懶道人口授《剿闖小說》卷首，《古本小說集成》，上海：上海古籍出版社 1991 年影印本。

37　天花才子《快心編》，北京：人民文學出版社 2006 年。

38　無名氏《金石緣》，西安：太白文藝出版社 2006 年。

39　焦循《易余籥錄》卷二十「斥絕稗官小說」，清光緒十二年刊本。

泣，頗足興起百世觀感之心；而描寫奸佞，人人吐罵，視經籍牖人為尤捷焉。」以刊印才子佳人小說聞名的天花藏主人正是基於「情定由此而收心正性，以合於聖賢之大道不難」，才大量刊印此類小說的。李綠園《歧路燈》頻繁地宣揚封建倫理道德，他對自己的作品充滿自負與自信：「田父所樂觀，閨閣所願聞。子朱子曰：『善者可以感發人之善心，惡者可以懲創人之逸志。』友人皆謂於綱常彝倫，煞有發明。」[40]許寶善為充斥忠孝節義等道德倫理說教的杜綱的擬話本小說《娛目醒心編》作序，認為此書「能使悲者流涕，喜者起舞，無一迂拘塵腐之辭，而無不處處引人於忠孝節義之路。既可娛目，即以醒心，……俾閱者漸入於聖賢之域而不自知，於人心風俗不無有補焉。」[41]韓邦慶〈海上花列傳例言〉開宗明義聲稱：「此書為勸戒而作。」[42]描寫優伶妓女故事的狹邪小說，也往往是為了「有關風化，輔翼世教，可以懲惡勸善焉，可以激濁揚清焉」[43]，「極贊忠烈之臣，俠義之士」[44]。種種闡發，無不把小說視為進行教化的有效工具。

實際上，借小說進行教化在古代小說家那裡已成了一種集體無意識，無處不在地左右著古典小說的創作。諸如《喻世明言》《警世通言》《醒世恒言》《警世陰陽夢》《貪欣誤》《石點頭》《覺世雅言》《醉醒石》《照世杯》《警世奇觀》《醒世姻緣傳》《警悟鐘》《清夜鐘》《善惡圖全傳》《遏惡傳》《療妒緣》《陰騭積善》《娛目醒心編》《忠烈俠義傳》等等，我們從這種無不含蘊著明顯的道德教化意識的名目，就可以明顯看出文人教化的自覺。這正如魯迅先生所說，在人們的意識裡，「小說非含有教訓，便不足道」[45]。作為生活於程朱理學在意識形態領域占居主導地位的明代中葉的蘭陵笑笑生，在創作中自然要受這種大的文化背景的制約。

其次，從小說藝術本身的特性來考察，任何一部小說作品的產生，作家都不可能是無為而作。作為一種藝術創作，小說作家在構思作品時，必然有其創作意圖及宗旨，不管這種意圖是明顯還是隱晦，他不可能純粹去對故事本身進行無動於衷、毫無褒貶的客觀敘述，因為那樣必然會墮入自然主義的泥潭。作家在選取素材、編織結構、安排情節、設計人物時，必然要體現自己的愛憎。而中國古典長篇小說最近的血緣是「說話」，說

---

40　綠園老人〈歧路燈序〉，李綠園《歧路燈》卷首，上海：廣大書局民國十六年（1927）。

41　自怡軒主人〈娛目醒心編序〉，草亭老人《娛目醒心編》卷首，上海：上海古籍出版社1988年。

42　《海上花列傳》卷首，北京：人民文學出版社1985年。

43　棲霞居士〈花月痕序〉，魏秀仁《花月痕》，北京：人民文學出版社1982年，第424頁。

44　問竹主人〈忠烈俠義傳序〉，石玉昆《忠烈俠義傳》卷首，《古本小說集成》，上海：上海古籍出版社1994年影印本。

45　魯迅《中國小說的歷史的變遷》第四講〈宋人之「說話」及其影響〉，《中國小說史略》附錄，北京：人民文學出版社1973年，第286頁。

話藝術在漫長的發展過程中，形成了對聽眾進行面對面進行教化的鮮明特徵。不管學術界對這種現象如何評價，它演化為中國古典小說創作的一種客觀存在，甚至可以說形成了中國古典小說的民族特徵，卻是不爭的事實。對《金瓶梅》而言，只不過這種意識或者對小說人物事件的褒貶更多是通過作者之口直接道出，更接近於早期的話本小說，而非像後世不少更加成熟的小說通過情節的演繹自然流露而已。

另外，作為中國古典小說的主要來源之一，史傳文學在其誕生之日起，就充滿了教化的自覺，從而形成了史學的傳統思想。如孟子之所以肯定《春秋》，在於「孔子成《春秋》而亂臣賊子懼」[46]；司馬遷說：「夫《春秋》，上明三王之道，下辨人事之紀，別嫌疑，明是非，定猶豫，善善惡惡，賢賢賤不肖，存亡國，繼絕世，補敝起廢，王道之大者也。」[47]也是就其所具有的懲惡揚善的教化功能加以肯定的。自從東漢班固將小說的起源作了「出於稗官」的追溯以後，小說便與史傳結下了不解之緣。如葛洪在〈西京雜記序〉中，把筆記小說《西京雜記》等同於歷史著作《漢書》，認為其內容只不過未為《漢書》所取罷了；同時聲明本書的編撰目的是「裨《漢書》之闕」，即補救《漢書》的缺漏，把小說視為史著附庸。干寶《搜神記・自序》談到自己《搜神記》的題材來源，「考先志於載籍，收遺逸於當時」，這說明《搜神記》中的故事並非干寶自己創作，而是摭拾舊有史傳，記錄當時見聞。明清時期小說理論界圍繞歷史小說的創作所展開的「紀實」與「虛構」之爭，「羽翼信史」「六經國史之補」諸說的產生，均導源於對小說與史著關係的難以釐清。總之，史書教化的傳統對小說作家通過具體的作品進行道德的訓誡，始終發生著潛在的影響。作為中國小說發展鏈條上重要一環的《金瓶梅》，把教化與訓誡當作自己的創作宗旨，也就不足為怪了。

# 四、「教化」的得失成敗

「教化」與「誨淫」之爭反映了人們不同的道德價值觀，仁智所見各有自己的依據，但雙方的偏頗也不言自明。專就小說的局部描寫來對《金瓶梅》這樣一部意蘊豐厚的洋洋百萬言的作品進行價值定位，不免有盲人摸象之譏。我認為，關鍵問題要看這些文字或作者的說教對這部作品起到了什麼樣的作用，給小說整體藝術大廈的構建帶來了哪些得與哪些失，這樣才能對這個問題有一個客觀的符合藝術規律的把握。

教化意識給小說帶來的成功是客觀存在的。一部作品總要包孕作者的創作宗旨，總

---

46　《孟子・滕文公下》，見朱熹《四書章句集注》，北京：中華書局1983年，第273頁。
47　《史記》卷一百三十〈太史公自序〉，北京：中華書局1959年，第3297頁。

要表達一定的主題，而歌頌真善美、鞭撻假惡醜則是從古到今中外進步藝術作品所具有的共同質素。可以說，《金瓶梅》的思想價值與其教化主旨密切關聯，剔除了後者，前者則無以依附，或者要大打折扣。就這一層面來說，小說本身的教化傾向並沒有什麼可以指責。

教化傾向的客觀存在使得《金瓶梅》的流傳有了堂而皇之的理由，人們往往以此來抗衡「誨淫」派的攻擊。同時，也正是《金瓶梅》具有的一定的教化傾向，才使得這部作品沒有被薛岡之徒投入「秦火」。不管說《金瓶梅》中的教化意識是保護色也好，還是說是作者故意閃爍其詞也好，除了它在藝術上的成功外，教化意識的客觀存在才使得《金瓶梅》沒有被淹沒，才使人們覺得「流傳此書，功德無量」，才冒天下之大不韙去傳抄、刊印（當然書商更關心的是經濟利益），才使小說得以流傳後世。

教化意識的存在使作品的創作意圖更加彰顯。《金瓶梅》是一部以對世俗酒、色、財、氣進行勸誡為主旨的小說，其教化對象首先是市民社會的芸芸眾生。正是這種性質決定了作者在表達自己的創作動機時，不便以春秋筆法、採取曲折隱晦的方式對小說的人物和事件皮裡陽秋，而必須與市民社會的文化素質接軌。這就如同話本小說蒙始階段，「說話」人必定將故事的要旨交代給與他面對的市民聽眾。在《金瓶梅》中，除了通過故事的因果鏈條、人物的禍福因緣等顯示作者的勸誡主旨外，大量的說教用語更使這種意圖表露無遺。這種情況從藝術的角度衡量似乎不足為訓，但對於長篇小說尚處於文人獨立創作的摸索階段而難免粗疏的作品來說，又可以被人們理解。

教化觀念的獨特對《金瓶梅》地位的確立起到了至關重要的作用。從歷代文人對小說教化功用的強調看出，他們多把小說創作與儒家的忠孝節義等倫理道德的宣揚聯繫一起，始終與封建文人的修齊治平糾纏不清，從而把小說創作的主旨鎖定在儒家詩教的框框之內，使小說服務於封建統治階級的意識形態。而《金瓶梅》則將這種教化傳統移植到世情小說領域，把世俗社會的道德意識、市井細民的價值標準納入視野，從而為小說更進一步貼近生活開闢了新的畛域，指引小說朝著社會化、人生化、平民化的方向發展，至今已形成一種優秀的創作傳統。從這個角度說，《金瓶梅》所表現出來的世俗教化意識在引導小說創作日益貼近生活方面，起到了不可低估的積極作用。

當然，《金瓶梅》中的教化意識給小說藝術上帶來的缺憾，又是不容回避的。由於作者有時在一些場面忽略了小說藝術本身的審美要求，部分教化的言辭幾乎成了游離於故事、人物之外的乾癟的說教，成了藝術上的贅疣，沒有「讓動機通過情節發展本身生動活潑地仿佛自然而然地表現出來」[48]。如果刪除這些文字，作品主題的表達、意旨的

---

48  楊柄編《馬克思恩格斯論文藝和美學》，北京：文化藝術出版社 1982 年，第 415 頁。

明瞭似乎不會受到什麼影響。

　　另一方面，《金瓶梅》中的某些教化文字與藝術描寫脫節，這本來應該引以為戒，但後世一些文人又往往借此為其辯護。受其影響，在後世的小說創作中出現了「教化變異」的情況，即以教化為幌子實施宣淫的目的，借教化之名行宣淫之實，使作品的實際描寫與作者的自我標榜南轅北轍。正如自怡軒主人所分析的，這類作品「方展卷時，非不驚魂眩魄。然人心入於正難，入於邪易，雖其中亦有一二規戒之語，正如長卿作賦，勸百而諷一。流弊所及，每使少年英俊之士，非慕其豪放，即迷於豔情。人心風俗之壞，未必不由於此」[49]。這也從一個側面反映出教化以及教化與藝術描寫的關係之於小說創作的重要意義。

---

　自怡軒主人〈娛目醒心編序〉，《娛目醒心編》卷首，上海：上海古籍出版社 1988 年。

# 金錢的肆虐與宗法傳統的貶值
## ——論《金瓶梅》對宗法傳統的悖逆

　　中國歷史的發展進入明代，延續了一千多年的封建經濟結構，在新的經濟因素滋生其內且具有頑強生命力的情況下發生了變動。商業城市已具相當的規模，傳統的實物地租逐漸為金錢貨幣所取代，商品之多、商人活動之頻繁已為以前的各個朝代所不能比擬，商人成為活躍於社會的一個具有強大生命力的階層。

　　時代的發展，社會的變動，新的社會力量的活躍，新的經濟因素的萌生膨脹，勢必在人們的觀念形態中產生動盪和迴響。無論這一時期的思想文化思潮，還是反映社會人生的文學作品，無不打上這種時代變動的「鈐記」。

　　作為時代生活鏡子的明代代表文學，《三國演義》《水滸傳》《西遊記》《牡丹亭》以及「三言」「二拍」等，都以嶄新的姿態，不同的面貌，呈現著歷史的共性。而直接取材於現實生活的偉大寫實小說《金瓶梅》，更是這一時期社會大動盪的直接產兒。它借宋代之「事」反映明代的社會現實，這已是學術界的不刊之論。無論是思想上的豐厚包容，還是藝術上的精湛造詣，它都為同時代的其他作品難以企及。這部產生於明中葉的「世情小說」，不僅是市民文學的不朽豐碑，而且是中國小說史上反悖於宗法傳統且最具有典型的時代意義的藝術奇葩之一。

　　《金瓶梅》再現了中國歷史上的一個特殊的時代，對宗法政治、傳統倫理以及嚴酷束縛人性、直接服務於封建政權的程朱理學在客觀上起著巨大的批判作用。它的典型意義不僅僅在於對封建官僚機構的深刻批判，更在於對封建上層建築的全面思考。儘管中國社會的歷史進程由於種種原因沒能與世界同步，沒有在其內部孕育出一個資本主義社會的誕生，而以其超穩定的封建結構形態延續了兩千多年，但產生於明代中葉的頗具叛逆色彩的浪漫狂飆及其孕育出的《金瓶梅》等作品所共同組成的這一中世紀的曙光卻對後世思想文化的進步和小說藝術的日臻完善，產生了深刻的影響。本文所要討論的，就是《金瓶梅》對宗法社會的批判價值。

# 一、對封建政治的衝擊

由於中國社會是帶著氏族制的臍帶進入文明社會的，在跨入文明時代時沒有對氏族制進行徹底清算，這便為後來統治者利用氏族制並將其發展為宗法制提供了可能。在中國繁衍了兩千多年的中國封建政體，是建立在自給自足的自然經濟的結構之上的。雖然中國封建王朝經歷了無數次的遞嬗演變，祚訖運移，江山更迭，但這種以宗法制為基礎、官僚制為框架、君權至上為核心的專制政權的模式卻代代承襲，終不變卻。皇權，是至高無上、神聖不可侵犯的；而皇權治下的各級政權機構，則直接服務於皇權並代替朝廷行使政權職能。儘管不同的封建政權機構有等級之分，封建官吏的品位有高低之別，但服務於皇權的宗旨卻是根本相同的。

作為已趨末路的明代專制政權，被朱元璋不爭氣的子孫們弄得支離破碎，在中國歷史上呈現著特有的腐朽沒落性。統治者在日薄西山的殘局中消磨已經為時不多的時光，抓住最後的時日縱情享樂，恣意搜刮。世宗當政，「崇尚道教，享祀弗經，營建繁興，府藏告匱，百餘年富庶治平之業，因以漸替。」[1]他崇仙拜道，祈求長生。朝中官員往往投其所好，靠獻青詞致貴。道士們則大多通過祈雨、治病等手段，利用世宗求仙心切、祈求長生的心理，博得世宗的寵愛，竊取各種官職，邵元節、陶仲文的先後致貴就是明證。大量的禱祀活動，道士的禍害朝政，加劇了經濟的拮据與政治的腐敗。這種情況到了神宗時代，更是達到了無以復加的程度，「因循牽制，宴處深宮，綱紀廢弛，君臣否隔。於是小人好權趨利者馳騖追逐，與名節之士為仇讎，門戶紛然角立」，致使朝政「潰敗決裂，不可振救。故論者謂明之亡，實亡於神宗」[2]。「明自世宗而後，綱紀日益陵夷，神宗末年，廢壞極矣。雖有剛明英武之君，已難復振。」[3]

自嘉靖以來，商業、手工業都取得了前所未有的發展，整個社會經商蔚成風氣，「去農而改業為工商者，三倍於前矣」[4]，海外貿易空前發達。隨著商品的發達，都市繁榮，尤其是白銀的大量輸入和普遍使用，更刺激了封建統治者貪婪的欲望。神宗朱翊鈞貪財好貨成癖，生活糜爛之極。他深居簡出，不理朝政，「以金錢珠玉為命脈」，醉心於「括取幣帛」。由於無休止的揮霍，致使朝廷財政入不敷出，經濟日漸枯竭，這時他們便把攫取的目標轉向了新興的商業階層。與當時的採礦、冶煉、釀造、絲織等業相比，販運

1 張廷玉等《明史》卷十八〈本紀第十八〉，北京：中華書局1974年，第250-251頁。
2 張廷玉等《明史》卷二十一〈本紀第二十一〉，北京：中華書局1974年，第294-295頁。
3 張廷玉等《明史》卷二十二〈本紀第二十二〉，北京：中華書局1974年，第306-307頁。
4 何良俊《四友齋叢說》卷一三，《明代筆記小說大觀》（二），上海：上海古籍出版社2005年，第964頁。

倒賣成為極普遍的商業牟利捷徑。「淮陽人戶，多棄業逃徙，以興販為業。」[5]一種新的帶有資本主義性質的生產關係在東南沿海城鎮應運而生，「機戶出資，機工出力，相依為命久矣。」[6]在這種商業大潮中孕育出了一大批富商大賈，「平陽、澤潞，豪商大賈甲天下，非數十萬不稱富」[7]，新安富戶「藏鏹有至百萬者」[8]，「萬曆盛時，資本在廣陵者不啻三千萬兩，每年子息可生九百萬兩。只以百萬輸帑，而以三百萬充無端妄費，公私俱足，波及僧、道、丐、傭、橋樑、梵宇，尚餘五百萬。」[9]作為 16 世紀的中國商人，雖擁有較強的經濟實力，但在政治上仍受制於強大的封建政權，要想謀求自身的發展，要圓迅速致富、獲取暴利之夢，還必須有封建政權這把保護傘，而封建統治階級正迫切需要經濟上的資助。雙向選擇，各取所需，商人階層便乘虛而入，操縱著手中的金錢，躋身官場，表現出對封建政權的極大褻瀆，顯示出極強的生命力。《金瓶梅》便直接反映了這種新的時代氣息。

多有論者認為，《金瓶梅》中的西門慶是一個投靠封建勢力的商人形象。這種論點未免失之膚淺。這一形象的深層底蘊，則是西門慶用金錢敲開封建政體的大門，用金錢向封建階級索取牟利的通行證，以便滿足其更貪婪的欲壑，體現著封建政權不得不向商人妥協的深刻意蘊。透過小說的具體描寫，我們看到了西門慶在封建政體下的為所欲為，對封建政權的褻瀆不恭，客觀上對它起著破壞作用。

早在西門慶尚未介入官場、還是清河縣的一個生藥鋪老闆時，他的金錢已經支配著官府，換取了生意場上經營的極大便利。為報李瓶兒招贅蔣竹山開生藥鋪搶自己生意之恨，他指使魯華、張勝無中生有，在光天化日之下訛詐蔣竹山拖欠債務，對蔣大打出手，並到山東提刑所打點，結果便使蔣竹山被「痛責三十大板，打的皮開肉綻，鮮血淋漓」，並強迫蔣賠出魯華訛詐的三十兩銀子（第十九回）。他為了姦占宋惠蓮，並報來旺兒醉中謗訕之恨，用「白米一百石」便買得夏提刑將來旺兒遞解徐州，逼得宋惠蓮自縊（第二十六回）。而他在搞定官府的過程中，首先是把目標放在統治政權的中樞機構。當時朝廷的情況是寵信奸邪，佞臣當道，「天下大亂，黎民失業，百姓倒懸」（第一回）。帝王的所用非人，權貴的肆虐亂政，使西門慶覺得有機可乘。他先與陳家結親，高攀上朝中提督楊戩；後楊戩倒臺，在要被治罪的親黨名單中有西門慶的名字，但西門慶的五百兩白

5　《明世宗實錄》卷一六九，臺北：臺灣中央研究院歷史語言研究所民國五十一年刊本。
6　《明神宗實錄》卷三六一，臺北：臺灣中央研究院歷史語言研究所民國五十一年刊本。
7　沈思孝《晉錄》，北京：中華書局 1985 年，第 3 頁。
8　謝肇淛《五雜組》卷之四，《明代筆記小說大觀》（二），上海：上海古籍出版社 2005 年，第 1556 頁。
9　參見宋應星《野議　論氣　談天　思憐詩》，上海：上海人民出版社 1976 年，第 35-36 頁。

銀，終於使當朝右相、資政殿大學士兼禮部尚書李邦彥筆下的「西門慶」變成了「賈慶」，西門慶得以逍遙法外，依舊作惡。這樣，一宗由朝廷直接受理的特大案件，終於在一介商人的金錢面前流產。封建法律的尊嚴，皇權的神聖，統統遭到了金錢的嘲弄。

眾所周知，西門慶為尋到新的保護傘，曾兩次派人到東京給蔡京上壽送禮，就連蔡京的管家翟謙也得到了西門慶贈送的美女。在這場交易中他確實破費了一筆不小的數目，但他從中撈到的卻是遠遠幾倍於這個數目，況且又給他的巧取豪奪打開了方便之門——蔡京將山東理刑所的大印交給他，使他可以肆意搜刮。六黃太尉為懲治女婿王三官及一夥幫閒，囑通朱太尉批行東平府，著落清河縣拿人。李桂姐魂驚魄落，躲禍西門之宅，這次西門慶只用了二十兩銀子便買得個萬事俱無。從這些描寫中，我們怎能得出西門慶投靠封建階級的結論？相反，我們說商人依恃金錢在封建社會橫行無忌，甚至反悖於封建政治，這大概不會是持之無故。從這裡，我們看到了中國 16 世紀中葉金錢的威力，看到了金錢在政治生活中的巨大支配力量，更看到了金錢對封建政治的無情嘲弄。總之，西門慶與官府的勾結，完全是出於自己商業經營的需要，享樂的需要，牟利的需要。而官商一旦結合，便成為一股最黑暗的社會勢力。這，也許正表現了這種新興階層的二重性。

中國宗法政權世代衍續，血緣、嫡庶成為決定皇室選擇繼嗣者的唯一準繩。至於各級官僚，除了世襲、軍功外，舉業取士成了隋唐以後封建機構補充官吏的重要途徑。前者，自然免不了維護皇權的先輩功勳的遺傳基因；後者，自幼受業，接受儒教，受服務於專制政治的儒學的長久淘洗，也必然會使今日的舉業士子、明日的封建官吏思想上局囿於皇權的束縛。但到了明代，景泰元年（1450）開納粟入監之例，「其後或遇歲荒，或因邊警，或大興工作，率援往例行之」[10]，可以說金錢開闢了充官為吏的新途徑。商人階層本來在意識形態領域就與封建階級格格不入，以身為官後更會加劇這種矛盾。並且，這種靠金錢爬上去的官商，遠比靠傳統途徑進入仕途的官吏，具有開拓性和統攝力。

《金瓶梅》中描寫了眾多的官員。諸如授為秘書省正字的新科狀元蔡一泉，先朝宰相安惇之弟、新科進士安忱，陝西巡按御史宋盤，工部黃主事，山東巡撫都御史侯蒙以及布政、參政、廉訪使、採訪使、提學、守御、府官、州官，等等。這些封建官僚大多與區區清河縣之提刑官西門慶結交來往，從他那裡得到金銀財帛的饋贈。這種交易的另一面，則是這些官吏給西門慶在官場上橫行、經濟上掠奪大開方便之門。如第四十九回寫西門慶結交蔡、宋二御史，擺筵花去上千兩銀子，二御史臨走，他又以金銀器皿相贈，西門慶提出讓蔡御史來日早掣淮鹽三萬引，結果蔡御史一口答應，使西門慶比別的商人

10　張廷玉等《明史》卷六十九〈選舉一〉，北京：中華書局 1974 年，第 1683 頁。

早掣取鹽一個月,賺得成倍的利潤。更重要的,則是西門慶身價的提高,淋漓盡致地表現出西門慶對上下尊卑等級制的褻瀆和僭越。無怪乎光緒年間文龍在第四十九回評論道:

> 此一回斥西門慶屈體求榮,竊不謂然。此宋喬年之大恥,非西門慶之恥也。一個御史之尊,一省巡撫之貴,輕騎減從,枉顧千兵(戶)之家,既赴其酒筵,復收其禮物。……斯真下流不堪,並應伯爵之不若,堂堂大臣,恥莫大焉。西門慶一破落戶而忝列提刑,其勢位懸絕,縱跪拜過禮,亦其分也,周守備等尚在街前伺候。謂之曰榮可也,亦何為屈體乎?至若獻妓於小蔡,究與獻姬妾不同,而又非其所交之銀、桂也。其視狀元為何等人物乎?乃御史公果感情不盡也,斯文掃地矣。宋、蔡二御史,屈體丟人,西門慶沾光不少矣。[11]

　　小說第六十五回,又寫到一個非常典型的情節。宋御史等借西門府結豪筵請欽差六黃太尉,山東全省的官員都出入於小小清河縣的西門府第,在那裡顛倒奉承。這便使西門慶身價百倍。正如應伯爵所說:今日「雖然賠幾兩銀子,到明日休說朝廷一位欽差殿前大太尉來咱家坐一坐,自這山東一省官員,並巡撫、巡按,人馬散級,也與咱門戶添許多光輝,壓好些仗氣」「咱山東一省也響出名去了。」

　　從這些描寫我們可以看出,作為封建大廈支柱的各級官員,在西門慶這個握有巨額錢財的新興商人面前,再也不能昂起高貴的頭顱,他們在金錢面前已失去了傳統的威儀,有時甚至是甘願作西門慶的鷹犬。作者描寫這些事件的深層底蘊,恐怕正是要表現金錢、商人對宗法政治的巨大衝擊。

# 二、對傳統「秩序」、倫理觀念的挑戰

　　倫理觀念,即人與人相處、調節人際關係的各種道德準則。它固然是民族意識的積澱,有著時代的承繼性,但封建社會的人倫關係、道德標準,往往被效力於專制政治的儒士們賦予鮮明的政治內容。忠、孝、節、烈、仁、義、禮、智、信等系統的道德意識,正是滋生於自給自足的小農經濟的土壤,經歷代儒士們逐漸完善並被統治者納入封建意識形態之軌道,用來束縛人們思想行為的無形桎梏。這種以儒家思想為正宗的傳統倫理道德觀念,和封閉的小農經濟一樣,有其特有的穩定性。反映在文化思想領域,從孔丘的以「仁」釋「禮」,孟軻的「性善」論,到董仲舒的「三綱五常」說,程朱的「天理人欲」觀,無不是要人們安於現狀,服從於尊卑貴賤的安排。因此,倫理道德就成了封

---

11　見劉輝《金瓶梅成書與版本研究》,瀋陽:遼寧人民出版社 1986 年,第 229-230 頁。

建政治的精祝支柱，而被歷來的統治階級遵奉，並作為束縛人們思想行為的圭臬。

在明代朱家王朝的統治下，封建倫理意識、道德觀念對人們思想的束縛，在程朱理學猖獗的時代氛圍下，達到了登峰造極的地步。然而，它無論如何也抵擋不了客觀外在世界的變化，以及這種變化給人們思想領域所帶來的新的因子。明代資本主義萌芽的產生，使緊閉的小農經濟結構發生了某種程度的裂變，而活躍的商人階層在文化思想領域卻有著迥異傳統倫理觀念的道德評判標準。當然，它有時可能表現為一種道德的蛻化墮落，但歷史的發展正驗證了社會的進步往往以舊的習以為常的道德、倫理的倒退為其代價。

同時，基於這種新的形勢，封建士子們也不得不對傳統倫理進行認真的反思。明代文學，尤其是明代小說，固然仍在延續著傳統思想所規定了的忠、孝、節、義等道德觀念，但大多數作品則能夠自覺不自覺地表現出對傳統「秩序」、倫理道德的思考，表現著傳統道德鏈條上的某種脫節，有時甚至表現出與傳統的悖離、對傳統的挑戰。可以說，《金瓶梅》是反映這種新變化的典型的載體。

歷代封建統治階級，為了顯示自己的神聖，往往將這種「神聖」實物化，或制訂出某種「秩序」「規矩」，作為這種神聖的象徵，並將其納入統治政策的範疇而禁止常人越界。與鹵簿儀仗的既寓武備嚇唬人民又壯觀贍以表莊嚴相同，統治階級的各級官吏的服飾妝戴也因品位的不同而有著千差萬別的種種規定，而對普通百姓的服飾穿戴，歷來也有嚴格的限制，我們從歷代正史中〈輿服志〉所羅列的繁瑣規定就可見一斑，服飾也就成為封建禮制的重要組成部分。這實際上也是統治階級愚民政策的組成部分，目的無非是維護尊卑有序、貴賤有別的封建等級制度。

從《明史·輿服》的記載來看，皇帝、后妃、皇太子、親王、公主、文官、武官、命婦、內外官親屬、內使、侍儀、士庶、樂工、軍隸、外蕃、僧道等等不同的階層，其服制都有不同的規定，作用在於使「人物相麗，貴賤有章」[12]，穿戴的不同使人「貴賤有別，望而知之」[13]。不遵從這種「秩序」「規矩」，便是「越制」，被視為大逆不道。

然而，到了明代中葉，新的經濟因素滋生帶來了社會觀念的轉變，這種定制早已被人們棄如敝履。當時的豪門地主「僭王者之居，富室擬公侯之服，奇技淫巧，上下同流」[14]，富商大賈更是「策肥而乘堅，衣文繡綺縠，其屋廬器用金銀文畫，其富與王侯垺也」[15]，

---

12  宋應星《天工開物》上篇〈乃服〉，北京：商務印書館1933年，第29頁。
13  葉夢珠《閱世編》卷八〈冠服〉，上海：上海古籍出版社1981年，第175頁。
14  張廷玉等《明史》卷一八九〈李文祥傳〉，北京：中華書局1974年，第5008頁。
15  陳子龍等《明經世文編》卷一三八，北京：中華書局1962年，第1379頁。

整個社會「代變風移，人皆志於尊崇富侈，不復知有明禁，群相蹈之。……男子服錦綺，女子飾金珠，是皆僭擬無涯，逾國家之禁者也」[16]。即使「明初風尚誠樸，非世家不架高堂，衣飾器皿不敢奢侈」的鄉村，「至嘉靖中，庶人之妻多用命服，富民之室亦綴獸頭」。「萬曆以後迄於天崇，民貧世富，其奢侈乃日甚一日焉」[17]。對於這種「人情以放蕩為快，世風以侈靡相高，雖逾制犯禁，不知忌也」[18]的現實，沈德符在《萬曆野獲編》也有記載並大發感慨：

> ……在外士人妻女，相沿襲用袍帶，固天下通弊。若京師則異極矣，至賤如長班，至穢如教坊，其婦人出，莫不首戴珠箍，身披文繡，一切白澤、麒麟、飛魚、坐蟒，靡不有之，且乘坐肩輿，揭簾露面，與閣部公卿交錯於康逵，前驅既不呵止，大老亦不詰責，真天地間大災孽！[19]

作為封建意識相當濃厚的沈德符，當然找不到這種僭越禮制現象出現的根源，面對身份極為低賤的女性滿身珠光寶氣招搖過市，而路人不以為奇、熟視無睹的現實，只能發出「天地間大災孽」的感喟了。

在《金瓶梅》中，這種僭越禮制的現實得到了深刻的表現。所謂「衣服有制，宮室有度，人徒有數，喪祭械用，皆有等宜」[20]，「禮尊尊貴貴，不得相逾……非其人不得服其服」[21]的傳統秩序，在金錢的衝擊下已蕩然無存。作為山東理刑所千戶的五品官西門慶，竟然罩著二品以上大官才有資格穿的青緞五彩飛魚蟒衣，無怪乎應伯爵看後「諕了一跳」（第七十三回）。西門慶的妻妾們，如吳月娘、潘金蓮、李嬌兒、孟玉樓或著大紅襖，或衣大紅袍，而大紅恰恰是《大明律例》《大明會典》中明載的只有命婦才有資格穿著、而禁止一般平民穿著的顏色。清代葉夢珠在《閱世編》中所稱晚明社會「擔石之家，非繡衣大紅不服；婢女出使，非大紅裹衣不華」的情況，在西門慶妻妾的穿戴上就可以得到驗證。小說第四十九回，寫西門慶給正妻吳月娘裁的衣服是「獸朝麒麟補子緞袍兒」和「麒麟補子襖兒」，第四十三回吳月娘會見喬五太太時穿的衣服「大紅五彩

16 張瀚〈風俗紀〉，《松窗夢語》卷七，北京：中華書局 1985 年，第 140 頁。
17 陳鎣纕《吳江縣誌》卷三十八。《中國方志叢書》（華中地方·第一六三號），臺北：民國六十四年成文出版社有限公司據清乾隆十二年石印本影印，第 1120 頁。
18 張瀚〈風俗紀〉，《松窗夢語》卷七，北京：中華書局 1985 年，第 139 頁。
19 沈德符《萬曆野獲編》卷五〈勳戚〉，《明代筆記小說大觀》（三），上海：上海古籍出版社 2005 年，第 2079 頁。
20 《荀子·王制》，見王先謙《荀子集解》，《諸子集成》（2），上海：上海書店出版社 1986 年，第 101 頁。
21 范曄《後漢書》卷三十九〈輿服上〉，鄭州：中州古籍出版社 1996 年，第 205 頁。

遍地錦百獸朝麒麟段子通袖袍兒」，而這種麒麟紋樣的服裝，是《明史》中所載的只有公侯及駙馬才能穿著的[22]。更何況，明代法律對商人十分苛刻，洪武「十四年（1381），令農民之家許穿綢紗絹布，商賈之家止許穿絹布；如農民之家但有一人為商賈者，亦不許穿綢紗」[23]。西門慶之所以敢這樣明目張膽地「越制」，固然由於其窮奢極侈的生活追求，但更重要的，根源還在於他有巨額的金錢作依恃。這在客觀上無疑是對封建禮教的反動，對封建等級制度的褻瀆。

家庭是組成社會的細胞。一定社會的意識形態、風俗禮儀、世情習尚、價值觀念等等，無不可以通過一個典型的家庭來進行透視。明代商品經濟發展而帶來的社會意識的變化，尤其能通過商業暴發戶這個在當時具有強大生命力的階層體現出來。

娶妻納妾，本來是封建社會法律賦予男人們的權利，從嚴格意義上說沒有什麼特別的深意，但《金瓶梅》所反映的蓄妾事件，卻有著非同一般的思想底蘊。在小說裡，除了死去的陳氏和卓丟兒外，所寫到的西門慶的妻妾共有六人，她們是：正妻吳月娘，妾婦李嬌兒、孫雪娥、孟玉樓、潘金蓮、李瓶兒。而西門慶的這種作為是為法律所禁止的。法律規定：「親王妾媵，許奏選一次，多者止於十人。世子及郡王額妾四人，長子及將軍額妾三人，中尉額妾二人。世子、郡王選婚之後，年二十五歲，嫡配無出，……於良家女內選娶二人，以後不拘嫡庶，如生有子，則止於二妾，至三十歲，復無出，方許仍前具奏，選足四妾。長子及將軍中尉選婚之後，年三十歲，嫡配無出，照例具奏，選娶一人，以後不拘嫡庶，如生有子，則止於一妾，至三十五歲復無出，方許仍前具奏。長子、將軍娶足三妾，中尉娶足二妾。至於庶人，必年四十以上無子，方許奏選一妾。」[24]對於違反定例的，要鞭笞四十，嚴厲懲處。但我們閱讀《金瓶梅》發現，西門慶在娶妻納妾時根本就沒有考慮過法律允許不允許的問題，換句話說，他對朝廷的律令原本就置若罔聞。在西門慶的家中，封建的價值觀念已失去了它以往所具有的神聖性、權威性。作為根植於小農經濟土壤的暴發戶西門慶，固然不能不帶有它所脫胎的母體的因子，但在總體上卻呈現出一種迥異於封建傳統的情狀。對於這種變化，清代光緒年間文龍在

---

22　《明史·輿服三》：「（洪武）二十四年定，公、侯、駙馬、伯服，繡麒麟、白澤。……景泰四年令錦衣衛指揮侍衛者，得衣麒麟。天順二年定官民衣服不得用蟒龍、飛魚、鬥牛、大鵬……諸色。弘治十三年奏定，公、侯、伯、文武大臣及鎮守、守備，違例奏請蟒衣、飛魚衣服者，科道糾劾，治以重罪。（正德）十三年，……一品鬥牛，二品飛魚，三品蟒，四、五品麒麟，六、七品虎、彪。」張廷玉等：《明史》卷六十七，北京：中華書局 1974 年，第 1638-1639 頁。

23　李東陽、申時行《大明會典》卷六十一〈冠服·士庶巾服〉，揚州：江蘇廣陵古籍刻印社 1989 年，第 1070 頁。

24　李東陽、申時行《大明會典》卷五十七，揚州：江蘇廣陵古籍刻印社 1989 年，第 986 頁。

《金瓶梅》第四十六回評語中有這樣的感歎：

> 西門慶家中規矩禮節，總帶暴發戶氣象。遞酒平常下跪，出門歸去磕頭；嫡庶姐妹相稱，舅嫂妹夫回避；娼婦亦可作女，主母皆可呼娘；財東夥計相懸，女婿家奴無別；花家亦稱大舅，孟家仍有姑娘；潘家居然姥姥，馮家自是媽媽。市井之氣未除，豈當時之習俗如是乎？至於此回，出門玩是坐轎，回家又要步行；同送娼妓回家，直欲婦女嫖院；婢子鄰家吃酒，官人門首開筵；上房即可談經，大門何妨問卜。不解此皆是何規矩禮節也。

封建傳統禮制之相形失色，不是很明顯的嗎？

在封建時代，生活在社會最底層的是廣大婦女。她們沒有做人的資格，更沒有追求自身幸福的權力。貞操觀念，從一而終，更成為束縛婦女身心的繩索。然而，這種觀念在明代中葉的市民社會卻發生了質的變異。《金瓶梅》第十八回寫到，當孟玉樓在吳月娘面前說李瓶兒「男子漢死了沒多少時兒，服也還未滿就嫁人，使不得」時，月娘說道：「如今年程，論的什麼使的使不的。漢子孝服未滿，浪著嫁人的，才一個兒？」這足見貞節觀念在當時時代條件下的褪色。明代的長篇小說、話本、擬話本以及戲曲、散曲、民歌等，無不表現著這種變異。與其他作品不同，《金瓶梅》表現的是貞操觀念在金錢面前的畸變。在這裡，金錢已衝破封建觀念的堤防，貞節已被金錢的銅臭所薰染。被西門慶征服的潘金蓮、王六兒、賁四嫂、如意兒、宋惠蓮等女子，固然有其淫蕩的一面，但更重要的，是西門慶的金錢財富對她們所具有的不可抗拒的誘惑力。她們每次向西門慶獻身，幾乎都包含著貞操與金錢的交易，就連皮條客、馬泊六，在每一次的牽頭撮合時，也往往以金錢相遊說。如薛嫂兒對楊姑娘和孟玉樓介紹西門慶時就特意強調他是清河縣「數一數二的財主」，「在縣前開著個大生藥鋪，又放官吏債，家中錢過北斗，米爛成倉」（第七回）。甚至在「世代簪纓」的王招宣府林太太面前，文嫂也以西門慶的財富相標榜（第六十九回），難怪作者一再發出「世上錢財，乃是眾生腦髓，最能動人」的感喟。從這些生動的描寫中，不難看出金錢對綱常名教、忠孝節烈觀念的巨大衝擊。

隋唐以後科舉制的開設，使知識分子將中舉做官視為榮宗耀祖的終身事業。金榜題名，榮華即來，所謂「書中自有黃金屋，書中自有千鍾粟，書中自有顏如玉」是也。封建社會知識分子既可以憑以抬高自己的身份地位，而世人對他們也理所當然地刮目相看。清代吳敬梓的《儒林外史》中描寫魯編修的女兒魯小姐朝思暮盼，要嫁給一個從事舉業的士子；胡屠戶就因為女婿范進中了舉人而換了一副嘴臉。可見舉子們在人們心目中的特殊地位。

然而，明代商品經濟的發展，吸引眾多的士紳階級拋棄舉業，步入商海，如當時「吳

中搢紳士夫多以貨殖為急」[25]，馮夢龍在《醒世恒言》卷十七〈張孝基陳留認舅〉中寫到老尚書將工商業與士子列於同等地位，教兒子從事工商活動。傳統的「萬般皆下品，惟有讀書高」的觀念，士首商末的思維定式，到了此時已大打折扣。

《金瓶梅》以頗具深味的情節，反映出了這種意識形態的微妙變化。小說第七回，作者圍繞富商寡婦孟玉樓的改嫁問題，安排了張四與孟玉樓的一段對話。按照傳統觀念，張四保舉的大街坊尚推官的兒子尚舉人，遠比作為生藥鋪主的西門慶條件優越，同時正室夫人與第三房小老婆之間又有著明顯的尊卑貴賤的差別。然而，當事人孟玉樓卻恰恰選中了後者。可見，傳統的功名、門第、妻尊妾卑等觀念已失去了它以往那種對人心的統攝力。這種意識形態的變異，價值取向的更新，只能滋生於明中葉以後資本主義經濟因素發展，商品經濟發達的土壤。《金瓶梅》反映出了這種社會深層心理的變異，足見作者洞察力的深邃。

# 三、對宋明理學的客觀反動

《金瓶梅》是我國文學史上第一部大膽、全面、露骨地描寫人欲的長篇巨制。小說中從官場到市井，構成了一個欲海橫流的世界。

主人公西門慶以及圍繞他趨迎奉承的妻妾、奴僕、幫閒、三姑六婆所組成的形象群體，無不是各種欲念的化身。在這幅畫面上，西門慶的追求是金錢、利潤、女色，以及物質生活的窮奢極侈。他大治亭台樓榭，以至於來自京師的蔡狀元都驚詫不已，發出「誠乃勝蓬瀛也」的感歎。他生活上有專司廚灶的侍妾，平日享用的是山珍海味，酒筵幾乎無日無之，並有侑酒的歌兒舞女。他追求金錢利潤更是不擇手段，包括貪贓枉法，包攬詞訟，賤買貴賣，放高利貸，結交官府，偷稅漏稅，甚至謀財害命，落井下石，乘人之危，吞併別人的財產，等等。他生活中最糜爛的要算是對女色的無休止的追求，除了一妻五妾之外，他還幾乎姦污了家中所有的丫鬟、女僕，並且包占妓女，姦通林太太。此外，男僕書童也屢次遭受他的蹂躪。而他自有自己駭人聽聞的邏輯：

> 咱聞那佛祖西天，也不過要黃金鋪地；陰司十殿，也要些楮鏹營求。咱只消盡這家私，廣為善事，就使強姦了嫦娥，和姦了織女，拐了許飛瓊，盜了西王母的女兒，也不減我潑天富貴。（第五十七回）

他認為錢可通神，依恃金錢肆無忌憚，任意妄為。而他事實上也正是用金錢買到了他所

---

25　黃省曾《吳風錄》，《叢書集成初編》，北京：中華書局 1991 年，第 4 頁。

想得到的一切。

小說除了描寫西門慶難填的欲壑、貪婪的追求和奢華糜爛的享受外，還花費了大量的篇幅，描寫了西門慶周圍一切人的享樂生活，深刻地表現了他們的普遍心態。在這個世界上，追求享樂、奢華，追求金錢成為至高無上的生活準則。明王八韓道國的老婆賣身趨奉西門慶，在夥同西門慶處理殺人犯苗青一案中得到一百兩贓銀，她就「白日不閑，一夜沒的睡，計較著要打頭面，治簪環，喚裁縫來裁衣服，從新抽銀絲鬏髻」（第四十八回）。西門慶的把兄弟常時節窮得連窩兒都沒有，老婆孩子餓肚子，受房主的催逼，挨老婆的吵罵，靠應伯爵說情，在西門慶那裡借到十二兩銀子，他就立馬上街為老婆置辦青絹綠綢（第五十六回）。幫閒的趨奉是為了錢，夥計的幫忙是為了錢，女子的獻身是為了錢，三姑六婆的誦經念懺、拉皮條是為了錢……總之，是金錢主宰著這個世界的一切。社會的各種醜惡面孔，都在這個欲海橫流的世界裡暴露無遺。

歷代的儒家先哲們，都非常重視人格的道德完善，而將人的自然欲望、物質生活欲望看作妨礙道德完善的大敵。孔子講「君子喻於義，小人喻於利」[26]，「君子謀道不謀食」[27]，孟子談「養心莫善於寡欲」[28]，董仲舒則提出「正其誼不謀其利，明其道不計其功」[29]。這種對人的道德要求，到了宋儒二程、朱熹那裡，則上升到了本體論的高度。理學家們將「天理」與「人欲」截然對立，侈談「存天理，去人欲」，其實質是為專制政治服務的。明代統治者更是看重理學的輔政作用，頒佈《性理大全》，敕撰《四書大全》，以「八股」取士，規定「五經」「四書」為科考內容，以朱熹傳注為準則，扼殺人的物質生活欲望，以維護其政權穩固。難怪明初學者有「國朝以理學開國」之說。

然而，隨著明中葉以後各種社會矛盾的激化，不僅統治政權出現嚴重危機，同時也存在著嚴重的思想危機。客觀唯心主義理論體系解釋新的社會問題已是捉襟見肘，這不能不引起人們對統治階級遵奉的程朱理學的深度懷疑。王陽明「心學」即是在批評程朱客觀唯心主義理論的基礎上應運而生的。當然，王陽明哲學與程朱理學在「存理滅欲」的本質方面沒有什麼差異，其目的與程朱一樣，要使封建統治體系、倫理道德觀念、宗法政治、君主專制在新的形勢面前合理化、神聖化，他與程朱一樣扮演了牧師的角色，但他提出的「心外無理」「心外無物」「致良知」諸說，在客觀上無疑起著打破思想界僵化局面，反對舊權威、舊教條的積極作用。

---

26　《論語·里仁》。見朱熹《四書章句集注》，北京：中華書局 1983 年，第 73 頁。
27　《論語·衛靈公》。見朱熹《四書章句集注》，北京：中華書局 1983 年，第 167 頁。
28　《孟子·盡心下》。見朱熹《四書章句集注》，北京：中華書局 1983 年，第 374 頁。
29　班固《漢書》卷五十六〈董仲舒傳〉，北京：中華書局 2007 年，第 570 頁。

　　這種對人本位的大膽倡導，直接啟發著後來以李卓吾為代表的王學左派的誕生。李贄肯定人的「自然之性」，公然張揚「人欲」。這種驚世駭俗的主張，毫無疑問，反映著時代的特點，和當時日益發展的資本主義經濟因素緊密相關，可以說是工商業者追求金錢物質、自由發展的經濟要求在哲學領域的折射。

　　與這種進步的哲學思潮緊密呼應，明中葉文壇空前活躍。文人們分坫設壇，各執己說。「不拘格套」「獨抒性靈」，成為文學創作中一股不可阻擋的洪流。抒寫人欲，在內容上表現出與程朱理學相悖逆的作品大量湧現，並且成為明代文學的主流，代表著明代文學的實績。民歌、散曲中所刻意表現的男歡女愛，「三言」「二拍」中所著重體現的商人的致富、冒險精神，《牡丹亭》等作品中所表現出的「人欲」與「天理」的對抗，無不標幟著人性的覺醒，反映著時代的風貌。《金瓶梅》當然受著這種大文化背景的制約，但它與其他作品的不同，則是重點表現了商品經濟發展、金錢橫行給社會帶來的惡和醜。作者是將社會的畸變攝入了自己的視野光圈。歌頌光明、表現理想的作品固然值得褒揚，鞭撻醜惡、揭露黑暗的作品同樣應予以肯定。我們絕不能厚此薄彼，而應分別給予它們在文學史上應該享有的地位。因為它們畢竟都呈現著時代的風貌，體現出歷史的共性。

　　明代發達的商品經濟由於缺乏正確的引導和切實的制約機制，導致了金錢的肆虐，社會的腐敗，道德的墮落，人欲的橫流，這當然是一種罪惡。然而正如恩格斯在〈路德維希·費爾巴哈和德國古典哲學的終結〉中批評費爾巴哈時所指出的：「在黑格爾那裡，惡是歷史發展的動力藉以表現出來的形式。這裡有雙重的意思。一方面，每一種新的進步都必然表現為對某一神聖事物的褻瀆，表現為對陳舊的、日漸衰亡的、但為習慣所崇奉的秩序的叛逆；另一方面，自從階級對立產生以來，正是人的惡劣的情欲——貪欲和權勢欲，成了歷史發展的槓桿。關於這方面，例如封建制度和資產階級的歷史就是一個獨一無二的持續不斷的證明。」[30]也正是這種惡，動搖著千古宗法意識形態，同時也在一定程度上腐蝕著強權政治。只不過由於複雜的社會歷史原因，中國商品經濟未能沿著正常的軌道，去獲取它應有的發展，摧毀封建社會的根基，最後反而被強大的封建經濟所湮沒。這是中國十六世紀商人的悲劇，是橫行一時、曾一度表現出強大野性和征服力的商品經濟的悲劇，同時也是中國歷史的悲劇。

---

30　《馬克思恩格斯選集》（第四卷），北京：人民出版社 1972 年，第 233 頁。

# 文化　民俗篇

# 《金瓶梅》人欲描寫新論

　　《金瓶梅》是一部充分表現「人欲」的小說，這是自明至今大多數評論者的普遍認識，也是一個不爭的事實。但關於這種人欲的評價，卻存在著見仁見智的觀點。當然，明清那些正統的封建文人以它的人欲（主要是性欲）描寫為口實對它全盤否定，十年浩劫期間它以同樣的原因被封殺，今天看來不足為訓，但 20 世紀 80 年代以來在有關這個問題的評價中卻出現了另外一種偏頗，即對小說中表現人欲的筆墨全盤加以肯定。這些論者的出發點顯然是為這部名著的遭遇、長期以來受到世人的誤解鳴不平，但矯枉固然必要，過正則可能導致另外一個極端，有可能產生難以預料的副作用。因為《金瓶梅》中的人欲描寫是歷來「金學」研究中的敏感問題，也關涉著對這部「奇書」的客觀評價問題，所以對這一問題的辨析，就顯得尤其必要和重要。

## 一、人欲描寫解析

　　一部人類文明史，在某種意義上可以說是人類的欲望不斷升級、並通過人類的智慧與勤勞得到滿足的歷史。不斷改變現狀，朝著更高的文明邁進，是人類社會發展的必然趨勢。「人若沒有情欲或願望，就不成其為人，……人若對周圍的一切漠不關心，毫無情欲，自滿自足，就不成其為社會的生物。」[1]馬克思將人的需要劃分為「自然需要」與「社會所創造的需要」這兩個層面，從而肯定人的欲望。我們不否認人作為生物存在所固有的自然屬性，但更應重視的是人的社會屬性，因為這是區別人與其他動物的根本標誌。
　　人類在社會實踐活動中，必然會產生各種各樣的欲望，有著千差萬別的目標和追求。

---

[1]　馬克思《神聖家族》，《馬克思恩格斯全集》第二卷，北京：人民出版社 1965 年，第 170 頁。

就中國古代那些名垂千古的哲人來說，孔孟的「聖賢」理想，固然是儒家理想人格追求的體現；老莊的遁逸塵世、物我兩忘，崇尚自然，超越生死之界，又何嘗不是追求絕對自由的欲求的表露？人無所求，其人必然庸碌無為；社會無欲，也就失去其發展進步的生機。但問題的癥結在於：這種欲望本身是進步的，還是腐朽的？是否促進社會健全地發展？採取什麼樣的方式、靠什麼樣的手段去滿足、去實現？這是評價「人欲」的基本立足點。

　　人由動物演化而來。「人來源於動物這一事實已經決定人永遠不能完全擺脫獸性，所以問題永遠只能在於擺脫得多些或少些，在於獸性或人性的程度上的差異。」[2]人又是社會關係的總和。人與動物的根本區別在於其社會屬性。且不說儒家歷來重視人的社會屬性，即是妄圖以「獨與天地精神往來」反抗社會規範的道家學派，也不能超越塵世，而「與世俗處」[3]。正當的理性規範，不論是法律、制度等等強制性的約束機制，還是倫理、道德等非強制性的約束機制，都是維持社會安定、促進社會發展的必要條件。人的自然本性、本能的滿足，必須自覺或被迫地與合理的理性規範達到協調與統一。文明社會比野蠻社會是一個巨大的進步，正當的社會約束機制的建立與完善，也正是區別文明與野蠻、人性與獸性的重要標尺。馬克思說：「吃、喝、性行為等等，固然也是真正的人的機能。但是，如果使這些機能脫離了人的其他活動並使它們成為最後的和唯一的終極目的，那麼，在這種抽象中，它們就是動物的機能。」[4]追求衣、食、住、行等物質生活方面的享樂固然是人的本能，但這種本能只有在改造客觀世界的實踐中去獲得滿足，這才值得肯定；更重要的是，這種本能的滿足也絕非人類唯一的、終極的目的，而是為了進一步去認識、改造客觀世界。對異性的渴求、性的滿足，是人和動物的共同特徵；但就人類來說，這種滿足只有與人類的社會屬性結合起來，才不致於使人性淪為動物性，使人退化為動物。

　　《金瓶梅詞話》中所描寫的人欲——物欲、色欲，在很多情況下並沒有上升到人的社會實踐理性的高度，而更多的則是人的生物本能的宣洩，是人性與動物性的混雜，甚至是人性向獸性的倒退，是一種人類「天性」的迷失。這從小說所塑造的幾個主要人物諸如西門慶、潘金蓮、李瓶兒、龐春梅等形象都可以得到證明。

---

2　　恩格斯《反杜林論》，《馬克思恩格斯選集》第三卷，北京：人民出版社 1972 年，第 140 頁。

3　　《諸子集成‧莊子集釋‧天下》，上海：上海書店 1986 年，第 475 頁。

4　　《1844 年經濟學哲學手稿》，《馬克思恩格斯全集》第四十二卷，北京：人民出版社 1979 年，第 94 頁。

　　小說中的西門慶是一個充滿獸性、集一切罪惡之大成的「混帳惡人」[5]。他一生所追求的正是「庸俗的貪欲，粗暴的情欲，卑下的物欲」[6]。他「原是清河縣一個破落戶財主，就縣門前開著個生藥鋪」，從小不務正業，賺了幾個臭錢後，便「專在縣裡管些公事，與人把攬說事過錢，交通官吏，因此滿縣人都懼怕他」[7]。這時的他完全是一個流氓地痞。他對財的攫取不擇手段：他連誆帶騙，騙娶了「手裡有一分好錢」的富商寡婦孟玉樓，得到了上千兩銀子；誘姦十兄弟之一——花子虛之妻李瓶兒，乘花子虛吃官司之危，不僅侵吞了花家三千兩銀子，以及貴重的財物，而且氣死了花子虛，連他的老婆李瓶兒也霸占為己有；親家陳洪朝中倒霉，女婿陳經濟攜帶家私來岳丈家躲禍，這一宗財產自然也姓了「西門」。除了這幾注外財，他追逐財欲的另一個手段就是行賄買官，貪贓枉法，攫取不義之財：在處理苗青殺主一案中，苗青通過王六兒送給他一千兩銀子，他便使這個殺人犯逍遙法外；他還以雇妓陪宿的卑鄙手段，使巡鹽御史蔡一泉把他討得的淮鹽三萬引比別的商人早掣取鹽一個月，更使他發了一筆橫財。此外，他還在經營中依恃權勢，投機倒把，偷稅漏稅，賤買貴賣，放高利貸等。總之，他的暴富是建立在一筆筆骯髒的交易及弱小者的血淚和白骨之上。

　　在官場上，西門慶與一幫毫無禮義廉恥的官僚勾結在一起，以權謀私，無惡不作。在他身上折射出封建官場的齷齪，腐朽政治的潰敗。在性生活方面，他已完全淪為一個充滿獸性的雄性動物了。為占有潘金蓮，他買通官府，殺人害命；為娶李瓶兒，他趁火打劫，氣死花子虛；為姦宋惠蓮，他布下陷阱，發配來旺兒。一妻五妾還滿足不了他的淫欲，他又姦污了春梅、繡春、迎春、蘭香等丫鬟女僕，玩弄了王六兒、葉五兒、如意兒、惠元等夥計妻、家人婦；嫖占妓院的李桂姐、鄭愛月、吳銀兒；姦通招宣府的林太太，並糟蹋了童僕。他不僅有著對女性的強烈的占有欲，而且往往在對女性的摧殘、蹂躪中，尋求自己的生理快感，在女性的痛苦呻吟中得到心理的滿足。這裡沒有男女性愛的平等，更與心靈的溝通與感情的融匯沾不上邊兒。

　　有論者認為，西門慶對李瓶兒尚有幾分真情，主要根據就是李瓶兒死後西門慶痛不欲生，並嚎啕什麼失去了李瓶兒自己還「平白活著做甚麼」[8]，還為她大事操辦喪事，留真容，祭奠、伴靈。然而，我們透過小說的全部描寫就會知道這種做作做派另有原因。

---

[5]　張竹坡〈金瓶梅讀法〉三二，《張竹坡批評第一奇書金瓶梅》，濟南：齊魯書社 1987 年，第 35頁。

[6]　恩格斯〈家庭、私有制和國家的起源〉，《馬克思恩格斯選集》第四卷，北京：人民出版社 1972年，第 94 頁。

[7]　蘭陵笑笑生《金瓶梅詞話》第二回，北京：人民文學出版社 2000 年，第 25 頁。

[8]　蘭陵笑笑生《金瓶梅詞話》第六十二回，北京：人民文學出版社 2000 年，第 793 頁。

李瓶兒之死，固然在於潘金蓮的暗算，但李瓶兒的病源正在於西門慶在她經期仍不顧瓶兒的哀告而強行施以性的虐待摧殘（第五十回）。西門慶裝模作樣、嚎啕大哭的真相，倒是被稱為西門慶肚裡蛔蟲的貼身小廝玳安一語道破：「為甚俺爹心裡疼？不是疼人，是疼錢。」[9]這才是個中真相。更具諷刺意味的是，李瓶兒屍骨未寒，西門慶以伴靈為藉口，馬上就在靈前把奶娘如意兒拉進了被窩，並且淫態百出，致使在「夜靜時分」，淫聲「遠聆數室」，並對如意兒說：「我摟著你，就如同和他（指李瓶兒）睡一般。」[10]這裡我們根本看不到西門慶的一點人性，他簡直就是一頭處於發情期的野獸。

總之，西門慶對財的貪婪追求，與封建統治階級的巧奪豪取沒有什麼本質上的區別；他對女性的摧殘玩弄，和封建官僚階級的荒淫墮落毫無二致。在他身上，既體現出封建階級的劣根性，又體現著發跡奸商的狠毒性，還摻雜流氓地痞的無賴特徵。貪欲、情欲、物欲、權勢欲構成了他生活的全部內容；不擇手段地謀取肉欲的滿足和物質生活的享樂，是他人生的終極目標。西門慶的荒淫生活，正映照出了封建末世的糜爛，是精神空虛、世風墮落、沒有理想、行將就木的「世紀末」的典型寫照。

潘金蓮是作者著墨最多的女性之一。她是晚明社會這個畸形時代造就的一個具有淫蕩、自私、嫉妒、狠毒的極端利己主義的畸形性格的人。她的人生歷程，是在性欲、財欲、出人頭地欲的熬煎與追逐中匆匆走完的。她為欲望的滿足而機關算盡，最後葬身於私欲的海洋中；她是個值得詛咒的人物，又是一個不幸的殉葬品。

潘金蓮自幼聰穎美麗，不幸命運多舛，九歲被賣到王招宣府裡習學彈唱，成了為人消遣解悶的女奴；後來又以三十兩銀子的身價，落入張大戶的魔爪；懼內的張大戶為了繼續占有她，竟將她賞予生性懦弱、模樣猥瑣、有「三寸丁，谷樹皮」綽號的武大郎。武植醜陋猥瑣的外貌，使她長期有著性的饑渴；餓不死但絕撐不著的賣炊餅的生計扁擔，遠遠不能滿足她的物欲享樂要求；尤其是武大郎的懦弱無能，致使一幫浮浪子弟常常在家門口丟磚頭扔瓦塊，不要說出人頭地，就是過一種平靜的生活都成了奢望。如果說她這種不幸的遭遇反映出社會的罪惡，尚值得人們同情的話，那麼她為滿足淫欲竟殘忍地親手殺害了和她命運相同的丈夫，則意味著她身上人性的泯滅。尤其是在她做了西門慶的第五妾之後，她的幾度被變賣、在官僚地主之家輾轉顛沛所薰染成的極端的利己主義思想便急劇膨脹起來，也成了她一切行為的主宰。

為了獨占被窩，潘金蓮挖空心思。對西門慶奴顏婢膝，挑撥吳月娘和西門慶的關係，排斥陷害和她一樣不幸的孫雪娥，挑唆孫雪娥與宋惠蓮爭鬥，教唆西門慶遞解來旺兒；

---

9　蘭陵笑笑生《金瓶梅詞話》第六十四回，北京：人民文學出版社 2000 年，第 812 頁。

10　蘭陵笑笑生《金瓶梅詞話》第六十七回，北京：人民文學出版社 2000 年，第 859 頁。

當淫欲得不到滿足時,她往往殘酷地折磨秋菊,在丫鬟的哭叫聲中尋找心理平衡;後來竟淫琴童,偷小廝,通經濟,姦王潮。為了物欲的滿足,討得一點便宜,她竟甘心在西門慶與李瓶兒通姦時為其放風;為了籠住西門慶以固其寵,以滿足其出人頭地的虛榮,她甚至故意讓西門慶姦污自己的丫鬟春梅,聽憑西門慶剪下青絲討好妓女李桂姐,情願讓西門慶和宋惠蓮「苟合」;對自己的生母,則一次又一次地奚落,甚至謾罵;訓養凶貓,害死李瓶兒母子;喪失人格,竟以喝尿咽精的方式,去迎合、滿足西門慶的畸形性心理。

總之,潘金蓮是一個完全喪失禮義廉恥,把自己的欲望滿足建立在別人的痛苦之上,由一個被侮辱被損害的弱者而蛻變為墮落、殘酷、淫縱、自私、刻薄、嫉妒的典型。我們評價這個形象,可以從她身上看到那個畸形社會所造成的罪惡,看到那個社會是如何將一個靈魂逼上墮落之路。但肯定這個形象的客觀意義,絕不等於對其所作所為的認同與默許!

有人認為,《金瓶梅》中的李瓶兒是作者塑造的一個「對欲望的追求表現得非常強烈的成功的藝術形象。他的創作意圖是要告訴人們:人有追求『情欲』的天性,而且這種追求『情欲』的渴望表現得十分強烈。只有當它感到滿足時,人才會感到暢快和幸福。否則,心靈感到甚為壓抑和痛苦。這一切,是作為一個自然的、物質的人的正常欲望,與即將衰亡的那個腐朽社會形成了鮮明的對照。」[11]且不說這裡所說的作者塑造這個形象的意圖是否合乎實際,單就李瓶兒這個人物的所作所為,也似乎與那個腐朽的社會形不成什麼「鮮明的對照」。

李瓶兒一生凡四次嫁人。初為梁中書妾,作品只是淡淡幾筆帶過;次為花子虛妻,但此時她實際是一方面受花太監控制,一方面又與太監結成一氣,共同對付花子虛,正如她對西門慶所說,常把花子虛「罵的狗血噴頭,好不好對老公公說了,要打白棍兒也不算人」,「等閒也不和他(指花子虛)沾身」(第十七回),可見其性格歹毒了。後來她和西門慶勾搭成姦,把他比做「醫奴的藥一般」,顯然是西門慶在生理方面滿足了她長期被壓抑的性的渴望。如果說李瓶兒在梁中書家由於「夫人性甚嫉妒」,嫁給花子虛又為太監控制不能滿足正常的生理需求尚有值得同情之處的話,那麼她在丈夫吃官司時落井下石,蔣竹山在她被西門慶遺棄而又心寂難耐、病榻纏綿時而為其醫治奔忙、有著活命之恩,她主動提出嫁給蔣竹山的情況下,僅因蔣竹山不能滿足其性欲而對蔣恩將仇報的行徑,則是不可饒恕的。李瓶兒是以自己的淫欲與西門慶的物欲相交換,最後終於在西門慶的性摧殘和潘金蓮明槍暗箭的攻擊下命喪黃泉。她的悲劇,以淫始,又因淫終。

---

11　張兵〈《金瓶梅詞話》的「人欲」描寫及其評價〉,《明清小說研究》1991 年第 2 期。

作品塑造這個形象，暴露出當時婚姻制度的不合理及女性的不幸地位，但就李瓶兒本人的作為來說，絕對沒有上升到反封建的高度。

眾所周知，《金瓶梅》誕生的時代是一個人欲橫流的時代。上自宮廷禁苑，下至市井閭里，物欲與色欲氾濫，世風靡爛墮落。皇帝的昏庸為史所罕見。「成化時，方士李孜僧繼曉已以獻房中術驟貴，至嘉靖間而陶仲文以進紅鉛得幸於世宗，官至特進光祿大夫柱國少師少傅少保禮部尚書恭誠伯。於是穨風漸及士流，都御史盛端明布政使參議顧可學藉以進士起家，而俱借『秋石方』致大位。」[12]神宗萬曆皇帝更是被臣下批評為「酒色財氣」四病俱全，非藥石所能醫治。諸侯王的荒淫有過之而無不及，在正史中就有關於他們「挾娼樂，裸男女雜坐。左右有忤者，錐斧立斃，或加以炮烙」[13]的醜跡的記載。甚至連張居正這樣頗有建樹的政治改革家也有為色欲而喪命之嫌[14]。封建才子們更是「兩家肆筵曲宴，男女雜坐，絕纓滅燭之語，喧傳都下」[15]。延至市井社會，則是相率成習，上行下效。這種齷齪的風氣，顯然是一股封建末世的濁流，也正是封建統治者醉生夢死的沒落生活方式毒化的結果。《金瓶梅》中所描寫的主人公們對財欲、色欲的單純的永無止境的貪婪追逐，正表現著市民階層庸俗的生活情趣同腐朽封建社會的同流合污。

人應該是自我的主宰者，幸福生活的崇拜者。人人都有追求財富充裕、獲取生理享樂的權利，這本勿庸置疑。但問題的癥結在於採用何種追求方式和獲取手段。在《金瓶梅》中，一個人對財富的攫取，伴隨著的往往是其他人的血淚和生命；而其對「色欲」的追逐與滿足，更是呈現出諸如亂倫性交，主僕媾歡，以色求寵，嗜淫成癖，服春藥使淫器等有違人性與人道的病態，大多流於與正常性愛格格不入的齷齪行徑。往往在這個時候，人物的正常人性迷失了，真情泯滅了，兩性間沒有絲毫心理情緒的契合，更高層次的心靈體驗，由肉到靈的感情昇華，只有動物般的肉的吸引，粗俗的感官滿足。這些描寫也自然沒有上升到具有審美層次的藝術境界，卻成了性器官、性姿勢、性工具、性過程的粗鄙展覽。這種追逐「財欲」「色欲」行為的本身就是對人自我的否定，對人類幸福的褻瀆。它不僅與以人格自立為基礎的個性解放的命題背道而馳，而且意味著人向動物的沉淪，人的社會價值以及人之所以為人的本質的喪失。

那麼，《金瓶梅》人欲描寫本身的意義何在呢？我們說，這種描寫出現於 16 世紀中葉理學殘酷禁錮人的正常欲望的黑暗時代，人的一切欲望甚至人的生存權利都受到過

12 魯迅《中國小說史略》第十九篇〈明之人情小說（上）〉，上海：上海古籍出版社 1998 年，第 128 頁。

13 張廷玉等《明史》卷一百十六〈諸王一〉，北京：中華書局 1974 年，第 3575 頁。

14 王世貞〈嘉靖以來首輔傳·張公居正傳〉，《四庫全書》「史部」「傳記類」，清文淵閣本。

15 錢謙益《列朝詩集小傳》丁集上〈屠儀部隆〉，上海：上海古籍出版社 1959 年，第 445 頁。

制，而《金瓶梅》卻反其道而行之，大肆渲染人世對財欲、色欲的貪求，儘管在鋪寫中沒有將人生的這種追求納入健康的、正常的軌道，沒有上升到詩的境界，而是走向了對人的自然屬性的渲染的極端，但這種對人的本能的充分展示，實際上對那個被異化了的世界是一種畸形的抗拒、客觀的反動，甚至在客觀上也寓含有對「存理滅欲」的哲學批評的意蘊。同時，我們從作者塑造的群體形象及一系列典型的情節事件中，可以體察到16世紀末的社會風貌和芸芸眾生相，儘管這些形象本身是醜的，然而這並不排除其蘊涵的肯定性價值和審美意義。更為值得重視的是，作品通過對人欲的赤裸裸的渲染，揭示了這樣一條真理：封建社會扼殺人的正常欲望，而資本的積累、金錢的肆虐同樣異化社會；程朱理學固然摧殘人性，但拜金主義的盛行同樣在毀滅著人類自身的價值；禁錮人性欲望的理學值得批判，異化人性的金錢同樣應該詛咒！

# 二、人欲描寫與 16 世紀社會思潮

《金瓶梅》產生於明代中葉的文化氛圍之中，那麼評價《金瓶梅》就必然涉及中國十六世紀的社會思潮。

對「好貨好色」的禮讚，是中國十六世紀人文思潮的重要內容之一。程朱理學及明代封建統治者所頒訂的律令、制度之所以受到思想家們的嚴厲批判，就在於它本身並不是為了給人類社會、人類天性的健康發展提供保障，相反，它是建立在扼制多數人的正當欲望，而滿足少數統治者難填的欲壑的基礎之上，以維持腐朽的封建統治為指歸的。李贄、三袁、徐渭、湯顯祖等進步思想家們面對理學對人性的異化，力圖衝破傳統觀念的束縛，在自然人性論的哲學基礎上，強調人欲的合理，大倡人本主義。

理學家提出「人心私欲，故危殆。道心天理，故精微。滅私欲則天理明矣」[16]。李贄則針鋒相對，公然倡言：「夫私者，人之心也。人必有私，而後其心乃見；若無私，則無心矣。」[17]「為無私之說者，皆畫餅之談，觀場之見，但令隔壁好聽，不管腳根虛實，無益於事，只亂聰耳，不足采也。」[18]理學家大喊「存天理滅人欲」，而進步思想家們在肯定人欲時往往是以人的利欲為本，針對程朱的禁欲主義而將欲、理並提，以欲抗理。如王艮的「百姓日用條理處，即是聖人之條理處」[19]，李贄則提出「穿衣吃飯，

---

16　程顥、程頤《二程遺書》卷二十四，上海：上海古籍出版社 1992 年，第 243 頁。

17　李贄《藏書》卷三十二〈德業儒臣論〉，北京：中華書局 1974 年，第 1827 頁。

18　李贄《藏書》卷三十二〈德業儒臣論〉，北京：中華書局 1974 年，第 1828 頁。

19　黃宗羲著，沈芝盈點校《明儒學案》卷三二〈泰州學案一・心齋語錄〉，北京：中華書局 1985 年，第 715 頁。

即是人倫物理；除卻穿衣吃飯，無倫物也」[20]，以感性主體的人的最起碼的物質生活要求來對抗超然物外的先驗於本體之「理」。

在文學創作方面，進步的思想家們要求對人的欲望（自然本性）給予不加掩飾的抒寫。李贄所謂「言出至情，自然刺心，自然動人，自然令人痛哭」[21]，徐渭主張文必「出於己之所自得」[22]，焦竑要求文章要「自標靈采」[23]以及公安兄弟高標的「不拘格套，獨抒性靈」，湯顯祖的「至情論」等等，無不是針對程朱理學、封建道德給文學創作帶來的種種束縛有感而發的。這種哲學觀念的產生、文學觀念的變更，標誌著對傳統權威、價值觀念的否定，對舊的倫理觀、人生觀的挑戰。這種潮流的文學體現，則是對人的食色之性的大肆渲染。

然而，對這種新的人文思潮，我們必須辯證、客觀地看待。它在否定舊的價值觀念時，並沒有建立起自身完整的、合理的體系，因為「這種不成熟的理論，是和不成熟的資本主義生產狀況、不成熟的階級狀況相適應的」[24]。它還沒有在摧毀舊道德的鬥爭中傳來告捷的凱歌，便很快萎縮於異族入侵的鐵蹄下。同時，這些思想家們在大唱人性讚歌時不免導致了另一種危機，即沒有將人的動物性一面與人的社會性作出明確的、根本的界定，在為人欲張本時忽略了人的社會屬性，忽略了人的生理本能與正常道德規範的區別與聯繫，將人的生理本能視為「道」，將人欲與道德規範等同起來。這種理論本身的嚴重缺憾，自然造成了實際生活中人性的迷惘，人們往往把崇高的愛和卑下的欲、將物質生活的正當追求與巧取豪奪、貪婪攫取等同視之，將個性解放與恣意放縱混為一談，這就極易給世俗生活帶來極大的負面效應。

總之，由於晚明個性解放理論本身的種種局限，使得縱欲主義找到了人性的缺口，成為泛起於封建末世、與腐朽的封建沒落的生活方式同流合污的不可遏制的沉渣濁流。世俗生活中淫具、春畫、房中術流行，封建士大夫公開談性，狎妓選色、尚奢競豪蔚成風氣，這正表現出 16 世紀末的荒唐。這種病態的人欲當然應視為晚明社會個性解放思潮中不可避免的也是應該揚棄的糟粕。《金瓶梅》的作者將其擷入作品，藉以表現豐富多彩的世俗生活，這本無可厚非。但就其本身來說，它遠遠談不上對封建統治、理學禁錮

20　李贄《焚書》卷一〈答鄧石陽〉。《焚書　續焚書》，北京：中華書局 1975 年，第 4 頁。
21　李贄《焚書》卷四〈讀若無母寄書〉。《焚書　續焚書》，北京：中華書局 1975 年，第 141 頁。
22　徐渭〈葉子肅詩序〉，《徐渭集》，北京：中華書局 1983 年，第 520 頁。
23　焦竑〈與友人論文〉，《澹園集》卷十二，《續修四庫全書》「集部」「別集類」，北京：中華書局 1999 年，第 72 頁。
24　恩格斯《社會主義從空想到科學的發展》，《馬克思恩格斯選集》第三卷，北京：人民出版社 1972 年，第 409 頁。

的自覺抗拒，並且，離個性解放的真正合理的內涵相差不啻萬里。對於這種腐朽的生活本身，我們是應該否定並給予批判的。

# 三、人欲描寫與歐洲文藝復興

評論《金瓶梅》的人欲描寫，人們往往把它與西方文藝復興時期的人文思潮作比附。有人就明確提出：「從根本上來說，《金瓶梅詞話》對『人欲』的肯定和西方文藝復興時期的『人文主義』思潮有著相通相生的關係，也鮮明地顯現了近代思想的萌芽。」[25]

中世紀的歐洲，是個宗教神學壟斷文化、教會統治異常殘酷的「黑暗時代」。作為封建大廈支柱的教會，強迫一切文化都必須成為闡發和維護宗教教義的婢女。這種宗教神學的統治，隨著城市商業的日益發展，受到了代表新興資產階級利益的哲人們的強烈批判，從而使歐洲大陸進入了被恩格斯稱作「偉大的時代」──文藝復興時代。

歐洲文藝復興運動是新興資產階級在上層建築領域對宗教的反動統治及其對精神文化的壟斷所進行的「人類從來沒有經歷過的最偉大的、進步的變革」[26]。新興資產階級剛剛登上歷史舞臺，在自己還沒有建立起一套完整的思想體系之時，便借助於被教會長期歪曲或扭曲的古典文化來構建適應本階級發展需要的意識形態，其核心便是人文主義。人文主義大師們重視人的價值，人的權利，強調人的尊嚴，頌揚人的力量，以「人」為中心來反對宗教權威，並且針對教會所宣揚的禁欲主義，大唱人性的讚歌，歌頌自由的愛情，鼓勵人們去追求財富，追求幸福。這時，「人開始感覺到自己的尊嚴與無限發展的潛能。因此，他把個性自由，理性至上和人性的全面發展懸為自己的社會理想，帶著蓬勃的朝氣向各方面去探索，去擴張」[27]。人文主義者將宗教神學作為攻擊的目標，以人為中心，人以性來反對神性的捏造，以人權反對神權的束縛，以個性解放反對宗教禁欲主義桎梏，以理性和科學反對宗教蒙昧主義。彼特拉克、薄伽丘、達・芬奇、伽利略、哥白尼、布魯諾以及培根等先哲們或從哲學方面，或在自然科學領域著書立說，以科學來批判神學，來否定中世紀的神秘主義，取得了輝煌的成就。

而在文學領域，伴隨著這種反宗教神學的狂飆，一種嶄新的文學──人文主義文學應運而生。薄伽丘的《十日談》，拉伯雷的《巨人傳》，塞萬提斯的《堂吉訶德》以及

---

25　張兵〈《金瓶梅詞話》的「人欲」描寫及其評價〉，《明清小說研究》1991 年第 2 期。

26　恩格斯〈自然辯證法導言〉，《馬克思恩格斯選集》第三卷，北京：人民出版社 1972 年，第 445 頁。

27　朱光潛《西方美學史》，北京：人民文學出版社 1983 年，第 148 頁。

莎士比亞的戲劇創作，都可以看作人文主義文學實績的代表。就人文主義文學作品對色欲、財欲的描寫來說，作家一方面對教會僧侶們所宣揚的禁欲主義的虛偽性進行揭露，對封建門閥婚姻進行批判；另一方面為自由愛情大唱讚歌，為男女平等、個性解放極力鼓吹；一方面肯定人生對物質生活的孜孜追求，另一方面又通過典型的形象旗幟鮮明地揭露出資本主義原始積累時期資產階級對金錢的貪婪追求，以及金錢給社會造成的罪惡。這一切，都為十七世紀以後的資產階級啟蒙運動的產生奠定了基礎。

中國宗法社會的宋明時期，與歐洲中世紀的社會狀況有著驚人的相似。雖然在中國封建文化的土壤中沒有醞釀出一個主宰萬物的上帝，但封建皇帝的至高無上絕不亞於上帝的神聖威嚴；儘管沒有無所不在的基督意識，但程朱理學實際上被官方宣揚為萬事萬物、人道倫常、行為規範的最高主宰。這種先驗的「天理」與宗教神學毫無二致。人的現世享樂、人對自由幸福的追求、人的生存權利被理學無情地褫奪了。隨著資本主義經濟萌芽在宗法封建母體的湧動，市民力量的咄咄逼人，農耕文明的局部解體，新的社會意識、哲學思潮悄然興起。王陽明「心學」在客觀上啟發人們對聖賢的懷疑，泰州學派更是將批判的矛頭指向封建主義的道學，肯定人們的物質生活要求，肯定飲食男女的「人欲」，駁斥了理學反動的禁欲主義說教。這種思潮的流播自然帶來了文學意識的更新。不同的是，蘭陵笑笑生並不像歐洲文藝復興時期的人文主義作家那樣，去禮讚人權、人的價值、人的尊嚴對腐朽的封建專制、殘酷的宗教桎梏的衝擊，去張揚人生對色欲、財欲的正當追求與滿足，而是通過描寫病態的人欲去反映病態的時代，批判病態的社會。我們固然不能對二者反映生活的不同方式作出優劣高下的評判，但就它們所描寫的人欲來說，取捨褒貶，應當是不言自明的。

## 四、人欲描寫與同時代作品的比較及作者的評判

晚明思潮的激蕩，使中國文壇呈現出多姿多彩的風貌，孕育出了一大批卓有成就的文學大師，徐渭、湯顯祖、馮夢龍、凌濛初、吳承恩、公安三袁等都是享譽後世的代表人物。他們在詩文、小說、戲曲等不同領域，呈顯自己的才情；以生動鮮明的藝術形象，抒發著對「人欲」的禮讚以及對理學壓抑人性的憤懟。毫無疑問，蘭陵笑笑生也以其創作，自覺不自覺地將自己融入這股反叛宗法傳統的洪流之中。

然而，就這些大師們作品中所表現的「人欲」來說，《金瓶梅詞話》與上述作家的描寫有著本質的不同。以小說、戲曲中所描寫的「人欲」為例，徐渭的代表作《四聲猿》，或揭露僧侶們奉行禁欲主義的虛偽（《玉禪師》），或借古諷今，揭露封建統治者的罪惡（《狂鼓史》），或謳歌女性的文武才能（《女狀元》《雌木蘭》），作品洋溢著反封建壓迫

和禮教束縛的民主主義精神,富有進步的時代氣息。湯顯祖更是繼承了泰州學派反理學、反封建教條的傳統,在創作中自覺地以「至情」與理學相對抗。杜麗娘的由生到死,是由於理的壓抑;而她的起死回生,則在於情的感召。正如作者在〈牡丹亭題辭〉中所說:「如麗娘者,乃可謂之有情人耳。情不知所起,一往而深。生者可以死,死可以生。生而不可與死,死而不可復生者,皆非情之至也。」「第云理之所必無,安知情之所必有邪!」作品所表現的正是青年男女對自由愛情生活的追求與以程朱理學為核心的封建禮教道德的尖銳對立。杜麗娘與柳夢梅相互愛慕,用情專一,並且通過反抗鬥爭獲得了婚姻的美滿。他們從夢愛到結合,很少摻雜庸俗的世俗成分,這無疑閃爍著個性解放的光彩。杜麗娘追求「情」的整個過程,始終是以強烈的自我意識作為精神支柱,蔑視門第觀念。至於馮夢龍的「三言」和凌濛初的「二拍」,在描寫人欲的篇幅裡,大部分都表現著積極向上的情趣。馮夢龍雖承認「飲食男女,人之大欲」,對「欲」持肯定態度,但他同時指出,「夫情近於淫,而淫實非情」,從而將「情」與「淫」這兩個具有不同內涵的概念區別開來。在經他加工的「三言」中的愛情之作諸如〈蔣興哥重會珍珠衫〉〈杜十娘怒沉百寶箱〉〈賣油郎獨占花魁〉等篇什,特別強調人的感情、人的價值及人格獨立,在婚姻上提出了與封建禮教道德截然相悖的標準和原則,男婚女嫁不僅僅是肉的結合,更是心靈的溝通和人格上的相互敬重,以及彼此對愛情的忠誠和堅貞。「二拍」中的〈李將軍錯認舅〉,歌頌青年男女生死不渝的忠貞愛情;〈宣徽院仕女秋千會〉,讚揚主人公對父母包辦婚姻的抗爭,都表現出積極向上的思想意義。在描寫商人追求錢財的篇什中,或對當時的商品觀念給予充分的肯定(如〈烏將軍一飯必酬〉),或讚揚商人的開拓勇氣和冒險精神(如〈轉運漢遇巧洞庭紅〉),或反映商人追求錢財的強烈欲望(如〈疊居奇程客得助〉)。總之,這些作品所描寫、稱頌的人欲的追求與滿足,絕不能同《金瓶梅》中所批判的氾濫的人欲混為一談。

我們在討論《金瓶梅》的創作主旨時,已經通過大量的例證,指出《金瓶梅》的宗旨在於暴露「人欲」氾濫的危害,暴露「四貪」之病。實際上,《金瓶梅》對貪財好色的批判,絕不是明代文學的孤立現象。成化年間問世的〈四季五更駐雲飛〉,正德時期問世的《盛世新聲》,嘉靖年間郭勳編選的《雍熙樂府》以及當時的擬話本小說中,都有大量的吟詠、批判財色貪欲的作品。這種特有的文化現象,真實地反映了明代的社會現實。

眾所周知,明代社會自上而下墮落至極。皇帝一代比一代昏聵腐朽,如武宗的沉溺聲色狗馬,世宗的聚財斂貨、荒淫好色,萬曆皇帝的奢侈糜爛、好貨成癖,都是非常典型的。整個社會急劇墮落,人欲橫流。《博平縣誌》曰:「由嘉靖中葉以抵於今,流風愈趨愈下,慣習驕吝,互尚荒佚。」范濂《雲間據目抄》曰:「嘉隆以來,豪門貴室,導奢導淫;博帶儒冠,長奸長傲。日有奇聞疊出,歲有新事百端。」黃人也談道:「明

時無藩鎮之分斂，及金繒之歲輸，故物力稍紓於唐宋，而侈風起焉。……消耗既巨，立致窮困，則設法取足，於是上婪賄下中飽，弱者用詐，強者肆力，而宵人之獵食常遍於江湖，嫉徒之御人不絕於都市……」[28]總之，對財色不擇手段的追逐，成了社會的通病、萬惡的淵藪。因此，文學作品中出現這種批判人欲氾濫的現象，就成為勢所必然。在《金瓶梅詞話》中，蘭陵笑笑生直接站出來，發抒自己對小說中所寫人物與事件的評價，表明自己戒色罪財的創作主旨的地方，達到三十多處。東吳弄珠客在《金瓶梅詞話》卷首〈序〉中也指出，小說「作者亦自有意，蓋為世戒，非為世勸」。刊於萬曆本《新刻金瓶梅詞話》卷首的欣欣子所作的〈金瓶梅詞話序〉道：

> 竊謂蘭陵笑笑生作《金瓶梅傳》，寄意於世俗，蓋有謂也。人有七情，憂鬱為甚。上智之士，與化俱生，霧散而冰裂，是故不必言矣。次焉者，亦知以理自排，不使為累。惟下焉者，既不出了於心胸，又無詩書道腴可以撥遣。然則，不致於坐病者幾希。吾友笑笑生為此，爰罄平日所蘊者，著斯傳，凡一百回。其中語句新奇，膾炙人口，無非明人倫，戒淫奔，分淑慝，化善惡，知盛衰消長之機，取報應輪回之事，如在目前，始終如脈絡貫通，如萬系迎風而不亂也。使觀者庶幾可以一哂而忘憂也。……其他關係世道風化，懲戒善惡，滌濾洗心，無不小補。……至於淫人妻子，妻子淫人，禍因惡積，福緣善慶，種種皆不出循環之機。故天有春夏秋冬，人有悲歡離合，莫怪其然也。合天時者，遠則子孫悠久，近則安享終身；逆天時者，身名罹喪，禍不旋踵。人之處世，雖不出乎世運代謝，然不經凶禍，不蒙恥辱者，亦幸矣。故吾曰：笑笑生作此傳者，蓋有所謂也。

明確指出笑笑生為不使「下智」者「坐病」於「七情」，故作是書，並指出《金瓶梅》是針對世俗「坐病」於「七情」而發，目的在於以書中的「盛衰消長之機」「輪回報應之事」來勸善懲惡，警飭世人貪財戀色之舉。清代彭城張竹坡評點《金瓶梅》時，一再申明此書「獨罪財色」[29]，「單重財色」[30]，小說創作目的是「微言之而文人知儆，顯言之而流俗知懼」[31]，「《金瓶梅》是部懲人的書，故謂之戒律亦可。」[32]這些看法都

28　黃人《明代章回小說》，見侯忠義、王汝梅《金瓶梅資料彙編》，北京：北京大學出版社1985年，第478-479頁。

29　張竹坡〈竹坡閒話〉，《張竹坡批評第一奇書金瓶梅》卷首，濟南：齊魯書社1987年。

30　《張竹坡批評第一奇書金瓶梅》第一回回評，濟南：齊魯書社1987年，第1頁。

31　張竹坡〈第一奇書非淫書論〉，《張竹坡批評第一奇書金瓶梅》卷首，濟南：齊魯書社1987年。

32　〈批評第一奇書金瓶梅讀法〉一〇五，《張竹坡批評第一奇書金瓶梅》，濟南：齊魯書社1987年版，第49頁。

是符合作品實際的。

# 五、人欲描寫的客觀價值定位

評價《金瓶梅》的人欲描寫，我們反對只用道德的標尺。它所描寫的人欲，擺脫了人對神的依託以及精神對理的屈從，也即擺脫了程朱理學對人的主體意識的異化，使人返樸歸真，回歸了人的生命原欲，但正因為這種回歸是建立在畸形的商品經濟的基礎之上，醞釀於人欲橫流的背景之下，故而處處顯示出畸形的文化特徵。在這種回歸中，忽略了人的社會屬性，使性由社會的自律行為倒退為原始的個體本能行為；在客觀上對群體意識束縛的反撥中陷入了人性向獸性倒退的誤區。這固然是作者所處的時代思想禁錮嚴酷、人性猝醒後矯枉所必有的過正，但這種人欲所體現的腐朽的人生觀是應當給予批判的，給作品帶來的缺憾（如對兩性生活不厭其煩的八股式的描寫等）也是應當記取的。

那麼，《金瓶梅》中人欲描寫的價值與意義又何在呢？我認為主要應該從以下幾個方面來認識：

第一，小說的人物借助於人欲描寫而站立起來，活靈活現，富有典型性。如西門慶性格中惡霸、奸商、官僚、淫棍的基色就是通過他為滿足淫欲而殺人害命、為財欲滿足而貪贓枉法、偷稅漏稅、坑蒙拐騙、以官經商，以及有了巨額金錢後便一次次地蹂躪女性、以財富換取沒有窮盡的色欲滿足等等情節、事件中呈現出來。其他諸如潘金蓮的狠、龐春梅的淫、陳經濟的狂、王六兒的蕩等等，無不是借人欲的描寫而形神畢肖。

第二，借人欲描寫擴大了小說的容量，拓展了小說反映的社會畫面，並顯示出深沉的悲劇內涵。如通過西門慶對財欲色欲的追逐，上達朝廷，中結官場，下連市井，反映出十六世紀中國整個社會風貌，反映出芸芸眾生的精神狀態，預示著這個社會必然衰敗的結局；通過另一個中心人物潘金蓮的所作所為，反映出一夫多妻制的罪惡以及在此制度下家庭的混亂與女性的不幸和悲哀。

第三，人欲描寫具有典型的文化史意義。它客觀上反悖於傳統文化觀念中的義利觀、本末觀，反映出宗法傳統觀念、價值取向在市民社會的貶值（如尊卑觀、貞節觀等），以及對程朱理學的客觀反動，引起人們對聖賢偶像的懷疑，啟發人們對自身價值的肯定，對人生權力、幸福的思考和追求。

第四，《金瓶梅》借對人欲的描寫顯示出自己的藝術品格，標誌著小說觀念的巨大變革，在小說史上具有承前啟後的巨大意義。

# 理性的皈依與感性的超越
## ——論《金瓶梅》的二元文化指向

　　《金瓶梅》是一部難解的小說。且撇開諸如作者、版本、具體問世的年代等等問題上尚未解開的種種疑團，單就小說文本來說，不僅其中的許多現象、事物、詞彙目前尚未得到盡如人意的圓釋，而且小說在觀念形態上也表現為二元並存的文化指向。

　　閱讀《金瓶梅詞話》，總使人感到處處存在著對立。二律背反的價值判斷似乎是作者創作過程中自始至終難以擺脫的困惑。換句話說，《金瓶梅》是世俗價值觀念與宗法傳統道德觀念的特殊渾融，在文化指向上表現為二元並存的情狀，即作者的理性指向表現為對宗法傳統價值觀念的皈依，而藝術描寫的感性指向則表現為對作者理性思維定勢的超越。也就是說，作者在從理性上喋喋不休地對某些觀念進行闡說的同時，卻又往往用活生生的生活真實去不自覺地淡化這種理念，用感性描寫去抵消、沖淡其理性說教。這種情況用「形象大於思想」的命題來解釋似乎顯得捉襟見肘，因為這兩種指向並非能用「量」的多少來衡定，它們簡直是互不包容的對立性兩極，然而它們卻又相輔相成，以二元對立的態勢存在於《金瓶梅》中。這很容易讓人聯想起列寧在二十世紀初（1908）評價托爾斯泰的那段著名的話：

> 托爾斯泰的作品、觀點、學說、學派中的矛盾的確是顯著的。一方面，是一個天才的藝術家，不僅創作了無與倫比的俄國生活的圖畫，而且創作了世界文學中第一流的作品；另一方面，是一個發狂地篤信基督的地主。一方面，他對社會上的撒謊和虛偽作了非常有力的、直率的、真誠的抗議；另一方面，是一個「托爾斯泰主義者」，即是一個頹唐的、歇斯底里的可憐蟲。……一方面，無情地批判了資本主義的剝削，揭露了政府的暴虐以及法庭和國家管理機關的滑稽劇，暴露了財富的增加和文明的成就同工人群眾的窮困、野蠻和痛苦的加劇之間極其深刻的矛盾；另一方面，狂信地鼓吹「不用暴力抵抗邪惡」。一方面，是最清醒的現實主義，撕下了一切假面具；另一方面，鼓吹世界最卑鄙齷齪的東西之一，即宗教，

　　　　力求讓有道德信念的僧侶代替有官職的僧侶。……[1]

在這方面，我國十六世紀的蘭陵笑笑生與托爾斯泰有著驚人的相似。

　　《金瓶梅》的價值指向表現為鮮明的二元對立。在《金瓶梅》中，作者始終受警飭世俗、懲戒「四貪」的創作主旨的驅使，在理性的支配下，喋喋不休地進行宗法道德觀念的高談闊論；但另一方面，將筆觸伸向了世俗生活的各個角落，在對世俗社會的紅男綠女們進行真實再現的時候，又以活生生的事例衝破了自己所設置的道德勸懲的藩籬，去呈現芸芸眾生沒有理性節制的滿足，不為群體意識羈絆的個性意識的張揚，商品經濟沖決小農經濟過程中所必然出現的人欲的膨脹與競逐，以及由新經濟因素滋生而帶來的與傳統的價值觀念、理想人格、評判標尺大異其趣的社會潮流。這種二元的文化指向，使得作品一方面明顯具有迂腐的宗法道德說教的意蘊，另一方面卻在感性上回歸人性的真實，具有某種程度的人本質素，表現為對宗法傳統觀念的超越。這種情況最突出地體現在小說的婦女觀、宗教觀以及對新崛起的商品經濟和社會意識的評判諸方面。之所以出現這種互不包容的二元價值指向，既與中國封建城市市民本身的素質有關，又和中國封建知識分子的本質屬性相聯，同時也決定於明代中葉這個多元文化並存、競爭的特殊時代。

# 一、婦女道德觀透視

　　蘭陵笑笑生的女性道德觀是落後的、保守的。女人是禍水的觀念在其頭腦中根深蒂固。「水性下流，最是女婦人。」（第六十九回）「大抵妾婦之道，蠱惑其夫，無所不至。雖屈身忍辱，殆不為恥。」（第七十二回）小說開篇伊始，作者就借劉邦、項羽故事，大發其道德議論，認為項、劉二人「固當世之英雄，不免為二婦人，以屈其志氣」，「只因撞著虞姬、戚氏，豪傑都休」。要求女子必須以「貞」「節」自礪，恪守宗法觀念所規定的婦道，「持盈慎滿」，做個封建「淑女」。入話故事結束後，作者便聲明道：「如今這一本書，乃虎中美女，後引出一個風情故事來。一個好色的婦女，因與了破落戶相通，日日追歡，朝朝迷戀，後不免屍橫刀下，命染黃泉，永不得著綺穿羅，再不能施朱傅粉。靜而思之，著甚來由？況這婦人，他死有甚事！貪他的斷送了堂堂六尺之軀，愛他的丟了潑天哄產業。」（第一回）第四回回首詩曰：「酒色多能誤國邦，由來美色喪忠

---

1　列寧〈列夫·托爾斯泰是俄國革命的鏡子〉，《列寧全集》第十五卷，北京：人民出版社 1959 年，第 176-183 頁。

良。紂因妲己宗祀失,吳為西施社稷亡。自愛青春行處樂,豈知紅粉笑中殃?」這些說教的意思非常明白:婦女為一切罪惡之源;女性應該貞潔、守分,遵從尊卑的安排;西門慶、陳經濟之死,完全是因為貪戀《金瓶梅》中惡源的代表之一──潘金蓮的緣故。

然而,評價一部小說的思想意蘊,關鍵不在於作者不顧藝術創作規律而發表了哪些高談闊論,而在於其活生生的藝術描寫,這在評判古代文學作品時尤其顯得重要。因為一部優秀作品的客觀價值往往要超越作者的創作意旨,出現與作者創作初衷不甚相符乃至於相悖的情況。古典文學作品之所以在不同的時代常讀常新,魅力無窮,關鍵就在這裡。就作品的共時效應來講,也會出現閱讀體驗與創作意旨的偏離,文學史上頗不乏這樣的例子。中唐元稹在〈鶯鶯傳〉中就張生拋棄鶯鶯所感發的「世人多許張生為善補過者」的迂闊論調與〈鶯鶯傳〉的社會效應完全悖反就為人所共知。

回頭來看《金瓶梅》,其具體描寫果真闡證了以上的觀念與意旨嗎?回答是否定的。小說中一系列的罪惡事件諸如武大郎遭毒害,花子虛被氣死,宋惠蓮上吊,宋仁命喪,來旺兒被無辜遞解,蔣竹山慘遭毒打、藥鋪被砸,苗青殺人越貨而逍遙法外,都能歸罪於潘金蓮、李瓶兒、龐春梅等弱小、可憐的女性嗎?從蘭陵笑笑生的具體描寫可知,武大郎的悲劇,由西門慶與王婆聯手導演,潘金蓮只不過是在畸形反抗不道德婚姻過程中迷失了自我的情況下,去按「導演」的要求「敷演」而已。花子虛之亡,除了他自己霸占家產、狂嫖濫淫、惡了兄弟妻子的內因之外,還有其結拜兄弟西門慶垂涎其財產、妻子的直接外因。宋惠蓮是在虛榮、受騙、蒙昧中清醒過來以後,在跪求無望、家破夫散的情況下,斥責了西門慶這個「弄人的劊子手,把人活埋慣了。害死人,還看出殯的」,對一切都絕望後才「自縊身亡」,撒手人間。宋仁是在為女兒的喊冤聲中被西門慶打點貪贓枉法的正堂知縣李大人,遭受毒打後氣病而死。來旺兒被遞解徐州,是西門慶為了淫欲的滿足,要霸占其妻而施的毒計。至於說到蔣竹山的不幸,歸根到底在於他開生藥鋪撐了西門慶的買賣。總之,是污穢、齷齪的社會與罪惡的男性世界導演了這一幕幕罪惡的悲劇;而女性的命運卻完全被操縱在男子手中,自身尚難自保,是罪惡社會迫害的對象。透過《金瓶梅》的感性描寫,我們看到的是女子在男權社會中的種種不幸。

《金瓶梅》裡描寫了眾多的女性。吳月娘可謂作者表彰的最「本分」、最守婦道、可作閨閫楷範的人物。最不本分的、受作者指責最多的莫過於潘金蓮、李瓶兒了。吳月娘一生唯西門慶一人是從,她反抗過殷天錫的強暴,在夢中抗拒過雲離守的調戲。在對西門慶的狂嫖濫淫、胡作非為勸阻無效後,她便緘口不言,每天只是禮佛誦經,虔誠地接受女尼的宣卷勸化。夫主的愛敬,她得不到;生活的樂趣,與她無緣;就連床上的夫妻恩愛,她也極少體驗。伴隨著這位恪守婦道的正室夫人的,永遠是落寞孤寂,她只有在虛無縹緲的佛祖處尋找到一絲慰藉。在守活寡的漫漫時日中,她喪失了自我。作為一個

年輕的女子，她身上沒有青春的活力，即使偶爾有性欲的衝動，也往往要遮蓋上一層道德的面紗——出於為夫主生子傳嗣的考慮。總之，作者是按照宗法道德的標準去塑造、讚揚吳月娘的。但讀者透過文本所呈現的吳月娘的遭際，來對其生存價值進行評判時，只會得出與作者完全悖反的結論。

李瓶兒，在道德層面是介乎吳月娘和潘金蓮之間的女性。她一生凡四適。無論是在「夫人性甚嫉妒，婢妾打死者多埋在後花園中」的梁中書府中作妾的日子裡，還是嫁與唯知吃喝嫖賭的花子虛的歲月中，抑或招贅「中看不中吃，蠟槍頭、死王八」蔣竹山作倒插門的短暫時光內，她都處於青春的壓抑、性的饑渴之中。後來遇到了西門慶，她才真正得到了本能的滿足，體驗到了前所未有的快樂。本不本分的她得到了從未有過的滿足，覺得終於找到了自己的歸宿，便本分地做起了通情達理、溫柔和順的六妾來。

至於被窩裡一夜也離不開男人、受作者譴責最多的潘金蓮，本性聰明伶俐，多才多藝，不屈從於命運的捉弄，不相信冥府、天道的安排，而不惜一切、不擇手段地去追求她所認為的本應屬於自己的幸福的權利。她與西門慶通姦，是對不道德婚姻的畸形反抗；她偷陳經濟，是出於西門慶置她於腦後，並與陳經濟年貌相當的自然吸引；她將小廝拉進被窩，既是出於性的饑渴，又隱含著對西門慶讓自己孤獨難耐、期待不至，尋求到新歡後置自己於腦後的報復。這些描寫固然引起人們對潘金蓮畸形性格、變態抗拒行為的非議，但更能引發人們對其墮落原因作深層思考，從而對女人是禍水的陳腐觀念提出異議。

在《金瓶梅》的女性世界中，孟玉樓與吳月娘是作者肯定的人物，笑笑生對吳月娘尤其有更多的褒揚。小說結尾雖有「樓月善良終有壽，瓶梅淫佚早歸泉」的詩證，但作者並未寫出孟玉樓的壽高福廣，而只是寫她嚴州與李衙內懲治了前來訛詐的陳經濟，李衙內之父李通判在斷案時沒能秉公執法，被徐州知府當堂數落了一頓，李通判盛怒之下，要兒子將孟玉樓打發出門，李衙內卻一往情深，割捨不得，啼哭哀告：「寧把兒子打死爹爹跟前，並捨不得婦人。」（第九十二回）之後李通判便令他兩口回真定府棗強縣去了。倒是吳月娘因為平時「好善看經」，在金人入侵中原、二帝北狩、康王「泥馬渡江」、天下中分後歸家，意外地看到「家產器物都不曾流失」，後來收玳安為子，年享七十「善終而亡」。

具體理論起來，孟玉樓是算不得貞節的。她先嫁楊宗錫，次醮西門慶，西門慶屍骨未寒，她竟又迫不及待地再適李衙內。小說第十八回，孟玉樓在吳月娘面前議論說，李瓶兒在花子虛未死幾時，孝服未滿就嫁人，使不得時，吳月娘罵道：「如今年程，論的什麼使的使不的？漢子孝服未滿，浪著嫁人的，才一個兒？」而當時孟玉樓正是再醮西門慶不久。可見，在吳月娘這個真正「貞節」的女性心目中，孟玉樓當然也在「浪」列。

在小說中作者沒有把孟玉樓寫成如金、瓶、梅、王六兒等那樣床上功夫過硬的人物，而是將她與吳月娘歸為一類。嚴格說起來，她與吳月娘有著很大的不同。她們對封建禮教謹從慎依的程度絕非「量」的差異，而是「質」的區別。可以說，只有吳月娘才是整部《金瓶梅》中能夠稱得上「貞節」的女性。

然而，作者感性描寫所產生的社會效應與其理性評判卻完全相反。不貞的孟玉樓遠比守身如玉的吳月娘幸福。西門慶在世時，吳月娘眼睜睜地看著他一房一房地往家裡娶女人，明目張膽地嫖妓宿娼，暗中私通僕婦丫頭，自己落得獨守空房，百般無奈之餘，不得不在僧尼的宣卷講經中打發時日。西門慶死後，她由守活寡而守死寡；正妻名分的牢籠，限制著她必須像王招宣府的林太太那樣為夫守節守孝來打發餘生。不同的是林太太寂寞難耐時，是靠偷漢子來獲取滿足；而吳月娘萬念俱灰，讓自己麻木於宗教的天國中。她的悲哀不僅僅在於她個人的主觀因素，更在於理學的異化，宗教的欺騙，使她喪失了自我，成為一具沒有思想、沒有活力的理學標本、宗教軀殼。而「等而下之」的孟玉樓身上卻無時不表現出青春的活力，人性的閃光。她始終是自我的主宰者。丈夫楊宗錫死後，她謝絕了張四舅對尚舉人的保舉，而選擇了西門慶這一清河大賈。在妻妾成群的西門府邸，她既作了有效的抗爭，而又不露聲色，讓潘金蓮做自己的馬前卒。在西門慶死後，她果斷、明智地「愛嫁李衙內」「青春年少，恩情美滿」（第九十二回）。當陳經濟拿著她往日丟失的金頭銀簪子來要挾時，她更是將計就計，為維護自己的幸福而懲治了這個流氓浪蕩兒。儘管作者在價值評判時，理性的褒揚更傾斜於看重名分、恪守宗法傳統婦德的吳月娘一方，但感性的描寫卻有著讓讀者認同孟玉樓享受生活、追求幸福的指向。作者理性肯定的吳月娘在丈夫生前死後的遭際讓人覺得可悲，而感性描寫中的孟玉樓的擇夫、改嫁卻讓人覺得明智，她的結局堪稱幸福美滿。

## 二、宗教觀解析

《金瓶梅》中宗教觀念的二元指向也是非常突出的。

就明代各個統治者所崇奉的宗教以及所制訂的宗教政策來看，「帝（指明太祖）自踐阼後，頗好釋氏教，詔征東南戒德僧，數建法會於蔣山，應對稱旨者輒賜金襴袈裟衣，召入禁中，賜坐與講論。……諸僧怙崇者，遂請為釋氏創立官職。……道教亦然。度僧尼道士至逾數萬」[2]。而明成祖朱棣與乃父的做法相反，他於永樂十年（1412）諭禮部：「天下僧道多不守戒律，民間修齋頌經，動輒較利厚薄，又無誠心，甚至飲酒食肉，遊蕩

---

2　張廷玉等《明史》卷一三九〈李士魯傳〉，北京：中華書局 1974 年，第 3988-3989 頁。

荒淫,略無顧忌。又有一種無知愚民,妄稱道人,一概蠱惑,男女雜處無別,敗壞風化。洪武中僧道不務祖風,及俗人行瑜珈法稱火居道士者,俱有嚴禁。即揭榜申明,違者殺不赦。」[3]雖然各位當國者崇道敬佛各有所愛,但作為一種客觀存在的意識形態,就其發展的趨勢來講,儒、釋、道相互吸納、共存發展、三家歸一的趨勢已日漸明顯。沈德符說:

> 我太祖崇奉釋教,……至永樂而帝師哈立麻,西方佛之號而極矣,歷朝因之不替。唯成化間寵方士李孜省、鄧長恩等,頗於靈濟、顯靈諸宮加獎飾,又妖僧繼曉用事,而佛教亦盛,所加帝師名號,與永樂年等,其尊道教亦名耳。武宗極喜佛教,自列西番僧唄唱無異,至託名大慶法王,鑄印賜誥命。世宗留心齋醮,置竺乾氏不談,初年用工部侍郎趙璜言,刮正德所鑄佛鍍金一千三百兩,晚年用真人陶仲文等議,至焚佛骨萬二千斤。逮至今上與兩宮聖母,首建慈壽、萬壽諸寺,俱在京師,穹麗冠海內,至度僧為替身出家,大開經廠,頒賜天下名剎殆遍。……[4]

由於各教一瞬間的榮辱崇斥,便促使其加快了相互吸收、彼此靠攏的進程。萬曆時期的大儒于慎行說:「江左(按指東晉)以來,於吾儒之外,(佛道)自為異端;南宋以來,於吾儒之內分兩歧(按指斥釋道為異端與否);降是而後,則引釋氏之精理陰入吾儒之內矣。」[5]甚至會出現「祀孔子於釋、老宮」[6]這種三教同祀的現象。明代中葉宗教的流布社會、深入人心,使得蘭陵笑笑生在理性上對其具有相當虔誠的崇信與皈依思想;但不同教門的榮辱毀譽,神職者流的卑鄙污穢,又使得蘭陵笑笑生在進行感性描寫時,自覺不自覺地衝破了理性的羈絆,對骯髒的神職人員進行入木三分的嘲弄與揭露。這樣,便使得《金瓶梅》在宗教觀方面出現了二元對立的文化指向。

出於勸善懲惡、懲戒「四貪」的創作命意的需要,作者對佛道的描寫占去了大量的篇幅。諸如富麗堂皇、氣象非凡的寺院道觀,莊嚴肅穆神秘威嚴的宗教禮儀,深奧莫測的佛經道典,僧人尼姑的宣講寶卷(如第三十九、五十一、七十一、七十三等回薛姑子、王姑子在吳月娘房中說經),道家的齋醮儀式(如第三十九回「西門慶玉皇廟打醮」),道士的煉度薦亡(如第六十六回西門慶請道士為李瓶兒煉度薦亡)、解禳消災(如第六十二回「潘道士解禳祭法

---

3 臺灣中央研究院歷史語言研究所編《明實錄·明太宗實錄》卷一二八,上海:上海書店 1982 年,第 1592 頁。

4 沈德符《萬曆野獲編》卷二十七〈釋道〉,《明代筆記小說大觀》(三),上海:上海古籍出版社 2005 年,第 2613 頁。

5 于慎行《穀山筆塵》卷十七〈釋道〉,北京:中華書局 1984 年,第 201 頁。

6 張廷玉等《明史》卷五十〈禮四〉,北京:中華書局 1974 年,第 1297 頁。

燈」），佛徒的薦拔超生（如第一百回「普靜師薦拔群冤」），以及西門慶府邸日常生活中的燒香拜佛、齋僧禮道、祈福求安等等。全書的結構框架，也有明顯的佛道意識支配的痕跡。卷首有體現道家「無榮無辱無憂」「優遊」「隨分」思想的〈四季詞〉以及要人莫戀酒、色、財、氣，頤養「丹田」，做到「寡欲壽長年」的箴言；中有天臺山道士、紫虛觀的吳神仙為西門大官人家中各個主要人物「冰鑑定終身」，且都是靈驗如神，從而使人物在「定數」、命運的支配下經歷劫難，畫上人生的句號；最後則以「慈悲為懷」的普靜禪師「薦拔幽魂，解釋宿冤」，為眾鬼「誦念了百十遍解冤經咒」，讓其各得超生，從而開始下一個輪回，並為吳月娘點明因果，無不是在宗教宿命的安排下，完成今世之一劫。正如作者在全書終結時所說：「閑閱遺書思惘然，誰知天道有循環？西門豪橫難存嗣，經濟顛狂定被殲。樓月善良終有壽，瓶梅淫佚早歸泉。可憐金蓮遭惡報，遺臭千年作話傳。」西門慶集「四貪」於一身，作惡多端，惡貫滿盈，死後妻妾四散，遺腹子出家，果報累累；潘金蓮受到剜心碎屍的報應，李瓶兒子亡身殂，龐春梅淫縱命喪，陳經濟慘遭殺戮。這些安排，正是作者理性上宗教觀念的體現與反映。

然而，蘭陵笑笑生在具體描寫僧尼、道徒的宗教活動時，又極盡諷刺、鞭撻之能事。作者揭露了僧道神職人員的荒淫無恥、褻瀆教規，借清淨之地大幹淫蕩卑鄙的勾當。第八回中為冤死的武大郎燒靈、做水陸道場的眾和尚，「見了武大這個老婆，一個個都昏迷了佛性禪心，一個個多關不住心猿意馬，都七顛八倒，酥成一塊。但見：班首輕狂，念佛號不知顛倒；維摩混亂，頌經言豈顧高低？燒香行者，推倒花瓶；秉燭頭陀，錯拿香盒。宣盟表白，大宋國稱作大唐；懺罪闍黎，武大郎念為大父。長老心忙，打鼓錯拿徒弟手；沙彌心蕩，磬槌打破老僧頭。從前苦行一時休，萬個金剛降不住。」「看官聽說：世上有德行的高僧，坐懷不亂的少。古人有云：一個字是『僧』，二個字便是『和尚』，三個字是『鬼樂官』，四個字是個『色中餓鬼』。蘇東坡又云：不禿不毒，不毒不禿；轉毒轉禿，轉禿轉毒。此一篇議論，專說這為僧戒行。住著這高堂大廈、佛殿僧房，吃著那十方檀越錢糧，又不耕種，一日三餐，又無甚事縈心，只專在這色欲上留心。……」「色中餓鬼獸中狨，壞教貪淫玷祖風。此物只宜林下看，不堪引入畫堂中。」「淫婦燒靈志不平，和尚竊壁聽淫聲。果然佛道能消罪，亡者聞之亦慘魂。」

和尚是「色中餓鬼」，尼姑更是不守本分。第四十回針對吳月娘深信王姑子之舉，作者道：「看官聽說：但凡大人家，似這樣僧尼牙婆，絕不可抬舉。在深宮大院，相伴著婦女，俱以講天堂地獄、談經說典為由，背地裡說釜念款，送暖偷寒，甚麼事兒不幹出來？十個九個，都被他送上災厄。有詩為證：最有緇流不可言，深宮大院哄嬋娟。此輩若皆成佛道，西方依舊黑漫漫。」經常出入於吳月娘內室的薛姑子，「少年間曾嫁丈夫，在廣成寺前居住，賣蒸餅兒生理。不料生意淺薄，那薛姑子就有些不尷不尬，專一

與那寺裡的和尚行童調嘴弄舌，眉來眼去，說長說短，弄的那些和尚們的懷中個個是硬幫幫的。乘那丈夫出去了，茶前酒後，早與那和尚們刮上了四五六個。……以後丈夫得病死了，他因佛門情熱，這等就做了個姑子。專一在些士夫人家來往，包攬經懺，又有那些不長進要偷漢子的婦人，叫他牽引和尚進門，他就做個馬八六兒，多得錢鈔。」（第五十七回）第五十一回寫到，西門慶一進家門，見到薛姑子慌忙往李瓶兒屋裡走，就告訴吳月娘說，她「把陳參政家小姐，七月十五日吊在地藏庵兒裡，和一個小夥阮三偷姦，不想那阮三就死在女子身上。他知情，受了三兩銀子」。

僧尼是財色的化身，道士更加齷齪。碧霞宮的廟祝道士，「也不是個守本分的，……極是個貪財好色之輩，趨時攬事之徒。……原來他手下有兩個徒弟，一個叫郭守清，一個名郭守禮，皆十六歲，生的標緻。……到晚上，背地便拿他解饞填餡。明雖為師兄徒弟，實為師父大小老婆。……看官聽說：但凡人家好兒好女，切記休要送與寺觀中出家，為僧做道，女孩兒做女冠、姑子，都稱瞎男盜女娼，十個九個都著了道兒。有詩為證：琳宮梵剎事因何？道即天尊釋即佛。廣栽花草虛清意，待客迎賓假做作；美衣麗服裝徒弟，浪酒閑茶戲女娥：可惜人家嬌養子，送與師父作老婆」（第八十四回）。晏公廟的廟祝道士，「將常署里多餘錢糧，都令家下徒弟在馬頭上開設錢米鋪，賣將銀子來，積攢私囊。」其大徒弟金宗明「也不是個守本分的，年約三十餘歲，常在娼樓包占樂府，是個酒色之徒」（第九十三回）。總之，貪婪錢財、荒淫嗜色、欺詐行騙是僧尼道士的共同特點。作者如實地描寫出現實中神職人員的無恥行徑，無疑是對宗教的極大嘲弄。而這種厭佛惡道的描寫、貶佛斥道的文字，與小說整體框架所呈現出來的宗教意識恰恰是一種鮮明的二元對立。

## 三、商品意識與世俗道德觀管窺

評價任何一個歷史人物、任何一種歷史現象，往往存在著兩種不同的評判標準，即道德評判與歷史評判。所謂道德評判，是指對人物、事件的善惡審視；所謂歷史評判，是指對人物、事件在歷史發展過程中所起作用的審視。二者有時指向統一，有時則扞格相悖。

蘭陵笑笑生對商品經濟衝擊下出現的多元並存的社會意識的評價就陷入了尷尬的二難境地。他在理性上表現為一種道德眼光，運用宗法道德的標尺，去褒貶金錢肆虐下各個階層人物的言行舉止；但當他從藝術規律出發將筆觸伸向現實生活，對世俗男女的喜怒哀樂進行生動再現的時候，卻又表現為一種感性的、不由自主的歷史評判態勢。

在《金瓶梅》中，作者是把潘金蓮作為一個淫蕩敗家、寡廉鮮恥的天字第一號的壞

女人的形象來塑造的。從蘭陵笑笑生對其議論以及借她進行女色勸誡的角度來講，用的是一種徹頭徹尾的道德標尺；而那些描述她的出身、經歷、痛苦、不幸以及迷失自我的苦苦追求的筆墨，又確實在很大程度上引起讀者的深深同情與由衷憐憫，從中看出她反抗、追求的某種合理成分。這種二元對立現象相當普遍地存在於小說的人物塑造之中。而最為突出的，要數作品的第一主人公西門慶了。

從理性上來說，蘭陵笑笑生對西門慶之流的所作所為是深惡痛絕的。西門慶形象評價中的新興商人說也好，官僚、商人、惡霸三位一體說也好，都不可能撇開這個形象身上所固有的市井味、商賈味來立論。這個石破天驚、橫空而立於中國文學人物畫廊的人物，只能孕育在「務要委曲周全，勉為商人計」「凡能寬一分，使商人受一分之賜，莫不極力為之」[7]的明代中葉變「抑商」「賤商」為「重商」「恤商」的社會條件之下。明代中葉以降，整個社會的經商之風鋪天蓋地而來，不僅王公縉紳「多以貨殖為急」[8]，平民百姓也多「不置田畝，而居貨招商」[9]，千百年延續下來的人們「安於農田，無有他志」的生活和價值準則發生了前所未有的變化。何良俊《四友齋叢說》記載當時吳中的情況是：

> 昔日通末之人尚少，今去農而改業為工商者，三倍於前矣。昔日原無遊手之人，今去農而遊手趁食者，又十之二三矣。大抵以十分百姓言之，已六七分去農。[10]

張瀚《松窗夢語》記載當時安徽一帶的情況是：

> 自安、太至宣、徽，其民多仰機利，捨本逐末，唱棹轉轂，以游萬貨之所都，而握其奇贏，休、歙尤夥，故賈人幾遍天下。[11]

而商人意識形態的典型表徵，就是對財對利的趨之若鶩。蘭陵笑笑生不僅把西門慶寫成一個眾惡所歸的人物，而且一再地對他貪財嗜利的行徑進行譴責，還給他安排了縱欲暴亡、果報累累、財散人離、斷子絕孫的悲慘結局。小說第四十八回，作者借山東監察御

---

7　龐尚鵬《龐中丞摘稿》卷之一〈清理鹽法疏〉。見陳子龍等《明經世文編》卷三五七，北京：中華書局 1962 年影印，第 3846 頁。

8　黃省曾《吳風錄》，《叢書集成初編》，北京：中華書局 1991 年，第 4 頁。

9　蘇祐、楊循吉《嘉靖吳邑志》，《四庫全書存目叢書》「史部」第一八一冊，濟南：齊魯書社 1996 年影印，第 277 頁。

10　何良俊《四友齋叢說》卷十三，《明代筆記小說大觀》（二），上海：上海古籍出版社 2005 年，第 964 頁。

11　張瀚《松窗夢語》卷四〈商賈紀〉，北京：中華書局 1985 年，第 83 頁。

史曾孝序的參本，斥責西門慶：「本係市井棍徒，夤緣升職，濫冒武功，菽麥不知，一丁不識。縱妻妾嬉遊街巷，而帷薄為之不清；攜樂婦而酣飲市樓，官箴為之有玷。」第六十九回斥責他是個「富而多詐奸邪輩，壓善欺良酒色徒」。並且，作者讓吳月娘以道德的完善去拯救西門慶墮落的靈魂，挽回西門家族衰頹的命運。

在作者的理性觀念中，人欲橫流，人心不古，風俗澆薄，道德淪喪，根源正在於商人的興起，金錢的肆虐。而只有儒家綱常倫理這副「靈丹妙藥」才能挽狂瀾於既倒，才能消彌商品經濟發展所帶來的一切惡果。西門慶與僕婦通姦，作者斥責他「貪財不顧綱常壞，好色全忘義理虧」；潘金蓮與小廝苟合，作者詬罵她「不顧綱常貴賤」，「那分上下高低」。可見，綱常、貴賤、義理、名分等儒家道德觀念始終是蘭陵笑笑生衡定人物言行的重要砝碼。

然而，作者的感性描寫卻又衝破了這種理性評判的局囿，表現了商品經濟的強大生命力、商賈階層的橫行社會以及由此帶來的觀念形態的變革。西門慶這個擁有巨額金錢的商賈，雄心勃勃，野性十足，大有睥睨一切、傲視萬物的氣概。他憑恃手中的雄厚資金，玩弄官府、法律於股掌，懲治了自己想要懲治的任何一個人，甚至讓當朝右相、資政殿大學士兼禮部尚書李邦彥筆下的罪犯西門慶變為「賈慶」，表現出對封建政權的褻瀆不恭。他躋身官場以後，五品提刑官身上竟罩上二品以上官員才有資格穿著的青緞五彩飛魚蟒衣，甚至他的妻妾們也都明目張膽地穿著《大明律例》《大明會典》中嚴禁民婦穿著的大紅衣服。他公然對抗大明律令中明文規定的不允許官吏及其子弟納妓為妻妾的條款，一房一房地往家娶女人。他憑著毫不吝嗇的金錢饋贈與上千兩銀子的酒席盛筵，使得那些上上下下的封建官吏以結交西門慶為榮，出入於他的門庭，拜倒在他的腳下，並且給他的商業經營、牟利需要大開方便之門。總之，金錢的威力，商賈對封建等級秩序的僭越，對宗法傳統的悖逆，都在這些客觀描寫中得到了淋漓盡致的表現。正是這種客觀的描寫，使得《金瓶梅》成為一部研究中國商品經濟發展、資本主義經濟萌芽以及由此所帶來的意識形態的巨大變革的不可忽視的力作。

# 四、悖反成因臆解

德國心理學家施普蘭格爾在〈價值的等級〉中曾說過：「在兩種價值之間捨此取彼，這是一種簡單的心理行為。但是，一個人受到以往文化的影響，受到某一特定的集體道德觀念及一種獨特的、衝突性的情境的影響，那麼他所處的這種複雜的倫理情境和那種簡單的心理行為就相去甚遠了。」他並認為，「集體的準則在意識中所起的作用就是指

出最高、最關鍵的行為價值,其強度之大,是任何個人的準則和怪癖都不能抗衡的。」[12]
《金瓶梅》之所以會出現這種互不包容的二元價值指向,原因是極為複雜的。

　　首先,就中國封建城市市民本身的素質來說,作為 16 世紀的中國市民,其構成成分
在相當大的程度上是失去土地而流入城市的農民,他們孕育並催生於新舊經濟因素並
存、意識形態多元紛呈、舊的雖正走向衰亡但還具有強大勢力、新的雖已誕生且生命力
旺盛但還處於絕對劣勢這種特定的時代。在這個構成成分極為複雜的群體中,失去土地
而流入城市的農民占有相當大的比例,他們不可能割斷與封建土地制度、與之脫胎而來
的封建社會的千絲萬縷的聯繫。雖然在思想意識方面他們與封建社會傳統的意識形態格
格不入,但他們從沒形成過屬於自己階級的獨立意識,而擺脫對封建社會的依附;他們
雖然有發展自身經濟的要求,但卻沒有西歐中產階級那樣共同的經濟利益和政治野心,
始終受制於強大的封建政權。濃重的時代和歷史的心理積澱,使他們面對突如其來的社
會變革無所措手足。一方面,時代的變革促使他們摒棄安常守故的生活準則,衝破宗法
傳統社會的宗教觀念、道德觀念而去追財逐利、放縱自我;另一方面,傳統的小農意識和
封建的倫理綱常、宗法觀念又是他們觀察思考問題時不可能超越的怪圈,他們也不可甩
掉這條因襲的尾巴。新舊觀念時常在他們的心靈深處發生衝突與融匯的雙向運動,「利」
的追逐與「義」的羈絆、「欲」的滿足與「理」的枷鎖在他們的靈魂深處還時常發生著
激烈的衝撞。他們既吮吸著新思想的滋養,又因襲著宗法傳統的重負;既有著伸張自我
的要求,又無時無刻不受著潛意識中宗法傳統觀念的制約。作為市民文學的典型載體,
《金瓶梅》正反映了這種歷史的真實。如《金瓶梅》中西門慶這個市井味極濃的人物,一
方面根據自我的價值準則貪婪地追逐財色,橫行無忌;但另一方面,他卻對敬神祀鬼、
禮道崇佛、算命卜卦表現出很大程度的熱衷,這包括他對宗教神職人員的禮待,對法事
細節的講究,慷慨捐助道觀寺廟以消弭罪愆,將兒子寄名道觀以保平安等等。

　　其次,就中國封建知識分子的屬性來說,他們任何時候也沒有擺脫過對封建統治階
級和宗法政權的依賴,擺脫不了已化為骨髓血液的宗法文化積澱的制約。他們有的儘管
暫時成了統治者的棄兒,落拓於市井閭里,但他們潛意識中的宗法觀念、衛道基因卻一
直在相當程度上主宰著他們的言行。從唐詩雙峰李、杜,宋詞巨擘蘇、辛,到元曲宗匠
關、馬、王、鄭,以及明清說部諸大家,其人其作都存在著深刻而普遍的矛盾性。可以
說,鮮活的「棄兒」社會激發了作家的創作靈感,促使他們站在市井的角度去全方位描
寫「棄兒」社會的生活、意念、理想、追求,表現這個社會人們的痛苦、遭遇、不幸與
抗爭,並在這種描寫中宣洩胸中的不平與塊壘;但正統儒家思想已化為一種情結存在於

---

12　《人的潛能與價值》,北京:華夏出版社 1987 年,第 16 頁、第 34 頁。

他們的思想深處，興觀群怨、文以載道的詩教與創作觀的制約又要求他們必須對自己的故事和人物作出理性的判斷。既然「六經、《語》《孟》，譚者紛如，歸於令人為忠臣，為孝子，為賢牧，為良好，為義夫，為節婦，為樹德之士，為積善之家」，作為輔助政教的文學創作在內容上就應該「不害於風化，不謬於聖賢，不戾於《詩》《書》、經史」[13]，達到讓「怯者勇，淫者貞，薄者敦，頑鈍者汗下」[14]的目的。於是，「誥誡連篇」[15]、新舊觀念混雜的小說大量出現。勸喻世人、警戒世人、喚醒世人的馮夢龍，「意存勸戒，不為風雅罪人」的凌濛初，塑造小說人物「以為世型」的陸人龍等所編撰、創作的三言二拍一型就代表了這種創作傾向。

就《金瓶梅》這部小說來說，蘭陵笑笑生一方面看到人欲張揚對衝破理學禁錮的積極意義，於是他便從市民意識出發，肯定人的自然本質，去表現女性對自身幸福的希冀與追求，商人對金錢財富的索取以及睥睨封建權威的勃勃雄心；另一方面，他又看到了人欲的放縱危害到了這個社會根基的穩固，極端個人主義與享樂主義的氾濫給社會帶來了極大的負面效應，產生了一系列難以解決的社會問題，於是他就又操起了儒家倫理這把標尺，站在衛道的立場上，對他筆下的人物進行道德的衡定及倫理的褒貶。他一方面詛咒現實中神職人員的齷齪行徑，另一方面又對宗教的勸善本意和撫慰苦難人生的精神抱有深深的敬意。肯定中有否定，否定中有肯定，市民意識與宗法觀念在他頭腦中不斷交戰，彼此消長，這便使得他在觀察問題時陷入了一種雙重價值的二難境地。

再次，就時代的因素來說，明中葉社會的意識形態是紛繁複雜的。用宗法倫理觀念、等級觀念、尊卑觀念等去規範、整合人們的靈魂，是歷代封建王朝一以承之的統治措施；用宗教的鴉片麻醉人們的意志，也為歷代統治者所慣用。在明代，被朱氏王朝高度推崇的程朱理學，甚至連作為社會個體的人的生物存在都不予承認，排斥和扼殺人的一切欲望，宗法道德對人性異化的程度達到了無以復加的地步。這種觀念整塑著人的靈魂，規範著人的理性世界。蘭陵笑笑生生活於是時，他因襲著宗法傳統文化的重負，當然會由此出發來評價小說中的人物和事件。

然而，明中葉又是一個多元文化並存、競爭的時代。在意識形態領域，隨著新的經濟因素的產生、新的社會力量的崛起而萌發的迥別於宗法意識形態的反叛狂潮，已滲透到社會的各個領域、各個階層，有著千姿百態的表現形式。以李卓吾為代表的思想家們

---

13　無礙居士〈警世通言敘〉，馮夢龍：《警世通言》（附錄二），南京：江蘇古籍出版社 1991 年，第 663 頁。

14　綠天館主人〈古今小說敘〉，見馮夢龍《古今小說》卷首，上海：上海古籍出版社 1992 年。

15　魯迅《中國小說史略》第二十一篇〈明之擬市人小說及後來選本〉，上海：上海古籍出版社 1998 年，第 143 頁。

對程朱理學的揭露，對利與欲的大肆鼓吹，在當時具有推波助瀾的作用。這種以縱欲為基本特徵的社會情緒，對每一個社會現實中的個體都有著莫大的震撼力。傳統的價值體系的穩固的根基動搖了，而建立新的合理的道德規範的土壤尚未形成，於是世俗社會陷入了無所適從的極度迷惘與困惑之中。在這種困惑與迷惘中，人們以自我為中心，去掙脫理性人格的枷鎖；立足於個體的自然本性，去轟毀理學這條異化人性的鎖鏈。蘭陵笑笑生體察到了這種世俗觀念的變遷，當他以忠實生活的創作態度去描寫他身邊的紛紜世界時，勢必會在某種程度上突破自己觀念中根深蒂固的信條，真實地反映出這種「衝突性」的「倫理情境」。作者對傳統觀念理性上的認同，決定了《金瓶梅》具有了警飭世俗的品格，沒有使其成為像《隋煬帝豔史》《肉蒲團》之類寓意不足、淫濫有餘之作；而真實的感性描寫對理性的超越，才使得作品沒有按照理性觀念去圖解生活，沒有成為作者思想的傳聲筒及宗教的、道德的教科書，才使得作品具有了同時代小說無可比擬的客觀意義與社會價值。

　　總之，作者理性與感性的分裂，使《金瓶梅》在觀念形態上呈現出駁雜的色彩。市俗文化與傳統文化、市民道德與宗法道德的衝撞與交融，孕育出了這部傑出的具有二元文化載體的偉大小說。

# 試論《金瓶梅》對頌「情」傳統的顛覆

　　中華民族是一個重視倫常的民族，君臣、父子、夫婦、兄弟、朋友五種人倫關係被稱為「五倫」。《孟子‧滕文公章句上》曰：「使契為司徒，教以人倫：父子有親，君臣有義，夫婦有別，長幼有序，朋友有信。」[1]在傳統文化觀念中，「五倫」關係是人們必須遵從的行為規範，也是處理人與人之間關係的基本準則。五倫中包括了親情、友情和愛情這些根植於人性深處的人類最基本的情感。

　　「情」是維繫人與人之間諸種關係、保證人類社會有序發展的基本元素，也是古今中外文學作品表現的永恆主題。可以說，中國文學的發展史簡直就是一部頌情的歷史。從這部歷史中，處處可以看到親情之醇、友情之誠、愛情之真。那些流芳百代的騷人墨客，大都因為在其作品中成功地描寫、歌頌了「生者可以死，死可以生」的人間真情，才成就了自己在文學史上的不朽地位。

　　「情」之為物，包容豐厚，但親情、友情、愛情則是其最基本的內涵。它們之所以被歷代文人熱情歌頌，就在於它能給人間帶來無盡溫暖。然而，世情小說《金瓶梅》卻反其道而行之，對這種頌「情」傳統給予了徹底的顛覆。在作品中，人間真情蕩然無存，取而代之的是「親情」之薄、「友情」之偽、「愛情」之假。透過這些描寫，我們更加深刻地體味到了晚明社會的人情冷暖、世態炎涼。這種情況的出現，是當時社會現實的反映，有著複雜的社會文化背景，同時也從一個側面對作品的創作意圖給予了詮釋。

## 一、「親情」之薄

　　親情即具有血緣關係的親人之間的真摯感情，包括父母子女、兄弟姐妹、叔侄姑嫂等等。親情是最能使人感到溫暖的一種情感，自古以來歌頌親情的作品數不勝數。杜甫「戍鼓斷人行，邊秋一雁聲。露從今夜白，月是故鄉明。有弟皆分散，無家問死生。寄書長不達，況乃未休兵」[2]；白居易「邯鄲驛里逢冬至，抱膝燈前影伴身。想得家中夜深坐，

---

1　　《孟子‧滕文公章句上》。見楊伯峻《孟子譯注》，北京：中華書局 2005 年，第 125 頁。
2　　杜甫〈月夜憶舍弟〉，《全唐詩》，北京：中華書局 1979 年，第 2419 頁。

還應說著遠行人」[3]；孟郊「慈母手中線，遊子身上衣。臨行密密縫，意恐遲遲歸。誰言寸草心，報得三春暉」[4]；周密「夜深歸客倚筇行，冷磷依螢聚土塍。村店月昏泥徑滑，竹窗斜漏補衣燈」[5]，尤其是蘇軾〈水調歌頭・明月幾時有〉中「但願人長久，千里共嬋娟」的意蘊，已經成為千百年來表達親情的一種經典。這些作品千百年來為人們吟唱不絕，正在於其對人間親情的由衷歌頌，表達了人類與生俱來的血緣親情。

然而，我們在第一部以婚姻家庭生活為題材的長篇小說《金瓶梅》中，體會到的卻是所謂的「親情」的冷漠與疏離。

父母子女之間的親情，是血緣關係中最為親近的情感。父慈子孝，「百善孝為先」，強調的就是父輩對子女的慈愛及子女對生育自己的父母的孝敬。但《金瓶梅》中所表現的父子母女親情卻完全變了味。

潘金蓮是作品著墨最多的人物之一。她九歲就被母親賣到王招宣府「習學彈唱」[6]，後來被轉賣到張大戶家，又嫁給武大郎，最後被娶進西門慶家做了第五房小妾。這樣一個「知書識字」的女人，對其辛苦養育自己的早寡的母親卻毫無情意。她嫉妒李瓶兒，明知其子官哥兒膽子小，便故意折磨秋菊，驚嚇官哥兒；母親好心相勸，她卻「把手只一推，險些兒不把潘姥姥推一交」，還罵「怪老貨」，氣得潘姥姥「嗚嗚咽咽哭起來了」（第五十八回）。母親來給她過生日，沒有轎子錢，她卻不肯給，最後還是孟玉樓出了一錢銀子打發了轎夫。潘姥姥曾對著迎春、如意等誇讚李瓶兒是「有仁義的姐姐，熱心腸兒」，反倒說自己的親生女兒「沒人心，沒人義」（第七十八回），連小廝玳安都說她「一個親娘也不認的」。在潘金蓮這裡，沒有母女連心的親近和承歡膝下的和樂，只有對母親的不敬和冷淡疏離。

韓愛姐是書中守晚節的貞女，受到作者的褒獎。小說第三十回，寫「年也將近四十，常有疾病」的翟管家委託西門慶替他尋一個「不拘十五六上下」的「好人家女子」做妾，媒婆馮媽媽相中了韓道國的女兒韓愛姐。韓道國夫婦得知後沒有絲毫憂戚，反而認為「孩兒是有造化的」，高高興興地把女兒打發出去了，圖的就是翟管家是京城蔡太師府的人，有權有勢。至於女兒嫁過去之後的命運，他們則根本不會考慮。正如《紅樓夢》第四十六回鴛鴦說的一樣：「……成日家羨慕人家的丫頭作了小老婆，一家子都仗著他橫行霸道的，一家子都成了小老婆了！……若得臉呢，你們外頭橫行霸道，自己就封了自己是

---

3　白居易〈邯鄲冬至夜思家〉，《全唐詩》，北京：中華書局 1979 年，第 4834 頁。

4　孟郊〈遊子吟〉，《全唐詩》，北京：中華書局 1979 年，第 4179 頁。

5　周密〈夜歸〉，《錢鍾書集・宋詩選注》，北京：生活・讀書・新知三聯書店 2002 年，第 453 頁。

6　蘭陵笑笑生《金瓶梅詞話》，北京：人民文學出版社 1985 年，第 10 頁。

舅爺；我若不得臉，敗了時，你們把忘八脖子一縮，生死由我去。」[7]後來蔡京事敗，牽連翟管家，韓愛姐果然無所歸依，與母親王六兒一道做了暗娼。如果她沒有被一心想攀附權貴的父母送去給人做小老婆，而是嫁進平常人家，也許就不會有這樣的不幸遭遇了。

武松是作品中最受人尊敬的英雄，然而這樣一個被作者褒揚的好漢，在緊要關頭卻也是置親情於不顧。他為兄報仇固然無可厚非，第一次殺西門慶不成，誤殺李皂隸，被發配之即，將家活多變賣了打發公差，卻將親侄女迎兒託付給左鄰姚二郎。後來遇赦歸來終於得手，在迎兒面前將潘金蓮剖腹剜心，嚇得迎兒只顧「掩了臉」。而當他殺了潘金蓮和王婆之後，又將迎兒「倒扣在屋裡」，說「孩兒，我顧不得你了」，將親侄女丟在血淋淋的凶案現場，自己收拾金銀逃上梁山去了。

在《金瓶梅》裡，不論是曾為主子的潘金蓮，還是樂於為奴的韓道國，亦或英雄好漢武二郎，對待親人竟無一例外地那麼冷漠疏離。在他們身上，體會不到親人之間應有的毫無雜質的相親相愛的骨肉之情，而是只考慮一己而不顧其他的冰冷與麻木。

## 二、「友情」之偽

友情也是人們生活中頗為重要且極為普遍的情感。鮑叔牙舉薦管仲、伯牙摔琴謝知音的故事被傳為千古美談，而文人之間表達友情的酬唱應和之作也是舉不勝舉。僅就唐詩而言，詩仙李白的〈贈汪倫〉〈沙丘城下寄杜甫〉，詩聖杜甫的〈天末懷李白〉〈春日憶李白〉，王維的〈送元二使安西〉，高適的〈別董大〉，李叔同的〈送別〉等等，都是流傳千古的名篇。其中詩人王勃的〈送杜少府之任蜀州〉，以「海內存知己，天涯若比鄰」的恢宏氣魄，歌頌了友情的真摯美好和崇高偉大，從而成為千古傳誦的歌頌友情的經典。

但在《金瓶梅》中，我們體味到的卻是所謂的「友情」的徹骨的悲涼。

作為《金瓶梅》的第一主人公，西門慶出於不同的目的與需要，結交了各色朋友。然而從這些他認為的朋友裡，他又收穫了什麼樣的「友情」呢？

應伯爵，這是全書頭一號幫閒人物，也是西門慶最為倚賴和信任的哥兒們，曾被西門慶的小廝玳安稱為西門慶「肚裡蛔蟲」。他曾經攛掇西門慶梳籠李桂姐以滿足其淫欲，在妓院絆住花子虛使西門慶勾引李瓶兒得手，幫助西門慶尋找西席，常在西門慶那裡逗樂為其開心，等等。表面上看，他處處替西門慶著想。然而，他的幫閒另有圖謀。如第三十三回中，他表面上替西門慶以低價買絲線，暗地裡卻與賣主勾結，吞沒了西門慶三

---

7　曹雪芹《紅樓夢》，北京：中華書局 1998 年，第 620 頁。

十兩銀子。韓道國妻子與小叔韓二有染，被街坊車淡等送去見官。應伯爵一面找到西門慶讓他幫韓家脫罪，一面卻又得到車淡等家的好處，替他們說人情。他打著西門慶的招牌，自己兩面落好，兩面收錢，而西門慶卻自始至終都被蒙在鼓裡。西門慶縱欲而亡後，應伯爵想的不是如何幫遺孀料理喪事，而是先與其他幫閒兄弟們算了一筆賬，考慮的是去祭奠時奠儀能換回多少東西，將西門慶平日對他們的照顧拋到九霄雲外。應伯爵後來還說動張二官娶盜財歸院的李嬌兒為二房，謀取西門慶的買賣，頂西門慶的官缺，圖謀潘金蓮，並把「西門慶家中大小之事，盡告訴於他」，如當日奉承西門慶一樣趨奉新的主子。

通觀全書，西門慶所結交的所謂兄弟朋友都是應伯爵之類見利忘義、見風使舵的小人。他們之間沒有彼此信賴的友情，只有相互利用，以及面對利益時的落井下石和無情背叛。

男人中沒有管鮑一般的友情，女性裡也鮮有真實純潔的友誼。同為再醮的、月娘口中「漢子孝服未滿就浪著嫁人」的寡婦，孟玉樓和潘金蓮命運頗為相似。在西門府中，與潘金蓮關係最好的女性除了春梅就說得上是孟玉樓了。可是，孟玉樓常常利用潘金蓮來達到自己的目的。她處處拿金蓮當槍使，自己反倒置身事外。是她對金蓮描述了宋惠蓮的逞強霸道，使潘金蓮產生危機感；而當潘金蓮動怒後，她卻說：「我是小膽兒，不敢惹他，看你有本事和他纏。」她挑撥潘金蓮，說吳月娘罵她是「九尾狐狸精出世」，又說「我聽見有個話不對你說，休要使出來」。她一面用激將法激金蓮，一面又撇清自己，坐山觀虎鬥。儘管她很多時候也似乎為潘金蓮考慮，但那並非出於對金蓮的關愛，而是因為作為同盟，如果潘金蓮敗得很慘，對自己有害無益。從這個角度說，她們之間看似珠聯璧合，但利害關係始終是其主宰。

# 三、「愛情」之假

愛情、婚姻制度是人類文明的重要文化形態之一，不同時代不同民族不同地域的愛情、婚姻形式反映著特定社會特定時代的社會性質，蘊含著不同時代的文化內質。

黑格爾說：「愛情確實有一種高尚的品質，因此它不只停留在性欲上，而是顯出一種本身豐富的高尚優美的心靈，要求以生動活潑、勇敢和犧牲的精神和另一個人達到統一。」[8]勞倫斯在《查泰萊夫人的情人·序》中說：「如果精神與肉體不能諧和，如果他們沒有自然的平衡和自然的相互尊敬，生命是難堪的。」作為人類社會最為崇高美好情

---

8　　黑格爾《美學》第二卷，北京：商務印書館 1982 年，第 332 頁。

感之一的愛情,受到古往今來無數騷人墨客的熱情禮讚。就中國古代文學來說,對愛情的禮讚可以追溯到中國詩歌的源頭《詩經》。「關關雎鳩,在河之洲。窈窕淑女,君子好逑」,已經成為婦孺皆知的愛情名篇。作為中國抒情文學的濫觴,《詩經》的編撰者將〈關雎〉冠於三百篇之首,就可以看出人們對美好愛情的禮讚和訴求。漢樂府〈上邪〉,六朝民歌〈子夜歌〉,李商隱的〈無題·相見時難別亦難〉,無名氏的〈菩薩蠻·枕前發盡千般願〉,歐陽修的〈踏莎行·候館梅殘〉,柳永的〈雨霖鈴·寒蟬淒切〉,蘇軾的〈江城子·十年生死兩茫茫〉,秦觀的〈鵲橋仙·纖雲弄巧〉,李清照的〈醉花陰·薄霧濃雲〉等等,都是人們耳熟能詳的佳篇。而湯顯祖的《牡丹亭》,則以其描寫與歌頌「情不知所起,一往而深。生者可以死,死可以生」的人間至情,在承繼此前文壇歌詠愛情主題的基礎上,將明代愛情文學推向了極致。

但是,同樣誕生於明代中葉的《金瓶梅》,卻反其道而行之,通過大量的故事表現了愛情之偽。在這裡,「愛情」這個神聖的詞彙,遭到的徹底的嘲弄與褻瀆。

西門慶擁有一妻五妾,作為正房的吳月娘常年守活寡,這就註定她難對西門慶有真情。因為一個女人,無論如何也忍受不了自己所愛的男人左一個右一個往家娶妾並長年累月逛窯子包妓女的。吳月娘勸告不成,就無奈地用聽姑子宣經來麻痺自己打發時間。所以,當西門慶臨死哀告要她「姊妹們好好待著,一處居住,休要失散了」並「耽待」潘金蓮時,她並未應允。西門慶一斷氣,她立馬打發盜財的李嬌兒回妓院;將潘金蓮掃地出門,讓王婆變賣;拒絕領回與來旺私奔的孫雪娥;致使李嬌兒嫁給了張二官,潘金蓮被武松剖腹剜心,孫雪娥最終淪為娼妓並自盡。西門慶屍骨未寒,月娘就將西門慶的遺言忘得一乾二淨,很難使我們相信她對西門慶有什麼深厚的感情。

至於其他妾室,和西門慶就更難說有深情了。李嬌兒本是妓女,西門慶一死立馬「盜財歸院」。孫雪娥在西門慶活著時就與來旺私通,西門慶一死,就趁機與來旺私奔。孟玉樓在西門慶生前本來就受到冷落,所以後來當李衙內托媒人要娶她時,她借盤問媒婆之機將自己對西門慶的不滿一古腦地倒了出來:「……原娶過妻小沒有?房中有人也無?……從實說來,休要搗謊。」「……奴也吃人哄怕了。」李瓶兒對西門慶之所以死心塌地,起因無非是因為西門慶「就如醫奴的藥一般」,給了她從梁中書、花子虛、蔣竹山那裡得不到的性欲方面的滿足,至於感情上的契合與人格上的尊重,根本就沾不上邊。潘金蓮對西門慶更難說有真情,因為當西門慶在青樓流連多日時,她暗通小廝;西門慶死後,她偷陳經濟;被王婆領回家,她私通王潮;武松假說要娶她,她還想「這段姻緣,還落在他家手裡」,最終慘死在武松手裡。

至於和西門慶有性關係的其他女性,更談不上彼此之間有真情存在。這些女性包括丫鬟春梅、迎春、繡春、蘭香,家人媳婦宋惠蓮、惠元、王六兒、賁四嫂,奶媽如意兒,

貴婦林太太，妓女李桂姐、吳銀兒、鄭愛月等等。這些人，或貪求西門慶的錢財，或追求西門慶帶來的生理滿足，或兼而有之。她們付出自己的人格和身體，換取金錢等方面的滿足。在這種交換中，西門慶得到的只是她們的身體，她們得到的是西門慶的錢財，彼此之間永遠不存在精神與肉體和諧的真情。

# 四、《金瓶梅》顛覆頌情傳統的歷史文化淵源

普列漢諾夫曾說過：「任何文學作品都是它的時代的表現，它的內容和它的形式是由這個時代的趣味、習慣、憧憬決定的。」[9]十九世紀中期，法國著名文論家、史學家丹納說：「要瞭解一件藝術品，一個藝術家，一群藝術家，必須正確地設想他們所屬的時代的精神和風俗概況。這是藝術品最後的解釋，也是決定一切的基本原因。這一點已經由經驗證實；只要翻一下藝術史上各個重要的時代，就可以看到某種藝術是和某些時代精神與風俗情況同時出現，同時消滅的。」[10]從藝術反映生活的一般原理出發，《金瓶梅》對中國文學頌「情」傳統的顛覆，必然有其歷史的、社會的、文化的淵源。

《金瓶梅》托宋喻明，儘管其成書的具體時間尚無定讞，但它產生於晚明則為學術界的共識。而中國的晚明社會，是一個天理與人欲激烈碰撞、倡情與肆欲混通交融的特殊時代。

儒家先哲們對人的道德完善的強調本身並無什麼可以指責之處，但卻不該將人的自然欲望、物質生活欲望與其對立起來，將其看做妨礙人的道德完善的大敵。孔子所謂「君子喻於義，小人喻於利」[11]，「君子謀道不謀食」[12]，孟子談「養心莫善於寡欲」[13]，董仲舒提出「正其誼不謀其利，明其道不謀其功」[14]，到宋代程朱那裡則提出「存天理，滅人欲」，對人的正當欲望的扼殺達到登峰造極的地步。然而，物極必反的事物運動的邏輯規律，明中葉以後各種社會矛盾的尖銳激化，王陽明「心學」思潮的湧動，以李卓吾為代表的王學左派對人本位的大力倡導，李贄對人的「自然之性」的鼓吹，對「人欲」的張揚，直接啟迪了思想界、文藝界聲勢浩大的「尊情」「至情」思潮的勃興和蔓延。

在明代中葉的思想界，對「情」禮讚成為一種時尚潮流；「情」，成了那些進步思

9　普列漢諾夫《論西歐文學》，北京：人民出版社 1957 年，第 121 頁。

10　丹納《藝術哲學》，合肥：安徽文藝出版社 1998 年，第 46-47 頁。

11　《論語·里仁》。見楊伯峻《論語譯注》，北京：中華書局 1980 年，第 39 頁。

12　《論語·衛靈公》。見楊伯峻《論語譯注》，北京：中華書局 1980 年，第 168 頁。

13　《孟子·盡心章句下》。見楊伯峻《孟子譯注》，北京：中華書局 2005 年，第 339 頁。

14　班固《漢書》卷五十六〈董仲舒傳〉，北京：中華書局 2007 年，第 570 頁。

想家們投向扼殺人性的程朱理學的鋒利匕首。馮夢龍說:「天地若無情,不生一切物;一切物無情,不能環相生。」[15]「萬物生於情,死於情。」「人而無情,雖曰生人,吾直謂之死矣。」[16]萬曆時文學家袁黃說:「情深者為聖人,能用情者為賢人,有情而不及情者為庸人。」[17]湯顯祖說:「情不知所起,一往而深,生者可以死,死可以生。」[18]袁宏道云:「情至之語,自能感人。」[19]「余性疏脫,不耐羈鎖。」[20]「性之所安,殆不可強,率性而行,是謂真人。」[21]李贄曰:「蓋聲色之來,發於情性,由乎自然,是可以牽合矯強而致乎?……惟矯強乃失之,故以自然之為美耳,又非於情性之外復有所謂自然而然也。」[22]自謂「其心狂癡,其行率易」[23]。「不必矯情,不必逆性,不必昧心,不必抑志,直心而動」,提出創作要「言出至情」[24]。徐渭自稱「疏縱不為儒縛」[25],強調文必「出於己之所自得」[26]。焦竑主張文章應「脫棄陳骸,自標靈采」[27]。曲論家張琦說:「情之為物也,役耳目,易神理,忘晦明,廢饑寒,窮九州,越八荒,穿金石,動天地,率百物,生可以生,死可以死,死可以生,生可以死,死又可以不死,生又可以忘生,遠遠近近,悠悠漾漾,杳弗知其所之。」[28]從創作的實踐看,三袁的詩歌,李贄的雜文,張岱的小品,湯顯祖的尺牘,徐霞客的遊記等等,無不是真情的自然流露。

---

15  馮夢龍《情史‧龍子猶序》,《馮夢龍全集》,南京:鳳凰出版社 2007 年,第七冊第 1 頁。

16  馮夢龍《情史‧情通類‧相思石》,《馮夢龍全集》,南京:鳳凰出版社 2007 年,第七冊第 932 頁。

17  袁黃〈情理論〉,見《文淵閣四庫全書補遺》卷九十七,北京:北京圖書館出版社 2005 年,第 726 頁。

18  湯顯祖〈湯顯祖集‧牡丹亭記題詞〉,《湯顯祖集》,上海:上海人民出版社 1973 年,第 1093 頁。

19  袁宏道《錦帆集‧序小修詩》,《袁宏道集箋校》,上海:上海古籍出版社 1981 年,第 188 頁。

20  袁宏道《解脫集‧游惠山記》,《袁宏道集箋校》,上海:上海古籍出版社 1981 年,第 419 頁。

21  袁宏道〈識張幼于箴銘後〉,《袁宏道集箋校》,上海:上海古籍出版社 1981 年,第 193 頁。

22  李贄《焚書‧讀律膚說》,《李贄文集》第二卷,北京:社會科學文獻出版社 2000 年,第 23 頁。

23  李贄《焚書‧自贊》,《李贄文集》第二卷,北京:社會科學文獻出版社 2000 年,第 121 頁。

24  李贄《焚書‧讀若無母寄書》,《李贄文集》第二卷,北京:社會科學文獻出版社 2000 年,第 132 頁。

25  徐渭〈自為墓誌銘〉,《徐文長三集》卷二十六,《徐渭集》第二冊,北京:中華書局 1983 年,第 639 頁。

26  徐渭〈葉子肅詩序〉,《徐文長三集》卷十九,《徐渭集》第二冊,北京:中華書局 1983 年,第 520 頁。

27  焦竑〈與友人論文〉,《澹園集》卷十二,北京:中華書局 1999 年,第 93 頁。

28  張琦《衡曲麈譚‧情癡寱言》,《中國古典戲曲論著集成》(四),北京:中國戲劇出版社 1959 年,第 273 頁。

　　然而，思想家及文學家們所宣揚的「情」是一個極為寬泛的概念。情、欲、色等本來就難以從本質上嚴格加以區分，在現實生活及文學創作中自然很難將它們做出非此即彼的明確的界定。就明代文學的整體情況來看，出現了大量反映市民階層好色好貨、縱欲享樂的作品，如《翠鄉夢》《僧尼共犯》等戲曲，「三言」「二拍」、《如意君傳》《繡榻野史》《浪史》《癡婆子傳》等情色小說。因此，晚明為文人們大力鼓吹的「情」，既有衝破理學桎梏、解放人性的積極作用，又有引導世俗唯我是尚、滑向縱欲泥潭的負面因子。

　　明代中葉，城市工商業飛速發展，發達的商品經濟首先刺激了統治階級的貪欲。張瀚在《松窗夢語》卷四〈百工記〉中記載了京師的侈靡風氣：「自古帝王都會易於侈靡，燕自勝國及我朝皆建都焉，沿習既深，漸染成俗，故今侈靡特甚。余嘗數游燕中，睹百貨充溢，寶藏豐盈，服御鮮華，器用精巧，宮室壯麗，……且京師者四方之所觀赴，天子者又京師之所視效也。九重貴壯麗則下趨營建，尚方侈服御則下趨組繪，法宮珍奇異則下趨雕刻，上有好者，下必甚焉。」[29]統治階級的好尚對下層社會產生了直接影響。所謂「楚王好細腰，宮中多餓死」，整個晚明社會彌漫著尚奢競豪的侈靡風氣。貪圖享樂，醉生夢死，成為世人追逐的主要生活方式。

　　正德至嘉靖初，風俗大變，「土田不重，操資交捷，起落不常」；到了嘉靖末至隆慶間，「末富居多，本富盡少」；萬曆時，則是「金令司天，錢神卓地，貪婪罔極，骨肉相殘」[30]。《博平縣誌》載：

> 由嘉靖中葉以抵於今，流風愈趨愈下，慣習驕奢，互尚荒佚，以歡宴放飲為豁達，以珍味顏色為盛禮。其流至於市井販鬻廝隸走卒，亦多纓帽緗鞋，紗裙細褲，酒爐茶肆，異調新聲，汩汩浸淫，靡焉勿振。[31]

范濂云：

> 風俗自淳而趨於薄也，猶江河之走下而不可返也，自古慨之矣。吳松素稱奢淫點傲之俗，已無還淳挽樸之機。兼以嘉、隆以來，豪門貴室，導奢導淫，博帶儒冠，長奸長傲。日有奇聞疊出，歲有新事百端。牧豎村翁，競為碩鼠；田姑野媼，悉

---

29　張瀚〈百工記〉，《松窗夢語》，上海：上海古籍出版社 1986 年，第 68 頁。

30　顧炎武《天下郡國利病書》卷三十二，北京：商務印書館《四部叢刊》三編影印本。

31　《博平縣誌》卷五〈人道·民風解〉。《中國地方誌集成·山東府縣誌輯 86》，南京：鳳凰出版社 2004 年，第 503 頁。

　　戀妖狐，倫教蕩然，綱常已矣。[32]

　　在這種風氣的薰染下，整個社會彌漫著拜金的狂潮。任何東西都可以用金錢買到，依權勢換得。所以，《金瓶梅》中的西門慶操縱著黃金白銀，依仗自己行賄得來的權勢，得到了看似愛他的女人，享受到了兄弟朋友的趨奉，甚至買來了招宣府之子的「義子之情」。正如他自己所說，只要有錢，就可以強姦嫦娥，和姦織女，拐許飛瓊，盜西王母女兒（第五十七回），遑論得到人間的一切？！親情愛情友情就這樣遭到了孔方兄的徹底嘲弄與褻瀆。《金瓶梅》所描寫的，就是這種親情、愛情、友情遭到玷污與褻瀆的真實的社會現狀。

　　由對情的張揚而導致了人欲的氾濫，恐怕也是晚明思想家們始料未及的。因此，面對道德淪喪、縱欲成風的現實，他們明確地意識到了以理節欲的必要。如袁黃曾說：「人生而有情，相與為盱睢也，相與為煦煦洽比也，而極其趣，調其宜，則理出焉。」[33]袁宏道強調「理在情內」[34]，李卓吾稱：「蓋聲色之來，發乎情性，由乎自然，是可以率合矯強而致乎？故自然發於情性，則自然止乎禮義，非情性之外復有禮義可止也。」[35]這些論述，似乎都意識到了情與理某種程度的聯繫，以及調和二者矛盾的意圖。因為片面強調「理」或一味放縱「情」，都會給社會和人生帶來災難。

　　正因為如此，在創作領域，以馮夢龍、袁宏道、徐渭、湯顯祖等為代表的文人才通過自己的如椽巨筆，描寫、歌頌人間真情至情，通過生動的故事來宣揚情的合理舒展，企圖以此喚回湮沒、消弭於縱欲狂潮中的人間真情。

　　如果說以上作家是從正面歌頌真情來矯正世風的話，蘭陵笑笑生則是從反面來昭示人間真情的珍貴，呼喚人間的真情，通過小說中踐踏褻瀆情的故事及人物結局，勸誡現實中那些只知肆欲而不知真情為何物的西門慶、潘金蓮們，從而實現作品勸誡的主旨[36]。對此，刊於《金瓶梅詞話》卷首的欣欣子〈金瓶梅序〉說得很明白：「竊謂蘭陵笑笑生作《金瓶梅傳》，寄意於時俗，蓋有謂也。……吾友笑笑生為此，爰罄平生所蘊者，著斯傳，凡一百回。其中語句新奇，膾炙人口，無非明人倫，戒淫奔，分淑慝，化善惡，知盛衰消長之機，取報應輪回之事，如在目前」，認為《金瓶梅》「關係世道風化，懲

---

32　范濂《雲間據目抄》卷二，民國戊辰五月奉賢褚氏重刻本。
33　袁黃〈情理論〉，見《文淵閣四庫全書補遺》卷九十七，北京：北京圖書館出版社 2005 年，第 723 頁。
34　袁宏道《瀟碧堂集·德山塵譚並引》，《袁宏道集箋校》卷四十四，上海：上海古籍出版社 1981 年，第 1290 頁。
35　李贄《焚書·自贊》，《李贄文集》第二卷，北京：社會科學文獻出版社 2000 年，第 121 頁。
36　參見本書〈《金瓶梅》創作主旨新探〉。

戒善惡，滌濾洗心，無不小補」。廿公也指出作品的勸誡用意，在〈金瓶梅跋〉中指出它「蓋有所刺」，「今後流行此書，功德無量」[37]。弄珠客認為《金瓶梅》「作者亦自有意，蓋為世戒，非為世勸」，認為讀《金瓶梅》而「生畏懼心者，君子也」[38]。到了清初，張竹坡在評點《金瓶梅》時，在在申明此書「獨罪財色」[39]，小說的創作目的是「微言之，而文人知儆；顯言之，而流俗皆知」[40]，「《金瓶梅》是部懲人的書，故謂之戒律亦可」[41]。滿文本〈金瓶梅序〉指出，《金瓶梅》「凡百回中以為百戒，每回無過結交朋黨、鑽營勾串、流連會飲、淫黷通姦、貪婪索取、強橫欺凌、巧計誆騙、憤怒行凶、作樂無休、訛賴誣告、挑唆離間而已，其於修身齊家、裨益於國之事者一無所有」，作者是「將陋習編為萬世之戒」，「立意為戒昭明」，使「觀是書者，將此百回以為百戒，夔然慄，愨然思，知反諸己而恐有如是者，斯可謂不負是書之意也」[42]。到了近代，人們同樣認為《金瓶梅》「寫『財』之勢利處，足令讀者傷心；寫『色』之利害處，足令讀者猛省；寫看破財色一段，痛極快極，真乃作者一片婆心婆口。讀《金瓶梅》者，宜先書萬遍，讀萬遍，方足以盡懲勸，方不走入迷途」；「《金瓶梅》乃一懲勸世人、針砭惡俗之書」[43]。

　　總之，《金瓶梅》以細緻入微的描寫，通過對中國文學頌情傳統的顛覆，來達到呼喚人間真情的目的。從這個方面來講，蘭陵笑笑生與湯顯祖等一樣，為中國寫情文學添上了濃重的一筆。

---

37　廿公〈金瓶梅跋〉，《金瓶梅詞話》卷首，北京：人民文學出版社 1985 年。

38　東吳弄珠客〈金瓶梅序〉，《金瓶梅詞話》卷首，北京：人民文學出版社 1985 年。

39　張竹坡〈竹坡閒話〉，《張竹坡批評第一奇書金瓶梅》卷首，濟南：齊魯書社 1987 年。

40　張竹坡〈第一奇書非淫書論〉，《張竹坡批評第一奇書金瓶梅》卷首，濟南：齊魯書社 1987 年。

41　張竹坡〈批評第一奇書金瓶梅讀法〉一〇五，《張竹坡批評第一奇書金瓶梅》，濟南：齊魯書社 1987 年，第 49 頁。

42　康熙四十七年滿文本《金瓶梅》卷首。佚名譯，黃潤華、王小虹校訂並標點，見《文獻》第十六輯，1983 年。

43　夢生〈小說叢話〉，見黃霖《金瓶梅資料彙編》，北京：中華書局 1987 年，第 336 頁。

# 《金瓶梅》婚戀描寫的文化新質

　　文學是人學，而「人和人之間的直接的、自然的、必然的關係是男女之間的關係」[1]。《禮記‧禮運》曰：「飲食男女，人之大欲存焉。」正因為男女婚戀是人類發展、繁衍的首要課題，男女之情是人類諸種感情中根植於人性中最深層的最基本的感情，所以婚戀問題便成了文學的永恆題材。

　　現代精神分析派文學評論家莫達爾曾說：「其實詩與文學的偉大，便在於性愛。因為生命中性愛占重要成分，這些文學因此對生命便最真實」[2]。這種說法未免偏激，但卻一語道出了性愛（包括婚戀）與文學所結下的不解之緣。文學，作為社會生活的鏡子，人類文明的載體，勢必將其納入自己的表現視野，這業已為文學發展的歷程所證明。

## 一、古典文學婚戀之作的簡單回溯

　　追溯我國文學史上婚戀之作的源頭，《詩》三百篇可為濫觴。〈衛風‧氓〉〈邶風‧谷風〉等最早記錄了女子在婚戀生活中的不幸遭遇。「士之耽兮，猶可說也；女之耽兮，不可說也。」棄婦的悲憤呼聲，正是對男權社會不公的控訴，是對男性在婚戀生活中「二三其德」的譴責。

　　秦滅漢興，在意識形態領域，經過「罷黜百家，獨尊儒術」的文化整合，儒學一躍而成為居於統治地位的官方意識。在董仲舒的天人感應理論體系中，首次將男女機體與陰陽觀念相比附，所謂「君臣、父子、夫婦之義，皆取諸陰陽之道。……夫為陽，婦為陰」[3]，陰陽有主次，夫妻講貴賤，「惡之屬，盡為陰；善之屬，盡為陽」，「丈夫雖賤皆為陽，婦人雖貴皆為陰」[4]，「妻受命於夫」[5]等等。這種「夫為妻綱」的說教，遂成

---

1　馬克思《1844 年經濟學哲學手稿》，北京：人民出版社 1979 年，第 72 頁。

2　莫達爾《愛與文學》，長沙：湖南文藝出版社 1987 年，第 17 頁。

3　《春秋繁露‧基義第五十三》，曾振宇、傅永聚《春秋繁露新注》，北京：商務印書館 2010 年，第 261 頁。

4　《春秋繁露‧陽尊陰卑第四十三》，曾振宇、傅永聚《春秋繁露新注》，北京：商務印書館 2010 年，第 233 頁、第 231 頁。

為一種強制性的、法律化了的社會道德規範，在世俗男女的婚戀生活中扮演了舉足輕重的角色。

男子是婚戀生活中的主宰者，而女子則沒有任何自主、自立的權利。如果說我國第一首長篇敘事詩〈孔雀東南飛〉中劉蘭芝的不幸是由於封建禮教的代表者焦母一手造成、焦仲卿對蘭芝尚有一定程度的眷戀的話，那麼〈白頭吟〉〈怨歌行〉〈塘上行〉〈上山采蘼蕪〉諸篇，則完全是棄婦遭遺棄後內心哀怨的流瀉、對無辜遭棄的怨懟以及無可奈何的哀歎。

魏晉時期，意識形態領域內湧動起一股與兩漢經學截然相悖的社會思潮，「標誌著一種人的覺醒，即在懷疑和否定舊有傳統標準和信仰價值的條件下，人對自己生命、意義、命運的重新發現、思索、把握和追求」[6]。然而這種「人的覺醒」「文的自覺」[7]，似乎只是男性世界的專利，並未能在婚戀生活中激起女性自覺的漣漪，也似乎沒能引起人們對女性——作為人、人類的一部分的「人」的多少關注。女性仍是婚戀生活中的殉葬物，是封建婚姻制度的犧牲品，這從《搜神記·紫玉》中就可見一斑。而婚配時要求門第相當，士庶不許通婚，也就在此時被統治者確定了下來，目的無非是維護統治者的特權，保證其宗法血緣的「純正」。如《魏書·高宗記》就有「尊卑高下，宜令區別。……今制，皇族、師傅、王、公、侯、伯及士民之家，不得與百工、伎巧、卑姓為婚，犯者加罪」的規定。

唐代（尤其是中唐）是古代封建社會的重要轉折時期，但在文化創作領域，對儒家教義的闡釋卻成了人們綴文織篇的終極旨歸。雖然「文章合為時而著，歌詩合為事而作」[8]命題本身並無什麼值得厚非之處，但人們對「時」「事」的內涵的理解，在很大程度上表現為對儒家教化傳統的自覺認同，也成為當時文人創作的一種共同追求。韓愈、杜甫、元稹、白居易等大家無不落此窠臼。在某種意義上說，文藝已淪為封建倫理政治的憲兵。在反映婚戀問題的著名篇什諸如〈霍小玉傳〉〈鶯鶯傳〉中，女主人公大都是以哀怨的弱者出現，面對男性的始亂終棄，她們或者哀哀乞憐，或者怨而不怒，在婚戀生活中充當了男性任意擺佈的玩偶，而缺乏主體意識的醒悟。

宋代理學大盛，「三綱」之說更被程朱加以系統化、理論化，上升到了世界本體的

---

5　《春秋繁露·順命第七十》，曾振宇、傅永聚《春秋繁露新注》，北京：商務印書館2010年，第309頁。
6　李澤厚《美的歷程》，北京：中國社會科學出版社1989年，第86頁。
7　李澤厚《美的歷程》，北京：中國社會科學出版社1989年，第83、91頁。
8　白居易〈與元九書〉，陳洪、盧盛江《中國古代文學理論讀本》，天津：南開大學出版社2004年，第174頁。

高度。女子在日常生活中遭受的壓迫與束縛發展到了無以復加的地步，在婚戀生活中地位更是每況愈下。我們通過司馬光《涑水家儀》就可見當時對女子身心束縛之一斑：

> 凡為宮室，必辨內外。深宮固門，內外不共井，不共浴室，不共廁。男治外事，女治內事。男子畫無故，不處私室；婦人無故，不窺中門。男子夜行以燭，婦人有故出中門，必擁蔽其面。男僕非有繕修，及有大故，不入中門；入中門，婦人必避之；不可避，亦必以袖遮其面。鈴下蒼頭但主通內外言，傳致內外之物。

程顥、程頤對女子貞節的要求，簡直到了滅絕人性的程度。《近思錄》載：

> 或問：「孀婦於理，似不可取，如何？」
> 伊川先生曰：「然！凡取，以配身也。若取失節者以配身，是己失節也。」
> 又問：「人或居孀貧窮無托者，可再嫁否？」
> 曰：「只是後世怕寒惡死，故有是說。然餓死事極小，失節事極大。」

在婚戀生活中，女子根本談不上什麼自主自立，她們絕對沒有愛的權利，其所嚮往的美滿婚姻只能付諸陰司冥界。〈碾玉觀音〉中的璩秀秀，〈鬧樊樓多情周勝仙〉中的周勝仙，都為愛情付出了生命的代價，其願望只能付諸幽冥。從這些作品中我們可以窺見封建禮教對女性婚姻愛情權利的無情褫奪與殘酷扼殺。

到了元代，雖然儒生的地位一落千丈，儒學的統治隨著異族鐵蹄的踏入而有所鬆弛，但女性在婚戀中的自主意識還微乎其微。《西廂記》雖表達出「願天下有情的都成了眷屬」的進步婚姻理想，但故事的框架仍是構建於最終與禮教妥協的基礎之上。明代封建經濟結構在一定程度上的裂變，社會運行機制多元化的並存，促使意識形態領域發生了某種質的變異。反映在文學領域中的婚戀諸作，則以一種全新的姿態標炳文壇，顯示出鮮明的反悖於傳統的人文質素。遺憾的是，這種文化新質的萌生，很快隨著滿清的侵入而夭折，所以延至清代，婚戀中女性的自主、自立，又只能托之於幽冥、仙境了（如《聊齋志異》）。

總的說來，封建時代的婚戀諸作，大多表現的是封建道德禮教對人性的壓抑與扼殺。婚戀的結局，或者是人性對禮法的妥協，或者是被棄擲女性的自怨自艾，或者是女子對負心者施以種種果報，或將男女雙方和諧的婚戀理想委之於夢幻、幽冥。古典文學中這種典型的婚戀模式，體現著僵死的、頑固的思想專制下的封建社會文化特質。

與此不同，產生於中國 16 世紀城市經濟獲得一定發展、資本主義生產關係萌芽出現的時代背景之下的明代小說的代表作之一——《金瓶梅》的婚戀描寫，卻在整體上呈現出一種迥異於封建傳統文化的情狀，顯示出與封建婚姻大異其趣的價值取向和文化新

質。它不僅具有文學史的意義，而且具有文化史的意義。

# 二、《金瓶梅》婚戀描寫的文化新質

《金瓶梅》描寫了各色各樣的婚戀關係，其中特別值得注意的有官宦婚、妓女婚與寡婦婚。

《金瓶梅》中對官宦之家的婚姻描寫，主要包括清河左衛吳千戶之女吳月娘與生藥鋪老闆西門慶的婚姻，朝中楊戩黨羽陳洪之子、封建官僚家庭的闊少爺陳經濟與市井無賴西門慶之女西門大姐的婚姻，清河守備周秀與西門慶府中的變賣丫頭龐春梅的婚姻，周守備的「妻表弟」陳經濟與開緞鋪的葛員外之女葛翠屏的婚姻等等。

在中國兩千年的封建專制政治統治，使得官本位意識得到了高度強化。反映在婚姻問題上，「門當戶對」也就往往成為衡量婚配聯姻的唯一準繩。門第觀念，尤其支配著封建官僚階層的婚配實際。然而，《金瓶梅》中所描寫的官宦之家的婚姻卻完全呈現著一種反悖於傳統婚姻模式的特質。

首先是標誌著傳統的婚姻秩序的紊亂。吳千戶之女吳月娘嫁給西門慶為繼室時，西門慶只是清河縣一個「好拳棒，又會賭博，雙陸、象棋、抹牌、道字無不通曉」，「發跡有錢，專在縣裡管些公事，與人把攬說事過錢，交通官吏」，「專一嫖風戲月」，開著生藥鋪的「破落戶財主」「浮浪子弟」。無論基於「商末」的傳統偏見，還是個人的品德修養，亦或身份及社會地位，西門慶都不應該成為千戶之家的聯姻對象，吳千戶之所以要將女兒屈嫁西門慶，恐怕主要在於西門慶的「發跡有錢」。陳家的大少爺陳經濟願娶一個市儈之女西門大姐做老婆，大概也是基於這種考慮。被冊為守備夫人的龐春梅給假表弟陳經濟擇婚，選來選去，不要城裡朱千戶家小姐和「沒甚陪送」的應伯爵的女兒，最後選中了有「萬貫錢財」的商人的女兒，更是 16 世紀中葉中國社會婚姻取向的典型注腳。這種婚姻特質，與《初刻拍案驚奇》卷十〈韓秀才乘亂聘嬌妻　吳太守憐才主姻簿〉中金朝奉忙亂中將女兒嫁於「滿腹文章」的窮儒生韓師愈，過後極度追悔及本書卷二十九〈通閨闥堅心燈火　鬧囹圄捷報旗鈴〉中商人羅家不願與宦門舊族張家聯姻不謀而合。這種紊亂的婚姻模式，標誌著封建宗法血緣紐帶的鬆弛。

其次，這種婚姻標誌著中國婚姻史上新的質素的萌生，具有了新的文化蘊含，即由追求門第、名聲，講究地位的相稱一變而為在婚姻上的權與錢的交換，以及官本位向金本位的轉移。它表明，封建正統的婚姻價值評判體系已在金錢肆虐、拜金狂熱的時代條件下受到質疑，傳統的思維定勢、價值標準受到了萌動於封建軀殼之內的新意識的挑戰。

再次，這種婚姻觀念還具有明顯的實用主義原則、世俗化傾向。婚約雙方各取所需，

雙向選擇。要麼是權利與財富的相互滿足，要麼是財與色的彼此交換；封建的名譽觀和榮辱觀全都退居次要地位，或根本被排除在了婚約雙方的考慮之列，現實、實惠成了擇婚聯姻的重要槓桿。恩格斯在《家庭、私有制和國家的起派》中曾指出古代歐洲的婚姻是一種「政治的行為」，「一種借新的聯姻來擴大自己勢力的機會」，這個命題同樣適合我國古代封建社會的婚姻實際。而《金瓶梅》中所展示的我國 16 世紀的婚戀生活，卻表現著某種變異，這種變異也給人以社會變更的昭示：封建權貴階層已日趨沒落，封建大廈儘管一時還沒有坍塌，但入不敷出、日益拮据的經濟狀況，迫使封建貴族不得不向新興的階層求得經濟上的資助，而經濟基礎決定上層建築的規律，必然導致新的意識形態、價值取向的日益滋長，這最終必然導致宗法傳統意識形態統治力量的削弱。

妓女的出現，是一種特有的社會文化現象。與唐宋以來的樂戶娼妓制度不同，明代專操皮肉生涯的娼妓大量出現。妓業由原來的只服務於官府聲色之娛、由教坊司管轄而變為由禮部管理的具有商業化、私有化性質的行業。封建統治階層一方面為滿足其無恥的淫欲，嫖妓宿娼，尋花問柳，承認妓女制度的合法存在；但另一方面為維護自己統治的需要，又往往以衛道者自居，大倡風化，明刑弼教，嚴禁官僚階層、封建士大夫與娼妓的交往。宿娼狎妓的行為，既為尊者所諱，也往往為世俗所不齒，被律令所不容。如晚唐溫飛卿曾出入於歌樓妓館，多作「側豔之詞」[9]，被世俗目為「薄於行，無檢幅」[10]。北宋柳耆卿也因結交歌妓，「縱游娼館秦樓間，無復檢率」，被人斥為「薄於操行」[11]。結交妓女尚要冒如此風險，娶妓為妻妾的後果就可想而知了。

明王朝建立後，理學極度強化。朝廷曾三令五申，並形諸法律條文，嚴禁官員嫖妓，對違者要革職查辦，同時還嚴禁封建官員及其子孫與妓女結婚。「凡官吏娶樂人為妻妾者，杖六十，並離異；若官員子孫娶者，罪亦如之。」[12]

但事實上，明代的法律條文似乎對官場、士人沒有多大的約束力，世俗的評判標準與當政者所頒條款也大相徑庭。狎妓嫖娼的行為，不僅不被認為是一種恥辱，相反簡直成了一種榮耀。如「嘉靖八才子」之一、官至太常寺少卿的李開先曾宿妓染疥，後七子盟主、官至南京刑部尚書的王世貞曾對何元朗以「鞋杯」觴客作長歌以讚[13]，大文學家、戲曲家、曾任南京國子監博士的臧懋循與變童戲游，曾為禮部郎中的戲曲家屠隆宿妓而

9   劉昫等《舊唐書·卷一百九十·文苑下·溫庭筠傳》，北京：中華書局 1975 年。

10   宋祁等《新唐書·卷九十一·溫大雅傳》，北京：中華書局 1975 年。

11   胡仔《苕溪漁隱叢話》卷三十九引《藝苑雌黃》。胡仔纂集，廖德明校點《苕溪漁隱叢話》，北京：人民文學出版社 1962 年，第 319 頁。

12   《大明會典》卷一百六十三刑部五，明萬曆內府刻本。

13   沈德符《萬曆野獲編》卷二十三〈妓女·妓鞋行酒〉，北京：中華書局 1959 年，第 600 頁。

染性病等等，都被視為「藝林」之「美談」。封建文人們「肆筵曲宴，男女雜坐，絕纓滅燭之語，喧傳都下」[14]，官吏們狎妓嫖娼也司空見慣。據沈德符《萬曆野獲編》載：

> 聊城傅金沙（光宅）令吳縣，以文采風流為政。守亦廉潔，與吳士王百穀厚善，時過其齋中小飲。王因匿名妓於曲室，酒酣出以薦枕，遂以為恒。王因是居間請托，彙為之充牣。癸未甲申間，臨邑邢子願（侗），以御史按江南，蘇州有富民潘璧成之獄，所娶金陵角妓劉八者亦在讞中。劉素有豔稱，對簿日呼之上，諦視之，果光麗照人，因屏左右密與訂，待報滿離任，與晤於某所，遂輕其罪，發回教坊。未幾邢去，令人從南中潛竄入舟中，至家許久方別。二公俱東省人，才名噪海內，居官俱有惠愛，而不矜曲謹如此。[15]

《金瓶梅》對明代社會這種官吏狎妓、甚至娶妓為妻妾的現實作了真實的反映。山東提刑所千戶西門慶，公然出入於青樓妓館，縱淫無度。他「梳籠李桂姐」，「大鬧麗春院」，嫖姦吳銀兒，淫占鄭愛月。在其妻妾群中，卓丟兒、李嬌兒皆為青樓娼妓。西門慶的府邸，甚至成了妓女的避難所。小說第五十一回寫道，招宣府裡王三官的娘子、東京六黃太尉的侄女黃楚雲，不滿王三官在妓院梳攏齊香兒、嫖淫李桂姐等濫嫖狂淫行徑，到東京六黃太尉面前告了一狀，老公公馬上命朱太尉批行東平府，著落清河縣捉拿幾個幫嫖的無賴及妓女。李桂姐驚魂不定，急忙跑到西門府躲禍。西門慶只用了二十兩銀子，就使李桂姐逍遙法外。更有甚者，對從京城出來的巡按御史，西門慶竟然出銀雇妓陪宿，這曾使蔡御史感激不盡，表示日後倘有一步寸進，「斷不敢有辜盛德」（《金瓶梅詞話》第四十九回）。這些官場醜聞，固然折射出統治階層的腐敗淫靡，精神墮落，但只要我們撇開先入之見，用歷史的而非道德的眼光去審視這一切，便不難看出，明代中葉的封建禮法、律令條文對社會已漸漸失去了約束效應，而正是這種約束機制的鬆弛，加劇了封建大廈的最終傾覆。尤其是西門慶這個挾有萬貫之資的新興商人，介入官場後更是肆無忌憚，置封建宗法觀念於不顧，公然納妓嫖娼，踐踏律例，這正標誌著宗法傳統在肆虐的金錢面前的貶值。同時，我們還看到了明代中葉後拜金主義對世俗婚姻生活的嚴重滲透：鉅商大賈的身份已遠遠高出風雅才子，商女已經由已往的結交儒生雅士為時髦而轉向對商賈的青睞。明代余永璘《北窗瑣語》曾說「杭州妓女多嫁鹽商」，陸容《菽園雜記摘抄》卷四記載南京妓女劉引靜為商賈情人之死披麻戴孝、號哭祭奠，《金瓶梅詞話》正反映了這種社會現實。

---

14　錢謙益《列朝詩集小傳》丁集上〈屠儀部隆〉，上海：上海古籍出版社 1983 年，第 445 頁。
15　沈德符《萬曆野獲編》卷二十八〈果報·守土吏狎妓〉，北京：中華書局 1959 年，第 713 頁。

　　寡婦的婚姻，是宋、明王朝一個諱莫如深的問題。宋明時代，理學對人們思想行為的束縛達到了登峰造極的地步，「貞節」觀念也被強調到了前所未有的高度。《明史·列女傳序》云：「劉向傳列女（按指《古列女傳》），取行事可為鑒戒，不存一操。范氏宗之（按指范曄《後漢書》），亦采才行高秀者，非獨貴節烈也。魏、隋而降，史家乃多取患難顛沛、殺身殉義之事」。「明興……乃至僻壤下戶之女，亦能以貞白自砥，……節烈為多。」可見，儒家對女性道德的要求是經歷了一個由多元、寬泛到單一、狹隘的發展過程的。

　　用節烈觀念束縛女性身心，伴隨著封建王朝的日趨沒落而愈演愈烈。《周易·恒卦》說：「恒其德，貞，婦人吉，夫子凶。」〈象〉辭則對「恒其德」作了「婦人貞，吉，從一而終也；夫子制義，從婦凶也」的詮釋，婚姻中夫婦的不平等於此肇源。但貞節的真正被重視、提倡，則是漢以後的事。這從先秦典籍中記載的女性不貞、寡婦再嫁的事件不勝枚舉就可以得到證明。

　　服從於一統統治的需要，漢代綱常說教觀念被正式提出並在在強化。而在這種具有濃厚政治色彩的倫理體系中，女性的地位、價值進一步失落。「三從四德」，成了約束婦女身心的無形桎梏。「既嫁從夫」「終身不改」[16]「婦人有三從之義」[17]「夫有再娶之義，婦無二適之文」[18]「夫者，天也。天固不可逃，夫固不可離」[19]等一系列要求婦女「嫁雞隨雞，嫁狗隨狗」「不更二夫」的觀念被正統儒者一再強化。不過儘管《漢書》《後漢書》不乏對貞節女子的表彰，劉向、范曄等也竭力為世人樹立閨中典範，但漢代對寡婦再嫁，世俗似乎並未過多的苛責，上自皇后公主，下至村野匹婦，大多並不以再嫁為非。卓文君私奔司馬相如成了千古佳話，三易其夫的蔡文姬仍然青史有名[20]。

　　魏晉六朝，社會動盪，儒學式微，要求女性持貞守節，在那些蔑視禮法、狂放不羈的士人社會已沒有什麼市場，寡婦再嫁司空見慣，不會招來什麼非議[21]。唐代，曾出現了《女則》《內訓》《女論語》等婦德教科書，正史《列女傳》中亦有對守節持貞者的表彰，但整個社會也並不以女性再嫁為恥（房玄齡重病時勸妻子盧氏嫁人就足資證明）。這種

---

16　《禮記》卷五〈郊特性第十一〉，上海：上海古籍出版社 1987 年。

17　《儀禮·喪服·子夏傳》，北京：中國社會科學出版社 2006 年。

18　班昭〈女誡·專心第五〉，張福清《中國傳統訓誨勸誡輯要》，北京：中央民族大學出版社 1996
　　年。

19　班昭〈女誡·專心第五〉，張福清《中國傳統訓誨勸誡輯要》，北京：中央民族大學出版社 1996
　　年。

20　范曄《後漢書·卷一百十四·列女傳》，北京：中華書局 1965 年。

21　參見《世說新語·假譎第二十七·諸葛令女》等，北京：中華書局 1984 年，第 458 頁。

觀念到宋明時代卻發生了根本的轉變。理學家高喊「存天理，滅人欲」，極力反對寡婦再嫁。程頤說：「餓死事極小，失節事極大」[22]。貞節被強調到了無以復加的地步，甚至男子「若取失節者以配身，是己之失節也」[23]，反對男子討寡婦為妻妾。朝廷對貞節女子則大加表彰，並形成制度。對於貞節典型，「大者賜祠祀，次亦樹坊表，烏頭綽楔，照耀井閭」[24]。即如李卓吾這位頗富叛逆精神的傑出思想家，在主張寡婦再嫁時也不免流露出世俗的偏見，他在〈司馬相如傳論〉中曾說：「斗筲小人，何足計事？徒失佳偶，空負良緣。不如早自抉擇，忍小恥而就大計。」[25]可見他在寡婦再嫁有無「恥辱」的問題上是有所保留的。這祥，從繁華都市到窮鄉僻壤，從大家閨秀到小家碧玉，女子大都能以貞節自砥，以至於《明史·列女傳》中所表彰的貞婦列女，使以往任何一個朝代都望「列」莫及、望「貞」興歎。在這樣的時代氛圍中，寡婦改嫁自然為社會所不容，要遭千人指責、萬人唾罵了。

　　然而，官方的提倡並不能完全禁錮住被壓迫女性渴望自主、追求自身權利的心靈世界，世俗社會中頗不乏與傳統道德、官方說教相對抗的巨大潛能。《金瓶梅》這部「偉大的寫實小說」[26]，對明代市民社會迥異於傳統的價值取向、道德標準作了具體而深刻的反映。它不僅寫了寡婦的再嫁（如潘金蓮初嫁武大郎，再嫁西門慶；宋惠蓮初嫁蔣聰，再適來旺兒）；而且寫了寡婦的三嫁（如孟玉樓初為楊家妻，次為西門慶妾，再為李衙內妻），甚至四嫁（如李瓶兒初為梁中書妾，次為花子虛妻，再為蔣竹山妻，終為西門慶妾）。值得注意的是，這些婚戀描寫中，寡婦的再嫁都帶有自我作主、自擇夫婿的性質。透過這些情節，我們完全可以體悟到明中葉市民社會女性自主意識的覺醒。小說第十八回，孟玉樓曾在吳月娘面前說李瓶兒「男子漢死了沒多少時兒，服也還未滿就嫁人，使不得」，吳月娘反駁道：「如今年程，論的什麼使的使不的？漢子孝服未滿，浪著嫁人的，才一個兒？」而當時孟玉樓恰是丈夫死了不久剛改嫁西門慶。透過吳月娘的話語以及孟玉樓的言行矛盾，我們可以窺見：當時儘管傳統的偏見仍然在寡婦再嫁問題上有所保留，宗法道德規範仍對寡婦二適有一定影響，但在實際生活中，人們的價值取向往往是傾斜於對自身權利、自身幸福的追求，表現著對群體意識束縛的一種悖逆。

22　程顥、程頤《二程遺書》卷二十二，上海：上海古籍出版社 2000 年。
23　程顥、程頤《二程遺書》卷二十二，上海：上海古籍出版社 2000 年。
24　《明史》卷三百一《列女一》，北京：中華書局 1974 年，第 7689 頁。
25　《藏書》卷三十七〈詞學儒臣·司馬相如〉，北京：中華書局 1974 年，第 626 頁。
26　鄭振鐸〈談《金瓶梅詞話》〉，《西諦書話》，上海：生活·讀書·新知三聯書店 1983 年，第 99 頁。

# 三、幾點啓示及其價值定位

《金瓶梅》中的婚戀描寫，至少可以給我們以下幾點啟示：

首先是商品意識對世俗婚姻價值觀之滲透留給我們的思考。在這種滲透中，門當戶對的傳統觀念受到衝擊，聯姻的價值取向已呈現出新的變異，即由追求門第、地位、名譽的對等轉變為金錢與權勢的雙向選擇，這主要反映在商賈與官宦之家的婚約關係中。從積極方面來說，它對封建宗法政治具有一定的衝擊作用。因為家國同構是中國封建政治的本質特徵，宗法血緣是聯繫家和國的重要紐帶。宗法專制政治的衍續，對純「種」的要求十分苛刻。而商人與封建官宦的「雜婚」，勢必與宗法政治的血緣紐帶發生偏離。在意識形態領域，也必定會給封建統治帶來不安定的因素（因為商人的價值取向與宗法傳統觀念存在著不可彌補的裂痕）。但另一方面，由於這種婚姻本質上仍然是一種交換關係，那自然也就談不上婚姻雙方的美滿幸福，它與封建宗法婚姻一樣，釀成了一幕幕人間婚姻悲劇。西門慶的情並不在吳月娘身上，陳經濟的意也不屬於西門大姐。吳月娘由守活寡繼而守死寡，西門大姐由屢遭凌辱終於懸樑投繯，都是典型的例證。可見，婚約中的門第觀念固然造成了無數婚姻悲劇，金錢的銅臭同樣會帶來婚姻的不幸。沒有經濟上的獨立和政治上的平等，沒有徹底的女性人格自立，沒有感情的牢靠維繫，雙方結合勢必招致人生的不幸，這首先主要是女性的不幸。《金瓶梅》所昭示的這一嚴肅的社會問題，不僅在婚姻文化史上不可忽視，而且對任何商品經濟發達的社會來說，無不具有借鑒意義。

其次，應該對婚姻觀念中的「世俗化」傾向作客觀的分析評價。妓女從良嫁人，寡婦自擇而適，男性可以要求女性，女性同樣可以要求男性做出某種承諾，這都具有自我意識強化、自主人格覺醒的意義。女性以委身於風雅才子為榮的時代一去不返，而以男性的腰纏萬貫、能滿足自己眼前奢華生活為婚姻的最終旨歸。從男方來說，擇妻的標準由「好德」而變為「好色」，名聲、榮譽、家世等等已成為無關緊要的因素。總之，世俗享樂的需要，金錢財帛的滿足，成為婚姻權衡中至關重要的條件。婚約雙方都是以實用為本，現實功利成了聯姻的重要槓桿。這種現象表明，附著在婚姻關係中的傳統觀念已逐步解體，宗法倫理的枷鎖也在婚戀生活中遭到了毀棄。男歡女愛，官能享樂，財色滿足，共同奏響了新的婚戀進行曲。它雖然具有背離宗法傳統的進步成分，但由於它是產生於中國十六世紀浮靡、淫樂風氣籠罩下的時代氛圍，滋生在後期封建社會對金錢極端崇拜的人欲橫流的土壤，所以沒有走向對先進意識形態的構建與充實，反而卻墮入了專注現世享樂的泥潭；最終並未達到對物質的理性超越，充其量只能算作是對宗法婚戀觀念的畸形抗拒。這對我們今天構建新的社會文明，仍然具有啟發意義。

　　其三是婚戀中人欲的絕對放縱留給後世的理性思考。兩千年封建道德禮教的積澱，使人的主體意識乃至人的正常生理本能都受到嚴重壓抑。但宗法傳統文化對個體自我價值的戕害，卻未能完全泯滅人對自身應享有的正當權利的希冀與追求。在中國思想史上，儘管從兩漢經學到宋明理學，都極力貶抑人的個體價值，用群體規範、倫理框架去泯沒人性，但實際上，正是這種壓抑，激起了無數仁人志士對個體生命價值的執著追求與永無終止的熱情禮讚。《金瓶梅》產生的時代，理學成了統治者貶抑人性、整合人的靈魂的尚方寶劍；人欲，大有被斬絕於搖籃之中的勢頭。《金瓶梅》卻反其道而行之，偏偏去渲染人的本能毫無節制的放縱，去表現在婚戀生活中各種人欲的權衡與滿足，來展露出社會倫理規範的不合理，有時在淫欲之外也確實不乏相思真情的成分，這無疑會對社會群體規範形成一種巨大的衝擊力。在一切欲望都受到禁錮的時代，具有呼喚個體意識覺醒、爭取自我價值實現的客觀作用。這最突出地表現在婚戀中的女性一方。潘金蓮敢於反抗沒有安全保障、甚至連正常的生理欲望都不能滿足的不道德婚姻，做了第五妾後又把攬漢子，希冀獨占被窩；當西門慶在外淫樂，置她於不顧時，她又不擇手段，氣急敗壞地畸形抗拒，私通經濟，偷淫小廝；西門慶死後，她更加明目張膽，甚至將春梅也拉下了水，而這倒真贏得了女婿兼情夫陳經濟的真心。在這些描寫中，男權中心的社會制度和宗法傳統觀念強化了兩千年的女性道德，包括貞節、順從、本分等等，統統蕩然不存。孟玉樓的再嫁、自擇人家；李瓶兒自招夫婿，不滿意後又將其逐出家門，正標誌著婚戀生活中男權中心意識的某種失落。不過，由於中國 16 世紀新興的社會意識、人文思潮在對理學的抗拒中，自身沒能構建起合理的人生價值體系和道德規範，猝醒的人性在反對理學異化的航程中失去了正確的航標，故而在婚戀文化方面，不免是泥沙混雜，蘭艾並植，既有一定的人文質素，又有需要徹底揚棄的庸俗成分。因此，我們必須站在歷史的高度，客觀地對其分析評價。過分拔高和一味抹煞，都不是科學的態度。

# 論《金瓶梅詞話》的酒宴描寫

　　被譽為「天下第一奇書」的《金瓶梅》在中國文學史上占有不可取代的地位，其對世俗生活所作的廣泛細緻深刻全面的反映，在中國小說史上可謂空前絕後。作品用了大量的篇幅描寫酒宴場面，其筆墨之富，遠非同類作品可比。本文以《金瓶梅詞話》中的酒宴描寫作為切入點，探討其對於作品的寓意揭示、人物塑造及藝術表現等方面所起的不可替代的作用，以期引起學術界對此問題的應有重視。

## 一、《金瓶梅詞話》各類酒宴統計

　　酒宴文化是中國傳統文化的重要組成部分，它承載著不同歷史時期政治、經濟、文化和社會心理等方面的豐富信息，可以折射出一個時代的整體風貌。我國最早的酒宴，從文獻的記載來看，可以追溯到夏朝以前的舜帝時期，這可從《詩經》中的〈公劉〉〈行葦〉和〈伐木〉等篇得到印證。

　　酒宴作為一種交際媒介，迎賓饗客，聚朋會友，彼此溝通，傳遞友情，舒心娛樂等，在人們的社會生活中發揮著獨到的作用。作為以人們日常生活為主要描寫對象的世情小說《金瓶梅》，自然更加重視酒宴描寫的這些功用。解讀文本中不同場合、檔次有別的酒宴描寫，會幫助我們更深刻地認識作品的深刻蘊含及其藝術精髓。

　　據統計，《金瓶梅》中「酒」字出現約 2100 次，而擺宴成席約 300 次，幾乎回回有酒宴，甚至一回中出現多次酒宴。小說的酒宴描寫五花八門，大致可以分為四大類：

　　第一，官宴——完全出於官場的交際需要和事務應酬的一種酒宴。一般來說，這類宴會排場大，禮儀繁多，赴宴者拘於各種繁縟的禮節而不便忘乎所以地開懷豪飲。如第四十九回西門慶招待宋御史；第六十五回宋御史借西門府迎請六黃太尉；第七十回，朱太尉晉升官職，眾官員赴宴祝賀；第七十四回官吏們借西門府招待蔡九知府等都屬於此類。這類酒宴在官吏們奉承上司、晉升官職、彼此利用等方面發揮著重要的作用。以第七十六回為例，西門慶借宋御史在自己府邸為侯巡撫奉餞之機奉承宋御史，希冀提拔其妻兄，且替周守備和荊都監美言，不久皆一一如願。

　　第二，**親情友情宴**。縉紳士大夫間平素交往的酒宴，如第五十五回翟謙為西門慶舉

辦的、第七十六回何千戶為西門慶舉辦的和第七十六回西門慶為居官後的雲離守舉辦的「友情宴」等；行商坐賈間的商業往來酒宴，如第四十五回李三、黃四備禮來拜謝西門慶，宴間，應伯爵促成了一樁生意等；友朋之間因各種需要而安排的酒宴，如第十四回花子虛因家財爭端被自家兄弟告到官府，被西門慶擺平後出獄，設宴答謝西門慶的「答謝宴」。第五十四回應伯爵請西門慶等人在劉太監園上舉辦的「爭春宴」等；普通人家的日常酒宴，如第二十回李瓶兒嫁到西門府後的一次盛況空前的會親酒宴、第二十一回西門慶與妻妾在家舉行的「賞雪宴」、第三十回西門慶在家中舉行的「避暑宴」、第五十五回蔡太師的壽辰酒宴以及西門慶及其妻妾的每一次生日酒宴等。這類酒宴在加強親情友情，怡享天倫之樂方面發揮著重要的作用，往往盡情盡興，氣氛歡洽。

第三，節日宴。這類酒宴蘊含豐富，其作用也是很重要的，尤其是在比較有地位的家庭中，除了增添節日氛圍外，更是親人團聚，共度節日，炫耀門庭，攀親結友的最佳方式。節日酒宴描寫在小說中占了較大篇幅，幾乎所有的節日酒宴在本書中都有所鋪排。元旦吉祥酒宴，如第二十三回和第七十八回，西門慶一連幾日擺宴賀新春。元宵賞燈酒宴在本書共出現 4 次，如第十五回李瓶兒未嫁給西門慶之前，為結交西門府的列位娘子，邀請眾婦人賞燈飲酒；第四十三回，李瓶兒生了官哥兒，後與喬家結親，眾官家娘子與李瓶兒過壽，飲酒，賞燈，過節，極是繁華熱鬧等。端午辟邪酒宴在本書中共出現兩次，描寫較為簡略。重陽長壽酒宴，在本書中亦出現了兩次，均是描寫西門慶與朋友家人飲酒賞菊。其他如清明悼吊酒宴，如第八十九回西門慶死後，眾親戚在清明節前往墓地擺宴飲酒，祭奠亡靈，寄託哀思等。

第四，婚喪嫁娶宴。這類酒宴描寫在本書中所占篇幅雖不及前幾類，但其作用不容忽視。婚慶酒宴，如西門慶迎娶潘金蓮、李瓶兒、孟玉樓，春梅嫁到守備府，孟玉樓再嫁李衙內，陳經濟再娶葛翠屏等。喪禮酒宴，除了第六十三回李瓶兒的喪禮宴和第七十九回西門慶的喪禮宴描寫甚詳外，其餘的如第六回武大郎的喪禮宴，第九十九回陳經濟的喪禮宴等，均是一筆帶過。這類酒宴的主要作用是賀喜或表達哀悼之情。

# 二、酒宴描寫的深刻寓意

《金瓶梅》中的各類酒宴描寫，固然出於廣泛反映豐富多彩的世俗生活的需要，但在看似漫不經心的筆墨中，往往有深意寓焉。這裡以生日酒宴為例來加以闡發。

小說中的生日酒宴描寫，不僅毫不雷同，而且整體上還與西門府的興衰相輔相成，有著內在的聯繫。從開始的僅僅一提而過的生日酒宴，至不吝筆墨的六七千字的肆意鋪敘，到再次的簡單幾筆交代；從開始的家人小範圍的慶賀，至親戚朋友和達官貴人趨炎

附勢的恭賀，再到僮家人冷清的相賀；從溫馨到繁鬧終至冷清的演變，恰恰成了西門府興起－發展－繁榮－衰落過程的象徵，暗伏著一個家族的興衰史。

西門慶還是一介草民時，作者對其妻妾的生日宴席僅是一提而已。如第七回孟玉樓剛嫁入西門府的生日宴，第十四回潘金蓮過生日，第十九回吳月娘的生日、第二十二回孟玉樓的生日、第二十三回潘金蓮生日、第二十六回李嬌兒生日等。儘管西門慶漁色屢屢得手，甚至得心應手地用銅臭在情場商場乃至官場為自己鋪路開道，但因其市井小民的身份無絲毫改變，所以其家人的生日酒宴也都顯得微不足道，相關描寫也都是一筆帶過。

然而，當西門慶娶妓納妾，連發橫財，加官進爵，躋身官場後，身份地位驟然改變，家人的生日酒宴也就不同尋常了，作者也給予大肆鋪排。如第四十三回李瓶兒生日，慶壽的有喬老親家母、喬五太太等十幾位有地位的娘子：

> 屏開孔雀，褥隱芙蓉。盤堆異果奇珍，瓶插金花翠葉。爐焚獸炭，香嫋龍涎。器列象州之古玩，簾開合浦之明珠。白玉碟高堆麟脯，紫金壺滿貯瓊漿。煮猩唇，燒豹胎，果然下箸了萬錢；烹龍肝，炮鳳髓，端的獻時品滿座。梨園子弟，簇捧著鳳管鸞簫；內院歌姬，緊按定銀箏象板。進酒佳人雙洛浦，分香侍女兩嫦娥。正是：兩行珠翠列階前，一派笙歌臨座上。

李瓶兒這次生日酒宴之所以寫得如此繁鬧，關鍵就在於正值西門府步步走向昌隆之際，這時的西門慶有錢財有心情如此隆重地為她舉辦生日酒宴，同時也不排除他有意借此炫耀的因素。從西門家族的發展歷史來說，可視為西門府開始走向昌隆的重要標誌。

第四十九回又寫到李嬌兒的生日，但作者並沒有像李瓶兒生日那樣去刻意鋪排，而是借招待胡僧酒宴的豐盛來加以映襯。因為招待胡僧的酒宴僅是李嬌兒生日酒宴所剩的菜肴，其奢侈足以令人瞠目，讀者完全可以想像李嬌兒生日酒宴是何等豐盛豪奢，進而感受到西門府烈火烹油的繁盛豪華。

這兩位嬌妾的生日固然熱鬧奢華，但賀者僅是家人親戚朋友而已，給人一種小家碧玉之感，總讓人覺得有點美中不足，那就是因為它們缺少了中國人最看重的權力和地位的象徵——官員的到場，故最能體現西門府的鼎盛至極、繁華昌盛的則是第五十八回西門慶的生日酒宴。在這次生日宴席上，前來拜壽的有劉公公、薛公公及地方重要官員縉紳，雜耍百戲上演，吹打彈唱齊鳴，笑樂院本添喜。僅這一次生日描寫就用了六千多字，意在充分顯示西門府的地位和財勢均已達到頂峰。

物極必反，盛極必衰，作惡多端、橫行一時的西門府也難逃這一鐵律。到了第七十九回，因西門慶縱欲得病，潘金蓮的生日酒宴，賀者就僅幾個夥計和本家媳婦而已，而

由此開始，西門府走向衰落的大幕徐徐拉開。到第八十六回，因西門慶已死，孟玉樓的生日酒宴頗為冷清，西門府的繁華已成明日黃花。到第九十五回月娘的生日酒宴，賀者僅吳大妗、二妗子及三個姑子，淒清冷落。而到第九十六回孝哥兒的生日，因守備府少奶奶春梅要來，表面上似乎又熱鬧了一番，但這正如人臨死前彌留之際的迴光返照，透著徹骨的冷清和淒苦。不久，熱鬧一時的西門府就落得煙消雲散，徹底衰敗凋零了。

綜上可見，《金瓶梅》通過酒宴描寫演繹了一個普通人家的興衰史，但它又何嘗不是整個大明王朝興衰的一個寓言？清初張竹坡在評點時曾深刻地指出：「《金瓶梅》因西門慶一分人家，寫好幾分人家……而因一人寫及一縣。」[1]「《金瓶梅》是一部《史記》」[2]。所謂「因一人寫及一縣」，是指作者借西門慶這個家庭透視出整個時代的風貌；而將其與《史記》並稱，更見出小說所具的一代王朝興衰歷史的隱性內蘊。魯迅稱其「著此一家，即罵盡諸色」[3]，與張竹坡所見略同。鄭振鐸也指出：《金瓶梅》「是一部很偉大的寫實小說」，「在《金瓶梅》裡所反映的是一個真實的中國的社會」，「表現真實的中國社會的形形色色者，捨《金瓶梅》恐怕找不到更重要的一部小說了」[4]。透過小說的酒宴描寫，讀者不僅看到了一個家族的興衰史，更看到了一個王朝的興衰史。《金瓶梅》假借宋代人物反映明朝歷史，這已經成為學術界的不刊之論。而這個成為定讞的結論，恰恰可以通過小說中的酒宴描寫進一步得到印證。

西門慶的家宴描寫透露著王朝興衰的信息，官宴在這方面更具昭示功能：如第五十五回蔡太師壽辰酒宴的排場浩大，持續數日，皇親內相、尚書顯要、衙門官員、內外大小等職絡繹不絕，席面應有盡有，都暗示出王朝的鼎盛；第六十五回宋御史借西門府宴請六黃太尉，席間歌舞吹彈，極盡聲色之樂；席上奇珍異品，極盡天下所有。但極富深味的是，作品點明當時僅為滿足朝廷之私欲，船運奇峰，河中無水，遂起八郡民夫牽挽，官吏倒懸，民不聊生；而承辦的官員又吃喝一路，勒索騷擾，魚肉百姓。朝廷所派的這位頤指氣使的使山東全省官員都顛倒趨奉的欽差大人，居然是為人所不齒的閹臣宦豎，中國歷史上宦官弄權的大忌居然又一次重演，這裡已經暗伏了王朝的衰機。第七十回朱太尉新加光祿大夫、太保，又蔭一子為千戶，治酒慶賀。八員太尉堂官、禮部張爺等朝

1  張竹坡〈批評第一奇書金瓶梅讀法〉八四，《張竹坡批評第一奇書金瓶梅》，濟南：齊魯書社 1987 年。

2  張竹坡〈批評第一奇書金瓶梅讀法〉三四，《張竹坡批評第一奇書金瓶梅》，濟南：齊魯書社 1987 年。

3  魯迅《中國小說史略》第十九篇〈明之人情小說〉，上海：上海古籍出版社 1998 年，第 126 頁。

4  鄭振鐸〈談《金瓶梅詞話》〉，見徐朔方、劉輝《金瓶梅論集》，北京：人民文學出版社 1986 年，第 2 頁、第 3 頁。

中重臣來拜，朝中其他官員及十三省提刑官更不必說，均置大禮來賀。酒宴上所收財禮難以數計，再現了當時整個官場逢迎諂媚、趨炎附勢的風氣，暗示權臣對國家政權的操縱，並廣植黨羽給國家民族帶來的巨大危害，王朝的危機愈加昭顯。第九十八回，周守備因剿宋江有功被加升官爵，其家設宴賀喜。這一次酒宴描寫簡略，僅提到「官員人等來拜賀送禮者不計其數」。完全可以想像，來賀者一方面固然是出於對功臣安邦定國的敬意，但也不排除他們對時局動盪、天下將亂的擔憂。這一次酒宴可以說是國勢走向衰微的一個前兆。到第一百回，雲離守擺宴招待前來為孝哥兒完婚的吳月娘，其描寫僅「置酒後堂，請月娘吃酒」九個字，更引人深思的是這次酒宴竟是夢中所設，這與當時的大金人馬侵入汴梁，擄走皇帝，兵荒馬亂，國勢衰微，似有若隱若顯的聯繫，故這一次虛幻中的酒宴可以說為鼎盛一時的王朝敲響了喪鐘。

# 三、酒宴凸顯人物的功能

文學是人學，小說是塑造人物的藝術。正因為人物形象塑造的成功與否決定著一部小說的成敗，因此古今中外的小說作家無一例外地將小說的人物塑造視為小說創作的第一要務。當然，不同時代題材各異的作品在塑造人物的手段上各具特色，但能夠流傳後世的小說作品都成功地塑造出了典型的「這一個」，則是不爭的事實。在這方面，《金瓶梅》為中國古典長篇小說的創作提供了範例。這不僅表現在它成功地塑造出了像西門慶、潘金蓮、應伯爵等各個階層的典型形象，而且能夠根據其題材特點，十分純熟地運用世俗日常生活的場景，通過大量看似平淡的場面，使人物形象躍然紙上，而酒宴——不僅在世俗交往中起著重要的作用，從藝術的角度來說又成了展示人物性格的載體，在形象的刻畫方面起著至關重要的作用。通過酒宴場景，或刻意凸顯單個人物，或同時刻畫出人物群像，酒宴成了展示人物性格的重要舞臺。

首先，以著名的幫閒形象應伯爵為例，來觀照《金瓶梅詞話》的酒宴描寫在凸現人物個性方面所起到的不可替代的作用。

「在古今文學作品中，應伯爵數得上是寫得最成功的幫閒形象了。」[5]關於幫閒，魯迅在〈幫忙文學與幫閒文學〉中曾解釋說：「那些會念書下棋會畫畫的人，陪主人念念書、下下棋、畫幾筆畫，這叫做幫閒，也就是篾片。」如果說封建官僚門下的清客類幫閒們還保持著人格上一定的自尊，其幫閒尚不乏雅致的色彩的話，那麼隨著明代新的官商勢力的崛起，幫閒們依附的對象與傳統相比發生了很大的變化，而其幫閒手段也必然

5　黃霖《黃霖說金瓶梅》，北京：中華書局2005年，第108頁。

有所變更。因為他們所依附的這些有錢有勢的新興暴發戶沒有了官僚階層所具有的風雅，而唯有銅臭加粗鄙。他們似乎除了錢，除了酒色財氣，難解風雅為何物。而仰他們鼻息的幫閒們也必然要改變策略，於是《金瓶梅》中的應伯爵們與時俱進，靠在酒宴上陪吃陪喝來滿足主子「養兒不要屙金溺銀，只要見景生情」[6]的心理需求。

　　蘭陵笑笑生在給自己筆下的人物命名時，好多情況下採取諧音的方式來概括其性格特徵，如吳典恩（無點恩）、管世寬（管事寬）、游守（游手）、郝賢（好閒）等。而應伯爵，則是「應白嚼」的諧音，從命名就暗示了這個人物的性格以及作者塑造這個人物的主要手段——即要通過白吃白喝（包括酒宴）的場面來凸顯人物個性。

　　《金瓶梅詞話》第十一回介紹西門慶的十個結拜兄弟時道：

> 那西門慶立了一夥，結識了十個人做朋友，每月會茶飲酒。頭一個名喚應伯爵，是個破落戶出身，一分兒家財都嫖沒了，專一跟著富家子弟幫嫖貼食……

聯結十個兄弟的紐帶是「會茶飲酒」，而應伯爵第一次出場就是以「專一跟著富家子弟幫嫖貼食」的身份亮相。在小說情節的發展中，他的性格主要就是通過在酒宴上的表現來體現的。

　　作為幫閒必具的基本素質，就是要做到如西門慶所說的善於「見景生情」。而應伯爵溜鬚拍馬、諂諛逢迎、善於揣摩主子心態、「見景生情」的本事，作者主要是通過他在酒宴上的各種精彩表演來充分展示的。如第二十回，西門慶與李瓶兒聯手氣死了花子虛，西門慶「笑納」了這位結拜兄弟的老婆。在會親酒宴上，眾人提出讓李瓶兒出來見見，應伯爵見西門慶笑著不動身，就諳知其心思，道：「哥，你不要笑。俺每都拿著拜見錢在這裡，不白教他出來見。」等李瓶兒出來，他就「恨不的生出幾個口來誇獎奉承」，說道：「我這嫂子，端的寰中少有，蓋世無雙。休說德性溫良，舉止沉重，自這一表人物，普天之下也尋不出來。那裡有哥這樣大福！俺每今日得見嫂子一面，明日死也得好處。」以至於引得吳月娘醋勁大發，罵他「扯淡輕嘴的囚根子不絕」。休說應伯爵的話裡有多少不著邊際的成分，即使句句是實，當日李瓶兒作為花子虛之妻時，她的這些優長應伯爵是無論如何也不可能「發現」的。西門慶「平地登雲」做了山東提刑所理刑副千戶，緊接著又有弄璋之喜。官哥兒滿月，西門慶大擺酒宴，應伯爵應邀作陪。他為討西門慶歡心，建議「抱哥兒出來」看一看。一見到官哥兒，他立刻獻上事先準備好的「一柳五色線，上穿著十數文長命錢」的吉祥物，誇讚他「相貌端正，天生的就是個戴紗帽胚胞兒」，喜得西門慶心花怒放，作揖致謝（第三十一回）。在獅子街賞燈飲酒，他無意

---

6　蘭陵笑笑生《金瓶梅詞話》第三十二回，北京：人民文學出版社 1985 年。

中發現王六兒在那裡，又見西門慶酒勁上來，馬上心領神會，推辭淨手，拉著謝希大、祝日念不辭而別，好讓西門慶和王六兒恣意幽歡（第四十二回）。正是這種「見景生情」的本事，才使得西門慶一刻也離不開他，每次酒宴都需要他在身邊逗樂，而其形象就通過一次次酒宴間的出色表演，得到一步步的強化與深化，豐滿生動，栩栩如生。

幫閒發展的趨勢往往是幫凶，應伯爵助紂為虐的嘴臉也通過一次次的酒宴描寫表露無遺。第十一回西門慶結交的十兄弟在花子虛宅吃酒，也是應伯爵第一次亮相。席間見到李桂姐，西門慶「就有幾分留戀之意」，「緊著西門慶要梳攏這女子，又被應伯爵、謝希大兩個在根前一力攛掇，就上了道兒」，從而使西門慶蹂躪少女的想法得以實現，並因此給其家庭帶來一系列的矛盾。第十三回西門慶要與「留心已久」的義弟花子虛之妻李瓶兒私通，便「屢屢安下應伯爵、謝希大這夥人，把花子虛掛住在院裡，飲酒過夜」，終於在重陽節這天讓應伯爵等拉花子虛到妓院大擺酒宴，從而使西門慶如願以償。到後來不僅拆散了李、花夫婦，而且使西門慶得寸進尺，氣死了花子虛，將其財產與女人霸占到自己手中，統統姓了「西門」。

寡廉鮮恥，卑鄙下流，搖尾乞憐，諂媚逢迎，這是古今中外幫閒的普遍特徵，《金瓶梅》中應伯爵的這種性格仍然是通過酒宴來展示。小說第六十八回，他隨西門慶到妓女鄭愛月家赴宴，為討好主子與婊子，提出讓鄭愛月吃自己手中的兩盅酒，鄭愛月提出了苛刻的條件：「你跪著月姨兒，教我打個嘴巴兒，我才吃。」面對在座的眾人，他竟然人格喪盡，「真個直橛兒跪在地下」，「那愛月兒輕揎彩袖，款露春纖，罵道：『賊花子，再敢無禮傷犯月姨兒？「再不敢」。——高聲兒答應！你不答應，我也不吃。』那應伯爵無法可處，只得應聲道：『再不敢傷犯月姨了。』這愛月兒一連打了兩個嘴巴，方才吃那杯酒。」

總之，酒宴成為展示人物性格的重要舞臺，離開了酒宴，《金瓶梅》中大多數人物性格的生動性就會大打折扣，就會顯得乾癟蒼白。

其次，《金瓶梅詞話》還通過酒宴描寫，達到集中刻畫人物、展示人物群像的目的。這裡以第三十一回為例。西門慶加官生子，大設酒席，宴請地方政要。赴宴的有劉公公、薛公公、周守備、荊都監、夏提刑等。席間西門慶把盞讓座次，周守備謙讓座席反映出他的忠厚守分，從其語言及推讓兩位太監點戲，見出當時宦官地位之顯赫；劉太監點「歎浮生有如一夢裡」及《陳琳抱妝盒》，薛太監點的〈普天樂〉「想人生最苦是離別」，這些與當時的喜慶氣氛極不協調，足見出這些宦豎的庸鄙顢頇與不諳世故；而夏提刑倚仗刑名官爵，頤指氣使地點曲，給人以驕橫霸道之感；作為主人的西門慶，對兩位公公的亂點曲子，並無絲毫慍怒；當二位公公得知今日又有弄璋之喜，聲稱改日補禮來賀時，西門慶則表現得謙遜有加，以得體的言辭表示遜謝；西門慶後來之所以能夠在官場如魚

得水、遊刃有餘，其交際能力與應酬本領通過這個酒宴場面就可略見一斑。其他如第四十三回李瓶兒的生日酒宴，第五十八回西門慶的生日酒宴等，也都起到了刻畫群體形象的作用。

# 四、酒宴的情節、結構功能

許建平在〈貨幣化場景——酒宴——在明清小說中的敘事功能〉中將酒宴的功能概括為聯通（人際關係的）功能、交換功能、娛樂功能、情感張力功能、衍生（情節）功能等五種功能，並認為這些功能都是人欲表現本能的具體化，或者說聯通、交換等五大功能分別從五個方面表現了人的欲求內涵，酒宴所具有的五大功能的背後是酒宴的原功能——人欲表現的本能。[7]我們認為，在酒宴的諸多功能中，衍生功能對一部小說來說最具藝術價值與決定意義。這是因為，其他功能只是為小說情節的展開提供了某種契機，而決定小說成敗的關鍵因素——人物性格，是靠情節的推衍加以展示的。因此，就小說藝術角度而言，酒宴的其他功能最終的落腳點必然是其衍生情節的功能。

為其描寫「世情」的特定性質所決定，衣食住行、吃喝拉撒、會親交友、家長里短等生活中的細微末節都有可能進入《金瓶梅》作者的視野。主人公西門慶作為集「四貪」於一身的典型，作為處於事業家庭蒸蒸日上的一個新型暴發戶，作為一切欲念的化身，無論是在官場的投機鑽營還是在生意場上的叱吒風雲，在社會上與那些狐朋狗友的結交抑或在家中對成群妻妾的控馭，乃至於逛妓院嫖婊子姦寡婦玩女人，一切似乎都能通過一頓豐盛的酒宴搞定；而作者在編織服務於人物塑造的情節時，酒宴有著無可替代的用武之地，其衍生情節的功能、結構功能在此發揮得淋漓盡致。

文似看山不喜平。成功的小說作品都講究情節的波瀾起伏，故事的一波三折；結局既出意料之外，又在情理之中。《金瓶梅》深得個中三昧，借酒宴描寫使情節的發展搖曳多姿，合情合理。如第一回，在武家兄弟重逢的酒宴上，潘金蓮得見相貌堂堂、威風凜凜、如今尚未婚娶的武二，她在與武大的對比中更加怨恨錯配的婚姻，為她後來引誘武二、害死武大作了鋪墊；同時又因武松是個視兄如父、恪守倫理的漢子，便為淫令智昏的潘金蓮的慘死埋下了伏筆。又如第四十三回，西門慶因發跡變泰，廣得妻財，又喜生貴子，加官進爵，所以大擺酒宴為李瓶兒慶壽。但正因這次酒宴上李瓶兒的無限風光和眾人對官哥兒的眾星捧月，引起潘金蓮的極度嫉恨；因為官哥降生而使自己失寵的危機，促使她起了謀害官哥之心；後來終於害死官哥兒，氣死李瓶兒。又如第六十一回，

---

7　許建平〈貨幣化場景——酒宴——在明清小說中的敘事功能〉，《文學評論》2007年第5期。

韓道國設家宴宴請西門慶，席間請來唱曲兒的申二姐助興，西門慶見她唱得不錯，並且說話伶俐，心中大喜，遂約她重陽日到宅中為眾女眷唱；重陽節那天，西門慶「分付廚下收拾酒果肴饌，在花園大捲棚聚景堂內，安放大八仙桌席，放下簾來，合家宅眷在那裡飲酒，慶賞重陽佳節」，申二姐被請來後，大家請出患病的李瓶兒一起聽曲，月娘等人又勸李瓶兒喝酒，「那李瓶兒又不敢違阻了月娘，拿起鍾兒來，咽了一口兒又放下了，強打著精神兒與眾人坐的」，最終導致她病情加重，醫治無效，一命嗚呼。第六十二回以後則圍繞李瓶兒之死，引發出西門慶的過度悲痛傷情而引起吳月娘等人的不滿，「親朋祭奠開筵宴，西門慶觀戲感李瓶」，西門慶私通如意兒引發他與潘金蓮等人的矛盾，「春梅毀罵申二姐」等情節。總之，圍繞大小不同檔次有別的酒宴，使故事生生不息，環環相扣，按照生活邏輯、人情物理順理成章、水到渠成地步步發展。一場平常的酒宴，衍生出一連串的事件，鑄就了一個個曲折有致的故事。可以這樣說，如果沒有前邊的酒宴描寫，後面故事的發展就失去了依據，結局就會顯得突兀。

中國酒文化源遠流長，酒自被釀出的那一刻起，就承載著祝禱賀吊、讌饗賓客的使命。酒宴作為世俗人際交往的重要媒介，對敘事文學故事情節的發展具有不可替代的推動作用。如《金瓶梅》中在西門慶謀娶李瓶兒的整個情節發展過程中，酒宴就扮演了重要的角色。從第十三回李瓶兒移情於西門慶開始，到第十九回被娶進西門府，他的計謀的每一步實施，始終都有酒宴相伴；最終的如願以償，就是得助於一次次的酒宴。西門慶到花家赴宴，與「留心已久」但「不曾細玩其詳」的李瓶兒「撞了個滿懷」，「不覺魂飛天外，魄散九霄」（第十三回）；彼此有意後，西門慶在妓院「留心把子虛灌的酩酊大醉」，借送他回家的機會與李瓶兒鴛鴦訂盟；接著是「屢屢安下應伯爵、謝希大這夥人，把子虛掛住在院裡，飲酒過夜」（第十三回），使西門慶與李瓶兒「兩個眼意心期」，關係一步步親密；後來是西門慶與花子虛的互請酒宴，李瓶兒打發花子虛等移至妓院飲酒賞菊，與西門慶隔牆密約，交杯換盞，勾搭成姦（第十三回），氣死子虛；李瓶兒與西門慶妻妾們互相宴請，來往日頻（第十四回、第十五回）；後來兩人頻頻對飲，談婚論嫁（第十五回）；雖然因故出現了蔣竹山的插足，但最終前嫌盡釋，二人飲酒合歡，于飛重效（第十九回）。總之，酒宴在他們二人婚娶故事中發揮了至關重要的作用。

酒宴所具有的結構功能，在《金瓶梅詞話》中也若隱若顯。對於小說情節單元的劃分，「金學」界見仁見智，分歧迭見。我們認為，今存「詞話本」將全書一百回分為十卷，本身就有以十回為一情節單元的潛在理路。而作為第一主人公的西門慶，其活動理所當然地成為作品的骨架。因為後二十回已不是在寫西門慶的故事，這裡姑且以前八十為例加以考察。

仔細閱讀，我們會發現在這八十回中，每一個情節單元中都有一個對西門慶來講意

義重大、對其人生軌跡發生決定性影響的事件，它在十回的故事中處於統領地位，具有舉足輕重的作用。這決定西門慶命運基本走向、構成了西門慶完整人生的八個事件，竟然都與酒宴糾纏不清。即：第一回至第十回，西門慶鴆殺武大，計娶潘金蓮，武二充配孟州道，西門慶淫蕩、惡霸的性格初步顯現，也為他最終的縱欲暴亡張了目。其中王婆家的那場酒宴起到了關鍵作用。第十一回至第二十回，西門慶與李瓶兒勾搭成姦，氣死花子虛，迎娶李瓶兒。酒宴在其中所起的重要作用已如前文所論。花子虛、蔣竹山等人的故事說明西門慶已經能用金錢支配官府。第二十一回至第三十回，西門慶生子加官，由一介無賴躋身官列，而這在西門慶人生中最具意義的一筆也歸功於酒宴。蔡太師壽誕之際，西門慶備厚禮認乾爹，從而成就了他的為官之夢，開拓了他的仕途之路，而躋進仕途，則完全改變了西門慶的人生走向，從而也造就了其家族的興盛和個人的輝煌。第三十一回至第四十回，西門慶用豐盛的酒宴結交蔡狀元，為其官場、商場的如魚得水作了必要的投資，為其事業的發展開闢出一條新的路徑。第四十一回至第五十回，西門慶迎請宋巡按，永福寺餞行遇胡僧，豪奢的酒宴結交權貴，固然說明其事業的登峰造極，但胡僧在一頓豐盛的酒宴招待後所給西門慶的春藥，最終結果了西門慶年輕的生命。第五十一回至第六十回，官哥兒之死，是因為西門慶為李瓶兒大擺生日酒宴，喜與喬家締結良緣，惹得潘金蓮嫉妒，引發其害人之心，致使官哥兒慘遭其毒手。官哥兒一死，西門慶絕後，使西門慶精神大受創傷，而這一切卻又都源於那一場繁鬧的生日酒宴。第六十一回至第七十回，李瓶兒之死，與重陽節家人的酒宴有直接關聯，對西門慶而言不啻致命打擊，造成其精神上的極大傷害。第七十一回至第八十回，西門慶之死，林太太、王六兒酒宴後與他的縱欲，終於要了他的小命。

綜上所述，酒宴在西門慶的人生旅途中扮演著非常重要的角色，關係到《金瓶梅》一書的成敗得失。如果抽去酒宴，本書思想內容的深刻性就要大打折扣；離開酒宴，許多情節的進程就難以銜接；沒有酒宴，全書的結構可能會顯得鬆散；除去酒宴，大多數人物就難以做到逼真生動。酒宴描寫不僅豐富了小說的內容，而且極大地增強了作品的藝術張力。

# 附　錄

## 一、張進德小傳

　　1960 年生，河南汝陽人，河南大學文學院、河南大學國學研究所教授，古代文學教研室主任。兼任中國《金瓶梅》研究會副會長，中國元代文學學會理事，中國散曲研究會理事，河南省古代文學學會理事等。主要研究方向為元明清戲曲、小說。主持、參加國家社科基金項目，全國高校古委會項目，省社科規劃項目多項。發表戲曲、小說、散曲等方面的學術論文 60 餘篇，出版有《金瓶梅新論》（延邊大學出版社 2001 年）、《曲稗考論》（人民出版社 2013 年）、《金瓶梅新視閾》（中國社會科學出版社 2014 年）等專著。主編有《中國古代文學史》《中國古代文學作品選》《中國古代作家作品專題研究》等二十一世紀高校漢語言文學專業平臺建設教材。曾榮獲河南省社會科學優秀成果一等獎，河南省優秀教學成果一等獎，河南省教育廳人文社會科學研究優秀成果一等獎，河南大學教學質量工程特等獎等。

# 二、張進德《金瓶梅》研究專著、論文目錄

## (一)專著

1. 《金瓶梅新論》，延吉：延邊大學出版社 2001 年。
2. 《金瓶梅新視閾》，北京：中國社會科學出版社 2014 年。

## (二)論文

1. 畸形時代造就的畸形性格——談《金瓶梅》中潘金蓮形象的社會蘊涵
   河南大學學報，1987 年第 2 期。
2. 金錢的肆虐與宗法傳統的貶值——《金瓶梅》對宗法傳統的悖逆
   河南大學學報，1990 年第 2 期。
3. 《金瓶梅》作者諸說
   殷都學刊，1990 年第 2 期。
   中國人民大學報刊複印資料《中國古代、近代文學研究》1990 年第 8 期全文轉載。
4. 小說觀念的巨大變革——論《金瓶梅》的貢獻
   河南大學學報，1992 年第 2 期。
   中國人民大學報刊複印資料《中國古代、近代文學研究》1992 年第 7 期全文轉載。
5. 《金瓶梅》婚戀描寫的文化新質
   信陽師院學報，1993 年第 2 期。
6. 《金瓶梅》人欲描寫新論——兼與張兵先生商榷
   明清小說研究，1994 年第 4 期。
7. 《金瓶梅》創作主旨新探
   河南大學學報，1994 年第 4 期。
   中國人民大學報刊複印資料《中國古代、近代文學研究》1994 年第 10 期全文轉載。
8. 理性的皈依與感性的超越——論《金瓶梅》的二元文化指向
   河南大學學報，1997 年第 6 期。
   中國人民大學報刊複印資料《中國古代、近代文學研究》1998 年第 2 期全文轉載。
9. 《金瓶梅》的世俗品格——兼論《金瓶梅》的地位
   明清小說研究，1998 年第 3 期。
10. 明清人解讀《金瓶梅》
    明清小說研究，2000 年第 4 期。
    金瓶梅研究，第七輯，知識出版社，2002 年。

11. 略論《金瓶梅》對戲曲的援用及其價值

  明清小說研究，2004 年第 4 期。

12. 略論《金瓶梅詞話》的教化傾向——兼說「金學」史上的「誨淫」與「教化」之爭

  明清小說研究，2005 年第 4 期。

13. 《金瓶梅》研究史上的新起點——第五屆國際《金瓶梅》學術研討會綜述

  河南大學學報，2006 年第 1 期。

  金瓶梅研究，第八輯，中國文史出版社，2005 年。

14. 簡論《金瓶梅詞話》中的散曲

  明清小說研究，2007 年第 1 期。

15. 《金瓶梅》研究的現狀與面臨的問題

  （日本）中國古典小說研究，第十一輯，2006 年。

  瀋陽師範大學學報，2008 年第 6 期。

16. 《金瓶梅》何以借徑《水滸傳》

  金瓶梅文化研究，第五輯，群言出版社，2007 年。

  水滸爭鳴，第十輯，崇文書局，2008 年。

17. 論《金瓶梅詞話》的酒宴描寫

  《金瓶梅》與臨清——第六屆國際《金瓶梅》學術討論會論文集，齊魯書社，2008 年。

  河南大學學報，2009 年第 1 期。

18. 《金瓶梅》借徑《水滸傳》的文化淵源

  求是學刊，2009 年第 2 期。

19. 試論《金瓶梅》對頌「情」傳統的顛覆（合著）

  商丘師範學院學報，2009 年第 11 期。

  《金瓶梅》與清河——第七屆國際《金瓶梅》學術討論會論文集，吉林大學出版社，2010 年。

20. 李瓶兒形象再認識（合著）

  昆明學院學報，2012 年第 1 期。

21. 十年「金學」的回顧與展望

  金瓶梅研究，第十輯，北京藝術與科學電子出版社，2011 年。

  南京師範大學文學院學報，2012 年第 4 期。

22. 也談《金瓶梅詞話》中的「不如不年下」

  第八屆（臺灣）國際《金瓶梅》學術研討會論文集，臺灣里仁書局，2013 年。

23. 論《金瓶梅》中潘金蓮三種角色的轉換（合著）
    昆明學院學報，2013 年第 1-2 期。

24. 《金瓶梅》女子改嫁財產繼承問題初探——以孟玉樓、李瓶兒為例（合著）
    明清小說研究，2013 年第 3 期。
    《金瓶梅》與五蓮——第九屆（五蓮）國際《金瓶梅》學術研討會論文集，中國文
    史出版社，2013 年。

25. 《金瓶梅》評論中的作品比較現象芻議（合著）
    河南理工大學學報，2014 年第 2 期。

26. 《金瓶梅》中的遊民群體芻議（合著）
    洛陽師範學院學報，2014 年第 9 期。

# 後　記

　　這本小冊子，是我研讀「宇內四大奇書」之一——《金瓶梅》的部分文字。

　　上大學前，曾聽人談論《金瓶梅》，稱其聲名不亞於《紅樓夢》，但圖書館不外借，一般人「看不到」；讀大學時，在明代文學史講授的課堂上，老師又說《金瓶梅》成就很高，但「不能看」。這部聲名大、成就高的名著為何「看不到」「不能看」，這始終縈繞於心的情結，成了後來我研讀《金瓶梅》的契機，日後將我引向了研讀《金瓶梅》的學術之路。

　　參加工作後，我被分配到古代文學教研室講授元明清文學的教學崗位上。20世紀80年代初期，河南大學圖書館雖然藏有《金瓶梅》的刪節本，但借閱需要層層審批，頗費周折，而且只能在館內閱讀。在這種今天看來匪夷所思的境況下，我花了一個學期的時間，通讀了《金瓶梅》全書，並作了大量的筆記，在閱讀中將自己的體會形諸文字，接著陸續為中文系高年級和在職研究生班開設「《金瓶梅》研究」選修課，應邀到有關高校、河南大學名家講壇以及其他場合做了多場學術報告，受到了聽眾的一致好評。後來，就成為河南大學文學院古代文學專業元明清方向研究生的學位課，一直堅持到現在。

　　說到我的《金瓶梅》研究，不能不提及幾位對我影響頗大的師長。

　　最讓我感念的是我的老師李春祥先生。春祥師是研究元雜劇的專家，在學術界享有盛譽。他的《元雜劇史稿》是中國大陸改革開放以後第一部元雜劇史專著，出版後在學術界產生了很大的反響。我有幸執弟子禮，曾跟隨先生參與整理《全元曲》，也寫過一些關於曲學的文章，本應在曲學方面承先生衣缽有所探研，未想讀了《金瓶梅》以後，馬上被其博大精深的思想內蘊與卓異超群的藝術成就所吸引，產生了不少想法，於是便把這些想法整理出來，懷著惴惴不安的心情拿給先生看。先生不僅沒有責問我的意思，反而馬上在我毫無所知的情況下將這些稚嫩的文章推薦給了相關學術刊物，發表後又有多篇被中國人民大學書報資料中心複印轉載，這就更加堅定了我研究下去的信心。自己如今研究取得的些微成績，實與先生的包容、獎掖，以及學術上的悉心指導有著密不可分的關係。如今先師墓木已拱，每年燒紙祭拜時，那株挺拔的翠柏隨風搖曳，我總會不由自主地想：該不會是先師於九泉對弟子的責問吧？

　　1999年8月，我應邀到河北鹿泉出席「國際元好問暨元曲·第四屆中國散曲學術研

討會」，與天津社科院研究員、時任「中國古代散曲學會」副會長的門巋先生同住一室。閒聊中，門先生談及自己正籌畫一部學術叢書，如果手頭有合適的稿子，可以借機付梓。回汴後，我利用繁忙的教學工作的間隙，將自己有關《金瓶梅》的文字整理成系統的章節，隨著這套叢書於 2001 年出版。這部小書的梓行，也為我 2002 年教授職稱的順利評審增加了籌碼。

　　2000 年 7 月，南京師範大學承辦「中國古代戲曲學術研討會」，我接到邀請有幸參與盛會，在會上見到了神交已久的馮保善先生，經其引薦，拜會了在「金學」領域享有盛譽、我仰慕已久的吳敢先生，以及在中國古代小說研究方面卓有建樹的蕭相愷先生等，交談中受益匪淺。2000 年 10 月，我應邀到山東出席「第四屆（五蓮）國際《金瓶梅》學術討論會」，在會上又拜會、結識了時任「中國《金瓶梅》學會」會長的劉輝先生、副會長黃霖先生以及魏子雲、王汝梅、梅節、甯宗一等金學大腕和學術前輩。融入到中國《金瓶梅》學會這個大家庭，使自己有了歸屬感，也給自己與學界的交往及進一步研究帶來了極大便利。2003 年 6 月「中國《金瓶梅》學會」遭到民政部註銷，給起步本來就晚、命途多舛的金學帶來了致命的一擊。慶幸的是，原學會的幾位主要負責人在挫折面前鍥而不捨，排除各種困難，積極辦理相關事宜，終於在 2004 年 4 月籌備成立了「中國《金瓶梅》研究會」，在新會長黃霖先生、副會長兼秘書長吳敢先生等研究會領導的籌畫下繼續展開活動，使金學重新邁上正常的軌道，繼續引領中國古代小說的研究航程。2005 年初，曹炳建老師利用在上海復旦大學跟隨黃霖先生訪學之機，受託代表河南大學提出承辦《金瓶梅》學術研討會的意向，於是到 9 月份，本人參與組織的「第五屆（開封）國際《金瓶梅》學術研討會」在坐落於八朝古都的百年名校——河南大學成功舉辦，在會上我本人被推選為「中國《金瓶梅》研究會」的理事。2010 年 8 月，在河北「第七屆（清河）國際《金瓶梅》學術研討會」上，又被理事會謬推為「中國《金瓶梅》研究會」副會長，在金學程途揮灑汗水、蹣跚前行的同時，也為學界同仁做一些力所能及的服務工作，為金學事業盡自己的綿薄之力。

　　學術乃天下公器。當今日益細化的社會分工，也使得研究者個體的研究視閾日見逼仄，各自在自己窄狹的領地內筆耕不輟，孤芳自賞，審美自足。「文章千古事，得失寸心知。」儘管每一種研究成果都要面對學界不同視界的見仁見智的不同考量與評判，以及歲月的最終淘洗，但對於每一位個體來講，只要守住自己心儀的那一塊領地，能夠放飛自己的思想，表達個體真實的感悟，也就於願足矣。

　　在本書付梓之際，真誠感謝三位主編的精心策劃與學生書局諸先生付出的辛勞！

張進德<br>2014 年 3 月 30 日於河南大學明倫園

國家圖書館出版品預行編目資料

張進德《金瓶梅》研究精選集

張進德著. – 初版. – 臺北市：臺灣學生，2015.06
面；公分（金學叢書第 2 輯；第 24 冊）

ISBN 978-957-15-1673-8 (精裝)

1. 金瓶梅 2. 研究考訂

857.48                                          104008102

張進德《金瓶梅》研究精選集

著　作　者：張　　　進　　　德
主　　　編：吳　敢　、　胡　衍　南　、　霍　現　俊
出　版　者：臺　灣　學　生　書　局　有　限　公　司
發　行　人：楊　　　雲　　　龍
發　行　所：臺　灣　學　生　書　局　有　限　公　司
　　　　　　臺北市和平東路一段七十五巷十一號
　　　　　　郵 政 劃 撥 帳 號 ： 00024668
　　　　　　電　話　：（02）23928185
　　　　　　傳　眞　：（02）23928105
　　　　　　E-mail：student.book@msa.hinet.net
　　　　　　http://www.studentbook.com.tw

定價：精裝 30 冊不分售
　　　新臺幣 45000 元

二 ○ 一 五 年 六 月 初 版

# 金學叢書 第二輯